▶ 作者照。

▶ 2002年9月，文艺理论教研室新老全体同志共同祝贺前主任吕德申教授八十寿诞。赴勺园前，大家先在中文系（五院）门前随意站位，拍了这张教研室的自然"全家福"。大致分为三排：一排：吕先生和夫人李一华先生，右为陆颖华。二排左起：王丽丽、王岳川、黄书雄、马振方、刘烜、李思孝、谢冕、张少康、卢永璘、杨铸。三排左起：汪春泓、董学文、闵开德、陈德礼、张剑福、张健、陈熙中。

▶ 与严家炎先生在一起。

▶ 与张少康先生在一起。

▶ 与周先慎先生在淄川。

▶ 与赵伯陶先生参观蒲松龄生前坐馆旧址——淄博西铺毕氏绰然堂。

▶ 与历史小说作家穆陶在青州。

▶ 在日本九州大学中文研究室的最后一课。

作者简介

马振方　1933年生，辽宁省凌海市人，中共党员，北京大学中文系教授，从事小说理论与中国古体小说的教学与研究。主要论著有《聊斋艺术论》《小说艺术论稿》《在历史与虚构之间》《中国早期小说考辨》《中国古代小说散论》等，辑校《聊斋遗文七种》，主编《聊斋志异评赏大成》。

第一卷

马振方文集

马振方 著

人民日报出版社

图书在版编目（CIP）数据

马振方文集．第一卷／马振方著．
—北京：人民日报出版社，2018.11
ISBN 978－7－5115－4147－5

Ⅰ．①马… Ⅱ．①马… Ⅲ．①古典小说—小说研究—
中国—文集 Ⅳ．①I207.41-53

中国版本图书馆 CIP 数据核字（2018）第 245449 号

书　　名：马振方文集．第一卷
著　　者：马振方

出 版 人：董　伟
责任编辑：谢广灼
装帧设计：中联学林

出版发行：人民日报出版社
社　　址：北京金台西路 2 号
邮政编码：100733
发行热线：（010）65369509　65369846　65363528　65369512
邮购热线：（010）65369530　65363527
编辑热线：（010）65369533
网　　址：www.peopledailypress.com
经　　销：新华书店
印　　刷：三河市华东印刷有限公司

开　　本：710mm×1000mm　1/16
字　　数：558 千字
印　　张：41
印　　次：2019 年 1 月第 1 版　　2019 年 1 月第 1 次印刷

书　　号：ISBN 978－7－5115－4147－5
定　　价：158.00 元

总 序

张少康

　　振方兄与我已有六十余年深厚友谊，从先后同学到同系工作，到一个教研室同事，平时生活上也互相帮助、互相照顾，情如手足，实非同一般。欣闻振方兄文集出版，我很高兴受振方兄邀请作序。振方兄长我两岁，他在入大学前已经工作，并且钟情于小说创作，发表过多篇生活气息浓厚的小说作品。为了深造，1957 年考入北京大学中文系，比我晚两届。我们的认识是从他们年级编写《中国文学简史》时开始的。那时我们年级刚刚编写完《中国文学史》，我是编委会成员之一，受年级委托代表我们年级参加他们编写《中国文学简史》的工作，目的是把我们编写《中国文学史》的经验教训告诉他们作为参考，所以我和他们年级的同学非常熟悉，和振方兄就是在那时认识的。在我大学毕业留校工作后，因为负责准备开设《中国文学批评史》的学科建设，并于 1961 年开始和邵岳先生一起为高年级同学上《中国古典文论选》一课，最早就是为振方兄他们年级开设的。我和邵岳原来都没有学过文学批评史，为了教学需要，在系主任杨晦教授指导下边学边教。振方兄对课程的学习是特别认真的，他在下课后有时会提出疑难问题，促使我深入思考以求得到圆满的解决。也正因为这样，我们接触越多就逐渐熟悉起来，并成为最要好的朋友。振方兄在大学期间就是勤于钻研、学习突出的学生，毕业后留在系里当教师。在十九楼的单身教师宿舍住的时候，恰巧我们又同住一室！振方兄研究学问非常专注，有时外出因为一直在思考研究问题，竟忘了同房间的我还在室内，从外面锁上门走了！我不得不赶紧爬上大门上方气窗拼命大声把他叫回来！回想起来真的非常有意思，由此也可以看出他一心一意认真钻研学问的状况。振方兄先在写作教研室，后来转到我们文艺理论教研室，我们就一直在一起工作，他专门负责文学创作理论方面课程，并开始讲授《聊斋》专题。

振方兄入学和留系工作后，在继续小说创作的同时，尤为重视小说创作理论的专门研究，其后逐渐将重心转到古典小说艺术和《聊斋志异》以及古典小说史的研究。他是国内外著名的《聊斋志异》研究专家，但他的研究领域是很宽广的：一则十分重视包括古今中外小说创作理论的研究，二则十分重视中国小说发展历史的探索研究，三则以《聊斋志异》为典范，对这部伟大的中国古典短篇小说集做了全面深入的研究。对《聊斋》作者和作品的各个方面，从作者的生平思想、作品的版本和背景数据考证、篇目的收集和整理、全书总体的思想和艺术、重点篇章的专门研究、《聊斋》的艺术鉴赏等等，都有深刻的分析和独到的见解。

经过六十多年的惨淡经营，振方兄在上述三个领域均有杰出贡献，其成果是极其丰硕的。振方兄的学术研究有其非常突出的特点，不仅是孜孜以求、勤奋探索，而且扎扎实实，绝无水分，眼光敏锐，逻辑严密，善于发现问题，抓住关键，并从理论和实践两方面深入钻研，不放过任何一个疑难之处，在掌握大量资料的基础上，再从理论上作深入的阐述，他的论断都有极为充分的论据和全面精当的分析，所以是很有说服力的。

振方兄文集共三卷。第一卷是对中国古代小说的起源、发展、演变的探讨。中国古典小说源远流长，与中国古代文化历史的发展有密切的联系，小说的概念很早就出现了，但是它和后来小说的含义是不同的，然而又有着内在密切联系。振方兄从对大量古代文史哲著作的分析中，深入地探索了小说的起源，辨析了小说怎样从古代文史哲的发展中逐渐分化出来，从而形成了自己独立的地位与形态。而由此又可以认识中国古典小说的民族特点，它和中国古代的历史、政治、哲学等有着不可分割的紧密联系。振方兄非常深刻地强调了小说的虚构特点，他从各类文史典籍中探索了其中的虚拟成分，考察了它们对小说产生、发展的影响。他细致地分析了《穆天子传》《尚书》《左传》《国语》《庄子》《战国策》《管子》《礼记》《说苑》《新序》等几十种古代典籍，辨析其与小说的异同，研究它们所包含的接近于小说的叙事、虚拟、表现方法等成分，考察它们对小说的形成和发展所起到的重要作用。这样，他就把对古代小说的研究放在了一个十分广阔的历史文化背景中。他的《中国早期小说考辨》《中国古代小说散论》为我们展示了中国古典小说怎样从极其丰富的历史、哲学、政治等等著作中脱胎出来，从而形成自己独特体系，并且发展、壮大、成长的生动景象。能够从这样广阔的历史文化发展中去研究古典小说产生发展的研究者实在是不多见的，这也说明振方兄的博学多识和深厚的国学根底。不仅如此，振方兄还对中国小说史上很多重要作品做了专题研究，如《穆天子传》《列仙传》《燕丹子》《古镜记》《游仙窟》《李娃传》《霍小玉传》，乃至《剪灯新话》《西游记》《儒林外史》等等，都写过很有分量的研究论文。

　　文集中卷是振方兄研究《聊斋》成果的汇集。《聊斋》作为一部文言短篇小说集的杰作，一向为大家所特别称誉，研究者也非常之多。然而，振方兄对《聊斋》的研究不仅是非常全面而且有他特有的独到之处。他的《聊斋艺术论》可以说是对《聊斋》艺术的最为出色的深刻分析。我们已故的大师兄陈贻焮先生为振方兄书所写的序，给予了非常中肯的评价，我在这里只是略为再补充几句。《聊斋》产生后，影响极大，清人王士禛、但明伦等都有过评点，还有不少人通过序跋等作了评论，如冯镇峦就有过长篇精彩评论《读聊斋杂说》，他们大都集中在《聊斋》的艺术特色上，如高珩所说："驰想天外，幻迹人区。"不过，清人的评点只是简略点到，并未能结合作品给以深入的剖析，同时也缺乏理论的高度。振方兄在充分吸收古人的评点精华后，又运用了当代文学理论，通过对具体篇章的细致分析，给予了《聊斋》艺术特色以确切深刻的理论概括。例如他提出的《聊斋》处理"幻想和现实的关系"时，善于把"神话现实化"和把"现实神话化"，既是"神话"，又是"人话"，而且还充分地运用了象征的方法，很多花妖狐鬼的形象更是作者自己美好理想的化身。特别对《聊斋》中人物形象塑造的艺术特色，从具有民族特色的中国古典美学高度，用"传神写照""穷形尽相"来加以概括，并以思想和艺术关系来分析《聊斋》中各种不同的艺术结构形态。

振方兄不仅对《聊斋》的艺术有深刻的理解，而且对《聊斋》思想意义也有着全面确切的认识。他在《聊斋志异面面观》中非常贴切地从以下六个方面，阐述了《聊斋》的思想内容：一，刺贪刺虐入骨三分；二，抨击科举痛快淋漓；三，讽喻世情奇趣横生；四，讴歌爱情美不胜收；五，为巾帼奇人立传；六，偶述琐闻一目传神。

振方兄对蒲松龄和《聊斋》的研究是十分全面的，他对蒲松龄的生平、思想和为人，都作了极为中肯的分析，对他的重要事迹进行了细密的考证。他在日本讲学期间，还专门到日本庆应大学的图书馆收集了国内已经没有了的蒲松龄遗文，经过严格考辨，编辑成《蒲松龄遗文七种》在北京大学出版社出版。振方兄对很多篇《聊斋》名作，写过专门的分析研究文章，还主编了卷帙繁浩的《聊斋志异评赏大成》，对每一篇作品都精心选择了有关的评赏概要和现代汉语翻译，全书达到二百四十万字。由此，我们可以看到振方兄对《聊斋》研究确是做出了不可磨灭的重大贡献。

文集下卷收的是振方兄对小说艺术和创作理论的研究著作。振方兄对古代小说特别是《聊斋》艺术的分析是如此之深刻、贴切、具体，很重要的原因之一是他对文学创作理论，尤其是小说创作艺术，有着十分深广的研究。深厚的理论素养是他研究《聊斋》艺术和中国古典小说之所以能取得很高成就的保证。他对世界小说名家的作品都曾经认真的钻研阅读，他的《小说艺术论稿》不仅是他数十年教学成果的总结，也是在广泛研究中国古典小说、中国现当代小说，和世界古今小说名家名作的基础上，结合自己创作小说的体会心得，而归纳出来的实实在在的理论成果。严家炎教授在为本书写的序中对其成就和意义价值，已经做了很全面的分析。我想要说的是振方兄对小说艺术和创作理论的探讨和研究，可以说是付出了毕生的精力。他考入北大之前已经在创作短篇小说的同时，开始了对小说创作理论和小说艺术的研究，留校工作之后，一直从事系里文学创作方面的课程教学，先后开设过《文学创作论》《小说创作论》《小说艺术论》《小说艺术形态》等很多门课程，六十年来他不断从中外小说创作实践和小说发展历史，从宏观到微观各个方面探索，写了很多专门的研究文章，因此他对小说理论和小说艺术的研究，是非常精深确切有独到见解的，而绝不是泛泛空论，是对大量古今中外名家名作创作经验的总结，是从各种类型小说创作实践中提炼出来的，诚如家炎兄所说，他是"站在世界文学的珠穆朗玛峰巅上俯览众山，视野开阔而无粗疏之弊，标准高远却不失之空泛，概括精当而又免于琐屑。"他的《小说艺术论稿》和许多论述小说创作艺术的文章都是浓缩的精油，含金量是很高的。所以像林斤澜这样著名的作家之所以非常欣赏他对艺术构思的分析（见严家炎《小说艺术论稿序》），也绝不是偶然的。本卷中还有很值得我们重视的是他对历史小说的一系列研究论著。小说和历史的关系在中国古代尤为密切，所以小说被称为稗官野史。历史小说在中国古代小说的发展中，不仅数量众多，而且占有特别重要的地位。因为历史小说既是历史题材，又是小说。历史是纪实的，小说是可以虚拟的，甚至必然有虚拟为其特点，因此也就产生了很多的复杂理论问题。振方兄在《在历史和虚拟之间》（内容均收入本卷）一书和其他有关论述中，非常切实地阐述了历史小说创作的一系列理论问题，提出了很多精彩的、实事求是的、符合实际的独特见解。并由此涉及到当代纪实文学的创作，阐述了不少值得我们深思的问题。

振方兄三卷文集的内容是非常丰富的，我所说到的不过是冰山之一角。我还特别钦佩的是振方兄无比严谨扎实的治学态度，在治学过程中他对任何问题，不管大小，哪怕是一个不涉及他研究主题的问题，即使是一字一句，他都务求透彻地弄明白，绝不含混过去。对任何课题都极其详尽地收集各种资料，一切都凭事实说话，绝无半句空论。他善于把扎实的史的研究和深入的理论分析密切结合起来，因此他的著作不仅数据丰富，而且有理论深度。振方兄虽已八十五岁高龄，仍孜孜不倦地埋头治学，作为一个知名学者，是非常值得我们尊敬和学习的。中国古代讲究人品和文品的一致，这在振方兄身上体现得最为明显。他的治学和为人处事是完全一致的，他对任何人都是真诚相待的，对朋友满腔热忱，一片赤诚，一心一意为对方着想，非常周到，助人为乐。在我们半个多世纪的交往中，我一直为有振方兄这样一个亲密的朋友而感到无比的欣慰和骄傲！

振方兄的文集要出版了，我谨以此文表示最最衷心的祝贺！

2018 年 2 月 22 日于北大蓝旗营寓所

目 录
CONTENTS

中国文言小说论集

明清白话小说论集

中国早期小说考辨

中国小说发轫于先秦

——代前言

　　研讨中国小说的发轫时代，须首先明确小说概念。我们这里讨论的小说，是由作者自觉虚构又非寓言的完整叙事之文，亦即现代小说的概念。它包含自觉虚构性、完整叙事性和非寓言性等文体特征。自觉虚构性使小说既区别于史传及其它各种纪实文体，也区别于常涉虚幻却非自觉虚构的神话与民间传说；完整叙事性使小说区别于种种零星言事的丛残小语；非寓言性的寓言指现代观念的寓言，即以"比喻的艺术形式"和显见的夸诞意象彰显人所共识之理或箴言的叙事之文，而非文体蒙昧时代将种种寓意或虚构叙事统称作寓言的那种"寓言"。胡念贻先生说得好："我们今天清理文化遗产，首先要按古代一些典籍的内容对它作科学的归类，使之各得其所。"① 小说发展到今天，尽管形态形形色色，与其初生的童年千差万别，但都具有上述三种文体特征。凭借这些特征，我们即能辨明哪些是小说，哪些不是，为今之小说找到它的早期同类，从而确定其发轫时代。

　　小说还有与生俱来的娱悦审美功能，即非实用性。但以抽象的文字语言符号为唯一表现手段的小说，与绘画、雕塑、音乐等艺术不同，其娱悦性与美感不能脱离意象塑造和题旨表达而独立存在，从古老的《穆天子

---

　　①　《〈逸周书〉中的三篇小说》，载《文学遗产》1981 年第 2 期。

传》到今天的现代、后现代小说，没有哪一部是纯娱乐小说。小说如果全无意象，不知所云，它就只剩下一堆文字符号，其娱悦功能也就消失。反之，读者对作品描述的意象有所领悟和感受，同时也就程度不同地得到娱悦与美感。所谓非实用性，是指它不同于记实、议论及书信、日记、布告等实用之文，而不是指其以意象表达题旨的功能。因此，子史书中羼入的那些既属自觉虚拟又非寓言的独立意象就是小说家的创造，属于早期小说作品。小说是发展的，其娱悦、审美的功能也随之发展，童年时代的古小说与《红楼梦》的艺术美感自然天差地别，不可同日而语，但那只是巨大与些少的不同，不是有与无的不同。作为娱悦和审美的功能，是一切文艺形态之所必有，完全无此功能的小说在理论上也是不存在的。再者，它与别种纪事文学所具有的娱悦审美功能并没有什么根本的区别，换句话说，有无娱悦与审美功能并不是小说与某些实用性记事散文（如史传、通讯、报告文学之类）的根本区别。因此，我们在讨论小说发轫期时也就无须考察其时作品的这种功能。

发轫就是初生。我们说小说发轫于先秦，就是说，先秦已产生了具有上述特征的作品。虽然比起成熟的小说，先秦小说有如初生婴儿之于硕壮的成人，但它又是地道的小说，后世和现代的中国小说就是从那里蹒跚起步发展起来的。面对《穆天子传》《墨子·公输》《庄子·说剑》和《韩非子》中师旷为晋平公演奏等一大批先秦作品，除了毫不含糊地称之为"小说"，没有任何别的称谓可供选择。谓之"前小说"或小说的"史前形态"并不确当，因为它们确是自觉虚构又非寓言的完整叙事之文。绿天馆主人云："史统散而小说兴，始乎周季，盛于唐，浸淫于宋。韩非、列御寇诸人，小说之祖也。"① 这位明后期的白话小说评论家追述小说的初生与发展言简意赅，甚具见地，只是误以为伪作颇多的《列子》真是先秦列御寇及其后学所作而已。

---

① 《古今小说》叙，北京：人民文学出版社1958年版该书卷首。

战国是思想解放百家争鸣的时代，却又是文体的蒙昧时代。儒、墨、道、法诸家争相为文，以张显各自的治国之道和人生哲学，却没有现成的文体可供应用。早期产生的《论语》乃是语录，是孔子应答弟子、时人语录的集合①。更早行时的文体则是各国史官记述君臣言行的实录，即晋之乘、楚之梼杌、鲁齐等国之春秋是也。再有便是和传世的《春秋》同被后世称作"经书"的书，或为诗歌，或为卜词，或为文告，或言礼制，显然都不适应争鸣的需求。诸家于是八仙过海，各显神通，创造适应自己需求的新文体。这使战国又成了诸种文体丛生的时代。从这种意义上说，先秦又是百花齐放的时代。章学诚甚至说："至战国而后世之文体备"②。首先，诸子书中有相当多的论说文或论说成分。从《墨子》到《吕氏春秋》无不如此。只有先入子部后改史部的《晏子春秋》是个例外——全书叙事，与先隶史部后改小说部的《穆天子传》正同。但战国时期的多部子书虽有分量不等的论说文或论说成分，笔者所见却无一部为纯论说文，而是间杂多少不等又各自独立的叙事之文。其中《庄子》《管子》《韩非子》两者参半，《吕氏春秋》则大半都由叙事文构成。这一方面是由于其时既无文体借鉴，也无文体制约，作者为求达意，可以随心所欲、无拘无束地挥洒笔墨；另一方面，大都广受史乘的熏陶，大量杂入叙事文乃是史乘影响的钤记。

不仅如此，思想解放的先秦作者，除史官之笔，也不受虚实、真伪的制约。周穆王西征本是传说，《穆天子传》的作者却通过想象将它铺叙成长达数千言的"排日的日记"，写的多是某日至某地、受某礼、赐某物等巡游的日常情事，谁也无法以口传诵，成为作者个人大肆虚构的叙事长文。远古的尧舜时代尚无文字记录，儒者为宣扬圣君圣臣，竟以渺茫的传说写出以人物对话为主体的儒家经典《尧典》（含今之所传《舜典》）与

---

① 参见《汉书艺文志》，上海：商务印书馆 1955 年重印本，第 15 页。
② 《文史通义》卷一《诗教上》，沈阳：辽宁教育出版社 1998 年版，第 15 页。

《皋陶谟》（含今之所传《益稷》）。那两篇《尚书》在很大程度上也是想象、虚拟的历史，即拟史小说。墨子后学为张大墨翟的功业，不仅不顾《战国策》和《墨子·鲁问》所写公输顺从墨翟之义而罢攻宋的事实，虚造公输欲杀墨翟等事，还让两人以腰带和牒片玩攻守游戏，甘冒"篡改""虚造"之名。这就具备了创造小说的重要条件：勇于虚构。而庄周及其后学，为宣示所持的带有神秘性的"虚无"之义、"无为"之道，索性远离人生世事，大起空中楼阁，创造了大批所谓"寓言"，其中许多都是今之称为寓意小说之作。让孔子、展禽、柳下跖等不同时期的人物共处、对话于同一时空，构成《盗跖》的奇特情节，更是大胆开创了寓意小说的新生面。宋代的黄震说得好："庄子以不羁之材，肆跌宕之说，创为不必有之人，设为不必有之物，造为天下所必无之事，用以眇末宇宙，戏薄圣贤，走弄百出，茫无定踪，固千万世小说之祖也。"① 后至《韩非子》与《吕氏春秋》，大量摭拾其时被书写或口传之事以为某种理义的例证，就其书而言，叙事是为证理疏义，独立性是相对的；而就其事而言，原在各书之外，是完全独立的叙事，其书采用的同时，也就记录、加工了原作，如果原为好事者自觉虚构之作，则无异记录、加工了一篇小说。两书有相当一部分叙事正是做了这样的记录和加工。所谓先秦诸子中的小说，除了诸子自己的创作之外，有很大一部分就是这种意义上的作品。它们对诸子书而言或可说是一种小说成分，而对它们自身而言，则是实实在在的小说。

子书而外，非属史官记录的先秦史书也多少不等地羼入有意虚拟的小说类作品或小说成分。《逸周书》学界已有考辨②。被历代文献书目多归入"杂史"的《国语》《战国策》，"拟托"之作不胜枚举，其中许多都

① 《黄氏日抄》卷五十五《苏子古史》，清乾隆三十二年（1767）新安汪佩锷刊本。
② 参见胡念贻《〈逸周书〉中三篇小说》。

是早期古小说。另如《左传》，传解《春秋》自然"年月井井，事多实录"①，但叙事亦不乏范宁所谓"富而艳"者，韩愈、弘历所谓"浮夸"者②，不止某些细致生动的描述加入了作者的想象，富于文学价值，也掺杂某些蓄意造作的叙事。《国语》与《左传》各有相当多的灵应预言，那是作者利用已知的春秋、战国史事为人物制作的先知先觉神话，均非史笔，而是自觉虚拟的早期小说或小说成分。

战国这样的时代至秦统一就结束了。经过焚书之祸，两汉的经学与史学又大为发展，子书则相形而式微。特别是武帝"罢黜百家，独尊儒术"之后，崇儒的同时，叙事尚实之风大兴。尽管某些经学家也编造上古帝王的名号与时代，却是打着古史的旗号堂而皇之进行的，与尚实之风表面上并不抵牾。王充的《论衡》就是尚实文风的鲜明标志，在破除种种迷信，指责种种"失实""虚语"的同时，也奋力排斥虚构的"华文"。较之战国诸子，两汉时代由作者自觉虚构的叙事之文少之又少，充斥叙事之书的除去大量史传，便是民间传说。《越绝书》与《吴越春秋》虽有作者的变改、虚拟成分，不无小说之作，主体却是史事与传说的结合体。故钱福谓《吴越春秋》"大抵本《国语》《史记》，而附以传闻者为之。"③ 传闻或实或虚，甚或怪异幻诞，而"作者当时并不以为虚妄，而是信以为实加以记录"，从而"与小说家蓄意虚构有本质的不同"④。便是成书于东汉妄诞不经的《列仙传》，主要也是民间传说，所以每篇都很短小，与后来羼入有意虚构、篇幅曼长的《神仙传》适成对照。不过，成书于西汉的《韩诗外传》《新序》《说苑》《列女传》等却各有大批自觉虚构的完整叙事之文——小说。需要指出的是，这些虚构之作不仅写的是先秦人事（写

---

① （清）崔述：《洙泗考信余录》卷三，载《崔东璧遗书》，清光绪五年（1879）定州王氏谦德堂刊本。
② 参见《春秋左传注疏》卷首《御制读〈左传〉》，《文渊阁四库全书》，台湾商务印书馆股份有限公司1986年影印本，第134册第2页。
③ 《吴越春秋》卷首钱福《序》，明弘治（1488—1505）邝璠刊本。
④ 石昌渝：《小说》，北京：人民文学出版社1994年版，第43页。

汉代人事者大都真实可信，甚少虚构），其本身也多属于先秦作品，韩婴与刘向主要是它们的整理者或应用者，在整理、应用的过程中有所改造与加工。因此，与其笼统称它们为汉代作品，不如将它们视为原初产生于战国时代更切合实际。至于《孔子家语》和《孔丛子》，产生年代虽还不能确定，其抄录、变改了许多先秦之作则是可以肯定的，所以也多有先秦人的手笔。这样看来，先秦战国不仅是中国小说的发轫期，也可以说是这种文体的勃发期，现存作品的总量多至数百，构成中国小说茁壮的童年。

　　传说源于远古，历代多有。至魏晋南北朝，佛道两教日盛，清谈之风大炽，以民间传说为主体的笔记小说日趋行时，志怪、志人之书风起云涌。志人多实，虚者多属传闻之讹，少有自觉虚构者。晋裴启作《语林》，"始出，大为远近所传，时流年少无不传写，各有一通"，后谢安谓其记述自己之语不实，为裴氏自撰，"《语林》遂废"①。这种变化充分显出当时传写人事的崇实鄙虚之风。至于神怪传说，由于宗教观念和民间信仰，言者、记者多如干宝，深信"神道之不诬"②。从这种意义上说，亦属"纪实"。听者、读者也多作为实言实事予以接受。此等记述人事与神怪民间传说的"从残小语"虽繁盛于六朝，却在其后代代相传，不绝如缕，直至清末，成为全然不同于自觉虚构小说的另一类小说文体，自成"笔记小说史"。然而，在大量传说中，也逐渐产生少量篇幅曼长之作，并出现某些单篇作品。文人的整理和写作逐渐渗入自觉虚拟和创造成分，成为一种新体小说——准传奇。除成书年代尚难确定的《燕丹子》《汉武帝内传》，又有张敏的《神女传》、曹毗的《杜兰香别传》、无名氏《赵飞燕外传》等。《搜神记》中收录的紫玉爱恋韩重的故事、卢充入崔少府墓的幽婚故事，虽非单篇作品，也都是情事婉转的准传奇小说，成为后来唐传奇的先声。《神仙传》中的某些作品也应视为这种文体。所谓准传

---

① 余嘉锡撰：《世说新语笺疏》之《文学》《轻诋》，北京：中华书局1983年版，第269、844页。

② 干宝：《搜神记原序》，载《搜神记》卷首，商务印书馆1957年版。

奇，是指并非全然由文人个体有意造作的传奇，而是在传说基础上由文人加工搀入某些自觉虚构成分之作。但总观这一时期，自觉虚构的叙事之文仍比较少。倒是一部充作先秦之作的《列子》横空出世，除了抄袭《庄子》之文，更大力效法、发展《庄子》笔法，创造一批富于特色的寓意小说。这部打着先秦旗号的"伪书"，也是先秦小说文体勃兴的余光返照。还有皇甫谧与嵇康，各编创一部《高士传》，本为赞赏历代"身不屈于王公"之士①，却因将《庄》《列》两书中一些虚造的人事错认作史实，也造成一批小说作品。

纵观中国早期小说，虽多短小、粗糙与稚拙，却多种多样。拟实与表意两大类都已产生相当的数量。其中拟实类以拟史为主。在"六经皆史"、各国皆有"春秋"的时代，早期的许多小说以史传的形态出现，是史之分流，可统称为拟史小说，乃属拟实小说的一种。特点是以历史真人之名写作者虚拟的现实性言行事迹。它在早期小说中占绝对的优势，实为早期拟实小说。后世拟实小说的人名一般也是虚拟的，而早期小说，除寓意者外，拟实者大都用历史中的真实人名。这既是它源于史之母体的胎记，也是它虚构性尚不充分的标志。它与属于拟史小说另一类型的后世历史小说既有相似，又有分别。后世历史小说，不止人名取自历史，题材和事迹主干也大都取自史书，在史迹的基干上展开想象和艺术虚构。就上述品格而言，拟史小说介乎后世一般拟实小说与历史小说两者之间。本书中常称拟史为拟实，前者乃后者之一种也。在拟史小说中，存在不少仿改之作，或仿改史书（如将真实的史记改变主人公姓名而成的小说），或仿改别的小说。其中多为简单的仿造或改写，是早期小说稚拙的突出表现；也有少数独具创意者，能推陈出新，成为后世改旧翻新的小说的前驱。

早期表意小说虽也不乏夸诞的写意之作，却以寓意体式为胜。史传中常见的虚拟的预言就是寓意体式的一种。《庄子》与《列子》更是早期寓

---

① （晋）皇甫谧：《高士传序》，《高士传》卷首，北京：中华书局 1985 年影印本。

意小说的奇迹。以今之文体特色衡量其文，两书虽有一定数量的寓言和寓意小品，更多的却是寓意小说。特别是《庄子》，以其极富人生哲理的深刻寓意、丰富多彩又翻空出奇的超验意象成为一个时代寓意文学的绝唱。它与后世道教的观念、旨趣可以说是大相径庭，而少数篇章对神仙人物的奇特想象与造作却又可说是后世某些道教小说的滥觞。

　　最后谈谈早期伪书与小说的关系。从史家角度看，《穆天子传》或为"伪书"，那是因为某些史家曾错把这部小说当成史传。其实书并不伪，因为它并未冒充史传。《孔子家语》《孔丛子》不同，从其冒充孔子及其后代的真实事迹而言，自可说是"伪书"；至于魏晋人集句而造的古文《尚书》更是地道的伪书。然而，伪书非指文体，也各有其文体，或为议论文，或为叙事文。如果是后者，恰好就是有意虚造史迹之作；又由于早期小说的叙事大都简略，与史作的叙事略无分别，叙事伪作的文体自然就成了早期小说。

《穆天子传》——大气磅礴开山祖

中国小说始于何时，近些年来其说不一：谓汉代者有之，谓魏晋者有之，谓唐代者亦有之。至于先秦，小说史论著或不予置论，或谓之"前小说"时期。所谓"前小说"，就是含有某些小说因素的非小说，如神话传说、史传文学、诸子寓言之类。然而，就在战国中后期的公元前295年，一部洋洋近万言的虚构性散文叙事作品①，被埋入魏襄王墓。它其实应是我国小说的开山之祖——《穆天子传》。

这部用科斗古文字书于竹简的六卷之作，以干支排日形式叙述公元前九世纪周穆王巡游天下事，从晋武帝太康二年（281）盗发出土之后②，长期被视为帝王起居注或传记类史书。尽管早在唐代就有柳宗元提出"其书尤不经"的见解③，却并未动摇它在古目录书中的史书地位。至明后期，胡应麟始于此书有"颇为小说滥觞"之语④，但仅指其中详述盛姬丧葬的第六卷。后经清代特别是近现代史学家和文献学家的质疑、考证，反复论辩，如下两点已是广泛认同的事实：（一）其成书年代不是西周，更

---

① 《穆天子传》出土后即无完帙，而据晁公武《郡斋读书志》卷十九传记类记载，"凡六卷八千五百一十四字"。

② 汲冢古籍的出土年代还有咸宁五年（279）、太康元年（280）两说。此从荀勖《穆天子传序》。

③ 《观八骏图说》，载《柳宗元集》，北京：中华书局1979年版，第468页。

④ 胡应麟：《少室山房笔丛》卷三四《三坟补逸下》，上海书店出版社2001年版，第347页。

不是穆王在位之时，而是上距穆王数百年的战国中期或前期。（二）与前一点相关，其主体内容特别是前四卷西征绝不是穆王巡游的实录，而是在传说基础上大力生发、想象、虚构的产物。且不说某些神异成份，即西巡规模之大、行程之远、道途之险、历时之久以及穆王在外域各邦威望之高、与犬戎等异族关系之融洽，都大大超出其时自然与社会的条件及史料显示的客观实际；其错以洛阳为宗周且以洛阳为起迄的西征路线更是东周人的主观设计和造作，显出全局的虚拟性质。因此，它不是史书，而是文学作品。但它是什么作品呢？文学史家大多谓之神话传说。鲁迅《中国小说史略》在讲"神话与传说"时举出《穆传》，但只录其见西王母和高奔戎搏虎两段，似非泛指全书。后出与晚近的某些小说史论著则概言《穆传》与《山海经》是"两部汉以前的以神话为内容的书"①，甚至说《穆传》"属于搜奇志怪的系统"②，"是最完整的一部古代神话传说"③。

《穆传》是神话吗？绝然不是。即以仅存的六千余字文本而言，绝大部分是拟实性文字。通篇是写周穆王驾八骏、率六师巡游天下的人事活动：登山涉水，观光打猎，刻石铭迹，饮酒赋诗，瞻仰黄帝之宫，朝祭宗周之庙，奖励擒虎壮士，泣葬夭亡爱姬，更多的是到处接受外域部族首领的膜拜、献纳，赐赠给他们金珠宝物。超验的神异幻诞之笔寥寥无几，除"天子其遗灵鼓，乃化为黄蛇"（卷五）而外，主要就是卷三写的于瑶池会见西王母事。那事其实也并不怪诞：献礼，进酒，对歌，全然不像神话，而像"人话"。只是"我惟帝女"的谣词和穆王异乎寻常的虔敬态度（宾见择吉、馈赠称"献"之类）显出西王母超凡的身份和地位，也显出它与先秦古籍《山海经》《归藏》等书中神话人物西王母的连带关系④，

---

① 石昌渝：《中国小说源流论》，北京：三联书店1994年版，第62页。
② 孟瑶：《中国小说史》，台北：传记文学出版社1980年版，第5页。
③ 吴志达：《中国文言小说史》，济南：齐鲁书社1994年版，第27页。
④ （梁）萧统编《文选》卷六十三王僧达《祭颜光禄文》李善注引《归藏》云："嫦娥以西王母不死之药服之，遂奔月为月精。"北京：中华书局1977年版，第838页。

从而使这种会见有了某种谒神的意味。但即使将它计算在内，幻异之笔所占的篇幅也只有全文的百分之几。怎能以此概言《穆传》是"神话"呢？胡应麟说："《穆天子传》所记山川草木鸟兽皆耳目所有，如《山海经》怪诞之文百无一二也。"① 顾颉刚先生经过一番考辨写道："自从到了'积石南河'，作者就开始采用《山海经》的名词"，"他作得与《山海经》不同的一点，就是他不取神话"，"把一切现实化了"②。这些论断才符合《穆传》文本的实际。有人将卷一所写的穆王在燕然山下大祭河神拜受帝命之事也说成神话，其实，那个隆重的朝祭仪式完全是当时人的现实性迷信活动，类乎后世的巫祝请神，是通过人即河宗柏夭之口把上帝之命传达给穆王，既不见神人，也没有幻事，是很生动的拟实之笔。

　　《穆传》非但不是神话，其主体内容也不是传说。传说只有两种：一种有较强的故事性；另一种无故事性，甚至无叙事性，而有新闻性或特异性。前者可长可短；后者都很短小，也必须短小，如《山海经》中幻诞的殊方异物之类。换句话说，曼长的传说非有较强故事性不可，否则无法口传。《穆传》若长的记叙文字，却没有什么故事性，只以起居注的形式按日记述穆王所到之地及大同小异的献赐活动，笔墨粗简，而于时日干支、行经地域及部族、献赐物品及数目记述甚详，六千余字中仅干支纪日就多达一百四十个。这样的内容根本无法以口相传。《穆传》的基础素材主要是穆王西巡的民间传说，作品也保存了驾八骏之乘、以造父为御、会见西王母、高奔戎搏虎等传说内容，但篇幅很少。作者在对这个传说的再创造中，以大量穆王巡行的日常活动稀释并溶解了传说的故事性，使作品成了穆王西征的"一部排日的游记"（顾颉刚语），从根本上改变了素材原生态的传说性质，从而获得自觉虚构的书面叙事文学的小说品格。

　　这里说的小说，系以近世文体观念为参照系，而非古目录学之谓小

---

① 胡应麟：《少室山房笔丛》卷三四《三坟补逸下》，第343页。
② 顾颉刚：《穆天子传及其著作年代》，载《文史哲》第一卷第二期，1951年7月出版。

说。认《穆传》为"小说"也由来已久。早在《四库全书》之前的《天一阁书目》就将它归入子部小说家类。《四库全书》编者在《总目提要》和《简明目录》中还特别说明将它"改隶小说"的理由:"多夸言寡实","为经典所不载"。不过,古目录学的"小说"内涵没有内容与形式的明确定性,其外延异常宽泛,即使范围大为缩小的《四库全书》也将"杂事""异闻""琐记"尽隶小说,将《山海经》与《穆传》并入"异闻"。从这方面看,明清目录学家认《穆传》为小说与今之小说史家认《穆传》为神话并不抵牾。前者小说观念的外延包含了后者之谓神话。近之学者经过考辨也有称《穆传》为小说而非神话者,但也多指古小说观念而言,有的还特别申明:"很难与后代小说观念合拍","应列入班固所说的'小说家者流'"①。其实,《穆传》不仅合于包罗广杂的古小说观念,也属近世文体学的小说范畴。试想,一位战国时期的作者,用其拥有的历史的、地理的、自然与社会的知识、经验,将有关数百年前穆王巡游的本事传说改造成为貌似后世帝王起居注的"排日的游记"——只能阅读不能口传的虚构性的书面叙事文学,这是多么巨大、新奇的造作!作者模仿当时"君举必书"的史官之笔杜撰出穆王数年巡游中百数十日的行程、地望、境况、作为,构成一部似真非真、以假乱真的穆王春秋——编年史体(实际就是以第三人称作叙述的日记体)作品,这又是何等大胆、自觉的创作意识!这种既非神话也非传说的虚构性拟实的叙事散文,即使出现在今世文坛,也只能认它为小说,而且还属于那种易得评家青睐的体式别致、不编故事、写出了现实自然生态的散文化小说。惜其出世太早,在被史学界错爱十数世纪之后一旦抛撤,文学界看它反觉眼生,不敢冒认作小说之祖。但这只是暂时现象,其确凿的小说品格终将使它归于祖位。

值得注意的是,编年史体小说在小说史上非此一种,时隔两千多年的清中叶又产生一篇《扶风传信录》,体式、样态、创作途径与《穆传》如

---

① 郑杰文:《穆天子传通解》,济南:山东文艺出版社1992年版,第182页。

出一辙。据《宜兴县志》及钮琇《觚剩》、王士祯《居易录》等笔记记载，清初康熙间宜兴地区流传着书生许丹忱与狐仙胡淑贞婚恋生息的传说，还有人写成文言小说《会仙记》。至嘉庆间，吴骞自称得到许生祖父的亲笔实录"《叙事解疑》一帙"，"年经月纬，排日按时"，由吴氏"删其繁芜"，辑成是篇。"扶风"是宜兴桥名；"传信"以为"解疑"，所谓"较得之传闻者为确凿可据"①；题拟唐郑綮的《开天传信记》。全文约六千字，为《会仙记》的六倍，计列四年间 119 日事，于主人公往来酬答或略或详，散同信史，从而把一则民间传说稀释成无法口传的文言小说。这与《穆传》的创作何其相似？真可谓无独有偶。清代是小说鼎盛期，此等作品价值甚微，但它硬将幻诞的传说——落实为当事人手记的努力让我们看到儒家重史重实的文化观念对作家心态和作品形态的强力影响，同时也让人看到《穆传》创作途径的一次生动的演示。这不是说作者有意模拟《穆传》，两者的相似应是一种不期然而然的艺术创作同构现象，是共同模拟编年史体的自然结果。但它有助于我们理解远哉遥遥的小说之祖的呱呱诞生。

我们认《穆传》为小说之祖，有如下两个方面的考量。其一，它是不依附于任何子书与史书而自成一体的绝然独立作品，且篇幅曼长，结构严整，在先秦众多可称小说者中绝无仅有。其二，其语言与文风，较战国中后期出现的包含小说或小说成分的诸多子史之作更古朴、更粗糙，少有对话与铺陈，因此，其成书时间虽不能确定，多应早于那些子史之作。

从没有任何小说的战国前期或中期冒出这样一部出奇特异的长篇大作，似乎太奇突、太超前了。但只要想到在它之前不仅已有千年史官记事的历史，而且已有编年体经典史书《春秋》传世，《穆传》的产生也就不足为怪。我国早期小说乃史之分流，史志是小说之母，小说开山之作效法

---

① （清）吴骞：《扶风传信录序》，载《丛书集成》初编第 2726 册，上海 商务印书馆 1939 年初版，1959 年补印本。

各国"春秋"的史家之笔，取"以事系日，以日系月，以月系时，以时系年"的编年形态是自然的事①。两者之间只横着一条从纪实到虚构的鸿沟，跨过这条鸿沟就是彼岸。这与近世产生的日记体、书信体、词典体等变体小说，既相似，又不同。《穆传》之仿史志颇似后者之仿日记、书信与词典，从而显得富于创造性和创作意识。但后者是在小说成熟之后对其体式、形态、功能、审美取向高度自觉的艺术追求，创造的作品具有鲜明的美文特征，一望而知是小说，不会与其仿拟的应用文体相混淆。如果说这是小说的散文化，乃是高层次的散文化。《穆传》不同，其时既无小说观念，也无小说样态，只将《春秋》一类记述简括的编年史书作参照物，内容虽多虚拟，样态却近实录，不作深细考辨就难与史籍相区别，以至长期被视为信史，而被多作考证的文献学家斥为"伪书"。这正反映了小说初生之际与其母体过于相似难解难分的胶着状态。它的散文化也是初生小说稚拙的表现，有史体散文的鲜明胎记。

不过，作为小说之祖，《穆传》仍是破天荒的艺术创造。除已论及的虚构性之外，其内容、意蕴、笔法、格调、形象结构也都在一定程度上突破编年史志，初具小说的品格特征。

首先，《穆传》自始至终写穆王巡游，既有中心人物，又有中心事件，而且有所表现的思想主题。这使作品的形象结构单纯、集中，条贯统绪，有小说结构某种特有的凝聚力和艺术张力，与散记许多不同人、事的编年史书大相径庭，也有别于后出的史传和起居注。起居注虽有中心人物，却无中心事件和思想主题，更无形象结构和艺术张力。就此而言，它与《穆传》只有按日记事的形似而已。史传虽比起居注集中，只记传主的主要事体，但一般并不专记一事，没有贯通首尾的中心事件和思想主

① （晋）杜预：《春秋序》，载《春秋经传集解》卷首，《四部丛刊》本。按：《穆天子传》不以序数纪月，而以"孟春""仲秋"等十二纪兼顾纪月与纪时，这也是它晚出于战国时期的一个证明。今所见《穆传》不见纪年，似非不记，或遗而致缺，参见拙文《〈穆天子传〉纪时考议》。

题。明代就有人因《穆传》只写巡游"不及他事"而对书题提出质疑："何以'传'也?"① 据相关文献记载与史家考证,此书出土时原本无题,或已缺题,今本之题系整理者荀勖所加,晋时另有题作《周王游行》或《周王游行记》之本②。此题虽未流传于后,却更合于作品实际,且能显出具有中心事件和主题的小说意味。

其二,《穆传》的主题是与穆王的形象创造相表里的。作为小说的初生儿,穆王形象诚然稚拙、粗糙,缺乏后世成熟小说人物的鲜明个性和生命活力,即使比之《左传》中的某些人物也逊色得多。但它仍是被作者赋予特别意蕴的人物形象,从而有别于史传人物,在很大程度上成为创造者意向的物化符号和载体。纵观《穆传》,特别是主体内容的西征,是将传主作为一位心念黎庶、协和万邦而广受拥戴的仁明天子和英雄天子加以表现、歌颂的,同时造成一个熙和承平的盛世气象。这一主题不仅有违西周铭文、《国语》等史料显示的穆王对异族大肆征讨的客观实际,也改变了本事传说本来的思想倾向。《左传》昭公十二年楚子革说:"昔穆王欲肆其心,周行天下,将皆必有车辙马迹焉。祭公谋父作《祈招》之诗,以止王心,王是以获没于祇宫。"《楚辞·天问》云:"穆王巧梅,夫何为周流? 环理天下,夫何索求?"《史记·赵世家》称:"造父取骥之乘匹,与桃林盗骊、骅骝、绿耳,献之缪王。缪王使造父御,西巡狩,见西王母,乐之忘归。"三者显示的本事传说,重心都在穆王的纵欲游乐,故取否定或漠视态度。《归藏》更有"昔穆王天子筮出于西征不吉"的记载③。就是与《穆传》同时出土记穆王巡游较多的《竹书纪年》佚文也未言及其与域外邦族献赐之事,记述简略而客观。《穆传》不然,先通过

---

① (明)唐琳:《穆天子传叙》,载明天启间杭州刊《快阁丛书·穆天子传》卷首。
② 杜预《春秋经传集解后序》之孔颖达"正义"引王隐《晋史·束皙传》述汲冢竹简古书曰:"《周王游行》五卷,说周穆王游行天下之事,今谓之《穆天子传》。"又,晁公武《郡斋读书志》卷十九传记类云:"《穆天子传》六卷……郭璞注本谓之《周王游行记》。"
③ 《太平御览》卷八十五引《归藏》语,北京 中华书局 1980 年版,第 1 册第 401 页。

祭河将穆王西巡写成受命于上帝，名正言顺，与《归藏》所记筮而"不吉"恰好相反；随即大写其礼交外域邦族的活动，到处接受贡献、膜拜，颂扬之意显而易见。与此相应，传中不仅无人谏阻其巡游天下，在穆王自责"辨于乐"时反有七萃之士为之歌功颂德，说"农工既得，男女衣食，百姓瑶（宝）富，官人执事"，巡游"何谋于乐"？乃"与民共利"，"无失天常"。这更淡化了西征的游乐色彩，强化了盛世气象和歌赞性主题。不仅如此，作品将祭父作诗谏阻翻作穆王两度自责，遂使"欲肆其心"的穆王一变而为关心民瘼、能思己过的仁明天子，所作三章"哀民"诗情见乎词。至于第六卷反复写他对夭逝盛姬的"永念伤心"，又可见出穆王性情的另一侧面，为这个粗具轮廓的形象增加些许立体感。当然，《穆传》对传主的纵欲也有所表现，五、六两卷表现得较为明显，但不构成全书的主题，而是本事传说的思想钤记。如此赋予历史传说人物以全新意蕴并由此构成作品主题，改变史迹与传说的本来面貌，正是后世小说常有的事，是小说家的艺术造作。

其三，大肆夸张构成《穆传》的浪漫基调和审美特性，与史志注重"实录"大异其趣。如前所述，《穆传》的内容绝少神话，多属人事。但这人事非但不是实录，也不是平实的想象和虚拟，而是在流传与再创造中被特别放大了的，具有鲜明的夸张性和夸诞性。这不仅表现为用了一些史书所不用的一日"驱驰千里"（卷四）、壮士"生搏虎以献天子"（卷五）之类的"夸言"笔法，更表现为对穆王巡游的规模、内容、风貌的宏伟设计。让穆王以万方之尊，统六师之众（七万五千人），携带大批宝物，君临众多邦族，到处献赐，其乐融融，迈越昆仑，宾见王母，在尚无丝绸之路的西周中期径达臆想极远的"西北大旷原""大畋九日""载羽百车"，浩浩荡荡，辟新路而归，历时将近两年，行程三万五千里，单是接受外域贡献的牲畜就多达三十六万七千四百二十头。这是旷古未有的壮举，是超越当时自然条件与社会条件的帝王和平大巡游，是历代帝王梦寐以求而谁也无法实现的幻想，也是处于战国时期饱受战乱之苦的人们渴望天下统一、和乐太平的天开异想。作者借用穆王巡游的本事传说，大力驰骋夸张的想象，使巡游高度理想化，极富浪漫色彩，从而造成大气磅礴的审美韵味和史诗风貌。这也是位居小说开山之祖的《穆传》特有的艺术价值。全书六卷，西征即占四卷，其高潮就是谒见西王母并与之对歌：

> 西王母为天子谣，曰："白云在天，山陵自出。道里悠远，山川间之。将子无死，尚能复来。"天子答之，曰："予归东土，和治诸夏。万民平均，吾顾见汝。比及三年，将复尔野。"

西王母"白云"之歌六句四言，瑰伟雄奇，涵盖天地，是对穆王西征的热情礼赞；"穆王东夏之吟仅二十余字，而敦大鸿远，居然万乘气象，自虞氏《卿云》之后未见有若斯者也"①。两者珠联璧合，相映生辉，把万里巡行的磅礴大气推到了顶点。

其四，《穆传》记述虽很简古，仍有某些史书少见而为小说多有的铺叙文字。如将穆王西巡所用的八骏、六狗、四御者尽数列名，以增气势；写穆王祭河受命时"大服：冕祎，帗带，搢笏，夹佩，奉璧"，逐项叙其服饰。如果说卷三见西王母的场面铺排主要由两者对歌的三首谣词构成，那么，卷六的盛姬丧葬盛况则是一色的描述文字：先是排写十三种不同身份的哭者，后又罗列十二种不同身份的陪祭人，前后计用三十四个"哭"字，铺陈之甚可见一斑，实比《尚书·顾命》写成王之丧还要繁细。胡应麟就以其"文极赡褥"，独称此卷"颇为小说滥觞"。再看穆王的春山之游：

> 季夏丁卯，天子北升于春山之上，以望四野。曰："春山是唯天下之高山也！"孳木华不畏雪。天子于是取孳木华之实，持

---

① 胡应麟：《少室山房笔丛》卷三四《三坟补逸下》，第346页。

归种之。曰："春山之泽，清水出泉，温和无风。飞鸟百兽之所饮食，先王所谓县圃。"天子于是得玉荣枝斯之英。曰："春山，百兽之所聚也，飞鸟之所栖也。"爰有□兽，食虎豹如麛而载骨，盘□始如麏，小头大鼻。爰有赤豹白虎，熊黑豺狼，野马野牛，山羊野豕。爰有白隼青雕，执犬羊，食豕鹿。曰：天子五日观于春山之上。乃为铭迹于县圃之上，以诏后世。

如此铺叙自然风物和人对自然风物的叹赏，不仅为一般史书所无，即在唐前的各种散体文中也罕有其匹，只在诗歌辞赋或骈文中时有所见，是美文独有的内容风貌，且富于诗意。

　　由于《穆传》是罕见的先秦竹简古籍，虽非史书，仍有很高的认识价值，特别是为了解、研究战国时期中原与西域的交通、商贸和物产提供了重要资料。不少学者对此作过深细的考索和论述，此不复赘。这里只想说明一点：《穆传》既然不是史书，具有很大的虚构性和夸张性，所写的路线、地名、里程之类，就不大可能笔笔属实。尤其是远出西域的山川地望，即便成书之前已有商人能走的丝绸古道，《穆传》的作者也不大可能亲自走过，从而正确写出每个行经要地、部族的道里、方位。书中这部分用了较多的《山海经》中地名，又与其方位不甚相契，正显示出小说家的某种无奈和随意性。不要说自称"帝女"的西王母所居的瑶池不便指实为今之某湖，就是赫赫有名的"昆仑之丘"也因考证者各执一词且各据一理而有祁连山、巴颜喀拉山、昆仑山等多种异说，难于定论。这说明，地理考证虽很必要，也很有价值，但不可忽略《穆传》的小说性质，定要按图索骥，处处落实，难免胶柱鼓瑟之弊。

　　原载《北京大学学报》2003 年第 1 期，题作《大气磅礴开山祖——〈穆天子传〉的小说品格与小说史地位》，后入文集略有增补。

《尚书》之拟史小说考辨

　　《尚书》在先秦名《书》，是与《诗》并列的早期文献，最迟孔子时就已成书，至战国又有续作或改作，计有百篇之多。秦焚书后，被伏生保存并传授二十九篇，因用其时通行的隶书写成，后称"今文尚书"，西汉即被立于学官。汉景帝时①，从孔子堂壁中又得到一批用先秦古文字书写的典籍，其中《尚书》较今文篇数多十六篇（其《九共》九篇合一，实为二十四篇），称"古文尚书"，东汉始兴。后经战乱与时代变迁，两者逐渐散逸。东晋元帝时，豫章内史梅赜（或作梅颐）献古文尚书五十八篇，并流传下来，即今所见《尚书》文本。其中略同于伏生所传的二十九篇被分为三十三篇，仍习称"今文《尚书》"，另二十五篇被称为"古文《尚书》"。这二十五篇从宋代就有人质疑其为魏晋人伪作，至清乾隆间阎若璩刊出《尚书古文疏证》，逐篇逐条考辨其造伪根底——文句出处，遂被多数学者视为定谳，至今依然。

　　统观《尚书》文体，多为诰、命与誓辞，即王公发表的各类文告，《汉志》所谓"古之号令"。无论真伪，多非纪事之文，与本文要考辨的小说文体相去甚远。但这只是概而论之。仔细考较，今存《尚书》各篇不仅产生的时代不同，真伪纷纭，文体差异也不可以道里计，少数几篇不

---

① 《汉书艺文志》作"武帝末"，误。参见屈万里《尚书集释·概说》，台北：联经出版事业公司1983年版，卷首第18页。

仅通篇叙事，还是有意虚拟、首尾完整且非寓言的拟史之文。这就不仅走近了小说，就文体要素而言，与小说实无质的差别。此等堪称拟史小说的篇章在今文、古文《尚书》中都有存在。

一、今文《尚书》中的拟史小说

虞书首篇《尧典》，属今文《尚书》，原与现存的《舜典》本为一篇，被梅氏所献之书照《尧典》开篇样式加了"曰若稽古，帝舜曰重华"等二十八字而分出《舜典》。今复其原，以辨其体。《尧典》全文约一千二三百字，分三部分：一是帝尧派四位属官住于四方，恭奉上天，"历象日月星辰"，以正四时；二是物色并考察帝位的继承人舜；三是舜当政后巡视四方，处置"四罪"，为帝之后逐一商讨、确定禹、弃、契、皋陶、垂、伯夷、夔、龙等的职务和具体职责。除第一部分，后两部分大半是尧、舜与臣子的简短对话。显而易见，这篇叙事之文决非尧舜时所作，以"曰若稽古"开篇就清楚表明是遥远后世人的述古之作。但究作于何时？郭沫若先生在《释祖妣》中通过对《周易》《诗经》和两周金文的考证，认定"考妣连文为后起之事"，"当系战国时人语"，并指出："《尚书·帝典》'帝（放勋）乃殂落，百姓如丧考妣三载'，不独百姓字古无有（金文中作'百生'），三年之丧古无有（《孟子·滕文公上》定为三年之丧，父兄百官皆不欲……），即此考妣二字连文，亦可知《帝典》诸篇为孔门所伪托。"① 屈万里先生在《尚书集释》之《尧典》篇首更列举十证"以明其为战国时人述古之作"②。战国上距夏禹一千五六百年，距尧、舜更远。即便有些传说，史官也无法将它变成信史。有的学者认为"《尧典》所记尧舜禹的史迹基本上是可信的"，只是一种主观愿望。仔细推敲

---

① 《郭沫若全集·考古编》第1卷，北京：科学出版社2002年版，第20-21页。
② 参见屈万里《尚书集释》，第4-6页。

三个部分，主要是儒家作者或凭有限的传说和周代的诸多现实、观念对远古社会和君臣关系所作的理想化虚拟。

第一部分，写尧命羲仲、羲叔、和仲、和叔分居四方，敬日观星，以正仲春、仲夏、仲秋和仲冬，导引农事。如此将四方与四时相配，乃是五行说日趋兴时的产物，也应出在战国时代，尧舜时不可能有此。据甲骨学家考证，在殷墟卜辞中，表示季节的"春"和"秋"两字甚夥，而无表示季节的"夏"字和"冬"字，可见其时一年中只有春秋两季。陈梦家和于省吾对此都作了有力的论证。后者在《岁时起源初考》中写道："《尧典》四时之说，人多信以为真，其实初民只有周而复始的岁度或某些节候观念，后来因为生产和生活的需要，才有春秋二时的划分。由于卜辞中只有春秋而无冬夏"，并且"往往以春和秋为对贞"，由此"可以看出商代的一岁只分为二时"。在对周代的金文、《诗》《书》做了考察之后又说：西周上承商代"只实行着二时制，四时制当发生在西周末叶"①。这就从根本上否定了《尧典》第一部分的真实性，尧所说的"以闰月定四时成岁"当是作者以东周的四季观念想象远古时代虚构出来的。又者，文中处于东西南北之人分别被写作"厥民析""厥民因""厥民夷""厥民隩"，此与《山海经》中写的四方名即四方神名"东方曰折""南方曰因"、西方"有人曰石夷""北方曰䳜"恰好相应。胡厚宣先生对此作了缜密的考辨，不仅辨明《山海经》中的四方名源自殷墟卜辞，还进一步辨明《尧典》中四方之人的"析""因""夷""隩"乃从《山海经》的四方之神名变化而出："在甲骨文仅为四方名某风某，《山海经》文略同，惟将四方之名神人化，至《尧典》则演为尧命羲、和四子掌四时星历，教民耕作之事"②。这种化用《山海经》神话内容之文，未必是"作者硬

---

① 载《历史研究》1961 年第 4 期。
② 《甲骨文四方风名考证》，载《甲骨学商史论丛》初集，民国三十三年（1944）齐鲁大学图书研究所影印本。

把他们不懂的神话材料变成历史的事实"①，而很可能是蓄意将这种神话材料历史化亦现实化，以渲染、虚拟古之圣人尧所治理的时代。此外，羲和也是《山海经》中的神话人物，她是"帝俊之妻，生十日（太阳）。"郭璞注曰："羲和盖天地始生主日月者也……故尧因此立羲和之官以主四时"②。郭朴如此将羲和与《尧典》相连系，并非穿凿。《尧典》将羲和化为羲、和四子，也是特地将神话人物历史化，是作者蓄意创造这段小说式文字的又一明证。

第二部分着意表现帝尧物色、考察继承人。物色由一系列对话构成。尧子丹朱和共工先被提出，被尧否定。四岳（四方诸侯之长）中有人举鲧治水，尧听取建议后同意试用，结果九载而"绩用不成"。尧便要把帝位让给四岳，被辞以"否德"。众臣遂举出鳏夫舜，谓其"瞽子。父顽，母嚚，象傲。克谐以孝，烝烝乂不格奸。"尧同意"试哉"，便妻以二女，开始考察。结果"慎徽五典，五典克从；纳于百揆，百揆时叙；宾于四门，四门穆穆；纳于大麓，烈风雷雨弗迷。"如此三载，尧便要舜"陟帝位"，舜"让于德，弗嗣"，而代尧执政。尧禅让帝位于舜，应该是有传说作基础的，但内容只能是个轮廓。禅让的具体方式、过程，以至众多人物的对话，多非传说所能提供，只能由作者以虚想进行创造。"五典"，也称"五教"，或以《左传》文公十八年之谓"父义、母慈、兄友、弟恭、子孝"为解③，或引《孟子·滕文公上》之谓"父子有亲、君臣有义、夫妇有别、长幼有叙、朋友有信"作传④。无论何者，都是儒家所倡导的成熟的封建伦理道德，尧时断不会有。顾颉刚先生写道："战国时不但随便编造'伪事'，而且已在著作'伪书'了。试看舜，在孔子时只是

---

① 刘起釪：《尚书研究要论》，济南：齐鲁书社1996年版，第77页。
② 载郭璞注《山海经》，上海古籍出版社1989年版，第109页。
③ 《尚书正义》卷三署汉孔氏《传》，载《十三经注疏》，北京：中华书局1980年影印本，第125页。
④ （宋）蔡沈：《书集传》卷一，明正统十二年（1447）刊本。

一个没有事迹的古帝，门弟子问孝的这般多，孔子绝没有说到舜身上，可见舜在那时还没有孝的名望。孔子之后，有人做了一部《尧典》，说了'父顽，母嚚，象傲，克谐以孝'一句话，在做书人原是要表出尧举舜的缘故，但舜从此成了一个孝子。"① 这也充分说明《尧典》中舜的形象在很大程度上是战国时人的蓄意造作。

第三部分可分为两段。前段写舜受命代尧理政，叙述简略：巡四方，修五礼，设五刑，处置"四罪"。其间内容，如"五礼""五刑""同律度量衡""扑作教刑""金作赎刑"之类，也是周代特别是春秋、战国封建制度相当发达之时才有可能产生的规定，大多是从周礼或周后期现实敷衍而生。尧舜时尚无学校（后称序、庠），哪有"教刑"？"金"未作币，怎能"赎刑"？梁启超说："三代以前未有金属货币，此语恐出春秋以后人手笔。"② 言颇中肯。此段文字虽不多，也处处露出虚构的时代马脚。后段写舜为帝之后商讨、任命诸多官员，几乎全是人物对话，只此即可知其出自意想、虚拟无可避免。司徒、司空周代始有，舜岂能设？理州之牧、掌管山林之虞，商代卜辞均无，而《周官》则有，应非舜时之官。典帝三礼的"秩宗"大约也是从周之"宗伯"变化而出。在人的进化过程中，说话比造字不知要早多少年。如果"断竹，续竹，飞土，逐宍（肉）"真是黄帝时的古歌③，则应早于汉字的产生。即便如此，我们还是难以想象在那汉字史家认为很可能尚无汉字的时代，舜就说出"诗言志，歌永（咏）言，声依永，律和声，八音和谐，不可夺伦"一番话，那应是诗与乐相当发达、八音具备，而且产生了《诗》以后的春秋战国时期颇有理论头脑的人的总结性言论。至于对诸官进行"三年考绩，三考，黜陟幽明"，恐怕也是《周官》中"三岁则大计群吏而诛赏之"的翻版。

---

① 《论孔子删述六经说及战国著作伪书书》，《古史辨》第 1 册，海南出版社影印本，第 55 页。
② 梁启超：《中国历史研究法》，北京：东方出版社 1996 年版，第 117 页。
③ （汉）赵晔《吴越春秋》，南京：江苏古籍出版社 1999 年版，第 149 页。

　　不但此也，典籍中还有与尧舜禅让悖逆的记述。《史记·五帝记》张守节《正义》引《括地志》曰："《竹书》云：'昔尧德衰，为舜所囚也。'……《竹书》云：'舜囚尧，复偃塞丹朱，使不与父相见也。'"《广弘明集》卷十一法琳《对傅奕废佛僧表》引《汲冢竹书》云："舜囚尧於平阳，取之帝位。今见有囚尧城。"刘知几《史通·疑古篇》引《汲冢书》亦有"舜放尧于平阳"之语。上列唐人所引《竹书》或《汲冢书》后被学者辑入《古本竹书纪年》①，而洪颐煊《经典集林》和严可均《全上古三代文》均集入《汲冢琐语》。《琐语》和《纪年》均出自魏襄王（卒于公元前269年）墓，前者虽属"诸国卜梦妖怪相书"②，其某些历史性记述仍有相当的史料价值。舜囚尧而取天下并"偃塞"丹朱，自然也是根据战国时的传说或传说的记录，其与被儒家虚构的理想化的《尧典》大相抵牾却很值得关注，并被一些史家用作否定尧舜禅让的史料依据。中国自夏代开始从原始社会的推选制进入奴隶社会"家天下"的继承制，而据《尚书》，尧、舜、禹是同时人，故孙淼先生写道："尧舜生活在原始社会的最后阶段，即将进入奴隶社会时期。这个时期，私有制已经形成了，阶级压迫已成为残酷的现实，战争也不断地出现，人与人的关系也发生了根本的变化。"在这样的背景下，上述记载"在一定程度上揭露了当时的历史真象。"③ 如果考虑到尧舜之间这种尖锐复杂的斗争，《尧典》中的禅让描述就更是地道的虚拟小说，其传说也只是反映了原始社会推选制的影子罢了。

　　综上所述，无论尧与舜相继为帝的真实情况如何，《尧典》全然不是史实的记录，学人谓之"述古之作"，实是虚构的拟古之作，是虚拟远古

---

① 参见方诗铭、王修龄《古本竹书纪年辑证·附五帝纪》，上海古籍出版社1981年版，第63、65页。

② （清）严可均《全上古三代秦汉三国六朝文》卷十五《汲冢琐语》题注，北京：中华书局1958年影印本，第107页。

③ 《夏商史稿》，北京：文物出版社1987年版，第178页。

历史的早期小说。

这里连带谈谈逸书《舜典》的文体。《舜典》虽逸，《孟子》《史记》和《尚书大传》（佚文）还保存了它的不少佚文。《孟子·万章上》有关舜的问答颇多，有的明载于《尧典》或《书》，有的被孟子斥为传言的"齐东野语"。而如下两段令人瞩目：

> 帝使其子九男二女，百官、牛羊、仓廪备，以事舜于畎亩之中。天下之士多就之者。

> 父母使舜完廪，捐阶，瞽瞍焚廪；使浚井，出，从而揜之。象曰："谟盖都君咸我绩。牛羊，父母；仓廪，父母。干戈，朕；琴，朕；弤，朕。二嫂使治朕栖。"象往入舜宫，舜在床琴。象曰："郁陶思君尔。"忸怩。舜曰："惟兹臣庶，汝其于予治。"

前者为孟子所言，后者为万章所言而为孟子确认者。赵岐注云："孟子时，《尚书》凡百二十篇，逸书有《舜典》之叙，亡失其文，孟子诸所言舜事，皆《尧典》及逸书所载。"① 若然，上引文字既不见于《尧典》，即为逸书《舜典》之文。又据阎百诗考证，"父母使舜完廪一段，文辞古崛，不类《孟子》本文……其为《舜典》无疑。"② 《史记·五帝本纪·舜纪》也有类似记述，两者同属《舜典》，互为旁证。《尧典》谓舜"父顽、母嚚、象傲"，又谓尧"釐降二女"，"嫔于虞"，上引两段文字与《尧典》这些语句有着明显的承递关系。可见《舜典》系承《尧典》而作，也是战国儒士的拟古之作。

---

① 《孟子》卷九，上海：商务印书馆，1936 年缩印本，第 72 页。
② 阎若璩：《尚书古文疏证》卷二第十八，清乾隆十年（1745）朱续晫刊本。

再看上列具体描述，远非现实性文字。内中显示的尧对舜的器重与考察以及舜所受的磨难大为具体化并漫画化了。帝尧嫁二女给舜，已属非常之举，且让九子事舜（《尚书大传》也有"属其九子"之语），岂可思议？舜被帝尧如此器重，又赐百官、牛羊、仓廪，俗陋的瞽瞍夫妇及象非但不欣喜，不亲近，反倒谋其命而分其物，象还声言使尧二女"治朕楼"，怎么可能？只有夸诞小说之类多有诸如此类的情节，象等人物只是考验舜的工具而已。后至五代的《舜子变》和明代小说《盘古至唐虞传》，又从《孟子》和《史记》中拾起这些人物、情节，并大力生发，其为非现实的夸诞小说一目了然。

《五帝本纪》据《舜典》又有如下叙述："舜耕历山，历山之人皆让畔；渔雷泽，雷泽上人皆让居；陶河滨，河滨器皆无苦窳。一年而所居成聚，二年成邑，三年成都。"① 这是谁都做不到的，却是后世夸诞文学常用的笔法。可见《舜典》不仅是虚拟古史的小说类作品，还应是夸诞型拟史小说，至少有较多的夸诞之笔。

《尚书大传·虞夏传》还记有舜在禅位于禹之际与百官同唱"卿云"歌的热烈场景，随即写道："于时八风循通，卿云蔂蔂。蟠龙贲信于其藏，蛟鱼踊跃于其渊，龟鳖咸出于其穴，迁虞而事夏也。"② 此等超现实的渲染笔墨，也很像是《舜典》的原文。倘此判断不错，则是夸诞的又一显例。

综上之辨，《舜典》应是多有夸诞之笔的拟史小说。

另一篇属今文《尚书》的《皋陶谟》原包括现存《尚书》中的《益稷》。梅赜所献之书分后者独立成篇，不仅无据，也毫无道理。因为后者全文很长，而全是皋陶、禹同舜的对话，益、稷不但未出现，言谈中提及

---

① 《史记》卷一，中华书局 1959 年版，第 34 页。
② （清）陈寿祺辑：《尚书大传》卷一下《虞夏传》，四部丛刊本。

两人也各只一句①。序者谓"以下文禹称益、稷二人佐其成功，因以名篇"②，乃曲为弥合，强为解说。现仍复其原状，以辨其文体。

《皋陶谟》的产生时代，屈万里亦有考辨，举出本篇与《尧典》雷同的多个语句及"俞""都""亮采"等独特用语，结论是"约与尧典同时而稍后"，"如非同出一手，亦必同地区之人所作也"③。如此战国时人的述古之作，依据只能是某些远古的传说或记述这类传说的简单文字。而这篇作品，从头至尾几乎全由对话构成，没有什么可供传说的故事性内容。它所依据的传说最多也只有题材的意义，不能为其提供具体内容。人物的言语都须作者发挥自觉的想象虚构出来。

全篇分为两部分。第一部分即"帝曰"之前，很像皋陶与禹的单独答问与交谈，实际还是两人在帝舜前的谈话，只是未着笔于舜而已。故《史记》转述本篇以"帝舜朝，禹、伯夷、皋陶相与语帝前"作开始语④。皋陶陈述的是治天下"安民"之道，倡言"九德"，以德为本，"兢兢业业"，和衷共济，谓"天聪明，自我民聪明；天明畏，自我民明威。"集中阐释了儒家德治和民本的施政理念。宋儒史浩评曰："窃尝谓《禹谟》《益稷》君臣之间皆有褒颂归美之词，独《皋陶谟》一篇（实即本篇第一部分）其始以正心诚意种明德之根本，其中以知人安民彰明德之功用，其末以恐惧修省保明德之钦崇，迄无一言见于褒美颂扬者。盖如是，然后可以为嘉谟也"⑤。由此足见这部分对话儒道之重、儒气之纯，确是儒者假借皋陶与禹问答的形式表达其施政理念之笔，虽乏小说意味，亦有虚拟对话的小说体式，多个叹词和语气词的使用也增加了小说语言的切实感。

---

① 禹曰："洪水滔天……予乘四载，随山刊木。暨益奏庶鲜食。予决九川……暨稷播奏庶艰食、鲜食，懋（贸）迁有无化（货）居。"言中关乎益、稷各一句。
② 蔡沈《书集传》卷一《益稷》题序。
③ 《尚书集释》，第32页。
④ 《史记》卷二，北京：中华书局1959年版，第77页。
⑤ 《尚书讲议》卷四，民国二十四年（1935）四明张氏约园刊本。

从"帝曰:'来!禹,汝亦昌言'"转入较为活泼的第二部分。禹的答话两次讲到治水的奔波与勤苦,至"启呱呱而泣"而不顾。这应是最具传说基础的内容,也增加了本篇的叙事成分。禹提醒舜:"都!帝。慎乃在位","惟几惟康";"敷纳以言,明庶以功";"无若丹朱傲,惟慢游是好"。舜告诫禹:"吁!臣哉邻哉!邻哉臣哉!""作朕股肱耳目","予违,汝弼。汝无面从,退有后言。"此真所谓"君臣一堂之上,更相戒饬"①,平善而诚挚,似乎透露出原始社会部落首领与左右的平等关系,实际则是儒家理想中圣君贤臣融洽和谐关系的最高境界。最后,以舜和皋陶的讴歌把君臣振兴天下的一番谋议推到高潮:

> 帝……乃歌曰:"股肱喜哉,元首起哉,百工熙哉。"皋陶拜手稽首,飏言曰:"念哉!率作兴事,慎乃宪,钦哉!屡省乃成,钦哉!"乃赓载歌曰:"元首明哉,股肱良哉,庶事康哉。"又歌曰:"元首丛脞哉,股肱惰哉,万事堕哉。"帝拜曰:"俞。往,钦哉!"

作者怀着满腔热情为皋陶和帝舜创造了这几首歌,以为这篇虚构作品富于韵味的结尾。黄以周说它们"为十五国风之滥觞"②,显然是把《皋陶谟》看作远古纪实之作的产物。如今知道它是春秋之后战国时期拟古的造作,这几首歌就不是《诗》之滥觞,而成了十五国风的继承和发展,将它们用之于虚构的叙事作品,为创造圣君贤臣的高美形象、歌颂"舜之致治旷古而独绝"大添光彩③。这在早期小说中更是一种具有开拓性的艺术创造。

---

① (明)梅鷟:《尚书考异》卷三,清道光五年(1825)立本斋刊本。
② (清)黄以周:《儆季杂著·尚书讲义》,清光绪二十至二十一年(1894—1895)江苏南菁讲舍刊本。
③ (清)崔述:《唐虞考信录》卷四,清嘉庆二十二年(1817)陈履和刊本。

周书《金縢》是今存《尚书》中故事性最强的一篇，也是今文《尚书》中被历代学者斥为伪书最集中的一篇。它写周武王"克商二年"，患了重病，太公、召公欲卜，周公谓"未可以戚我先王"。随后周公筑坛，秉圭置璧，祷告于太王、王季与文王，命史官"祝册"，谓姬旦"能多材多艺，能事鬼神"，请代武王去死；又卜以三龟，皆吉，归"乃纳册于金縢之中"。武王"翼日"即愈。武王死后，管叔等人散布流言，说周公"将不利于孺子"成王。周公避而"居东二年，则罪人斯得"，于是作诗《鸱鸮》给王，王仍不悟。再后天降大风雷，偃禾拔木，"邦人大恐"，王与大夫遂开金縢之匮，发现了周公请代武王之文，成王感泣，乃亲迎周公。"王出郊，天乃雨，反风，禾则尽起。"情节如此离奇、玄虚，自然会不断有人提出质疑。唐宋以前的经学家大多曲为解释，而程颐已有"《金縢》尤不可信"之语①。明代马明衡则谓此篇"大有难晓"，说周公"多材多艺，能事鬼神自是鬼话"②。王夫之《尚书稗疏》更提出十三点"可疑"之处。至袁枚撰《金縢辨》，开宗明义，否定其为史实，谓其"虽今文亦伪书也"。这些质疑和否定，大都由于作品情节、言语诸多悖理：周公以"未可戚我先王"为由阻止召公、太公卜，自己却仍求卜于三位先王，前后抵牾；"'尔'、'汝'者古人挟长之称，而圭璧者所以将敬之物也"，周公"呼先王为'尔'不敬，自夸才艺不谦，终以圭璧要之不顺，若曰'许我则以璧与圭，不许我则屏璧与圭'，如握果饵以劫婴儿，既骄且吝，慢神蔑祖，而太王、王季、文王甘其尔汝之称，又贪其圭璧之诱，于昭于天者，何其启宠纳污之甚也？"武王病愈，后至亡故，周公私祷之册却始终不毁，一直藏于太庙之金縢，"预为日后邀功免罪之计"，此岂合于圣人之居心？册祝者乃为史官，百执事均在场，何能保密

---

① 《河南程氏遗书》卷二十二《伊川语录》，明成化十年（1474）张氏刊本。
② 《尚书疑义》卷五，民国二十四年（1935）商务印书馆影印本。

多年？① 诸如此类，不一而足。至于《鸱鸮》，乃是豳风民歌，弱者以禽言诗抨击压迫者。《诗序》据《尚书》此篇将它安在周公身上，谓其"救乱"，不伦不类，而历代多因之。如今论《诗》之文一般不再作此等牵强附会的理解。

上述悖谬都是社会性的，此外还有悖于自然性的迷信情节：大病不愈，册祝后"翼日乃瘳"，岂非神力？周公受冤，天即"大雷电以风"；其冤得雪，"天乃雨，反风"，偃禾"尽起"。古之学者反复为此辨说："周公之精诚上通于天"②，"圣人之学可以转移造化"③，而今谁信？此种情事都成了后人肆意虚造的明证。

总之，无论周公当初是否有求代武王去死之举，《金縢》叙述的离奇故事都不可能是史事的写照。它非但不是周公所作，也不是西周人所作。屈万里说："孟子公孙丑上引鸱鸮'迨天之未阴雨'五句后复引孔子曰：'为此诗者，其知道乎？'尚未以鸱鸮之诗为周公所作，似孔子孟子，均未见本篇。疑本篇之著成，盖当战国时也。"④ 可见《金縢》也应是上距周初数百年后的儒者为宣扬周公圣德大力虚构的产物，是一篇地道的拟史小说。

二、伪古文《尚书》中的拟史小说

据宋以来经学家的大量考辨，今存古文《尚书》二十五篇，乃魏晋间人所作，各篇除作者的虚拟成分之外，还缀集了先秦古书中大量相关语句，其中一部分是古书引用的《尚书》逸句。如此撰著的古文《尚书》，

---

① 参见《小仓山房集》文集卷二《金縢辨上》，清乾隆三十四年（1769）钱塘袁氏刊本。
② （宋）李杞：《用易详解》卷三，民国二十四年（1935）商务印书馆影印本。
③ （宋）陈经：《尚书详解》卷二十六，清光绪二十一年（1895）福建布政司署刊本。
④ 《尚书集释》，第127页。

在经学家看来自是伪作。其中多数篇章，都是诰、命与誓词，本文不论。而《大禹谟》《太甲》《说命》则是以记述历史人物事迹的形式呈现给读者，那事迹属于后世作者对某些历史传说或逸书内容的蓄意造作与仿拟，写出的自然是仿拟的"伪史"，倒成了实在的拟史小说。

被编入《虞书》的《大禹谟》也以"曰若稽古"四字开篇，"都""俞"等类用语也同于《尧典》和《皋陶谟》。如果说同出战国时代的《皋陶谟》与《尧典》开头及用语相类，可能是同出一人之手，远出于后世的《大禹谟》的这种状况就只能是仿拟之笔。作品由三个部分构成。第一部分是禹和益同帝舜谈理政安民之"谟"，即"德惟善政，政在养民"，"儆戒无虞，罔失法度，罔游于逸，罔淫于乐"之类，与《皋陶谟》之义多有雷同。另如"万邦咸宁"，"舍己从人"，"不虐无告，不废困穷"，"水、火、木、金、土、谷"，"正德、利用、厚生"，"六府三事"之类，则是分别袭用《周易》《孟子》《庄子》《左传》之文。"帝德广运，乃圣乃神，乃武乃文"；"戒之用休，董之用威，劝之以《九歌》，俾勿坏"，分别本于《吕氏春秋·谕大》及《左传》文公七年所引《夏书》逸文，略作变改。这些袭用，明清多人都已指明，故黄以周说：《大禹谟》乃是"后人攟摭古语补缀成文。观其节次，摹抚《皋陶谟》为之"①。从这方面看，它具有仿拟、集句的特征。以虚拟的文句粘合诸多集句以成文章，费了很大功夫，却少鲜明的意象。谓其小说，亦属仿袭之笔。

第二部分写舜禅让天下给禹。这自然有传说的基础，但如尧禅让给舜一样，把远古的传说变成禅让的对话场面就只能借助想象和虚拟。舜提出禅让给禹，禹让皋陶，舜与皋陶交谈后，对禹说了如下的话：

来，禹！洚水儆予，成允成功，惟汝贤。克勤于邦，克俭于

---

① 《敬季杂著·尚书讲义》。

家，不自满假，惟汝贤。汝惟不矜，天下莫与汝争能；汝惟不伐，天下莫与汝争功。予懋乃德，嘉乃丕绩。天之历数在汝躬，汝终陟元后。人心惟危，道心惟微，惟精惟一，允执厥中。无稽之言勿听，弗询之谋勿庸。可爱非君，可畏非民，众非元后何戴？后非众罔与守邦。钦哉！慎乃有位，敬修其可愿。四海困穷，天禄永终。唯口出好兴戎，朕言不再。

这里除了嵌入多种先秦古书文句或其所引《夏书》、"先王书"逸句，最引人注目的是其竟将《荀子》所引《道经》之文——"人心之危，道心之微"——充作舜言，并将《论语》尧命舜之文断为三截以命禹。《荀子·解蔽篇》曰："昔者舜之治天下也，不以事诏而万物成。处一之危，其荣满侧；养一之微，荣矣而未知。故《道经》曰：'人心之微，道心之微，危微之几，惟明君子，而后能知之。'"梅鷟在比较上述两文关系时中肯地指出："荀卿称'《道经》曰'，初未尝以为舜之言，作古文者见其首称'舜之治天下'，遂改二'之'字为二'惟'字，而直以为大舜之言"；"至于'惟精惟一'，则直抄略荀卿前后文字而攘以为己有"[1]，即阎若璩之谓《荀子》"此篇前又有'精于道'、'一于道'之语，檃括为四字。"[2] 梅、阎还特别指明：《荀子》引《书》若干，非曰"《书》云'"，即称篇名，无一不言明出处，此二语独标《道经》，至为可信。伪古文《大禹谟》"袭用"《荀子》当属显见。《论语》末篇尧曰："咨，尔舜！天之历数在尔躬，允执厥中。四海困穷，天禄永终。"躬、中、穷、终四字谐韵，由于下文有"舜亦以命禹"之语，《大禹谟》便将《论语》中尧的这三句话纳入舜口以命禹。但若《论语》之"尧曰"出《大禹谟》，三句话应未增减一字，而本篇上列所引舜语，将三句分置三处，其

---

[1] 《尚书考异》卷二。
[2] 《尚书古文疏证》卷三第三十一。

间分别相隔四句与九句。这就如阎氏所说，"不惟其词之费、意之重，而于古人以韵成文亦大不识之矣。"① 不惟说明乃是《大禹谟》改用《论语》，也充分显出其妄改妄增、蓄意造作的小说本质。

第三部分写禹执政后，按舜的嘱咐征讨三苗。禹乃誓师出征，三旬而苗"逆命"。益曰："惟德动天，无远弗届。"禹即"班师"。"帝乃诞敷文德，舞干戚于两阶"。七旬，有苗来服。有关舜、禹服苗之事，古书有多种记载。首先，虞书几篇就有五记：《尧典》记舜先"窜三苗于三危"，后又"分北三苗"；《皋陶谟》中禹谓"苗顽不即工，帝其念哉"；《禹贡》中记禹治黑水于雍州，"三危既宅，三苗丕叙"；至《大禹谟》，舜又谓"有苗弗率"，命禹"徂征"。其间不无龃龉，梅鷟、惠栋、崔述等对"丕叙"与"徂征"的矛盾就责有烦言。其实，前三篇也都是战国时人想象、虚拟的远古人事，除去《禹贡》多记地理山川，另两篇与《大禹谟》一样，都是后人造作的拟史小说，对传说的处理、发挥有很大的随意性，其间龃龉难合自然不免，无须顶真。再看他书的相关记载，《韩非子·五蠹》记云："当舜之时，有苗不服，禹将伐之，舜曰：'不可。上德不厚而行武，非道也。'乃修教三年，执干戚舞，有苗乃服。"这记载与本篇有相似点，又很不同：阻止禹伐三苗的不是益，而是舜，他是以德服人的圣君，禹的征讨并未成行。这或许出自先秦的《大禹谟》，而那也不是上古的纪实，而是战国时期儒者对舜与三苗关系的另一种合于理想的虚拟罢了。另一些相反的记载或能开阔我们的思路。《尚书·吕刑》载："苗民……惟时庶威夺货，断制五刑，以乱无辜。上帝不蠲，降咎于苗，苗民无辞于罚，乃绝厥世。"《战国策·魏策二》载："禹攻三苗，而东夷之民不起。"《淮南子·修务训》载："舜……南征三苗，死苍梧。"《史记》载：吴起对魏武侯曰："昔三苗左洞庭，右彭蠡，德义不修，禹灭之。"这些史书的记载虽也多有参差，却显示一个共同的结果：顽而不驯的三苗受到

---

① 《尚书古文疏证》卷五下第七十四。

舜、禹的攻伐和严惩。这或许更近乎历史的实际。本篇和多种以德服苗的记述不过的儒者有意虚托的小说之笔。

商书《太甲》三篇。上篇写汤的嫡孙太甲嗣王位后不从于伊尹。伊尹作书警示，太甲置若罔闻。伊尹陈先王之德，望其仿效，太甲仍不悔改。伊尹曰："予弗狎于弗顺"，遂营桐宫而放太甲"居忧，克终允德"。中篇写三年后"伊尹以冕服奉嗣王归于亳"。太甲"拜手稽首"认错，伊尹乃予勉励，谓"先王子惠困穷，民服厥命，罔有不悦。并其有邦，厥邻乃曰：'徯我后，后来无罚。'"下篇写伊尹申诰于王："惟天无亲，克敬惟亲，民罔常怀，怀于有仁"；"德惟治，否德乱"；以"一人元良，万邦以贞"褒之，勉之。这里所写的太甲失德被伊尹放逐、悔过后重掌王权的故事轮廓，与《孟子》和《史记》所记合榫。后两者所据或即《史记》之谓《太甲训》三篇，其与今存之《太甲》的差别比合榫之处更多。《孟子·万章上》谓"太甲颠覆汤之典刑"，被放后"于桐处仁迁义"；《尽心上》公孙丑复述太甲被放与返亳皆有"民大悦"之语。凡此，本篇皆无。《史记》记太甲"既立三年，不明，暴虐，不遵汤法，乱德"；被放期间（三年）"伊尹摄行政当国，以朝诸侯"；归政以后，"太甲修德，诸侯咸归殷，百姓以宁"，伊尹尊王为"高宗"。本篇也全无这些文字。说明今之《太甲》非孟子、史迁所见之者。阎若璩曰："二十五篇之书其最背理者在太甲稽首于伊尹"，而伊尹"称字于君，冠履倒置，莫此为甚"，更举移自他书而所用失当之语，以证其伪。"《文王世子》（《礼记》卷二十）语曰：'乐正司业，父师司成，一有元良，万国以贞，世子之谓也。'今入'元良'二语于伊尹口中，以训长君"，殊属"不伦"。《孟子·梁惠王下》"齐人伐燕"章引《书》曰"徯我后，后来其苏"，与卷六《滕文公上》"宋小国"章引《书》曰"徯我后，后来其无罚"，两者系引同一篇逸书的同一文句，意谓当初"汤一征自葛始，天下信之"，都希望汤早来征讨自己所在之国，为其君后，以解民困。两处词语小有差异"乃古人文章不拘之处，亦何得疑其出于两书耶？……奈何'后来其苏'

既窜入《仲虺之诰》中，'后来其无罚'复窜入《太甲》中篇中耶？"况且，此语"仅可仲虺用之，以解汤惭，今重出于伊尹口中以训太甲，迂远不切，殊属无聊填写"①。诸如此类，足见本篇乃后人所撰之"伪书"，同时也可见出内容大半出自作者自觉的虚构与拼凑，实是以所传伊尹与太甲故事为轮廓造作的拟史小说。

不但此也，西晋太康间汲冢出土的战国时期魏人所记编年史书《竹书纪年》于商太甲之下还有如下记载：

> 仲壬即位，居亳，命卿士伊尹。
>
> 仲壬崩，伊尹放大甲于桐，乃自立。
>
> 伊尹即位，放大甲。七年，大甲潜出自桐，杀伊尹，乃立其子伊陟、伊奋，命复其父之田宅而中分之。②

汲冢出土的另一文献《琐语》也有"仲壬崩，伊尹放太甲，自立四年"之语③。仲壬方崩，太甲未承大位就被放逐，自然也是伊尹篡权所致，故与《纪年》所记相合。此等记述，"大与《尚书》叙说太甲事乖异"，也与《孟子》《史记》的相关记述大相径庭。如果伊尹确是《太甲》所述的圣人，《纪年》似无理由写其因篡权而被杀。史学家孙淼认为，《纪年》《琐语》之记才更可信，因为"所谓'放太甲'，就是把太甲禁闭起来，自己掌握政权，且历时数年之久。其性质很明显，这就是篡权。"而类似《纪年》所记这种篡权与反篡权的斗争，"在阶级社会的历史中，是常见的现象"④。倘从这种视点考量，就不只梅赜所献的《太甲》属于伪史类

---

① 参见《尚书古文疏证》卷二第三十一、卷四第六十一、卷二第二十七、卷一第十一。

② 朱右曾辑、王国维校补：《古本竹书纪年辑校》，辽宁教育出版社1997年版，第7页。

③ 《太平御览》卷八三《皇王部八》，北京：中华书局1960年版，第390页。

④ 孙淼：《夏商史稿》，第328、330页。

小说，司马迁所记的《太甲训》也都出自后人的造作，是与史相悖的小说类作品。

《说命》也是《商书》，上、中、下三篇。上篇写殷高宗武丁即位，三年不言，"恭默思道"。群臣"咸谏于王"，王说"惟恐德不类"，贻误四方，故而不言。他梦见天帝赐与"良弼"，可代其言，便画影图形，"旁求于天下"，乃得"筑傅岩之野"的说，"惟肖，爰立为相"，置诸左右，"朝夕纳诲"，以辅其德。中篇与下篇写武丁与傅说的言语交流，前者重在顺应天道，用贤理政；后者重在学法先王，师古多闻。君臣投合，融洽无间。这三篇摭拾或略改《国语·楚语》《礼记·缁衣、学记》等书所引多处《说命》之文，故能使读者看到一些与先秦《说命》相类的故事与文字。但仍与《史记》显示的傅说与武丁的故事有着明显的不同。《殷本纪》载：

　　武丁夜梦得圣人，名曰"说"，以梦所见视群臣百吏，皆非也。于是乃使百工营求之野，得说于傅险中，是时说为胥靡，筑于傅险。见于武丁，武丁曰："是也！"得而与之语，果圣人，举以为相，殷国大治。

此言梦中得其名"说"，今存《说命》无之，至"说筑傅岩之野"始出其名，甚是突兀。以梦所见视群臣，皆非，乃自然之事，而今《说命》亦无。相见曰"是也！"乃惊喜必有之语，今《说命》无此语。武丁"与之语"，始认定"果圣人"，今《说命》未交一言就"爰立为相"，岂合事理？《殷本纪》这些记载也应本于先秦产生的《说命》，而与今存《说命》偌多差异，足见后者并非前者。加之，"惟木从绳则正，后从谏则圣"改自《说苑》卷三引孔子语"木受绳则直，人受谏则圣"；"若作和羹，尔惟盐梅"改自《左传》昭公二十年"和如羹焉，水火醯醢盐梅以烹鱼肉"；"若挞于市"改自《孟子·公孙丑上》"若挞之于市朝"；"非知之艰，行之惟艰"改自《司马法·严位篇》"非知之难，行之难"……①，此篇的集句和造作显而易见。它也就成了以傅说辅佐武丁的故事传说为题材的有意虚构的拟史小说。

不仅如此，本篇最富小说意味的还是武丁寻求梦里天帝所赐圣人的虚无飘渺情节，它有无可争辩的虚构性和迷信色彩，是把圣人傅说大力神化的产物。而这一情节在真伪《说命》中是一致的，所以两者都是后人虚造的拟史小说作品。

结　语

我国汉字的产生被一些文字史家审慎地推定在夏代，而至今还未被实物证实。偃师二里头遗址被考古学家认定为夏的都城，出土文物甚夥，也只发现二十几个各自孤立的刻画符号，似非文字。殷代的文字状况表明，上推数百年前夏代产生的文字，应不可能达到写出虞书和夏书的水平。《尧典》《皋陶谟》《禹贡》等虽属今文《尚书》，也都出自东周中后期人的手笔，比之二十五篇伪古文《尚书》虽早出六、七百年，而两者内容的实质，并无真与假的分别。前者也是一千几百年后之人凭借远古传说与现实状况大力虚想、造作的产物，与今文《尚书》中另一些纪实之作有质的不同。其中的纪事之文也就成了早期的拟史小说。

需要指出的是，文明发展到产生私人著述的战国时代，文化人的思想空前活跃，浮想联翩，面对日积月累的《诗》《书》篇章、"春秋"实录和某些远古的帝王传说，自然就会遥想那没有文字记载的时代，并会生出将那时代述诸文字的企望。但要具体描述那全无文字凭据的远古人事，除借助主观想象和虚拟以丰富传说，别无他途。这就是战国时人创作《尧典》《皋陶谟》等作品的根本原因。那应是古人积极探求、追述远祖状况

---

① 参见惠栋《古文尚书考》卷下，清乾隆间（1736－1795）宋廷弼刊本。

莫可如何的产物。所塑造的尧、舜等人物形象及其时代背景虽然只是作者的理想，却也多少反映了帝王"家天下"以前远古部族选贤任能、乃至禅让之类的推选制度，其想象与虚拟虽使描述远离实际，仍是难能可贵的创造，不仅为当时和后世了解远古祖先提供了一种虚想的参照，而且成为漫长的封建社会中人们渴望与追求的社会理想。就此而言，它虽是拟史小说，却非后世历史小说的价值所能比拟，成为两千多年的经典文献实所必然。想象与虚构在追述无文字材料可考的古史创作中发挥了无可代替的独特作用。

魏晋间人辛辛苦苦凑成的二十五篇伪《尚书》，自有历史学家予以评价。其中《大禹谟》《太甲》《说命》三者，又应视为后世的拟史小说。其中《大禹谟》，人物也处于尚无文字记录的时代，便是出自孔壁的真古文《尚书》的《大禹谟》，也绝不可能是严肃史官的记录之笔，而只能是《尧典》类的另一篇拟史之作，由于失传，后出的《大禹谟》如能突出传说中大禹的特色，亦可填补逸书的空白，有与《尧典》相类的价值。但它既属拼凑，又无特色，便落下乘，虽混同于经典流传百世，却影响有限。倒是《尧典》《皋陶谟》《禹贡》以及据汉存虞夏书撰写的《夏本纪》中的大禹成了后世人心目中的光辉形象。《太甲》与《说命》则不然，由于其基本内容和故事轮廓同于先秦之逸书，虽是拼凑之作，也在一定程度上填补了逸书的空白，其中的伊尹和傅说对后世产生了广泛的影响，两文都不是一个"伪"字可以了得。

原载《中国典籍与文化论丛》第 15 辑

《晏子春秋》的虚拟成分与文类辨析

引　言

　　《晏子春秋》属哪一类书？《四库全书》将它由以往的子部改隶史部传记类，以为这样"庶得其实"①。今之某些学者引用其文论证晏子的思想品格或编其年表，就是将其中的许多章节作为可信的史料来使用的。而另有学者谓之"接近历史小说"②，或谓为"我国最早的一部短篇小说集"③，但都未遑展开考论。以文体而论，古之传记虽有某种小说性，仍不能将它混同于小说，其重要区别就在于前者基本属实，后者多为虚拟。《晏子》写的是春秋后期齐国贤相晏婴的言行事迹，二百余篇，各自独立，虚实状况却相去悬殊。既有与史书（如《左传》）相同或大体一致之作，也有被历代注家、论者指为"好事者所为"的齐东野语。前者似合于四库的分类，而亦不乏虚拟之文；后者应为传说或小说，却多未得到明白的论证。迄于今日，《晏子》二百余章，品格明确者在全书中数量尚少，大量篇章虚实不清、真假莫辨，文体品格无从论定，进一步辨明该书

---

① （清）永瑢等：《四库全书简明目录》卷六，上海 古典文学出版社 1957 年版，第 233 页。

② 高亨：《〈晏子春秋〉的写作年代》，载《文学遗产增刊》第 8 辑。

③ 杨义：《中国古典小说史论》，北京：中国社会科学出版社 1995 年版，第 7 页。

的虚拟成分和文体品格，有益于认识它在我国史学与文学发展中的确当地位。

读古书历来重视辨伪，因为真伪是史书价值的决定性因素。本文不是辨伪，而是辨虚。从《晏子》中诸多重复、仿拟和抵牾可知，它不是一人一时之作，自然也就不是个人作伪的产物。刘向校录《晏子春秋》，是从多种"中外书"之"三十篇八百三十八章"中除去重复"定著八篇二百一十五章"的，而"外书无有三十六章，中书无有七十一章"①。这就是说，刘向所见的《晏子》，没有一种是章数齐全的，与其定本相较，至少也差数十章。这反映了《晏子》传抄与创作的状况。在那书于竹帛始可成文的时代，这种各自独立又篇数繁多的短文集，是随传抄者的兴趣可以多也可以少的，可以增也可以减的，从而造成章数差别很大的多种传本。银雀山武帝时汉墓出土的《晏子》竹简只有十六章；太史公虽称《晏子》"世多有之"，却将越石父与晏子御妻的故事作为其书不载的"轶事"收录。这都可由各本篇数大为参差来作解释。总之，在刘向以前，并没有一种全本《晏子》，刘向校录的定本应是各本《晏子》的集大成者。有的学者从《晏子》中某些文字相当"古奥"推断其成书在战国时代，早于《荀子》，这自然不错。但那应是早期《晏子》部分篇章，并非刘向校定本和今之传本。从称孔子为"圣相"并将孔子与舜相比来看，晚出者或入于汉代。由最早成书至于秦汉的漫长岁月里，为数不少的作者将自己对于晏子的爱戴热忱倾注于文字，甚至将同一人物、同一主题、同一事件或同一传说用大同小异或小同大异的文字一写再写，不厌其烦，居然达于二百多章。这在汉以前的历史上是仅见的。如此产生的《晏子》非但不可能多据史书（尽管有据史书之作），也不可能每篇都属传说（尽管许多是有关晏子的民间传说），作者们还要融入悬想、仿拟、夸大、依

----

① （汉）刘向：《晏子春秋》叙录，载吴则虞《晏子春秋集释》卷首，北京 中华书局 1962 年版，第 49 页。

托、移花接木等种种虚拟是必然的。充分了解传说与蓄意造作中的虚拟成分，有助于深入认识《晏子》的文体本质、文学价值和庐山真面。

由刘向整理的《晏子》定本，辗转至今多有字句的衍误讹夺或某些篡改，个别几章或一分为二，或合二而一，并被后人于各章之前添加了标题①，但其整体的篇章、规模、内容和文字却基本定型，无大改观，少有显著的实质性差别。历代类书引录证明了这一点，银雀山汉墓出土的《晏子》也证明了这一点。本文的辨析主要依据《诸子集成》所载张纯一校注本和中华书局所刊吴则虞集释本，两者都是收录注文较多的八篇二百一十五章全本，其它刊本仅作参考。其书内篇六篇，各有篇名；外篇两篇，本文以"外七""外八"称之。

一、从时序错位看虚拟

晏子事齐国灵、庄、景三公，生年无明确记载，只可推知大概，约当顷公十年（前589）之后②，灵公当政（前581）之前，长孔子三十余岁。卒年则有《齐太公世家》之记，即景公四十八年（前500）。流传至今的《晏子》，有几章的事件或人物不与晏子同时，而在其后，非晏子事迹最为显眼，因而被历代注家与论者早予否定。这里，将前人与今人的相关考辨略作梳理。

---

① 从古书版本的流传体式来看，原无小题之书，或被后人加入小题，以求醒目；而原有小题之书，未见被后来版本削去小题归于笼统的先例。今存《晏子春秋》各本，或有章目，或无章目，依上述流传体式而论，无章目者当更近于古本原貌。又据校勘者所言：今本章目，系依元刻本"补之"；而明刻"绵眇阁"本并无章目，其载李茹更序称，系"仍宋本刻之"，遂成《晏子》原无章目的又一证明。同为刘向整理的《说苑》，叙录亦称"凡二十篇七百八十四章"，而书只有篇目，并无章目；《新序》虽亡叙录，体例同于《说苑》，这也是《晏子春秋》原无章目的一个旁证。

② 王更生《晏子春秋研究》第二节《晏子年表》将晏子生年推定为"齐顷公十年"，台北：文史哲出版社1978年版，第20页。

《谏上》第十一章叙景公欲废公子阳生而立辟妾所生幼子荼，晏子力谏而不听。据《左传》与《史记》所载，立荼之事在晏子死后十年的景公五十八年（前490），系由公子——景公夫人燕姬之子"不成而死"所引起，哪里会有晏子进谏？吴则虞指出"此误"，归之于"追叙者未之审耳"①，而实属后人虚拟所致。另有《问下》第二十八章叙晏子答曾子问，《杂上》第二十三章又写晏子送曾子的临别赠言。据《仲尼弟子列传》，曾子小孔子四十六岁，小晏子应在七、八十岁，此两章当如唐之杨倞所说，乃"好事者为之"②。而甚推重《晏子》真实性的孙星衍断言杨氏"其言谬甚"，却未作有力反驳。张纯一在给后者加的按语中一面承认杨倞之说"信而有征"，一面又说"曾子不必曾参，或《史记》多不足据与？"③ 这实际还是在为曾子和晏子交往之可能寻找理由。先秦著述从《论语》即称曾参为曾子，先后竟达十四处之多，而未称另一孔门弟子、曾参之父曾晳即曾点为曾子。《荀子·大略篇》亦载晏子向曾子赠言之事。其与《晏子》上述两章显然是在社会已习称曾参为曾子之后的产物，不可能指曾晳或其他人。杨倞之辨毋庸置疑。再有《外八》第四章，"仲尼之齐，见景公不见晏子"，子贡向孔子发问，孔子谓晏子"事三君而顺，疑其为人"。晏子得知后，予以驳斥，内有"孔子拔树削迹，不自以为辱；身穷陈、蔡，不自以为约"等语。恽敬指出："至哀公三年孔子过宋，桓魋欲杀之，明年扼于陈、蔡绝粮，皆在定公十年晏子卒之后"，从而讥此章为"最陋者"④。另据《史记》，孔子适齐时"年三十五"，"少孔子三十一岁"的子贡才四五岁，"尚未及孔门"⑤，不会随孔子"之齐"，提出问题。从这方面说，也是后人的虚造。还有，《杂下》第八章，

---

① 吴则虞：《晏子春秋集释》，第40页。
② 见清王先谦《荀子集解》卷十九《大略篇》杨倞注，载《诸子集成》第2册，上海书店出版社1986年影印本，第334页。
③ 张纯一：《晏子春秋校注》卷五，载《诸子集成》第4册所载该书第142页。
④ （清）恽敬：《大云山房文稿》卷二《读晏子一》，四部丛刊本。
⑤ 钱穆：《先秦诸子系年》，河北教育出版社2002年版，第41页。

写晏子使吴，夫差通过傧者妄称天子，晏子不入，才改以诸侯见之。苏时学以为"夫差之立，当定公十五年"（此以夫差元年计，实立于定公十四年阖闾之卒），晏子即使"尚存"，亦当"大耄之年"，不可能"远使异国"①，而据《齐太公世家》，晏子时已亡故四、五年，其事绝为子虚。又，《问上》第六章，景公欲善政干霸，晏子答以"官未具"，而所举之例却有孔子和他的弟子们，说孔子周围有季次、仲由、原宪、颜渊、卜商、蹇雍辅助，而景公"朝臣万人"，却无贤能。且不说孔子与弟子不是君臣关系，与"官未具"不合，也不说思想介于后来儒墨之间的晏子不会如此抬举比他年轻三十余岁的孔子及其弟子，只说内中有人其时还远未及于孔门。张纯一云："卜商少孔子四十四岁，卜商能侍孔子，晏子墓木已拱乎？"分明是后来儒者构想出来的。此篇后半举桓公有群臣辅佐之例，与景公"官未具"恰成对比，言颇中肯。《说苑》也只有后半，而无前半，后出的《孔丛子·诘墨》和《意林》却只有前半而无后半，张纯一因疑前半是"后儒以其词相类，据《孔丛》羼入"②，庶几近实。

再看《外八》第六章，"孔子相鲁，景公患之"，晏子为之画策："阴重孔子，设以相齐"，待其"之齐"而"勿纳"。这等主意岂是晏子所能出？晏子更不会称孔子为"圣相"。这且不论。只说孔子为"相"之事。鲁定公十年（前500）齐、鲁二侯夹谷会盟，《左传》记作"孔丘相"，《史记》谓"孔子摄相事"。江永于此有辨："其实摄相乃是相礼……若鲁相自是三卿，执政自是季氏"③。匡亚明说得更直白："孔子任鲁君相礼"，"相当于现在的司仪"④。即便依《孔子世家》所记，两次"摄相"也大有分别："定公十四年，孔子年五十六，由大司寇行摄相事"，这才是当

① （清）苏时学：《爻山笔话·晏子春秋》，清同治三年（1864）味经堂刊本。
② 张纯一：《晏子春秋校注》卷三，《诸子集成》第4册所载该书第74页。
③ （清）江永：《乡党图考》卷二《圣迹》，北京 学苑出版社1993年影印本，第115-116页。
④ 匡亚明：《孔子评传》，济南 齐鲁书社1985年版，第70页。

政之"相"，故"有喜色"，特书一笔。其时晏子已死四年，自然不能为景公出什么主意。还有《谏上》第九章，写善驾的翟王子羡得到景公宠姬婴子的赏识，景公欲从婴子之请，"厚禄之"。晏子谏曰："昔卫士东野之驾也，公说（悦）之，婴子不说，公曰不说，遂不观。今翟王子羡之驾也，公不说，婴子说之，公因说之，为请，公许之，则是妇人为制也。"这里提到的"卫士东野之驾"，有与之相关的两种记载。其一始见于《庄子·达生》：

> 东野稷以御见庄公，进退中绳，左右旋中规。庄公以为文弗过也，使之钩百而反。颜阖遇之，入见曰："稷之马将败。"公密而不应。少焉，果败而反。公曰："子何以知之？"曰："其马力竭矣，而犹求焉，故曰败。"

另一种始见于《荀子》卷二十《哀公篇》，内容与《庄子》基本相同，而东野稷作东野毕，庄公作定公，颜阖作颜渊，叙述则更趋细致，并用以论政。头两句为"定公问颜渊曰：'东野子之善驭乎？'颜渊对曰：'善则善矣。虽然，其马将失。'"显而易见，两文所记是同一件事，所谓"传闻异词耳"。《晏子》旧注分别指出相关两文，却未指明何者为是。颜渊是箪食瓢饮"在陋巷"的穷处之士，未曾作官，定公哪有机会见之而发问？《庄子》凡四记颜阖，《让王》记他在鲁逃官，《人间世》则有"颜阖将傅卫灵公太子，而问于蘧伯玉"等语。注家据此认为：颜阖虽系鲁人，"不与鲁庄公同时"，上文中的庄公"当是卫庄公"①。大约后来颜阖被传为颜渊，乃有《荀子》及多家之记。而晏子所言正是"卫"士东野，此与卫庄公当非巧合。卫庄公之立在鲁哀公十五年（前480），上距晏子

---

① 《庄子》卷十九《达生》李颐注引"或云"之言，上海古籍出版社1989年影印本，第100页。

亡故已二十年，晏子之语为后人虚想也就自不待言了。

有的章并未写及晏子后世之人，却也显出远出于晏子之后。《外八》第五章写"景公出田"，问晏子："若人之众，则有孔子焉乎？"晏子答曰：问孔子，可以说"无有"，若问舜，"则婴不识"。原因是孔子"不逮舜"，只是"行一节者也，处民之中，其过之识"；而"舜者处民之中则齐乎士，处君子之中则齐乎君子，上与圣人，则固圣人之林（材）也。"这是将孔子与舜作比而贬孔子。而在晏子七十余岁时，孔子不过四十岁左右，名尚不显，不存在与古圣人舜作比的问题。显然是在很晚的后世（战国后期至汉）孔子名声大噪，有人不服，才造出此章，借晏子之口贬损孔子。其为后人虚拟不难想见。此类篇章较多的情况是晏子话语中带出后出书中或人物的言词，从而显出其不仅产生的时代较晚，也显出晏子所言之虚。《问上》第十三章景公问"求贤"，晏子的答话中有"通则视其所举，穷则视其所不为，富则视其所分，贫则视其所不取"等语，而《韩诗外传》卷三、《史记·魏世家》及《说苑·臣术》同记李克答魏文侯之语云："富则视其所与，达则视其所举，穷则视其所不为，贫则视其所不取"（《说苑》"达"作"贵"）。两者相较，不仅"义均同"（张纯一语），文字也大体相同。其为后出而用李克之语则属显见。其下又有如下之文："夫上士，难进而易退也；其次，易进而易退也；其下，易进而难退也。"苏舆指出，《礼记·表记》载孔子之语："事君难进而易退则位有序，易进而难退则乱也。位有序，故上士，乱故为下。"① 晏子之语显然也是由孔子这话变化而出，从而成为此文虚拟的又一证明。另有《杂下》第十三章，晏子在回答田无宇的话中，有"学问不厌，不知老之将至"等语，其为《论语·述而篇》孔子所言"学而不厌""不知老之将至"的翻版也颇明显。

日本学人古贺侗庵在一篇短文中指出多章《晏子》"蹈袭"《论语》

---

① （清）苏舆集校：《晏子春秋》卷三，清光绪十八年（1892）思贤讲舍刊本。

《左传》等书之迹①。《杂上》第二十一章，晏子使鲁，见鲁君，孔子居然"命门弟子往观"，子贡回报，称晏子行动不合礼节。孔子询问晏子，晏子的答话竟然"窃用子夏言"："大者不逾闲，小者出入可也"，与《论语》子张篇"大德不逾闲，小德出入可也"只差一字。《杂上》第十五章"晏子饮景公酒。日暮，公呼具火。"晏子以"已卜其日，未卜其夜"谢绝。据《左传》庄公二十二年（前672）记载，陈敬仲"饮桓公酒，乐。公曰：'以火继之。'辞曰：'臣卜其昼，未卜其夜。'"吴则虞注："此袭敬仲之言。"好像晏子引用了一百多年前的陈敬仲语。古贺则指明此篇是"附会陈敬仲事"，从而认定其虚拟品格。另，《吕氏春秋·恃君览·达郁》将陈敬仲与桓公之事用于管仲与桓公，也是蹈袭《左传》的虚拟之作。

晏子卒年，仅太史公所记。《左传》对晏子活动的记述则集中在襄公十七年（前556）至昭公二十六年（前516）的四十年间，此后尽管还记有齐国的某些重要外交活动，如鲁昭公"如齐"和阳虎"奔齐"引起的纷争、齐侯伐晋以及齐鲁夹谷会盟，却没有关乎晏婴的只言片语。钱穆由此对《史记》所记晏子卒年提出质疑，并将《晏子》外篇末章写晏子死后"十七年"景公还在"饮诸大夫酒"作为旁证（景公卒于五十八年，距《史记》所记晏子亡故只有十年），如果此章"可信"，晏子之殁"至迟当在景公四十二年前"②。此项考辨不无道理，而未成定论。《左传》的记述情况表明，晏子即便卒于景公四十八年，最后十多年也因其老迈不再是齐国政坛的重要角色。了解这一点，有益于认识《晏子》某些内容的虚实状况。《杂下》第十八章写齐侯遣晏子"予鲁君地，山阴数百社"，鲁君使臣受地，而不尽受。据《左传》记载，景公时代齐归夺鲁之田只有一次，即景公四十八年之夏夹谷会盟之后。会盟之时，"孔丘使兹无

---

① （日）古贺侗庵：《晏子春秋》，载吴则虞《晏子春秋集释》附录，第635页。
② 钱穆：《先秦诸子系年》，第40页。

还"向齐提出"反我汶阳之田"的要求,同年便有"齐人来归郓、谨、龟阴之田"。杜预注云:"三邑皆汶阳田也。泰山博县北有龟山,阴田在其北也。"陆德明音义云:"此三邑……因阳虎出奔取为己有,今服义而归鲁也。"① 这说明,晏子被派遣"予鲁君"山阴之田就是这次归三邑之田的一部分,山阴就是龟山之北的龟阴。而其年恰在《史记》所记的晏子卒年,即便当时晏婴还在,八九十岁的老人也绝无精力担任归田使者而远道奔波。如依钱穆之考,晏子已卒六七年了。此章定是虚拟之作。又有《谏下》第二十二章,写嬖臣梁丘据死,景公欲厚葬,晏子提出反对意见。而《左传》定公十年记载齐鲁夹谷之会,有"孔丘谓梁丘据曰"一大段话,以拒"齐侯将享公",且有"子何图之"之语。在晏子殁年,梁丘据竟成了齐鲁会盟的重要角色,其死于晏子之前尚可信乎?可见此章也是虚拟的齐东野语。需要说明的是,《孔子世家》记述夹谷之会不同于《左传》,有"左右视晏子与景公"一语,表明晏子在其卒年还参加了这次会盟。而从《左传》所记来看,在此前多年晏子就不参与政事,此会只言孔子与梁丘据议事,不提晏子,则晏子未与此会甚明。《穀梁传》与《公羊传》所记亦不提晏子。钱穆以为:"晏子言行,大率见于《左传》者最为得实。"② 此可见也。还有《问下》第十一章,"晏子聘于吴",吴王问"长保威强勿失之道",晏子的答话颇具讽意,有"不以威强退人之君,不以众强兼人之地"之语。张纯一按:"《史记·十二诸侯年表》:吴阖闾十一年,'伐楚取番',是'以众强兼人之地';十三年,'陈怀公来,留之,死于吴',是'以威强退人之君'。晏子先景公卒,上二事晏子当不及见。"③ 其实,晏子如果卒于景公四十八年,仍在上二事发生之后的二年或四年,属可"及见"。故王更生说:"上二事虽及见,而于其风烛

---

① 《春秋左传正义》卷五十六,载《十三经注疏》,北京 中华书局 1980 年影印本,第 2147 页。

② 钱穆:《先秦诸子系年》,第 40 页。

③ 张纯一:《晏子春秋校注》卷四,载书同前,本书第 106 页。

残年，史亦不备载齐有聘吴之使。"① 倘从钱氏之考，晏子就均"不及见"了。总而言之，无论晏子卒于何年，此章之讽阖闾也是后人的精心结撰。

二、从内容妄诞看虚拟

主张《晏子》"宜列之墨家"的柳宗元批评《晏子》"好言鬼事"②，可看来看去，只有两章鬼托梦事，其中一篇的"鬼"也可称之为神，即《谏上》第二十二章中的汤和伊尹。景公举兵伐宋，过泰山时梦见"二丈夫"对他"立而怒"，占梦者以为泰山神，主张祠祭，晏子则辨出是宋的先人汤和伊尹（宋为商之后），其怒景公伐宋之举。晏子遂劝景公罢兵，并警告说："师若果进，军必有殃。"景公不听，结果"鼓毁将殪""不果伐宋"。此章表现了晏子反对以强凌弱的思想，凭借的却是并不存在的神灵的威力，当然不可能实有其事。值得注意的是汲冢《琐语》中也有类似的记载：

> 齐景公伐宋，至曲陵，梦见有短丈夫宾于前。晏子曰："君所梦何如哉？"公曰："其宾者甚短，大上而小下，其言甚怒，好俯。"晏子曰："如是则伊尹也。伊尹甚大而短，大上小下，赤色而髯，其言好俯而下声。"公曰："是矣。"晏子曰："是怒君师，不如违之。"遂不果伐宋。③

《琐语》出土于魏襄王墓，其成书至晚也在战国中期。可怪的是《琐语》

---

① 王更生：《晏子春秋研究》，第48页。
② （唐）柳宗元：《柳河东集》卷四《辩晏子春秋》，北京·中华书局1960年版，第71页。
③ （清）严可均校辑：《全上古三代秦汉三国六朝文》卷十五《汲冢琐语》，北京中华书局1958年版，第108页。

还有另一条同类记载，只将伊尹易为"大君子"盘庚，其余人物、作为全同。这表明在战国的中期或更早，景公伐宋因梦不果就已有了不同的传说，致使明人徐应秋不禁生疑："二事酷相类而并载之，果孰为据耶？"①他显然是把它当成了历史，实际两者都是传说，不足为据。胡应麟在指出《琐语》中的两则"必一事析为二者"之后，又"考《册府元龟》亦载二事，但合为一，所记稍不同。"② 这"合为一"者实际就是《晏子》此章，只文字稍有变化而已。此章不仅将两者合一，还作了多种虚想的生发和处理。为了突出晏子辨识力，先让占梦者错认二丈夫为泰山神，同时为此将曲陵改为泰山，尔后再让晏子出场，讲出独到的高明之见。原来的传说，都是由景公说出梦中人的状貌，晏子才因而辨出盘庚或伊尹，此章则让晏子猜出所梦"二丈夫"的状貌，从而显出晏子之神，使景公不得不信。又为凸现晏子有先见之明，让景公不听劝告，至"鼓毁将殪"才罢兵。原来的传说就有妄诞成分，但还可以现实地理解为富于智慧和正义感的晏子对景公之梦的蓄意破解，利用当时颇为牢固的迷信观念，阻止以大欺小、以强凌弱的不义战争。而经过上述虚想处理，大大神化了晏子，也大大增强了妄诞程度，把神的力量具象化了，不得回归于现实理路，从而成为早期幻异型表意小说。

另一章鬼托梦事在《杂下》第三章，景公出猎，夜梦五丈夫"称无罪焉"。景公以为自己错杀了无辜。晏子告诉他，灵公田猎时，有五丈夫惊走野兽，被"断其头而葬之"。景公令人掘出头颅，重新安葬。五人被杀或有其事，托梦于景公甚是妄诞，当为后世同情者的虚托之笔。

超越人事自然性的妄诞之作还有《外八》第九章，"景公为大钟，将县（悬）之。"晏子、仲尼、柏常骞俱言此钟将毁，"冲之，果毁"。景公

---

① （明）徐应秋辑：《玉枝堂谈荟》卷六《梦见盘庚》，上海古籍出版社 1993 年影印本，第 133 页。

② 胡应麟：《少室山房笔丛》卷二十《二酉缀遗》中，上海书店出版社 2001 年版，第 363 页。

召三人问原因，晏子说是"不祀先君而以燕，非礼"；仲尼说是"钟大而县下，其气下回而上薄"；柏常骞说是正逢雷日，"音莫胜于雷"。只有孔子还讲点类乎科学又不科学的道理，其余全是迷信妄言。其实，绝不会有三人一起向景公预言钟毁之事。此书《谏下》第十二章，"景公为泰吕（即大钟）成"，晏子就说过"未祀先君而以燕，非礼也"的话，景公称"善"，"乃以祀焉"，与此章不听晏子之言而钟毁恰相抵牾。《史记・乐毅列传》载乐毅致燕惠王书，有"大吕陈于玄英"之语。司马贞索隐："大吕，齐钟名。"洪颐煊以为"即景公所铸"[1]。可见至田齐湣王之时，大钟还在，被乐毅掠至燕国，陈于玄英殿中，哪里会有钟悬而毁之事？

《杂下》第六章，景公病水（不知何病，未见有注），梦与两日斗而不胜。这梦本身就很荒诞。梦虽无常，总是所见现实世界的种种扭曲和折光，与日如何"斗"法，不可思议，况两日乎？下写景公惧死，晏子则认为其梦乃"一阴不胜二阳"，是病将愈之兆，便通过占梦者说与景公，三日后其病大愈。可见编织怪梦就是为"一阴不胜二阳"制造说词，亦属荒诞不经之作，并非写真。

《晏子》所写的人事，除了超越自然性的妄诞，还有超越社会性的妄诞，就是说，其事人虽可做，却绝不会有人那么做。看《杂上》第十七章：

> 景公伐鲁傅许，得东门无泽。公问焉："鲁之年谷何如？"对曰："阴冰凝，阳冰厚五寸。"公不知，以告晏子。晏子对曰："君子也。问年谷而对以冰，礼也。阴冰凝，阳冰厚五寸者，寒温节，节则刑政平，平则上下和，和则年谷熟。年充众和而伐之，臣恐罢民弊兵，不成君之意。请礼鲁以息吾怨，遣其执以明吾德。"公曰："善。"乃不伐鲁。

---

[1] （清）洪颐煊：《读书丛录》卷十三《泰吕》，清道光二年富文斋刊本。

这位东门无泽的一句隐语解了鲁国被伐之难。只是这隐语太过曲折，绝难为人理解。一个被俘之人，怎么会用对方无法索解的话解救国难？它只能是苦心为晏子编造难解隐语之人的妄诞制作，以显示晏子超常的智慧，绝非现实能有之事。又有《杂上》第十六章，"晋平公欲伐齐"，派范昭往观齐国。范昭在宴上故意提出要用景公酒罇的无礼要求，景公从之，被晏子"撤罇"阻坏；范昭又要太史为他调天子所用的成周之乐，也被太史婉拒。范昭因而归报平公："齐未可伐"。范昭当即范昭子，即士吉射，《左传》哀公五年（前490）即晋定公二十二年，记"士吉射奔齐"，上距晋平公末年（前532）已四十二年之久，平公时即便参政，应很年轻，未必担得此任。即便担得，何得如此无礼？识破与对付此等行径并不需要大智大勇，晋国怎会因此消去伐齐之"欲"。这个让孔子叹为"不出尊俎之间，折冲千里之外"的故事，实为虚拟的空中楼阁。古贺侗庵指出，本篇孔子的慨叹，是"敷衍苏秦'折冲于尊俎之间'之语"①，当是战国后期的虚托之作。

三、从悖其人格看虚拟

纵观《晏子》的内容，或与晏子的为人、品格存在不可调和的矛盾，从而显出其现实存在的不可能性。《谏下》第二十四章，是有名的"二桃杀三士"故事。三人不仅力大无比，其中二人还功勋卓著：田开疆"仗兵而却三军者再"，古冶子更于激流中潜行九里杀巨鼋而护齐侯，只为晏子"过而趋"，三人"不起"，晏子就对景公说他们"上无君臣之义，下无长率之伦，内不以禁暴，外不可威敌"，是"危国之器"，从而献上"二桃"之计，使三人自杀。如果不把此文看作显示晏子智慧的"寓言"，

---

① 古贺侗庵：《晏子春秋》，载书同前，第635页。

而当成历史事实的真实写照，晏子就不是什么贤相，而成了睚眦必报、利口陷人的谗臣、虐相，孔子所谓"不教而杀谓之虐"者也①。从拟实的眼光来看，文中有许多矛盾的笔墨，如上引"外不可威敌"与田开疆之"却三军者再"，"无君臣之义"与古冶子杀鼋护齐侯，均相龃龉；田、古两人之功本难分高下，以居傲见恶于晏子的田开疆却谓自己"勇不子若，功不子逮"，退桃自杀，谦虚莫名。又者，鼋衔齐侯左骖，古冶子潜水杀鼋，并非现实之事，被柳宗元斥为"尤怪诞"。以幻想之功导致三人自杀，岂可认真看待？如果将它视为"寓言"，就没有这些挂碍了。但它却又不是"寓言"，非但不是把动植物拟人化的变形寓言，也不同于"刻舟求剑""削足适履"之类的变态寓言，它以摹写历史真实人事的面目出现，很容易被人误为实事。乐府诗中的《梁甫吟》还为三人大抱不平："力能排南山，文能绝地纪。一朝被谗言，二桃杀三士。谁能为此谋，国相齐晏子。"②作者当真把晏子看成陷人的谗臣。可见它又不是"寓言"，而是早期容易被人误解的寓意小说。

　　《杂上》第四章和《外七》第二十章，内容大同小异，写晏子先后两宰东阿的戏剧性变化：其先，专心治理，严于执法，不阿权贵，使"民无饥"，结果"毁闻于国，景公不说，召而免之"，至欲"大诛"；其后，不治理，不执法，"阿贵疆（强）"，"货赂至"，"重赋税"，"饥者过半"，结果"誉闻于国"，景公"召而赏之"。晏子辞赏，讲出真情，景公始悟。且不说两章所写尚有不合的随意性笔墨（如前章最后任晏子"以国政"，后章最后令晏子仍宰东阿之类），只论其第二番宰阿的害民行径，与晏子为人为政绝不相容，与其一再主张的"以民为本""不倍（背）民以为行""意莫高于爱民"等信条互为水火③。其为虚拟，无须多论。古贺氏前文谓其"附会威王事"，亦属可信。《史记·田敬仲完世家》载齐威王

---

　　①　杨伯峻：《论语译注》卷二十，北京 中华书局1958年版，第217页。
　　②　（宋）郭茂倩辑：《乐府诗集》卷四十一，上海古籍出版社1998年版，第474页。
　　③　参见《晏子春秋》问下第二十、二十一章。

如下政绩：

> 威王初即位以来，不治，委政卿大夫，九年之间，诸侯并伐，国人不治。于是威王召即墨大夫而语之曰："自子之居即墨也，毁言日至。然吾使人视即墨，田野辟，民人给，官无留事，东方以宁。是子不事吾左右以求誉也。"封之万家。召阿大夫语曰："自子之守阿，誉言日闻。然使使视阿，田野不辟，民贫苦。昔日赵攻甄，子弗能救。卫取薛陵，子弗知。是子以币厚吾左右以求誉也。"是日，烹阿大夫，及左右尝誉者皆并烹之。

齐国由此而大振，其事闻于诸侯。《晏子》这两篇应受其启发，将即墨大夫和阿大夫合而为一，构想出两度宰阿的晏子形象。不仅情事相类，地名也不差。如此变化本事而创造的作品应是颇具匠心的早期小说。

《谏下》第五章，晏子使鲁归来，逢景公冬起大台，役工苦于冻馁，"望晏子"。晏子对景公悲歌而流涕，景公即称"将速罢之"。晏子出赴大台，"执朴，鞭其不务者曰：'吾细人也，皆有盖庐，以避燥湿，今君为一台而不速成，何以为役！'国人皆曰：'晏子助天为虐！'"景公随即出令罢役。"仲尼闻之，喟然叹曰：'古之善为人臣者，声名归之君，祸灾归之身，入则切磋其君之不善，出则高誉其君之德义……当此道者，其晏子是耶？'"晏子为人，国人尽知，所以才望其归来。晏子怎会为博得"善为人臣"的虚名而忍心鞭打役工，大发违心之论呢？如此做作也就不是晏子了。晋平公再三逼问他对景公的评价，他以"小善"和"无称焉"对之①。这才是晏子的本色和本色的晏子。其实，此章的某些情节是从《左传》襄公十七年如下记述翻出来的：

---

① 参见《晏子春秋》问下第十六章。

宋皇国父为大宰，为平公筑台，妨于农功。子罕请俟农功之毕，公弗许。筑者讴曰："泽门之皙，实兴我役。邑中之黔，实慰我心。"子罕闻之，亲执扑，以行筑者。而抶其不勉者曰："吾侪小人，皆有阖庐以辟燥湿寒暑。今君为一台而不速成，何以为役！"讴者乃止。或问其故，子罕曰："宋国区区，而有讴有祝，祸之本也。"

晏子"鞭其不务者"和所说的话与子罕何其相似乃尔，分明是子罕言行的仿拟和移录。由此不仅可见此章之"假"，还表明它也不是民间传说，而是蓄意将史书所记张冠李戴的小说作品，只是未能顾及晏子极度爱民的品格，有得有失。

柳宗元还曾批评《晏子》中的"其言问枣"为"怪诞"之作①。此乃《外八》第十三章，景公问晏子："东海之中，有水而赤，其中有枣，华而不实，何也？"晏子说，那是当年秦穆公游东海时投入包有黄布的炁枣的缘故。所言固然怪诞，出自对话则属平常，无足为怪。问题在于晏子不是东方朔那样诙谐的弄臣，而是时时处处谨事景公又影响景公的社稷之臣，不会随便用极玄虚的传闻应对景公。下章晏子对景公所问天下极大物和极细物的回答，亦属无根妄言，同样与晏子的人品、性情、身份相径庭。其中对大鹏和焦螟的描述与《列子·汤问》语颇相似，或由古本《列子》变化而出。

《杂上》第十三章，景公使晏子进食与裘，晏子"敢辞"，谓"婴非奉馈之臣"与"茵席之臣"，而是"社稷之臣"。此后"君不以礼不见晏子"。而《杂下》第七章，"景公病疽在背"，高子、国子请"抚疡"，回答景公之问是：疽热"如火"，色"如未熟李"，大小"如豆"。晏子入见，也"跪请抚疡"，回答景公：疽热"如日"，色"如苍玉"，大小

①　柳宗元：《柳河东集》卷四《辨晏子春秋》，第71页。

"如璧"。景公乃叹:"不见君子,不知野人之拙也。"这里只顾显示晏子是言谈文雅的"君子",却将他置于与高、国同为"下作"侍臣的境地,与"社稷之臣"迥不相侔,自然也同晏子的人格相悖。王更生也指出两章的思想不能相容,后者甚至把晏子写成"胁肩谄笑之顽辈,舐痔成嗜之庸医"①,当为趣味低俗者的造作。其实,《杂上》第十三章亦属好事者的虚拟、造作,景公自有"奉馈"与"茵席"之臣,何劳晏子进食与裘?《杂上》第五章,景公与晏子立于曲潢之上,晏子说:"衣莫若新,人莫若故",景公说了句"人之故,相知情",晏子就认定景公烦他,告老而退,让景公自己治国,以至"百姓大乱",复召晏子。这就把大度的贤相写成使小性的酸腐书生,为显晏子之能,反倒歪曲了晏子,当是虚拟的顾此而失彼。《杂上》第二十五章,晏子御者先意气扬扬,以致妻子要与他离婚,后便改过而"自抑损",晏子得知经过,"荐以为大夫"。见丈夫得意之状竟欲离婚,已属超常;御者改过便被荐为大夫,视晏子为何如人?其悖晏子人格不言而喻。还有《谏下》第十三章,"景公为履",以金银珠玉等物为饰,"冰月服之以听朝",重而且寒。晏子对景公陈述制衣应"冬轻而暖,夏轻而清"之后,忽数"鲁工"做此履三罪,力主惩罚,景公讲情也不饶恕,理由是"苦身为非者其罪重"。景公是否会特地从鲁国请人"为履"姑且不论,被请来的鲁工必按景公的要求来做,岂得自做主张?晏子所数之罪均为景公之过,只有不讲道理之官才会处罚做鞋的工匠,处处为民请命的晏子怎会做此等事?这几章都是作书人顾此失彼的想当然而已。

四、从彼此抵牾看虚拟

《晏子》之文篇章甚夥,有的内容彼此抵牾,互不相容,或与史书所

---

① 王更生:《晏子春秋研究》,第47页。

记不符，从而显出为虚拟之笔。前述"悖其人格"的某些章（如《杂上》第十三章和《杂下》第七章），也可从内容抵牾的角度看其虚拟。这里辨析另一些篇章。

《外七》第八章写景公赏赐遍及后宫，出游见一饿殍，乃叹自己"无德"。晏子谓其倘将及于后宫动植物之德推及于民，"则何殪之有？"，甚而至于"汤、武可为"。而《谏上》第十九章写景公游于寒途，"死胔相望而不问"。晏子以桓公出游"睹饥者与之食，睹疾者与之财"讽而谏之，使其悔悟，收敛尸体，"发粟于民"。两者所写景公对道横饿殍的态度截然相反，从这方面说，至少有一章属于虚拟。就景公的状态而言，"死胔相望而不问"是不可能的，晏子由此而进的谏言以及所生的效应自然也都出于子虚。又，《外七》第二十七章，孔子赞扬晏子为"行补三君"的"君子"："灵公汙，晏子事之以整齐；庄公壮（'壮'，一本作'怯'），晏子事之以宣武；景公奢，晏子事之以恭俭。"以孔子的思想素质，如此赞扬晏子是可能的。但事庄公以"宣武"则与史实背反①，也与《晏子》首章谏庄公"行礼义"相左，或传闻之讹。而《外八》第三、四两章，写孔子之齐，见景公不见晏子的原因，竟是由于"晏子事三君而得顺焉，是有三心"，"疑其为人"。此与前之赞扬针锋相对，不可能出自孔子之口。《孔丛子》也曾以此"诘墨"，因为两者不能相容②。

《谏下》第十一章写景公筑大台之后，"又欲为钟"。晏子指出，如此"重敛于民，民必哀矣"，"公乃止"。实际根本未止，下章即写"景公为泰吕成"。泰吕即指大钟。类乎这种情况的还有《谏下》第五、六两章和《外七》第十二章，景公寒冬修大台，秋季修长庲，晏子均以歌代谏，歌

---

① 据左襄二十二、二十三年（即齐庄公三与四年）及《史记·齐太公世家》，晋之栾盈叛晋奔齐，齐侯纳之，并借以伐晋，晏子两度劝阻，"公弗听"。又据左襄十八年及《齐太公世家》，齐灵公时，晋曾大举伐齐，灵公败退，晏婴谏阻，并以"君固无勇"激之，而"灵公弗从"。如谓"灵公怯而晏子事之以勇"，乃合实际。

② 参见《百子全书》，岳麓书社1993年版，第282页。

民之苦。景公即刻领悟，罢大台与长庲之役。《谏下》第八章又写景公"春夏……起大台之役"，"夺民农时"，晏子以辞官威胁而谏，迫使景公"罢之"。且不说如此重大、严肃之事，晏子不会以歌代言，景公也不可能那样轻易"罢役"而止。只说春、夏、秋、冬四个季节兴工起役都被晏子谏止，则大台、长庲必半途而废。事实上，无论大台还是长庲，均已建成，《晏子》还再三书写大台建成后景公登台和享用的情况（《杂下》第十八、十九、二十等章）。《杂上》第六章又写景公在饥荒年月不肯"为民发粟"，而造"路寝之台"，晏子一面提高工价，一面延长建台时间，"三年，台成而民振"，使"上说（悦）乎游，民足乎食"。这都说明，上列出晏子之谏而几番"罢役"乃是不合实际的虚想。又，《谏上》第四章，"景公饮酒，七日七夜不止"，弦章谏其废酒，"不然，赐章死"。晏子从中美言，"公遂废酒"。但此章之外，渲染景公饮酒之章甚多，直至末章，晏子死后多年，景公还与弦章等诸大臣一起饮酒，足见其为弦章之谏而"废酒"之事并不存在。上一章写景公病酒，"一日饮酒而三日寝之"，此饮至"七日七夜不止"，其醉又当如何？从这方面看，也是虚笔。

《杂上》第十二章，景公饮酒，乘兴夜至晏子家，拟与贤相同饮，晏子答以"布荐席陈簠簋者有人，臣不敢与焉。"景公又移至司马穰苴家，穰苴以同一言词拒之。后至梁丘据家，始得其乐，于是大发感慨："微彼二子者，何以治我国？微此一臣者，何以乐吾身？"国君为晏乐夜走三家，两番被拒，拒绝的言词也一字不差，其为小说笔法已见端倪，而此篇第十四、十五两章又均写晏子宴景公于自己家中，晏子岂不仍为"布荐席陈簠簋"者？两相抵牾，更可见出前者的造作。

《杂下》第十二章写晏子布衣鹿裘入朝，田桓子便说他被"宠之百万"而如此寒酸是"隐君之赐"，要景公罚晏子酒。晏子辩白：他以"君之赐"广济父党、母党、妻党，且"国之闲士待臣而举火者数百家"。景公听了，赞同晏子是"彰君赐"，所以反罚田桓子酒。而《外七》第二十六章，景公见晏子"布衣鹿裘以朝"，深表诧异："夫子之家，若此其贫也，是亵衣之恶也！寡人不知，是寡人之罪也。"晏子又向他说明广养其族，"待婴以祀其先人者五百家"。此二章呈现明显的矛盾状态：如果先有前者，景公对后来晏子的穿戴俭朴就不会诧异，晏子也不须重作说明；如果后者在前，景公就不会听信田桓子之言，欲罚晏子酒。可见两篇之中至少有一篇是虚拟的。

《杂下》第二十四章写晏子妻老，景公欲将"少而娇"的"爱女"嫁给年老的晏子。这已令人不可思议。晏子坚辞，谓"婴与之居故矣"。苏舆云："'故'犹'素'也，言素与之居也"①，即一直与妻相守，不肯悖之。《外八》第十章，田无宇讥晏子妻老丑，晏子以"去老者谓之乱，纳少者谓之淫"答之，反对"见色而忘义"。这都表明，晏子的配偶只有老妻，未纳过妾。而《史记·管晏列传》载：晏婴"相齐，食不重味，妾不衣丝"。这种赞美之言，说明晏子有妾。《杂下》第三十章，"晏子病，将死，凿楹纳书焉。谓其妻曰：'楹语也，子壮而示之。'"这说明，至晏子死，尚有年幼之子。晏子之死至少也在八十岁左右（有些年表列至九十以上），幼子不可能是老妻所生，必有比较年轻的妾。此等抵牾显出，前面两章是美化晏子的虚托之作。

另有《问上》第一章和《杂上》第一章，表现晏子和庄公的矛盾。前者写庄公问晏子：怎样才能"威当世而服天下"，晏子发一通爱民、任贤的议论，庄公"不用"，他便"退而穷处"，庄公"用兵"一年，"身及崔氏之乱"。后者写庄公对晏子不悦，以乐人奏歌讽之，晏子离席，"北面坐地"，谓"闻讼夫坐地，今婴将与君讼，敢毋坐地乎?"随即责难庄公"众而无义，强而无理，好勇而恶贤"，并预言其"祸必及于身"，最后"徒行而东，耕于海滨。居数年，果有崔杼之难"。两者所写应是同一件事，却又是两种不同场合，而其退官只能有一，不能有二。其实两者都是随意虚拟，并非史实。据史书记载，庄公四年秋伐晋，晏子与崔杼谏

---

① 苏舆集校：《晏子春秋》卷六。

止，"弗听"，遂"取朝歌"，"入孟门，登太行"①；五年，庄公"畏晋通楚，晏子谋"②；六年五月，庄公被弑，晏子哭之，被崔、庆要盟。这个时间表显示，终庄公之世，晏子一直在朝为大夫，并未"退而穷处"，更未"耕于海滨"。吴则虞也指出："崔子弑君，晏子哭尸，晏子于此时并未去朝居东海"，又说，"古无臣与君讼之理，晏子既以无礼为谏，已而复以无礼要君，必无其事。"③ 与此相关的是《问上》第二章，"庄公将伐晋"，晏子谏阻，其言多载于《左传》，实有其事。但下写"晏子辞不为臣，退而穷处，堂下生蓼藿，门外生荆棘"，则为虚拟。

《问上》第二十五章，景公问"古者离散其民而陨失其国者，其常行若何？"晏子罗列了多项害民劣政，而后说："今民闻公令如寇雠，此古离散其民、陨失其国所常行者也。"这非但与景公多次接受晏子谏言、反复改善害民虐政的形象不合，与晏子的为相身份不相称，也同晏子对景公的中肯评价相抵牾。在《问上》第十二章中晏子将国君分为三等："上君全善，其次出入焉，其次结邪而羞问"，说景公是能"时问"的"出入之君"。这颇合景公的实际情况，自然也就不属于"离散其民、陨失其国"的亡国之君。

五、从仿拟之作看虚拟

《晏子》二百余章，有一批内容重复而"文辞颇异"之作，被列于"外篇重而异者第七"。其中又分为两类：一类，同一件事，记述详略不同，或文词略有差异，属于传闻异词；另一类，思想相同或相近，事件只属同一类型，却是不同的两件事或几件事。其中一件或为原作，另一件或多件仿原作而作，即是仿拟，非但不属传闻异词，还是有意而作的小说。

---

① 《左传》襄公二十三年，岳麓书社 1988 年版，第 223 页。
② 《史记·十二诸侯年表》，北京 中华书局 1982 年版，第 2 册第 641 页。
③ 吴则虞：《晏子春秋集释》，第 295 页。

其第十三章，景公欲杀为之"主鸟而亡之"的烛邹，晏子先请数烛邹之罪曰："汝为吾君主鸟而亡之，是罪一也；使吾君以鸟之故杀人，是罪二也；使诸侯闻之，以吾君重鸟以轻士，是罪三也。"景公听了，即刻醒悟而赦烛邹。此与《谏上》第二十五章景公因所爱马暴死欲杀圉人，晏子以数其罪而谏，境况全同。两者至少有一章属于仿拟。《外七》第九章题作"景公欲诛断所爱楸者，晏子谏"；《谏下》第二章题作"景公欲杀犯所爱之槐者，晏子谏"。从两者被后人所加的标题，就可看出内容属于相似型，且与前述两章亦颇相类。这种情况并不限于第七篇"重而异者"，别篇也有。《谏下》第三章景公欲加罪斩竹者，《谏上》第二十四章景公欲诛惊飞其所射之鸟的野人，《谏下》第四章景公欲杀严冬"抟治"（制砖）未成之兵，晏子都一一谏救。这三章与上面四章人物不同，事体各异，而景公所犯之过是相同的。景公并非重复同类罪过的低能儿。此等真实之事，或当有一，难得有二，更不可能再三再四。以上七章，多应属于仿拟之作。当然，我们难于确定其中哪一、二章是写真或近于写真的原作，但其中五或六章为仿者虚拟则是可以确定的。其中以犯槐事篇幅最长，也最委曲，犯槐者之女奔求晏子，感慨陈词，为此文增加不少情致，但也更显出其为虚拟或半虚拟的小说品格。

《谏上》第十七章载，景公登上牛山，悲叹自己将去国而死。艾孔与梁丘据"皆从而泣"，而晏子独笑。景公问他笑什么，晏子说，如果太公、桓公不死，你就当不上君主，各代君主"迭处之，迭去之"，乃"至于君"。君怕去国而流涕，乃属不仁。看到一个不仁之君和两个谄谀之臣，所以发笑。外七第二章写的是同一件事，地点在泰山，随之而泣的谄臣又多一个，晏子的话除指出景公之得齐国皆因自古有死外，又深入一步："夫盛之有衰，生之有死，天之分也；物有必至，事有常然，古之道也。至老尚哀死者，怯也；左右助哀之，谄也。怯谄聚居，是故笑之。"景公忙说，他不是怕"去国"，而是忧虑彗星现于齐国。晏子便数其弊政，谓"由是观之，苇又将出；彗星之出庸可惧乎？"于是"公惧，乃归。填池沼，废台榭，薄赋敛，缓刑罚，三十七日而彗星亡。"显而易见，此章是谏上第十七章的仿拟、生发和扩展，如果说前者有可能是某种程度上的真实写照，后者则成了蓄意造作的早期小说。其彗星一段，与外七第三章景公"梦见彗星"内容相仿，两者似仿《谏上》第十八章第三段景公"睹彗星"之文，后者晏子之谓"何暇去彗，茀星又将见矣"等语与前两者相应语句极其相似。三者之间的连带仿拟关系显而易见。

这里需要谈谈《晏子》与《左传》某些相类或相同章节的关系问题。本文四年前的发表稿是将《左传》相关记述单纯视为可靠史料辨析《晏子》，后经考辨《左传》的虚拟成分，对两书相关章节的关系有了新的认识：由于晏子的许多故事产生于民间，《晏子》在不同时期会出现不同的写本。其早期写本早于《左传》，能被《左传》吸纳，后出的写本又可吸纳《左传》中的晏子故事，从而形成两书互有吸纳的复杂情况，其间也构成仿拟或迻录关系。这就需要重新审视、辨析两书中某些相关章节。《谏上》第十八章，写景公一天三次说错话，受到晏子的嘲笑与纠正。其一，景公游公阜，问"古而无死，何如？"晏子答："若使古而无死，太公、丁公将有齐国。"这实际是从第十七章仿拟、变化而出，以丁公取代了桓公。左昭二十年（前522）之记景公也有"古而无死，其乐若何"之问，晏子答："古而无死，古人之乐，君何得焉？"又说，"昔爽鸠氏始居此地，季荝因之，有逢伯陵因之，蒲姑氏因之，而后大公因之。古若无死，昔爽鸠氏之乐，非君所愿也。"这番话是熟知古史的《左传》作者对《晏子》上文的仿拟和发展，既深入又透彻。其二，景公谓梁丘据"与我和"。晏子反驳："所谓和者，君甘则臣酸，君淡则臣鹹。今据也，君甘亦甘"，是"同"，不是"和"。左昭二十年也写了此事，不同的是增加了晏子用二百多言大论"和"与"同"的分别，也应是对《晏子》上文的恣意发挥。其三，景公"睹彗星"，欲"禳去之"，晏子谓"不可，此天教也。"左昭二十六年亦记"齐有彗星，齐侯使禳之"，晏子谓"无益"，"天道不谄，不贰其命，若之何禳焉？"命意与晏子上文相同，又两引

《诗》文，加以阐发。如此看来，《谏上》第十八章并非缀合《左传》三则而成篇，倒是《左传》中的三则均由《晏子》同一章仿拟、生发而出。《晏子》外七第四、五、六三章，文字几乎全同于《左传》上述三则，应是晚出的写本从《左传》迻录所致。不过，由此也不能认定《谏上》第十八章就无造作。如前所述，其第一段就是前章（第十七章）的仿拟与变改，而前章谓登牛山，非游公阜，可见与下两件事不在同一天；《左传》虽沿用、仿拟三事，并不置于一日，且不置于一年，或另有所据。《谏上》却集三事于一日，特地造成景公所谓"夫子一日而三责我"的格局，应是蓄意的艺术造作，是后世小说常用的典型集中之法。与此章相应的是《外八》第十七章，景公哭晏子之死，说的话是："昔者我与夫子游于公阜之上，一日而三不听寡人，今其何能然乎？"自然也是徒托空言，并无其事。另有《谏上》第十二章，写"景公疥且痁"，终年不愈，便以为祝史没有尽职，想杀史固与祝佗，"以说（悦）上帝"。景公征求会谴、梁丘据与晏子的意见，会、梁曰"可"，晏子反对。他说：君若以为祝有益，则"诅亦有损"，"百姓之咎怨诽谤诅君于上帝者多矣。一国诅，两人祝，虽善祝者不能胜也。且祝直言情，则谤吾君也；隐匿过，则欺上帝也。上帝神则不可欺，上帝不神祝亦无益。"景公恍然而悟，将会谴与梁丘据就地免职，由晏子"兼属"。左昭二十年亦记此事：

> 齐侯疥，遂痁，期而不瘳。诸侯之宾问疾者多在。梁丘据与裔款言于公曰："吾事鬼神丰，于先君有加矣，今君疾病为诸侯忧，是祝史之罪也。诸侯不知，其谓我不敬。君盍诛于祝固、史嚚以辞宾？公说，告晏子。晏子曰："日宋之盟，屈建问范会之德于赵武。赵武曰：'夫子之家事治，言于晋国，竭情无私。其祝史祭祀，陈信不愧，其家事无猜，其祝史不祈。'建以语康王。康王曰：'神人无怨，宜夫子之光辅五君以为诸侯主也。'"

下面是晏子有关君主之德与祝史"荐信"或"矫诬"的大篇议论。晏子在《谏上》第十二章所论要点与文字多在其中。景公最后醒悟,"使有司宽政,毁关,去禁,薄敛,已责"。此与《晏子》上文比较,杀祝史不是齐侯之想,而是梁、裔提议;不是为"说上帝",而是为"辞宾",前者出于迷信观念,后者则为人事因素,与史书更为和谐。两文最显眼的区别还是《左传》中的晏子提出"日宋之盟"时赵武讲述的范会之德,从而将《谏上》晏子的议论作了改写和增补。"日宋之盟"就是左襄二十七年(前546)所记在宋举行的楚晋等十四国会盟。齐国由庆封、田文子须无出席,晏子并未参加。会间,"子木(即屈建)问于赵孟(即赵武)曰:'范武子(即范会)之德何如?'对曰:'夫子之家事治,言于晋国无隐情,其祝史陈信于鬼神,无愧辞。'"此等细事,未参加的晏子不得而知,更不能复述其原文。而《左传》作者自然熟悉前面写过的事,从而将它移入晏子之口,并大加生发,成为一篇曼长之作。这充分说明,《左传》的增改并非纪实,而是虚拟;两文的关系不是《晏子》改《左传》,而是《左传》改《晏子》。无论《晏子》原作是否属实,《左传》此篇都是蓄意造作的早期小说。《晏子》外七第七章,与此尽同,只在结尾增"公疾愈"三字,显然是后人又将它从《左传》迻录于《晏子》。晏子的同一故事在两书中就是这样辗转移用而发展的。

此种仿作,也有事属同类而改换人物姓名者。《谏下》第二十章,逢于何求葬其母于路寝之宫,与其父"合骨",晏子为请于景公,终得如愿。《外七》第十一章,又有盆成适("适"一作"括")求合葬其母于路寝之宫,晏子亦为之请,同样如愿。两者情节大同而文多异,至少其中之一为仿拟。盆成适之名见于《孟子》,蒋伯潜《诸子通考》认为,《孟子》中"仕于齐"的盆成适就是《晏子·外七》之盆成适,从而否定了该章的真实性和原创性,自是仿作。而卢文弨以为"'适'讹",并校

"适"为"造",谓"据《礼记·檀弓上》正义引改"①（查中华书局1980年影印《十三经注疏》之《礼记正义》,"适"误作"逆",不作"造";四库全书本依然）。张纯一虽谓《孟子》有盆成适之名,却不认为与《晏子》中的盆成适是同一个人,且云"卢说是"②。可见对此尚有歧见。不过,盆成适对晏子说的话中竟有"越王好勇,其民轻死"与"子胥忠于君,故天下皆愿得以为臣;孝己爱其亲,故天下皆愿得以为子"等语。前者如张纯一注,为《墨子》"兼爱"下篇语义;后者如王念孙所见,"四句"乃《战国策·秦策》中语③,即陈轸对秦惠王之言。如此看来,作者既熟悉《墨子》,又熟悉《秦策》,其仿作此章不会早于战国后期,应在《孟子》成书之后,这与《诸子通考》之论亦相契合。退一步说,《外七》中的盆成适即便并非取自《孟子》,也是晚于晏子约二百年的虚造人物。

　　《晏子》中事同而人不同的显例还有《问下》第二十九章、《外七》第十九章和《外八》第三、四两章,分别写梁丘据、高子和孔子,疑晏子事三君"是有三心"。有关孔子的两章,前面已作辨析,均为虚拟。梁丘据则如柳宗元所赞,虽是"顺心狎耳"的嬖臣,却非谀臣,"不挠厥政,不嫉反己"④,且对大力"尽忠极谏"的晏子不无敬重,不会瞎说"君不同心,子俱顺焉"的混话,致疑"仁人固多心乎?"此与《外八》第四章孔子谓晏子"事三君而顺焉,吾疑其为人"之语无异,亦属后人仿作。高子是"天子所命为齐守臣"⑤,位在三卿,谓三君"皆敬子（晏子)"的话也颇得体,下问"三君之心一耶? 夫子之心三也?"虽有嘲讽

---

① （清）卢文弨:《群书拾补·晏子春秋》,载《丛书集成新编》第3册,台北 新文丰出版公司1985年版,第202页。
② 参见张纯一《晏子春秋校注》卷七,《诸子集成》第4册所载该书第188页。
③ 参见清王念孙《读书杂志》志六之二,载《续四库全书》,上海古籍出版社版,第1153册第228页。
④ 柳宗元:《柳河东集》卷十九《梁丘据赞》,第338页。
⑤ 《春秋左传正义》卷十三杜预注,载书同前,第1802页。

意向，而言词委婉，意在两可之间，这在卿大夫间也是可能有的言谈。另外三章或仿此而作。但高子称其君为"景公"，显为后世造作的纰漏，而晏子下列答话也与史书所记不合：

> 及庄公陈武夫，尚勇力，欲辟胜于邪，而婴不能禁，故退而穷处。言不用者不受其禄，不治其事者不与其难，吾于庄公行之矣。

如前所辨，终庄公之世，晏子都居朝为大夫，从未"退而穷处"。上引文字均属虚托。

《外七》第二十一章，太卜以其"能动地"欺骗景公，被晏子背地说破，令其自陈于公，得以不死。此与《杂下》第四章柏常骞谓能为景公益寿，"得寿，地将动"，被晏子道破，构思相似。柏常骞因见"维星绝，枢星散"知地将动，太仆则因"钩星在四心之间"而知地动。这两种以观天象推测地动的不同说法均属迷信，当出现于历史的不同时期或不同地域，不会产生于同时同地，就此而言，至少有一章是据另一时间或地域有关地动的说法仿拟而作。由于后者以地动哄景公只是"益寿"骗局的附加结构，仿拟之作应是前者，它只以地动的不同说法仿拟《杂下》第四章预知地动的部分而骗景公，以表现晏子"忠上而惠下"的为人品格。与此相类，《谏下》第二章犯槐者之女为有求于晏子，"愿得充乎下陈"，乃至晏子有"婴其淫于色乎？何为老而见奔"之叹。《外八》第十一章写一"工女"无端"托于晏子之家"，使晏子大发"女欲奔仆，仆必色见而行无廉也"的感慨。后者仿拟前者的一个部分，亦如《外七》第二十一章只仿《杂下》第四章的地动一样，为虚托之笔。

同一事件，也有人物相同而情节颇异者，从而形成两篇作品，这也常是仿拟的产物。《谏上》第二章与《外七》第一章都写景公饮酒"去礼"，而晏子反对。两者情节差异很大。前者晏子在场，向景公谏言，公

"涵而不听"，晏子就对景公无礼，激怒国君，最后使他俯首认错。后者晏子原不在场，景公饮酒高兴，派人"趣驾迎晏子"。晏子对景公声言"去礼"颇多非议，使其痛悔"不敏无良"，甚至欲杀"淫蛊"之臣，最后"易衣革冠"，重迎晏子以礼，并送之以礼，"以张晏子之教"。两篇情节如此不同，已然超出传闻异词，乃是由仿拟而生的重要变化和再创造。后者的情节比前者有了明显的发展，所以仿作应是后者。

《晏子》之文除了仿拟有关晏子的传说，还有的将关于他人的传说移植到晏子身上，从而形成又一种仿拟。突出的是将传说中的管仲与桓公换成晏子与景公。《问上》第九章写景公问晏子"治国何患？"，晏子答以"患夫社鼠"，并以社鼠和猛狗比喻国之谗佞之臣。而《韩非子·外储说上》与《说苑·政理》亦有内容、文字大同小异之作，只是问者为桓公，答者为管仲。其中以《韩非子》言之最详，并记述了同一传说的不同说法，而均无晏子与景公。三书相较，韩文先写宋之卖酒者因养猛狗而致酒酸的传说，而后才写管仲与桓公关于"最患社鼠"的谈话，后由社鼠言及猛狗，因有前文铺垫，十分自然；《说苑》只取桓公与管仲有关"治国何患"的对话，本谓"患夫社鼠"，后又言及猛狗，甚是突兀，其截取韩文显而易见；《晏子》除人名和结尾两句，文字与《说苑》几乎全同，分别主要是将桓公、管仲易作景公与晏子，而结句"主安得无壅，国安得无患乎？"又甚似脱胎于韩文结句"主焉得无壅，国焉得无亡乎？"通过这样的比较，《晏子》此章的仿拟之迹就相当清楚。它是参用《说苑》此篇的原文（即刘向辑校《说苑》所据之文）及《韩非子》此篇结尾而写成的。又者，《韩非子》及《说苑》此篇原文不是专写某人之书，如果传说为晏子与景公，它们毫无必要易为管仲与桓公；而《晏子》是专写晏婴之书，如要吸收其他政治家的言论传说，就只能更易其名，以仿作表现主人公晏子。从这方面看，其间的仿拟具有显见的不可逆性。《外七》第十四章，景公又问"治国之患"，晏子对以"佞人谗夫之在君侧"，实际是将社鼠所喻直言以陈，最后又归于"如社之有鼠"。其仿《问上》第九章亦属显见。《谏上》第十三章，写景公游麦丘，逢老人，令其祝己。老人三祝，后谓"无使君得罪于民"，景公不悦，而晏子解之，景公始悟。此与《韩诗外传》（以下或称《外传》）卷十及《新序》第四所记桓公遇麦丘叟的故事大同小异。麦丘叟三祝桓公，后谓"无使吾君得罪于群臣百姓"，桓公不悦，麦丘叟解之，桓公始悟，扶载而归，用为"断政"。后两篇中并无管仲，只是桓公与叟对话，虽也是传说，但紧凑合理，重在表现桓公能于下层发现人才。《晏子》此章的故事、地点及中心人物麦丘叟与之相同。两者必有其一属于仿拟。如果《晏子》此章在前，不会有人将名声显赫的晏子之语换作无名老叟之谈；反之，将麦丘叟对自己祝语的精当解说换成晏子之言，以显贤相之明见，则是非常自然的事。因此，《外传》与《新序》此篇所据之文当为《晏子》仿拟所本。

此外，《外八》第七章，景公问："有臣而疆（强）足恃乎？""有兄弟而疆足恃乎？"晏子俱答"不足恃"，致使景公"忿然作色"。晏子曰："有臣而疆无甚如汤，有兄弟而疆无甚如桀"，而"汤有弑其君，桀有亡其兄。"[①] 此与《外传》卷八魏文侯与狐卷子有关父、子、兄、弟、臣为贤者是否"足恃"的问答如出一辙。狐卷子俱答"不足"，致使魏文侯"勃然作色而怒"，狐氏回话中也有"臣贤不过汤武，而桀纣伐"等语。两者如此雷同，其中之一当是仿作。而《外传》采用《晏子》多篇，均未改易其人，自然也不会将此篇之景公与晏子改为魏文侯与狐卷子，只能是着意表现唯一主人公的《晏子》仿拟《外传》或《外传》所本，而改其人名。又，《外八》第八章写景公游于牛山，"请晏子一愿"，晏子之愿为："有君而见畏，有妻而见归，有子而可遗"；"有君而明，有妻而材，家不贫，有良邻"；"有君而可辅，有妻而可去，有子而可怒"。此与《外传》卷九曾子所言"三乐"大多相似："有亲可畏，有君可事，有子可遗，此一乐也。有亲可谏，有君可去，有子可怒，此二乐也。有君可喻，

---

① 此二句或有讹误。张纯一注："二句义不可晓。"

有友可助，此三乐也。"两者之间有着显见的仿拟性。而《外传》没有理由不用晏子，改称曾子，只能是《晏子》仿拟《外传》或其所本，以凸现其主人公。这与上一章的仿拟手法是一样的。还有《问下》第十三章，写"晏子聘于鲁，鲁昭公问曰：'吾闻之，莫三人而迷，今吾以一国虑之，鲁不免于乱，何也?'"晏子的回答是"左右逼迩皆同于君之心者也"，鲁国"曾无与二，其何暇有三?"后又说，"逼迩于君之侧者距本朝之势，国之所以殆也。"这是说，近臣操纵舆论，顺君而言，所以危殆。而《韩非子·内储说上》对此载有二说，一为哀公问孔子，二为哀公问晏子，两人的回答如出一口，皆言鲁国群臣无不同于季氏，全国尽化为一，"安得三哉?"从人物看，哀公成为鲁君在晏子死后多年，不可能有哀公问晏子之事。从回答的内容来看，昭公后期至哀公时的鲁国之乱，源于季氏的专权跋扈，国君说话没有权威。因此，《韩非子》的记述较合于实际，而晏子作客于鲁不便非议季氏，从而显出哀公问孔子之说更为合理。《晏子》此篇亦是仿作。

《杂上》第二十七章写晏子助北郭骚米以养其母，北郭骚便在晏子"见疑于景公"而出走时，杀身以明晏子，而北郭骚之友又杀身以明北郭骚。这未免太玄虚了。古人虽讲"舍生取义"，也不会轻生到如此地步，何况"以养其母"的北郭骚尚有老母在堂。古贺谓之"附会孟尝君事"①。《史记·孟尝君列传》载：

> 孟尝君相齐，其舍人魏子为孟尝君收邑入，三反而不致一入。孟尝君问之，对曰："有贤者，窃假与之，以故不致入。"孟尝君怒而退魏子。居数年，人或毁孟尝君于齐湣王曰："孟尝君将为乱。"及田甲劫湣王，湣王意疑孟尝君，孟尝君乃奔。魏子所与粟贤者闻之，乃上书言孟尝君不作乱，请以身为盟，遂自

---

① 古贺侗庵：《晏子春秋》，载书同前，第635页。

列宫门以明孟尝君。潸王乃惊而踪迹验问，孟尝君果无反谋，乃
复召孟尝君。

北郭骚以死白晏子事，还见于《吕氏春秋》卷十二《士节》，自然不可能
附会《史记》，但《史记》系据史料或传闻记录而著，孟尝君由死士而白
其冤，无论是史事还是传闻，亦当闻之于齐，好事者或从而受到启发，杜
撰北郭骚以死白晏子事，把晏子得士和士人重义同时渲染到意想所及的极
致。从实质上看，它也是一篇仿拟之作。

六、从造作预言看虚拟

齐景公平稳当政 58 年，死后，田乞、田常父子即先后弑君，为相而
当权，使姜齐逐渐向田齐过渡，最终于战国中期取代姜氏，建立了田齐。
这为后人编织晏子具有远见卓识的预言提供了便利。《晏子》中的多章都
是这类预言的变化和造作。《问下》第十七章写晏子使晋，叔向问他"齐
其何如？"他的回答竟是"齐其为田氏乎！"理由是景公"弃其民"，而田
氏以大斗出、小斗入之法使民"归之如流水"。叔向说晋"亦季世""政
在家门，民无所依""公族尽矣""肸又无子""幸而得死，岂其获祀
焉"。这里包含两个预言：晏子预言齐将被田氏篡权，叔向预言自己死后
无祀。其实，两者在两人生前都是不可预见的。晏子为相时，田氏与之同
朝为大夫的还是田乞之父田桓子无宇，而田无宇并无篡权之迹可寻。据
《史记》记载，以大斗出、小斗进收揽民心的是后来入朝的田乞和田常。
退一步说，即便田无宇真的如此施德于民，使民"归之"，也不能由此断
言其后代必篡权有国。晏子本身就是身为齐相而大力惠民并深得民心的典
范。他怎么会以施德于民妄度陈无宇是为其后人篡权作准备呢？可见是了
解田氏篡齐的后人为晏子造作的预言式小说。叔向是晋的贤大夫，事厉、
平、昭三公，有子食我，字伯石，何言"无子"，死不获祀？原来在其死

后的鲁昭公二十八年（前515），伯石因助祁盈之乱为晋所杀，晋"遂灭祁氏、羊舌氏"①。叔向之语正是其家这种悲惨后事的预言。他所描述的晋国公室种种"季世"败相，实则预示着晋的覆灭。《晏子》此章虚拟的预言又见于《左传》昭公三年，文字大同而小异。但它非但不是史实，且更显得不合实际。鲁昭公三年即齐景公九年，下距田氏行篡还有半个多世纪，其时田乞大约未成年，田常或许还未出生，晏子预言其事岂非天方夜谭？仔细比较两文可知，不是《晏子》袭用《左传》，而是《左传》摘录《晏子》。两者最大的区别就是《晏子》在"公积朽蠹……民人痛疾，或燠休之"之后多出如下一段文字：

> 昔者殷人诛杀不当，僇民无时，文王慈惠殷众，收恤无主，是故天下归之，民无私与，维德之授。今公室骄暴，而田氏慈惠。

下接"其爱之如父母，而归之如流水……"这个"其"字所指，显为上句的田氏。《左传》删掉这段文字，就成了"公积朽蠹……民人痛疾，或燠休之。其爱之如父母，而归之如流水……"不仅"其"的指代不明，文亦难通。这说明《左传》此文系删削《晏子》而成，而非《晏子》生发《左传》。

《外七》第十章写景公坐于路寝，曰："美哉室，其谁将有此乎？"晏子答："其田氏乎？"下述田无宇"为善"之家，"山木如市，不加于山，鱼盐蚌蜃，不加于海，民财为之归"。今岁饥荒，田氏又以大斗贷，小斗收"有施于民"。"公厚敛而田氏厚施焉……国之归焉不亦宜乎？"如果说晏子对叔向所言齐将归于田氏，只是当时还无此迹象，此章景公与晏子的问答就不止于此，而且有违君臣之道。景公之问绝非太平之君所能问，晏

---

① 参见《左传》，第356页。

子之答更非太平贤相所当答。试想，当晏子对景公说出这齐国将归田氏，并点出田无宇的名字时，其置景公于何地？又置田无宇于何地？与谗臣的谗言有何区别？所以绝对不会存在。本章是后人利用战国时田氏篡齐之事为晏子精心炮制先知预言的又一篇小说。同篇第十五章，还是同一话题而内容有异："景公与晏子立于遄池之上，望见齐国"，景公问"后世孰将践有齐国"，晏子虽说"非贱臣之所敢议"，还是挑明田无宇"公室兼之，国权专之"，"臣富主亡……其无宇之后为几"，并断言："齐国，田氏之国也。"景公又问："奈何？"晏子曰："唯礼可以已之。"随后讲了一通"君令臣忠、父慈子孝、兄爱弟敬、夫和妻柔、姑慈妇听"的"礼之经"，与非儒近墨的晏子思想大相径庭。本章也是儒者利用田氏篡齐之事为晏子虚造的预言式小说。值得关注的是，左昭二十六年也记有景公与晏子讨论日后谁有齐国的对话，内容、文字与《晏子》外七第十、第十五两章大体一致。仔细推究，并非纪实，应是摘录《晏子》两章的前半与后半加以改造合二而一的产物，顺理而成章；如果是《晏子》抄录《左传》，则当抄作一篇，必不会将它们一分为二。这也是笔者在考辨《左传》的虚拟成分之后所产生的新认识。

《问上》第八章，原是景公与晏子讨论"莒与鲁孰先亡"的问题，而后突然转为"后世孰践有齐国者"，晏子答以"田无宇之后为几"，与《外七》第十五章答语全同；其后陈述田氏"公量小私量大，以施于民"，民归之"若水之流下也"，则是《问下》第十七章的摘录与简化。这自然也是晏子预言的虚拟之笔。莒亡于公元前431年，距鲁亡（前249）早一百八十余年。此章前段也是作者看到莒亡以后造作的变后知为先知的晏子预言。末云："齐其有鲁与莒乎？"结果只并了莒（楚灭莒，地并于齐），鲁却为楚所灭。这表明，此文作于莒亡之后，鲁灭之前。前后两段同为预言，嫁接在一起不足为奇。

《谏下》第十九章仍是这一话题，不过变一种写法：景公登路寝之台而望国，愀然而叹曰："使后嗣世世有此，岂不可哉。"晏子批评他"逆政害民有日矣，而犹出此言，不亦甚乎。"景公遂问"后世孰将把齐国"，晏子的回答并未直接指明田氏，而以"服牛死，夫妇哭"为喻，谓"欲知把其国者，则其利之者也"，实则暗指施利于民的田氏，仍是前述预言的延伸和发展。

除了田氏篡国预言，《晏子》还有别种预言。《杂上》第一、二两章写晏子与庄公的矛盾冲突。前者晏子对庄公说："祸必及其身，若公者之谓矣"，而"后数年，果有崔杼之难"；后者中的晏子离去前对仆叹曰："哀吾君不免于难"，而后"崔杼果弑庄公"。庄公是由于与崔杼之妻私通而突然被杀，晏子不可能早有预知，两者都是后来的知情作者故将已知事件写成晏子的预言，以张其智。

七、从夸而无节看虚拟

读《晏子》，不但钦敬贤相晏婴反复勇披逆鳞的直谏精神，对景公那种容纳臣子尖锐批评的非常大度及其每每痛改前非的精神也深感难得。但齐国并未因有如此贤相与纳谏的国君而日趋强盛，恢复霸业。原因之一就是晏子与景公的上述精神是被文学作品过分夸大了的。实际的晏子虽也勇批逆鳞，却不像书中写的那样。景公在一些问题上能听取晏婴的批评建议，但远不是书中的景公。《晏子》的夸大笔法常常超过现实的可能，成为"夸而无节"之笔。《谏上》第十六章，景公发出"使国可长保，传于子孙，岂不乐哉"的喟叹，晏子就大肆指斥景公"以政乱国，以行弃民久矣""今君临民若寇雠，见善若避热""肆欲于民而虐诛于下"；并在赞扬桓公前期霸业之后，斥其后期政荒"民苦"，致死"虫出而不收"，竟谓"桀纣之卒，不能恶焉"。封建时代的任何臣子都不可能如此觌面斥责国君及先君，以"桀纣之卒"比桓公之死尤其不伦，也是景公绝不会容忍的。它离贤相谏君的实际甚远，只能是后来作者的文学渲染。《谏上》第五章载，齐国霖雨十有七日，百姓遭灾，而景公日夜饮酒听歌。"晏子请发粟于民，三请而不见许"，乃向景公痛陈灾情之后，愤然弃之而走。景公"从之，兼于涂（途）而不能逮。令趣驾，追晏子其家，不及。"追上之后，下车对晏子说了下面的话：

> 寡人有罪，夫子倍（背）弃不援，寡人不足以有约也。夫子不顾于社稷百姓乎？愿夫子之幸存寡人，寡人请奉齐国之粟米财货，委之百姓，多寡轻重惟夫子之令。

说完竟"拜于途"。晏子乃返，主持赈灾。世上哪有这样的国君，简直是在乞求晏子。对景公前倨后恭的大肆夸张不仅超出现实可能，也使形象不能统一，前后景公判若两人。与此相类，《谏上》第二十章，景公"衣狐白之裘"，雨雪三日而不知百姓之寒，被晏子指出后，即"令出裘发粟"，救民饥寒。且"令所睹于涂者，无问其乡；所睹于里者，无问其家；循国计数，无言其名。士既事者兼月（有职业者给兼月之粮），疾者兼岁（病苦无告者给兼年之粮）。"这恐怕是亘古未有的国君大救灾，只能是人们对当时统治者的一种向往。《谏上》第八章又写："景公信用谗佞，赏无功、罚不辜"，晏子进谏之后说了句"臣请逃之"，"遂鞭马而出。公使韩子休追之，曰：'孤不仁，不能顺教以至此极，夫子休国焉而往，寡人将从而后。'晏子遂鞭马而返。"景公对贤相晏子如此器重，又如此自损，可谓无以复加。所以当晏子仆人问他"向之去何速，今之返又何速"时，晏子曰："公之言至矣！"实际是作书人把一个国君面对臣下的自损之词夸张到极处，这样倚重贤相岂能是"信用谗佞"之君？再看《外八》第十六章晏子死景公"伏尸而号"之语："子大夫日夜责寡人，不遗尺寸，寡人犹且淫佚而不收，怨罪重积于百姓。今天降祸于齐，不加于寡人，而加于夫子，齐国之社稷危矣，百姓将谁告夫？"这是后来明察齐国兴衰的哲人的观点，出自酷好声色狗马、大兴宫廷土木的当事国君之口甚不和谐，不过是后世作者虚拟的理想言词罢了。

《晏子》中这类夸大晏子口无遮拦、勇于直谏和景公闻过就改、大见功效的笔墨不是很少，而是很多。《问上》第七章，景公让晏子"继管仲之业"辅佐他成就霸业。晏子在讲述桓公任贤、亲民等诸多政绩之后，这样概括景公的劣政：

> 今君疏远贤人，而任谗谀；使民若不胜，藉敛若不得；厚取于民，而薄其施；多求于诸侯，而轻其礼；腐藏朽蠹，而礼悖于诸侯；菽粟藏深，而怨积于百姓；君臣交恶，而政刑无常。臣恐国之危失，而公不得享也，又恶能张先君之功烈而继管子之业乎？

把景公之政贬得一无是处，既非实情，也非为相者所当上对国君之语，是后来作者为解说晏子不能辅佐景公成就霸业而极力贬损景公的产物。至于"恐国之危失，而公不得享也"之语，更不会出于晏子之口。相类者还有《问下》第三章，晏子将景公与桓公"左有鲍叔，右有仲父"作比，谓"今君左为倡，右为优，谗人在前，谀人在后"，从而扭曲了晏子与景公对话的现实性，成为一种漫画式笔墨。刘勰所谓"夸过其理，则名实两乖"[①]。

再看《谏上》第二十一章，"荧惑守于虚，期年不去"。按当时的说法，此种天象主于"天罚"。景公由此发问，晏子便以四言韵文罗列了景公理齐之误："为善不用，出政不行。贤人使远，谗人反昌。百姓疾怨，自为祈祥。录录疆食，进死何伤。"最后又归结于"有贤不用，安得不亡。"在景公时代，齐国最大的贤人就是晏子，被景公长期用以为相，何言"贤人使远"、"有贤不用"？当时齐国虽不能霸，却还相当强盛，用晏

---

① （梁）刘勰：《文心雕龙》卷八《夸饰第三十七》，北京 人民文学出版社 1958 年版，第 609 页。

子的话说："今婴事君也，国仅齐于诸侯"（《杂下》第二十八章），何谈"安得不亡"？对齐国形势的阐述远离实际。下面回答景公扭转可畏天象的措施竟是以下三项："盍去冤聚之狱，使反田矣；散百官之财，施之民矣；振孤寡而敬老人矣。"景公同意，"行之三月而荧惑迁。"其实，三项之中，只有末项较为可行。冤狱需要鉴别，决非短时间所可去者；散百官之财给百姓谈何容易，哪个朝代实行过？怎么实行法？所谓"行之三月"，自然也是没有的事。又者，写到后面，作者已经把前面反复强调的景公远贤用谗给忘记了，三项措施无一关乎"用贤"，这也显出其言齐之弊政是任笔所之，与实在的史笔相去甚远。

《杂上》第八章，景公出游，见老年"负薪者，而有饥色"，悲而叹曰："令吏养之。"晏子因赞景公"爱老"，并"请求老弱之不养，鳏寡之无室者，论而共秩焉"。景公应允，"于是老弱有养，鳏寡有室。"在整个齐国解决如此大的问题怎么可能？古往今来还没有任何一个朝代或诸侯国能够解决。孟子谓齐宣王：鳏、寡、孤、独，"四者天下之穷民而无告者，文王发政施仁，必先斯四者"①。文王也只是"先"之而已，并没有做到"老弱有养，鳏寡有室"。至于"好货"又"好色"的齐宣王只夸孟子说得好，回避"何为不行"的问题。想是孟子以后的作者受此启发，让晏子实现了孟轲的梦想，同时也就拔高了晏子和景公。《问上》第五章写诸侯对景公"不悦"，景公问晏子"古之圣王，其行如何"，晏子陈明之后，主张善待诸侯，安抚百姓。景公从之。"于是卑词重币而诸侯附，轻罪省功而百姓亲，故小国入朝，燕、鲁共贡。"墨子闻之，大加赞赏。当时治国，无非是内亲百姓，外结诸侯两件大事。如此轻易大见成效怎么可能，也不合当时的齐国现实。作者为颂晏子，把大难之事写得轻而易举。掺入墨子赞语，更说明出于墨子之后，不足为信。与此相类的还有《问上》第十与十一两章。前者，景公因病欲使祝史祈福。晏子称：先君

---

① 《孟子》卷二《梁惠王章句下》，上海 商务印书馆 1936 年影缩宋本，第 16 页。

"政必合于民，行必顺乎神"，尚令祝史辞罪；"今君政反乎民，而行悖乎神"，致使"民神俱怨"，何得祈福？景公便"请革心易行"，"于是废公阜之游，止海食之献，斩伐者以时，畋渔者有数，居处饮食，节之勿羡，祝宗用事，辞罪而不敢有所求也。故邻国忌之，百姓亲之，晏子没而后衰。"后者，景公问"古之盛君，其行何如"。晏子回答之后，景公"不图"。晏子说他"积邪在于上，蓄怨藏于民，嗜欲备于侧，毁非满于国"。景公称"善"，"于是令玩好不御，公市不豫，宫室不饰，业土不成，止役行税，上下行之，而百姓相亲。"两者不仅都将晏子对景公的非议张大其词，同时又用意想之笔书写不存在的大难业绩，非但出于虚拟，也不能令人信服。《外七》第三章，写景公梦见彗星，欲占之。晏子曰："君居处无节，衣服无度，不听正谏，兴事无已，赋敛无厌，使民如将不胜，万民怼怨。茀星又将见梦，奚独彗星乎？"这谴责即使有切合实际之处，也夸张太过，面对国君，晏子绝不会说得如此尖锐，以阻其占卜。看《左传》昭公二十六年记载的晏子阻止景公禳彗星的一番话：

> 无益也，只取诬焉。天道不谄，不贰其命，若之何禳之？且天之有彗也，以除秽也。君无秽德，又何禳焉？若德之秽，禳之何损？《诗》曰：'惟此文王，小心翼翼。昭事上帝，聿怀多福。厥德不回，以受方国。'君无违德，方国将至，何患于彗？《诗》曰：'我无所监，夏后及商。用乱之故，民卒流亡。'若德回乱，民将流亡，祝史之为，无能补也。

这虽是《左传》作者的造作，却近于晏子的话语，与《晏子》上篇的渲染别同霄壤。

《晏子》一书显见的文学夸饰远不止此。《杂上》第三章写晏子盟于弑庄公、立景公的崔杼及其同伙庆封。此事《左传》襄公二十五年明白著录：崔、庆"盟国人于大宫。曰：'所不与崔、庆者！'晏子仰天叹曰：

'婴所不惟忠于君、利社稷者是与，有如上帝！'"这誓词不言与否崔、庆，只强调"忠于君"和"利社稷"，既坚持了原则，又使崔、庆抓不到把柄，无可奈何。由此可见晏子的应变智慧。他善于同强横势力周旋，利于民而不害己，面对危难，从容自解。而《晏子》所写大异其趣：

（崔、庆）劫诸将军、大夫及显士庶人于太宫之坎上……令自盟曰："不与崔庆而与公室者，受其不祥。言不疾、指不至血者死。"所杀七人。次及晏子。晏子奉杯血，仰天叹曰："呜呼！崔子为无道，而弑其君，不与公室而与崔、庆者受此不祥。"俯而饮血。崔子谓晏子曰："子变子言，则齐国吾与子共之；子不变子言，戟既在脰，剑既在心，维子图之也。"晏子曰："劫吾以刃，而失其志，非勇也；回吾以力，而倍（背）其君，非义也。崔子，子独不为乎《诗》夫？《诗》云：'莫莫葛藟，施于条枚，恺悌君子，求福不回。'今婴且可以回而求福乎？曲刃钩之，直兵推之，婴不革矣。"崔杼将杀之，或曰："不可！子以子之君无道而杀之，今其臣有道之士也，又从而杀之，不可以为教矣。"崔子遂舍之。

此中晏子始终与崔杼针锋相对，突出其斗强横不怕死的大无畏精神。这从传统眼光来看，高而且美，是艺术的放大与提升；而以贤哲的眼光来看，则殊少明智，以卵击石，徒为荒淫之君舍其爱民之身，是为晏子所不取。此晏子绝异彼晏子，较之史书所载，此章只能视为小说。又，前章即《杂上》之二，后半内容同于《左传》，或近实录，而开篇竟谓"晏子为庄公臣，言大用，每朝赐爵益邑；俄而不用，每朝致邑与爵。"如此胡乱夸张，大违事理，自不可信，其为虚拟，不言自明。

《外八》第十五章，"庄公阖门而图莒，国人以为有乱也，皆操长兵而立于间"。庄公急召休相划策，休相曰：此乃"仁人不存"所致。遂将

"晏子在焉"的虚词明令于国，国人便"皆散兵而归"。晏子是灵公在位后期入朝为官的，不久即为父守孝，居家"倚庐，寝苫，枕草"，人家说他"非大夫之礼"，他以"唯卿为大夫"作答①，就是说，他不是卿，官位不高。庄公好勇武，不器重晏子，时间又只有四、五年，虽为"仁人"，却未必广为百姓熟知，虚言其在，即可息乱，亦是大力夸饰的产物。

八、从悖逆事理看虚拟

史书所记的历史事实无论如何令人惊奇，总能合于生活事理的逻辑发展。虚拟之笔则要处处小心，稍不留神，就会违背生活事理，露出"虚"的马脚。严格地说，前面所论超越社会性的"幻诞"两章和"夸而无节"的若多篇章也都属于悖理之作。这里研讨另外一些因违背事理的虚拟之文。

《杂下》第十章，晏子使楚，楚之君臣搞恶作剧："缚一人，过王而行"，谓之"齐人"而"坐盗"，以辱晏子。结果反遭晏子奚落："今民在齐不盗，入楚则盗，得无楚之水土使民善盗乎？"表现晏子的智慧颇有意味。但从生活事理来看，则是不可能发生的事。楚王接见晏子，是在宫里，下吏缚人何得"诣王"或"过王而行"？此其一。齐人与楚人，言语、口音大有分别，岂是可以随便说的？此其二。晏子并不认识被缚之人，怎知他"在齐不盗"？此其三。最后楚王说"圣人非所与熙也"，竟称同代的晏子为"圣人"，可知远为后世的造作。

前曾辨析，盆成适葬母于路寝之宫是仿拟《谏下》第二十章逢于何葬母之文。逢于何葬母之文的真实性又如何呢？依文所写，逢父先死而葬，景公造路寝之台占了这块墓地，使其处于"路寝之台牖（或'墉'）

---

① 《左传》襄公十七年，第210页。又，参见《晏子春秋》杂上第三十章。

下"。无论"牖"（窗）下，还是"墉"（墙）下，都在宫内，所以景公才说："古之及今，子亦尝闻请葬人主之宫者乎？"既在宫内，岂容有墓，其墓必已被毁（即晏子所谓"残人之墓"），逢于何怎会再求合葬其母于被毁之墓而处之牖下？《礼记·檀弓上》载：

> 季武子成寝，杜氏之葬在西阶之下。请合葬焉，许之。入宫而不敢哭。武子曰："合葬非古也，自周公以来未之有改也。吾许其大，不许其细，何居？"命之哭。

季武子是春秋末叶鲁国大夫季孙夙，"世为上卿，强且专政，国人事之如君"[1]。他甚至不准人着衰装（孝服）而入其门。如此季氏，《礼记》载其许杜氏"合葬"于寝内之墓，引起论者纷纷猜测和置疑。陆佃认为，是"请迁于外而合葬之。先儒谓杜氏之丧从外来，就武子之寝合葬，不近人情。"[2] 刘彝则说："寝者所以安其家，乃处其家于人之冢上，于汝安乎？墓者所以安其先，乃处其先于人之阶下，其能安乎？皆不近人情，非礼明矣。"[3] 这些疑惑不无道理。而江永作出如下解释："《檀弓》记事在战国之初，距季武子已远，此事盖得之传闻。意武子作别宅，其地先有杜氏之葬。传闻失实，遂为武子之居寝耳。居寝之阶下许人合葬，情理所无者也。"[4] 这种揣度并不一定与实际尽合，但"得之传闻"而"传闻失实"则是造成记述之误的重要原因。不仅"居寝之阶下许人合葬，情理所无"，请合葬先人于人之阶下更悖逆情理。有些论者将《晏子》中的逢于何与盆成适举作先例，以释辨者之疑。殊不知《晏子》的两篇不但悖

---

[1] 《礼记正义》卷九《檀弓下》郑玄注，载《十三经注疏》，北京 中华书局 1980 年影印本，第 1299 页。

[2] 载（宋）卫湜《礼记集说》卷十五《檀弓上》第三，清通志堂经解本。

[3] 载（元）陈澔《礼记集说》卷二《檀弓上》第三，绿荫堂刊本。

[4] 江永：《礼记训义择言》卷二《檀弓上》，民国 10 年（1921）上海博古斋影印本。

理，还很可能产生于《礼记》之后。"好事者"或从《檀弓》之记受到启示，生发而出，以张晏子济人之困的爱民业绩。这不只是推测，也有迹可寻：逢于何要求合葬其母于路寝"牖"下与杜氏要求合葬其母于寝之阶下极为相似；逢氏入宫葬母时"解衰去绖"、"踊而不哭"也像从杜氏"入宫而不敢哭"和季氏不准人着衰入门翻出的文字。两者孰先孰后的关系虽不能充分论定，其大悖事理说明必为虚拟则是可以肯定的。

《杂下》第一章，"灵公好妇人而丈夫饰者，国人尽服之"，使吏禁之而不能止，"裂其衣，断其带"也服之如故。晏子谏曰："公使服之于内而禁之于外，犹悬牛首于门，而卖马肉于内也。"建议从宫中禁起，结果"不逾月，而国人莫之服"。在那封建时代，即使国君好男装，使宫中女子"服之于内"，外边民女也不可能广为效仿，更不会"尽服"，何况还严厉"禁之于外"？国君既然好之，民间有服之者，他就不会去禁止，更不会"裂其衣，断其带"。本篇多重不合事理，只能视为虚拟的表意之作。

真实的历史记事都是具体的、确定的，合于逻辑，经得推敲。《晏子》的虚拟成分也从某些内容的空疏乏力显示出来，略作推敲，即可见"假"。《谏上》第七章，"景公燕赏于国内，万钟者三，千钟者五，令三出而职计莫之从。公怒，令免职计。令三出，而士师莫之从。"景公对晏子述说此事，晏子痛陈"君正臣从谓之顺，君僻臣从谓之逆"的道理，认为景公是"赏谗谀之臣"，"逆政之行"，吏如不争，将"覆社稷，危宗庙"，景公乃悟。此文看似顺理成章，实则违逆事理，不能成立。景公重奖八位臣子，岂能认为他们是谗谀之辈？晏子只讲不能奖谗的道理，却只字不言八人的谗谀事实，景公何能心服？在《外七》第十四章，晏子曾与景公专门讨论"佞人谗夫之在君侧"而"不能去"的难题，原因是其"才能皆非常也"："夫藏大不诚于中者，必谨小诚于外，以成其大不诚"，所以"难见而难知也"。此言不论虚实，却是十分中肯的见解。既然谗臣"难见难知"，景公就不易识别，晏子要说服景公，只能具体陈述受奖者

的谲谏言行，不能也不会统而言之，空而论之，景公更不会由此而悟。其
为后来作者虚拟的泛泛之言毋庸置疑。

结　语

以上辨析近百章①，或全章虚拟，或局部虚拟，其品格也就不是史
传，而属文学创作。全书的虚拟成分远不止这些，只是难于一一辨明罢
了。景公夜里听歌而误上朝，晏子就擅自拘捕歌者，使景公发怒（《谏
上》第六章）；景公嬖妾婴子死，三日不敛，晏子就骗开景公而敛婴子
（《谏下》第二十一章）；景公白天"披发、乘六马、御妇人以出正闺"，
被刖足守门人"击其马而反之"，"惭而不朝"（《杂上》第十一章）；
柏常骞禳枭死，又为景公请寿，欺以地动（《杂下》第四章）；景公成
柏寝之台，师开从琴声听出其室不正（《杂下》第五章）；有人投书诋
毁晏子，景公信之，晏子退耕海滨七年之久，国乱君弱，又请回晏子
（《外七》第二十二章）；"景公盖姣"，官为羽人者投以轻亵的目光，景
公先欲杀之，听了晏子"法不宜杀"之论，又说"若使沐浴，寡人请
使抱背"（《外八》第十二章），致使王士禛看后大为称"奇"②……诸

① 其中包括：《谏上》第四、五、七、八、九、十一、十二、十三、十六、十九、
二十、二十一、二十二各章，《谏下》第四、五、六、八、十一、十三、十九、
二十、二十二、二十四各章，《问上》第一、二、五、六、七、八、九、十、十
三、二十五各章，《问下》第三、十一、十三、十七、二十八、二十九各章，
《杂上》第一、二、三、四、五、八、十二、十三、十五、十六、十七、二十
一、二十三、二十五、二十七各章，《杂下》第一、三、六、七、八、十、十
三、十八、二十四各章，《外七》第一、二、三、四、五、六、七、十、十一、
十二、十四、十五、十九、二十、二十一各章，《外八》第三、四、五、六、
七、八、九、十、十一、十三、十四、十五、十六、十七各章，另有《杂下》
第十二或《外七》第二十六两章中的一章，《谏上》第二十四、二十五、《谏
下》第二、三、四、《外七》第九、十三等七章中的五至六章。
② 参见王士禛《池北偶谈》卷二十一《谈异二》，北京 中华书局 1982 年版，第
509 页。

如此类，均难断言其无，却也令人深疑其有。书中用十几章反复书写晏子辞邑、辞金、辞宅、辞裘、辞车，多为实事，却也难免羼入仿作和廓大的虚拟成分。此外还有百章左右，真假不明，虚实莫辨。便是《史记》所记的越石父故事，既称"轶事"，亦在真假两可之间。至于多种子书与《晏子》相重之作，无论孰先孰后，都难于证明其为纪实抑或虚拟。《左传》中除去已被本文辨为虚拟者外，另有数则同于《晏子》①，由于不能排除其出于《晏子》，也就不能视为《晏子》相应各章属实的旁证。

经过这样的辨析，可以认为，把《晏子》视为史传乃是远离实际的看法。至今尚可辨析的大量虚拟成分表明，《晏子》一书的主体是文学创作，是以晏子事迹为题材的民间传说和早期小说的集合体。传说可实可虚，可长可短。小说则更具创作意识和虚拟成分，且有比较整齐的篇幅和相对完整的故事结构。《晏子》全书至少有数十章这样的作品。各种仿作和有本事依傍者大都不属传说，而是小说；那些嵌用别书的言语也是读书人所作的信号和标识，其文亦非民间传说，而是有意虚拟的小说。它们不仅成为我国短篇小说之滥觞，也汇成我国早期的短篇小说集，只是间杂部分传说和史传之文而已。

《晏子》中的某些内容不实，历代论者都有发现，他们习惯将这类虚文称为"寓言"，并将它们与庄、列寓言相比附。这是对《晏子》文体的误置，也是对寓言的一种误解。寓言，无论古今中外，都是以一望而知的极端荒诞性即非现实性为特色的，"用动物教训人类"的西方童话式寓言自不必说，先秦诸子中写人或物的种种寓言也无不具有显见的荒诞特色。

---

① 《杂上》第三十章，晏子居丧逊答家老，同于左襄十七年文。《杂下》第十四章，田无宇欲分高氏栾氏之家，晏子使致之公，约同于左昭十年文。《杂下》第十五章，晏子不受庆氏之邑并答子尾之疑，同于左襄二十八年文。《杂下》第二十一章，景公欲更晏子宅，晏子辞以近市，同于左昭三年文。《杂下》第二十二章，景公毁晏子邻以益其宅，晏子因陈桓子以辞，略同于左昭三年文。

在拟实与表意两大文学类型中，它是表意最鲜明也最单纯的文体。而《晏子》之文大量属于拟实之作，是对晏子其人所作的种种现实性描述。某些过分的夸张和极少的幻诞之作也无寓言的单纯性，前者是显示现实的夸张手段，后者是传说或小说的表意形态。

晏婴可说是有史以来最受文化界景慕与推崇的贤相，至令太史公乐为"执鞭"。这首先是其高尚人格与为官业绩使然，同时也与大量民间传说和"好事者"的凿空、附会、渲染、夸张不无关系。总体而言，《晏子》中的晏子是文学形象，它既反映了历史人物晏婴的诸多事迹和卓异品格，又是把贤相晏婴充分理想化了的产物。在后来的白话小说及戏曲中，出现一系列积累型作品和包拯、海瑞等一批箭垛式人物，有关清官的种种事迹都被集中在他们身上。这种文学现象的最早呈现就是《晏子》，它是我国叙事散文早期的积累型作品，人们把有关贤相现实的和想象的言行业绩以传说与小说的形式集中于晏子一人之身，使其成为我国文学箭垛式人物之祖。从这方面说，其在我国小说史上的地位也应受到肯定和珍视。

原载《国学研究》第 18 卷，略作订补。

《国语》《左传》的虚拟成分与文类辨析

　　《国语》与《左传》是继《春秋》之后我国最早的两部史著。作者及成书年代至今多有歧见，难于定论。本文以为，《国语》虽属国别史，各国所占分量却极不均衡，且各篇体式不一，风格迥异，《越语》两篇既有重复，又有抵牾，可见不但非一人所撰，亦非一时之作。全书当是战国时期多人相续、缀合成书。《左传》作为《春秋》之传，体式、风格、文字是统一的，或成于一人之手。因其多次预言齐国终归陈氏（即田氏），成书年代最早也在公元前 379 年田齐取代姜齐为诸侯之后；作者左氏，既非与孔子同时的左丘明，也非西汉的刘歆，因缺乏可靠的相应资料，姑且存疑。

　　《国语》与《左传》虽是史书，却又都是早期叙事之文，具有很强的文学性。特别是《左传》，在塑造人物、铺叙场景、结构情节、讲求笔法诸多方面对后世叙事之文尤其是小说产生了深远的影响。其叙事史作与早期小说的根本分别就在于内容的虚与实——是自觉虚拟，还是史迹实录。本文讨论的问题是：保存了大量史料的两部史著也程度不同地羼入虚拟的叙事，这些非史之文或为传说，或属今之所谓小说或小说成分。前面考辨《晏子》，曾辨及《左传》多处文字，此不再论。

一、从人物长话看虚拟

《国语》二十一卷，上自周穆王征犬戎，"下迄鲁悼、智伯之诛"①；《左传》则写春秋时期各诸侯国的纷繁交往与斗争。其时，尚无后世的笔墨，史官大约是以竹梃点漆在竹简或木板上书写科斗书之类的"古文"②，记录言论和事件。此种记录的工具和方式决定所记只能为简略数语，无法繁细而冗长。《春秋》及《竹书纪年》中某些实录性文字就是此等记事的明证。记事也有较为明细而相对完整者，《墨子》转述的几种"春秋"所记鬼神异事就是显例，但至多也只百多字，原文也应相差无几。记事尚可事后追记，比较从容。至于记言，由于记忆的局限，无法记下絮絮长言，只能记录精要之语。《论语》一书应是孔门再传弟子在孔子卒后数十年汇集编纂而成，其中不乏七十二弟子的记录文字，故而可信性强。《汉志》谓"当时弟子各有所记"，当非虚语。而这位大半生以讲学为业的儒圣，被众多弟子记录、保存下来的言论竟然全是寥寥数语，较长的一段是《子路篇》"野哉，由也"一章，也只 83 字。最长者还有《季氏篇》"将伐颛臾"章，孔子分别说了三段话，合计 205 字。崔述疑其非《论语》原文，并将其言过长列为五个疑点之一："《论语》所记孔子之言皆简而直，此章独繁而曲，其文不类一也。"③崔氏之疑即使不论，《论语》的简略也足以说明当时对于言语记录的真实状况和局限性，数百言甚或千言的长篇大论根本无法记入简策。今之所见先秦史书的此等长话，应是私人著述的个人发挥和虚拟产物。《国语》中偌多由人物长话构成的洋洋大观之

---

① （三国）韦昭：《国语解叙》，载《国语》卷首，上海 商务印书馆 1935 年版。
② （明）陶宗仪《书史会要》卷一引元吴衍论科斗书曰："上古无笔墨，以竹梃点漆书竹上，竹硬漆腻，画不能行，故头粗尾细，似其形耳。"
③ 《洙泗考信馀录》卷二，载《崔东璧遗书》，清光绪五年（1879）定州王氏谦德堂刊本。

文也应属于这种情况。

　　《国语》与《左传》一样，并非史官的记录文字，而属私人著述，是在事过数十年、百数十年乃至距周穆王数百年后利用某些资料编写的。它对周王、诸侯与公卿广称谥号，表明作者并不重视原来史官记录的称谓（如果它用了这类记录的话）。史官的称谓在《春秋》中得到充分的重视和体现，人未死或死尚未谥，概不称谥，故于鲁桓五年春载"陈侯鲍死"，而同年夏载"葬陈桓公"，因为"桓"谥是死后葬前才拟就的。《左传》由于附于《春秋》，受其影响，多有"陈侯鲍死"之类笔墨，但"平王死""楚庄王立"一类无谥而称谥的情况还是随处可见。而《国语》对所述之人普遍称谥，全无顾忌。这或许也能说明《左传》直接取自史料的文字多于《国语》。不仅如此，《国语》的许多人物在各种特定场合长篇大论，慷慨陈词，动则数百言，乃至千言，与当时记录状况极不相称，只能出自作者的生发与虚想。其中以《周语》《齐语》《郑语》《楚语》最为突出。

　　《周语上》第六章写宣王即位，"不籍千亩"（不行亲耕籍田之礼），虢文公一口气谏了五百多言，讲了自古以来行此春耕之礼的方方面面，实是一篇有关上古从天子到百官恭行此礼的周详解说，由此可见其时农业的重要地位。但不能将它看作实在的虢公之言，而是作者借其进谏之口将自己所了解的有关知识极尽铺陈、发挥的产物。末尾又将宣王不听虢公之谏与其于三十九年败于姜氏之戎牵合起来，更是荒唐，故遭柳宗元非之："夫何怪而不属也。"[①]《周语中》第七章写定王以"肴烝"宴请来聘的晋卿随会。随会问相礼者："吾闻王室之礼无毁折（指用整个牲畜），今此何礼也？"定王得悉此问，就用四百余言讲解王室所用"全烝""房烝"（即半烝）、"肴烝"之礼的不同用途与细致分别。且不说定王未必会对客人如此解说三烝之礼，即便有此解说，记言的左史也无法如实录下。它也

――――――――――

　　① 《柳河东集》，上海人民出版社1974年版，第748页。

应是作者借定王之口大力生发、虚拟的产物。《周语下》载：周灵王二十二年谷、洛两水"将毁王宫"，灵王"欲壅之"，太子晋谏阻，谏语长至一千二百余言；景王二十一年，"将铸大钱"，单襄公谏语达四百余言；二十三年又"将铸无射（大钟）"，单襄公之谏更长至九百余言。诸如此类，《周语》中多有，都是作者将历史上的某种话题大肆发挥做成的文章。崔述说：《国语》是"后人取古人之事拟之为文者"①，"其语亦非当日之语，乃后世之人取前史所载良臣哲士谏君料事之词以增衍之而成篇者"②。这是极为中肯的见解。

《郑语》只写郑桓公姬友于周幽王八年为周司徒时与史伯的一次交谈，议题是面对西周的岌岌可危，姬友怎样才可以"逃死"。两人五问五答，史伯以一千六百多言联系古事与传说纵论时势，断言周王室必衰，而楚、秦、齐、晋将兴，建议姬友暂寄妻儿财富于虢、郐，以后找机会再灭此两国而得其土。姬友于是"东寄孥与贿，虢、郐受之，十邑皆有寄地"。后如《史记》所记："虢、郐果献十邑"③，成就郑国。且不说偌长交谈无法记下，此等背着幽王谋划"逃死"（姬友仍同幽王一起被犬戎所杀）、侵夺他国的言语，怎好留下书面文字？《郑语》何所据而作？史伯言中竟有"凡周存亡，不三稔矣"的预言，恰与西周亡年无差，可见是事后诸葛亮把戏的不打自招。

《楚语上》第四章，写蔡声子为救受冤出亡的椒举回楚，对楚令尹子木用四百余言列举王孙启、析公臣、雍子、申公巫臣四位不得已出逃而被晋利用的楚臣，以说服子木；第五章写楚灵王以所筑章华之台为美，伍举（即椒举）一气用六百多言讲论筑台害民危国；第八章写楚灵王阻止白公子张进谏，白公便用四百多言从殷武丁再三请傅说批评自己讲到齐桓、晋文纳谏称霸以讽谏灵公；《楚语下》第一章写楚昭王向观射父问《周书》

---

① 《洙泗考信馀录》卷三。
② 《丰镐考信录》卷六，民国十三年（1924）上海古书流通处影印本。
③ 《史记》卷四十二《郑世家》，第2758页。

所谓"重、黎实使天地不通者"之意，观射父以五百多言从上古时代沟通人神的觋巫讲到重氏"司天以属神"、黎氏"司地以属民"以及其后的历史演变；第三章写斗且由于令尹子常当廷问"蓄货聚马"，回到家里便对其弟用四百余言大肆论评令尹的贪婪误国，谓其"必亡"。凡此种种，都不可能是当时史官的如实记录，而是作者根据某些史事、某人言词所作的大力生发和悬想。虽属韦昭之谓"嘉言善语"，却非历史人物之言，多是作者虚拟之语。

《齐语》首章写桓公从鲁国要回管仲，随即问政。管仲对答约六百言，只答"处士、农、工、商若何"之问就一气说了四百八十言，谓四民"勿使杂处"，并细数处士"就闲燕，处工就官府，处商就市井，处农就田野"的好处和重要性。其实，此等四民所处乃本职使然的自然之势，各代各国大体相同，无须当政者特别强调与关注，为桓公出谋画策的管仲会否就此大发议论姑且不论，只其长言的字数史官就无法记录。可见当非依据齐国"春秋"的实录，而有作者的大力生发与意想之词。第二、三两章，分别写"乡长复事"和"五属大夫复事"而"桓公亲问"。两章中桓公对乡长和五属大夫各有三问，话并不多，各百多言，可怪的是这两个百多言竟完全一样，只差一两个字，显然不是桓公的说话，而是作者在蓄意作文。不过，上述三章中的造作话语，只是各章的部分内容，并不构成小说，只是蕴含的小说成分。

《左传》注重记事，人物长话远不及《国语》之多，而数百言一段的长话仍不下十段。七百言上下者就有三段。其中左文十三年（前614）"晋侯使吕相绝秦"，很可能是事先写好的绝交书，可置不论。另外两段则是随时答问之语，似皆变改或生发《国语》之文。其一，左文十八年载，鲁宣公即位不久，莒纪公所黜太子仆"因国人弑纪公，以其宝玉来奔，纳诸宣公"，宣公非但不惩戒，反而"命与之邑"。季文子则使司寇驱之出境。事后，公问其故，季文子让太史克作答，答话除引《周礼》广发道德议论，还讲述远古"八恺""八元"之"十六族"和"四凶"

的由来，以及舜助尧选相去凶等"大功"。与之对应的是《鲁语上》第十一章，写的同一件事，却差异甚大：宣公"使仆人以书命季文子"，书被太史里革（即克）调换，将"予之邑"改为"为我流之于夷。"宣公后来追究，太史克云：

> "臣闻之曰：'毁则者为贼，掩贼者为藏，用凶之财者为奸。'使君为藏奸者，不可不去也。臣违君命者以为不可不杀也。"公曰："寡人实贪，非子之罪。"乃舍之。

就情理而言，太史改易君主之书，似难理解，《左传》或因此改由季文子违命处置，较为合理。但让太史克作答，恐怕就是考虑到里革在《国语》该章中的重要作用。两者兼顾，以致如此。不过，《左传》最大的变改还在回答宣公的话，《国语》中只三十几字，言简意赅，句句精要。而《左传》竟用七百言引经据典，议论纵横，大谈远古传说之事，显非引述史官实录，而是展示作者的才智博识，故被乾隆撰文斥为"浮夸"："逞其文藻""资其强识"①，有背史家纪实之风。其二，左襄二十六年（前547）追记：楚国伍举被冤"奔郑，将遂奔晋"，得遇好友蔡声子，申说回楚愿望。后蔡通史于楚，向令尹子木陈说"楚才晋用"的种种情况，长至七百余言。前论《楚语上》第四章即写此事，亦是《左传》本则所本，蔡的说词四百余言已远非纪实，多为作者的发挥与虚造，至此又增二三百言，征引古训，议论刑罚，自然也是《左传》作者自己的见解，一并加于人物之口。大约《楚语》所举四例并不全为《左传》作者认同，后者作了较大变改：无王孙启，而加贲皇，在鄢陵之战中为晋画策的不是雍子，而是贲皇，各段用语与重心也多有改易。声子的这番话语，在两部

---

① 《春秋左传注疏》卷首《御制读〈左传〉季文子出莒仆》，载《文渊阁四库全书》，第134册第5页。

史书写来，竟有如此的不同，足见不是依据史料，而在很大程度上是由作者对相关事件的理解和认识随意增减与发挥。左僖二十四年（前 636）载，郑文公因对周不满"不听王命"，执周襄王的两个使者，襄王"将以狄伐郑"，富辰以为"不可"，以约四百言进谏。《国语中》首章亦写此谏，仅二百言。两者虽然都是讲不能借外力伐兄弟之邦，文字却少有雷同，《左传》在周之分封亲族方面多所发挥，其不袭《国语》而另行虚拟人物言语与前例声子之言如出一辙。

左昭元年载，晋平公有疾，郑伯使子产"如晋"探问。叔向告曰：卜人谓"实沉、台骀为祟……敢问此何神也？"子产便以四百数十言先讲高辛氏之子实沉衍为参神、金天氏苗裔台骀终成晋神的委曲经过，而后又说"抑此二者，不及君身"，晋侯之病应"出入饮食哀乐之事"，并论男女同姓之弊，而"今君内实有四姬（姓）"云云。此等长话琐论自非出自不可能有的实录，多为作者"逞其文藻""资其强识"的虚托之笔。晋侯随即赞子产为"博物君子"，不妨视为作者的自诩。

左昭五年载，晋韩宣子"如楚送女，叔向为介"，楚灵公却说他想侮辱宣子和叔向以辱晋国，问臣："可乎？"楚大夫薳启强发了一通半认真半讥讽的言论，长四百言，灵公只好承认"不谷之过也"。左昭十三年载，曾在晋的楚公子子干回楚后，韩宣子问叔向："子干其济乎？"意思是子干能否夺得楚的君位，叔向用四百言论述其有"五难"，而其弟弃疾（后为楚平王）则有五利，以及子干与当年齐桓、晋文的诸多不同，无法与之相比。左定四年写周室刘文公蚠在召陵会合诸侯。卫太祝子鱼随行卫灵公，听周大夫苌弘说由于蔡叔是康叔之兄，饮血时卫将排在蔡的后面。子鱼随即对苌弘说了长达五百余言一番话，力证周之先王"尚德"，不重年岁大小，历数康叔同伯禽、唐叔一样倍受器重，多般荣耀，至践土会盟卫仍排在蔡的前面。苌弘把子鱼的话报告了刘蚠，最终提前了卫的排名。上列诸般长话或各有某些史料依据，但其大半须由作者用虚想、发挥加以填充。这虽是推测，却是必然。

两书,特别是《国语》,这类章节还有许多,此仅举其要,有些留待下面再谈。上述章节均非史笔,多属虚拟或对历史人物言谈大肆生发。就作意而言,系借题发挥,阐发作者的见解、宏论,但又有别于作者议论。由于赋予特定的历史人物和具体场景,构成对话局面,并与史事相结合,具有某种展示人物的作用,常能造成智者的形象,虽不甚鲜明、活脱,总有小说人物的影子。从这个角度来看,或为教化小说的先声,或为史书中的小说成分。

二、从造作预言看虚拟

杨伯峻先生说:"《左传》作者喜欢预言,预言灵验的很可能是作者所亲见的"①。我们既可"由此足以窥探这书著作年代",还可由此辨析《左传》的一种虚拟成分,因为将已知发生过的事件蓄意变成事发以前人物的先知,就是十足的造作和虚拟。如杨先生所举庄公二十二年(前672)懿氏与妻为嫁女给陈完所作的占卜,词曰:"凤凰于飞,和鸣锵锵,有妫之后,将育于姜,五世其昌,并于正卿,八世之后,莫之与京。"没有一种卜词能将人物及其子孙的前途说得这样清楚、具体,全然合于从妫姓陈完避难逃齐做工正,至五世陈无宇为齐上大夫,再至"八世之后"的十世陈和取代姜氏成为田齐君主而"莫之与京"的发迹历程②。此种卜词只能是田齐成为诸侯(前389)之后作者利用当时广泛存在的迷信占卜观念虚造出来的,故朱熹就已看出《左传》是"田氏篡齐以后之书"③。不过,这还不是此书预言时间最晚之事。据童书业先生考证:"最晚一事为僖三十一年'卫迁于帝丘,卜曰三百年'。"从僖公三十一年(前629)

---

① 《左传·序》,长沙 岳麓书社 1988 年版。

② 《春秋左传正义》庄公二十二年孔颖达《正义》曰:"'并于正卿',位与卿并,得为上大夫也;'莫之与京',谓无与之比大,言其位最高也。"

③ 《朱子语类》卷三十八,清康熙间(1662—1722)石门吕氏天盖楼刊本。

下数三百年，为魏惠王后元六年（前329），"此时正有子南劲取卫之事"①。据此，则《左传》的成书应在战国中晚期。以卜筮虚造的预言并不止此。如滑公元年（前661），写晋将灭掉的魏赐给毕万，遂记当初毕万"筮仕于晋"，得"公侯之卦"："公侯之子孙必复于始"，从而为二百几十年之后魏的复兴作了预言。另如滑公二年记云：成季将出生，桓公使人卜之，曰："男也，其名曰友，在公之右。间于两社，为公室辅。季氏亡，则鲁不昌。"其实，"友"之名是据成季出生后的手文起的，出生前卜人何得先知？下面的卜辞，显然是了解季友及其子孙世代执掌鲁之大权的后人的虚造，以美化这位季氏之祖。

《左传》中的占卜预言不止于此，而更能显示人物的预言则出自超智能的先见之明。左庄四年记云：

> 楚武王荆尸，授师子焉，以伐随。将齐（斋），入告夫人邓曼曰："余心荡。"邓曼叹曰："王禄尽矣！盈而荡，天之道也，先君其知之矣。故临武事，将发大命，而荡王心焉。若师徒无亏，王薨于行，国之福也。"王遂行，卒于樠木之下。

这位邓夫人真是神奇，在兴师之际，王说"心荡"，她就能断言"禄尽"而当死，并说只要"师徒无亏"，王自薨于途（不死敌手），就是"国之福"。后果如其言。这自然是不可能有的妄诞预言，作为王的夫人对王如此不敬也是编造。倘非作者虚拟，便是采自传说。

《春秋》于鲁昭公十七年载，"冬，有星孛于大辰"；十八年又有"夏，五月，壬午，宋、卫、陈、郑灾"之记。《左传》或据某些史料与传说从上述两条经文演绎出两段生动的奇异故事。先写十七年冬鲁大夫申须对"有星孛于大辰（即大火），西及汉"发议论说："彗所以除旧布新

---

① 《春秋左传研究》，上海人民出版社1980年版，第352页。

也，今除于火，火出必布焉。诸侯其有火灾乎？"这倒像是当时懂得一点古星象学的人可能发出的迷信性议论。接着写另一位鲁大夫梓慎的见解就更为玄虚，以为彗星伴大火而出，甚亮，则"其居火也久矣"，明年五月"火若作，其四国当之，在宋、卫、陈、郑乎？"又谓宋、陈、郑的分野皆当"火房"，而彗星"及汉"，汉为"水祥"，卫的分野为大水，从而推出发火的具体日期应是水与火相合的丙子或壬午①。彗星若随大火之入而伏，则"必以壬午"。绕了一个毫无科学道理的大弯子，就是要推出本年星象的运行与下年四国遭遇火灾于壬午的必然联系，从而求得与两条经文的高度契合。一望可知，这不可能是当时梓慎的推断，而是战国时期的事后诸葛亮假春秋梓慎之名与阴阳五行之说的精心造作。随即转笔闪现郑国画面：大夫裨灶向子产进言，"宋、卫、陈、郑将同日火"，主张"用瓘（珪）、斝、玉瓒（勺）"为祭，而"子产弗与"。其中的裨灶之言自然也不是真实笔墨，他与梓慎一样都是被后来好事者借以渲染天体星象与人世灾祥之间具有神秘必然联系的符号。至十八年，《左传》云：

> 夏五月，火始昏见。丙子，风。梓慎曰："是谓融风，火之始也。七日其火作乎！"戊寅，风甚，壬午大甚。宋、卫、陈、郑皆火。梓慎登大庭氏之库以望之，曰："宋、卫、陈、郑也。"数日，皆来告火。裨灶曰："不用吾言，郑又将火。"郑人请用之，子产不可。子大叔曰："宝，以保民也。若有火，国几亡，可以救亡，子何爱焉？"子产曰："天道远，人道迩，非所及也，何以知之？灶焉知天道？是亦多言矣，岂不或信？"遂不与，亦不复火。

---

① 《春秋左传正义》昭公十八年孔颖达《正义》曰："丙是火日，午是火位；壬是水日，子是水位。故丙午为火，壬子为水。"丙子、壬午则为水火相合之日。

此承上年之文，进一步神化梓慎。从丙子至壬午刚好七天，梓慎于丙子日即能预言"七日其火作"，显然仍是根据经文的蓄意造作。其登鲁城大庭之库，距四国各数百里，以"望气"断言四国火情，更是作者故弄玄虚，把梓慎写得神乎其神。至于后世，则更有栾巴从长安向西南方向喷酒而灭成都火灾的神仙灵迹①，那不过是《左传》虚想的梓慎把戏的发展而已，都是小说家一脉相承的造作之笔。下又转写郑之裨灶与子产之争，子产坚持"天道远，人道近"的唯物论观点，最终胜出，从而将神异的造作之文转为现实性纪事之笔。回头来看，两次将鲁之梓慎与郑之裨灶在各自国中所发的玄虚之论交错呈现，颇有小说意味，而两者的高度一致又露出源出同一手笔的虚造的马脚。由于虚拟之文都是片断，未独立成篇，只是史书中夹杂的小说成分而已。

梓慎与裨灶被《汉志》归入"数术者"流②，是早期的术士。《左传》中还有关于两人的多处描述，亦多夸诞、虚造的预言。如《春秋》昭公十五年记云："二月，癸酉，有事于武宫。籥入，叔弓卒，去乐，卒事。"这是记述鲁祭武公时恰逢叔弓去世的文字。《公羊传》与《穀梁传》解此经文，均作"闻大夫之丧"，即谓"叔弓卒于家也"③。而《左传》则谓"叔弓莅事，籥入而卒"，即把叔弓写成暴卒于祭祀武公的现场，从而显得不合情理。叔弓为鲁卿，倘暴卒于祭祀现场，乱象若何？岂是"去乐"可"卒事"的？《左传》作此理解，乃在宣扬梓慎的预言："十五年春，将禘于武公，戒百官。梓慎曰：'禘之日，其有咎乎？吾见紫黑之祲，非祭祥也，丧氛也。其在莅事乎？'"让叔弓"莅事"而卒，才能实现梓慎的荒诞预言。再如左襄二十八年记曰："岁（岁星）在星纪，而淫

---

① 参见晋葛洪《神仙传》卷五《栾巴》，清乾隆五十九年（1794）石门马氏大酉山房刊本。
② 参见《汉书艺文志》，上海 商务印书馆 1955 年版，第 68 页。
③ （清）齐召南：《春秋左传注疏》卷四十七《考证·传：叔弓莅事》按语，载《文渊阁四库全书》，第 144 册第 401 页。

于玄枵"。意谓岁星运行"失次"。梓慎断言"宋、郑必饥";裨灶则说"周王及楚子皆将死"。结果两人所作不同的预言全部应验,顾炎武故谓"一事两占皆验"①。诸如此类描述的术士如张照所云:"岁星迟留伏逆莫非星行之常,前代推步之术不精,不自知己之无算,而咎星之失次,又因而占之。所占禨祥又复多验。凡为术者如是,莫非妄也。"② 史家不吝笔墨,将术士此等妄言证为奇迹,必使史著羼入虚造的小说或小说成分。

左宣四年(前605),写令尹子越椒造反,攻楚庄王,庄王遂"灭若敖氏"。其前,追述当初司马子良生子越椒,良兄子文曰:"必杀之。是子也,熊虎之状,而豺狼之声,不杀,必灭若敖氏矣。"最后果如子文之言。子文是若敖氏最早成为楚令尹者,也是楚的名臣。《左传》便用灵验的预言将他美化,让他从出生婴儿的形貌、音声就能辨出未来的祸患,主张"必杀"。当时相面术虽已流行③,似不至于如此极端,只能是后人的蓄意造作。与此相同的还有左昭二十八年,写叔向之子伯石参与祁盈之乱,晋顷公杀之,等于灭了后继无人的羊舌氏。随即回述伯石始生,叔向之母探视,"及堂,闻其声而还,曰:'是豺狼之声也。狼子野心,非是,莫丧羊舌氏矣。'遂不视。"两例何其相似乃尔!原来,后者抄自《晋语·平公》第三章,文字大同而小异,作者又从《国语》是例受到启发,模仿叔向母之相伯石写了子文相子越椒,互相雷同自然不免。《左传》两则都是仿改《晋语》造成的小说成分。

左襄二十九年载,吴公子季札聘于鲁,见到叔孙穆子,曰:"子其不得死乎?好善而不能择人。"季札是春秋后期极重礼让的名贤,他怎么可能对叔孙豹如此无礼?故杜预注作"为昭四年竖牛作乱起本",即谓季札

---

① (清)顾炎武:《日知录》卷四《两占皆验》,清光绪十三年(1887)上海同文书局石印本。

② (清)张照:《春秋左传注疏》卷三十八《考证·传:周楚恶之》按语,载《文渊阁四库全书》,第144册第203页。

③ 《左传》文公元年记云:"春,王使内史叔服来会葬。公孙敖闻其能相人也,见其二子焉。"

之语是针对六年后竖牛得专穆子家政，使穆子病中不得饮食速死而言。穆子家事，季子全然不知，其死根本无法预测，只能是了解情况的作者为这位贤公子虚拟的预言。季子此行的预言远不止此，他在鲁"观"乐，听了郑歌，竟说"美哉！其细已甚，民弗堪也，是其先亡乎？"由一首歌的烦细就能看出该国的施政使民不堪，已过于玄虚，又进而预测其国"先亡"，就不仅不是贤者之风，也不是一个头脑冷静的儒士之风。应是纪公元前375年韩灭郑之后作者才为季子造出这样的预言。下又接写季札"聘于齐"，告诫晏子："子速纳邑与政。无邑无政，乃免于难。齐国之政，将有所归，未获所归，难未歇也。"于是，"晏子因陈桓子以纳政与邑，是以免于栾、高之难。"所谓栾、高之难，发生在齐景公十六年（前532），即鲁昭公十年，上距襄公二十九年尚有十二年之久，季札何得预测而告诫晏子？据《左传》载，"告诫"之后，晏子还持续参政多年，直至昭公六年十二月，还在议论齐伐北燕之事，说明其后八年，晏子都未"纳邑与政"。更可怪者，左昭十年，写栾、高作乱，攻齐景公所在的虎门，晏子竟亲历其险：

> 晏平仲端委立于虎门之外，四族召之，无所往。其徒曰："助陈、鲍乎？"曰："何善焉？""助栾、高乎？"曰："庸愈乎？""然则归乎？"曰："君伐焉归？"公招之而后入……五月庚辰，（景公之军与栾、高）战于稷，栾、高败，又败诸庄。国人追之，又败诸鹿门。

随后栾、高奔鲁，陈、鲍欲分其室，被晏子制止。由此可见，所谓晏子"免于栾、高之难"并不存在。季札告诫晏子也是为表现人物虚造的预言，但与别的预言不同，由于未能产生应验结果，便当即补一虚笔，即所谓"免于栾、高之难"，以充应验之数。这就不只虚造了预言，同时又虚造了结果，歪曲了历史。下面又写季札"适晋，说（悦）赵文子、韩宣子、魏献子，曰：'晋国其萃于三族乎？"其时，范氏、荀氏势力甚大，距晋"萃于三族"之时还很遥远，所以也是造作的预言。这位大贤在这段记述内，竟有偌多预言事迹，还特别喜欢指点名贤，既悖其人格，更谬于史笔，成为显见的人为造作的小说成分。

左昭元年，写晋平公"求医于秦"，秦使医和"视之"。和谓平公"近女室，疾如蛊"，故"不可为也"，却又冒出一句"良臣将死，天命不祐"。赵武问："谁当良臣？"和说：就是你赵武。原因是武"相晋国"，"任其大节""今君至于淫而生疾，将不能图其社稷"，武就"必受其咎"。行医不论病者是否"将死"，而谓良臣为君之病而"将死"，何其怪谬！要之，就在于平公十年之后才死，而赵武死于当年十二月，作者故让医和作此妄诞的预言。此则应据《晋语·平公》第十六章。该章除预言赵武，又预言平公。武问："君其几何？"和曰："若诸侯服，不过三年；诸侯不服，不过十年。"意谓"诸侯服，则专于色"①，故而早死。这虽不是全无道理，却过于玄虚。下写："是岁也，赵文子卒，诸侯判晋，十年，平公薨。"何其准确无误，显为虚拟的预言性小说之笔。

再看左僖十六年一段文字：

> 十六年春，陨石于宋五，陨星也。六鹢退飞过宋都，风也。周内史叔兴聘于宋，宋襄公问焉，曰："是何祥也？吉凶焉在？"对曰："今兹鲁多大丧，明年齐有乱，君将得诸侯而不终。"退而告人曰："君失问。是阴阳之事，非吉凶所在也。吉凶由人，吾不敢逆君故也。

这里叔兴答话构成的三个预言后来都实现了：是年鲁公子友卒；明年齐侯小白卒，导致内乱；第三年正月宋襄公会同曹、卫、邾等诸侯伐齐，五月

---

① 《国语》韦昭注，第170页。

宋独与齐战而胜之，纳齐孝公，因为其他诸侯已经撤了，正所谓"得诸侯而不终"。其实，这三件事，都在这三年的《春秋》经文上明白地写着或显示着。"陨石于宋五"、"六鹢退飞过宋都"也是十六年经文的原句。为《春秋》作传的《左传》就是根据上列经文为周使虚造了这些预言。由此可以窥见左氏虚拟预言的一种方法和途径。有趣的是，让叔兴造此预言之后，又让他说陨石之类是"阴阳之事"，不关吉凶，他是"不敢逆君"才信口而言。这也许如童书业所说，反映了"春秋时人宗教观念的两面性"①。但此等预言和故作不信之笔当非"据旧史记述"，而是作者据经文而故意造作，从而使它成为一篇在今天看来颇有意味的微型小说。

最后谈谈左昭三年与二十六年晏子谓齐将归于陈氏的预言。此系取自《晏子春秋》，前于辨析《晏子》文中已有论及。这里再说明两点：其一，晏子与陈无宇的关系从下述两事可见一斑：左昭三年，景公"更晏子宅"，晏子"复其旧宅，公弗许。因陈桓子以请，乃许之。"左昭十年，栾、高败后奔鲁，"陈、鲍分其室"，晏子谓陈无宇"必致诸公"，并申德义之理，结果陈无宇"尽致诸公，而请老于莒"。这既说明陈无宇的为人，也说明两人的关系在齐大夫中比较和谐。从这方面看，晏子也不会讲陈将篡齐那些当时还没有迹象的话。其二，这两处预言所指非止于陈成子弑简公，掌姜齐之大权，应至陈和成为诸侯君主完全取代姜齐。非此，则不足以为此预言。如童书业所考，简公被弑之后，齐卿高氏、国氏还很有势力，哀十七年传："赵鞅围卫，齐国观、陈瓘救卫"，瓘谓"国子实掌齐柄"；哀二十三年传："晋荀瑶伐齐，高无丕帅师御之"②。此等齐军的统帅地位，正是权力的体现和证明。此后陈氏权势日重，终掌国柄，而齐宣公仍为齐侯至五十年。春秋、战国时期，卿大夫弑君、专权者不乏其例，只要未篡君位，传中均未虚造同类预言，齐也不应例外。

---

① 《春秋左传研究》，第 348 页。
② 《春秋左传研究》，第 361 – 362 页。

　　《国语》篇幅虽不及《左传》之半，预言却不比后者为少，而以《周语》为最多。《周语上》第十二章，周惠王十五年（前662）"有神降于莘（虢地）"，内史过面对惠王之问，列举夏、商、周大讲国之将兴或将亡都会有神降临，谓降莘之神为丹朱，"今虢少荒，其亡乎？"王问："虢其几何？"内史过曰："昔尧临民以五（五年一巡守），今其胄见，神之见也。若由是观之，不过五年。""（惠王）十九年，晋取虢"。柳宗元《非国语》谓此章"妄取时日，莽浪无状，而寓之丹朱……斯其为书也，不待片言，而迂诞彰矣。"① 这从史书角度予以否定，甚是确当。如将它视为虚拟的灭虢文学预言，则荒诞中蕴有褒贬，不无可取。内史过的虚诞长言多属虚拟，加之预言，其虚拟成分之大可以想见。据《左传》，虢灭于鲁僖公五年，即周惠王二十二年，非十九年，作者或为"不过五年"预言的实现而"妄取时日"。左庄三十二年也写"有神降于莘"，其文将《周语》此章化简，虽无显见的妄诞之语，也无"不过五年"之说，但内史过于虢灭之前七年就以"虐而听于神"为由谓"虢必亡矣"，也是玄虚的虢亡预言。《周语上》下章载，周襄王遣内史过随召公过"赐晋惠公命"，晋大夫吕甥、郤芮"相晋侯"而"不敬"使者，"晋侯执玉卑，拜不稽首"。内史过归告于王："晋不亡，其君必无后，且吕、郤将不免。"王问其故，内史过就用五百长言空洞地阐述对王不敬必受其殃之理。"襄王三年立晋侯"，至十六年晋惠公卒，"而晋人杀怀公，怀公无胄"而绝后；"秦人杀子金（吕甥）、子公（郤芮）"。如此皆如内史预言所咒。然国君受王赐而不敬，不谓殃其本人，而谓其"必无后"；二大夫不敬则谓其本人"将不免"。所以然者，是因为作者已知那结果，故为此预言。所发五百长言自然也多出虚造。《左传》将此事系于相当于襄王四年的僖公十一年春，相关内容将《周语》此章大为简化，只谓晋侯"受玉惰"。内史过言语简括，但亦有"晋侯其无后乎"之语，以为对王不敬之报。实

---

　　① 《柳河东集》，第751页。

则仍有预言的意图与效应。《周语上》末章又写襄王遣使"赐晋文公命"，文公一反惠公，处处恭敬，使者回去便对王说："晋不可不善也，其君必霸"，自然也要议论道理，但都根于对王命"敬"。其时霸者或必敬王室，敬王室者却未必能霸，这是十分简单的道理。亡命多年的重耳，才立为晋君，就谓其"必霸"，其为虚造的预言无可质疑。

《周语中》第七章载，定王遣单襄公出使，"假道过陈，以聘于楚"。路难行，河无桥，少旅舍，无人待客，处处反常。"及陈，陈灵公与孔宁、仪行父南冠以如夏氏，留宾不见。单子归告王曰：'陈侯不有大咎，国必亡！'"随后以六百余言大论"先王之教"，以证违背先王教令的陈必定遭殃。"六年，单子如楚。八年，陈侯杀于夏氏。九年，楚子入陈。"如此预言加大篇议论，成了《周语》上列多章的创作模式，也是作者表现杰出古人的模式。由于作者了解陈灵公因与两个臣子共淫夏姬而被夏征舒所杀之祸，故让单子至陈时适逢灵公与二臣"如夏氏"，这种巧合的小说笔法或为本章的新颖之处，但也更能见出全章的虚构性和预言性。楚子入陈，杀夏征舒，改陈为县，这便是"必亡"预言的实现。后楚子听从申叔时的讽谏，才又立陈为国①。这种曲折，预言自可以忽略不计。下章写定王八年（前599）"使刘康公聘于鲁"，得见"季文子、孟献子皆俭，叔孙宣子、东门子家皆侈"，回来就对王说："季、孟其长处鲁乎？叔孙、东门其亡乎？"议论一通俭、侈之后又说：东门"不可以事二君"，叔孙"不可以事三君"，若不早逝，"登年而载其毒必亡（逃亡）"。结果，"鲁宣公卒，赴者未及，东门氏来告乱，子家奔齐。简王十一年，鲁叔孙宣伯亦奔齐。"前者只事一君（宣公），后者只事二君（宣公和成公），只有事后虚拟的预言才会如此合榫。其实，东门子家和叔孙宣伯之"亡"，都是鲁国卿大夫间权力之争激烈的产物，与侈俭并无直接关联。"《国语》的

---

① 参见《左传》宣公十一年记，第128页。

作者，往往把不相干的事牵扯在一起，说成是因果关系"① 至于二君、三君之说更是荒唐，"若二君而寿，三君而夭，则登年载毒之数如之何而准?"②。其中所论俭与侈的种种利害自是"嘉言善语"，与预言互相结合，具有显见的教化作用。《国语》上述诸作多可视为我国早期教化小说。

《周语下》至少还有两章同类预言。首章写简王十一年（前575），诸侯柯陵会盟，单襄公见晋厉公"视远步高"，晋郤锜"语犯"，郤犫"语迂"，郤至"语伐"，齐国佐"语尽"，便对鲁成公说："晋将有乱，其君与三郤其当之乎?"又说："齐国子亦将与焉。"结果"十二年晋杀三郤，十三年晋侯（厉公）弑"，同年"齐人杀国武子"，逐一应验。至于所讲的道理，无非"视远日绝其义，足高日弃其德"，"犯则凌人，迂则诬人，伐则掩人"，尽则"招人过"之类，或妄诞，或迂曲，并无致乱毙命之由，非玄虚的预言而何？末章写周敬王十年（前510），刘文公与苌弘"欲城周，为之告晋"，晋魏献子"说（悦）苌弘而与之"。卫彪傒适周"闻之"，对单穆公说，苌弘为衰落之周修城，违反天道，"周若无咎，苌弘必为戮，虽晋魏子，亦将及焉"；"若刘氏，则必子孙实有祸"。十一年，魏献子"田于大陆，焚而死"；二十八年，苌弘受晋国范中行之乱牵累为周所杀。两者之难各有情由，与城周无关，其为虚拟的预言不言而喻。至于下写贞定王时"刘氏（后人）亡"，已在四十多年之后，谓城周之报更是荒唐。而据《左传》，昭公三十二年（即敬王十年）"秋八月，王使富辛与石张如晋，请城成周。"冬十一月，晋魏舒（即魏献子）"如京师合诸侯之大夫于狄泉……令城成周"。卫彪傒因见"魏子南面"，谓其"干位以令大事"，"必有大咎"。这在当时的社会中是可能的。但只诋斥魏氏，诋斥的理由也不关城周，更未涉及苌弘与刘氏，或可看作《周语下》末章为作者虚拟预言的一个旁证。

① 来可泓：《国语直解》，复旦大学出版社2000年版，第123页。
② 《柳河东集》，第751页。

　　《周语》之外，《国语》中还有三章明显的预言。其一，《晋语·武公》第二章写献公卜伐骊戎，史苏占曰："胜而不吉。"又谓"遇兆，挟以衔骨，齿牙为猾"，说这象征双方互有胜负，"且惧有口"。献公不听，伐而胜之，获骊姬以归，立为夫人。后以骊姬乱国，终得"五立（奚齐、卓子、惠公、怀公、文公）而后平。"史苏占卜之语成了此等后果精心杜撰的预言。另外，《文公》第十章写重耳还在流亡中，其卜筮之语被司空季子解作"车上水下必伯"；第十一章写董因迎重耳渡河还晋，述其卜筮有"济且秉成，必霸诸侯"之语。如此两处，虽片言只语，亦属文中嵌入的虚拟预言成分。其二，《郑语》实只一章，史伯之言多可视为后人为西周将亡（"不三稔矣"），秦、晋、齐、楚将兴编织的预言。其三，《楚语下》第三章，"斗且廷见令尹子常"，子常向他询问"蓄货聚马"，斗且归而谓其弟曰："楚其亡乎？不然，令尹其不免乎？"并大发议论。"期年乃有柏举之战，子常奔郑，昭王奔随。"其实，主要是吴师伐楚的柏举之战虽由多种因素酿成，却与子常好财并无关联。本章是借子常的遭遇为贪婪者虚造的败亡预言。

　　虚拟预言，在后世史书中还偶而可见，但归根到底是迷信观念的产物，有悖历史的真实性，适应小说的虚构性。上述诸作多属早期小说或小说成分。后世小说的发展使虚拟预言成为重要的表现手段，在结构关目、凸显人物诸多方面日益发挥其艺术功用。

三、从鬼神、怪梦看虚拟

　　《国语》中有不少上古的妄诞传说，由于置于现实人物之口，并不违背现实的逻辑，反为其时的现实性内容。《左传》不然，它为纪实的《春秋》作传，却直写一些超现实的鬼神、怪梦，成为显眼的非纪实内容。据《墨子·明鬼下》载，周、燕、宋、齐的"春秋"都有鬼神施报的记录。我们无法见到那些"春秋"，但可辨析这类记载的真实与否。前两种为冤鬼（杜伯、庄子仪）现身报仇事，无论如何不会有，传说而已。"春秋"记述这类传说，其真实程度就打了折扣。后两者非鬼神现身，而是借助人（袜子）或祭羊致人死命，有其存在的可能性。倘非传说而实有其事，也肯定没有神力支配，不过是袜子的诡计和祭羊触死人的偶然之事。总之，无论何等史书，所记鬼神怪异之事都是有意无意（如传说）的虚拟成分。

左桓十八年（前690）载，鲁桓公携夫人姜氏适齐，齐襄公与姜氏通，桓公得悉，谴责姜氏，襄公便遣彭生害死桓公，而后又应鲁的要求杀了彭生。后至左庄八年载，齐襄公"田于贝丘，见大豕，从者曰：'公子彭生也。'公怒曰：'彭生敢见！'射之，豕人立而啼。公惧，队（坠）于车，殇足丧屦"，回宫后即遭人弑。此种描述，似借襄公遭弑之机显示彭生鬼灵报怨。作者或仿杜伯、庄子仪之报周宣王、燕简公耶？若然，便是蓄意造作的小说成分。

左僖十年，写晋侯夷吾改葬太子申生。是年秋，原给申生驾车的狐突到曲沃去，忽遇已死数年的主人。申生告曰："夷吾无礼，余得请于帝矣。将以晋畀秦，秦将祀余。"狐突曰："臣闻之，神不歆非类，民不祀非族。君祀无乃殄乎？且民何罪，失刑乏祀，君其图之。"申生答应"将复请"，并说七日后曲沃西边"将有巫者而见我焉"。狐突如期见巫，被告之曰："帝许我罚有罪矣，敝于韩。"五年之后，晋侯夷吾在韩原之战中被秦俘获。看来，白日见鬼故事的制作也是充分考虑到夷吾被俘的现实遭际，故使鬼灵"复请"。这就未必出自民间，应为作者之类士阶层的造作。所谓"神不歆非类，民不祀非族"，也是士大夫的讲究，民间百姓何能辨得？

左宣十五年，写秦晋战于辅氏，晋之魏颗打败秦军，获其"力人"杜回。随即追记：

　　初，魏武子有嬖妾，无子。武子疾，命颗曰："必嫁是。"

疾病，则曰："必以为殉。"及卒，颗嫁之，曰："疾病则乱，吾
从其治也。"及辅氏之役，颗见老人结草以亢杜回，杜回踬而
颠。故获之。夜梦之曰："余，尔所嫁妇人之父也。尔用先人之
治命，余是以报。"

这就是"结草衔环"成语前半的来源，是灵鬼报恩故事。春秋时代以人
殉葬之事在大贵族中偶尔有见，秦穆公以三良为殉就是显例。但极不得人
心，被"君子"谓为"死而弃民"，且有怨诗《黄鸟》传世。看来，武子
魏犨的爱妾被魏颗以父"治命"嫁之实有其事，故深得人心，从而形成
妾父结草报恩的传说。否则，作者无从造出这等曲折的动人故事。《晋语
·悼公》第二章写悼公即位，任命魏颗之子，言及当初"魏颗以其身却
退秦军于辅氏，亲止杜回"。其只言"止"，而不言"获"，《左传》言
"获"或为采取"结草"传说的产物。如果不错，用此传说不止增添了文
学意味，也在某种程度上改变了史书的纪实性。

左成十年（前581）为经文"晋侯獳卒"作传。景公獳梦见厉鬼，
"被发及地，搏膺而踊"，曰："杀余孙不义，余得请于帝矣！"坏门而入。
景公惊醒，召巫问之，"巫言如梦"，并谓公吃不到新麦。后公病重，求
医于秦。秦遣医未至，公"梦疾为二竖子，曰：'彼，良医也。惧伤我，
焉逃之？'其一曰：'居肓之上，膏之下，若我何？'医至，曰：'疾不可
为也。在肓之上，膏之下，攻之不可，达之不及，药不至焉，不可为
也。'"至六月，景公想吃新麦，膳夫送上麦饭。景公召巫，杀之。刚要
食用，忽觉腹胀，如厕，陷入茅坑而死。有个小臣"晨梦负公以登天，
及日中，负晋侯出诸厕，遂以为殉。"上述委曲过程包含三个怪梦、一番
巫语，而四者皆应。第一梦是厉鬼来为其孙索命。景公于鲁成公五年误听
庄姬谗言，枉杀了赵同、赵括，故注者谓厉鬼乃赵氏先祖。"请于帝"，
即请毙景公之命，故巫者说他不得吃新麦。此梦实则重复鬼能报仇（或
报恩）的虚诞之笔，只是将它装进梦境的合理外壳（妄诞之梦亦属合

理）。第二梦就是"病入膏肓"成语的来源，最为离奇，类乎童话，既张显医者之神，又暗示神异之力。在史书中嵌入此等虚幻之笔，实属罕见。下接景公欲食新麦以破巫者之言，而杀了巫者仍不得食，死于将食未食之际。如此安排全是后世小说笔法，与史笔相去悬殊。第三梦虽只一句，也是造作。这段传文描述的景公之死，谓之怪诞小说有过之而无不及。二百余字笔笔皆怪。

左昭四年为经文"叔孙豹卒"作传。鲁国穆子叔孙豹当初曾为避难而奔齐，行至庚宗，私一妇人后离开，至齐娶于国氏，生孟丙、仲壬二子。一次"梦天压己，弗胜。顾而见人，黑而上偻，深目而豭喙，号之曰：'牛助余！'乃胜之。"后被鲁召回，立为卿。当年所宿庚宗的妇人前来献雉，并说"余子长矣"。豹召其子，却是梦中所见之人。未问其名，即呼"牛！"他即刻答应。豹就让他做自己身边的小臣，并加以宠幸。后来受他蒙蔽与欺骗，误杀了孟丙，又赶走仲壬，病中被他控制，不得饮食，饥渴而死。豹梦已怪，后来所见竟是梦中之人，则怪上加怪，倘非虚妄传说，则为文学造作，是记述叔孙豹真实家事中夹带的小说成分。

左襄三十年载，郑国"汰侈"而骄横的伯有被同族驷带、公孙段等发动的兵变杀死。后至左昭七年记云：

> "郑人相惊以伯有，曰'伯有至矣'，则皆走，不知所往。铸刑书之岁二月，或梦伯有介而行，曰：'壬子，余将杀带也。明年壬寅，余又将杀段也。'及壬子，驷带卒。国人益惧。齐、燕平之月壬寅，公孙段卒。国人愈惧。"其明月，子产立公孙泄及良止以抚之，乃止。

在那迷信鬼神的时代，对横死者愈益恐惧，郑人"相惊以伯有"不足为奇；子产立其子良止"以抚"厉鬼，也合于情理；郑"铸刑书之岁"为鲁昭公六年，有人"梦伯有介而行"，亦属寻常。令人惊奇的在于梦中厉鬼伯有声称将杀驷带与公孙段的两个日期——同年二月壬午和次年正月（即齐、燕平之月）壬寅，恰是驷带与公孙段的死亡之日。其实，这种巧合绝不可能，应是后来了解两者亡日的好事者特地造作的"或"人奇梦，从而使记述掺入有意虚拟的小说成分。

昭公七年经载："秋八月戊辰，卫侯恶卒"。《左传》是年写卫国立新侯事。原来，卫襄公恶的夫人无子，宠姬婤姶生子孟絷，跛足；后又生子名元。孔成子与史朝同梦卫之祖先康叔对自己说："立元"，他会使孔成子的曾孙圉与史朝之子史苟"相之"。史朝见孔成子，告梦而合。卫侯恶卒，孔成子为絷与元分别以《周易》占筮，以确定继位者，且曰："余尚立絷"，而最后还是同意史朝以康叔托梦解释筮词，立元为侯，即卫灵公。梦中康叔谓谁为侯，由谁"相之"，已是不可能有之梦。两人同作此等怪梦，更不可能，必是人为的虚造。虚造者的最大可能应为孔成子与史朝本人。作者将这场以虚造怪梦而废长立幼的滑稽戏写成严肃、实在的历史，未能张显其中之假，史笔遂成怪诞文字。尽管非作者有意为之，仍有浓重的小说意味。此乃迷信观念带给史书作者的局限所致。内中人物，一个红脸，一个白脸。前者虽造梦在先，仍谎说希望"立絷"，并解《易》词"元亨"："非长之谓乎？"后者则说康叔为元命名，他就是"长"，跛足的孟絷"非人也"，"不可谓长"。两者之言相反而实相成，相映成趣，栩栩如生。

四、从悖理、抵牾看虚拟

《鲁语下》第十八章载，"吴伐越，隳会稽，获巨骨一节，专车焉"。吴王遣使至鲁，席间"执骨"问孔子："骨何如为大？"孔子说，"昔禹致群神于会稽之山，防风后至"，禹遂杀之，其骨专车而"为大"。使者又问："谁守为神？"孔子谓"山川之灵，足以纪纲天下者，守者为神。"又说防风是汪芒氏之君、"守封嵎山者"云云。移录此文的还有《孔子世家》《说苑·辨物》和《孔子家语·辨物》。孔子"不语怪、力、乱、神",此章偏让他大谈神怪,有悖情理,与《论语》抵牾。大约《家语》作者(实是抄者)注意到这种悖谬,遂改"群神"为"群臣",致使下面"谁守为神"之问失去依傍,突兀而莫名。不仅如此,且如清崔述所说:"定公十二年,孔子去鲁适卫矣,而吴栖越以会稽乃在哀之元年——孔子在陈之时,然则,不但禹必无戮防风之事,即孔子亦初不得有答吴使之言也。此乃好谈神怪而不考其实者之所为。"① 本章应是蓄意造作的小说类作品。

下章写"孔子在陈,有隼集于陈侯之庭而死。其隼楛矢贯之,石砮其长尺有咫。陈惠公使人以隼如仲尼之馆,问之。"孔子曰:"隼之来也远矣。此肃慎氏之矢也。"随即大讲周初肃慎氏向武王贡献楛矢并辗转分到陈国等事。肃慎系上古部族,"居于东北长白山北,东滨大海,北至黑龙江下游地区"②,楛矢乃肃慎特产。鹰隼被"尺有咫"的箭镞射中,还能远飞数千里,岂非怪事?故本章亦托孔子语怪,"来也远矣"云云甚悖情理。其文系了解肃慎氏之士为宣扬孔子博学有意虚拟之作。然其不知孔子在陈时,惠公已死多年,时为湣公,《史记》录用时始为改正;而《家语》不知,照录《国语》,《说苑》改用"陈侯"。无论何者,都是源自《国语》的早期小说。

《晋语四》第二章写重耳出亡之事。重耳至齐,齐侯妻以姜氏,重耳安之。后桓公卒,孝公立,诸侯叛齐,子犯与从者谋划远行,被蚕妾告于姜氏。姜氏杀妾而劝重耳同子犯去,前后两番话四百余言,三次引《诗》,各作发挥,且引"西方之书"(指周典籍)和管仲治国之语以激励之。又谓:"吾闻晋之始封也,岁在大火,阏伯之星也,实纪商人。商之飨国三十一王。瞽史之记曰:'唐叔之世,将如商数。'今未半也。"且

---

① 崔述:《夏考信录》卷一,民国十三年(1924)上海古书流通处影印本。
② 来可泓:《国语直解》,第 297 页。

不说背地如此长言不会让人记录，也无法记录，即其旁征博引，又远涉史迹与天文，岂是当时妇人所言？又岂是日常交谈用语？悖逆情理一望可知，与实际生活大相径庭。而《左传》的相应文字只有"行也！怀与安，实败名"八字，虽较简括，却切合身份与声口，真实而亲切。《国语》此章系作者假姜氏之口大做文章，大吊书袋，虽不构成独立之小说作品，也是在重耳出亡的纪实叙述中羼入的虚拟小说成分。

《楚语下》第六章载，令尹子西在朝叹气，蓝尹亹问其故，子西谓"阖庐能败吾师"而"闻其嗣（夫差）又甚焉"。蓝氏要他放心理政，"无患吴矣"。随即罗列阖庐许多长处，而夫差反是："好罢民力，以成私好。纵过而翳谏。一夕之宿，台榭陂池必成，六畜完好必从。"结论是"夫差先自败也已，焉能败人？"左哀元年（前494）也有同类记述，而角色不同："吴师在陈，楚大夫皆惧"，谓"阖庐惟能用其民，以败我于柏举。今闻其嗣又甚焉，将如之何？"子西曰："二三子恤不相睦，无患吴矣。"随即罗列阖庐多项长处，"所以败我也"。而"今闻夫差次有台榭陂池焉，宿有妃嫱嫔御焉。一日之行，所欲必成，完好必从。珍异是聚，观乐是务，视民如雠，而用之日新。夫先自败也已，安能败我？"显而易见，两者记述的是同一场景，而子西的言词、角色恰好相反。由于后者既有与前者相同的语句，又有明显的生发，应是后者采取前者变改所致。大约《左传》作者不以《国语》把被子西救下一命的蓝氏的论断放在子西之上为然①，故有此改。据《左传》，阖庐于鲁定公十四年（前496）夏伐越，负伤而卒。夫差继位，"使人立于庭，苟出入，必谓己曰：'夫差，而忘越王之杀而父乎？'则对曰：'唯，不敢忘！'三年（即鲁哀公元年），乃报越。"②"克越"后，又报"先君（阖庐）"与陈之怨，秋八月即"侵

---

① 《左传》定公五年记曰："王之奔随也，将涉于成曰，蓝尹亹涉其孥，不与王舟。及宁，王欲杀之。子西曰：'子常唯思旧怨以败，君何效焉？'王曰：'善。使复旧所，吾以志前恶。'"

② 《左传》定公十四年，第387页。

陈"。此正子西或蓝氏议论之时，夫差尚处于为父报仇"修怨"的发奋状态，哪里顾得大肆享乐？上述两文与左定十四年至左哀元年有关夫差的记述恰相抵牾，乃是作者将夫差中后期享乐取败以致亡国的行径移至前期，置于蓝氏或子西之口，自是蓄意造作之笔。《国语》独立成章，可谓小说作品。《左传》只是全文的一段，乃是夹杂的小说成分。

《吴语》末章写越灭吴经过。先写楚申包胥使越，问越王何以为战。越王说出他爱护臣民、体恤将士、结交外邦的种种举措，申氏均说"善则善矣"却"未可与战"，最后他出的主意竟是"智为始，仁次之，勇次之。"乃人人皆知的抽象原则，越王竟"诺"。如此悖理，当非实情，而出虚拟。下写越王召五大夫，广集众"智"，后庸谓"审赏"，苦成谓"审罚"，大夫种谓"审物（旗帜徽号）"，范蠡谓"审备"，皋如谓"审声（钲鼓进退之声）"。好像事先分配好的，每人一句，各言一面，如此机械，亦属悖理，显然是在作文章。后整顿军纪，每日"斩有罪者以徇"，四日四斩，各惩一种罪过。犯军纪者岂能如此日犯一种？亦属造文，可能是从槜李之战中勾践以有罪者自杀于阵前惑乱吴军受到启发，衍为斩罪徇军之文。再后遣士卒归家，也是日"徇于军"，日遣一种，四日四遣，何其繁复。上述诸多悖理造作，全文也就成了虚实参半的拟史小说。

《越语下》写范蠡就伐吴之事为越王策谋。勾践三年"欲伐吴"，范蠡以"天时不作，弗为人客；人事不起，弗为之始"为由加以阻止，勾践不听，"兴师而伐吴"，结果大败，"栖于会稽"，求和而事吴王。这实际正是左哀元年所记夫差为父报仇的夫椒之战。不是越伐吴，而是吴伐越。勾践是被动应战，不得不战，哪里会有范蠡阻战，反对越王挑起战端之类的话？与《左传》所记大相抵牾，纯属子虚。下写勾践被吴放回后，四年之中每年都向范蠡问一次伐吴"可乎"，回答全是"未可也"，理由不是"上帝不考"，"天应未也"，就是"天地未形"，"人事未尽"。且不说其多诡妄之语，只每年一问就是十足的小说笔法，明显悖理。再后写范蠡同意兴师。越军出五湖与吴军对垒，范蠡又阻止越军出战，并对勾践大讲用兵与天道、阴阳的关系，什么"天道皇皇，日月以为常，明者以为法，微者则是行"；什么"后则用阴，先则用阳，近则用柔，远则用刚"；什么"阳节不尽，轻而不可取"，"阴节不尽，柔而不可破"……诸如此类，显非春秋时期用兵之道，而像受了战国阴阳家思想影响的论战空谈，加于范蠡之口，甚违情理。最后写吴王派臣"请复会稽之和"，范蠡曰："昔者上降祸于越，委制于吴，而吴不受；今将反此义，以报此祸，吾王敢无听天之命，而听君王之命乎？"与此相类的话在《越语上》中本是越王之言（《吴越春秋》后亦继之），此以范蠡言之，则两相抵牾。要之，本篇全力美化范蠡，将他写成指挥越军灭吴的超人，非只让他取代越王言谈而已。这也是后来小说突出主人公的常用之法。

五、从不可知处看虚拟

真实的叙事都是可知的，即有作者得而知之的可能性。如果人物的言行根本无法被人知晓，如心理活动、背人密谈之类，就不宜进入史书的叙事范畴，否则就有虚拟之嫌。而《国语》《左传》中此等文字偶而有见。

左僖二十四年载，介之推隐于绵山之前对老母发了一通长达八十余言有关晋君赏赐功臣的牢骚和议论，以为"下义其罪，上赏其奸，上下相蒙，难与处矣"，而后与母反复问答，始终无人听得，随即隐入绵山而死。偌多话语，都是钱钟书先生之谓"生无旁证，死无对证者"[1]，作者何以得知而言之凿凿？左宣二年写晋灵公使力士鉏麑刺杀赵盾。鉏麑"晨往"，见赵盾"盛服将朝，尚早，坐而假寐。鉏退，叹而言曰：'不忘恭敬，民之主也。贼民之主，不忠。弃君之命，不信。有一于此，不如死也。'触槐而死。"此与《晋语五》第五章文字大同而小异，当出自后者。

---

① 《管椎编》第一册，北京 中华书局 1979 年版，第 165 页。

内中鉏麑所见和叹言也是"生无旁证，死无对证"，而属原作者的虚想和"拟言"。虽然带有"合理想象"成分，却已超出纪实范畴而入于虚拟。至于对介之推的长言议论连"合理想象"也谈不上，是《左传》该年所记的小说成分。

《国语》中不可获知的话语比《左传》为多。《晋语一》写骊姬谋害太子申生多由背人密语构成。有骊姬对晋献公之言，也有献公对骊姬之言，还有与骊姬私通的优施教唆骊姬之言。第六章以大半篇幅写骊姬与优施谋篡太子之位；第八章则写骊姬挑拨、离间献公与太子申生的关系，献公表示"吾将图之"，骊姬便献使申生伐东山之计，均属他人不可知者。两章只能视为拟史小说。《晋语二》首章开头仍是骊姬撺掇献公之言，虽不关乎全篇，也是羼入的小说成分。

《晋语五》第二章载，阳处父适卫，回晋途中住在宁地嬴氏家。嬴对妻说："吾求君子久矣，今乃得之。"便跟了去，中途而返。妻问其故，嬴说此人让他"见其貌而欲之，闻其言而恶之"，大讲貌、言、情的内外关系；又谓其太刚，乃"怨之所聚"，"惧未获其利，而及其难"。一年后，阳处父就被贾季（狐射姑）派人杀死。嬴只是宁地"求君子"者，谓妻百数十言，他人何以得知？左文五年亦记其事，嬴氏之言只在"刚"上做文章，与《国语》中所言重合甚少，有的词语（如"华而不实"）还是从《晋语五》末章伯宗妻谈论阳处父的话中移过来的（见下面引文），说明作者并不将《晋语》所记难得而知之言视为史实，而以自己的理解再作虚拟、移植与发挥。两者都是意想之词。又者，嬴氏既"求君子"已久，又深知言与情对君子的重要，而貌只是"情之华"，怎么会一见阳处父之貌就说君子"今乃得之"，并随之而去？其言如此自相矛盾，其人也就未必实有，《国语》此章或虚拟，或变改，并非史迹，而是小说。《左传》之文也就成了仿改之作。与此相似，《晋语五》末章云：

> 伯宗朝，以喜归。其妻曰："子貌有喜，何也？"曰："吾言

于朝，诸大夫皆谓我智似阳子（即阳处父）。"对曰："阳子华而不实，主言而无谋，是以难及其身，子何喜焉？"伯宗曰："吾饮诸大夫酒，而与之语，尔试听之。"曰："诺。"既饮，其妻曰："诸大夫莫子若也。然而，民不能戴其上，久矣。难必及子乎？盍亟索士整庇州犁（伯宗之子）焉。"得毕阳。及栾弗忌之难，诸大夫害伯宗，将谋而杀之，毕阳实送州犁于荆。

伯宗与妻之言皆背地语，且不便传与他人，何得而知？大约《左传》作者已察知此种疏失，故在成公十五年记述伯宗被杀、其子州犁奔楚之后，追记伯宗妻只有"伯宗每朝，其妻必戒之曰：'盗憎主人，民恶其上，子好直言，必及于难'"数语。《国语》此文应是一篇颇富戏剧性的早期微型小说。

结　语

《国语》与《左传》的虚拟成分自然不止于此。单是虚拟的长话就还有多章。三百至四百言者，如《国语》首章祭公谋父谏阻周穆王伐犬戎、《鲁语下》第十二章文伯之母谈"劳"的重要、《吴语》第二章伍员谏阻夫差伐齐等，均未论及。两书的别种虚拟成分也还多有。此仅辨其大略而已。

周代的史官文化崇尚纪实，但上承殷代的巫祝文化还很有势力和市场，王侯士大夫的卜筮占梦等迷信活动相当盛行，史官自然也要记述，预言、梦兆之类也就进入各国"春秋"。至于战国，私人著书立说，而其时尚无"史记"之外的史书观念。《国语》应是缀集而成，不同篇卷并无统一的纪实要求，引入的史料或多或少，为凸显古人善言，羼入诸多虚造之语。《左传》为《春秋》作传，由于引入大量"史记"而被后人视为编年史书。但在先秦，为经文作"传"并无特定体式，引入瞽史、传说，发表个人议论，乃至主观想象、蓄意造作以增加内容的生动性和丰富性，在作者看来均无不可。总之，两书的作者或编者不将编撰之书视为今世之谓史著，造成文体比较杂驳，从而产生某些后世之谓小说或小说成分，不足为怪。

与《左传》相较，《国语》多卷产生在前，虚拟成分的比重明显为多。它既非一人一时之作，不同篇卷与史著的距离也就不同。《郑语》与《越语下》大半虚拟，当非史著；《周语》多为预言与虚论，其所录早期史料虽颇难得，而杂入太多虚拟成分难于区分，也难于取信，似为子史参杂之作；《楚语》《吴语》《齐语》半为纪实，半多虚拟，与史著也有不小的差异；唯《鲁语》《晋语》及《越语上》似多据史料，明显的虚拟成分较少，占了全书的大半篇幅。《四库全书》将《国语》隶属"杂史"，不为贬损。其虚拟部分多由议论文字构成，可称早期教化小说。《左传》虽也羼入不算很小的虚拟成分，所占比例毕竟不大，由于保存了春秋时期的大量珍贵史料，今存的各类文献少可伦比，其为传解《春秋》的经典史书地位毋庸置疑；由于它对塑造人物、结构情节与运用文学笔法的重视与讲求，不独成为后世小说的重要借镜，某些虚拟而独立成章之作也是我国小说的滥觞。

原载《中国典籍与文化》2011 年第 2 期，人大复印报刊资料《中国古代、近代文学研究》2011 年第 9 期转载。

《庄子》寓意文体辨析

一、关于小说与寓言

先秦时期不仅产生了我国小说的开山之作《穆天子传》和《晏子春秋》等某些诸子书中的拟实小说，还产生了小说类型中的另一大类——表意小说。表意小说分寓意与写意两种。作为"战国到秦汉之际庄子学派著述汇集"的《庄子》①，含藏许多寓意小说。

我们这里说的"小说"不是《汉书·艺文志》之谓"小说"。《汉志》所说的"小说"，包括"街谈巷语，道听涂说者之所造"的"刍荛狂夫之议"②，非但不在诸子"可观"者之列，也没有文体方面的特征和规定性。将"古史官记事"的《青史子》与说明、论议之文的《封禅方说》《心术》《未央术》等一并列入"小说"就是明证。我们说的"小说"，是当今文学分类的小说文体。即便是其童年时代的先秦小说，也具有散文性、叙事性、自觉虚构性和非寓言性等基本形态特征。《穆天子传》和《晏子春秋》中的部分篇章有此特征，因而被认作中国早期小说作品。又因其摹写的人事为生活样态，所以多为拟实小说。与《晏子春

---

① 崔大华：《庄学研究》，北京 人民出版社 1992 年版，第 71 页。
② 《汉书》卷三十《艺文志》，北京 中华书局 1962 年版，第 6 册第 1745 页。

秋》相比,《庄子》的叙事有如下三点分别:第一,摹写虚造的故事、意象不是为表现其人其事,而是为表现庄子学派的人生见解、哲学观点;第二,叙事诸篇大多含有作者所发的议论文字,少数几篇还以此种文字统领篇中作品;第三,除去某些摹写生活样态的人事,多数故事内容为超验形态即非现实形态。因此,有些研究者便不承认书中叙事的独立性,除了显示哲理的寓言,以为没有别种文体,更没有小说,或只承认有"小说因素",甚或将书中史实之外的所有叙事概称为"寓言"。其实,以这些理由否定其中有小说作品不能成立。所谓寓意小说,就是以超验的文学意象显示作者对人生的思想认识或哲理观念,与第一、第三两点非但不矛盾,还恰相契合。不仅古代小说中有寄寓"人生如梦"观念的《枕中记》之类,现代与后现代的某些作品制作的很难理解的奇特意象也是不可知论、感觉复合论或存在主义观念的意象体现。可见区分书中叙事为何种文体,不能只看这两点,更不能因此两点否认其为小说。第二点则要区分情况。现存《庄子》三十三篇,既非一人之作,也非一时之作,旨趣与形式也多种多样。《骈拇》《马蹄》《胠箧》《刻意》《善性》《天下》等六篇,纯为论议之文,没有任何完整的叙事,当然更不会有小说。与此相反,《秋水》《山木》《田子方》《让王》《盗跖》《说剑》《渔父》等七篇没有一句作者的议论,通篇都是记叙文字。其中《说剑》和《渔父》,还都是全篇自成一体首尾完整的单一叙事,自觉虚构性与非寓言性显而易见(后面再谈),即使产生在今天,也是地道的寓意小说。此外的二十篇中,开篇即为叙事而不置作者议论者又有十篇,少量的议论文字或在篇中,或在篇尾,或与某章故事相关,或为偶尔爆出的思想火花,自成章节,与各个故事全不相干。各章叙事的结构与寓意也自有其独立性,《则阳》《徐无鬼》等无不如此。《人间世》前置六章叙事,结尾只有三十六字议论,实如《史记》之"太史公曰"或《聊斋志异》的"异史氏曰",并不影响前面叙事的文体品格。作者议论置于篇首者只有十篇,其中《天地》《天道》《天运》《外物》《寓言》五篇经陈鼓应先生考定:各由多节文字

"杂纂而成，各节意义不相关联"①，就是说，篇中故事均独立于议论之外。这考察或有出入，但其大半故事与议论无关则是可以肯定的。此外只有《养生主》《大宗师》《在宥》《至乐》《达生》等五篇的篇首议论与篇中某些故事相关联，但也只是意义的关联，结构与文字都各自独立，从而使各章的叙事仍有其相对独立性，也有各自相应的文体。需要特别说明的是，寓言与小说一样，乃古今文学中的独立文体，而非论议之文的附庸。研究者既然概称《庄子》的叙事为"寓言"，并不因为篇首或有议论文字而否定其为寓言体式，那么，如果某些叙事之文不属寓言，而是小说，也就不能因其篇首的议论文字而否认其为小说。这样看来，庄子中的叙事属何种文体，关键在于本身的品格与意象形态，那些与之全无结构、文字关联的议论对其文体并无关碍，就像它们并不妨碍人们称其叙事为寓言一样。

　　将《庄子》叙事概称为"寓言"非始于近代，自古而然。此书《寓言》篇就有"寓言十九"之语，当是"寓言"一词在古文献中的最早出处。《史记》谓庄子"著书十余万言，大抵率寓言也"②，被历代庄学引为经典，直至于今。在庄周、司马迁时代，文体学还处于蒙昧状态，文体意义之"小说"观念还远未诞生，人们把文中所写一切出自虚拟的叙事称为"寓言"是自然的事，也是一种新异的创造。后来学者尽管对寓言的理解也颇宽泛，甚至有人将"寓言十九"之语用之于《诗经》，但大多还是把别具喻意而意象妄诞的短小故事称为寓言，内涵日趋明朗，外延便大大缩小。唯独谈及《庄子》，仍以"寓言"概称其摹写的全部虚幻故事。又有讨论先秦小说之文在阐明小说与寓言的区别之后特地申明："《庄子》中的某些寓言又当别论。"这是说，不能以其确立的小说与寓言较为科学的概念和两者的区别看待《庄子》中的"某些寓言"，否则那些

———————

① 陈鼓应：《庄子今注今译》，北京 中华书局 1983 年版，第 294 页。
② 《史记》卷六十三《老子韩非列传》，北京 中华书局 1982 年版，第 7 册第 2143 页。

寓言就不能称为寓言，而成了小说。由此可见历史习惯称谓的惯性力量，也从而显出以现代文体观念辨析《庄子》叙事之文的意义所在。

在文体学大为发展的现代，虚构的散体叙事分成拟实与表意两大类型。前者主要指拟实小说及容有虚构的人事传说（如历史传说之类）。它们以人生世事为蓝本，叙事遵循现实的逻辑，合于日常生活事理。后者——表意之作，意象形态超越现实，有神话、寓言、童话、寓意小品及寓意、写意小说。才华横溢的庄周及其后学处在百家争鸣的战国中后期，为了充分有效地昭示其对人生和宇宙的独特思考，造文"汪洋自恣"，无拘无束，别开生面地推出多种寓意文体，在创造某些寓言与寓意小品的同时，也不期然而然地创造了各种寓意小说，使《庄子》的部分作品成为我国寓意小说的先河。

在辨析《庄子》故事的文体之前，有必要弄清寓言与寓意小说两种文体的重要区别。两者都是寓意之作，既相似又不同。综合某些辞书和相关论著的界定，寓言的特征表现在三个方面。其一，意象形态异常妄诞，动物寓言自不必说，人物寓言也无不如此。涸辙之鲋、刻舟求剑、揠苗助长之类的妄诞极为醒目，一望可知，与寓意小说的非现实性有着显而易见的区别。又者，意象虽然妄诞、虚幻，却丝毫不带宗教性鬼神迷信色彩，这又使它区别于神异类寓意小说。寓言绝少用真人姓名，也是其意象特别妄诞所决定的，与《庄子》中时见真人故事适成对照。其二，寓意方式采用"比喻的艺术形式"①，即"有比喻寄托，言在此而意在彼"②，从而区别于那些直接显示类寓意小说（《庄子》中正多）。其三，所寓之意，具有鲜明的单纯性和被普遍认同的常识性，前者与寓意小说的多义性和模糊性大相径庭，后者区别于或一学派的艰深寓意和偏颇之见（在《庄子》中大量存在），也构成寓言的通俗性。"寓言的观点对全体读者而言都很

---

① 黑格尔：《美学》第 2 卷，北京 商务印书馆 1979 年版，第 103 页。
② 陈蒲清：《中国古代寓言史》，长沙 湖南教育出版社 1983 年版，第 2 页。

清楚"①,它是"表现人类行动或希求的范围中某一普遍意义,某一伦理的教训,或某一种为人处世的箴言"②,"就是在后世若干年间,这些故事与教训还是为世人所理解和尊重"③。诸如此类的学者论断,正是指寓言的通俗性和常识性。有无常识性和通俗性也是寓言与寓意小说的重要区别。由于每篇寓言都具有以上三种特征,而寓意小说则至少缺少其中一种或一种以上特色,我们便可由此辨明《庄子》中原被称为寓言的寓意小说。

二、神异式寓意小说

寓意小说的意象形态也是超现实的。或超越现实的自然性,称幻异型;或超越现实的社会性,称变态型。就《庄子》而言,幻异型又有两种形态:神异式(也称神话式)和奇幻式。前者有神怪灵异成分,后者没有,而为超自然的奇幻人事。本节考察第一种类型:《庄子》中的神异式寓意小说。

《应帝王》第五章载,郑国出了个精于相面的"神巫"季咸,能知人的"生死存亡,祸福寿夭",预期月日应验无爽。"列子见之而心醉",归告其师壶子,以为季咸比"夫子"道术还高。壶子让他把神巫领来,给自己相面。季咸先后四见壶子。第一次,壶子示之以"地文",即"杜德机",季咸谓其不出十日必死。第二次,壶子示之以"天壤",即"善者机",季咸说他又有救了。第三次,壶子示之以"太冲莫胜",即"衡气机",使季咸无迹可寻,"无得而相"。最后一次见壶子,"立未定,自失而走",列子追之不及。壶子说,我对他并未显示大道的根本,只是随机

---

① 《大美百科全书》,台北 光复书局 1990 年版,第 21 册,第 261 页。
② 黑格尔:《美学》第 2 卷,第 105 页。
③ 周作人:《关于〈伊索寓言〉》,载《全译伊索寓言集》附录,中国对外翻译出版公司 1999 年版,第 173 页。

应变而已。列子这才明白自己的肤浅，回到家中三年不出，煮饭，喂猪，返璞归真。现存的《列子》卷二亦载此篇，大同小异，当是作伪者抄袭《庄子》。这个玄而又玄的委曲故事显然是虚幻的，超现实的，但又不是我们今天所说的寓言。它既缺乏寓意的单纯与明晰，更着意宣染本不存在的道家玄功。"地文""天壤""太冲莫胜"以及三"机"等词语，历代注家多有岐解①，而谁也说不明白其玄功究竟是怎么回事。因为那完全是作者的玄想，带有浓重的神秘感和迷信色彩。对神巫相术的嘲讽也只是壶子道术的陪衬，小巫大巫，并非根本予以否定，从而兼有道术与相术的双重迷信成分。这种形态并非只是警示列子的寓意手段，也是直接显示道术宏大、高妙的玄虚意象，无法被人广泛认同，与寓言品格南辕北辙。需要指出的是，这种意象的创造符合作者的思想状况，有前篇《大宗师》关于"道"和"真人"的议论为证："古之真人"不仅能达到人力所及的"不知说（悦）生，不知恶死"等多种理想境地，还具有"入水不濡，入火不热"等超现实神奇特质；与"众人之息以喉"不同，"真人之息以踵"，此与本章壶子示季咸以"天壤"时"机发于踵"若合符契。更奇妙者，"先天地"而生的道，能"生天生地"、生鬼神与上帝，谁得到它谁就能够超凡为神："堪坏（神名）得之，以袭昆仑；冯夷（河伯）得之，以游大川；肩吾（山神）得之，以处大山；黄帝得之，以登云天；颛顼得之，以处玄宫，禹强（神名）得之，立乎北极，西王母得之，坐乎少广，莫知其始，莫知其终……"那么，壶子得之，自然也就道术无边。可见本章大肆张扬壶子的道术与玄功乃是作品思想的组成部分。最后落于列子醒悟，"自以为未始学"，回家从头做起："食豕如食人，于事无与亲，雕琢复朴，块然独以其形立"，学的仍是道家之道。内有学无止境的寓意，则构成作品又一种意涵。此等多重意涵在寓意小说中屡见不鲜，而

---

① 参见崔大华《庄子岐解》，郑州 中州古籍出版社 1988 年版，第 291、293、294、285 页。

寓意单纯的寓言却不能承担。从多方面说，本章都是寓意小说，而不是寓言。

《徐无鬼》第十章也是关乎相面之作。楚国的子綦有八个儿子，请来九方歅为他们相面，结果是名叫梱的最有福气，其福"将与国君同食，以终其身"。子綦听了转喜为悲，黯然下泪，说梱不是真的有福，不过有酒肉吃而已。又解释说，他与儿子遨游天地之间，"邀乐于天"，"邀食于地"，不图建立功业，也不谋划世事，一切顺乎自然，怎么会有酒肉报偿？感到会有天降之灾，所以悲泣。不久，梱被派往燕国，途中为强盗掳获。强盗要卖掉他，又怕他逃跑，便砍去其足卖到齐国，给富室看门，肉食而终。作品既表现相面之灵，又显出天命难违，同时也昭示子綦所持的尊崇自然与无为的道家人生观，寓意是多层次、多方面的。相面是当时的习俗，是现实性活动；渲染相面之神、命运无可逃遁，却是唯心的，带有超现实的迷信色彩，并非人所共识之理。其不合寓言品格显而易见，也是一篇寓意小说。

《徐无鬼》第三章写轩辕黄帝以六位圣贤为驾，往具茨之山去见大隗。行至襄樊之野，七圣迷路，无处问津。询问所遇牧马小童，他全知道。黄帝诧异，便问如何治天下。小童说他自小游于六合之内，因有目眩之病，长者教他乘日车去游襄樊之野，如今病渐痊愈，将再游于六合之外。最后说："夫为天下亦若此而已，予又奚事焉？"黄帝再问，小童不答。问至再三，小童说：治天下与牧马没有什么不同，"亦去其害马者而已矣。"黄帝再拜，称"天师"而退。注家对"大隗"有多种解说，或谓"神名"，或谓"大道"①，或谓"古之至人"②，从他能变化小童、以日为车、"游于六合之外"来看，自然不是人，而是神，是道化之神，即道的

---

① （唐）陆德明《经典释文》卷二十八《庄子音义》下《徐无鬼》注，清乾隆五十六年（1791）卢氏抱经堂刊本。

② （清）郭庆藩《庄子集释》卷二十四《徐无鬼》成玄英疏，北京 中华书局1961年版，第4册第830页。

神化。形态超越现实自不待言，而浓重的神异色彩又使它与寓言意象恰相背反。小童之言即大隗之道，把"无为而治"的理念具象化也艺术化了。所谓"去其害马者"，就是要除去《马蹄》中所写"善治马"者加给马的"橛饰之患""鞭策之威"，让马保持自然的"真性"。其文言简意赅，寓意发人深思，但又不是被人普遍认同的观念，而是道家的宇宙观和处世哲学。类乎神话的形态和道家独具的寓意使作品远离寓言，成为一篇相当精致的寓意小说。

《在宥》第三章载，"黄帝立为天子十九年，令行天下"，闻广成子在空同山"达于至道"，故往见之，求"至道之精"，以治天下，以"养民人"。广成子说他治天下以来，云雨失常，日月少光，"佞人之心翦翦者，又奚足以语至道哉?"黄帝退回，"捐天下，筑特室，席白茅，闲居三月"，再度往见，"膝行而进"。这次不言治天下，而问"治身奈何而可以长久?"广成子这才高兴地赞曰："善哉问乎!"遂即告之："至道之精，窈窈冥冥；至道之极，昏昏默默。无视无听，抱神以静，形将自正。必静必清，无劳汝形，无摇汝精，乃可以长生。目无所见，耳无所闻，心无所知，汝神将守形，形乃长生。"说他自己已如此"修身千二百岁矣"而"形未尝衰"。黄帝再拜稽首，赞"广成子之谓天矣!"广成子说："得吾道者，上为皇而下为王；失吾道者，上见光而下为土"，他自己则"与日月参光""与天地为常""人其尽死，而我独存乎!"原来，广成子就是道家大道的体现和象征，远在《大宗师》中那位得道登仙的黄帝之上，难怪能"与日月参光"。从黄帝上推一千二百年，近乎古人对人类历史想象的极限，而后又能"与天地为常"，所谓"前无始而后无终，与有数者异"[1]，从而象征了道的永恒。这篇约五百字的神异幻诞之作，对道的神化和美化无以复加，与力避迷信成分的寓言大相径庭。无论黄帝"捐天

---

[1]　（宋）褚伯秀《南华真经义海纂微》卷三十一《在宥》第二辑陈祥道注，载《正统道藏》，台北，艺文印书馆1977年版，第25册第20299页。

下，筑特室，席白茅"，还是借广成子之口正面谈道，都属显示和表现之笔，没有另外的比喻意义，而广成子对道的象征则属隐晦的非通俗手段，也是寓言之所避忌。从多方面看，本章都不是寓言，而是宣道的寓意小说。后被宣扬神仙实有、长生可求的葛洪略作简化与改动，以《广成子》题列为《神仙传》之首。

《外物》第六章写宋元君（即宋元公）半夜做梦：有人披发窥门，自称是清江使者，欲往河伯之所，却被渔夫余且捉住。元君醒后占梦，得知托梦者乃是神龟。问明渔夫中确有余且，便召来询问，答以网得周圆五尺的大白龟。元君得此神龟，想杀又想养。为此占卜，卜辞则说："杀龟以卜，吉。"于是"刳龟"。用以占卜七十二次，无不应验。孔子听说此事，议论说："神龟能见梦于元君，而不能避余且之网；知能七十二钻而无遗策，不能避刳肠之患。如是，则知有所困，神有所不及也。"这故事写梦象的灵应，占卜的神奇，自是现实不可能发生的神异之笔，而与先秦之民普遍相信梦兆和占卜之术相应相合，是具有浓郁时代特色的超现实意象。其寓意固如孔子所论："知有所困，神有所不及"。但这寓意又不是"对全体读者而言都很清楚"，如不借孔子之口点出，很多读者都领悟不到，反倒注重于托梦与占卜的灵应，为其迷信神怪梦卜的意蕴所困扰，从而与寓言品格拉开距离，属构思新巧的寓意小说。宋元君与孔子不仅是有名的历史人物，两人还处于同一时期，从而增加了寓意形态的似史性和亲切感。

《至乐》第四章载，"庄子之楚，见空髑髅"，便以马鞭敲它，叩问其原来的几种死因，然后头枕髑髅而睡。夜半，髑髅托梦给庄子说：听你谈话像个辨士，可说的都是"生人之累"，死后就没有这些牵累，"无君于上，无臣于下，亦无四时之事"，"以天地为春秋，虽南面王乐不能过也。"庄子不信，说让主宰生命者使其复生于世，问他是否愿意。髑髅深深皱起眉头："吾安能弃南面王乐而复为人间之劳乎！"叩问髑髅，已是怪事，枕之而睡，更属超常。而髑髅显于梦境，高谈阔论，自是超自然的

幻诞意象。用以揭示生者劳、死者乐则是某些道家的极端观念,绝难成为
世人广泛共识的寓言。它只能是表达道家独特生死观的寓意小说。再者,
作品的思想均由髑髅和盘托出,别无"比喻寄托"可言,从这方面看,
它也没有寓言品格,而属"显示"型寓意小说。

《达生》第七章为齐桓公故事。桓公田猎于泽,忽而见鬼,而问驾车
的管仲,他却什么也没看见。桓公由于惊恐,回去就病倒了,"数日不
出"。齐国士人皇子告敖说桓公不是为鬼所伤,而是"自伤"。桓公问他
是否有鬼,皇子说"有",还一气数出十来种,数到最后说:"泽有委
蛇。"桓公问委蛇是何模样,皇子说:大如车轮,长如车辕,紫衣朱冠,
厌听雷声,闻雷即"捧其首而立,见之者殆乎霸。"桓公兴奋地笑道,
"此寡人之所见者也。"于是整衣理冠"与之坐",当天病就好了。委蛇自
是时人幻想的鬼怪,见之殆可称霸更是虚想的荒唐之言,当是桓公称霸以
后传闻的造作。全篇寓意并非道家之道,而是宣扬霸主有定,为霸业张
目,同时以超现实意象写出桓公渴望成为霸主的精神和心态,不仅全无寓
言品格,也并非纯寓意之作,而是寓意与写意(表现人物)相结合的表
意小说。林疑独注曰:"'见之者殆乎霸',其言中桓公之心,其疑遂释,
而不知病之去也。"① 中肯道出作品刻画人物的得力之笔。

三、奇幻式寓意小说

《田子方》由十一章组成,因各章意义"不相关联",有人便谓其
"属于杂记体裁"。杂记体应为记述闻见之作,而《庄子》此篇十一章中
有九章完整叙事,内容多属有意虚拟,难为"杂记"。本篇第五章写庄子
见鲁哀公。虽无神异、玄虚色彩,意象却也离奇幻诞,超越时空的自然规

---

① 褚伯秀《南华真经义海纂微》卷五十九《达生》第二辑林疑独注,载书同前,
第26册第20490页。

律：鲁哀公死后近百年庄子才出生，作品让这样两个人物会面、对话，自是别具匠心的虚造。哀公自夸"鲁多儒士"，庄子则谓"鲁少儒"，理由是"有其道者未必为其服"，"为其服者未必知其道"。他建议哀公号令国中："无此道而为此服者，其罪死！"哀公发出此令五天，"鲁国无敢儒服者，独有一丈夫儒服而立于公门"，哀公问以国事，"千转万变而不穷"。庄子说："以鲁国而儒者一人耳，可谓多乎？"这是一篇构思新奇的寓意之作。意在讽喻真儒之少，滥竽者多，同时也显出真儒的可贵。这一切都是直接表现，不用比喻，没有任何寓言意味，是地道的寓意小说。其构思之巧首先在于让否定儒学的庄子去见儒学发祥地与发祥期的鲁国之君，哀公时鲁国之儒尚只一人，他时或别国自不必说。成玄英以为"一人"隐"谓孔子"，王夫之也说："唯夫子之奔逸绝尘，为能独立于儒门"[1]。此等颇具意味的联想也是由鲁国和哀公时代引发而出。另一构思技巧是让鲁君发布其不可能发布的奇特的号令，此令一出，真假立见，充分显出寓意小说的表现艺术。

《田子方》第九章写列御寇为伯昏无人表演射箭，拉满弓，置杯水于肘上，箭即一枝接一枝连续发出，人如偶像，杯水不倾。伯昏无人说："是射之射，非不射之射"。随即登上高山，步踏险石，使脚的三分之二悬于半空，邀列御寇上前来射。列子伏在地上，汗流至踵。伯昏无人说："夫至人者，上窥青天，下潜黄泉，挥斥八极，神气不变。今汝怵然有恂目之志，尔于中也殆矣夫！"列御寇的射箭表演已属天开异想，伯昏无人的履险相邀更匪夷所思，都是寓意的妄诞意象。而所寓之意为何？谁也难于说清。关键在于"射之射"与"不射之射"区别何在。成玄英认为前者"仍是有心之射，非忘怀无心"[2]。吕惠卿以为"不射之射，则所谓纯

---

① （清）王夫之：《庄子解》，北京 中华书局1964年版，第180页。
② 郭庆藩《庄子集释》卷七下《田子方》成玄英疏，版本同前，第3册第725页。

气必守，非知巧果敢之列"①。陆长庚谓前者"能以巧用，而不以神用也"②。张湛注《列子》云："射之射"为"虽尽射之理，而不能不以矜物也"；"不射之射"则"忘其能否，虽不射而同乎射也"③。真是越说越糊涂。其中吕氏之注，原是袭用《庄子·达生》中关尹回答列子之语："是纯气之守，非知巧果敢之列"，而列子所问是关于"至人"何以能"潜行不窒，蹈火不热，行乎万物之上而不慄"等虚幻之事。由此可见"不射之射"也是同样玄虚难解。其实，本章寓意乃在道术飘渺的玄想，缺乏寓言题旨的明晰性、实在性和通俗性，既难于意会，更无法言传，文体只能是耐人寻索的寓意小说，而非明白如话的寓言。

《养生主》第二章写道：

> 庖丁为文惠君解牛，手之所触，肩之所倚，足之所履，膝之所踦，砉然响然，奏刀騞然，莫不中音，合于《桑林》之舞，乃中《经首》之会。文惠君曰"嘻，善哉！技盖至此乎？"庖丁释刀对曰："臣所好者道也，进乎技矣。始臣之解牛之时，所见无非全牛者；三年之后，未尝见全牛也。方今之时，臣以神遇而不以目视，官知止而神欲行；依乎天理，批大郤，导大窾，因其固然，技经肯綮之未尝，而况大軱乎？良庖岁更刀，割也；族庖月更刀，折也。今臣之刀十九年矣，所解数千牛矣，而刀刃若新发于硎。彼节者有间，而刀刃者无厚，以无厚入有间，恢恢乎其于游刃必有余地矣。是以十九年而刀刃若新发于硎。虽然，每至于族，吾见其难为，怵然为戒，视为止，行为迟，动刀甚微，謋然已解，如土委地，提刀而立，为之四顾，为之踌躇满志，善刀而藏之。"文惠君曰："善哉！吾闻庖丁之言，得养生焉。"

---

① （宋）吕惠卿：《庄子义》卷七《田子方》本章评注，陈任中辑校本，1934 年版。
② （明）陆西星：《南华真经副墨》卷之五《田子方》注语，明万历七年1579）刊本。
③ 杨伯峻《列子集释》卷二张湛注，上海龙门联合书局1958 年版，第 32 页。

如此美妙的解牛，人的技艺永远无法达到，也是奇幻的超自然意象。其寓意自然是道家一切顺乎自然的养生经。然而，如果除去篇题和文惠君结尾所言的"得养生焉"，恐怕很少有人会将解牛情境与养生之道联系在一起。解牛意象给人的明显寓示，首先在于熟悉客观——牛的结构和解牛的规律，依规律行事最为省力，事半功倍；其次是功到自然成：须经三年，而后才能目无全牛；再次是艺高也须谨慎，每至"难为，怵然为戒"。就是说，意象本身的寓意颇多，而以道家之道养生则隐晦不明，定要费词点出，让人循此路径深长思之，才可达到豁然而解。这与寓言寓意的单纯性、鲜明性大相龃龉。西方和中国那些被公认的寓言，寓意一目了然，倘被作者在结构之外特别点明（如《伊索寓言》），反倒令人有蛇足之感。而寓意小说虽可明白易懂，更提倡蕴藉含蓄，晦涩难解也时有所见。像庖丁解牛之类的作品无疑应属寓意小说。

《德充符》首章即为叙事，写鲁国有个被砍去脚的王骀，跟他求学的人数与孔子之徒不相上下。孔门弟子常季问孔子：王骀"立不教，坐不议"，弟子们却能"虚而往，实而归"，果有"不言之教"否？他是怎样的人呢？孔子称骀为"圣人"，说自己也要以他为师，并要引导普天下人都跟他学。常季又问其用心，孔子说，死生之大、"天地覆坠"都不能变易其心，他是守着物化的根本，"游心乎德之和"，把失脚只看作失去一块泥土而已。此文围绕《德充符》篇"遗形弃知，以德实之验"的主题虚造意象①。其所谓"德"，不同于儒家和世俗之所谓"德"，而是"真能外形骸，丧耳目，独以守宗保始为事者"②，实际就是道家的道心。为了强调道心的力量，把老子说的"行不言之教"加以神化和神秘化，使"不教"、"不议"而具道心的断足人王骀从者如流，与孔子"中分鲁"，

---

① 陆德明《经典释文》卷二十六《庄子音义》上《德充符》引崔譔语。
② 陆西星：《南华真经副墨》卷之二《德充符》篇首注语。

从而造成甚为玄虚的奇幻意象。而作品的寓意，非但不被广泛认同，也不易被人理解，与寓言的明晰品格、通俗功能大相抵牾，当是道家渲染道心伟力的寓意小说。

《庚桑楚》首章载，老聃弟子庚桑楚独得老子之道，居于畏垒之山，仆人炫耀聪明者被他辞去，侍妾标举仁爱者被他疏远，纯朴者与之同居，勤劳者留下使役。住了三年，畏垒丰收，百姓议他近乎圣人，欲立为主。庚桑子得悉很不高兴，说被人关注并被当作贤人来敬奉有违"老聃之言"。弟子说尧舜也是这样，劝他顺从百姓之意。庚桑楚却说：尧舜"又何足以称扬"，他们"举贤则民相轧，任知则民相盗"，"大乱之本必生于尧舜之间"，"千世之后其必有人与人相食者也！"如此《庚桑楚》，即《史记》之谓《亢桑子》者。司马迁谓其"空语无事实"①，当指空幻的玄虚笔墨。庚桑子居于畏垒，绝仁去知，三年行老子之道，"处无为之事"②，其地即可丰收，以致百姓欲举之为主。其间虽无鬼神迷信，也带有超自然的奇幻力量，实为道家理想使然。庚桑之玄、畏垒之虚，都是超现实的幻诞意象，用以否定儒家崇奉的尧舜举贤任知之道，反衬道家的"无为而治"。而诋毁尧舜不得人心，否定举贤任知则违逆贤哲与民众的良知与共识，可见作品绝非寓言，只是崇道一家言的寓意小说。再者，作品的寓意均由庚桑子的言行呈现给读者，别无寄托，也与"言在此而意在彼"的寓言了不相涉。

《盗跖》首章写孔子见盗跖事，约一千八百字，是《庄子》叙事的最长作品。写盗跖之后，还有写子张、无足两章，而马叙伦据郭象于首章之末注有"此篇"字样与《渔父》之注相同，证其原本独立成篇，"其后子张、无足两章盖为别一篇之辞，亡其篇首，遂缀于《盗跖》之末"③。这

---

① 《史记》卷六十三《老子韩非列传》，第 7 册第 2144 页。
② 《老子道德经》上篇第二章，载《百子全书》，岳麓书社 1993 年版，第 5 册第4413 页。
③ 马叙伦：《庄子义证·自序》，上海 商务印书馆 1930 年版。

里还可补充一证：叙盗跖之文有两个"恒"字均照写不避，而子张故事中即改田恒为田常，焦竑谓其"避汉文帝讳"①，这就表明两者并非一人一时所作，后者作于或抄于文帝之时或之后②。若然，则《盗跖》与《说剑》《渔父》一样，不仅全无作者议论，在形式上也与其它叙事毫无关联，原是自成一篇的作品。

再看内容。孔子与友人柳下季相遇，责备这位名贤对其胞弟柳下跖疏于教诲，说自己要去见盗跖，说服他改邪归正。柳氏劝他不要去自讨其辱。孔子不听，带了颜回、子贡径奔盗跖休兵的"太山之阳"，求见盗跖。"盗跖闻之大怒，目如明星，发上指冠"，谓孔子为"擅生是非"的"巧伪人""罪大极重"。要他赶快离开，否则将杀以充膳。孔子又以其兄柳下季之友请见，盗跖才"案（按）剑瞋目"而见。听了孔子的一番恭维和开导之后，长言斥之，说上古"耕而食，织而衣，无有相害之心"，乃"至德之隆"，而自黄帝与蚩尤争战，"流血百里"，而后尧、舜、禹、汤、文、武、比干、伯夷、叔齐……凡被孔子推崇的圣王贤士，非"以强陵弱，以众暴寡"，即反其情性，危害自己，连受教于孔子的子路也遭杀身之祸；说人生就是为了养生和悦志，"不能说（悦）其志意、养其寿命者，皆非通道者也"。最后总而言之："丘之所言，皆吾之所弃"。命其"走归，无复言之"。孔子急忙上车，"执辔三失，目芒然无见，色若死灰"，见到柳下季，说自己简直是"无病而自灸"，"料虎头，编虎须，几不免虎口哉！"这自然是借盗跖之口大诋孔子，大贬儒家之道。如此一个学派对另一学派的直接攻击，全无比喻寄托，与寓言是不相干的，非但不被普遍认同，还遭到历代儒士的指斥和批驳，谓其"直斥谩骂"③，若

---

① （明）焦竑：《焦氏笔乘》卷二《外篇杂篇多假托》，载《金陵丛书》，上元蒋氏慎修书屋 1915 年印本。

② 先秦典籍多经汉代学者传抄、整理，避汉帝之讳不足为怪，不能以此论证其产生于汉代。

③ （清）姚际恒：《古今伪书考·庄子》，北京 景山书社 1929 年版，第 54 页。

"妒妇詈市，瘈犬狂吠之恶声"①。我们至今还称此篇为"寓言"，实在是历史惯性造成的文体错位。

这里要特别说明两点。其一，孔子是春秋末期鲁襄公至哀公时人，柳下季即展禽，"鲁大夫展无骇之后，柳下惠也"②，据《国语》《左传》所载，生当春秋前期鲁庄公、僖公之时，"至孔子生八十余年，若至子路之死百五六十岁"③，两人何得为友（至于让死于子路之前的颜渊在子路死后还随侍孔子，也颇滑稽，而比之前者，乃是小巫，自可不论）？其二，柳下季不姓柳或柳下，"氏展名获字禽，柳下是其所食之邑名"④，盗跖与展禽全无同姓兄弟瓜葛。盗跖的活动时代无明确记载，或谓"黄帝时大盗"，或谓"秦大盗"，所以俞樾说"孔子与柳下惠不同时，柳下惠与盗跖亦不同时"⑤。作品不仅出于虚构，而且别出心裁，将时代不同的人物拼合在一起，造成奇幻的意象形态，以表现所要表现的思想主题，讽喻孔子与儒学经义，此与《田子方》第五则庄子见鲁哀公为同类结构，是对寓意小说幻诞意象的大胆创造。现代作家把东汉桓帝时的卖药隐士与宋代西门庆拉在一起创作的《韩康的药店》，让孔夫子在国难当头之际逃进桃花源的《洞天》，以及使马克斯与孔子对话的《马克斯进文庙》等，艺术构思皆师承《庄子》的《盗跖》和《田子方》。我们承认这些作品为现代寓意小说，也就不能不承认《盗跖》等作在古代寓意小说中的开拓地位。

四、夸诞式寓意小说

《庄子》故事中有些人事不是人力达不到的，而是社会的正常人不去

① 王夫之：《庄子解》，第196页。
② 《国语》卷四《鲁语》上韦昭注，上海 商务印书馆1935年版，第54页。
③ 陆德明：《经典释文》卷二十八《庄子音义》下《盗跖》注。
④ 《春秋左传正义》卷十六孔颖达"正义"，载《十三经注疏》，第1821页。
⑤ 郭庆藩《庄子集释》卷九下，《盗跖》俞樾注，第4册第990页。

做的，这种意象虽不超越现实的自然性，却超出现实的社会性，构成变态型寓意之作。其中以夸诞式较为常见，最突出的就是《说剑》。

《说剑》，被多位学者论为伪作。不仅不是庄子所作，也非道家之笔，而属战国策士所为，"祇似战国陈轸、犀首辈之言"①。但这与我们辨析《庄子》中的叙事文体并无妨碍。《说剑》写战国之赵惠文王爱好剑术而极尽夸张：养剑士三千余人，"日夜相击于前"，三年而"国衰"，太子赵悝"患之"，请庄周说服文王。庄周却聘金，治剑服，见王不拜，告以比剑。文王便令剑士比试七天，选出五六人"奉剑于殿下"。庄子却不比剑，而说他有三种剑，"唯王所用"，即天子剑、诸侯剑和庶人剑。前者以各国为锋、锷、剑身，"包以四夷，裹以四时，绕以渤海，带以常山"，此剑一用，"天下服矣"；中者以智勇士、清廉士、贤良士、忠圣士、豪杰士为锋、锷、剑身，"上法圆天以顺三光，下法方地以顺四时，中和民意以安四乡"，此剑一用，国中"无不宾服"；后者——庶人之剑，不过"上斩颈领，下决肝肺"，"无异于斗鸡"。最后说："大王有天子之位，而好庶人之剑，臣窃为大王薄之。"从而说服了赵惠文王，使其三月不出宫，剑士全都"服毙其处"。如此夸诞、玄虚之事，自然是现实中不存在的，且与庄周的思想大相悖谬。作品是以变态意象构成寓意品格，鞭策国君树立争天下、图霸业的雄心大志。褚伯秀谓"《说剑》一篇，辞雄旨微，铿鍧千载"②，独具见地。但它显然不是寓言，因为作品的思想都被人物的行动和语言和盘托出，全无言外的比喻寄托。主要人物庄子和赵惠文王不仅实有其人，还活动于同一历史时期，从而又有贴近现实的一面，与寓言品格亦不相侔。它是一篇篇幅较长，情节委曲又独立成篇的地道的夸诞式寓意小说。

---

① （明）谭元春：《庄子南华真经》，转引自张心征《伪书通考》，上海书店出版社1998 年版，第 716 页。
② 褚伯秀：《南华真经义海纂微》卷九十七《说剑》末《褚氏统论》，载书同前，第 26 册第 20747 页。

《天地》第十一章载，子贡南游于楚，返回晋国，路过汉阴，见一老丈在园中凿隧道入井，抱瓮取水灌菜畦，用力甚多而收效甚微。子贡告诉他，有一种机械叫"桔槔"，后重前轻，俯仰省力，一天能灌百畦，事半而功倍。老者听了，"忿然作色而笑曰：'吾闻之吾师，有机械者必有机事，有机事者必有机心。机心存于胸中，则纯白不备；纯白不备，则神生不定；神生不定者，则道之不载也。吾非不知，羞而不为也。'"后知子贡是"孔丘之徒"，又予以嘲讽，说他自身尚不能治，"何暇治天下"？子贡惭愧，茫然若失，走了三十里才缓过神来，对弟子夸赞老者是不顾天下毁誉的"全德之人"，而自己则是随波逐流者。拒绝使用桔槔灌园乃是笑话，挖隧道取井水更不可思议。作品倘以如此夸诞意象讽喻抱残守缺，不思进取，自是为人共识的寓言。但它不仅系于真人子贡之所遇，还让子贡对他大加赞赏，将他奉为载道的高人，而贬损自己，从而造成另一种夸诞变态，使整体意象复杂化。子贡"利口巧辞"，机敏善辩，是孔门有名的外交家，又投机经商，"与时转货赀"，致"家累千金"①。让这样极富心计之人由衷赞美极端守旧的老丈对"机心"的可笑议论，自是反常的生活变态。全篇寓意不仅否定儒家入世的观念与作为，还笼统地否定由机巧推进的技术进步，不仅"试图借那位"老丈"来宣传道家反对技术革新的观点"②，同时也借助子贡的言语和形象为这种道家之道张目，非但不为社会认可，还屡被后人反诘和讥评。王安石的一首诗说得最为中肯："赐也能言未始真，误将心许汉阴人。桔槔俯仰妨何事？抱瓮区区老此身。"③ 把拒绝使用桔槔的抱瓮老圃立为体现主旨的正面形象，谬加赞许，不可能成为世人共识的寓言，而是宣道的寓意小说。

再看《秋水》中的两章：

---

① 《史记》卷六十七《仲尼弟子列传》，第 7 册第 2195、2201 页。
② 孙中原：《墨子及其后学》，北京 新华出版社 1991 年版，第 27 页。
③ 王安石：《临川先生文集》卷三十《赐也》，北京 中华书局 1959 年版，第 338 页。

　　庄子钓于濮水，楚王使大夫二人往先焉，曰："愿以境内累矣。"庄子持竿不顾，曰："吾闻楚有神龟，死已三千岁矣。王以巾笥而藏之庙堂之上。此龟者，宁其死为留骨而贵乎？宁其生而曳尾于涂中乎？"二大夫曰："宁生而曳尾于涂中。"庄子曰："往矣！吾将曳尾于涂中。"

　　惠子相梁，庄子往见之。或谓惠子曰："庄子来，欲代子相。"于是惠子恐，搜于国中，三日三夜。庄子往见之，曰："南方有鸟，其名为鹓雏，子知之乎？夫鹓雏发于南海而飞于北海，非梧桐不止，非练实不食，非醴泉不饮。于是鸱得腐鼠，鹓雏过之，仰而视之曰：'嚇！'今子欲以子之梁国而嚇我邪？"

这是两篇构思精巧的微型表意小说。庄子只做过漆园吏，"对世故有极深的洞察，对人生有极深的体验，但他绝无韬略，也无权术"①，倘然生前有些名声，也是由于他那以"无为"治天下的骇俗之道和极端鄙薄王侯的孤傲性情，"故自王公大人不能器之"②。被聘于楚王，见搜于惠施等事皆属作者有意虚造。两者笔法极尽夸诞，有悖常理，以表现庄子其人并从而寓意。前者仿文王聘太公于渭滨之事，而庄子之答出语惊人，人物品格与作品主旨一并凸现，是写意又兼寓意的小说。惠子即惠施，与庄子同时而略早，虽生于宋，却长期从政于魏。《庄子》中有关惠施与庄周交往的记述或多属后人虚拟，谓惠施怕庄周夺其相位，"搜于国中，三日三夜"，更是妄诞。有人以此证明惠施当时"还不了解庄子的为人"，是把虚造当成了实事。其实，了解其为人不会搜，不了解其为人也不会搜，以惠施的政治智慧与本领怎会畏惧一个他"不了解"的人以至到处搜寻呢？夸诞

---

　　① 崔大华：《庄学研究》，第14页。
　　② 《史记》卷六十三《老子韩非列传》，第7册第2144页。

是显而易见的,所以历来认它为"寓言"。但它写的是两个同时代的真实人物,以至被人认假为真,可见不具寓言品格。与前者一样,也是写意与寓意相结合的小说,既表现了庄周的人格,又显示了道家的清高。庄周关于鹓雏与腐鼠的精彩譬论将其观念与品格同时推向崇高境地,遂成文学的千古绝唱。还应指出,两章的庄子言语均用比喻,虽甚精辟,却只构成局部意象,全文思想则是直接显示给读者,言在此,意也在此。从这方面看,也不是寓言,而是包含寓言的寓意小说。

《大宗师》第五章写子祀、子舆、子犁、子来四人为友,而其为友的前提条件竟是各人都能"以无为首,以生为脊,以死为尻","知死生存亡为一体",生不喜死亦不哀。后来子舆得病,"曲偻发背",不成模样,子祀去看他,他还赞美造物的伟大:竟把自己变成那种样子。说他对此毫不嫌恶,死后无论成为何物,都随时而化,安之若素。不久子来也生了病,"喘喘然将死,其妻子环而泣之"。子犁去看他,斥其妻子,倚门与语,赞扬造化。子来说:"大块载我以形,劳我以生,佚我以老,息我以死",如"大冶铸金""以天地为大炉",我随造化所需,去哪里都行。对死亡如此旷达,正是道家的生死观。但能达到如此境界,对崇道者也非易事,而是以夸诞之笔有意造作的超现实的理想之境。题旨都由形象显示给读者,别无寓意,自然不是寓言品格。它展示人在病中或死前的状况,也有令人凄楚的一面,意蕴既不单纯,更非人之共识,由此也不能视为寓言,而是夸诞变态的寓意小说。本篇下章写子桑户、孟子反、子琴张三人为"莫逆"之交:"相与于无相与,相为于无相为","登天游雾,挠挑无极,相忘以生,无所终穷"。这种相交本身就带有道家对生与死看法的神秘感。后子桑户死,孔子使子贡往吊,见孟子反等人不但不哀,反在那里"或编曲、或鼓琴,相和而歌",谓桑户"已反其真"。这种乐观与旷达也是建立在死即反真的认识之上,故其歌词以"我犹为人"为憾事。生死观念与前章或有差异,而夸诞意象的超现实性及其寓意不被广泛认同是一样的。写入真人孔子与子贡有关此事的对话,虚中有实,也是寓意小说的一种形态。以上两章均写朋友之死，而《至乐》第二章写"庄子妻死"，庄子非但不悲，还"鼓盆而歌"，其远离社会常态更进一步。故而往吊的惠施批评庄子"不亦甚乎？"庄子说：她本来"无生"，后来变化而生，"今又变而之死"，如春夏秋冬随时而化，如今躺在天地的大房子里，得以安息，我反倒哭哭啼啼，未免太不通达生命之理。然而庄子力主"齐物"，"所谓齐者，生时安生，死时安死"①，不须为死悲戚，也不必为死乐庆，妻死何能"鼓盆而歌"？其实，本章大约是庄子后学据上面《大宗师》两章生发而作，以夸诞之笔张大庄子的生死观念和特异个性，是将寓意与写意融为一体的表意小说。

《天地》第六章写尧到华地游观，守边人"请祝圣人"：一祝其寿，再祝其富，三祝"多男子"。尧一概"辞"之，理由是"多男子则多惧，富则多事，寿则多辱"，三者"非所以养德"。祝者反驳说："多男子而受之职，何惧之有？富而使人分之，则何事之有？"至于长寿，圣人"鹑居而鷇食，行而无彰。天下有道，则与物皆昌；天下无道，则修德就闲；千岁厌世，去而上仙，乘彼白云，至于帝乡。三患莫至，身常无殃，则何辱之有？"尧被传为治天下的圣君，三拒华人祝福，"舍有趋无"而向道，甚乖世情。"千岁厌世，去而上仙"等语出自守边百姓之口，更为反常。"道"话联翩，意象虚妄，夸诞变态是显见的。而寻其寓意，先以华人三祝显示尧的道心，所谓"封人所祝，世俗所贵，尧不惑而辞之"②；而后华人所作的反驳，则从另一高度发明道意，将道家思想宣示得更为充分、透彻，也更理想化，带有后期道家向往成仙的色彩。这种颇费匠心的结构，尽寓思想于意象之中，并无另外的比喻寄托；宣示的也只是道家的人

---

① 郭庆藩《庄子集释》卷六《至乐》郭象注，第 3 册第 619 页。
② 褚伯秀《南华真经义海纂微》卷三十六《天地》第三辑陈景元注，载书同前，第 25 册第 20333 页。按：此语应出陈景元《南华真经章句音义》卷八《天地》之《圣人不惑》目下，而查此书道藏本和指海本第八卷均于"《在宥》十七"之后径接"《至乐》二十二"，漏掉《天地》《天道》《天运》《秋水》四篇。

生哲理，不是人所共认的常识。无论从哪方面说，它都不是寓言，而是一篇寓意小说。

五、假实式寓意小说

假实小说的意象形态介乎拟实与妄诞之间：邻近拟实，又不尽合理，与现实有距离感；造作醒目，却不涉虚妄，思想明显大于形象。题旨不在显示特定的人物与人生，而在假借类乎人事的意象结构彰显作者的意念与哲理。其外观只有近实的假象，故称假实，而实属寓意。

《庄子》中假实式寓意小说首推《渔父》。孔子与弟子在林中杏坛读书弦歌，忽来貌似渔父者，先向子路、子贡询问，随即觌面指斥孔子非君非臣而"擅饰礼乐，选人伦，以化齐民"是太"多事"了。如此言行虽非妄诞，却也突兀与莫名，与生活常态颇有距离。其人言谈不像渔父，也不像隐士，更像传道的寓意符号。孔子谦恭求教："丘再逐于鲁，削迹于卫，伐树于宋，围于陈蔡。丘不知所失，而离（罹）此四谤者何也？"这是孔子的现实遭遇和难解的心结。而渔父将他比作以快跑来逃避身影的愚人，"绝力而死"也逃不掉；要他抛开世俗的"仁义""谨修其身，慎守其真"，回归自然，以释"所累"。孔子听了渔父的高论，"再拜而起"，动问居址，意欲"受业"而"学大道"。渔父却以他"不可与往""刺船而去"。全文用一千六七百字描述这一邻近拟实的生活场面，独立而完整，不合于寓言的妄诞品格。作品的思想意涵也并不单纯，而是相当复杂多面。其贬抑孔子，抑儒扬道，反对积极入世，提倡消极避世，是全文的主导思想。而渔父指责孔子重在"多事"，不是简单否定其儒学。他肯定孔子"仁则仁矣"，只"恐不免其身"，与否定"仁义"本身大有分别。渔父认为，天子、国君、大夫、庶民应各司其职，也各有所忧，孔子之忧乃是前三类治国治民者之所当忧。这与道家的"无为而治"也不尽同，有其合理的一面。他倡言"法天贵真，不拘于俗"，不拘于礼，"事亲则慈孝，事君则忠贞，饮酒则欢乐，处丧则悲哀"，与儒教只差一个"礼"字，已属大同而小异，加之对孔子谦恭向道的渲染，是儒的成分也颇可观。如此复杂的意涵既得不少学者的赞赏，甚而因此谓庄子为"神人"①，同时又被另一些学者否定，宋代苏轼承太史公之意，谓此篇"若真诋孔子者"②，王夫之甚至将它与《盗跖》并斥为"妒妇詈市"。此与寓意单纯又广被认同的寓言品格相去悬殊。另外，其抑儒扬道的主导思想全由人物言行显示出来，毫无"比喻寄托"的寓言性，应是一篇受了儒家影响又主张消极避世的寓意小说。

《德充符》第二章写兀者申徒嘉与执政子产的矛盾与争竞。两人"同师于伯昏无人"，而子产羞与刖者并行，乃与申徒嘉相约："我先出则子止，子先出则我止"，并责备他不避执政。申徒嘉曰："先生之门固有执政者如此哉！"说自己从夫子伯昏十九年，从未感到是个少足者，"今子与我游于形骸之内，而子索我于形骸之外，不亦过乎！"说得子产惶愧无地，"改容更貌"。这个故事并不明显地违反生活逻辑，而贤者子产蔑视刖足同学并形诸言语则显系造作，伯昏也被理想化了，不但是史无其事的虚拟，且是意象假实的虚拟。子产和伯昏的设计都是道家寓意的需要，强调"离形"，注重内质的"道"与"德"。但作品不仅利用真实历史人物子产为批评对象，还采用邻近现实的非妄诞意象显示主旨，则与寓言格格不入。作品的思想与《渔父》一样，全由人物言行显现，无关寄托，当是显示型寓意小说。本篇下章写鲁之兀者叔山无趾"踵见仲尼"以求学，主张"有教无类"的孔子却责备他"不谨""犯患若是"，遭到无趾反驳，孔子急忙道歉。其意象形态和寓意主旨与前章同属一类，只是将子产

---

① 吕惠卿《庄子义》卷十《渔父》后注："观后世得孔子之迹者，而考其所为，则庄子之言千载之下犹亲见之，得不谓之神人乎？"按：此书吕注辑自褚氏《华南真经义海纂微》，而所引之言《纂微》道藏本与四库全书本有异，后者无"人乎"二字。
② 苏轼：《苏东坡全集》前集卷三十二《庄子祠堂记》，北京 中国书店 1986 年影印本，第 392 页。

易为孔子，也是一篇昭示道家离形体、弃声名、推重道心的寓意小说。

《山木》首章载，"庄子行于山中"，见有大木，却不为伐木者所取，问其原因，才知那大木"无所可用"；出山宿朋友家，朋友命仆杀雁"烹之"，说要杀那只"不能鸣者"。第二天，弟子问庄子：面对无用之木不被砍伐而不鸣之雁却被杀掉，"先生将何处?"庄子笑曰："周将处乎材与不材之间。"随后又说，这也"未免乎累"，如果秉持自然之道，无誉无毁，"与时俱化"，什么祸患都不存在了，"此神农、黄帝之法则也。"前面所遇的两件事看似可能，实则不为展示那种世事与人生，而是为庄子的决择和宣道所设，拟实是假，寓意是真。两件事都显出对人生的某种警示，但互相矛盾，将两者放在一起又抵消了各自的寓意，致使庄子的选择处于两者之间。最后连这种选择也否定了，把主旨落实于不求毁誉的自然之道，从而成为传道的寓意小说。前面的意象均为铺垫。无论近实的意象，还是意蕴的消长、转移，都与寓言的妄诞、单纯、明晰不相吻合；以庄子之口直言其道，别无比喻之意，更与寓言意象不相关涉。

《田子方》首章写"田子方侍坐魏文侯"。子方数次称赞谿工，致使文侯以为谿工是他的老师，后来知道田的老师是东郭顺子，便问他为何不称其师。田子方说："其为人也真，人貌而天虚，缘而保真，清而容物"，如此契合自然的真人、高人，自己不配称颂他。田子方走后，魏文侯颇感自失，"终日不言"，后对臣子说："始吾以圣知之言、仁义之行为至矣"，而闻子方之师，"吾所学者直土梗耳。夫魏真为我累耳!"此文看似顺乎人情物理，实则夸大了魏文侯对道家的崇拜，也夸大了道的力量。田子方谈东郭顺子的话，不会使这位君侯终日若失，更不会觉得魏国是他的妨碍。此种假实意象不过是否定"圣知""仁义"，抬高"天虚""保真"的符号和载体，也是正面贬儒褒道的寓意之作，不同于借此喻彼的寓言。

又者，魏文侯享国五十年，被称为战国时期最贤"世主"①，以"好学"②、礼贤著称于世，卜商、段干木、田子方皆其师友。本章魏文侯受田子方言语启迪，虽属假实意象，亦有近真之嫌。从这方面看，也不类寓言，而是寓意小说。

此篇第八章写周文王在渭水臧地遇一垂钓而又无意钓鱼的老丈。文王欲请他来授以国政，又恐大臣和族人不安，便对大夫们谎称他做了个梦，见一长者"黑色而髯，乘驳马，而偏朱蹄"，告他："寓尔政于臧丈人，庶几乎民有瘳乎！"大夫们惊呼为"先君王也！"文王还欲占卜，众大夫都说"先君之命"，无须再卜。于是"迎臧丈人，而授国政"。三年，国即大治，文王"以为大（太）师"。文王问他能否将其善政"及于天下"，丈人含糊不答，"朝令而夜遁，终身无闻"。这应该是根据周文王迎请太公吕尚的传说改造而成。《史记·齐太公世家》记曰：

> 吕尚盖尝穷困，年老矣，以渔钓奸（干）周西伯。西伯将出猎，卜之，曰："所获非龙非彲，非虎非罴，所获霸王之辅。"于是周西伯猎，果遇太公于渭之阳，与语大说，曰："自吾先君太公曰：'当有圣人适周，周以兴。'子真是邪？吾太公望之久矣。"故号之曰"太公望"，载与俱归，立为师。

随后又以"或曰"记吕尚事周的别种传闻，并说："言吕尚所以事周虽异，然要之为文、武师。"这充分表明，上述记载乃是传说。《庄子》所改造者虽不一定与之尽同，却仍可见两者的联系。注家也指出"此一节

---

① 《战国策》卷二十二《魏文侯与田子方饮酒而称乐》鲍彪注："周衰，世主无如魏文侯之贤者。"
② 《史记》卷一百二十一《儒林列传》："是时，独魏文公好学。"

寓言文王用太公之事"①。如果说文王伪托做梦尚有合于逻辑的情理可寻，那么，臧丈人在使周大治之后忽然离去，"终身无闻"，就不可思议，而是一种假实的造作。其用心或在显示老子之谓"功遂身退天之道"②，与庄子的"无为"之论并不契合，然毕竟落实于退隐，背于儒家的积极入世。大概由于与世人皆知的吕尚辅佐武王伐纣并终身事周反差太大，不得不隐去姓名，改用臧丈人。但太公事周终生世人尽知，本章变换称谓，改作隐退，"把太公事"用来"妆撰别个话头"③，非但没有成为普遍认同的寓言，反倒造成令人费解的神秘结尾，致使"功成身退"的寓意十分乏力，且与前面以钓干进互相抵牾。作品较有意味的形象是文王谎称做梦的情节，其所显示的政治权谋和思想意蕴，并无寓言的比喻意义，也冲淡了"功成身退"的主题。全文是将传说改造得并不成功的寓意小说。

《徐无鬼》首章写山林隐士徐无鬼"因女商见魏武侯"，以谈论相狗术和相马术引武侯大笑，"劳"其君主。在徐无鬼看来，武侯如果"盈嗜欲，长好恶"，性命之质就要受损；如果去除嗜欲与好恶，"则耳目病矣"，所以需要无鬼这样的慰劳。事后女商说他平时对武侯讲论的尽是诗、书、礼、乐等儒学和《金版》《六弢》等兵法，而武侯从未笑过。"今先生何以说（悦）吾君，使吾君说若此乎？"徐无鬼答，君主离开日常的事物和话题太长久、太遥远了，听到他的家常话就如久处荒山之人忽然听到脚步声，"跫然而喜"。作品将这次会面和谈话安排得十分紧凑，环环相扣，好像合于生活逻辑。而隐士徐无鬼无端跑来"劳"君，就令人莫名，显出一种蓄意的造作。此等"劳君"假象恰可表达道家对困于权力牢笼的君主们的独特认识：他们对嗜欲无论追求与去除，都是病态；

---

① 褚伯秀《南华真经义海纂微》卷六十五《田子方》第三首章末辑林疑独注，载书同前，第 26 册第 20532 页。

② 《老子道德经》上篇第九章，载《百子全书》，第 5 册第 4416 页。

③ （宋）林希逸《庄子口义》卷二十二第十三，台北 弘道文化事业有限公司 1971年影印本。

争天下、治天下、保天下更使他们终日陷于儒术与兵法之中难于自拔。这种没有精神"自由"的状态才需要徐无鬼式的慰劳与舒解。下章仍写徐无鬼"劳"魏武侯。武侯以为他是"欲干酒肉之味",他却说是来"劳君之神与形"的,谓人生在世,"天地之养也一","居高不可以为长,居下不可以为短","独为一国之君,以苦一国之民,以养耳目鼻口",精神就经常处于病态,故需"劳之"。这对君主精神病态的指斥又深入一层。而后针对武侯的"爱民""偃兵"之谈,指出"爱民"乃"害民之始","偃兵"即"造兵之本",只有"修胸中之诚,以应天地之情",实行无为的自然之道,才能使民摆脱苦难。两章的主旨,无论贬君主、寓道义,都明明白白地形之于言,全无"言在此而意在彼"的特征,更不是人所共认的常识,所以也都不是寓言,而是早期寓意小说。

《则阳》第四章载,魏惠王与齐威王原有盟约,后者背约,惠王一怒之下想使人刺杀威王。将军公孙衍"闻而耻之",请带兵攻打齐国。魏臣季子反对,说公孙衍是"乱人",其言"不可听"。华子"闻而丑之",说"善言伐齐者乱人也,善言勿伐者亦乱人也,谓伐之与不伐乱人也者又乱人也"。魏王无所适从,惠施便引见戴晋人。戴氏以蜗牛角上建立的两个国家的争战比喻魏齐之争,使魏王若有所失,对戴钦佩之至,谓"圣人不足以当之"。惠施更说:在戴晋人面前,尧舜是不足称道的。历史上齐与魏有过多次争战,也有过短暂的联合。齐曾因魏背约险些杀掉在齐为质的董庆①。本章所写之约,成玄英谓"在齐威二十六年,魏惠八年"②,而作品内容大都是悖理的假实意象:华子怎会谓三种人都是"乱人"?戴氏以蜗牛之论说服魏王,享誉何能超过圣人?惠施贬损尧舜之语更属无稽。诸如此类,都是抬高道家高人、宣示道学观念而造的寓意符号。但其中人物,多用真人姓名,所造的两国纷争也有类乎战国实际的一面,与寓

---

① 参见《战国策》卷二十二《齐魏约而伐楚》,上海古籍出版社 1985 年版,第 796 页。

② 郭庆藩《庄子集释》卷八下《则阳》成玄英疏,第 4 册第 888 页。

言的妄诞形态迥异。借高贤戴晋人矮化列国之争、贬低先圣尧舜等寓意并不单纯，更非社会人之共识，又由人物之口正面说出，毫不隐晦，与寓言品格大异其趣，是包含了"蜗角之争"寓言的寓意小说。

本篇下章写"孔子之楚"，住在蚁丘卖浆家。邻家的主仆都登上高处。子路不明其故。孔子臆测：当是隐于民间的圣人之辈，不愿见孔子，很可能是市南宜僚。子路想去请他。孔子说：他怕我向楚王推荐，召他出山，又"以丘为佞人"，怎么会来见我？子路往视，那屋子果然空无一人。除去此篇，《庄子》还在《山木》《徐无鬼》中两次出现市南宜僚。后者与孙叔敖、孔子并出，时代错乱，姑且不论。《山木》中的宜僚见鲁侯，劝其"去国捐俗""游于无人之野"，是个虚拟的道家人物，与本则宜僚若合符契。道家的隐者不愿见孔子，不难理解，而怕孔子向楚王举荐就全家逃离则是作者的匠意造作；孔子一切先知，亦与拟实形态相左，视为表意的假实意象则均可不计。作品通过宜僚的清高避世与孔子的入世奔忙形成比照，但这一切又是从孔子口中说出，从而削弱了对于两者的褒贬色彩，缺乏寓言思想的单纯性与鲜明性，更无社会共识可言，归之寓意小说便没有这些拘泥。再者，这里的褒贬倾向、所寓之意都由意象直接呈现，全无寓言笔法，也应属于寓意小说。

六、馀　论

《庄子》中的寓意小说不止这些，这里只是辨其大略。此外，还有少量拟实小说，诸如《秋水》篇孔子游匡被围、《达生》篇孔子观于吕梁之类，均合人情事理与现实逻辑，不能谓之寓言或寓意小说。本文未涉及全由故事组成的《让王》，因为它很可能不是《庄子》作者们的造作，多是与道家思想相关的传说的集合。另外，书中有些章节以对话形式大发道家之论（如《大宗师》第六章孔子答颜回问话之类），只是变换一种议论的形式，并不构成形象和意趣，不能视为小说或别种文学作品。

　　宣道的《庄子》何以创作偌多早期寓意小说？究其原因，首先是战国时期思想、学术与文章都很开放，写作不拘一格的产物。当时，除编年史书，还未形成较为固定的文体规格，各家以其自以为有效的文章形式著书立说，从而造成各自不同的文体风貌。但在这个大背景下，别家子书并没有如此众多的寓言和寓意小说。《庄子》何以独多创造？这除了庄子及其追随者的个人文学才能之外，还有一种特别的共同因素，即道家学理的玄虚性、思辨性和唯心成分，所谓"老庄，极道之玄者也"①，用直白的语言难说清楚。所以太史公说："老子所贵道，虚无，因应变化于无为，故著书辞称微妙难识。"②《庄子》的作者们各崇道学，用虚造的意象寓示玄虚、思辨的难解之道，光怪陆离、多姿多彩的寓意故事便应运而生，从而不仅成为先秦诸子中文学性最强的一部奇书，还创造了多种寓意文体，除了寓言、寓意小品，还推出寓意小说的多种体式。尽管《庄子》中的某些论议艰涩难懂，大量的寓意故事却好懂得多。形象是常绿的生命之树，小说形象更具思想的多义性，从而大大丰富了《庄子》的义涵和文学价值。

　　以今之衡文标准来看，《庄子》实在是各篇各章很不统一的文体杂烩，这除了产生于文体蒙昧时代和多人之手等因素之外，则是充分发挥奇想与文体创造力的艺术结晶。其首篇首章，即描述只在想象中存在的大鹏形体和起飞气势，极尽形容，又以拟人化的鸒雀对比，构成"小大之辩"的奇特意象。后面各篇被拟人化者不仅有自然之物河（河伯）、海（北海若）、云、风、雾气、社树、井蛙、影子，还有想象之物鸿蒙、浑沌以及儵、忽、知、离朱、喫诟、罔象、无为谓、狂屈等抽象观念。如此丰富多彩的意象奇观即在后世的表意文学中也罕有其匹，可谓运用了作者们想象所及的一切手段，从而产生部分寓意小说也就势所必然。上述拟人意象部

---

①　（宋）龚士㞧：《老子道德经》序，载《文渊阁四库全书》，台湾商务印书馆股份有限公司 1986 年影印本，第 1055 册第 47 页。

②　《史记》卷六十三《老子韩非列传》，第 2156 页。

分为寓言，另一部分则非寓言所能包括。看下面两章：

> 南海之帝为儵，北海之帝为忽，中央之帝为浑沌。儵与忽时
> 相遇于浑沌之地，浑沌待之甚善。儵与忽谋报浑沌之德，曰：
> "人皆有七窍，以视、听、食、息，此独无有。尝试凿之。"日
> 凿一窍，七日而浑沌死。（《应帝王》）

> 黄帝游乎赤水之北，登乎昆仑之丘而南望。还归，遗其玄
> 珠。使知索之而不得，使离朱索之而不得，使喫诟索之而不得
> 也。乃使象罔，象罔得之。黄帝曰："异哉，象罔乃可以得之
> 乎？"（《天地》）

这是两则短小精粹的拟人之作，都有喻道之意。但前者所喻之道——不可
违逆自然，否则好心也会办坏事——通俗而明晰，能被广泛认同，故可称
为寓言。后者寓意用象征手段，含蓄而晦涩的象征符号"玄珠""喫诟"
"象罔"之类，均有模糊性和岐义性。"象罔"或被解作"无心"，"不用
心"；或谓"象则非无，罔则非有，非有非无，不皦不昧"；或将"离形
去知，黜聪明，忘言说，谓之象罔"①。《庄子·达生》中的皇子告敖对齐
桓公历数鬼物也说"水有象罔"。诸如此类，分明显出本文的多解和难
解，作品也就不具寓言所需的通俗性、明晰性及涵义的广被认同性，成为
《庄子》拟人化的别种文体。它其实就是我国最早的象征型寓意小说。拟
人之作尚有这样的文体分别，大批以人事寓意的委曲叙事自然也就不止于
寓言，而含有多种类型的寓意小说。以丰富的艺术想象力创造了前所未有
的多种意象和寓意文体，乃是《庄子》一书最重要的文学价值，也是对

---

① 参见崔大华《庄子歧解》，第372页。

中国文学所作的独特贡献。所谓"宏才命世，辞趣华深"①，当之而无愧，足可称为中国文学史上寓意小说的鼻祖。

原载《国学研究》第 20 卷

---

① 陆德明：《经典释文・序录・庄子》。

先秦四部子书之小说考辨

引　言

我们曾辨析《晏子春秋》的虚拟成分与文体品格，又曾辨析《庄子》"寓言"实则多为寓意小说。那是两部早期小说与小说成分比较集中的所在。此外蕴含小说或小说成分的先秦子书还有多部，本文考辨《墨子》《荀子》《韩非子》和《吕氏春秋》。在对它们考辨之前，在排除现代意义寓言的情况下，还需要明确两个区别：传说与小说的区别，小说与小说成分的区别。传说可能是真实的或基本真实的，也可能是虚假的或大半虚假。但后者不是出自个人有意的虚构，而是在传说过程中不自觉的虚构，是集体积累的虚构。小说及小说成分不然，它不仅须有充分的虚构性，其虚构还应是个人的和自觉的，作者特意营造虚事以表现某种思想和人物。这也正是小说的本质特征。有此特征，又为独立的作品，就是小说；有此特征却不是独立的作品，只是全书或全篇的一个有机部分，它就还不成其为小说，而是一种小说成分。如果它不是作者自创，而是引述现成的作品，那么，这作品对征引之书或其篇章而言是小说成分，而对作品自身而言则原本就是独立的小说。上列四种子书所包含的小说成分大多属于这种情况，即其自身多是独立的小说作品。下面分别考察与辨析。

一、《墨子》中的小说

以墨翟为首的墨家学派是战国时期与儒家并立的显学。《墨子》与别种子书不同，它不仅探讨社会政治、伦理道德与人生哲学，还论及自然科学、军事谋略、技术和逻辑学，内容的广泛与丰富非先秦别种子书可比。其多数篇章注重论说，少有叙事。今存五十三篇之中只有《耕柱》《贵义》《公孟》《鲁问》《公输》等五篇全属叙事，而其中前四篇是弟子记述的墨子与各类人物交谈的断片，虽多事后追忆，却都类乎纪实或传说。只有《公输》在墨子事迹的基础上加入颇多显见的虚构成分，写成首尾完整、独立成篇的叙事作品。先看《战国策》卷三十二的如下记述：

> 公输般为楚设机，将以攻宋。墨子闻之，百舍重茧，往见公输般，谓之曰："吾自宋闻子，吾欲藉子杀王。"公输般曰："吾义固不杀王。"墨子曰："闻公为云梯，将以攻宋。宋何罪之有？义不杀王而攻国，是不杀少而杀众，敢问攻宋何义也？"公输般服焉，请见之王。墨子见楚王曰："今有人于此，舍其文轩，邻有弊舆而欲窃之；舍其锦绣，邻有短褐而欲窃之；舍其梁（粱）肉，邻有糟糠而欲窃之。此为何若人？"王曰："必为有窃疾矣。"墨子曰："荆之地方五千里，宋方五百里，此犹文轩之与弊舆也；荆有云梦，犀兕麋鹿盈之，江、汉鱼鳖鼋鼍为天下饶，宋所谓无雉兔鲋鱼者也，此犹梁肉之与糟糠也；荆有长松、文梓、楩、柟、豫樟，宋无长木，此犹锦绣之与短褐也。臣以王吏之攻宋，为与此同类也。"王曰："善哉！请无攻宋。"①

---

① 《战国策》，上海古籍出版社1985年版，第1146–1148页。

这就是由汉刘向辑录的先秦史书对墨子阻止楚国攻宋所作的记述。《墨子·公输》中的部分内容和文字与上文相似或相同，说明两者用的是同一史实与史料，甚或《公输》用的就是《战国策》此篇所本之文。但《公输》又对其人物、情节作了重大的改造与发展：其一，公输般虽被墨子说服，却仍坚持攻宋，理由是其造云梯攻宋"已言于王矣"；其二，楚王被墨子说服之后，也顽固坚持攻宋，理由是公输般为他造了攻宋的云梯；其三，增加了墨子"解带为城，以牒为械"与公输般比试攻守之术，公输般九攻而"械尽"，墨子九拒而"有余"，公输般只好认输；其四，认输后的公输般仍不肯放弃攻宋，而欲杀死墨子以成攻宋之功，直到被墨子拆穿其阴谋，并说明墨徒禽滑釐等已早做准备，等在宋城，楚王才表示"无攻宋矣"。与《战国策》所记相较，这些重要改造大大强化了公输般与楚王好战的顽固性，也强化了墨子此次反战游说的难度，从而大大提升了墨子形象的思想高度和斗争精神。不过，《公输》展示的并非真实的历史，而是墨子弟子对墨子事迹的生发和想象，是艺术的放大和虚构。首先，"解带为城，以牒为械"的攻防比试尽管被历代多种史书引录和称誉，却是根本不能成立的虚想与假说，实际攻防战斗的胜负决定于多种复杂的因素，岂是两人示意性较量可以看得明白的？这只要读读《墨子》中《备城门》以下各篇就会清楚，墨家不只研究、设计各种守城的器械与方略，还重视动员、组织全城的男女老少参加守城的事务和战斗，以便达到以少胜多，以弱胜强，被研究者誉之为"全民动员"的"人民战争"①。这岂是一条腰带和几枚牒片可演示的？有人以为这种演示含有诸多守城之"术"，以至怀疑《墨子》"五十二篇以下皆兵家言"系由本篇"公输般九攻、墨子九拒之事"演绎而出，"其徒因采摭其术附记于末"②。这就把真的和假的搞颠倒了。任何人也无法依据那种演示写出具

---

① 秦彦士：《墨子考论》，成都 巴蜀书社 2002 年版，第 225 页。
② 《四库全书总目》，北京 中华书局 1965 年版，第 1006 页。

体的守城措施与战备状况。其实，墨子与公输般根本不可能做此儿戏般的比试，更不会以此决定输赢。至于公输般要杀墨子更是墨徒的凭空虚造。看《鲁问》中墨子和公输般的下述对话：

> 公输子与子墨子曰："吾未得见之时，我欲得宋。自我得见之后，予我宋而不义，我不为。"子墨子曰："翟之未得见之时也，子欲得宋。自翟得见子之后，与子宋而不义，子弗为，是我予子宋也。子务为义，翟又将予子天下。"

前面说过，《鲁问》是墨徒追忆墨子与各类人物谈话的断片，这段显示墨子与公输般有关是否取宋的言论与《战国策》的记述完全吻合。公输般的转变是服于墨子阐述的"义"，不关其它任何因素。《公输》的生发与想象既改变了人物，也改变了历史，成了虚构成分颇多的小说作品。今之墨学研究者陈述墨子"成功游说"楚王与公输般放弃攻宋的事迹，不据《战国策》，而据《墨子·公输》，是把小说当史书用了。鲁迅将《公输》改编为《非攻》，称"故事新编"，尽管鲁迅很少另加虚拟，《非攻》还是具有充分虚构性的历史小说，因为其虚构成分来自原作《公输》。

《墨子》另一篇羼入叙事作品的是《非儒下》。此篇与全书各篇格调不同：前半议论，后半叙事。议论部分非难儒家的几种观点——"驳君子必古服、言，驳君子胜不逐奔揜刍，驳君子若钟"[1]——虽"所举或涉琐细"，而"儒、墨道不同，交相非毁，诚无足怪"[2]；其后的叙事，所言孔子行事多妄，"大氐诬诋增加之辞"[3]，"与上文就事立论者显然有别，

---

① 王焕镳：《墨子集诂》，上海古籍出版社 2005 年版，第 963 页。
② 吴毓江：《墨子校注》，北京 中华书局 1993 年版，第 401 页。
③ （清）孙诒让：《墨子闲诂》卷九《非儒下》题解，载《诸子集成》，上海书店出版社 1986 年影印本，第 4 册所载该书第 178 页。

不类一篇文字，疑经后人补缀窜乱，非墨书之旧"①。前人这些见解不仅指出本篇前后格调迥异，还特别强调虚造孔子行事的诬妄性质，其在所存《墨子》全书中也只此半篇，绝无仅有。它非但不是墨子所作，也不是严肃的墨徒所为，应是游戏笔墨的后世墨者"增加"的续貂之作。内有三个完整的故事。其中两个同时又属晏子事迹，与《晏子春秋》的关系值得研讨。

其一，齐景公以"孔子为人"问晏子，两问而晏子不对。景公究其原因，晏子说自己"不足以知贤人"，随后讲述孔子访楚，知白公胜的叛乱阴谋，便推荐石乞为其党徒。白公叛乱，使楚"君身几灭，而白公僇"。孔子"入人之国""劝下乱上，教臣杀君，非贤人之行也。"最后说："臣婴不知孔某之有异于白公也，是以不对。"景公听后恍然大悟："非夫子，则吾终身不知孔某之与白公同也。"

其二，"孔子之齐见景公，景公说（悦），欲封之以尼溪。"晏子"不可"，谓"儒浩居而自顺""好乐而淫人""立命而怠事""宗丧循哀"，既"不可以教下""导众"，又"不可以期世"、治国。景公"于是厚其礼，留其封，敬见而不问其道。"孔子"怒于景公与晏子，乃树鸱夷子皮于田常之门，告南郭惠子以所欲为，归于鲁。"嗣后，闻齐将伐鲁，孔子便遣子贡入齐，"因南郭惠子以见田常，劝之伐吴；以教高、国、鲍、晏，使勿得害田常之乱"；又劝越伐吴。"三年之内，齐、吴破国之难，伏尸以言术数，孔某之诛也。"

上述有关晏子的两则，现存《晏子春秋》的多种版本都只存有后者的前半，即卷八首章，内容大同小异，于景公"不问其道"之后，以"孔子迺行"作结。孙星衍的《晏子春秋音义》疑《墨子》此则"本《晏子春秋》，后人以其诋讥孔子，乃删去其文。"他还认为，前一则"亦《晏子春秋》本文，后人删去者。"不过，孙氏并未申明这两则本于《晏

---

① 吴毓江《墨子校注》，第 401 页。

子》的理由，如能联系《孔丛子·诘墨》，问题就会比较清楚。《诘墨》驳斥《墨子》而涉及晏子与孔子关系者计有六则，除上述第一则和第二则后半，其余四则半均见于《晏子》第八篇，即前四章及第六章。这既说明现存的《墨子》内容有缺，不存的四则或在佚篇《非儒上》中①，同时也有理由怀疑《非儒》中有关晏子的叙事均非作者自创，而是取自《晏子》，只是后来有人将《晏子》中的那一章半给删去了，删去的原因非只由于"诋讥"孔子，更由于白公之乱与范蠡称鸱夷子皮两事都被认为与孔子时代不合，显系伪造②。又者，《诘墨》中还有"墨子之所引者矫晏子"之语，既称为"引"，则有所本，而所本只能是《晏子》。《诘墨》还引述《晏子》多章内容驳诘《墨子》，亦可证明"所引"之书当为《晏子》。如此看来，《非儒》这两则故事是为《晏子》保存了两章完整之作。其中第一则全属虚造。第二则前半写晏子阻止景公封孔子，既合于晏子识见，又有《史记·孔子世家》为证，当属可信；后半写孔子因不封之恨报复齐国，不仅"树鸱夷子皮于田常之门"乃无稽之谈，派子贡入齐与田常联系，支持田常之乱，更与孔子思想、言行大相悖逆。据《论语·宪问》，田常弑其君，孔子"沐浴而朝"，向哀公"请讨之"。《左传》哀公十四年亦载："甲午，齐陈恒弑其君壬于舒州，孔子三日齐（斋），而请伐齐，三。"力主"君君、臣臣"的孔子绝不可能支持弑君篡国的田常之乱。至于将"齐、吴破国"伏尸不可数计的灾难归于"孔子之诛"，更是不着边际的虚妄之语。

需要指出的是，这样两则虚造的故事并非民间传说。因为两者含蕴较多春秋末期的政治形势与历史知识，诸如楚国的白公之乱，齐国的田常之

---

① 《墨子》所缺四则于《孔丛子·诘墨》中的位置均在《非儒下》现存两则之后，也在《晏子春秋》现存的半则（即第八篇第一章）之后。从这方面看，现存的《非儒下》或为《非儒上》之讹，佚篇才是《非儒下》；另一种可能则是《诘墨》作者因白公之乱在孔子卒后，显为虚造，故从《非儒下》诘起。

② 《非儒下》之谓鸱夷子皮并未指明范蠡，或为传说人物，由于《史记·越王勾践世家》关于范蠡称鸱夷子皮适齐的记述，遂被学者认作范蠡。

乱，鲁、齐、吴、越的复杂关系与战事，以及石乞为人、子贡善辩之类，决非一般民众所能把握，应是非儒非孔之士所作。故意虚造这等并非传说的完整叙事，应属小说，被用于《墨子·非儒下》就成了小说成分。或许有人会问，这种故意诬人之作何可称为小说？这关涉创作动机与作品文体的关系问题。其实，各类文体都与创作动机并无关联。即使在小说已趋成熟的唐代，也产生了侮辱欧阳询为猿猴之子的《补江总白猿传》和以诬陷牛僧孺为目的的《周秦行纪》，何况尚无艺术自觉的先秦战国时代的童年小说？鲁迅在评述《周秦行纪》时说，"自来假小说以排陷人"①，可见诬蔑人的小说仍是小说，只是价值卑微罢了。

二、《荀子》中的小说

被韩愈誉为"大醇而小疵"的《荀子》，计三十二篇。前二十四篇是荀子本人撰著的论议之文，或重立论，或重驳论，议论为主，各有重心，文体相当整齐。偶引史事，三言五语，融于议论之中，既不单独成篇，也无相对独立性，都是论文的组成部分。第二十五、六两篇为词赋韵文，是荀子的文学创作。而至第二十七《大略篇》，格调一变，注家谓"盖弟子杂录荀卿之语，皆略举其要"②，不仅互不关联，且间杂某些独立叙事。其后《宥坐》《子道》《法行》《哀公》《尧问》五篇，议论甚少，"皆荀卿及弟子所引记传杂事"③，各自独立。而汪中则认为，其"杂记仲尼及诸弟子言行，盖据其平日之闻于师友者"④。其实，无论"引记传杂事"，还是"闻于师友"，都难于肯定其为实事。如《大略篇》所记晏子为曾子

① 鲁迅：《中国小说史略》，北京 人民文学出版社1958年版，第67页。
② （汉）杨倞《荀子·大略篇》题注，载《诸子集成》第2册，第321页。
③ 杨倞《荀子·宥坐篇》题注，载书同前，第341页。
④ （清）汪中：《荀卿子通论》，载其《述学·补遗》，清同治八年（1869）扬州书局刊本。

送行并赠言一事，与《晏子春秋》大同小异。由于曾子比晏子小七、八十岁，必无其事。笔者在考察《晏子》时已作辨析，此不复赘。这里考察另一些作品。

先看《大略篇》如下记述：

> 子贡问于孔子曰："赐倦于学矣，愿息事君。"孔子曰："《诗》云：'温恭朝夕，执事有恪。'事君难，事君焉可息哉？""然则赐愿息事亲。"孔子曰："《诗》云：'孝子不匮，永锡尔类。'事亲难，事亲焉可息哉？""然则赐愿息于妻子。"孔子曰："《诗》云：'刑于寡妻，至于兄弟，以御于家邦。'妻子难，妻子焉可息哉？""然则赐愿息于朋友。"孔子曰："《诗》云：'朋友攸摄，摄以威仪。'朋友难，朋友焉可息哉？""然则赐愿息耕。"孔子曰："《诗》云：'昼尔于茅，宵尔索绹。亟其乘屋，其始播百谷。'耕难，耕焉可息哉？""然则赐无息者乎？"孔子曰："望其圹，皋如也，巅如也，鬲如也，此则知所息矣。"子贡曰："大哉，死乎！君子息焉，小人休焉。"

这里写的子贡是什么都不想干的懒汉，企图摆脱一切人际牵累的"超人。"孔子对其无端之问不予斥责，还逐一解答，而且开口必称"《诗》云"。两者都不像生活中人，而像在作者指挥下完成一组问答的符号和载体，构成一篇别有意趣的寓意小说。孔子引的诗句，除最末一首出自豳风《七月》，前面几首乃是商颂和大雅之文，多言商周王室典事，与本文只是字面相通，远非诗句本意，亦非孔子理解之意。《韩诗外传》卷八将它略加变化与扩充，更见完整，凸出"学而不已，阖棺乃止"的主题，是本章的改造与发展。

《宥坐篇》第二章写"孔子为鲁摄相，朝七日而诛少正卯"。少正卯是"鲁之闻人"，孔子为政之始即行诛杀，门人便提出"得无失乎？"孔子回答：人有五大罪恶，还不包括盗窃，即"心达而险""行辟而坚""言伪而辩""记丑而博""顺非而泽"，五者有一就"不免于君子之诛，而少正卯兼有之"，乃"小人之桀雄""不可不诛"，并列举七个被圣王君子诛杀的先例。孔子无诛少正卯事，已为钱穆、匡亚明等多位学者做过论证。这里再补充两点：其一，《荀子》该篇最早记述此事，而所列五点"不可不诛"的理由居然全是空洞的人格问题，没有一项犯罪事实，何得而诛？其二，在《论语·尧问》中，孔子将"不教而杀"列为从政者"四恶"之首，其为政七天就以人格很差为由杀少正卯，岂不正是"不教而杀"的典型，夫子怎肯为此大恶？宋代理学家朱熹在《舜典象形说》中写道："若少正卯之事，则予尝窃疑之，盖《论语》所不载，子思、孟子所不言，虽以左氏《春秋》内外传之诬且驳，而犹不道也，乃独荀况言之。是必鲁齐陋儒愤圣人之失职，故为此说，以夸其权耳。"① 朱熹在"窃疑"孔子诛少正卯事为假的同时，还推断假造此事的是齐鲁之陋儒，其造假缘由是夸耀孔子大权在握，使其诛杀"乱政"小人，以快己意。而清之崔述以为是"申、韩之徒言刑名者诬圣人以自饰"②。两说各执一词，各有其理。但无论何者，都出自蓄意造作，是自觉虚构的产物，从而创作了这篇童年小说。

本篇另一章写孔子厄于陈、蔡间事。师徒"七日不火食"，"弟子皆有饥色"。子路乃问孔子：人说"为善者天报之以福，为不善者天报之以祸"，夫子一向"累德积义"，何至于此？孔子以比干、关龙逢、伍子胥忠谏被杀说明贤而"不遇世者"正多；随后又以晋重耳、齐桓公和越王勾践的称霸之心分别生于曹、莒、会稽等困境之中，阐明困厄乃是磨炼，正可借以励志而图远。文中有"伍子胥不磔姑苏东门外乎"一语，显与史实不符，这且不论。更醒目的"硬伤"是时序错位。孔子说这话当在

---

① 《晦庵先生朱文公文集》卷第六十七，四部丛刊本。
② 《洙泗考信录》卷之二，载《崔东壁先生遗书》，1924 年上海古书流通处影印本。

鲁哀公六年，伍子胥还健在于世（据《左传》记载，伍员是在鲁哀公十一年才被夫差赐死的，《史记·十二诸侯年表》记作哀公十年），从而露出虚造的马脚。至于越王勾践称霸，更在孔子死后多年，孔子何得预知未来？这样两处时序错位充分表明此章对话的虚构性。后至《韩诗外传》（卷七），则将此章孔子之言的前半大为扩充，除比干、关龙逢、伍子胥，又将伯夷、叔齐、鲍叔、叶公子高、鲍焦、介子推等人之"不遇时"，虞舜、傅说、伊尹、吕望、管仲、百里奚、虞丘、孙叔敖等人之各有所遇，以及千里马之遇伯乐与造父，一一罗列，篇幅增加一倍半，题旨却高度集中，将遇与不遇之意发挥得淋漓尽致。《外传》增加的这些人物及其事迹，除鲍焦与子贡同时，或晚于孔子，其余都是孔子说得出的，但作为孔子的话语也是作者的虚拟。如果说《荀子》中的虚构成分已使叙事初具小说品格，后来的加工和再创造，近乎以《荀子》的记述为题材，将广泛的历史内容装入孔子话语，蓄意造作的小说品格更为分明。再至《说苑》（卷十七），除将《外传》那一篇略作生发，又将《荀子》此章的后半充实情节、内容，发展成又一篇独立作品，展示孔子面对困境的积极态度和进取精神。《孔子家语》卷五《在厄》也是在《荀子》该章基础上另有发挥，并增加了与子贡、颜回的对话，以张大孔子的圣者形象。上述衍化过程清楚显示了我国早期小说产生、衍变、发展的轨迹。

再看《子道篇》所记：

子路入，子曰："由，知者若何？仁者若何？"子路对曰："知者使人知己，仁者使人爱己。"子曰："可谓士矣。"子贡入，子曰："赐，知者若何？仁者若何？"子贡对曰："知者知人，仁者爱人。"子曰："可谓士君子矣。"颜渊入，子曰："回，知者若何？仁者若何？"颜渊对曰："知者自知，仁者自爱。"子曰："可谓明君子矣。"

子路、子贡、颜渊是孔子三个性格不同、思想境界也有差异的著名弟子。但他们对儒学基本理念的回答却未必不同。"仁"就是儒学的基本理念。便是粗犷的子路，也应知道"仁者爱人"之意，不可能答作"仁者使人爱己"。至于把"自爱"摆在"爱人"之上，也是强加于颜渊和读者。"士君子"与"明君子"又有什么区别？大约《孔子家语》的作者也为此踌躇，袭用这一章时，把"明君子"删掉了。但又产生出新的问题：子路与子贡成了同等的"士"，颜渊则降为"士君子"，这就改变了原作者的创作意图。其实，这是好事者为表现三个人物不同思想境界费心虚构的一篇微型小说，由于设计水平不高，漏洞迭出，难以乱真，才被我们识破其虚造的根底。这里还要补充说明：就此则而论，是《家语》袭用《荀子》，而非《荀子》袭用《家语》，因为《家语》将《荀子》中后两处重复的"智者若何？仁者若何？"都简化作"问亦如之"，并省掉"赐""回"两个称呼。其为后出显而易见。

另外，《荀子》第二十卷采录了二十几件有关孔子及其弟子的轶事，虚构之作一定不止上述几章，只是由于叙事合情入理，而我们又不了解根柢，难于辨别真假罢了。

这里所谓《荀子》中的小说成分出于"自觉虚构"，并非说写作《荀子》的荀卿及其弟子就是它们的虚构者。无论"引记传杂事"，还是"闻于师友"，都是作为实事记述的。而其事的原作者却是出于蓄意造作，《荀子》作者们只是将这种自觉虚构的作品记录与保留了下来而已。

三、《韩非子》中的小说

《韩非子》二十卷，五十五篇，是先秦法家的经典之作，阐释的帝王治国之经、驭臣之术与儒家仁治礼制相反而又相成，成为后世法治思想的先河。其书不止内容宏富，笔力遒劲，文体、格调也多姿多彩，既多纯为论议之文，也有史事与传说集锦的《说林》，更有以众多完整叙事显示观点的《十过》《喻老》、内外《储说》和质疑某些事例的《难》，故能"纤者、钜者、谲者、奇者、谐者、俳者、嘻嘘者、愤懑者、号呼而泣诉者，皆自其心之所欲为而笔之于书"，"一开帙，而爽然、喜然、爀然、渤然，精英晃荡，声中黄宫"，使读者"耳有闻，目有见"①。不过，此书与《庄子》不同，叙事虽夥，却多据史书，或为史事的传闻异词。因此，我们有理由认为，其中的寓言、传说、故事性作品也多非韩子自造，大都取自现成之作。这样，就不能将它们只视为韩子观点的例证，它们同时又是被保存下来的先秦文艺作品，包括其中羼入的小说成分和早期小说。当然，这并不排除韩非对史料与作品的改造与加工，这种加工正是最后完成某些早期小说的一个因素。书中或有韩非自作的虚构故事，以为某种观点的例证。但该书的部分篇章，只是列出思想要点，并不展开论述，而后列举大量事例，从而使事例本身具有明显的相对独立性，韩非杜撰之作也就不只是小说成分，还可能成为早期小说。

且看《十过》记述的"好音"故事。"卫灵公将之晋"，宿于濮水之滨，夜闻"鼓新声者而说（悦）之"，乃命师涓"听而写之"。至晋，为平公献此新乐。师旷闻而止之，谓系当初师延为纣所作的"靡靡之乐"②"亡国之声"，后"武王伐纣"，师延自投于濮水，"故闻此声者必于濮水之上"，并警告说："先闻此声者其国必削"。平公不听，令师涓奏完其曲。下面写道：

> 平公问师旷曰："此所谓何声也？"师旷曰："此所谓清商也。"公曰："清商固最悲乎？"师旷曰："不如清徵。"公曰："清徵可得而闻乎？"师旷曰："不可。古之听清徵者皆有德义之

---

① （明）茅坤《韩子迂评后语》，载《韩子迂评》，明万历六年（1578）吴郡俞氏刊本。
② 《史记》卷三《殷本纪》师延作师涓："帝纣……使师涓作新淫声，北里之乐，靡靡之音。"

君也。今吾君德薄，不足以听。"平公曰："寡人之所好者音也，愿试听之。"师旷不得已，援琴而鼓。一奏之，有玄鹤二八，道南方来，集于郎门之垝；再奏之而列；三奏之，延颈而鸣，舒翼而舞。音中宫商之声，声闻于天。平公大说（悦），坐者皆喜。平公提觞而起，为师旷寿，反坐而问曰："音莫悲于清徵乎？"师旷曰："不如清角。"平公曰："清角可得闻乎？"师旷曰："不可。昔者黄帝合鬼神于泰山之上，驾象车而六蛟龙，毕方并辖，蚩尤居前，风伯进扫，雨师洒道，虎狼在前，鬼神在后，腾蛇伏地，凤凰覆上，大合鬼神，作为清角。今主君德薄，不足听之。听之将恐有败。"平公曰："寡人老矣，所好者音也，愿遂听之。"师旷不得已而鼓之。一奏之，有玄云从西北方起；再奏之，大风至，大雨随之，裂帷幕，破俎豆，隳廊瓦，坐者散走。平公恐惧，伏于廊室之间。晋国大旱，平公之身遂癃病。

如此委曲的奇幻故事，不仅在《韩非子》中少见，在《庄子》之外的先秦诸子中也不多见。作品的虚构性自不待言。不只诸多神异情节是明白的虚构，卫灵公见晋平公也并无其事。据《左传》，昭公二年（前540），即"晋韩宣子为政，聘于诸侯之岁"，卫襄公嬖人"娴始生子，名之曰元"①，他就是后来的卫灵公；而晋平公卒于鲁昭公十年，姬元虽已为国君两年，却只是个九岁的孩子，两年以后，才与齐侯、郑伯"如晋，朝嗣公（即晋昭公）"②，哪有可能会晋平公？通篇都是好事者的虚想之词。不过，此作也并非空穴来风。灵公和平公都是春秋后期的昏昧之君，平公且以"好乐"著称；师旷则是当时晋国著名的主乐太师，对平公多所讽谏。不仅如此，《国语》还有如下记载：

---

① 《春秋左传正义》卷四十四，载《十三经注疏》，第2051页。
② 《春秋左传正义》卷四十五，载书同前，第2062页。

平公说（悦）新声。师旷曰："公室其将卑乎？君之明兆亦衰矣！夫乐以开山川，以耀德于广远也。风德以广之，风山川以远之，风物以听之，循诗以咏之，循礼以节之。夫德广远，而忧时节，是以远服而迩不迁。"①

这段史笔的思想基调与上列奇幻故事和谐一致。故事的作者显然是对历史和音乐都颇熟悉的知识阶层，对平公"好乐"与师旷讽谏的体认与《国语》作者若合符契。其所谓"新声"，显然就是师涓为纣所作"新淫声"之类能令国君沉沦失志的靡靡之音，师旷因而慨叹"公室将卑""明兆亦衰"，文公时期远迩皆服的旧日霸主地位一去不返。如果说《国语》的这段文字近于史迹的实录，《韩非子》引述的虚幻故事就是对同一种历史状况的幻化和艺术化。它对《十过》而言只是一种小说成分，而其自身却是一篇既具历史意涵又富文学美感的小说作品。

《韩非子》另有《喻老》记述的楚庄王故事。"庄王莅政三年，无令发，无政为"，右司马对王发出隐语："有鸟止南方之阜，三年不翅不飞不鸣，嘿然无声，此为何名？"王曰："三年不翅，将以长羽翼；不飞不鸣，将以观民则。虽无飞，飞必冲天；虽无鸣，鸣必惊人。"半年后，亲自听政，"所废者十，所起者九，诛大臣五，举处士六，而邦大治。举兵诛齐，败之徐州，胜晋于河雍，合诸侯于宋，遂霸天下。"韩非借这个故事作为《老子》"大器晚成，大音希声"之句的例证。但它并非史实。楚庄王立于鲁文公十四年（前613）七月，曾分别为其师、傅的大司马斗克和公子燮随即发动内乱，"八月，二子以楚子出，将如商密，卢戢黎及叔麇诱之，遂杀斗克及公子燮"②，庄王才得复归于郢。其后又有人"潜析

---

① 《国语》卷十四《晋语八》，北京 商务印书馆1935年版，第165－166页。
② 《春秋左传正义》卷十九下，载书同前，第1854页。

公臣于王"，说他了解"二子之乱"，而"王弗是，析公奔晋"①。史书所载的这些情况，显出庄王在即位之初就被卷入复杂的内乱斗争，很不轻松。尔后不足两年，即鲁文公十六年八月，"楚大饥，戎伐其西南"，"又伐其东南"，"庸人帅群蛮以叛楚，麇人率百濮聚于选，将伐楚"，以致"楚人谋徙于阪高"，而终出师"伐庸"。庄王"乘驲（传车），会师于临品"，"秦人、巴人从楚师，群蛮从楚子盟。遂灭庸。"② 面对楚国遇到的危困之境，庄王不可能"无令发，无政为"，实际他是亲临楚师，与群蛮会盟，终至"灭庸"，大有作为，成为楚庄霸业的前奏。既然如此，有关"三年不翅不飞不鸣"的隐语和问答只能出于虚想。又者，楚庄王与齐无征战，而据《史记·楚世家》，楚威王七年"伐齐，败之于徐（徐）州"。作品是将威王的武功移给庄王，以突出后者"霸天下"的业绩。看来这篇故事产生在战国中后期，作者既了解楚庄霸业，也了解威王武功，并巧用当时士大夫喜用的隐语，造就这篇独具特色的虚构之作。对《喻老》而言，它只是一种小说成分，而它在被引述之前显然就是独立的小说。记录了这个故事的还有《吕氏春秋·重言》《史记·楚世家》和《新序·杂事第二》，都是此篇的传闻异词，也是本篇的艺术发展。这不仅由于《韩非子》产生在前，其所记内容也有原创形态的粗略和稚拙。后来经过流传，虽各有不同，却都具有增添情节与细节以使内容更趋具体、缜密与意趣化的共性。至于《滑稽列传》又记齐威王"喜隐""淫乐""沉湎不治"，淳于髡以有鸟"三年不蜚（飞）又不鸣"的隐语启悟威王，情节与文字几乎是庄王故事的翻版，则又衍化为一篇仿作，更属好事者个人的蓄意造作。这一系列的故事衍变告诉我们：早期的小说与传说，有时是很难区分的。最早由个人创作的非寓言虚拟人事当然属于小说；经过传说，衍化成各种形态，则既是小说，也是传说；而仿作则是仿拟小说。在虚构性

---

① 《国语》卷十七《楚语上》，第 194 页。
② 《春秋左传正义》卷二十，载书同前，第 1859 页。

的人事传说中，这类小说与传说互相转换、难解难分的情况时有所见，也就不须对两者特别加以区分。

《内储说上》有载，"鲁人烧积泽，天北风，火南倚"，鲁哀公怕火烧到曲阜，亲自领人救火，而"左右无人，尽逐兽而火不救"，于是召来孔子询问。孔子说："逐兽者乐而无罚，救火者苦而无赏，此火之所以无救也。"并说："事急，不及以赏。救火者尽赏之，则国不足以赏于人，请徒行罚。"哀公称善，孔子下令："不救火者比降北之罪，逐兽者比入禁之罪。"结果，"令下未遍而火已救矣"。这也是不可能发生的事。大火危及曲阜，市民怎会不急着救火而去"逐兽"？火烧城郊，住在宫中的国君怎么会亲自跑去救火？主张仁爱的孔子也不可能想到对不救火者和逐兽者施以"降北之罪"和"入禁之罪"的严厉惩罚。它也不可能是民间传说，哪个百姓会造这种极不合情理的离奇故事？只有热衷于赏罚功效之人才会挖空心思杜撰出这种作品，以显示惩罚效力之大。它或许就是法家韩非虚造的寓意之作。

《外储说右上》载有晋文公斩罚颠颉事。左僖二十八年（前632）载，晋军"入曹"，因早年重耳出亡过曹时，曹共公无礼，而曹大夫僖负羁"馈盘飧，置璧焉"①，文公故"令无入僖负羁之宫而免其族"。魏犨与颠颉不服，抗命"爇僖负羁氏"，文公"欲杀之"，而爱魏犨之才，遂"杀颠颉以徇于师"②。而到《韩非子》中，情事大变。文公与狐偃讨论怎样使民"足以战"。文公分别提出多项关心民瘼的措施，狐偃皆答以"不足"，说这些措施都只利于百姓之"生"，而作战是要人勇于去死。文公向他求计，他说"信赏必罚，其足以战。"再问"刑罚之极"，答以"不辟亲贵，法行所爱。"文公称善。"明日，令田于圃陆，期以日中为期，后期者行军法焉。公有所爱者曰颠颉后期，吏请其罪，文公陨涕而忧。吏

---

① 《春秋左传正义》卷十五，载书同前，第1815页。
② 《春秋左传正义》卷十六，载书同前，第1824页。

曰：'请用事焉。'遂斩颠颉之脊，以徇百姓，以明法之信也。而后百姓皆惧曰：'君于颠颉之贵重如彼也，而君犹刑法焉，况于我则何有矣？'"此后文公数战皆捷，终致称霸而会盟。这个委曲的故事与《左传》所记的颠颉之死互为水火，两不相容。斩脊即断脊，即便不死也不能再领兵，岂有再次被斩之事？实际上，与魏犨相比，颠颉并非文公所爱，所以被杀。撰者为表现"法行所爱"的主题，不仅将颠颉被斩之事移花接木，还将颠颉特地派作文公之所爱。这都是后来小说家常用之法。

《外储说左下》记阳虎见赵简子云：

> 阳虎去齐走赵。简主问曰："吾闻子善树人。"虎曰："臣居鲁，树三人，皆为令尹。及虎抵罪于鲁，皆搜索于虎也。臣居齐，荐三人，一人得近王，一人为县令，一人为侯吏。近王者不见臣，县令者迎臣执缚，侯吏者追臣至境上，不及而止。虎不善树人。"主俯而笑曰："夫树桔柚者，食之则甘，嗅之则香；树枳棘者，成而刺人。故君子慎所树。

令尹即楚国之相，鲁无令尹。阳虎不会说三人"皆为令尹"的话。终姜齐之世，均未称王，"近王"之说亦属呓语。据《左传》定公九年载，鲁国阳虎于六月"奔齐，请师以伐鲁"，由于鲍文子进谏反对，齐侯即"执阳虎""囚诸西鄙"。阳虎两次乘"葱灵"辒车以逃，才得"奔宋，遂奔晋，适赵氏。"在齐历时很短，又如此狼狈，那得荐人？可见其为后之好事者凭空虚造。不过作者编排的人物与国度还大体不差。后至《韩诗外传》（卷七），变成"魏文侯之时"子质与赵简子的谈话。而战国时的魏文侯与春秋时的赵简子邈不相及。魏之子质怎得与赵简子对谈？当是对《韩非子》上作的改头换面。子质所树之小人竟多至"堂上之士半""朝廷大夫半""边境之人亦半"，如此夸张，似求与篇末所引《诗经》"无将大车，维尘冥冥"二句契合①，如此则颇像韩婴改作，或其"引事以明诗"之特例②，属仿改小说。

《韩非子》中也有仿改之作。《外储说左下》载有西门豹为邺令事。其先"清尅洁悫"，不谋私利，且简慢君之左右，遂遭"恶之"。年终"上计"，被魏君收印。西门豹又请治邺一年，"重敛百姓，急事左右"，年终上计，文侯迎拜。西门豹曰："往年臣为君治邺，而君夺臣玺；今臣为左右治邺，而君拜臣。臣不能治矣！"纳玺给文侯。文侯不受，说现在了解他了，请他勉为治之。这事是不可能发生的，纯属虚造。因为像西门豹那样的清官，宁可不做官，也不会"重敛百姓，急事左右"。《晏子春秋》卷五与卷八各有一章写晏子两宰东阿的情境，先是治理有方，使民"无饥"，而"毁闻于国"，险被免职；后则不治，"重赋税"，"饥之过半"，反"誉闻于国"，景公"召而赏之"。晏子当然不会有这等事，是好事者表现晏子的天开异想。本篇效仿《晏子》，极为显见，也是照猫画虎的早期小说，被韩非用为"誉所罪、罚所赏"之例，则是该篇的小说成分。

《外储说左上》又有讽名人田仲之作。田仲即陈仲子，战国田齐时期的廉士，"兄戴，盖禄万钟"，仲子"以兄之禄为不义"，避居於陵，称於陵仲子，"身织屦，妻辟纑"，自谋生计③。对这个人物的评价，当时就差异很大，或颂其廉，或称其节。孟子一面说他是齐人之"巨擘"，一面又将他比作靠土水活命的蚯蚓，说称不上"廉"。赵威后则因其"上不臣于王，下不治其家，中不索交诸侯"，谓为"率民而出于无用者"，以至问齐使"何为至今不杀乎？"④ 本章所记田仲故事，正是承此"无用"之

---

① 《毛诗》序《无将大车》云："大夫悔将小人也。"韩婴亦持同类见解，故引此诗以证其事。

② （明）王世贞《弇州山人四部稿》卷百十二《读韩诗外传》云："《外传》大抵引诗以证事，而非引事以明《诗》。"

③ 《孟子》卷六《滕文公章句下》，上海 商务印书馆 1936 年影印本，第 54 页。

④ 《战国策》卷十一《齐王使使者问赵威后》，上海古籍出版社 1985 年版，第 418 页。

说，杜撰一位好事者屈谷来见仲子，说他有"树瓠之道"，其瓠"坚如石，厚而无窍"，愿献给仲子。仲子说，"瓠所贵者，谓其可以盛也"，坚厚无窍之瓠既不能盛物，又不能斟饮，于我无用。屈谷说，你说的很对，我将把它扔掉。作者最后说，"今田仲不恃仰人而食，亦无益于人之国，亦坚瓠类也。"现实中自然不会有如此好事之人和妄诞之事。无论作者是韩非，还是别人，本篇都是颇用心力虚造的讽刺小说。

《难二》记赵简子的一次围卫之战。简子"犀楯、犀橹立于矢石之所不及，鼓之而士不起"，便扔下鼓槌，怨"士数弊也"。行人烛过"免胄而对曰：'臣闻之，亦有君之不能耳，士无弊者。"随即列举献公、文公的武功霸业和惠公败于秦国，而三公皆"是人之用也"，可见胜负不在士卒，而在其君。"简子乃去楯、橹，立矢石之所及，鼓之，而士乘之，战大胜。"《吕氏春秋·贵直》亦作是记，大同小异。其实，不可能有文中所写之事。赵简子是晋国的上卿、伐卫总指挥，亲自于阵前擂鼓，已足够鼓舞士气，将士怎会也怎敢一概"不起"？显然是一种表意的造作。"烛过"虽被收入《汉书》的《古今人表》，实则并无其人，看那名字便知是为表意而设，"烛"简子屏蔽之"过"。这种在后来小说中常见的人物命名之法早在《庄子》中就已屡见不鲜了。《难二》于此章之下以"或曰"批驳了烛过，说他只见惠公之败，文公之霸，而"未见所以用人也"。用人在于赏罚严明，而简子"未可以速去楯、橹也"。这正是法家韩非的观点，也很有道理。上述故事只是反证这种观点的小说成分。但"或曰"之言也清楚表明，为表意而虚造之人不是韩非。作品另有造作者，让它处于未被引述的自然状态便是一篇先秦的表意小说。

四、《吕氏春秋》中的小说

由吕不韦总其众多宾客撰写的《吕氏春秋》，是先秦最后也最系统的一部大型子书，被《汉书·艺文志》列入"兼儒墨，合名法"的杂家。

因其"罗古今图书，刺取众说，采精录异"，"瑰玮宏博"①，某些方面遂得"大出诸子之右"②，以至被今世学者誉为"先秦诸子的集大成"者③和"百科全书式的帝王教科书"④。全书十二纪、八览、六论，计一百六十篇，论议与叙事并重。大约吕不韦意在为将要统一中国的秦王提供一部切实可行的王者修身治国之书，所取的事例，更注重史实。只是"其所采撷，今见于周、汉诸书者，十不及三四，其余则本书已亡，而先哲之话言，前古之佚事，赖此以传于后世。"⑤ 从而增加了该书的史料价值。但这只是问题的一面。另一方面，吕不韦"使其客人人著所闻"⑥，以充实事例。而"所闻"并不全是史实，也杂有虚事。既有集体积累的虚事，也有自觉虚构的虚事。后者除了"刻舟求剑"之类的寓言，也不乏小说和小说成分。不仅如此，让众多宾客各著"所闻"，也难免不以杜撰敷衍，这也是其羼入小说成分的另一种因素。

《仲秋纪·爱士》载有秦穆公施恩得报故事。穆公一次出行，"车为败"，一马走失，为"野人取之"。穆公"往求"，见野人正"食之于岐山之阳"，因叹其无酒而易伤身，遂"遍饮而去"。一年后，秦晋战于韩原，晋军包围了穆公，晋将"梁由靡已扣穆公之左骖"，"石奋投而击穆公之甲，中之者已六札矣"。在此危急关头，三百多吃过马肉的野人赶来，"疾斗于车下"，救了穆公，大败晋军，秦军"反获惠公以归"。记此故事的还有《韩诗外传》卷十、《淮南子·氾论训》《史记·秦本纪》《说苑·复恩》等，而以本书为最早。岐山是秦国之地，在今陕西西部；韩原

---

① （清）徐时栋：《吕氏春秋杂记序》，载其《烟屿楼文集》卷一，清光绪元年（1875）刊本。

② （汉）高诱：《吕氏春秋序》，载《诸子集成》第6册，版本同前。

③ 孙以楷、刘慕方：《〈吕氏春秋〉——先秦诸子的集大成》，载《学术界》1992年第6期。

④ 张富祥：《王政全书——〈吕氏春秋〉与中国文化》，郑州 河南大学出版社2001年版，第19页。

⑤ 汪中：《吕氏春秋序》，载其《述学·补遗》，清同治八年（1869）扬州书局刊本。

⑥ 《史记》卷八十五《吕不韦列传》，第2510页。

是晋国之地，"在韩城县"①，即今韩城市，位于陕西东部。两地相距数百里，野人怎能临时赶来助战？秦穆公与晋惠公的韩原之战发生在公元前645年，左僖十五年对其始末作了明白的记述："秦伯伐晋"，径至韩原，晋侯迎战，而"戎马还泞而止"，惠公急呼庆郑援救；其时，晋将"梁由靡御韩简，虢射为右"，迎战秦伯，将欲擒获，而"郑以救公误之，遂失秦伯。秦获晋侯以归"②。这是说，如果惠公不被泥泞所困，使庆郑"救公"误了时机，梁由靡等就很有可能将穆公擒获。结果，既未救得惠公，又走了秦伯，全局大败。看来，故事作者对这场战斗相当熟悉，连梁由靡几乎捉得穆公也颇了然，从而将穆公脱难、转败为胜的真实原因换作野人赶来拼死"疾斗"，使善待野人的穆公得到报答。作品也因此成了有意虚构的寓意之作。

《孟冬纪·异用》写道：

> 孔子之弟子从远方来者，孔子荷杖而问之曰："子之公不有恙乎？"搏杖而揖之，问曰："子之父母不有恙乎？"置杖而问曰："子之兄弟不有恙乎？"杕步而倍（背）之，问曰："子之妻子不有恙乎？"

作者以此显示"孔子以六尺之杖，谕贵贱之等，辨疏亲之义"。但这场面十分滑稽，孔子虽讲求礼仪，也决不会在"远方来"的弟子面前接连作出这套"荷杖""搏（扶）杖""置杖"、弃杖"杕（曳）步"的杖礼表演。作品为表现孔子的好礼和懂礼，却虚构出一篇滑稽可笑的微型小说，带有明显的娱乐性质。

《仲冬纪·至忠》记述两章妄诞故事。首章，楚庄王猎于云梦，射中

---

① （明）李贤：《明一统志》卷三十二，明万历十六年（1588）杨氏归仁斋刊本。
② 《春秋左传正义》卷十四，载书同前，第1805—1806页。

随兕，申公子培夺之。庄王欲"诛之"，左右大夫进言，谓子培贤者，"此必有故"，乃罢。"不出三月，子培疾而死"。后楚与晋"战于两棠，大胜晋"，归而行赏。子培之弟为兄请赏，谓子培"尝读《故记》曰：'杀随兕者，不出三月'（必死）"，子培是"犯不敬之名"为庄王长寿夺随兕而死的。庄王令人检视，"于《故记》果有，乃厚赏之"。申公子培，未见先秦史书有载，陈奇猷先生考作左宣十二年和《国语·楚语》所载的申叔时，可备一说。然而无论有无其人，都不可能产生上述事迹。子培相信"杀随兕者"必死，而射杀随兕的乃是庄王，子培夺之又有何用？岂非多此一举？此其一。庄王要诛子培，子培本该说明原委；大夫们奏说"此必有故，愿察之"，庄王就该察问缘故。为何子培不说，庄王也不察问？此其二。"不出三月"必死是迷信之说，子培怎会应时而死？此其三。子培之弟在子培生前或死后不向庄王说明、请赏，为何要在大战之后庄王赏战功时为兄请赏？此其四。凡此种种，违逆事理，其为虚造显而易见。注家据《易》随卦有"随有获贞凶""随有获其义凶也"等语，以为"此篇系阴阳家之言，故用《易》为说也"①。若然，则是阴阳家的虚意造作。《说苑·立节》也记述此事，"随兕"作"科雉"，亦谓"读《故记》曰：'射科雉者，不出三月必死。'"② 这说明，不只随兕、科雉可以随意而造，古书之言也可随意而变。两者的不同自然可解作传闻异词，但不是史事的传闻，而是为阴阳家或别家编造的小说的传闻，其本质还是自觉虚拟的早期小说。

另一章更为妄诞。齐湣王"疾痏"，太子请来宋国的文挚为王看病。文挚说：要治愈王病，就要使王发怒，最后王会杀挚。太子"顿首强请"，说届时他和母亲"以死争之"，王就不会杀挚。文挚曰："请以死为王。"他约好时间，却三次都不如期而至，齐王因而发怒。文挚来后，

---

① 陈奇猷：《吕氏春秋校释》，上海 学林出版社 1984 年版，第 581 页。
② 载《百子全书》，第 1 册第 572 页。

"不解屦登床，履王衣。问王之疾，王怒而不与言。文挚因出辞重怒王，王叱而起，疾乃遂已。"王欲烹文挚，太子与王后"急争而不能得"，遂烹文挚。"爓之三日三夜，颜色不变。文挚曰：'诚欲杀我，则胡不覆之，以绝阴阳之气？'王使覆之，文挚乃死。"痟是"恶疮"，能用发怒治愈，实属奇闻；治愈恶疮者又为那患恶疮的齐王所烹，奇而又奇；烹之三日而不死，向王传授烹死自己的要诀，则非人事之奇，而是神异之奇了。尽管十二纪中不难见到阴阳家的虚妄之说，此种荒诞故事在全书叙事中却极为罕见。它是一篇精心结撰的寓意小说。窥其意旨，与其说是渲染"至忠"或"舍生取义"，毋宁说是讽喻齐湣王的昏聩和横暴。结末特别显示隔绝"阴阳之气"的作用，似与上文同为阴阳家之笔。文挚其人，虽是治病的高手，却通神秘的"阴阳之气"，作品不点明其为医者，或暗喻其为阴阳家耶？《三国志·华佗传》记云：

> 又有一郡守病，佗以为其人盛怒则差，乃多受其货而不加治，无何弃去，留书骂之。郡守果大怒，命人追捉杀佗。郡守子知之，属使勿逐。守瞋恚既甚，吐黑血数升而愈。

梁玉绳以为："此实事，与挚怒齐王类。"[①] 仔细斟酌，当是有人仿文挚故事为华佗编造奇异传说，而被陈寿采入《华佗传》的。此传共引十五例，除去一位路遇的病人，其余十三人，上至曹操，下至县吏，皆书其姓字和病征，有的还写出具体府县，唯此郡守既无姓名，也无府县，更不知得了何病，情节也与文挚故事十分相似，模仿之迹显而易见。

《仲冬纪·忠廉》有记叙要离刺杀王子庆忌之文，也是今天所能见到的记录此事的最早的文字。春秋末期，吴公子光使专诸刺杀王僚夺得王位之后，又"欲杀王子庆忌"。要离自荐，并请吴王阖闾助之，于是"加要

---

① （清）梁玉绳：《吕子校补》卷一，清光绪四年（1878）会稽章氏刊本。

离罪焉,挈执妻子,焚之而扬其灰"。要离"往见王子庆忌于卫",诳其回吴夺权。庆忌信而从之,渡江时被刺,却将要离投之于江,三浮三投,放其回吴。阖闾"大说(悦),请与分国",而要离以为:为此焚杀妻子"不仁",为故主杀新主"不义",被庆忌赐而不杀"已辱",乃"伏剑而死"。文中未写庆忌之死,只能从阖闾的"大悦"中体会。但其临死还能三投要离于水,又放而不杀,何可思议?要离本属自荐,事后却说自己的作为"不仁"、"不义",自相抵牾。后至《吴越春秋·阖闾内传》,故事就更为离奇:要离乃伍员所荐,曾羞辱过与水神"决战"的勇士椒丘诉,刺庆忌被放后无颜回吴,当即自杀。这两处记述影响很大,后世之文广为征引。而《春秋》三传及《史记·刺客列传》等史书均不见采录。《左传》哀公二十年即吴夫差二十一年,更有如下记述:

> 吴公子庆忌骤谏吴子,曰:"不改,必亡。"弗听。出居于艾,遂适楚。闻越将伐吴,冬,请归平越,遂归。欲除不忠者以说(悦)于越。吴人杀之。

这里的吴公子庆忌不论是吴王僚子、王僚弟之子,还是夫差之子(史家有此三说),并未死于阖闾之时,而是死于夫差二十一年。他不是被要离刺死,而是由于"欲除不忠者以说于越"被"吴人杀之"。由此,清代史家李锴和高士奇均否定两种"春秋"对此记述的真实性。李锴断言"庆忌非王僚之子",并说:"太史公传《刺客》而无要离,有所见夫。"[1] 高士奇则说:"公子庆忌,左氏载于夫差将亡之日,而诸书皆以为阖庐时人,误矣!"其所撰《左传纪事本末》"仍以《传》为主,而附要离事于末简,以资见闻。"[2] 就是说,要离刺庆忌故事只被视为好事者虚造的趣

---

① (清)李锴:《尚史》卷六十三《吴诸臣传·鱄设诸(要离附)》,载《文渊阁四库全书》,第 405 册第 116 页。

② (清)高士奇:《左传纪事本末》卷五十一,北京 中华书局 1979 年版,第 793 页。

味之作，也就是我们今天之谓小说了。

《仲冬纪·长见》记云：

> 吕太公望封于齐，周公旦封于鲁。二君者甚相善也，相谓曰："何以治国？"太公望曰："尊贤上（尚）功。"周公旦曰："亲亲上恩。"太公望曰："鲁自此削矣。"周公旦曰："鲁虽削，有齐者亦必非吕氏也。"其后齐日以大，至于霸，二十四世而田成子有齐国；鲁日以削，至于觐存，三十四世而亡。

让周初的吕望和姬旦预言数百年后齐、鲁的政治形势，互相贬损，并合于未来的发展状况，是绝不会有之事，显然出自虚构和蓄意的造作。研究者指出："不但所记太公、周公的对话不可信，即有关齐强鲁弱的预言性说法亦足证其出于战国中晚期无疑。"① 如将全篇视为有机整体，则当产生在鲁亡之后。楚灭鲁在纪元前 249 年。秦庄襄王同年"使相国吕不韦"灭周②。依孙星衍说，本书《序意》揭示的《吕氏春秋》成书年代——"维秦八年"，当从"庄襄王灭周后二年癸丑"算起，"至始皇六年，共八年"③，即前 241 年，本篇就产生在前 249—前 241 这七八年间，恰是《吕氏春秋》撰著之时。若然，则应是此书作者为宣示"长见"（远见）杜撰的一篇寓意小说。与此相关的还有《史记·鲁周公世家》和《说苑·政理》分别所作的如下记述：

> 周公卒，子伯禽固已前受封，是为鲁公。鲁公伯禽之初受封之鲁，三年而后报政周公。周公曰："何迟也？"伯禽曰："变其

---

① 张富祥：《王政全书——〈吕氏春秋〉与中国文化》，第 15 页。
② 参见《史记》卷五《秦本纪》，第 1 册第 219 页。
③ （清）孙星衍：《问字堂集》卷一《太阴考》，清光绪十年（1884）四明是亦轩刊本。

俗,革其礼,丧三年然后除之,故迟。"太公亦封于齐,五月而报政周公。周公曰:"何疾也?"曰:"吾简其君臣礼,从其俗为也。"及后闻伯禽报政迟,乃叹曰:"呜呼!鲁后世其北面事齐矣。夫政不简不易,民不有近;平易近民,民必归之。

伯禽与太公俱受封而各之国。三年,太公来朝,周公问曰:"何治之疾也?"对曰:"尊贤,先疏后亲,先义后仁也。"此霸者之迹也。周公曰:"太公之泽及五世。"五年,伯禽来朝,周公问曰:"何治之难?"对曰:"亲亲者,先内后外,先仁后义也。"此王者之迹也。周公曰:"鲁之泽及十世。"故鲁有王迹者,仁厚也;齐有霸迹者,武政也。齐之所以不如鲁也,太公之贤不如伯禽也。

三章写的是同一事体,从思想到内容却很不同。这不是传闻异词,而是由表现不同主题衍化而出的不同意象结构。《史记》所记褒齐贬鲁,以周公之语张扬霸道;《说苑》所记褒鲁贬齐,通过周公与作者的评判宣示王道。两者针锋相对。而《长见》只是客观地显示齐鲁各自的短长,太公与周公说的都是对方的"短",作者并无明显的倾向。从这方面看,后两则很可能是从前则衍化而出,在表现作者思想倾向的同时,也将太公与周公的对谈变为太公与伯禽报政,以便看起来更切近当时两国三人的实际状况。

《季冬纪·士节》还记述了晏子与北郭骚的故事。北郭骚求晏子给以帮助,供养老母。后晏子被景公怀疑而出走,北郭骚以自杀向景公表明晏子之贤。对其虚拟的小说品格,笔者已在考察《晏子》时做过辨析。这里要说的是,《士节》的记述对《晏子》作了必要的补充。在《晏子》中,北郭骚只谓悦晏子之义,"愿乞所以养母者",晏子就使人济之。《节士》不然,在北郭骚请乞晏子之后,加入晏子仆人的一段话:"此齐国之贤者也。其义不臣乎天子，不友乎诸侯；于利不苟取，于害不苟免。今乞所以养母，是说（悦）夫子之义也。必与之。"从而介绍了北郭骚其人，也使晏子的救济更自然合理。从这类后补的文字中，我们看到了早期小说在流传中的发展轨迹。

《季冬纪·序意》本是"十二纪"之序，后半却羼入一篇叙事。"赵襄子游于囿中"，至桥而马不进。"青荓为参乘"，奉命"进视梁下"，见欲刺赵襄子为智伯报仇的豫让在那里"佯为死人"，便对豫让说："少而与子友，子且为大事，而我言之，是失相与友之道；子将贼吾君，而我不言，是失为人臣之道。如我者惟死为可。"遂自杀。豫让刺赵襄子失败而死之事，《战国策·赵策》和《史记·刺客列传》都作了详细而相同的记载，并无青荓其人其事。如有如此死义之人，必为史家大书一笔。再者，豫让"佯为死人"于桥下，襄子人马行之于桥上，其马何得视之而"不进"？即便见到桥下有"死"人，马在桥上也不会不进。此等违背事理的造作，也说明其为虚拟之笔，是一篇宣扬舍生取义的早期小说作品。

《先识览·先识》载有屠黍预言事。晋太史屠黍见晋君无德，谏而不听，便"以其图法归周"。周威公问他"天下之国孰先亡？"他答以"晋先亡"。理由是晋君不信"天妖"，不恤百姓，不举贤良，也不听太史之谏。"居三年，晋果亡。"威公又问他"孰次之"，屠黍答以"中山"。理由是其俗异常，为"亡国之风"，而"其君不知恶"。二年后，"中山果亡。"威公再问"孰次之"，他始而不对；"固问"，对曰："君次之。"威公乃惧，广求贤者，大减"苛令"，因而得终其身，但死不得葬，"周乃分为二"。全文四百余字，篇幅较长。《说苑·权谋》也作了大体相同的记述。如果按《六国年表》理解这里的所谓晋与中山之亡，则与史实大相抵牾。晋国亡于静公二年，即公元前376年韩、赵、魏三家分晋；中山则于前295年（《赵世家》作惠文王三年，即前296）被赵及燕、齐所灭。两者相距约八十年，不仅与上文无法合榫，威公与屠黍也不可能有此阅历。于是有前人作出新的解释：晋亡指"晋幽公之乱"，"幽公遇乱而亡";中山之亡指"魏文公所灭之中山"。但这解释也并非"与屠黍所言正合"①。晋幽公于其十八年（前420）被杀，时当魏文侯二十七年，而魏拔中山，"使子击守之"②，是在文侯十七年（前430），较晋幽公被杀还早十年，可见其与屠黍预言亡国之先后是颠倒的。其实，这样一篇神化屠黍其人的作品绝然不是什么实事。在政治风云变幻莫测而信息又极不灵通的战国时代，预言各诸侯国兴亡的先后是极端困难的。一国或一君的败亡有其内部与外部的诸多因素，屠黍只凭所知一国之君的好歹或民俗状况就下判断，言之凿凿，怎么可能言而必中？分明是战国中后期有人把已经发生的晋与中山的败亡及周分东西之事随意加于早年太史屠黍之口，使他显得神乎其神，由此造成违逆史实或时序错乱。面对周威公，这位太史竟说下一个亡国的就是你！这更不可能。通篇可见后来小说家常用的神化人物的夸诞笔法，不可认作实在的历史，而应视为虚拟的小说或小说成分。

《审应览·具备》载有宓子贱治亶父事，也是篇幅较长的情节委曲之作。宓子受命将行，恐鲁君听信谗言，干预其政，"请近吏二人于鲁君，与之俱至亶父"。宓子当众命"二人书"，而他又从旁"掣摇其肘"；吏写得不好，他又发怒。"吏甚患之，辞而请归"，把情况报给鲁君。鲁君叹曰："宓子以此谏寡人之不肖也。寡人之乱宓子而令宓子不得行其术，必数有之矣。"遂派亲信告诉宓子贱放手治理，"五岁而言其要。"宓子从而"得行其术"。三年，巫马旗短褐弊裘"往观化于亶父，见夜渔者，得则舍之"，问其故，对曰："宓子不欲人取小鱼也。所舍者小鱼也。"巫马旗归告孔子："宓子之德至矣，使民暗行若有严刑于旁。敢问宓子何以至于此？"孔子曰："丘尝与之言曰：'诚乎此者刑乎彼。'宓子必行此术于亶父也。"。宓子名不齐，子贱其字，孔子弟子。孔子谓其"君子哉！"（《论语·公冶长》）并慨叹："惜哉不齐所治者小，所治者大则庶几矣！"

---

① （清）苏时学：《爻山笔话》卷四《吕氏春秋》，清同治三年（1864）五羊城刊本。

② 《史记》卷四十四《魏世家》，第6册第1838页。

（《仲尼弟子列传》）可见宓子贱确是名闻遐迩的贤宰。后来产生了其宰单父的多种传说，而以掣肘谏鲁君之举流传最广，被人常用的"掣肘"之典就出于此。不过，在有关宓子的多种传说中，掣肘故事最为虚妄。试想：既要人把字写好，又掣其肘给他捣乱，写不好又要发怒责备，这还像个正常的人吗？贤宰怎会如此荒唐？超越现实的人物形象有两大类，一类是超越人的自然性，神奇幻异皆属此类；另一类是超越人的社会性，所作所为不是人力达不到的，而是正常人不会做的，《当务》篇写两个"勇"夫互割对方之肉下酒，本篇宓子贱掣写字者之肘，都是后一类虚诞之事。前者是一望可知的寓言。后者的宓子实有其人，宰单父实有其事，从而远离寓言，而是一篇寓意小说。经过传说，益以巫马之访，孔子之教，遂成一篇委曲之作。这故事后被写进《孔子家语》，又多有生发，并增入贾谊《新书》有关宓子作宰的记述，内容与篇幅都是本篇的延伸与发展。

《开春论·期贤》记云：

> 赵简子昼居，喟然太息曰："异哉！吾欲伐卫十年矣，而卫不伐。"侍者曰："以赵之大而伐卫之细，君若不欲则可也，君若欲之，请今伐之。"简子曰："不如而言也。卫有士十人于吾所，吾乃且伐之，十人者其言不义也，而我伐之，是我为不义也。"故简子之时，卫以十人者按赵之兵，毁简子之身。卫可谓知用人矣，游十士而国家得安。简子可谓好从谏矣，听十士而无侵小夺弱之名。

乍看似乎合情尽理，而与史书所记大相径庭。《春秋》经文和左氏传于定公十年、哀公五年、十四年和十七年四载赵鞅（即赵简子）"伐卫"和"围卫"。左定十三年杜预注云："十年，赵鞅围卫，卫人惧，贡五百家，鞅置之邯郸。"① 这充分说明《期贤》此章所记纯属子虚。便是该书《贵直论》所记"赵简子攻卫附郭"一章，也同此记相抵牾。此章想是欲为赵简子唱赞歌者虚拟的一篇粉饰之作。

《开春论·贵卒》写吴起之死。吴起受楚悼王重用，谓楚地广人少，乃"令贵人往实广虚之地，皆甚苦之"。悼王死，尸尚在堂，贵人皆来，共射吴起。"吴起号呼曰：'吾示子吾用兵也！'拔矢而走，伏尸插矢而疾言曰：'群臣乱王！'"吴起死，射者尽按"丽兵于王尸"而定重罪，"逮三族"。据《战国策》和《史记》记载，吴起相楚，多有作为，"罢无能，废无用，损不急之官，塞私门之请"②，因此，"楚之贵戚尽欲害吴起"。《贵卒》所写的移民于"广虚之地"，即使有之，也不是吴起被害的主因。更重要的是吴起被害时的情况："宗室大臣作乱而攻吴起，吴起走之王尸而伏之。击起之徒因射刺吴起，并中悼王。"事后，太子"尽诛射吴起而并中王尸者"达"七十余家"③。《贵卒》所写与《史记》此记全然不同，贵戚们只射中吴起，吴起将箭拔下，插在王尸上，还自我张扬这种急中生智的"用兵"，实是愚不可及的"嫁祸"，也是不可能发生的事。这就把一个惨烈攻杀吴起的场面变成吴起的借刀杀人，以关键环节的虚构性改变题材本质的真实性，从而把历史事件写成了小说。

结　语

这里考察的四部子书与《庄子》不同，作品的主人公大都是历史的真实人物，其言行久被视为史实或史事的传闻异词，具有一望可知的非寓言性。所以无需像对《庄子》那样，逐一辨明其非寓言。作品内容的虚构性和虚构的自觉性，足以确定其为小说或小说成分。它们与《穆天子

---

① 《春秋左传正义》卷五十六，载书同前，第2150页。
② 《战国策》卷五《蔡泽见逐于赵》，第216页。
③ 《史记》卷六十五《孙子吴起列传》，第7册第2168页。

传》及《晏子春秋》《庄子》中的同类作品，汇成一支数以百计的先秦小说之流，是为中国小说的先河。中国小说的童年正是从这里蹒跚起步，走向未来。

战国中后期不仅是百家争鸣的时代，也是文体丛生的时代，非但不同子书体式差异很大，同一部子书的不同篇章也每见不同体式之文。在尚无文体规范的情况下，各为"达意"施展本领，发挥创造，而以叙事喻理明道最受青睐，成为当时子书的潮流。甚或通篇叙事，寓理其中（如《公输》《说剑》之类）。除征引大量史实和历史传说，还征引原本虚拟之作，或自行虚造多种故事（此以《庄子》为最），从而在尚无"小说"观念的时代，不自觉地保存与推出相当数量的早期小说。这是多部先秦子书文学价值的一个方面，小说史家不可不予以应有的重视。

原载《国学研究》第 22 卷，题作《先秦四部子书小说成分考辨》。

《战国策》之小说考辨

引　言

　　《战国策》是刘向以多种名目古书汇纂、整理而成的一部典籍。原为三十三篇，后改篇为卷。至宋《崇文总目》已缺十一卷，曾巩访求而补，始足其数，流传至今。它是史书还是子书？宋以来学界就持论不一。马王堆汉墓帛书出土后，论者对这部曾被《汉书·艺文志》列入“春秋”类著作多倾向于纵横家书。无论属哪一类，其对后世的史料价值不容忽视。从司马迁著《史记》到今人写战国史，《战国策》都是最重要的史料依据。这固然是由于秦始皇的一把火焚毁了《秦记》以外的各国史记，同时也因为《战国策》全书属于叙事，而形态类乎纪实。马王堆出土的《战国纵横书》计二十七章，内有八章又数段与《战国策》相同①，这在得以证明后者有关苏秦的较多章节显为虚拟的同时，也证明了其书确有相当多的战国时期的史事记录。

　　最早把《战国策》由史部改隶子部“纵横家类”的晁公武《郡斋读书志》“谓其纪事不尽实录，难尽信。”（卷三上）。其后质疑其某章真实

---

① 参见杨宽《马王堆帛书〈战国纵横家书〉的史料价值》，载《战国纵横家书》，北京 文物出版社 1976 年版，第 155 页。

性者代不乏人，于今为盛。缪文远先生撰《战国策考辨》一书，对全书近五百章逐一考察①，旁征博引，定为后人"拟托"之作有89章。由于年代久远，相关史料不足，难定真伪者还不在少数，故全书"拟托"之作远不止此。谓其"大半是小说"，似嫌太过，或待深考；说它真伪参半，则庶几近实。

"拟托"即虚拟之文，自非史作。学界或称之散文，或称之寓言，或称之小说与传奇小说。广义的散文系对韵文或骈文而言，以称非韵非骈的《战国策》文自然不错。但在文体区分日趋细致与完备的今天，则易混同于狭义的散文。狭义散文，就其整体而言，一般不为虚拟的叙事，策中某些纪实之作（如《触龙说赵太后》）才是货真价实的散文。寓言倒是虚拟叙事，但其普遍的夸诞特征一望可知，无须考辨。《战国策》虽有画蛇添足、狐假虎威等寓言成分，但那只是文中人物所讲之事，是作品的一个部分，各章整体均非寓言。非但不是寓言，还有事体外观的拟实性，所以才须仔细辨别方知真伪，否则常被以假乱真。如此看来，那些原本冒充实事并骗过历代学者的虚拟叙事应是早期拟实小说，有些还是篇幅较长，人物、情节与结构相当完整的小说，较之《晏子春秋》《墨子》《荀子》中的拟实之作已有明显的艺术发展。本文拟对其部分作品加以辨析。引文据上海古籍出版社1985年出版的以姚宏注本为底本的《战国策》，参考鲍彪注本，择善而从。

一、虚拟纵横家游说之作

战国中后期，纵横家的游说活动盛极一时，或倡合纵，或主连横，主要代表人物当是苏秦和张仪。据《战国纵横家书》显示的情况，苏秦活动的时代较晚，后于张仪。由于《史记》将两人的时代搞颠倒了，又由

---

① 上海古籍出版社1985年出版的《战国策》计497章，缪著计考495章。

于苏秦合纵抗秦的主张顺应秦汉人之心，并留下《苏子》三十一篇，遂成了纵横家之首。《战国策》中苏秦游说六国君主合纵抗秦之作计有六篇。它们包括《齐策一·说齐宣王》《楚策一·说楚威王》《燕策一·说燕文侯》及《赵策二》《魏策一》《韩策一》说三国君主各一篇。六篇之中，没有一篇纪实之作，都是后来好事者虚拟苏秦的合纵业绩。史家已指出其中许多史事之误和"拟托"之证①，此不赘述。这里再从写法和文笔解读其虚拟的根底。这六章的写法完全相同，各让苏秦讲一通合纵抗秦的道理，最后由被说服的国君表示"敬奉社稷以从"或"敬以国从"。苏秦各篇说词全从该国地理之优越说起，随后罗列军队数量之多，战力之强，而后便对其国"西面事秦"或"欲西面事秦"或"臣于秦"表示惋惜。如此各篇一律，与《战国纵横家书》中苏秦游说燕王、齐王、赵王的十几篇书信、说词各有旨趣而无雷同形成巨大反差和鲜明对比。这种缺乏个性的一般化说词和各国君主如出一口的表态，正是后人只了解笼统的合纵之义，而无当时具体境况需要造成的，也是虚拟的一个重要内证。其实，在苏秦活动的时代，无论强齐、大楚，还是三晋魏、赵、韩，乃至实力较弱的燕，都各自图强，根本没有"西面事秦"之言之事，苏秦如此措词等于面辱其王，诋毁其国，是决然不会发生的，乃是后人虚拟无端夸饰的产物。这些虚拟的游说之作，长者一、二千字，短者也有六七百字，既有早期小说的规模，也有结构的完整性，而由于各篇大同小异，很少生气与特色，作为早期小说也价值无多。

令人瞩目的是写苏秦游说的别种作品。《秦策一·苏秦始将连横》，写苏秦最早以连横游说秦惠王事。他劝秦王"并诸侯，吞天下，称帝而治"，十次上书而秦王不从，于是"黑貂之裘弊，黄金百斤尽，资用乏绝，弃秦而归"。至家，"妻不下纴，嫂不为炊，父母不与言"。苏秦慨叹

---

① 参见缪文远《战国策考辨》，北京 中华书局 1984 年版，第 93－94、138－139、176－177、213－214、259、293 页。

之后，发愤读书，夜深"欲睡，引锥自刺其股，血流至足"；一年后揣摩太公兵法而成，游说赵王，一举成名，"封为武安君，受相印，革车百乘，锦绣千纯，白璧百双，黄金万溢，以随其后。约纵散横，以抑强秦。"

> 将说楚王，路过洛阳。父母闻之，清宫除道，张乐设饮，郊迎三十里。妻侧目而视，倾耳而听。嫂蛇行匍伏，四拜自跪而谢。苏秦曰："嫂，何前倨而后卑也？"嫂曰："以季子位尊而多金。"秦曰："嗟乎！贫穷则父母不子，富贵则亲戚畏惧，人生在世，势位富贵，盖可忽乎哉！"

全文约一千三百字，不只写了主人公的游说活动与言词，还写了他的挫折、受辱、攻苦与成功后的荣耀，尤其写了家人对他特出的前倨与后恭，颇有意味。但作品亦非纪实之文。据《战国纵横家书》，"苏秦的主要活动是在齐湣王统治齐国的时期"①，与游说其前多年的秦惠王不合。而连横的另一代表人物张仪主要活动于秦惠王时期，被用为秦相，惠王用其联合韩、魏攻楚的策谋，夺取了楚的汉中。如此重视连横、重用张仪的秦惠王，不会对当时主张连横的苏秦十次上书而不理。凡此都是小说家的造作，是用以磨炼、表现苏秦的小说笔法。至于让苏秦说秦"北有胡貉、代马之用，南有巫山、黔中之限"，则如史家所指出的："胡、代在赵之北，并非秦地。秦取巫、黔中在昭王三十年，去惠王之死已三十四年"②，与当时地理形势龃龉难合，显然是后人照战国后期秦吞并了多国之后的地理状况杜撰而成。通篇用语多有夸饰，"以耸听闻""视为小说传奇可矣"③。这种小说的夸张笔法，把苏秦的荣辱与世情冷暖充分典型化了，

---

① 杨宽：《马王堆帛书〈战国纵横家书〉的史料价值》，载书第 165 页。
② 缪文远：《战国策考辨》，第 30 页。
③ 诸祖耿：《战国策集注汇考》，江苏古籍出版社 1985 年版，第 139 页。

对后世产生了很大影响。李白在《别内赴征》中写道："归时倘佩黄金印，莫学苏秦不下机"。此后白居易、苏轼等多位诗人都在诗中用过本篇这一典故。明代苏复之还以此为题材写了传奇《金印记》。还应指出，先秦诸子中的拟实之作表现人情世态的极为罕见，本篇成为后世此种主题小说之滥觞。

《齐策三·楚王死》是将纵横家苏秦游说本领极端化的作品。楚王死，楚太子在齐为质。苏秦建议薛公不放太子回楚，以求楚献近齐之地——下东国。薛公以为"郢中立王"而"我抱空质"，妄"行不义于天下"。苏秦说可谓楚之新王："与我下东国，我为王杀太子。不然，我将与三国共立之。"如此就能稳取欲得之地。作者在此竟插入以下直白：

> 苏秦之事，可以请行；可以令楚王亟入下东国；可以益割于楚；可以忠太子而使楚益入地；可以为楚王走太子；可以忠太子使之亟去；可以恶苏秦于薛公；可以为苏秦请封于楚；可以使薛公以善苏子；可以使苏子自解于薛公。

随后苏秦向薛公请行，去楚说服了新王献出下东国；回头以此要挟太子对齐割地加倍以换取齐国"必奉太子"；这又引起新王的惶恐，"益割地而献之，尚恐事不成"。苏秦再对新王表示，他可赶走太子这个祸根；而后谓太子割地乃是空名，以齐楚"交成"吓走了太子。不仅如此，又使人说服楚新王封苏秦为武贞君，使景鲤请薛公"以善苏秦"。总之是将上段直白一步步变为现实。这里所谓"楚王死"，显然是指楚怀王，新王应为楚襄王（实际也就是在齐为质的楚太子横，在此被作者一分为二），薛公即齐相孟尝君田文。把纵横家的诡计多端渲染到如此地步，既与楚怀王被秦扣留期间齐归楚太子横立为襄王的史事大相径庭，又多悖于人情事理，其为"虚设之辞，不足深辩"①。实际是将作者代苏秦所能假设的种种情况——作为实境写出，以显示苏秦极善策谋与辞令。其表现方法很像把种种推测加以实写的现代推理小说。即此就有其特别的价值，谓为推理小说之先河亦无不可。齐思和说："此章胜境层出，奇变无穷"②，也是就早期小说艺术而言。

与此相关的是《楚策二·楚襄王为太子之时》，也写楚怀王死，在齐为质的楚太子答应向齐献东地五百里才得归国立为襄王。后齐遣使索地，子良以为"不可不与"，昭常以为"不可与"，景鲤主张"索救于秦"。而慎子让襄王并用三人之策：以子良为献地之使，遣昭常为大司马"令守东地"，派景鲤去秦求救。结果，齐王兴兵讨伐昭常，未临边界，秦军已到，谴责齐国不仁不义，齐即收兵。据《楚世家》，怀王被留于秦，齐归楚太子立为襄王，并无要楚献地之事。楚襄王三年，怀王死于秦，秦归其丧，"秦楚绝"。本章内容与此种史实处处抵牾，求救于所仇之秦更是荒唐。三策并用则近乎儿戏。作者想出这种完全脱离实际的纵横之术，恐怕不只是为了给致力于纵横之学的人提供学习的样本，在很大程度上还是出于兴趣，写着读着都颇有意味。这也正是虚拟作品能娱悦读者的审美功能。

策中张仪游说六国君主连横之文亦有六章，列于苏秦游说六国君主各章之后。史家辨明，它们也全是后人的"拟托"③。张仪好像在苏秦之后冒出的对手，逐一破坏苏秦的合纵。他比苏秦早死25年，在游说赵王和魏王时却两次谈到苏秦被车裂而死，岂不怪哉？张仪为秦游说各国，至少表面上应取平等"与国"联合的态度，而其说词却大言不惭要各国"事秦"，不"事秦"就要"下甲"来攻，轻则失地，重则危国。这不像连横

---

① （清）马骕：《绎史》卷一百三十一注，清光绪十五年（1889）浦氏刊本。
② 齐思和：《战国策著作时代考》，载《中国史探研》，河北教育出版社2000年版，第448页。
③ 参见缪文远《战国策考辨》，第94、139、178－179、213－214、260、296－297页。

说词，更像居高临下的威胁、恫吓或最后通牒。更可怪者，各国之王闻其说词，非但不怨不怒，反愿"敬以国从""割地以事秦"，甚至表示"请比郡县"或"请称东藩"，一片归顺之声，没有丝毫七国争雄的气息。这无疑是秦统一后或已形成统一大势情况下作者的虚拟。其中魏王回应之语为"请称东藩，筑帝宫，受冠带，祠春秋，效河外"；韩王回应之语为"筑帝宫，祠春秋，称东藩，效宜阳"，两者遣词用语同如版印。再看苏秦说魏王之语："今乃有意西面而事秦，称东藩，筑帝宫，受冠带，祠春秋，臣窃为大王愧之。"原来魏、韩二王回应张仪之语竟然照录苏秦讽喻魏王之言。这不仅说明张仪上列游说之文乃是后人的滥造，那滥造之人还可能就是苏秦游说六国之文的作者。在这些作品中，合纵与连横在很大程度上被作者写成以往的纵横家随意左右国君的政治游戏，国君也都顺乎纵横家之意，随意作答。不仅没有历史的真实性，也缺乏拟实小说应有的严肃性。

表现张仪之作也有富于小说意味者，那是《楚策三·张仪之楚贫》。张仪在楚，贫至"衣冠"破敝，舍人"怒而欲归"。张仪曰："子待我为子见楚王"。

> 张子见楚王，楚王不说（悦）。张子曰："王无所用臣，臣请北见晋君。"楚王曰："诺。"张子曰："王无求于晋国乎？"王曰："黄金珠玑犀象出于楚，寡人无求于晋国。"张子曰："王徒不好色耳？"王曰："何也？"张子曰："彼郑、周之女，粉白黛黑，立于衢闾，非知而见之者，以为神。"楚王曰："楚，僻陋之国也，未尝见中国之女如此其美也。寡人之独何为不好色也？"乃资之以珠玉。

当时受楚王宠幸的南后与郑袖"闻之大恐"，分别向张仪献黄金千斤与五百斤。张仪辞楚王，求王"赐之觞"，又请"招所便习而觞之。"王乃召南后、郑袖同饮。张仪再拜而请曰:"仪有死罪于大王。"王问:"何也?"张子曰:"仪行天下遍矣,未尝见人如此其美也。而仪言得美人,是欺王也。"王曰:"子释之,吾固以为天下莫若是两人也。"张仪如此骗取楚王与南后、郑袖的财物,像个挖空心思的江湖骗子,而不像是纵横家。据《史记·张仪列传》,张仪未得志时,曾被楚相诬其盗璧而遭毒打,此后再至楚时,已贵为秦相,且"往相楚",何得曰贫?此章为后人杜撰显而易见。而作为早期小说,却是佳作。两个对话小场面写得跌宕起伏,风帆饱满,把张仪的骗术之高、足智多谋和楚王的好色、愚蠢、自以为是一并展示给读者。特别是最后一笔,在刻画楚王被张仪玩于股掌之上的同时,也充分显出这位国君自作聪明、自鸣得意的心理和憨态。

二、虚实参半的拟史之作

《战国策》中的小说并不全是凭空虚造的纵横家的游说活动与辞令,也有将战国时期的真人事迹加以想象与生发,或将虚拟的人物事迹置于切实的历史背景,形成亦假亦真、虚实参半的拟史之作,类乎后世的历史小说。

《秦策五·濮阳人吕不韦贾于邯郸》,写吕不韦立秦庄襄王事。在邯郸经商的吕不韦得遇在赵为质的秦王子异人,回家谓其父曰:"田耕之利几倍?"父曰:"十倍。"又问:"珠玉之赢几倍?"答曰:"百倍。"再问:"立国家之主赢几倍?"答以"无数"。不韦曰:"愿往事之。"随后就去见异人,并入秦游说王后之弟阳泉君:"王年高矣,王后无子,子傒有承国之业,士仓又辅之,王一日山陵崩,子傒立,士仓用事,王后之门必生蓬蒿",阳泉君也就"危如累卵";倘能让王后立异人为太子,则"王后无子而有子",阳泉君的富贵可保永久。阳泉君又去说服了王后,"王后乃请赵而归之"。赵不肯放,吕又晓以利害,"赵乃遣之"。因王后是楚人,吕使异人"楚服而见",改名子楚,终被秦王立为太子。后"子楚立，以不韦为相，号曰文信侯，食蓝田十二县"，以"王后为华阳太后"。据《史记·吕不韦传》，在赵为质的子楚确是由于巨贾吕不韦的大力游说才得以返回秦国，作了太子，最后被立为秦庄襄王，封吕不韦和华阳太后。这一历史轮廓大体合于实际，但具体过程和情节、细节却远非如此，两书的差异既大且多。钱穆就曾指出三点："《史》谓不韦入秦当昭王时，而秦策吕不韦为子楚游秦，已当孝文王世，一异也。《史》谓不韦先说华阳夫人姊，而秦策不韦所说乃秦王后弟阳泉君，二异也。《史》谓子楚于邯郸之围脱亡赴秦军，而秦策乃王后请赵，而赵自遣之，三异矣。"① 非但此也，游说之世不同，人物身份也就大异。列传中的吕不韦为子楚游说直至与之归秦，子楚之父都不是国王，而只是太子安国君；其"甚爱姬"为华阳夫人，而非王后。游说对象不同，说词也就大不一样，"王年高矣"云云尤其不着边际，因为孝文王只立一年就驾崩，何言"年高"？既非年高，建立在"王年高"基础上的下面言语就都是虚造。这充分说明秦策此章违背历史，掺入太多的想象与虚构，而别有所据的《史记》所记则较为近理。又者，开头写吕不韦与其父较论获利之大小，显非可以告人者，谁能知之？当是小说家的臆想之词。总之，诸多方面都清楚地表明，篇幅曼长的此章乃是虚实参半的拟史小说。

《楚策四·庄辛谓楚襄王》，写庄辛的远见和说辞。楚之庄辛看到楚襄王宠幸佞臣，"左州侯，右夏侯，辇从鄢陵君与寿陵君，专淫逸侈靡，不顾国政"，就警告他："郢必危矣！"襄王非但不听，反谓其"老悖""楚国袄祥"。庄辛乃避之于赵。五个月后，"秦果举鄢、郢、巫、上蔡、陈之地，襄王流揜于城阳"。襄王于是把庄辛接回，表示懊悔，问他："今事至于此，为之奈何？"庄辛对以俗语："亡羊而补牢，未为迟也"，并说："臣闻昔汤、武以百里昌，桀、纣以天下亡，今楚国虽小，绝长续短，犹以数千里，岂特百里哉？"随后以蜻蛉、黄雀、黄鹄只顾得意而飞

---

① 钱穆：《先秦诸子系年》，中华书局1985年版，第492页。《史》为《史记》之简。

终被人获反复为喻，说明只顾享乐必将失地或亡国之理，并举蔡圣侯被受命楚宣王的子发所灭与襄王失地迁都并论。襄王闻而"战栗"，遂"以执珪而授之为阳陵君，与淮北之地"。《新序》卷二也有类同的记载，末云："乃封庄辛为成陵君而用计焉，与举淮北之地十二诸侯。"此章向被史家奉为信史，或谓"丧乱之后，补败扶倾之计皆出于庄辛"①，甚至将庄辛与楚之申包胥、屈原并列②。只有姚鼐认为"以弋说襄王"及庄辛篇"并是设辞"③，但未讲明缘由，似难骤断。不过，我们虽不能确证全文之伪，却可辨析作为其主要部分的庄辛的说辞。其最初以"亡羊补牢"等语回答襄王之问，切中肯綮，合情入理。其后以虫鸟、蔡圣侯为喻作比，洋洋四五百言，只为说明一点："淫逸侈靡"就会亡国。而这，正是他最初进谏就说明了的，如今王已知悔，再度宣讲则无的放矢。"左州侯，右夏侯，辇从鄢陵君与寿陵君"等语与初谏完全重复，且对襄王答非所问。此处虫鸟之喻源于《庄子·山木》所写的蝉、螳螂与异鹊，其间一物降一物的生物链原是一种整体意象，很能发人作哲理思考，经过本章作者的衍化与生发，变成三种虫鸟与人的关系：三者同样被人捕获，构成三种相同的意象，浅显、絮烦而又重复。此等说辞谁耐久听？又者，蔡无圣侯，或声侯之讹，而声侯并非亡国之君；楚灭蔡，蔡君为蔡侯齐，时当楚惠王四十二年（前447），下距楚宣王当政（前369）尚有七十八年，楚臣庄辛不会如此无视楚国的历史，对国王信口开河，应是对楚、蔡历史一知半解者的胡乱杜撰。可见庄辛的说辞大半虚拟，全章倘非尽属"设辞"，至少也是虚实参半的拟史小说。由于秦遣白起取楚之鄢、郢、巫诸地不在同一年，而在襄王二十年至二十二年，与此章谓庄辛避赵五月不合，前人乃

① （宋）吕祖谦：《大事记解题》卷五，清同治十二年（1873）永康胡氏退补斋刊本。
② 参见宋黄震《古今纪要》卷一，载《文渊阁四库全书》，台湾商务印书馆股份有限公司1986年影印本，第384册第30页。
③ （清）姚鼐：《古文辞类纂》卷六十三《庄辛说襄王》按语，清同治八年（1869）苏州书局刊本。

疑"五月"为"五年"之误；而"此数年中，秦无取陈、蔡事"，则又疑"上蔡或即上庸之讹"①。其实，不合者尚不只此，襄王流揜之地不是城阳，而是陈城，"若城阳，乃齐也"（鲍彪注语）。倘能识破本章乃是容有虚构的小说，诸如此类的挂碍也就不复存在了。

《楚策四·楚考烈王无子》，写李园进妹为后故事。春申君黄歇患楚王无子，"求妇人宜子者进之，甚众，终无子"。赵人李园欲进其妹，又恐无子而无宠，便求事黄歇为其舍人，后进妹给黄，怀孕后再让其妹与黄谋划将她献给楚王。楚王幸而生子，立为太子。李园怕黄歇泄漏，遂私养死士，准备行刺。考烈王病，朱英向黄歇揭露李园的行刺阴谋，并自告奋勇去杀李园，被执迷不悟的黄歇制止。考烈王死，李园终使死士刺死黄歇，又使吏灭其全家，李妹所生子被立为楚幽王。《春申君列传》《列女传》和《越绝书》均载此事，前两者同于《国策》。后者异文颇多，内有考烈王"取（娶）之，十月产子男"一语，遂被学者用以反驳《国策》与《史记》②，谓幽王为黄歇子甚是可疑。但以《越绝书》驳之，似嫌乏力。是书不仅晚出于东汉，且多取传说，妄诞或悖于史者时有所见，其《外传春申君》所写全是李园之妹策划的诡计，通篇都是编造之语，极不可信，至谓楚怀王、楚顷襄王后于楚幽王，荒谬之甚。倘无别种旁证材料，难以此书之语证《国策》与《史记》之伪误。倒是《楚世家》末尾所记值得关注："幽王卒，同母弟犹代立，是为哀王。哀王立二月余，哀王庶兄负刍之徒袭杀哀王而立负刍为王"。幽王既有同母弟，其弟又有庶兄，说明考烈王并非无力生子者，李园妹有身而进当是好事者所造，或"负刍谋篡构衅造谤"③，作为考烈王弟兼楚令尹的春申君黄歇岂敢做此大逆之事？作品较多篇幅都是李园妹撺掇黄歇的秘语，谁人可知？此亦虚造

---

① 参见金正炜《战国策补释》卷三，1924 年贵阳金氏十梅馆刊本。
② 参见清黄式三《周季编略》卷九；钱穆《先秦诸子系年》第 493 页；缪文远《战国策考辨》第 162 页。
③ 黄式三：《周季编略》卷九，清同治十二年（1873）浙江书局刊本。

之一证。李园之妹为考烈之后、幽王之母当属可信，李园将妹进给楚王或
得黄歇之力，黄歇最后被争权的李园所害亦难否定。全章应是虚虚实实的
拟史小说。

《赵策三·秦围赵之邯郸》，写鲁仲连故事。赵孝成王九年（前257），
秦兵围困赵都邯郸，魏使晋鄙救赵，畏秦而"不进"。魏王又使辛垣衍入
邯郸，告平原君曰："秦所以急围赵者，前与齐湣王争强为帝，已而复归
帝，以齐故。今齐湣王已益弱，方今唯秦雄天下，此非必贪邯郸，其意欲
求为帝。赵诚发使尊秦昭王为帝，秦必喜，罢兵去。"平原君犹豫不决。
其时齐之鲁仲连"适游赵"，乃因平原君而见辛垣衍，纵论帝秦的弊害与
耻辱，义正辞严，终使辛服。"秦将闻之，为却军五十里"。适逢魏公子
无忌"夺晋鄙军以救赵击秦"，秦军乃退。平原君欲封仲连，"终不肯
受"；又以千金"为寿"，也被谢绝。这就是《战国策》的传世名篇：《鲁
仲连义不帝秦》。此事又见《史记·鲁仲连传》，文字大同小异。据《六
国年表》所载，秦昭王五十年（前257），遣王龁、郑安平围邯郸，
"（魏）公子无忌救邯郸，秦兵解去"；《信陵君列传》更有无忌为救邯郸
窃兵符、杀晋鄙、夺兵权等事，显示了本章的背景描述合于史实。但其真
实的内容仅此而已。作为全章主体的鲁仲连舌战辛垣衍则是作者"横生
枝节，拟作而插入者"①。司马光就曾指出：秦将闻仲连之言"为却军五
十里"乃"游谈者之夸大也"②。缪文远先生更对本章多出于"悬拟"作
了详实的考辨。归纳起来，有如下几点：其一，辛垣衍谓"齐湣王已益
弱"，实则湣王已死二十七年，此非文字之误，而是"悬拟"所致。其
二，以谥号称秦昭王，不是他人妄加，而是写作时代距围邯郸已远，不觉
成错。其三，围邯郸前后，直至战国终局，秦并无称帝意向。其四，鲁仲
连说辛垣衍有"昔齐威王尝为仁义矣，率天下诸侯而朝周……居岁余，

---

① 缪文远：《战国策考辨》，第191页。
② （宋）司马光：《资治通鉴考异》卷一，上海 商务印书馆1929年影印本。

周烈王崩，诸侯皆吊，齐后往"等语，求其实，不仅齐威王朝周于史无载，周烈王之死更远在齐威王当政之前，两不相涉，鲁仲连以齐人说齐事怎会如此错乱①？凡此种种，充分说明，义不帝秦之事，乃是后来好事者的杜撰。本章也是虚实杂陈的拟史小说。但它创造一个能持高节、大义凛然、不畏强秦的志士形象，并被后人信以为真，故能传诵千年而不衰。

三、模拟别文的仿改之作

如果将《战国策》与先秦别种子书加以比较，就会发现，某些作品的意象结构与前人著述既有种种差异，又有明显的相似与雷同，是对既有意象结构蓄意模拟与发展的仿改之作，其品格自然是虚拟的小说。

《齐策一·邹忌修八尺有余》，写邹忌谏楚威王事。齐臣邹忌颀长而美，"窥镜"问妻与妾：他与城北徐公谁美，妻与妾都说他美过徐公。他不自信，又问客，客也说他比徐公美。明日，徐公来，熟视而"自以为不如"。对镜自视，"又弗如远甚"。于是"寝而思之"，悟出道理，入朝见威王曰："臣诚不如徐公美。臣之妻私臣，臣之妾畏臣，臣之客欲有求于臣，皆以美于徐公。今齐地方千里，百二十城，宫妇左右莫不私王，朝廷之臣莫不畏王，四境之内莫不有求于王。由是观之，王之蔽甚矣！"威王于是下令：能面斥其过者受上赏，上书谏者受中赏，"谤议于市朝"者受下赏。"令初下，群臣进谏，门庭若市"，而后"时时间进"，一年后则无言可进。"燕、赵、韩、魏闻之，皆朝于齐。"此亦传世名篇：《邹忌讽齐王纳谏》。再看《吕氏春秋·达郁》的如下记述：

> 列精子高听行乎齐湣王，善衣东布衣，白缟冠，颡推之履。

---

① 上列一、二、四点之误，钱穆《先秦诸子系年》也曾指出，参见其书中华书局 1985 年版第 473－474 页。

特会朝雨，却步堂下，谓其侍者曰："我何若？"侍者曰："公娇
且丽。"列精子高因步而窥于井，粲然恶丈夫之状也，喟然叹
曰："侍者为吾听行于齐王也，夫何阿哉！又况于所听行乎万乘
之主，人之阿之亦甚矣，而无所镜，其残亡无日矣。"

又，《艺文类聚》卷二十三引《新序》云：

　　齐王聘田巴先生而将问政焉。对曰："政在正身，正身之本
在于群臣。王召臣，臣改制髯饰问于妾：'奚若？'妾爱臣，谀
臣曰：'佼。'臣临淄水而观，然后自知丑恶也。今齐之臣谀王
者众，王能临淄水见己之恶过而自改，斯齐国治矣。"

马骕《绎史》卷一百十九引录《类聚》此文后，加按语云："《国策》之
邹衍（'忌'之误）、《吕览》之列精子高、此之田巴，其辞一也。"这个
见地是不错的。三者有着显见相似的意象结构。但三者谁模仿谁？所见参
差。从内容与文字来看，《战国策》此章包含了《吕览》与《新序》两
篇，并作了较多的生发、铺陈和演义。列精子高只问侍者，未问妻、妾，
且限于自省，未谏齐君；田巴只问妾，未问他人，且只限于讽谏齐王的话
语，非客观叙事①，亦无自省；邹忌问妻、问妾又问客，既有自省，又力
谏齐王，且由齐王下令，广为纳谏，并收到强国的显著功效，从而成为三
者之中结构完整、篇幅可观、意象繁复，因而也更富于艺术美感的名篇。
它应是模拟另外两篇而加以变化和大力发展的仿改佳作。当然，《战国

————————

① 《太平御览》两引此文，异于《类聚》。其卷六十三所引还只多出"问从者，从
者畏我，曰'美'"之语；卷三百八十二所引却将田巴话语所述之事变成作者客
观叙述："田巴先生改制新衣，拂饰冠带，顾谓其妾，妾曰：'姣。'将出门，问
其从者，从者曰：'姣。'过临淄水，自照视，丑恶甚焉。遂见齐王……"不仅
与《类聚》引文大异，与《御览》前引亦大异，当是后人变改所致，非《新
序》原文。

策》此章仿拟的《新序》之文，不是经过刘向编纂之文，而是其编纂所据之文。

《魏策四·秦人使人谓安陵君》，写唐且使秦。韩、魏被秦灭后，秦王欲以五百里之地易五十里之安陵，而安陵君不肯，理由是"受地于先主，愿终守之"，遂遣唐且使秦。唐对秦王先晓之以理。秦王大怒，并以"天子之怒，伏尸百万，流血千里"相威胁，唐且则以士之怒"伏尸二人，流血五步，天下缟素"回应，并"挺剑而起"，吓得秦王"长跪而谢"。《说苑·奉使》亦载此事，安陵作鄢陵。此章记述具有明显的虚构性，前人多已言明。且不说文中多处夸诞不合情理，只唐且带剑见秦王严重违反"群臣侍殿上者不得带尺寸之兵"的"秦法"①，就足以证明本章之虚。吴师道且据《魏策四·秦魏为与国》章所写唐雎九十岁时曾为魏国说秦请兵，谓距本章"凡四十二年，决不存矣"②。文中唐且之言有"专诸之刺王僚也，彗星袭月；聂政之刺韩傀也，白虹贯日；要离之刺庆忌也，苍鹰击于殿上"等语，可见本文的创作是从相关的刺客史迹与传说中受到启迪，而与本章最相近的传说则是《公羊传》所记曹子于鲁庄十三年（前681）齐、鲁君主在柯会盟之时劫齐桓公事。此虽属讹传，却流传甚广，并被太史公写入《刺客列传》之首，曹子作曹沫。曹子以剑劫盟桓公使其退回侵夺鲁国的汶阳之田，与本篇为守先主之地，以剑要挟秦王颇相仿佛。不过，曹子行劫，是事先策划好的；而唐且"挺剑而起"，却是被秦王的威胁言语激发所致，从而塑造一个不畏强权，宁死不屈的国士形象。在反对暴秦的历史潮流中遂成脍炙人口的名篇：《唐且不辱君命》。辨其文体，实是一篇有所仿拟又推陈出新的拟实小说。

《战国策》是由多种同类古书汇纂而成。据刘向《叙录》，原书有《国策》《国事》《短长》《事语》《长书》《修书》六种之多。彼此之间

---

① 《史记》卷二十六《刺客列传》，北京 中华书局 1959 年版，第 8 册第 2535 页。
② （元）吴师道：《战国策校注》卷七，元泰定二年（1325）刊本。

或不乏模拟、仿改之作，便是同一种原书也不排除甲仿效乙的虚拟之文，从而造成《战国策》内部意象结构部分相同或相似的篇章，而其作品的整体也有出色的发展与创造。

《齐策四》有两章说服齐宣王重士之作。说者一为颜斶，一为王斗。两作均以说者不肯趋前而要宣王趋前开头，谓说者趋前为"好势"，而王趋前为"好士"，用语也大同小异。王斗当即就使宣王趋前而迎。颜斶则为此大费周折。王"忿然作色"地质问："王者贵乎，士贵乎？"颜斶答以"士贵"，并举出"秦攻齐"时的命令为证："有敢去柳下季垄五十步而采樵者，死不赦。""有能得齐王头者，封万户侯，赐金千镒。"结论是"生王之头，曾不若死士之垄也"。王左右仍不服气，颜斶乃以古时尧、舜、禹、汤、文、武无不重士说服了宣王。王欲为其弟子，颜斶不受而去。王斗虽然顺利使王"迎之于门"，而说自己"生于乱世，事乱君"却让宣王"忿然作色"。随后他说起九合诸侯的齐桓公被天子"立为大伯"，谓宣王亦"有四焉"，宣王以为夸他，而王斗曰："先君好马，王亦好马。先君好狗，王亦好狗。先君好酒，王亦好酒。先君好色，王亦好色。先君好士，而王不好士。"而后又驳斥宣王"当今之世无士"说和"寡人忧国爱民"说，使王承认"有罪国家"，当即"举士五人任官，齐国大治"。后者又载于《说苑·尊贤》，王斗作淳于髡。上述两章不仅主旨相同，游说的对象同为齐宣王，要王趋前的意象更如一人之语，最后也皆以说服宣王重士而告终。故而其一当为另一章的仿改之作。但改动甚大，各有可观的独特意象，可以说是各有千秋。但两章都非实录，而是虚拟。前章引用"秦攻齐"令，而据《史记》两《年表》及相关史料，不仅春秋时期没有秦攻齐事，直至齐湣王十六年（前285）秦遣蒙武"击齐"以前，始终没有秦攻齐的记载（秦与齐远隔三晋，岂得轻易而攻伐），宣王时的颜斶何以能言？其为后人的杜撰自不待言。后章王斗将九合诸侯的姜姓桓公误认作田姓宣王的"先君",也是"昧于齐国史事者所为"①。又者,在列国诸王中,齐宣王不是轻士,而最重士。太史公说他"喜文学游说之士,自如驺衍、淳于髡……之徒七十六人,皆赐列第,为上大夫,不治而议论,是以齐稷下学士复盛,且数百千人"②。这样的宣王不会说"当今之世无士"之类的话。两者既都属于虚拟,哪章是仿拟之作就难于判断,但都是各有创意的小说作品则是显而易见的。

《赵策三·建信君贵于赵》,写魏牟讽谏赵王事。公子魏牟过赵,赵王迎入,请教"为天下"之道。其时"前有尺帛,且令工以为冠"。魏牟曰:"王能重王之国若此尺帛,则王之国大治矣。"赵王不悦。魏牟曰:"王有此尺帛,何不令郎中为冠?"王曰:"郎中不知为冠。"魏牟曰:"为冠而败之,奚亏于王之国?而王必待工而后乃使之。今为天下之工或非也,社稷为虚戾,先王不血食,而王不以予工,乃与幼艾……乃辇建信以与强秦角逐。臣恐秦折王之椅(鲍本'椅'作'輢')也。"至《赵策四·客见赵王》,变魏牟为"客",尺帛为冠化作买马:

> 客见赵王曰:"臣闻王之使人买马也,有之乎?"王曰:"有之。""何故至今不遣?"王曰:"未得相马之工也。"对曰:"王何不遣建信君乎?"王曰:"建信君有国事,又不知相马。"……对曰:"买马而善,何补于国。"王曰:"无补于国。""买马而恶,何危于国?"王曰:"无危于国。"对曰:"然则买马善而若恶,皆无危补于国。然而王之买马也,必将待工。今治天下,举错(措)非也,国家为虚戾,而社稷不血食,然而王不待工,而与建信君,何也?"赵王未之应也。

---

① 缪文远:《战国策考辨》,第117页。
② 《史记》卷十六《田敬仲完世家》,第6册第1895页。

后者的意象结构显然是从前章翻出来的，某些文字也相似相同。而将尺帛为冠改作买马相马，并增加对话层次，给人以意象一新之感，明旨达意更见灵通与透彻，是一篇颇具意趣的仿改小说。而前章是否纪实，尚须考辨。策中有关建信君之文多达十章，可见实有其人。他是事赵王以色的幸臣，一度为相，与秦文信侯、楚春申君同时。本章魏牟有"王之先帝驾犀首而骖马服以与秦角逐"之语，"则在孝成王之时明矣"①。而魏牟，"魏之公子，封中山，名牟"②。《汉志》道家类载《公子牟》四篇，班固谓其"先庄子"。《庄子·秋水》写公孙龙语魏牟："龙少学先生之道"，则魏牟又是公孙龙的师辈，班固之言或非妄度。宋王应麟亦据此篇"公子牟称庄子之言以折公孙龙"谓其"与庄子同时"③。庄子约生于公元前369年，魏牟即便略小于庄子，至赵孝成王之时（前265—前245），也早已老耄，岂能"过赵王"而说之。可见此章也是后人借魏牟之口讽喻赵王宠幸建信君误国的小说作品。仿改作者或了解魏牟时代与之不合，改为所指无定的"客"耶？

策中还有些模拟、仿改之作，但很少创新，这里就不多谈了。

结　语

史家谓战国为"纵横之世"，体现纵横家思想的《战国策》最具纵横之世的时代特征。便是虚拟的小说作品，也是以表现刘向所谓"高才秀士"的"奇策异智"为主要内容，充分展示出那个"逞干戈，尚游说"的时代风貌，塑造了以苏秦、张仪为首的新兴暴发的士大夫——纵横家们的鲜明形象和战国君臣的形形色色。从这方面说，它在很大程度上就是时代的一面镜子。它与时代的密切关系超过了以往任何早期小说。

---

① 吴师道：《战国策校注》卷六。
② （晋）郭象：《庄子·让王》注引司马彪语，上海古籍出版社1989年版，第148页。
③ （宋）王应麟：《汉书艺文志考证》卷六，清刊本。

《战国策》又不同于其他先秦子书。它不是出自个人或某一门派人物之手，而是多种同类型书的集合体。虽多纵横家策谋之文，却远不限于演义纵横之术，不乏彰显志士仁人高风亮节的小说佳作。《鲁仲连义不帝秦》《唐且不辱君命》和《邹忌讽齐王纳谏》都是其中的佼佼者。

《战国策》中的小说，与其他先秦拟实小说一样，以人物对话为其主要表现手段而更加突出。由于游说的需要，文辞纵横奔放，气势恢宏，甚或极尽发挥，痛快淋漓，大有"语不惊人死不休"之概，加之小说家的想象与虚饰，形成醒目的夸张以至夸诞的艺术特色，各类主人公的形象轮廓因而显得格外明晰，从而在我国早期拟实小说的发展中具有不容忽视的地位和价值。

原载《中国典籍与文化》2009 年第 3 期

《管子》之小说考辨

　　由刘向校定的《管子》八十六篇，辗转佚脱，今存七十六篇。由于出自稷下学宫成立的战国中期至西汉前期近二百年间的众多学人之手，内容繁富而杂驳，而以关注经济与实学为其别于其它子书的突出特点。其文多为论说体与对话体，后者虽将为政之道托诸管仲答桓公之言，却不同于叙事中的对话，主旨仍在对政道的解说，少有情趣和意味，当属论说之列，而非美文。《管子》中也有部分记叙文字，张扬管仲的阅历和事迹。晚于管仲三、四百年的作者们或汲取史料，或采录传说，更多的还是凭借想象，自觉虚拟，将其种种奇思异想附于历史人物管仲身上，构成一批远离寓言、类乎为古人立传的叙事作品，亦即后世之谓小说。《大匡》《中匡》《霸形》《戒》《小称》《小问》和《轻重》甲、乙、丁、戊诸篇都有多少不等的早期小说。本文对此略作考辨，以就教于大方之家。

　　《管子》"篇简错乱，文字夺误，不易董理"①。笔者考察与引文主要依据岳麓书社 1993 年出版的由刘皓宇先生校点的《百子全书》本（惜其印刷质量欠佳，许多引号只有半个），参考多种别本及郭沫若、闻一多、许维遹诸先生所著《管子集校》。

---

　　① 　郭沫若：《管子集校·叙录》，科学出版社 1956 年版，卷首第 1 页。

一

《大匡》，除末段为后续的论说之文，前面四千余字是较完整地叙述管仲阅历与功业的长文。全文可分四段进行考辨。首段，"齐僖公生公子诸儿、公子纠、公子小白"，命鲍叔为小白之傅，"鲍叔辞，称疾不出"，管仲与召忽一起劝他。三人的相关对话近四百字。且不说在那以竹帛书写文字的时代，此等言语不可能有史料记述，即从管仲与召忽的话语中也能看出是后人的想象与造作。管仲谓小白"无小智，惕而有大虑①，非夷吾莫容小白"，又谓"纠虽得立，事将不济"，鲍叔才能"定社稷"。此时僖公还在世，公子纠与小白的兄长即后来的齐襄公还未当政，管仲怎能如此料定未来？更可怪者，在距继位之争还很遥远之时，召忽就说如果有人"废吾所立，夺吾纠也，虽得天下，吾不生也"，管仲更说"岂死一纠哉！"此等言语分明是了解齐桓公与公子纠夺权斗争结果之后所做的安排，是事后诸葛亮的文学造作。

第二段，写僖公死后到管仲任政的权势更迭。前半多处与《左传》吻合，特别是襄公的行事及其败亡与《左传》所记无异，许多文字也完全相同，说明作者熟悉《左传》，并抄录了它的某些记载。罗根泽对此做了有力的考证②。而在支持公子纠的鲁国"败绩"之后，描述鲍叔与小白设计从鲁国讨回管仲委以国政，复用并发展了首段用过的小说笔法，即铺陈对话，刻画人物：

> 桓公问于鲍叔曰："将何以定社稷？"鲍叔曰："得管仲与召忽则社稷定矣。"公曰："夷吾与召忽，吾贼也。"鲍叔乃告公其故图。公曰："然则可得乎？"鲍叔曰："若亟召则可得也，不亟

---

① "惕"原作"惕"，此从《管子集校·大匡》之王念孙说。
② 参见罗根泽《管子探源》，上海 中华书局1931年版，第59-60页。

不可得也。夫鲁施伯知夷吾为人之有慧也，其谋必将令鲁致政于
夷吾。夷吾受之，则彼知能弱齐矣；夷吾不受，彼知其将反于齐
也，必将杀之。"公曰："然则夷吾将受鲁之政乎？其否也？"鲍
叔对曰："不受。夫夷吾之不死纠也，为欲定齐国社稷也。今受
鲁之政，是弱齐也。夷吾之事君无二心，虽知死，必不受也。"
公曰："其于我也，曾若是乎？"鲍叔对曰："非为君也，为先君
也。其于君不如亲纠也，纠之不死，而况君乎？君若欲定齐之社
稷，则亟迎之。"公曰："恐不及，奈何？"鲍叔曰："夫施伯之
为人也，敏而多畏，公若先反，恐注怨焉，必不杀也。"公曰：
"诺。"

对话如此细腻，显非史笔，应是作者的想象与铺展。下写施伯谏鲁君
"致鲁之政"于管仲，"若不受，则杀之"，与鲍叔所料如出一辙。然未及
施行，"而齐使至"，施伯只得劝鲁君放行管仲，并说："夫管仲，天下之
大圣也，今彼返齐，天下皆乡（向）之，岂独鲁乎？"其实，管仲当时只
是败亡的公子纠之傅，尚未主政而展其才，除与之多年为友的鲍叔，别人
无法洞悉其治国本领，鲁国的施伯怎么可能如此器重，甚至誉为"天下
之大圣"？这些或直接或间接通过施伯张扬管仲的戏剧性情节与对话分明
是后世作者的虚拟和造作。其文源出《国语·齐语》，施伯谓管子为"天
下之才"，建议鲁庄公"杀而以其尸授之"。这也是违逆情理的虚构，故
被乾隆撰文讽为"记载强半诬"①。《大匡》采录而多肆铺陈，大添枝叶，
遂成十足的小说之笔。另外，不依《左传》写召忽死于公子纠被杀之时

---

① 弘历：《御制齐语解》，载《文渊阁四库全书》，台湾商务印书馆股份有限公司
1986 年影印本，第 406 册 第 1 页。

之地①，让他与管仲一起被缚送往齐国，"入齐境"才"自刎而死"，也是作者的特地虚拟。行前召忽对管仲说"令子相齐之左，必令忽相齐之右"，"子生而霸诸侯"等语，均非召忽当时所能得知，显系作者为拔高人物所做的生发和想象。再后以"或曰"表明其下所记是小白与公子纠之争的另一种传说，却着力表现鲍叔鼓动和保护小白由莒返齐的情景，彰显鲍叔乱中的勇毅和果敢，除去头尾个别文句，与前文并不抵牾，而是这场斗争或一侧面的写照，成为作品的生动补笔。如此汲取传说以充实作品内容乃后世小说的惯常笔法，屡见而不鲜。

第三段，逐年叙写齐桓最初几年管仲与桓公的政见和施为。元年（前685），桓公召问管仲："社稷可定乎？"管仲曰："君霸王，社稷定，君不霸王，社稷不定。"桓公"不敢至于此其大"，管仲则谓"社稷不定"，则臣不敢"不死纠也"，请辞而出。桓公"汗出"，乃曰："其勉霸乎。"管仲这才"承命，趋立于相位"。这就不仅把管仲写成为政之初就对辅齐称霸充满信心，而且在社稷方定未定之时就逼迫桓公作出称霸称王的宣示，实属违逆情理之举，应是春秋之后习知齐桓霸业又洞悉田齐称王的作者虚拟之文。与之比照，本书《霸形》首章写桓公就鸿鹄"四方无远"，欲至辄至，问管仲与隰朋："非惟有羽翼之故"乎？二人不对，桓公问不对之故，管仲对曰："君有霸王之心，而夷吾非霸王之臣也，是以不敢对。"这里的管仲和桓公之言与本篇二人所言全然颠倒，恰相抵牾。此即黄震批评的"自相矛盾"②，其实都是作者以意为之的虚造之笔。此后，写桓公反复主张"修兵""伐宋""伐鲁"，而反复遭到管仲的反对，桓公坚持施为，结果均以失败告终，以显示管仲政见之高、治国之能。这不仅于史不合，且与史书所记多相悖逆。齐桓二年，写桓公因被宋夫人

---

① 《左传》庄公九年载："鲍叔帅师来言曰：'子纠，亲也，请君讨之。管、召，仇也，请受而甘心焉。乃杀子纠于生窦，召忽死之。管仲请囚，鲍叔受之，及堂阜而税（脱）之。"

② 黄震：《黄氏日抄》卷五十五，清乾隆十二年（1767）新安汪佩锷刊本。

"荡船",怒而"出之,宋受而嫁之蔡侯",次年桓公"欲伐宋",管仲"不可"。桓公"不听,果伐宋,诸侯兴兵而救宋,大败齐师。"而据《左传》僖公三年(前657)、四年载,"荡公"的不是宋夫人,而是蔡姬;时间也不是齐桓二年,而是二十九年;桓公不是被诸侯"大败";而是"以诸侯之师侵蔡。蔡溃,遂伐楚。"①如果说误蔡为宋或传闻异词,其余多项错乱、悖逆就只能是为衬托管仲所作的蓄意变改和造作。下写"三年,桓公将伐鲁",原因是"其救宋也疾"。管仲复"不可",桓公亦"不听",结果败于长勺。无论长勺之战为前一年事,即鲁"救宋"之事非但无有,其时鲁、宋还连年交战:齐桓二年鲁"大败宋师于乘丘",次年"宋为乘丘之役故"侵鲁,"败诸鄑"②。为突出管仲,如此乱造,自是小说,而非史作。下至"四年",写桓公不顾管仲的反对与警告,修兵再次伐鲁。鲁"去国五十里"为关请盟,桓公中计,被鲁庄公和曹刿持剑行劫,只好答应退还所侵之地,"以汶为境"。此与《公羊传》《史记》所记曹刿(《史记》作曹沫)于柯劫桓公之盟同中有异。而据《左传》相关记载,齐鲁两国除为纳公子纠所进行的乾时之战及次年的长勺之战,前后多年无战事,长勺之战又以鲁胜齐败告终,侵地与劫盟均属子虚。宋代经学家孙觉(著《春秋经解》)、叶适(著《习学记言》)、叶梦得、王应麟和吕大圭等都对曹刿劫盟之记予以否定,谓"其事皆无有"③,乃"游士之虚语"④"六国辩士假托之言"⑤"春秋之后好事者之浮说"⑥,加之后世诸多学者的附议,应成定论。《大匡》采取这种"虚语""浮说",再加变改与增饰:鲁求"去兵"(不佩带兵器)而盟,桓公应允,管仲一

---

① 《春秋左传正义》卷十二,载《十三经注疏》,第 1792 页。
② 《春秋左传正义》卷八、卷九,载书同前,第 1767、1769 页。
③ (宋)叶梦得:《春秋三传谳·公羊传谳》卷二,上海 商务印书馆 1934 年影印本。
④ 王应麟:《困学纪闻》卷七,清同治九年(1870)扬州书局刊本。
⑤ 叶梦得:《春秋考》卷十,清光绪二十一年(1895)福建布政司署刊本。
⑥ (宋)吕大圭:《吕氏春秋或问》卷八《公会齐侯盟于柯》,载《文渊阁四库全书》,第 157 册第 555 页。

再告诫而桓公"不听",终被劫盟;自此桓公改弦更张,"修于政,不修于兵革,自圉,辟人,以(已)过①,弭师"。这就把"虚语"纳入改造桓公、表现管仲的创作意图,构成《大匡》作者自觉虚造的重要环节。

第四段写管仲佐桓公所行霸迹,年代大为错乱,记事也多违背历史。"五年,宋伐杞",桓公起初欲伐宋救杞,管仲以"内政之不修,外举义不信"而谓"不可",主张"令人以重币使之,使之而不可,君受而封之。"即"存亡继绝"之意。桓公依管仲之言,在宋伐杞之后,"筑缘陵以封"杞。"明年"即齐桓六年,"狄人伐邢,邢君出致于齐",齐亦未救,只"筑夷仪而封之"。而据《春秋》和《左传》,春秋间只有莒和鲁曾经"伐杞",宋从无伐杞之事。"诸侯城缘陵而迁杞",时当鲁僖十四年(前646),即齐桓四十年,原因是"淮夷病杞",迁都以"辟淮夷"②。宋倘非"城缘陵"的诸侯之一,至少与杞之迁都无涉。谓齐桓五年"宋伐杞",纯属虚构与滥造。"狄伐邢"始于鲁庄三十二年(前662,齐桓二十四年)冬,翌春,管仲即请救邢,言于齐侯曰:"戎狄豺狼,不可厌也。诸夏亲昵,不可弃也。宴安酖毒,不可怀也。"并引《诗经·出车》二句:"岂不怀归,畏君简书",谓"简书,同恶相恤之谓也。请救邢以从简书。"③ 桓公从之。故《春秋》经文于鲁湣元年(前661)春下大书:"齐人救邢";两年后即僖公元年,《春秋》与《左传》又分别而书:"春……齐师、宋师、曹伯次于聂北救邢","夏,邢迁于夷仪,诸侯城之,救患也"。《大匡》所写狄伐邢不只年代大谬,事亦甚违:邢君原未奔齐,只是送来求救的"简书";齐非未救,只筑城而"封之",而是帅诸侯反复施救后封之。更重要的是,管仲不是多劝桓公勿"外举义",而是劝他勿贪安逸与享乐,要勇于抑强拯弱,以图霸业。杜预注曰:"以宴乐比之酖毒。"孔颖达疏曰:"齐侯纵心宴乐,不欲征伐,安则自损其身,故言

---

① "已",止。从张佩纶说。见郭沫若等《管子集校》第280页。
② 《春秋左传正义》卷十三,载书同前,第1803页。
③ 《春秋左传正义》卷十一,载书同前,第1786页。

酖毒以劝之。"① 这才是桓公与管仲其时的实际状况，与本文前面多写桓公时欲修兵强军，管仲反复"不可"的情形恰好相反。其总体虚构性于此可见。接写"狄人伐卫"，齐"筑楚丘以封之"，系于齐桓七年，实当鲁湣二年和鲁僖元年即齐桓二十五年与二十六年，相差十八、九年。下写齐派开方、季友、蒙孙博等分别游于卫、鲁、楚，使"诸侯附"，亦多妄言。卫既承齐所封，自然归附，应非开方之游所致。而据《左传》，季友为鲁之"庄公母弟""相鲁"，庄公薨，庆父杀公子般，季友"奔陈"；湣公元年，"秋八月，公及齐侯盟于洛姑，请复季友，齐侯许之，使召诸陈"；僖公三年，季友自鲁"如齐"莅阳谷之盟，十六年卒。谓此季友以齐游鲁，岂非荒诞？至于楚之"附"齐，只能理解为桓公帅诸侯"伐楚"而与屈完"盟于召陵"之事，绝非派"游"者所致。可知三者多属虚造。再后写"狄人（疑'入'之讹）伐"（房玄龄注："谓入伐齐"），桓公请诸侯"救伐"，齐"卒先致缘陵"，而"北州侯莫来"，桓公败狄后"遇南州侯于召陵"，"请诛于北州之侯，诸侯许诺，桓公乃北伐令支，下凫之山，斩孤竹，遏山戎"。这里所写一系列征伐都起自狄人"伐齐"，而据《春秋左传正义》，终齐桓四十三年，狄虽有伐邢、伐卫、伐晋、伐郑、灭温等多种入侵，却无"伐齐"之事，自然也无桓公求救之说。"北伐令支……遏山戎"，实际就是北伐山戎，《春秋》《左传》《国语》与《史记》均有记载，但不是为"北州之侯莫来"，而是为了救燕。左庄三十年（前664）谓齐桓与鲁庄"谋山戎""以其病燕故也"②。《齐太公世家》说得更为详明："（桓公）二十三年（前663），山戎伐燕，燕告急于齐。齐桓公救燕，遂伐山戎，至于孤竹而还。"同篇又谓"（齐）北伐山戎、离枝（即令支）、孤竹。"可见史书所载与《大匡》所写是同一场战争。《大匡》作者以主观虚想的缘由（"北州之侯莫来"）扭曲了北伐山

---

① 《春秋左传正义》，载书同前，第1786页。
② 《左传》，岳麓书社1988年版，第43页。

戎的历史。其写桓公败狄 ⋯ 遇南州侯于召陵"，因无其事，房玄龄乃为注曰："谓伐楚盟于召陵也。"而齐楚盟于召陵，在齐桓三十年即北伐山戎七年之后，此时请伐，岂非笑谈？不唯时序颠倒，且将齐桓"伐楚"于召陵订盟变成齐桓败狄于召陵"遇南州之侯"，如此南辕北辙，了不相涉，实是胡乱虚造之笔。文中还出现了"南州侯"与"北州侯"的陌生称谓，在现存的电子版先秦文献中查无其语，只楚辞《远游》中有"南州"一词，而"北州"至西汉文献中始见，《史记·三王世家》引武帝《燕王策》称"北州以绥"，《匈奴列传》亦有"北州已定"之语，其"北州"皆指已被征服的原匈奴聚居之地。而本篇桓公所称"北州"指随即被伐的令支、孤竹及被遏的山戎，亦属北面边塞异族。本篇倘非汉人所作，汉代至少有所增益。其后又写"吴人伐谷（房注：'齐之下都'），桓公告诸侯未遍，诸侯之师竭至"，吴人乃逃，"诸侯而罢"。作者似不知吴的兴起很晚，"寿梦立而吴始益大，称王"，次年"始通于中国"[1]，时在齐桓之后半个多世纪，桓公时不可能有吴人侵齐之事。

此后还有一段，时间、结构与前四段不相连属，单述桓公时期的某些任命和举措。谓"桓公使鲍叔识君臣之有善者，晏子识不仕与耕者之有善者，高子识工贾之有善者，国子为李"；后又写"令鲍叔进大夫""令晏子进贵人之子""令高子进工贾""令国子以情断狱"；再后写管仲逐一晓谕鲍叔、晏子与高子，分述他们各自所"识"的人群何者属于"有罪无赦"，而对高子晓谕尤多。高子与国子是受命于天子的齐国世袭守臣，位居正卿，在管仲之上，《国语·齐语》谓齐设"士乡十五"，桓公与高子、国子各帅五乡。如此高、国，怎么会被"令"作"进工贾"和"断狱"这类具体事务？管仲又何得对高、国谆谆晓谕？除春秋后期的晏婴，不知还有哪个齐臣也称"晏子"，大约是不知吴国兴起很晚的作者也不知晏子的生活时代，便连同高子、国子一起，来个乱点鸳鸯谱。

---

① 《史记》卷三十一《吴太伯世家》，北京 中华书局 1985 年版，第 1447、1448 页。

总之，或经汉人之手最后成文的《大匡》，是将某些有关管仲的史料与传说作为素材，为体现作者拔高管仲的创作意图，不仅对史料多加变改与铺展，并加入大量虚构与错乱的内容，从而远离历史，成为一篇似史而非的拟史小说。

二

《中匡》第二章写桓公请管仲饮酒。为礼敬仲父，"掘新井而柴焉，十日斋戒"，宴前"公执爵，夫人执尊"。而"觞三行"，管仲即"不告"而"趋出"。桓公怒曰："寡人斋戒十日而饮仲父，寡人自以为修矣。仲父不告寡人而出，其故何也？"鲍叔、隰朋追回管仲，管仲对曰："臣闻之，沉于乐者洽于忧，厚于味者薄于行，慢于朝者缓于政，害于国家者危于社稷，臣是以敢出也。"桓公说"非敢自为偷"，因两人都已年长而力衰，"吾愿一朝安仲父也"。管仲仍不能谅，谓"壮者无怠，老者无偷"，三王失之"非一朝之萃，君奈何其偷乎？"说罢，"走出，君以宾客之礼再拜送之"。古时君"赐之爵"，有"礼已三爵而油油以退"之说，因为"饮过三爵则敬杀，可以去矣"①，但并不能"无告"而退，不辞而退，否则便是不敬。管仲对桓公如此不敬，是为谏君勿"沉于乐""厚于味"，以免"缓于政""危于社稷"。但从所写的情况看，桓公此次请酒，十分郑重，全无贪图享乐之意。管仲的不告而别和说词也就显得极不合理，显为作者的蓄意造作。其实，管仲并不如此约束自己，孔子就说他"有三归，官事不摄，焉得俭？"这"三归"无论如皇侃解作"娶三国女为妇"②，还是如杨伯峻解作"他收取了人民的大量市租"③，都属奢而不俭

---

① 郑玄注《礼记正义》卷二十九《玉藻》，清乾隆间（1736－1795）和珅刊本。

② （魏）何晏（梁）皇侃：《论语集解义疏》卷二，清乾隆五十二年（1787）武英殿刊本。

③ 杨伯峻：《论语译注·八佾篇第三》，北京 中华书局 1962 年版，第 34 页。

之事。桓公更被史家明书"好内,多内(纳)宠",除夫人三,还有"内嬖如夫人者六"①,此等事"管仲以为不害伯(即不碍霸业),不禁也"②。比起桓公的享乐,本文所写的请酒何得称"偷",管仲哪会如此做作。其为作者的虚造不言而喻。

《霸形》之题在流传中或与《霸言》题目相混而互易③,全文却是一篇完整叙事,多有小说意味。开头即写桓公就"二鸿飞而过之",慨叹其"有时而南,有时而北","四方无远",全凭羽翼,由此与管仲、隰朋展开有趣的对话。这等以鸿雁起兴之笔,当时的史官不会记录,纯属后世好事者的文学意趣。管仲谈到"税敛重""刑政险""上举事不时"三项民忧和民瘼,桓公异常重视,"将荐之于先君",乃"令百官有司,削方墨笔"以备"朝于太庙"之用。据罗根泽考证,"'笔'字产生甚晚",其时"盖在战国"④。春秋前期的桓公自然不会发"墨笔"之令,应是后世作者的虚拟。下写"宋伐杞,狄伐邢、卫",桓公称疾"姑乐"而"不救"。管仲一面讽桓公之"乐"为"哀",一面又为不救三小国而庆幸,谓"诸侯争于强者,勿与分于强",建议桓公:"何不定三君之居处哉?"桓公乃以缘陵、夷仪、楚丘封杞、邢、卫三国之君。前已说过,宋无伐杞之事;狄伐邢,齐以管仲之谏"救邢",均与本文所写相悖。据《左传》,封邢与卫在鲁僖元年(前659)与二年,迁杞于缘陵在鲁僖十四年,前后相差十二、三年,管仲何时得言"定三君之居处"?分明是后人虚想之词。其中描述桓公"裸体纫胸"称疾作乐云:

于是令县(悬)钟磬之榱,陈歌舞竽瑟之乐,日杀数十牛

---

① 《春秋左传正义》卷十四,载书同前,第1809页。
② (宋)苏辙:《古史》卷九,明万历四十年(1612)南京国子监刊本。
③ (清)张佩纶《管子学·霸形》云:"下篇《霸言篇》第一句'霸、王之形',《管子》多以首句名篇,如《牧民》《山高》之类,疑此篇乃《霸言》,而《霸言》篇乃《霸形》。"见郭沫若等《管子集校》第375页。
④ 罗根泽:《管子探源》,第71页。

者数旬……桓公起行筍虡之间，管子从。至大钟之西，桓公南面
而立，管仲北向对之。大钟鸣。桓公视管仲曰："乐夫，仲父？"
管仲对曰："此臣之所谓哀，非乐也。臣闻之，古者之言乐于钟
磬之间者不如此。言脱于口，而令行于天下；游钟磬之间，而无
四面兵革之忧。今君之事，言脱于口，令不得行于天下；在钟磬
之间，而有四面兵革之忧。此臣之所谓哀，非乐也。"桓公曰：
"善。"于是伐钟磬之县，并歌舞之乐，宫中虚无人。

笔墨较细，场面清晰，有情有境，亦言亦行，富形象性，可见早期小说色
彩。此后写"楚人攻宋、郑"：大烧郑地，毁城焚屋，使郑人穴处"如鸟
鼠"；又拦截宋田，"夹塞两川，使水不得东流，东山之西，水深灭垲，
四百里而后可田也"。管仲乃谏桓公"兴兵南存宋、郑"而"毋攻楚"，
后"与楚王遇于召陵之上"，遂"以郑城与宋水为请于楚，楚人不许"，
乃"使军人城郑南之地，立百代城焉"。又"东发宋田，夹两川，使水复
东流，而楚不敢塞也。遂南伐楚，逾方城，济于汝水，望文山，南致吴越
之君。"写得如火如荼，却大半不是史实。据《春秋》三传和《史记》，
在齐桓四十几年间，楚与宋并无战事，更无拦水淹田之事。宋乃小国，哪
有四百里可淹？作者或将左庄十二年（前 682）史有明载的天灾"宋大
水"变为楚国害宋的人祸了。楚于鲁僖公之初倒是连年"伐郑"，齐虽
"谋救"而未动，直至鲁僖四年春齐桓才会七国之师"侵蔡"之后"伐
楚"，先"次于陉"，后盟于召陵。《春秋》及《左传》记之甚详。管仲、
桓公与楚使、屈完多有问答，却不提及"郑城"，更不会谈原本虚无的
"宋水"。其后的"南伐楚，逾方城"云云，均属子虚，更无"致吴越之
君"的事。如果说《大匡》中还有抄录史书或改造史事的文字，本文所
写则是好事者凭借对数百年前历史的一知半解或道听途说所作的主观想
象与虚构，与真实的历史相距益远。文中还有这样的描述："楚欲吞宋、
郑而畏齐"，楚王便明告国中：明君"莫如桓公"，贤臣"莫如管仲"，

"寡人愿事之。谁能为我交齐者，寡人不爱封侯之君焉。"于是"楚国之贤士皆抱其重宝、币帛以事齐。桓公之左右无不受重宝、币帛者。"如此荒诞的夸饰文字，只有小说之类的远离历史之文才会使用。学者以为，"《霸形》是一篇有深刻政治寓意的短篇小说"①。所谓"政治寓意"，就是在列国纷争之际，以"称疾作乐"为哀，以抑强扶弱、"令行于天下"为乐，此则合于桓公霸业的思想精神。尽管行迹多为虚拟，仍是一篇拟史小说。

《戒》与《小称》各有一章写管仲病重时与桓公论人之文。前者先论谁可为相，管仲不许鲍叔而许隰朋，谓鲍叔"为人好善而恶恶已甚"，隰朋"好上识而下问"，与《吕氏春秋》卷一《贵公》所记命意不差②，或非虚笔。但《戒》中所言繁细，生发较多，还旁及宁戚、宾胥无、孙宿，加入好事者的议论与发挥。而后又议易牙、竖刁、开方三佞臣，与《小称》所写大同小异。管仲说，易牙烹子为桓公进食，竖刁自阉以事公，开方弃卫公子千乘之位而臣事于公，皆属乖戾反常，居心叵测，并非为爱桓公，"君必去之"。两文所写的桓公均先照管仲之意将三佞（《小称》又加堂巫为四佞）斥逐，随后极感不便和不适，又将三人召回复职，以至最后酿成在桓公病重及死后三人专权、乱宫、改立太子的祸害。而《韩非子·十过》《史记·齐太公世家》及《说苑·权谋》等均写管仲病中谏桓公不可重用三人，理由亦同于本文，但管仲并未建议"去之"；管仲死后，桓公也未斥逐三佞，而是重用如故，终成乱宫贼子。两种记述相较，《十过》《齐太公世家》等更自然、合理，类乎史实；斥逐三佞又随即召回，不但于史无载，且有人工斧凿之迹，应为好事者的生发和演绎。《戒》中的管仲乃至以"东郭有狗啀啀，旦暮欲啮"形容易牙，又以"北郭有狗啀啀"与"西郭有狗啀啀"譬喻竖刁与开方，小说笔法更为显眼。

---

① 胡家聪：《管子新探》，中国社会科学出版社 2003 年版，第 482 页。
② 参见《吕氏春秋》，载《诸子集成》第 6 册所载该书第 9 页。

《小称》还写一妇人得见被围的桓公，告他三佞及堂巫乱宫之事，谓"四人已分齐国"，"公子开方以书社七百下卫"，桓公遂痛悔不听"圣人之言"，自觉无面目"以见仲父于地下"，后"援素幭以裹首而绝"。此等铺展与夸饰的摹绘明白显出其远离史实、以意虚拟的小说面目。《戒》又夹写管仲嘱桓公将近楚的江、黄两小国"归之楚"，否则楚取之而"不救"就被动了。而《左传》记载，管仲还健在的鲁僖十二年（前648）夏，黄已被楚所灭，管仲病时哪会复嘱此事？《穀梁传》卷八于僖公十二年"夏，楚人灭黄"条追记"贯之盟"云：

> 管仲曰："江、黄远齐而近楚，楚为利之国也。若伐而不能救，则无以宗诸侯矣。"桓公不听，遂与之盟。管仲死，楚伐江灭黄，桓公不能救，故君子闵之也。

这里，将楚灭黄记作管仲死后，而据《左传》，"楚人灭黄"的鲁僖十二年冬，齐侯还"使管夷吾平戎于王"，"王以上卿之礼飨管仲……管仲受下卿之礼而还"；又据《齐太公世家》，管仲卒于齐桓四十一年即鲁僖十五年，在楚灭黄之后三年。《穀梁传》的作者已将灭黄与管仲之死的时间颠之倒之，《戒》的作者或将这里的管仲之言加以变换，移作病时对桓公之言。凡此种种，都表明《戒》的本文与《小称》相应之文同《大匡》等篇相仿，既有某些史料依据，又与史实多相背离，是后世作者凭对历史的某些了解加以想化和虚构的产物，均为早期拟史小说。

《小问》篇有多章小说，前发拙文已有考辨。这里再辨析其第九章。"桓公北伐孤竹，未至卑耳之溪十里，闟然止，瞠然视，援弓将射"，却"引而未敢发"。对左右曰："见前人乎？"左右对以"不见。"桓公曰："事其不济乎？寡人大惑。"遂诉所见："长尺而人物具焉：冠，右袪衣，走马前疾。"管仲谓是"登山之神俞儿"，又说："霸王之君兴，而登山之神见。且走马前疾，道（导）也；袪衣，示前有水也；右袪衣，示从右方涉也。"行至卑耳之溪，有"赞水者"为之指路，一切都如管仲所言。"桓公立拜管仲于马前"，谓"仲父之圣至若此，寡人之抵罪也久矣。"内容如此幻诞不经，自非史笔，而是小说，是后人为神化管仲的智慧和桓公的霸主地位虚拟的神异小说。《说苑·辨物》也载有此事，其文简约，且无"霸王之君兴"等语，应为这个故事的雏形。《小问》则是《说苑》所据之文的发展，意象趋于二元，作者在将神化管仲的意象表现得更趋完整的同时，又增强了神化桓公霸主地位的意象。文字只加少许，意蕴却陡然分明，成为一篇二重意涵的寓意小说。

三

《轻重》诸篇中的叙事之文多是士人以游戏或玩世的心理设计的种种不切实际的王霸之术和生财之道，并将这些空想、幻想或胡思乱想假托为管仲与桓公推行的政策，结成"硕果"，摹写为具体的人物言行和人生情境，从而造成自觉虚构的小说作品。

《轻重甲》第七章载，桓公欲北伐孤竹而担心南方的越国从水道来犯，谓"天下之国莫强于越"。管仲谏他于深渊"立大舟之都"，奖励游水之士。最终得善游者五万人。出兵北伐时，"越人果至"，齐乃"大败越人"。而据史书，齐桓时越还弱不知名，其强而霸在春秋之末，让桓公说"天下之国莫强于越"，岂非呓语？全文事体都建立在此等呓语之上，当然只能是虚造的小说。第八章谓齐乃"阴王之国"，即有自然资源之国，资源就是"渠展之盐"。管仲谏桓公征盐而"积之"，积到足够就下令停产，使盐价"坐长十倍"，而后"以令粜之梁、赵、宋、卫"诸国，"得成金万一千余斤"，再令纳税者"必以金"，金又"坐长而百倍"，最终万物"尽归于君"。这里"并言梁、赵，盖指三晋之魏、赵言，当管子时未为国也"①，管仲何得而言之？这种囤积居奇又竭泽而渔之法本是为齐桓图霸的管仲所反对的，安在管仲身上岂不滑稽？实是好事者的游戏之想。

《轻重乙》第六章载，管仲以"九月种麦，日至而获"之法为齐国多收"方都二"（八县）之粮，而后请桓公将"终岁之租金四万二千"全部"素赏军士"。桓公乃在泰州之野集其军士，只要谁勇于说自己能"陷阵破众"或能得敌之"卒长"，就"赐之百金"，说自己能"执将首者，赐之千金"。结果四万多金一次赏完。桓公"惕然叹息"，管仲劝他"勿患"，还让各"将"优礼其人，各乡优礼其家，要让军士及其全家都有建功的荣耀感。后桓公"举兵攻莱，"未出金而赏"，却能轻易"破莱军，并其地，擒其君"，谓"此素赏之计也"。所谓"素赏"，就是空赏，无功而赏。这种培育士气之法或不无可取，但只能用于少数敢死之士，以"终岁租四万余金"广泛"素赏"，任何当政者都不会做这等傻事，只能是在野之士不关痛痒地空想为文，游戏而已。据《春秋》载，齐灭莱在鲁襄公六年（前567），上距桓公百年左右。错位如此，也可见其臆造的随意与玄虚。

《轻重丁》与《轻重戊》是小说的集中所在。前者头两章各有小题。首章《石璧谋》，写桓公"欲西朝天子而贺献不足"，乃问管仲："为此有数乎？"管仲对曰："请以令城阴里，使其墙三重而门九袭。因使玉人刻石而为璧，尺者万泉（钱）"，下依尺寸渐小而价递减。"璧之数已具"，管仲西朝天子曰："敝邑之君欲率诸侯而朝先王之庙，观于周室。请以令天下诸侯：朝先王之庙观于周室者不得不以彤弓石璧；不以彤弓石璧者，不得入朝。"天子许之，"号令于天下"。于是，"天下诸侯载黄金、珠玉、五谷、文采、布泉输齐，以收石璧。石璧流而之天下，天下财物流而之

---

① （清）金廷桂：《管子参解》卷三《轻重戊》，民国十一年（1922）常熟金氏铅印本。

齐"。齐国八年无税，"阴里之谋也"。这显然是好事者的主观臆想，与史实全无瓜葛。无论何如璋谓"桓公之一匡九合，并未朝周"[1]，其与桓公、管仲所秉持的治国图霸之道也大相悖逆。桓公与管仲既要尊周室，又要对诸侯"拘之以利，结之以信"，使后者"就其利而信其仁"[2]。这是令诸侯归服的重要途径与手段，怎么可以指使天子，坑害诸侯？一望可知是凭空虚造。

第二章题《菁茅谋》，写桓公忧虑"天子之养不足"。管仲对曰："江淮之间有一茅而三脊贯至其本，名之曰菁茅。请使天子之吏环封而守之。夫天子则封于泰山，禅于梁父，号令天下诸侯曰：'诸从天子封于泰山、禅于梁父者，必抱菁茅一束以为禅藉，不如令者不得从。'"于是，"天下诸侯载其黄金争秩而走，江淮之菁茅坐长而十倍，其贾（价）一束而百金。故天子三日即位，天下之金四流而归周若流水。故周天子七年不求贺献者，菁茅之谋也。"菁茅，又称三脊茅，是周天子祭祀用以滤酒之物，向为楚之贡品。故桓公伐楚时，管仲对楚使有"尔贡包茅不入，王祭不共，无以缩酒，寡人是征"等语，杜预注曰："茅，菁茅也"[3]，《穀梁传》则径谓"菁茅之贡不至，故周室不祭"[4]。正是菁茅的这种特殊功用使作者生出本篇的天开异想。其为荒诞不经之小说显而易见，不须费词。

第三章载，桓公想了解国中"富商蓄贾"的"称贷"状况，"以利吾贫萌（氓）、农夫，不失其本事"，管仲便派宾胥无、隰朋、宁戚、鲍叔分驰南北东西。回报的结果，四方举贷者五、六千家，贫民债台高筑，利息由百分之二十至百分之百不等。管仲慨叹百姓负债太重，是国贫、兵弱之源。桓公求计，管仲谏其"令贺献者皆以镂枝兰鼓"（一种精美的丝绸），则此种丝绸"必坐长十倍"，桓公所储存的也贵十倍，而后以此丝

---

① 见郭沫若等《管子集校·轻重丁》，第 1253 页
② 《国语》卷六《齐语》，上海 商务印书馆 1935 年版，第 86 页。
③ 《春秋左传正义》卷十二，载书同前，第 1792 页。
④ 《春秋穀梁传注疏》卷七，载《十三经注疏》，第 2393 页。

绢代民还息。桓公从其谏，"令召称贷之家"，酌酒行觞，表明此意，最后仅用不到三千纯的丝绢就还清了整个齐国举债贫民的利息，使百姓甚为感激。作者虑及借贷之民，殊为可贵，解决的办法则是主观的虚幻之想。其所反映的高利贷榨取应为或一时期的真实状况，而管仲之谏和桓公之令均属幼稚的无根之谈，都是作者的一相情愿。作品是一篇篇幅较长情节也较曲折的妄诞小说。第十章，写"峥丘之战，民多称贷负子息，以给上之急"。战后，管仲与桓公对称贷之家以高其门闾、"式璧而聘"的虚荣换取他们"皆折其券而削其书"，统统放弃债权，并"发其积藏，出其财物，以赈贫病"。由于地无峥丘，史无其战，注者猜度纷纭。其实与第三章同为并无实事的空幻之想，也是一篇虚拟的妄诞小说。

《轻重戊》第二章，桓公以鲁、梁临近齐国，如"蜂虿"，如"齿之有唇"，欲下两国，问计于管仲。管仲谓"鲁、梁之民俗为绨，公服之，令左右服之，民从而服之。公因令齐勿敢为，必仰于鲁、梁，则是鲁、梁释其农事而作绨矣。"桓公为服十日"于泰山之阳"。管仲向鲁、梁商人大批预订，使其民为多产绨而奔走于道。而后让桓公"服帛，率民去绨"。鲁、梁之民无粮，"饥馑相及"。两年，"归齐者十分之六，三年，鲁、梁之君请服"。此文游戏于荒诞之想自不待辨。值得注意的是张佩纶之论："鲁、梁二国，地不相接，春秋时梁国近秦，《汉志》'左冯翊夏阳地'"；左哀四年（前491）所载楚"袭梁及霍"之梁，在河南梁县西南，"亦与齐鲁甚远。惟《汉志》'东平国，故梁国……属兖州，在今泰安府东平州东三十里'，所谓'故梁国'者，乃汉之梁孝王故国，非春秋梁国。此节即汉人伪托《管子》，不应并汉郡国不知而疏舛至此。"[1] 马元材附议云：张氏看法"极为有见"，并以《汉书》之《三王传》与《贾谊传》阐明文帝用贾谊之言于十二年（前168）将刘武自淮阳王"徙

---

① 张佩纶：《管子学·轻重戊》，民国间（1912－1949）手写影印本；又见郭沫若等《管子集校》第1293页。

梁""北界泰山，西至高阳"，谓"此文言梁及鲁既皆在泰山之阳，更足证其所谓梁者，不仅为近齐之梁而非近秦之梁"，而且确为汉文帝十二年之后才有的"北界泰山"之梁①。这里不惮其烦引述两位前人的论，固然是为说明本篇虚想之作产生的时代很晚，必在汉文帝十二年之后，同时也是由于《管子》的产生时代还有争议，如果能充分关注前人这类无可辩驳的论证，就不便概言《管子》"其书出于稷下之学的管子学派""《轻重》不作于汉代而作于战国田齐"。后面四、五、六、七各章，思想、意象都与此第二章相类：第四章写齐国贵买莱、莒之柴，第五章写齐国贵买楚国之鹿，第六章写齐国贵收代国之狐，第七章写齐国抢购衡山之械器，最后都使其国上当，屈服于齐。马元材考证，衡山国于秦汉始有，其文写作"不能在秦汉以前"②。这些构思相似的虚幻戏作或出于一人之笔，均属如法炮制的仿拟小说。故何如璋云："《轻重戊》篇，鲁、梁绖一事耳，化作四五段，尤浅妄可笑。"③ 此篇唯第三章别具一格：齐民"饥而无食，寒而无衣"，官征无给，室漏不治。桓公求计于管仲。管仲说：砍树枝。砍后一年，百姓有食有衣，官征有给，屋漏得治，问题都解决了。桓公问其故，管仲说，齐人喜欢在树荫下休息，闲聊，如今砍了树枝，"日无尺寸之荫"，大家都去做自己的事了。把贫困归于怠惰，又把怠惰归于树荫，如此怪异之想，自然不是古人的幼稚，而是以文字在做游戏。从这方面看，也是小说。

　　《轻重》各篇中的叙事之文大多带有游戏性质，故被古人、前人视为"鄙俗""浅妄"。朱熹评《管子》："又有说的太卑，直是小意智处"④，大约也指这类文字，至少包括这类文字。而从文学发展来看，却是一种可

---

① 见郭沫若等《管子集校·轻重戊》，第 1294 页。
② 郭沫若等《管子集注》，第 1307 页。
③ （清）何如璋：《管子析疑序》，载温廷敬辑《茶香室三家文抄》上册，民国十五年（1926）补读书庐印本。
④ 《朱子语类》卷一百三十七，清康熙（1662－1722）石门吕氏天盖楼刊本。

喜的进步。先秦诸子中的虚构之作，或"冒充"写实，类乎人物传记（如《晏子春秋》），或注重表意，传达哲理精思（如《庄子》），使虚构之作带有不同程度的实用性。虽是创作，却还没有从实用文字中完全脱身，还是带着镣铐的跳舞。而《轻重》各篇的叙事之文，不具任何实用目的，以种种虚想的情境和意象戏笑为文，造成这批全无实用价值的"齐东野人之语"①，其功能只是供人读赏。这也是对早期小说的一种发展。

原载《中国典籍与文化》2008 年第 1 期，人大复印报刊资料《中国古代、近代文学研究》2008 年第 10 期转载。

---

① 何如璋：《管子析疑总论》，载温廷敬辑《茶香室三家文抄》上册。

《礼记》叙事的虚拟成分与文类辨析

　　《礼记》是集孔门弟子及其后学与后世儒生从春秋末期至秦汉间记述、解说、论议有关古礼的文献丛书，由汉戴圣于元帝至成帝初编纂而成。由于其从叔戴德也编了一部品类相近的礼书，两书的主要来源同为后被《汉书·艺文志》于《礼古经》下所载的"《记》百三十一篇"等书，时人遂以"大戴记"称戴德书，以"小戴记"称戴圣书。后经郑玄等人编注，小戴《礼记》流传渐广，至《隋书经籍志》著录，已有多种注本和讲疏本。唐贞观间，孔颖达奉敕撰"五经正义"，《礼记》遂被纳入经书。后至明清称"十三经"，《礼记》的经书地位迄无变更。全书四十九篇，内容广而且杂。就其文类而言，多属议论与说明，本文不论。其中也有不少记述人物谈话、行事的叙述文字，以宣示古代各种礼制、礼法、仪节或其他儒学观点。人物多用真名实姓，其事其言却不乏虚拟和假托。间或杂入少量传闻，更多的则是作者有意虚拟的以真人写假事的早期小说类作品。

一、门户之见的褒贬之作

　　《礼记》叙事以《檀弓上》居前，内有"子夏丧其子而丧其明"章，写曾子对子夏的严厉批评。曾子往吊子夏而哭，丧子失明的子夏则哭诉其"无罪"。曾子怒曰："商，汝何无罪也？吾与汝事夫子于洙泗之间，退而老于西河之上，使西河之民疑汝于夫子，尔罪一也；丧尔亲，使民未有闻焉，尔罪二也；丧尔子，丧尔明，尔罪三也。而曰汝何无罪与？"子夏投杖而拜，连称"吾过矣！"明代经学家郝敬于此按曰："孔门，曾子最少，子夏以曾子父执，无呼名数之之理。曾子平日言词恳谨，此词甚倨，不足信也。"① 王梦鸥《礼记今注今译》于此章注曰："方希古以为曾子恳谨，子夏是曾子的父执，不至直呼子夏之名而数其罪，颇疑其非曾子之事。"②循此而查方氏《逊志斋集》，其原文云：

> 孔子之门人，曾子最少，曾子之父与师商固友也。曾子于子夏之丧明而吊之则宜，其名而数之者，非曾子事也。传之者过也。曰：朋友有过，以其长也，则不正之与？曰：非也。正之者是也，名而数之，曾子不若是暴也。何以明之？曰：其辞倨而慢，曾子之言恳而谨③。

郝敬是明后期人，晚于希古（孝孺）百数十年，承其意复袭其词，两者大同。而据《仲尼弟子列传》，曾子在孔门虽甚年少，却只少子夏两岁，难言后者为其"父执"，呼商之名，似无不可。广安游氏甚至以为："曾子责子夏，称其名，女其人，若父师焉"，是"爱人以德"，"君子之道，固如此也。"④ 至于谓曾子"言词恳谨"，不会倨傲痛责子夏，似非无理，但仅以此断言此章"不足信"或"非曾子事"，似嫌不足，且俟知者更有力度的论证。

此篇另有几章贬曾子、褒子游之作，具有明显的虚造痕迹，谓之门户之见，亦不为过。且看下章：

---

① （明）郝敬：《礼记通解》，卷三，明万历四十四年（1616）京山郝氏刊本。
② 王梦鸥：《礼记今注今译》，北京：新世界出版社2011年版，第53页。
③ （明）方孝孺：《逊志斋集》，卷四，明正德十五年（1520）顾璘刊本。
④ 载（宋）卫湜《礼记集说》，卷十七，清乾隆五十年（1785）刊本。

　　曾子袭裘而吊，子游裼裘而吊。曾子指子游而示人曰："夫夫也，为习于礼者，如之何其裼裘而吊也？"主人既小敛，袒，括发，子游趋而出，袭裘带绖而入。曾子曰："我过矣，我过矣，夫夫是也。"

　　古人冬季礼服，裘外有裼衣，裼衣外还有正服。敞开正服外襟，露出裼衣和裘，谓之裼裘，属于吉服；掩起正襟和裼衣，使裘不外露，则谓之袭裘。本章写曾子只知吊丧不宜穿着吉服，不知个中细小礼节——依丧礼的进程讲究随主人改变装束——却又自以为是地当众指斥深知此等礼节的子游，显出他的浅薄和好为人师。子游是其师兄，曾子岂能指之而"示人"？且称这位师兄为"夫夫"（郑玄注："夫夫，犹言此丈夫也"①），好像是指称某个不相识者。诸如此类，都与孔门七十子间的关系格格不入，更不要说"言词悫谨"的曾子了。全文应是作者的蓄意造作。至于如此虚造的原因后面再谈。

　　此前一章为"曾子吊于负夏"。负夏在卫。曾子赴吊而迟到，主人行过祖奠，枢车已启动出位，由于曾子来吊，又将枢车推复原位，使妇女降阶，而后行礼。从者问曾子："礼与？"曾子说："夫祖者且也，且，胡为其不可以反宿也？"即谓祖奠是暂时的礼节，既如此，为何不可将枢车复位？从者又问子游，子游说："饭于牖下，小敛于户内，大敛于阼，殡于客位，祖于庭，葬于墓，所以及远也。故丧事有进而无退。"曾子闻之曰："多矣乎，予出祖者！"意谓子游所说的"出祖"礼节，比我曾子知道的多得多了。其实，丧葬灵枢"有进而无退"，丧家及司丧礼者大都熟知，本文主人为迟来的曾子特地将枢车退回原位，应是作者的有意虚拟。随后通过从者之问，显示曾子对丧礼知之甚少，而子游则甚精通。这种对

---

　　① 《礼记正义》，载《十三经注疏》，北京：中华书局1980年影印本，第1285页。

比，才是作者的创作意图。

再看本篇"有子问"章：

> 有子问于曾子曰："问丧于夫子乎？"曰："闻之矣。丧欲速贫，死欲速朽。"有子曰："是非君子之言也。"曾子曰："参也闻诸夫子也。"有子又曰："是非君子之言也。"曾子曰："参也与子游闻之。"有子曰："然，然则夫子有为言之也。"曾子以斯言告于子游。子游曰："甚哉，有子之言似夫子也。昔之夫子居于宋，见桓司马自为石椁，三年而不成。夫子曰：'若是其靡也，死不如速朽之愈也。'死之欲速朽，为桓司马言之也。南宫敬叔反，必载宝而朝，夫子曰：'若是其货也，丧不如速贫之愈也。'丧之欲速贫，为敬叔言之也。"曾子以子游之言告于有子。有子曰："然。吾固曰非夫子之言也。"曾子曰："子何以知之？"有子曰："夫子制于中都，四寸之棺，五寸之椁，以斯知不欲速朽也。昔者夫子失鲁司寇，将之荆，盖先之以子夏，又申之以冉有，以斯知不欲速贫也。"

这里简直把曾子写成一个不懂世故与事理的呆子。首先，他将任何常人都不会认同的"丧欲速贫，死欲速朽"两句话傻忽忽地说成孔子对"丧"的答复。受到有子两度质疑之后，他又傻乎乎地转求与他一起听到孔子原话的子游。说明他虽亲聆夫子之言，却完全不知其讽喻意味。听了子游的说明，连读者都已明了夫子之意和有子之疑，而曾子还要再问有子"何以知之"，真是呆得无以复加。有子便以滑稽之词作答，以为解嘲。一望可知，这是为嘲讽曾子蓄意编造的荒诞故事，是货真价实的讽刺小说。前两篇则是贬抑曾子的小小说。

《檀弓上》竟有三章无端大贬曾子而褒子游的虚拟之作，非同寻常。陈澔《礼记集说》于本篇之首载有刘彝的导语云："《檀弓》篇首言子游，及篇内多言之，疑是其门人所记"①。此疑不为无理。但其所记未必是全篇，更可能只是某些章节。上述三章褒子游的同时，均贬曾子，应当出于一人之手。此作者为何要大贬曾子？日本汉学家武内义雄在其《礼运考》中曾予关注，谓《论语·子张》中子夏与子张、子游与曾子所言不甚和谐、友善，还特别征引《孟子·滕文公》如下文字："昔者孔子没……他日子夏、子张、子游以有若似圣人，欲以所事孔子事之，强曾子，曾子曰：'不可。……'"并谓《礼记·檀弓》"有子游之徒非难曾子之记事，合而考之，曾子、子思之派与子游之派不合之情形，可以想见。"② 武内的见地自有道理。除此之外，笔者以为，可能与《论语》的编纂有关。据柳宗元《论语辩》，是书对孔门弟子"必称以字"，唯独有若、曾参称"子"，有若因貌似夫子一度曾被"立而师之"，曾参则无缘由，故被认为是"卒成此书"的曾氏之徒"号之"者也③。曾氏门徒如此抬高曾参，难免引起子游（或别的七十子）门徒的门户之见和不平之气，从而写出上面贬低曾子的虚拟之作。这当然都是战国时期的作品，也是地道的中国早期小说。

二、假托孔子的说礼之作

孔子教授生徒，十分重"礼"，《仪礼》就是"孔子传授弟子的课程之一"④。他把"克己复礼"作为奋斗目标，对颜渊说："一日克己复礼，天下归仁焉"，还将"非礼勿视，非礼勿听，非礼勿言，非礼勿动"视为"克己复礼之目"⑤。孔子死后，众弟子及七十子后学承其意志，记礼、言

---

① （元）陈澔：《礼记集说》，卷之二，绿荫堂藏版。
② 江侠庵编译：《先秦古籍考》上册，上海：商务印书馆1931年版，第205页。
③ 《增广注释音辩唐柳先生集》，卷四，《四部丛刊》影印元刊本。
④ 赵逵夫：王锷《〈礼记〉成书考》序，载王书卷首，北京：中华书局2007年版。
⑤ 《论语注疏》，卷十二郑玄注，《十三经注疏》第2502页。

礼时有所作。《礼记》收录颇多，且多言及孔子说礼。这从一方面说，随着孔子圣誉日隆是自然的事，但也不无假托孔子之言以图自重其说或充实、彰显礼法者。对相关篇章仔细考辨，就会发现虚拟之作，其中还不乏秦汉人之笔。

先看《曾子问》篇。全篇问孔子偌多问题，尽是礼书不载的特例，甚至被学者认为"钻牛角尖"。诸如"君薨而世子生，如之何？""将冠子，冠者至，揖让而入，闻齐衰大功之丧，如之何？""婚礼既纳币，有吉日，女之父母死，则如之何？""亲迎，女在途，而婿之父母死，如之何？""丧有二孤，庙有二主，礼与？""天子尝禘郊社五祀之祭，簠簋既陈，天子崩，后之丧，如之何？""君薨，既殡。而臣有父母之丧，则如之何？""葬引至于堩，日有食之，则有变乎？且不乎？"等等。这位曾子好像存心寻找礼书所不载者，以问孔子而求答，弥补礼书之不足。然而，礼书既无所载，孔子又据何而答？这就把孔子置于制礼者的地位，与"述而不作"的孔子大不相合，只能是伪托者（并非曾子）的自我造作，假孔子之名为世立则。且看书中孔子对"君薨而世子生，如之何"的答复：

> 卿大夫士从摄主，北面，于西阶南。大祝裨冕，执束帛，升自西阶尽等，不升堂，命毋哭。祝声三，告曰："某之子生，敢告。"升，奠币于殡东几上，哭，降。众主人、卿大夫士房中，皆哭不踊。尽一哀，反位，随朝奠。小宰升举币。三日，众主人、卿大夫士如初位，北面。大宰、大宗、大祝皆裨冕。少师奉子以衰，祝先，子从，宰、宗人从。入门，哭者止，子升自西阶。殡前北面。祝立于殡东南隅。祝声三，曰："某之子某，从执事，敢见。"子拜稽颡哭，祝、宰、宗人、众主人、卿大夫士哭踊，三者三，降，东反位，皆袒，子踊，房中亦踊，三者三。袭衰，杖，奠出。大宰命祝史，以名遍告于五祀三川。

既无文本，又乏实例，如此繁琐的礼节不知书中的孔子从何处得来，且能说得如此详尽，如数家珍，很像《仪礼》中的文字，与《论语》中夫子之语的简括大相径庭。他一气说了206言，长度远超《论语》中的任何一段①。用当时的记录工具（以竹梃点漆在竹片或木牍上书写蝌蚪古文字），曾子怎能一字不差地记得下来？这在孔子的时代是不可想象的，应是后世好礼儒生依照《仪礼》的琐细之文照猫画虎的产物，塑造的形象全非从容教授生徒的孔老夫子，而是拘谨背诵礼词的司仪角色。

内中也有某些实例。"丧有二孤，庙有二主"之非礼，就各举一例。后者谓是齐桓公，为"亟举兵，作伪主而行，及反，藏诸祖庙"，或属实有。前者则谓："昔者卫灵公适鲁，遭季桓子之丧。卫君请吊，哀公辞不得命。公为主，客人吊，康子立于门右，北面。公揖让升自东阶，西乡；客升自西阶吊。公拜，兴，哭；康子拜，稽颡于位，有司不辨也。今之二孤，自季康子之过也。"据《春秋》经文，卫灵公卒于鲁哀公二年夏，季桓子卒于三年秋，不会有卫灵公吊季桓子事。郑玄以为"是出公也"②，而《春秋》没有卫出公适鲁的记载。退一步说，即或是出公之误，生当其时且编订《春秋》的孔子绝不会将卫出公误作卫灵公。无论有无卫君吊季桓子事，出此等差错，并将当时哭吊经过讲得如此细致，充分说明本章实非孔子之作，应是后世儒者的道听途说，胡乱安在孔子身上，即使不能构成完整的小说，也是本文的小说成分。

这位热衷于礼的作者，假托孔子还嫌不够，又借孔子之口拉出老子装潢门面，不仅要他讲述天子、诸侯之七庙、五庙的"虚主"等事，还让这位周守藏室的史官携同孔子"助葬于巷党"，而又恰逢多年不遇的日蚀，于是老聃发号施令："丘，止！就道右，止哭以听变。"待日复明而

---

① 《论语》"季氏将伐颛臾"章，孔子说了全书最长的话119言，崔述还因其长而疑其非《论语》原文。
② 《礼记正义》，《十三经注疏》1395页。

后行，老聃曰："礼也。"葬毕返回，"丘问之曰：'夫柩不可以反者也。日有蚀之，不知其已之迟数，则岂如行哉？'老聃曰：'诸侯朝天子，见日而行，逮日而舍；大夫使，见日而行，逮日而舍。夫柩不早出，不暮宿。见星而行者，唯罪人与奔父母之丧者乎？日有蚀之，安知其不见星也？且君子行礼，不以人之亲痁患。'"孔子是否见过老子，学界迄今争论未休。退一步说，即便见过，两位哲人岂会"助葬于巷党"？再退一步，即便两人有此义举，又怎得赶上稀见的日蚀？编造如此离奇、巧合的小说文字，只为借助老子之口为日蚀不能出殡行柩定规矩，而时至今日，还有研究《礼记》之书将这样的《曾子问》作为"孔子问学于老聃的最早证据"。岂其然哉？

《礼运》篇，从外观看，是写孔子对子游谈论世道和礼的演变，除子游的三次提问，全篇都是孔子的讲话。现代某些注者和研究者不这样看。他们只将"孔子曰"下面的十九字认作孔子之言。其后颇长的论议，均被划为作者或记者之言。且看其文：

昔者仲尼与于蜡宾，事毕，出游于观之上，喟然而叹。仲尼之叹，盖叹鲁也。言偃在侧，曰："君子何叹？"孔子曰："大道之行也，与三代之英，丘未之逮也，而有志焉。大道之行也，天下为公。选贤与能，讲信修睦，故人不独亲其亲，不独子其子，使老有所终，壮有所用，幼有所长，矜寡孤独废疾者皆有所养。男有分，女有归。货恶其弃于地也，不必藏于己；力恶其不出于身也，不必为己。是故，谋闭而不兴，盗窃乱贼而不作，故外户而不闭，是谓大同。今大道既隐，天下为家，各亲其亲，各子其子，货力为己，大人世及以为礼，城郭沟池以为固，礼义以为纪，以正君臣，以笃父子，以睦兄弟，以和夫妇，以设制度，以立田里，以贤勇知，以功为己。故谋用是作，而兵由此起。禹、汤、文、武、成王、周公，由此其选也。此六君子者未有不谨于礼者也。以著其义，以考其信，著有过，刑仁讲让，示民有常。

如有不由此者，在执者去，众以为殃，是谓小康。"

这段话中，只将"孔子曰"下至"而有志焉"划为孔子之言是讲不通的。因为下面子游又接着问："如此乎礼之急也?"而孔子在那十九字中只讲自己没有赶上大同和小康时代，根本没讲到礼，何谈"礼之急也?"只有上面全段都是孔子之言，子游才能有此复问。不过，从其所言的内容实质来看，这段话又并非尚礼崇礼的儒者之言，更非孔子之言，而如石梁王恕所见："以五帝之世为大同，以禹、汤、文、武、成王、周公为小康，有老氏意。而注又引以实之，且谓礼为忠信之薄，皆非孔子语。所谓'孔子曰'，记者为之辞也"[①]。《老子》第十八章说"大道废，有仁义"；第三十八章又说"夫礼者，忠信之薄，而乱之首"，此与上文"大道既隐"，"三代之英"之小康乃生，颇多合契。然而，作者（即记者）确乎又将此番言语置诸孔子之口，可见乃是子游与孔子对谈的虚拟场景，是以虚造的作者之言充孔子之言。下文写孔子答子游之复问："夫礼，先王以承天之道，以治人之情。故失之者死，得之者生。"孔子虽崇礼，却不会说"失之者死，得之者生"这样极端的话，类乎阴阳家之言。其为作者滥造显而易见。

　　子游复问曰："夫子之极言礼也，可得而闻与?"孔子曰："我欲观夏道，是故之杞，而不足征也，吾得"夏时"焉。我欲观殷道，故而之宋，而不足征也，吾得"坤乾"焉。"坤乾"之义，"夏时"之等，吾以是观之。

---

① 载陈澔《礼记集说》，卷之四。"注"指郑玄于"兵由此起"下注曰："老子曰:'法令滋章，盗贼多有'"；于"是谓小康"下注曰："大道之人以礼于忠信为薄"（参见《礼记正义》，《十三经注疏》第1414页）。

《论语·八佾》中孔子曾说："夏礼吾能言之，杞不足征也；殷礼吾能言之，宋不足征也。文献不足故也。足，则吾能征之矣。"其文言简意明。《礼记》此文忽增"之杞""之宋"，前得"夏时"，后得"坤乾"，且言"吾以是观之"。可见并非无文献可"征"。既然有此所得，《论语》所记何能不谈？《礼记》本在言礼，却改"礼"为"道"，殊不可解，应是作者故意改动原文，以显两者非一次之言。其实，凡此种种，藏头露尾，都显示出非夫子所言，而是作者仿袭《论语》之文。"后儒以《大戴记》之《夏小正》实'夏时'，以《周礼》之《归藏》实'坤乾'，总同一无稽也。"①

其后"夫礼之初，始于饮食……"云云，从外观来看，应是孔子畅言"以是观之"古今礼运之沿革，也是对子游"可得而闻与"的回应。从茹毛饮血、营窟桧巢，讲到现实"大祥"的所谓"礼之大成"，又以"孔子曰"发出"於乎哀哉！我观周道，幽厉伤之"的慨叹，随后泛论礼与非礼的诸多事项以及人情、四灵之类，长约二千言，且不说其篇幅之长远非孔子时代的谈话所能记录，其内容也远非孔子时代的儒者之言。谓"人者，其天地之德，阴阳之交，鬼神之会，五行之秀气也。"谓"圣人作则，必以天地为本，以阴阳为端，以四时为柄，以日星为纪，月以为量，鬼神以为徒，五行以为质，礼义以为器……"谓"礼，必本于大一，分而为天地，转而为阴阳，变而为四时，列而为鬼神。"如此大而无当之论不仅有儒者之言，也有道家、阴阳家之语。"阴阳""五行"二词在早期经书中多次出现，却不见于儒家的重要文献《论语》等四书之中，而孔子这三段话中竟五用其词，岂可信哉？当是战国中后期阴阳家五行说泛滥之后的产物。"鬼神"一词，《论语》倒有，却是"敬鬼神而远之""未能事人，焉能事鬼"以及"不语怪、力、乱、神"之类，而在这三段

---

① 姚际恒评语，载杭世骏《续礼记集说》，卷三十九，光绪二十一年（1895）浙江书局刊本。

话中三用"鬼神"于正面,其前还有"圣人参天地并鬼神以治政"之语。从这些用词就能知道,其申说的道和礼与孔子思想的距离多么遥远。

总之,《礼运》全篇是虚拟的孔子答子游之问的对话长文,内容多为论说,不似小说,而其有意虚拟的开端和会话形式,又有早期小说的轮廓。

《仲尼燕居》系写孔子与子贡、子游、子张谈礼之作。"燕居",郑玄注谓"退朝而处"①,《辞源》注与郑同。如此,则只有孔子居官的鲁定公九年至十四年(前501—前496),子张2—7岁,子游5—10岁,子贡19—24岁,前两者绝无可能侍夫子而谈礼。姑且将"燕居"等同于"闲居"理解,以使这次谈礼之聚成为可能。然其师徒所谈的内容,却有《论语》《中庸》《孟子》的仿袭之文。看开头两段:

> 仲尼燕居,子张、子贡、言游侍,纵言至于礼。子曰:"居,女三人者,吾语女礼,使女以礼周流,无不遍也。"子贡越席而对曰:"敢问何如?"子曰:"敬而不中礼,谓之野;恭而不中礼,谓之给;勇而不中礼,谓之逆。"子曰:"给夺慈仁。"
>
> 子曰:"师,尔过,而商也不及。子产犹众人之母也,能食之,不能教也。"子贡越席而对曰:"敢问将何以为此中者也?"子曰:"礼乎礼!夫礼所以制中也。"

《论语·泰伯》有孔子"恭而无礼则劳""勇而无礼则乱"两句,与本篇首段相应的两句很相似。如果说这类语句容易碰头,未必是仿袭,那么,第二段头两句就再无话说。《论语·先进》:"子贡问:'师与商也孰贤?'子曰:'师也过,商也不及。'曰:'然则师愈与?'子曰:'过犹不及。'"表现了孔子的中庸思想。"燕居"上文无人问及师与商,后者也不在场,

---

① 《礼记正义》,《十三经注疏》第1613页。

谈的是礼，孔子却忽谓子张："师，尔过，而商也不及"，何其突兀！显系袭用《论语》上文。后又联系子产，谓其于民"能食"而"不能教"，与《论语》中其言子产唯有赞词而无贬语大相径庭。《公冶长》："子谓子产，有君子之道四焉：其行己也恭，其事上也敬，其养民也惠，其使民也义。"所谓"行己也恭者，言己之所行常能恭顺不违忤于物也"①，亦即行事常能合于事物之理。这是很高的肯定，后文之谓"礼者，理也"，虽然指的是天理，仍不能远离人间的事物之理。加之子产"使民也义"，岂会谓之于民能食而不能教耶？诚如姚际恒所言，"圣人忠厚之至，于子产初无贬辞，至《孟子》始曰'惠而不知为政'"，"'能食不能教'正仿之为说"②，是孟子以后作者的仿袭之词。另如下段，孔子回答子游之问，有曰：明乎社郊之义，尝禘之礼，治国其如指诸掌而已乎。"这是袭改《中庸》之文。原文"尝禘"作"禘尝"，末句无"而已"，其余全同。诸如此类的仿袭语句最能显出虚拟"子曰"的本来面目。

夸大其词是本篇虚拟的又一明证。开首谓三弟子"吾语女礼，使女以礼周流，无不遍也"，显然过甚其词。后云："礼犹有九焉，大飨有四焉，苟知此也，虽在畎亩之中事之，圣人已。"如此说来，充分知礼便是圣人，做圣人岂不太容易了？孔子不会如此轻许。再后云："两君相见……下管《象》《武》，《夏》籥序兴"（按：《武》即《大武》，《夏》即《大夏》），又谓"升歌《清庙》，示德也。"这已不止夸大其词，而是僭越天子礼了。《郊特牲》云："诸侯之宫县……冕而舞《大武》，乘大路，诸侯之僭礼也。"《祭统》又云："夫大尝禘，升歌《清庙》，下而管《象》，朱干玉戚，以舞《大武》，八佾，以舞《大夏》，此天子之乐也。"两位诸侯国君相见，用天子乐，岂是孔子所能言？

从上述多方面看，本篇多非孔子之言。其谓孔子与子张、子贡、子游

---

① （三国魏）何晏集解、（宋）邢昺疏：《论语注疏》卷五，民国二十年（1931），上海中华书局刊本。

② 载杭世骏：《续礼记集说》，卷八十四。

言礼，乃是作者有意虚拟的场面，是为宣扬孔圣与古礼虚造的早期小说。

《孔子闲居》，从文字表面看，是记孔子与子夏谈《诗》及礼；从实质看，其大量孔子之言，决非本人的谈话记录，而是后人拟托之作。其文除《礼记》，还见于《孔子家语·论礼、问玉》和上海博物馆所藏的战国楚简，后者被整理者题作《民之父母》。三者文字大同而小异。由于后者的出现，研究者就越加认为"《孔子闲居》所载孔子与子夏论《诗》之事应该是可信的。"进而认为此章"应该是孔子的著作。"① 且看《闲居》前四段：

> 孔子闲居，子夏侍。子夏曰："敢问《诗》云'凯弟君子，民之父母'，何如斯可谓民之父母矣?"孔子曰："夫民之父母乎，必达于礼乐之原，以致五至，而行三无，以横行天下，四方有败，必先知之。此之谓民之父母矣。"
>
> 子夏曰："民之父母，既得而闻之矣，敢问何谓五至?"孔子曰："志之所至，诗亦至焉；诗之所至，礼亦至焉；礼之所至，乐亦至焉；乐之所至，哀亦至焉。哀乐相生。是故，正明目而视之，不可得而见也；倾耳而听之，不可得而闻也；志气塞乎天地，此之谓五至。"
>
> 子夏曰："五至既得而闻之矣，敢问何谓三无?"孔子曰："无声之乐，无体之礼，无服之丧，此之谓三无。"子夏曰"既得略而闻之矣，敢问何诗近之?"孔子曰："'夙夜其命宥密'，无声之乐也；'威仪逮逮，不可选也'，无体之礼也；'凡民有丧，匍匐救之'，无服之丧也。"
>
> 子夏曰："言则大矣! 美矣! 盛矣! 言尽于此而已乎?"孔子曰："何为其然也。君子之服之也，犹有五起焉。"子夏曰：

---

① 王锷：《〈礼记〉成书考》，中华书局2007年版，第34页。

"何如?"孔子曰:"无声之乐,气志不违;无体之礼,威仪迟迟;无服之丧,内恕孔悲。无声之乐,气志既得;无体之礼,威仪翼翼;无服之丧,施及四国。无声之乐,气志既从;无体之礼,上下和同;无服之丧,以畜万邦。无声之乐,日闻四方;无体之礼,日就月将;无服之丧,纯德孔明。无声之乐,气志既起;无体之礼,施及四海;无服之丧,施于孙子。"

王梦鸥注译的《礼记》是较为适切的译本,于本篇篇首评云:"说礼而近于玄,颇为后人所诟病。"① 译解此文也就勉为其难了。看该书所译的"五至":"孔子说:'心里想到的地方,那必有一句话儿,那话儿必定可表见于行为,行为总是朝自己喜欢的方面做,做了之后,事过境迁,必又复归于空虚的哀愁。'"王先生总算将这四句近"玄"之文颇费周折地译成合于逻辑的白话,只是缺了"诗""礼""乐(yue)"三个要素,不成"五至"了。"话儿"不是诗,"行为"也不是礼,"喜欢"是乐(le)却不是乐(yue)。这里需要指出的是,原文第一个"乐"字是礼乐的"乐",不是欢乐的"乐",因为前一段谓民之父母"必达于礼乐之原",后面的"三无"又反复大谈"无声之乐","五至"当然要有"乐(yue)亦至焉"才与前后之文相呼应。可怪的是,这个"乐"字虽是礼乐的乐,后一个"乐"字却忽而变成哀乐的乐了。五至从而变成六至。这六至又属于两种范畴:诗、礼、乐属客观范畴,志、乐、哀是内心感受,且志非诗,诗非礼,礼非乐(yue),乐更非哀,其间转换需要条件,全无条件,只有"志",什么也不会"至"。若谓视不可见、听不可闻、"塞乎天地"的"志气"的"志",袭用《孟子》之谓"至大至刚""配义与道""塞于天地之间"的"浩然之气",其至无尽无垠,何言其谓"五至"? 至于"三无"与"五起",则如姚际恒所论,"皆本老子贵无贱有之旨。如所谓

---

① 王梦鸥:《礼记今注今译》,第450页。

'常无欲以观其妙''无状之状，无物之象''万物生于有，有生于无'
之类是也。"① 熟悉《论语》者知道，孔子的言语既简括，又明畅，只要
读懂其文字，就能理解其涵义，绝无故弄玄虚、艰涩费解之句，更无三反
四复、繁细铺张之弊。言诗之章除去引诗，论述均只三言两语，甚或只言
片语，如"诗无邪"之类，与上列由"三无"演为"五起"的繁琐笔墨
大异其趣。有论者说："孔子论诗，在《礼记》中以《孔子闲居》的记载
最为详细。"我则以为，这恰是非孔子之论的又一明证。不仅与《论语》
中论诗之风大相径庭，就是近十数年讨论的上博楚简之《孔子诗论》也
与此篇的"详细"天地相悬。"凯弟君子，民之父母"乃《大雅·泂酌》
之句，倘入《孔子诗论》，应属整理者所设的"分论大雅"，内引《皇
矣》《大明》各二句："帝谓文王，怀尔明德"；"有命自天，命此文王"。
而后"孔子曰：'文王虽欲已，得乎？此命也。'"② 这样的诗论，与《论
语》中孔子论诗之简是一致的，而与上述《闲居》之文相去岂可以道里
计？因此，无论《闲居》出于战国何时，所载都不可能是孔子之言，只
能是好事者的虚拟而已。虽是倡礼的说教之文，亦有小说的记叙体式。

《儒行》通篇写孔子答鲁哀公之问，从儒服开篇，重在儒行，礼义自
在其中。此中的孔子放言而论，一气罗列儒者优行十六种之多。每种最后
都以"有如此者"作结，可见十六段全以孔子言语出之，约九百言，为
儒者大张其目，不无夸夸其谈之虞。只从这方面看，就不可能是夫子之
言。再从内容来看，除去重复雷同者（如"忠信以为宝"之于"忠信以
为甲胄"及"忠信之美"之类）不论，不合儒学义理者也不乏其例。"其
过失可微词而不可面数"就与孔子倡导的"过则勿惮改"龃龉难合；"鸷
虫攫搏不程勇者，引重鼎不程其力""不断其威，不与其谋"，是何言与？
前者同于孔子所"不与"的"暴虎冯河"，后者就是孔子所倡"临事而

---

① 载杭世骏《续礼记集说》，卷八十四。
② 《〈上海博物馆藏战国楚竹书（一）〉读本》，北京大学出版社2009版，第26页。
引文省去楚简本字。

惧，好谋而成"的反语。诸如此类，当然不会出自夫子夸赞儒行之口，而是作者假托孔子孱入的个人识见。不过，这种假托的虚拟，同时也发展和丰富了传统的儒学。至宋，太宗赵炅特予重视，"诏刻《礼记》儒行篇"，颁给参加廷试的学子①，成为儒士笃行的教本。而这教本，披着夫子与哀公对话的小说外衣，给学子增加几分阅读的兴趣。

《祭义》篇还有孔子答宰我问鬼神章：

> 宰我曰："吾闻鬼神之名，而不知其所谓。"子曰：气也者，神之盛也；魄也者，鬼之盛也。合鬼与神，教之至也。众生必死，死必归土，此之谓鬼。骨肉毙于下，阴为野土；其气发扬于上，为昭明，焄蒿，凄怆，此百物之精也，神之著也。因物之精，制为之极，明命鬼神，以为黔首则。百众以畏，万民以服。圣人以是为未足也，筑为宫室，设为宗祧，以别亲疏远迩，教民反古复始，不忘其所由生也。众之服自此，故听且速也。

孔子的话止于何处？难于判定。但无论长短，"不语怪、力、乱、神"的孔子不会对鬼神作如此明确又不得当的阐释。"黔首"乃秦对百姓的称呼。据《秦始皇本纪》，二十六年，即赢政称皇帝之年，"更名民曰'黔首'"②。可见此章是秦统一后的产物，也是虚拟的小小说之类。

三、违逆事理的虚拟之作

《檀弓上》有写孔子自知将死一章：

---

① 参见（元）脱脱等《宋史》，卷一百五十五，北京：中华书局 1977 年版，第 3608 页。

② 司马迁《史记》，第一册第 239 页。

孔子蚤作，负手曳杖，消摇于门，歌曰："泰山其颓乎！梁木其坏乎！哲人其萎乎！"既歌而入，当户而坐。子贡闻曰："泰山其颓，则吾将安仰？梁木其坏，哲人其萎，则吾将安放？夫子殆将病也。"遂趋而入。夫子曰："赐，尔来何迟也？夏后氏殡于东阶之上，则犹在阼也；殷人殡于两楹之间，则与宾主夹之也；周人殡于西阶之上，则犹宾之也。而丘也殷人也，予畴昔之夜，梦坐奠于两楹之间。夫明王不兴，而天下其孰能宗予？予殆将死也。"盖寝疾七日而没。

泰山、梁木之喻，不似夫子口吻，而像后人或弟子之语。老来尚能"负手曳杖，消摇于门"，应未至大病，子贡闻歌即来探视，何责"来何迟也"？由此看来，皆非实事。所谓夜梦"坐奠于两楹之间"，以为将死之兆，亦是作者故弄玄虚，并非真有此梦兆也。《史记·孔子世家》和《孔子家语》（卷九）中都有与此大同小异的记述。全文应是后人虚拟孔子死前的种种造作，已被多位古人指明①，如以早期小说来读，应合此种文体的实际。

《檀弓》上、下两篇各有"子思之母死于卫"章，而其中子思的表现却显有牴牾。前者，写有人告诫子思："子，圣人之后也，四方于子乎观礼，子盖（盍）慎诸。"子思曰："吾何慎哉。吾闻之：有其礼，无其财，君子弗行也；有其礼，有其财，无其时，君子弗行也。吾何慎哉。"这里，子思强调的是"无其时"，即母已改嫁于卫后而死，故不行母死之礼②。后者，写有人向子思报其母之死讯，"子思哭于庙。门人至曰：'庶氏之母死，何为哭于孔氏之庙乎？'子思曰：'吾过矣！吾过矣！'遂哭于他室。"两章的子思判若两人，极不和谐。有人以为后者在前，前者在

---

① 参见杭世骏《续礼记集说》，卷十三。
② 弘历《钦定礼记义疏》卷十一载姚舜牧曰："丧母有其礼矣，致丧有其财矣，然时乎出嫁则与从父而终者异矣。此虽有礼与财，而亦有不可行者也。"

后，然亦不能解释其形象两相抵牾之弊。要之，子思知礼，便哭嫁母也不会哭于孔氏家庙，后者应为后世作者为明此礼而有意虚拟之作，是小小说。

《檀弓下》又有"吴侵陈"章，谓吴师"斩祀杀厉"后退出陈境。陈太宰嚭使于吴师。夫差对行人仪曰："是夫也多言。盍尝问焉：师必有名，人之称斯师也者则谓之何？"仪问太宰嚭，嚭曰："古之侵伐者不斩祀，不杀厉，不获二毛。今斯师也，杀厉与？其不谓之杀厉之师与？"仪曰："反尔地，归而子，则谓之何？"太宰嚭曰："君王讨敝邑之罪又矜而赦之师与？有无名乎？"据《左传》载，吴侵陈是哀公元年秋八月事，夫差克越后修父旧怨，"斩祀杀厉"或所不免。然嚭乃吴之太宰，谓陈有同官同名，似不可能如此巧合，应是将吴、陈的官员、姓名搞颠倒了。这种差错，既不可能是抄录史书，也不可能是蓄意造作，应是在民间流传的结果。故本章应是民间传说。

《檀弓下》还有"苛政猛于虎"章：

> 孔子过泰山侧，有妇人哭于墓者而哀。夫子式而听之。使子路问之曰："子之哭也，壹似重有忧者。"而曰："然。昔者吾舅死于虎，吾夫又死焉，今吾子又死焉。"夫子曰："何为不去也？"曰："无苛政。"夫子曰："小子识之，苛政猛于虎。"

此章类乎寓言，而非写实之笔。陈澔以为"朝夕有愁思之苦，不如速死之为愈。"[1] 是将本章视为写实之作了。其实，公爹、丈夫、儿子三代人皆惨死于虎，只剩一妇人哀哀而哭，人间还有比这更惨的遭际否？最后由这妇人说出不离此地的情由："无苛政"，岂能以人间真事视之？谓其为寓言巧匠所造，当不为过。至唐，柳宗元写《捕蛇者说》，好像与此很相

---

① 陈澔：《礼记集说》，卷之二。

似，实则又大不同。蒋氏祖孙三世是由官府召募幸得成为以捕毒蛇而当租的"专其利"者，永州人为此"争奔走焉"，可见是个难得的差事。六十年间，其祖与父虽死于此，却比其同辈长寿许多。蒋氏已专其利十二年，"盖一岁之犯死者二焉，其余则熙熙而乐。"这才是柳宗元看到的"赋敛之毒有甚是蛇者"的活生生的现实①。寓言的夸诞，一望可知，其非理性远远超过现实生活的可能性。"苛政猛于虎"的故事即是。

其后，本篇还有如下一章：

> 季孙之母死，哀公吊焉。曾子与子贡吊焉，阍人为君在，弗内也。曾子与子贡入于其厩而修容焉。子贡先入，阍人曰："乡者已告矣。"曾子后入，阍人辟之。涉内霤，卿大夫皆辟位，公降一等而揖之。君子言之曰："尽饰之道，斯其行者远矣。"

自宋至清，多有疑此章不实者。刘彝评："此章可疑。二子吊卿母之丧，必自尽礼以造门，不当待阍者拒而后修容尽饰也。"② 姚舜牧评："二子吊于季孙，适值君在，自当待命而入。斯时致肃静比致吊有加，亦臣礼合如此。"③ 姚际恒评："此又毁曾子，而及子贡。君在辄欲阑入，而为阍人所拒，入马厩而修容；因修容，卿大夫辟位，君降等而揖之。皆齐东野人语也。"④ 各评凿凿，莫不有理。问题还在最后的君子之言。在笔者看来，那君子很可能就是作者，为宣扬"尽饰行远"的礼节，特意虚造了这则妄言式小说作品，而后又充君子点明意图。如无此点题之笔，读者就不易领悟其主旨了。

《文王世子》篇，首章即写文王每日三次省视其父王季。比照末章

---

① （清）吴楚材纂《古文观止》卷九，民国五年（1916）上海广益书局石印本。
② 载陈澔《礼记集说》，卷之二。
③ 载杭世骏《续礼记集说》，卷十八。
④ 同上注②。

"世子之记"的文字，首章大同而小异。如末章云："朝夕至于大寝之门外，问于内竖曰：'近日安否何如？'内竖曰：'近日安。'世子乃有喜色。其有不安节，则内竖以告世子，世子内忧不满容。"首章则云：文王"至于寝门之外，问内竖之御者曰：'今日安否何如？'内竖曰：'安。'文王乃喜。……其有不安节，则内竖以告文王，文王色忧，行不能正履。"由是可知，首章是按照末章昭示的世子程式与文字模仿之文，非写文王省父的实情，是无甚价值的小说文字。其后又写武王作为世子谨遵文王的孝行，"不敢有加"。"文王有疾，武王不脱冠带而养。文王一饭，亦一饭；文王再饭，亦再饭。旬有二日乃间。"如此版印式的孝行，岂是圣人所为？胡乱编造，弄巧成拙，遂成后人谈笑之资。再下又云：

　　文王谓武王曰："女何梦矣？"武王对曰："梦帝与我九龄（按：王梦鸥疑'龄'字本作'齿'）。"文王曰："女以为何也？"武王曰："西方有九国焉，君王其终抚诸。"文王曰："非也。古者谓年龄，齿亦龄也。我百尔九十，吾与尔三焉。文王九十七乃终，武王九十三而终。

此章内容带有明显的幻诞色彩，属于虚造自不待言。作者是在有意虚拟文王与武王非凡的神话，实际是在编造有关圣人的小小说。

再看《祭义》篇的一章：

　　文王之祭也，事死者如事生，思死者如不欲生；忌日必哀，称讳如见亲。祭之忠也，如见亲之所爱，如欲色然。其文王与？诗云："明发不寐，有怀二人。"文王之诗也。祭之明日，明发不寐，飨而致之，又从而思之。祭之日，乐与哀半：飨之必乐，已至必哀。

这又是无边夸大圣人之作。写文王祭祀父母，不写其行为和言语，而写其意念和心态。"事死者如事生""思死者如不欲生""称讳如见亲""如见亲之所爱，如欲色然"之类，都是主人公的主观体验和内心感受，别人不得而知，难于把握。这就不是纪实的史笔，而是小说家无所不知的写法，亦即所谓"取全知角度"。下引《诗经·小雅·小宛》两句："明发不寐，有怀二人"，谓是"文王之诗也"。"二人"特指文王父母。这更是胡乱编派，歪曲原诗。《毛诗》序称："《小宛》，大夫刺幽王也"；郑笺："亦当为刺厉王"。"二人"即诗中"先人"，毛传："文武也。"① 即指周代开国二王。朱熹《诗集传》谓《小宛》曰："此大夫遭时之乱，而兄弟相戒以免祸之诗"；"'二人'，父母也"②，系指本诗作者的父母。两种理解虽很不同，却有两个共同点：作者是大夫而不是王；时局昏乱，王室如燬。今之学人不乏歧见，却多能从朱熹之说，从而对全诗作出较为通达的理解。全诗六章，每章六句，内容丰富而多面。要之，作者对其所处的时世"惴惴小心，如临于谷，战战兢兢，如履薄冰"，甚至虑及"宜狱"之灾。如此胆小畏祸的作者自然不会是开国的姬昌。滥造其诗作者是虚造此文的又一证据。这篇虚造的夸诞小文只能看作早期简单的小说作品。

结　语

《礼记》的虚拟叙事不止于此，限于本人眼界与识见，辨析如上。另如《坊记》《表记》《缁衣》诸篇，每段都以"子曰"或"子言之"出之，学界多不认同是孔子之言。由于三篇都只是语录，并不构成叙事文体，这里就不讨论了。

《礼记》的虚拟叙事，以假托孔子为最多。其作用是借圣人之口宣示

---

① 《毛诗正义》，卷十二，《十三经注疏》第541页，幽王误作宣王。
② 《诗集传》，卷十二，《四部丛刊》三编景宋本。

礼的内容或儒家观点，虽非真的孔子之言，却多在儒家学说体系之内，形成一种孔圣形象与古礼融合的表现模式。两千年来，对传播与发展古礼和以孔子为代表的儒学起着某种补充和推动的积极作用，与凭借远古传说和周代现实虚拟的《尧典》《舜典》《皋陶谟》等业已成为中华民族的早期文献颇相类似。

　　"礼"是人类社会生活的产物，礼经是智者从特定时代生活中总结出来的礼法条文。《礼记》不是经，而是记，除了对经文的说明、论议、质疑与发展，还记述了其时生活中诸多有关礼俗的生动事例，既与《仪礼》经文会通，又描绘出东周社会后期的种种世相。至于上述诸多有意虚拟的叙事，也同样带有程度不同的生活样态和民俗色彩，较之单纯论议之文更贴近现实，更多一些生活气和人情味。这或许就是唐以后《礼记》比礼经更被看重的原因之一吧。

　　　　　　　　原载《北京大学学报》2017 年第 4 期

《韩诗外传》之小说考辨

引　言

　　先秦列国的史乘与"杂说"虽被现存的先秦史书与子书广为采录，部分因而得以保存，失落的还是难以数计。幸而汉代学者对当时尚存的史料与"杂说"十分珍视，除被太史公大量采入《史记》之外，或借以传诗，或假以论道，或分门别类编校整理。虽不能排除其间汉儒所作的修改乃至造作，其使更多的先秦资料得以保存和流传则毋庸置疑。《韩诗外传》《新序》《说苑》都是其中的佼佼者。学者以为："《韩诗外传》从保存古代文献资料讲，汉初是无第二部书勘与之比并的。"①

　　《韩诗外传》（下称《外传》），汉前期今文学家韩婴撰著。其时，今文《诗》派有鲁、齐、韩三家，"并立学官"。韩婴"推诗人之意，而作内、外传数万言。其语颇与齐、鲁间殊"②，自成一家。《汉书·艺文志》著录其《诗》著四种：除《韩内传》四卷，《韩外传》六卷，还有《韩故》三十六卷和《韩说》四十一卷，传诵于两汉之世。"顾自魏、晋改代，毛、郑《诗》行，而三家之学始微。韩诗虽后亡，持其业者盖寡"③，韩婴《诗》

------

① 屈守元：《韩诗外传笺疏》前言，成都 巴蜀书社 1996 年版。
② 《汉书》卷八十八《儒林传》，中华书局 1962 年版，第 11 册第 3613 页。
③ （清）陈寿祺：《韩诗遗说考》自序，清道光二十年（1840）刊本。

著遂渐次亡佚。自宋迄今，唯存《韩诗外传》十卷，可见弥足珍贵了。

《外传》三百余章，另有少许佚文，可分为叙事与言论两类。两者的章数与篇幅大致相当，各章只在结尾引《诗》二句（间有一句、三句、四句或更多者，少数缺如，或为佚夺），显出它与《诗经》的关系。《汉志》谓今文《诗》传"或取《春秋》，采杂说，咸非其本义"，自然包括《外传》的这种情况。王世贞更谓《外传》"大抵引《诗》以证事，而非引事以明《诗》"①，虽未顾及言论部分，有以偏概全之弊，而论其叙事与《诗经》的关系却言中肯綮。屈守元先生还进一步将这种"引《诗》以证事"与后来的中国小说形式联系起来，说它"为以'有诗为证'做收场的我国古典小说，树立了楷模"②。然则，约150章《外传》叙事，有多少可以确定为自觉虚构的小说呢？这是本文要考察的问题。

在《外传》中，小说与史书记实、历史传说错杂相间。要将前者与后两者区分开来，就须考察早期小说与史书记实、历史传说的根本区别，亦即小说自觉虚构的品格特点。史实无虚构自不必说。历史传说或容有虚构，但那是在民间流传中不自觉融入的虚构成分，与小说的自觉虚构——蓄意造作仍有分别。《外传》除个别叙汉代之事，大都记叙先秦人事。现存史料与文献可证其为史实或基本属实之作有一大批，更多的则是虚实不明，真假待辨。限于资料或个人视野，无从辨其虚实或是否自觉虚构者也不在少数。在笔者可考察的篇章中，又有取自或略同于《晏子春秋》《庄子》《荀子》《韩非子》《吕氏春秋》的自觉虚拟之作，因已另文辨过，此不复赘。

所引《外传》本文，以巴蜀书社1996年出版的屈守元"笺疏"本为主，参考《文渊阁四库全书》本和中华书局1980年出版的许维遹"校释"本。

---

① 《弇州山人四部稿》卷百十二《读韩诗外传》，明万历间（1573—1619）世经堂刊本。

② 屈守元：《韩诗外传笺疏》前言。

一、悖理与妄诞之作

《外传》中有一批悖理乃至妄诞的表意之作。最令人诧异的是卷一"孔子南游适楚"章，叙孔子在阿谷指使子贡用觞、琴、绮纻三次调戏洗衣少女而被婉拒，情事委曲，却极端悖逆孔子的理念与人格，"谬戾甚矣"①，致被多家所诟病。其为诋毁与揶揄大儒孔子的蓄意造作自不待言。战国时期，百家争鸣，对立面乃至互相诋毁，所谓"战国时造词以诬圣贤，何所不有。"②《墨子·非儒》就记有诬称孔子"知白公之谋而奉之以石乞"，"树鸱夷子皮于田常之门"以助其谋篡弑君之类的事。乃今观之，均为诬人之小说，如唐代《补江总白猿传》和《周秦行纪》然。这等诬孔之作不可能是自发的民间传说，应是非孔非儒之徒或好事者的自觉虚拟。后被刘向写入《列女传》，题作《阿谷处子》。再后还有效颦者，写孔子游行，见一"头戴象牙栉"的"路妇"，问诸弟子："谁能得之？"颜渊应声而出，与妇人暗比语谜，显系《外传》此章的模仿③。

卷七"昔者孔子鼓瑟"章，与诬陷孔子的前作相反，过于美化孔子奏曲和曾子听曲的能力和水平。孔子鼓瑟，曾子听出"瑟声殆有贪狼之志，邪僻之行，何其不仁，趋利之甚"。子贡将曾子之言告诉孔子。子曰："嗟乎！夫参，天下贤人也。其习知音矣。"原来孔子鼓瑟之时，忽见老鼠出游而为猫所窥，其猫"厌目曲脊，求而不得"。孔子方才正是"以瑟为其音"，曾参以为"贪狼邪僻，不亦宜乎？"然而，较之明白的语言文学，乐曲是抽象、模糊的艺术，善于表达的是人的情感和情绪。一曲

---

① （宋）洪迈：《容斋续笔》卷第八《韩婴诗》，载其《容斋随笔》，长春 吉林文史出版社 1994 年版，第 243 页。

② （清）张云璈：《选学胶言》卷二十，民国十七年（1928）上海文瑞楼书局、北平直隶书局影印本。

③ 参见《珊玉集》卷十二，清光绪十年（1885）日本遵义黎氏东京使署刊本。

弹奏或许能令高手领略出弹奏者"志在高山"或"志在流水"，具体到"贪狼""邪僻""不仁"和"趋利"，弹奏者则无能为力，闻之者也就无从辨别。本章的描述只是作者美化人物的主观造作，绝非纪实，亦非传说。难怪古人就提出质疑："夫子见狸迹鼠而鼓瑟，曾子闻而识其有贪狼之心，其然乎？"① 实际是说"岂其然也"。从作者的蓄意美化中即可见出其存心虚构的小说品格。

卷九有"孔子出卫之东门"章。其文云：

孔子出卫之东门，逆姑布子卿，曰："二三子引车避，有人将来，必相我者也。志之。"姑布子卿曰："二三子引车避，有圣人将来。"孔子下步，姑布子卿迎而视之五十步，从而望之五十步，顾子贡曰："是何为者也？"子贡曰："赐之师也，所谓鲁孔丘也。"姑布子卿曰："是鲁孔丘欤？吾固闻之。"子贡曰："赐之师何如？"姑布子卿曰："得尧之颡，舜之目，禹之颈，皋陶之喙。从前望之，盎盎乎似有王者；从后视之，高肩弱脊，循循固得之，转广一尺四寸，此惟不及四圣者也。"子贡吁然。姑布子卿曰："子何患焉？汙面而不恶，葭喙而不藉，远而望之，羸乎若丧家之狗。子何患焉？子何患焉？"子贡以告孔子。孔子无所辞，独辞丧家之狗耳，曰"丘何敢乎？"子贡曰："汙面而不恶，葭喙而不藉，赐以（已）知之矣。不知丧家之狗何足辞也？"子曰："赐，汝独不见乎丧家之狗欤？既敛而椁，布器而祭，顾望无人，意欲施之，上无明王，下无贤士方伯。王道衰，政教失，强凌弱，众暴寡，百姓纵心，莫之纲纪。是人欲以丘为欲当之者也，丘何敢乎？"

---

① 《弇州山人四部稿》卷百十二《读韩诗外传》。

姑布子卿"始见《荀子·非相》"①，被谓为古之相士。《史记·赵世家》言其为赵简子诸子相面，神乎其神。此章写孔子与姑布相遇，两人虽未见过面，却各自立即识出对方，一谓"必相我者"，一谓"圣人将来"，皆令从人"引车避"。孔子认为"形状，末也"，自然不会信相面之术，而在这里，却让姑布前后相看各"五十步"。这等悖于情理和人物心性的描写自然不会实有其事，而是蓄意的人为造作。后面的文字不由我们不想到《孔子世家》记述的一则传说："孔子适郑，与弟子相失，孔子独立郭东门。郑人或为子贡曰：'东门有人，其颡似尧，其项类皋陶，其肩类子产，然自要（腰）以下不及禹三寸，累累若丧家之狗。'子贡以实告孔子。孔子欣然笑曰：'形状，末也。而谓似丧家之狗，然哉！然哉！'"《外传》上文后半虽与此传说相类，孔子对"丧家之狗"的态度却全然相反，非但不欣然认可，还惶然"独辞"，并为此特发一番生硬难通的议论。其为好事者特地造作显而易见。后出的《白虎通·寿命》《论衡·骨相》用此传说均同于《史记》，不理会更早的《外传》。这种取舍和选择，也是《外传》妄诞所致。不过，抛开"纪实"的标准，将它作为虚构的寓意小说来看，姑布与孔子都是表意符号。将那则调侃孔子"形状"与遭际的传说装入相士姑布子卿之口，就使相士失去言而必中的神秘感，平添几分滑稽色彩和调侃意味。孔子独辞"丧家"狗之誉，表示无法治理这衰败的世道，更是对江河日下现实的讥讽。

卷二有"鲁监门之女婴"章，写纺绩的鲁国少女只为"闻卫世子不肖""中夜而泣涕"。这不仅使女伴奇怪，也令读者颇感莫名。一个普通百姓女，为别国世子"不肖"如此忧伤，岂可思议？她举两个事例说明别国之事常与切身利益相关。一是"宋之桓司马得罪于宋君，出于鲁"，马逸踏其园而食其葵。其实，桓魋作乱后并未奔鲁，而是"奔卫"，奔鲁

---

① （清）梁玉绳：《人表考》卷五，清光绪十四年（1888）广雅书局刊本。

的乃是其兄桓巢①。由于桓魋任司马，名声大，作者就随笔而用之。二是"越王勾践起兵而攻吴，诸侯畏其威，鲁往献女"，其姊"与焉"，其兄往视，"道畏而死。"如此遭际过于玄虚与巧合，亦为虚造。不过，这些姑且不论。使其泣涕的直接因由乃是卫世子"好兵"，而女有"男弟三人，能无忧乎？"如果鲁君"好兵"，鲁女还有理由为三个弟弟担忧；一个邻近小国的世子"好兵"，鲁女就忧心他日后成为卫君，可能与鲁征战，使鲁征其弟当兵，岂是正常人的思虑？可见所写当非实事，而是一篇蓄意倡导远虑的寓意之作。取此为《列女传·鲁漆室女》题材的作者深以原作一望可知的不实为病，便将"卫世子不肖"改为鲁穆公"君老而太子幼"，所举两个事例也加以改造或变通：桓司马改为"晋客"，姊被送给越王以致其兄"道畏而死"改作"邻人女奔随人亡，其家倩吾兄追之，逢霖水出，逆流而死"。尽管仍显生硬，造作，却比原作略较近理。然而，内容可以如此大变，正好说明两者都不是史实，也非"一事而歧传者也"②，而是可以由作者随意变改的虚拟之小说。至于晚出的《贞女引》，让鲁女的悲叹遭到邻人的误解，疑其"有淫心而欲嫁之"，鲁女"于是褰裳入山林之中""援琴而弦歌以贞女之词"，最后竟然"自经而死"③。这更是一篇取材于《鲁漆室女》而进行再创作的新小说了。

卷十"扁鹊过虢侯"章，写扁鹊为"尸蹶"死者治病事。虢侯世子暴病而死。扁鹊至其宫门，未见死者，即言"能治"，并肯定死于"尸蹶"，准确说出其目前状况："股阴当温，耳焦焦似有啼者声"，可谓"神医"。最后经过"砥针砺石，取三阳五输，为先轩之灶，八拭之阳"及"子同药，子明炙阳，子游按磨（摩），子仪反神，子越扶形"，终使虢之世子"复生"。如此玄虚的记述，虽有《史记·扁鹊传》的同类文字为其佐证，也不可能是实事的记录，而是好事者渲染扁鹊医术的虚构之笔，是

---

① 参见《左传》哀公十四年，长沙 岳麓书社1988年版，第411页。
② 屈守元：《韩诗外传笺疏》卷第二，第113页。
③ 载汉蔡邕《琴操》，清光绪十二年（1886）邵武徐氏刊本。

一篇不能以现实逻辑衡量的寓意之作。既然如此，"虢是晋献公时，先一百二十余年灭矣，是时焉得有虢"之类的问题[1]，也就迎刃而解。它只是本章不实的一个证明，无须追索与变改。后出的《说苑·辨物》所记，与《史记》多异，与《外传》大同，取自《外传》显而易见，而改虢为赵，改虢"世子"为"赵王太子"，以解决上述年代问题，虽被注家肯定为"甚是"，却并无根据，也远不相合。即便按《史记》扁鹊与赵简子同时，距赵氏称"王"还早百数十年，可见也是主观臆改。再者，《扁鹊传》谓其"为医或在齐，或在赵"，改者怎知其所医为赵太子，而非齐太子？此种臆改，无论看似"合理"与否，都更显出主观虚造的随意性。

卷八有"黄帝即位"章，写黄帝"施惠承天，一道修德，惟仁是行"，造成"宇内和平"，而思见"凤象"。问于"天老"，天老曰：

> 夫凤象鸿前麟后，蛇颈而鱼尾，龙文而龟身，燕颔而鸡喙。戴德负仁，抱中挟义，小音金，大音鼓，延颈奋翼，五彩备明。举动八风，气应时雨。食有质，饮有仪。往即文始，来即嘉成。惟凤为能通天祉，应地灵，律五音，揽九德。天下有道，得凤象之一，则凤过之；得凤象之二，则凤翔之；得凤象之三，则凤集之；得凤象之四，则凤春秋下之；得凤象之五，则凤没身居之。

黄帝乃"服黄衣，戴黄冕，致斋于宫"。凤凰"蔽日而至"，"止帝东园"，"没身不去"。最后引录《大雅·卷阿》的诗句作结："凤凰于飞，翙翙其羽，亦集爰止。"如此神异幻诞之事，自不会有。而从"八风""九德"等遣词用语来看，它不可能是民间传说，应是后世文士歌颂黄帝的想象之作。此章大力歌颂最受儒家崇敬而资料绝少的远古黄帝，如果产生于先

---

[1] （刘宋）裴骃《史记·扁鹊仓公列传》集解引傅玄语，载《史记》卷一百五，中华书局1982年版，第2789页。

秦，应为其时多种文献著录，而现存先秦典籍竟无一记述，这就说明它不大可能产生于先秦。既然首见于《外传》，就不能排除作者韩婴为"凤凰于飞"等诗句所作的传文。如果这一推断不错，则《外传》亦有特为明《诗》而造事之作。值得注意的是，"凤"与"凤凰"之词虽在经书中早已广为使用，形貌却只有《山海经》"其状如鸡，五彩而文"八字描述；以下"首文曰'德'，翼文曰'义'，背文曰'礼'，膺文曰'仁'，腹文曰'信'"①，与其说绘其形状，毋宁说写其神异，不能形成可感之象。其作为"瑞应鸟""神鸟"的形貌是在《外传》此章才得到具体、切实的描述："鸿前麟后，蛇颈而鱼尾，龙文而龟身，燕颔而鸡喙"。而据宋罗愿《尔雅翼》所引《外传》，"鱼尾"之后，尚有"鹤颡而鸳思"一语。许慎的《说文解字》虽未标明引证之书，引文却与《尔雅翼》全同，可见也是录自《外传》。凤，这个出自古人想象的圣鸟的形貌，尽管在《说苑》和后世还有某些发展，却在《外传》的上述描写中基本定形。这不能不说是这篇早期神异型寓意小说的一个创造。

卷十"东海有勇士"章，写菑丘䜣与要离的荒诞故事。菑丘䜣"以勇猛闻于天下"，遇神渊，饮马而马死，菑丘䜣"去朝服，拔剑而入，三日三夜，杀三蛟一龙而出。雷神随而击之，十日十夜，眇其左目。"要离闻而往见，逢䜣"送有丧者"，乃"见䜣于墓"，在广众之中斥其被雷所击而至今不能报复之耻。"墓上振愤者不可胜数"。

> 要离归，谓门人曰："菑丘䜣，天下之勇士也。今日我辱之人中，是其必来攻我。暮无闭门，寝无闭户。"菑丘䜣果夜来，拔剑住要离颈，曰："子有死罪三：辱我以人中，死罪一也；暮不闭门，死罪二也；寝不闭户，死罪三也。"要离曰："子待我一言：来谒，不肖一也；拔剑不刺，不肖二也；刃先词后，不肖

---

① 《山海经》第一卷《南山经》，上海古籍出版社 1989 年版，第 15 页。

三也。能杀我者，是毒药之死耳。"菑丘䜣引剑而去，曰："嘻！所不若者，天下惟此子耳。"

在今日科学发达的时代，人们自然不会相信有这等神异妄诞之事。它无疑是神化人物的虚拟之作。由于其人"侠"气十足，"文章曲折波澜"，被誉为"古代的武侠小说"①。需要指出的是，在后来产生的《吴越春秋》之《阖闾内传》中，上述故事是从伍子胥口中道出的，只是要离故事的一个插曲。阖闾要刺杀吴王僚之子庆忌，同伍子胥谋划，子胥向他推荐勇士要离，就讲了这个故事（菑丘䜣作椒丘䜣），以凸显要离之勇。内容与此大同小异。要离后来请阖闾烧死自己的妻、子，假结为仇，刺死庆忌后又自杀而亡。这一"事迹"最早见于《吕氏春秋·仲冬纪·忠廉》，其中的要离既非子胥推荐，也无与菑丘䜣使气斗勇等荒诞之事，而《春秋》三传和《史记·刺客列传》等史书均不见载。《左传》哀公二十年（前475）即吴王夫差二十一年，还载有"吴公子庆忌骤谏吴子"，后因"欲除不忠者"而被"吴人杀之"等事。这就清楚地表明，渲染得玄之又玄的要离刺庆忌事也属子虚乌有的小说者流。《吴越春秋》将两者合而为一，小说之味更为浓厚，却被后世许多人信以为真，引以为典。后有吴士奇、李锴等清代史家识破虚拟真相，断言"无要离杀庆忌之事"②，所记"仍以《传》为主，而附要离事于末简，以资见闻"③。从而将它视为无根之说，实是虚造的"武侠小说"。最初或起自民间，后被采录与再创造，遂成可观的美文作品。

---

① 屈守元：《韩诗外传笺疏》前言。
② （清）李锴：《尚史》卷六十三《吴诸臣传·鱄设诸（要离附）》，载《文渊阁四库全书》，台湾商务印书馆股份有限公司1986年影印本，第405册第116页。
③ （清）高士奇：《左传纪事本末》卷五十一，中华书局1979年版，第793页。

三、与文献相左之作

《外传》另有一些作品，并无显见的妄诞或悖理之处，需要对照资料作些考辨，才可见其并非史实，而是蓄意造作的小说。

卷五首章写子夏问孔子："《关雎》何以为国风之始也?"孔子曰："《关雎》至矣乎! 夫《关雎》之人，仰则天，俯则地，幽幽冥冥，德之所藏；纷纷沸沸，道之所行。如神龙化，斐斐文章。大哉，《关雎》之道也! 万物之所聚系，群生之所悬命也……夫六经之策，皆归论汲汲，盖取之乎《关雎》。《关雎》之事大矣哉! 冯冯翊翊，自东自西，自南自北，无思不服……天地之间，生民之属，王道之原，不外此矣。"子夏喟然叹曰："大哉《关雎》，乃天地之基也。"孔子诚然称赏过《关雎》，但只赞它"乐而不淫，哀而不伤"①；演奏其曲"洋洋乎盈耳"②。后至《毛诗序》，穿凿诗意，也只谓"《关雎》，后妃之德也""风天下而正夫妇也"③。后人加以引申、附会，便说淑女"盖指文王之妃太姒为处子时而言也，君子则指文王也"④。即便如此，仍与男女、夫妇相关。而本章孔子论议《关雎》，全不关乎男女婚姻，抽象地大谈"德之所藏""道之所行"，万物"所系"，群生"悬命"，"至矣"无上，"大哉"莫比，并将《文王有声》篇"自西自东，自南自北，无思不服"等句引录于此，与《关雎》之义全不相干。这绝不可能是孔子的话，而是蓄意假孔子之口给《关雎》大戴高帽之文，从而虚构了这段对话，成为一篇对话式早年小说。孔子选《诗》与子夏传《诗》之说，由来已久，后被班固记入《汉志》，加之《论语》中有孔子称道子夏"可与言诗"等语，师徒二人便自

---

① 见杨伯骏《论语译注》，北京 中华书局 1958 年版，第 32 页。
② 同上书，第 89 页。
③ 《毛诗正义》卷首，载《十三经注疏》，中华书局 1980 年影印本，第 269 页。
④ 朱熹：《监本诗经》卷一，1921 年文成堂刊本。

然成为这篇作品中的虚构人物。又者,文中"六经"非先秦词语,校勘十三经的孙人龙说:"汉时始标'五经''六经'之名"①,则本文或作于汉代,至少经过汉初人的修改,其为韩婴自作也不无可能。

卷六"孟子说齐宣王"章,写孟子与淳于髡的一场舌战:

> 孟子曰:"今日说公之君,公之君不说(悦),意者其未知善者为善乎?"淳于髡曰:"夫子亦诚无善耳。昔者,瓠巴鼓瑟,而潜鱼出听;伯牙鼓琴,而六马仰秣。鱼马犹知善之为善,而况人君者也?"孟子曰:"夫雷电之起也,破竹折木,震惊天下,而不能使聋者卒有闻;日月之明,遍照天下,而不能使盲者卒有见。今公之君若此也。"淳于髡曰:"昔者揖封生高商,齐人好歌;杞梁之妻悲哭,而人称咏。夫声无细而不闻,行无隐而不形。夫子苟贤,居鲁而鲁国之削,何也?"孟子曰:"不用贤,削固有也。吞鱼之舟,不居潜泽;度量之士,不居汙世。夫蓺冬至必彫(凋),吾亦时矣。"

这场辩论,《孟子·告子下》也有记载,而言辞与重心各不相同。本章分前后两半,前半辩宣王是否"知善";后半辩孟子居鲁,何以"鲁削"。《孟子》此节全无宣王是否"知善"之辩。所辩三点,首即孟子未受重用,是否为仁者。此与本章后半既相关联,又有差异,文辞全不雷同。次辩贤者是否有用于国,三辩是否有功才为贤者。后两辩均与前者相关,淳于髡处于攻方,实是否定孟子,都被孟子一一批驳。《说苑·杂言》全用《孟子》之文,自是写实。本章大为变化,只有"杞梁之妻"一句相似,显系重起炉灶的虚拟之作。面对宣王及其臣子,将宣王比作"聋者"和

---

① 见《孟子注疏》卷首《孟子题词解考证》,载《文渊阁四库全书》,第159册第14页。

"盲者"，甚为无礼，绝非重礼的孟轲之语，其为虚造亦属显见。更显见者，淳于髡所说"昔者，瓠巴鼓瑟，而潜鱼出听；伯牙鼓琴，而六马仰秣""声无细而不闻，行无隐而不形"等语，都是从后出数十年的《荀子·劝学篇》中搬过来的（《荀子》"潜"作"流"，"细"作"小"，其余全同）。这充分说明，本文是后人的蓄意造作，是一篇早期对话体小说。

卷六又有"卫灵公昼寝而起"章，写灵公"志气益衰，使人驰召勇士公孙悁"。御者道遇卜商，卜商谓自己"勇若悁者"，便随御者见灵公。灵公不悦，留下卜商，又"趣召公孙悁"。公孙悁"入门"，仗剑疾呼："商下，吾存若头！"卜商斥之曰："内（纳）剑，吾与若言勇。"便神气活现地讲三件事：一是"吾尝与子从君而西，见赵简子"，简子"披发杖矛"见卫灵公，卜商乃"从十三行之后趋而进"，斥简子失礼，欲"以颈血溅君之服"，迫使简子"反朝服而见吾君"。二是"与子从君而东至阿，遭齐君重鞇而坐，吾君单鞇而坐。"卜商又出列趋前"揄其一鞇"。三是"与子从君于圊中"，忽有"两寇肩逐我君"，卜商"拔矛下格而还"。每事讲完都问："子耶？我耶？"公孙悁只得承认："子也。"最后，灵公"避席抑手曰：'寡人虽不敏，请从先生之勇。'"其实，这三件事虽合于理，却又很"玄"，故《尚史》作者病其"支离"而"不载"[1]。抛开此类情节不论，卜商与卫灵公所处的年代就不能合榫。据《史记·仲尼弟子列传》，卜商"少孔子四十四岁"，约生于纪元前507年，而鲁哀公二年，即纪元前493年，"卫灵公卒"[2]，卜商只有十四岁。灵公生前，卜商更小，何得事之？此篇系好事者为卜商溢美而虚造不言而喻。作品情事委曲，有戏剧性，人物虎虎如生，是早期出色的小说之一。

再看卷八"子贱治单父"章：

---

① 李锴：《尚史》卷八十四《孔子弟子传》，载《文渊阁四库全书》，第405册第133页。
② 《左传》哀公二年，第391页。

> 子贱治单父，其民附。孔子曰："告丘之所以治之者。"对
> 曰："不齐时发仓廪，振困穷，补不足。"孔子曰："是小人附
> 耳。未也。"对曰："赏有能，招贤才，退不肖。"孔子曰："是
> 士附耳。未也。"对曰："所父事者三人，所兄事者五人，所友
> 者十有二人，所师者一人。"孔子曰："所父事者三人，所兄事
> 者五人，足以教〔孝〕弟矣。所友者十有二人，足以祛壅蔽矣。
> 所师者一人，足以虑无失策，举无败功矣。惜乎！不齐为之大，
> 功乃以尧舜参矣。"

此文看似顺理成章，实则所写并非实事。且不说"时发仓廪，振困穷，补不足"不是小小单父宰所能办到，也不论其并非"治"本，而是救穷，答非所问，只看其中孔子对"招贤才""所师者一人"的评论就知与孔子本人的思想大相抵牾。《论语·子路篇》载，弟子冉雍"为季氏宰，问政"，孔子回答的三项举措之一就是"举贤才"。这位特别尚贤的夫子怎么会将"招贤才，退不肖"的为政要领贬为只是"士附"而不予认可呢？"三人行，必有我师"是孔子的名言，强调择善而从、"转益多师"，绝不会说"所师者一人"，就"足以虑无失策，举无败功"的呓语。最后夸子贱说，倘"为之大，功乃以尧舜参矣"，如此吹捧弟子，岂是孔子之语？看《仲尼弟子列传》所记宓子贱与孔子的相关对话：

> 子贱为单父宰，反命于孔子曰："此国有贤不齐者五人，教
> 不齐所以治者。"孔子曰："惜哉不齐所治者小，所治者大则庶
> 几矣。"

这才是真实的历史，真实的不齐与孔子，言语甚有分寸。与之相较，前者显然是故为夸张的虚拟之作。还应指出，《外传》和《说苑》都记有周公礼贤下士、亲近百姓的传说："践天子之位七年，布衣之士所贽而师者十

250

人，所友见者十二人，穷巷白屋先见者四十九人，教士千人，宫朝者万人。"（《外传》卷三）子贱"所父事者""所兄事者"云云，或仿此文而作之乎？

卷八"齐景公谓子贡"章，写子贡对齐景公称誉孔子。景公问："先生何师？"子贡对以"鲁仲尼"。又问："仲尼贤乎？"子贡答："圣人也，岂直贤哉。"景公嘻笑而问："其圣何如？"子贡则说"不知"。景公"勃然作色"。子贡曰："臣终身戴天，不知天之高也。终身践地，不知地之厚也。若臣之事仲尼，譬犹渴操壶杓就江海而饮之，腹满而去，又安知江海之深乎？"景公曰："先生之喻得无太甚乎？"子贡曰："臣赐何敢甚言，尚虑不及耳。臣誉仲尼，譬犹两手捧土而附泰山，其无益亦明矣。"景公曰："善，岂其然！善，岂其然！"此章是颂扬孔子的拔萃之作。《说苑·善说》有三章与此相关。且看其文：

　　子贡见太宰嚭。太宰嚭问曰："孔子何如？"对曰："臣不足以知之"太宰曰："子不知，何以事之？"对曰："惟不知，故事之。夫子其犹大山林也，百姓各足其材焉。"太宰嚭曰："子增夫子乎？"对曰："夫子不可增也。夫赐其犹一累壤也，以一累壤增太（泰）山不益其高，且为不知。"太宰嚭曰："然则子有所酌也？"对曰："天下有大樽，而子独不酌焉，不识谁之罪也。"

　　赵简子问子贡曰："孔子为人何如？"子贡对曰："赐不能识也。"简子不悦曰："夫子事孔子数十年，终业而去之。寡人问子，子曰'不能识'，何也？"子贡曰："赐譬渴者之饮江海，知足而已。孔子犹江海也，赐则奚足以识之？"简子曰："善哉，子贡之言也。"

　　齐景公谓子贡曰："子谁师?"曰："臣师仲尼。"公曰："仲尼贤乎!"对曰："贤。"公曰："其贤何若?"对曰："不知也。"公曰："子知其贤而不知其奚若,可乎?"对曰："今谓天高,无少长愚智皆知高。高几何?皆曰不知也。是以知仲尼之贤而不知其奚若。"

　　显而易见,《外传》此章是这三章的艺术综合,誉孔效应也超过了其中任何一章。这种艺术综合法是后来的小说家们常用之法。《说苑》是刘向整理,材料却大都出自先秦。本章正是将《说苑》所本的三则材料融合为一的艺术成果。这不是说,《说苑》的三章就是写实,三者内容既不同,又相近,都是子贡称誉孔子之"不能识",虽不能断言三者均为虚造,则至少不会全为写实,或有传闻而异辞。值得关注的是,一部《论语》,诸弟子对人称孔子"将圣"者唯有子贡①,后来产生上述系列作品,或有实迹,而增之为小说,虚中有实,并非偶然。

　　《外传》佚文有"齐人崔杼弑庄公"章②,写陈不占赴君难事。在外地的陈不占闻庄公"有难,将往赴之",然"食则失哺,上车失轼。其仆曰:'敌在数百里外,而惧怖如是,虽往,其益乎?'占曰:'死君之难,义也。勇,私也。'乃趋车而奔之。至公门之外,闻鼓战之声,遂骇而死。君子谓不占无勇,而能行义,可谓志士矣。"为崔杼弑君的死难之官,左襄二十五年(前548)有载,无陈不占。《太平御览》卷四百九十九引《外传》此文,有"陈不占,东观渔者"之句,注者或谓即《左传》之"申蒯侍渔者"。两者姓名之异姑且不论,其被"鼓战之声"吓死,与崔杼弑君情境大相径庭。崔杼是在自己家中设伏杀死来与杼妻幽会的齐庄

---

　　① 《论语·子罕篇》:"太宰问于子贡曰:'孔子圣者与?何其多能也。'子贡曰:'固天纵之将圣,又多能也。'"

　　② 《文选》卷十八马季长《长笛赋》李善注引《韩诗外传》,北京 中华书局1977年版,第253-254页。

公的，时间很短。陈不占从"数百里"外赶来，哪里会听到"鼓战之声"？无论其人为谁，都不可能是文中所写的具体情境。陈不占或有其人，死难或有其事，而具体描写则是好事者的虚构之笔。《外传》卷八另有"齐崔杼弑庄公"章，写荆蒯芮欲死君难，其仆以"君之无道也，闻于诸侯"劝其勿死。荆蒯芮曰："善哉而言也。早言，我能谏。谏而不用，我能去。""吾既食乱君之食，又安得治君而死之？"于是"驱车而入，死其事"。仆曰："人有乱君，犹必死之。我有治长，可无死乎？"乃"自刎于车上"。此章不仅荆蒯芮名字与申蒯读音相近，主仆同死也类乎申蒯。《左传》这样记述其死："申蒯侍渔者，退谓其宰曰：'尔以帑（孥）免，我将死。'其宰曰：'免，是反子之义也。'与之皆死。"① 荆蒯芮事迹近乎申蒯之事的写照或传闻异辞，而有关陈不占之死的记述则是虚拟的小说作品。《太平御览》卷四百三十八引《新序》云：

> 崔杼弑庄公，申蒯渔于海而后至，将入死。其御止之曰："君之无道闻于天下，不可死也。"申蒯曰："告我晚矣，子不早告我。吾食乱君之食而死治君之事乎？子免之，子无死。"其御曰："子有乱主，犹死之。我有治长，奈何勿死。"至于门曰："申蒯闻君死，请入。"守门者以告，崔子曰"勿内（纳）。"申蒯曰："汝疑我乎？吾以汝臂。"乃断其臂以示其门者。门者以示崔子。崔子陈八列，曰："令入。"申蒯拔剑呼天，三踊乃斗，杀七列，未及崔子一列而死。其御亦死之门外。君子闻之曰："蒯可谓守节死义矣。"

此文径书申蒯，同于《左传》。而前半与《外传》卷八荆蒯芮事大同小异，用语亦与《外传》多同，略有变化。与其说可证荆蒯芮即为申蒯，

---

① 《春秋左传正义》卷三十六，载《十三经注疏》，第 1983 页。

毋宁说其承《外传》之文而改人名合于《左传》。后半写申蒯赴死则大肆渲染，甚违情理。临时自断一臂尚能"杀七列"，人耶？神耶？申蒯既勇武如此，就无须与守门者周旋，更无须断臂自残，而可斩门直入，乘崔杼无备而杀之。其为烈士溢美而作的虚构与夸张显而易见，也是蓄意造作的小说。

四、仿改别文之作

《外传》中还有一批仿改小说，即模拟或改写别文，构成的场景与文词变化不大，但人物或被表现的对象（如将《书》改作《诗》）变了，便形成另外一篇作品。

卷二"子夏读《诗》"章，系改《尚书大传》"子夏读《书》"之文而成。汉伏生所撰《大传》，原书已佚，《四库全书》所录为清孙之骒在明残本基础上补辑之本，于此章"不注出处"，则属"残本之原文"[①]，但已不全。宋刘恕作《资治通鉴外纪》，亦引"子夏读《书》"之文，虽"未举所征，然《文选》注、《御览》《困学纪闻》分引数条，并与此合，是为《书传》文无疑"[②]。其文头尾完整，而与别本相较，惜有夺句。但将两书本文合而观之，尚可窥其全貌。比较"读《诗》"与"读《书》"，内容与文字均大同而小异。两者都是子夏回答孔子的问话（各有颜回一句插话）。《大传》之子夏赞《书》云："昭昭如日月之代明，离离如参辰之错行，上有尧舜之道，下有三王之义。"[③]《外传》之子夏颂《诗》照搬了这些词句，只将"离离"改作"燎燎"。《大传》写子夏说自己"退而穷居河济之间、深山之中，壤室蓬户"而能"弹琴以歌先王之风，

---

① 《四库全书·尚书大传》提要。按：此据四库全书本，后出的《四库全书总目》对本"提要"作了改写，无此文句。
② 陈寿祺：《尚书大传》卷三按语，清光绪十四年（1888）上海蜚英馆刊本。
③ 《尚书大传》卷三，载《文渊阁四库全书》，第68册第419页。

有人亦乐之，无人亦乐之。"①《外传》只将此文前半简化为"虽居蓬户之中"，其余全同。《大传》中孔子谓子夏曰："子殆可与言《书》矣。虽然，见其表未见其里，窥其门未入其中。"并说："丘尝悉心尽志以入其中，则前有高岸，后有大溪，填填正立而已。"②《外传》只将"《书》"改为《诗》，将末句改作"泠泠然如此既立而已矣。"其余只有个别字词的变通，无关文义。这样，再加陈风四句诗："衡门之下，可以栖迟。泌之洋洋，可以乐饥。"就将《大传》中一篇虚实不明的谈《书》赞《书》之文，改成一篇凭空虚构的谈《诗》赞《诗》的小说作品。诚如有的学者所说，《大传》中论《书》之言用以论《诗》，"亦自可通（实则只是勉强可通），古事传闻，每多歧出"③。但本章却不在"传闻"与"歧出"之列。两者上列文字如此一致，足以说明是据文而录，蓄意而改，与口头传闻而歧出者迥然有别。

卷三有"楚庄王寝疾"章。其文云：

楚庄王寝疾，卜之，曰"河为祟。"大夫曰："请用牲。"庄王曰："止！古者圣王制祭不过望。濉、漳、江、汉，楚之望也。寡人虽不德，河非所获罪也。"遂不祭。三日而疾有瘳。孔子闻之，曰："楚庄王之霸，其有方矣。制节守职，反身不贰，其霸不亦宜乎？"

《左传》哀公六年载有楚昭王的同一事迹，"孔子"之前文字与《外传》大同，孔子之言则大不同："楚昭王知大道矣！其不失国也宜哉。"《说苑·君道》和《孔子家语·正论》所记与《左传》同为昭王，文字也只差几个字，显系《左传》传录之文。《外传》文字既与《左传》大同，就应

---

① 载宋刘恕《资治通鉴外纪》卷九，上海 商务印书馆 1929 年版。
② 同上注。
③ 屈守元：《韩诗外传笺疏》卷第二，第 212 页。

是依据书面材料，而非口头传说，其改"昭"为"庄"，也就不是传讹，而是有意为之。后面大改孔子（庄王时还远未出生）之语更非所谓"传闻异辞"，明白显出改造的意图：凸显楚庄霸主之美点。一篇实录昭王事迹的文字就这样简单地被改造为歌颂庄王的虚构小说。值得注意的是，这种张冠李戴、移花接木之法，也是后来小说典型化的常用手段。

卷三又有"宋大水"章，写鲁使往吊。使者曰："天降淫雨，害于粢盛，延及君地，以忧执政。"宋应之曰："寡人不仁"，使"天加之灾，又遗君忧，拜命之辱。"孔子闻之曰："宋国其庶几矣。"弟子曰："何谓?"孔子曰："昔桀、纣不任其过，其亡也忽焉。成汤、文王知任其过，其兴也勃焉。过而改之，是不过也。"宋人听得此言，"乃夙兴夜寐，吊死问疾，戮力宇内三岁，年丰政平。乡（向）使宋人不闻孔子之言，则年谷未丰，而国家未宁。"此章前称"传曰"，表明有据，所据则是《左传》庄公十一年所记：

秋，宋大水。公使吊焉，曰："天作淫雨，害于粢盛，若之何不吊?"对曰："孤实不敬，天降之灾，又以为君忧，拜命之辱。"臧文仲曰："宋其兴乎? 禹、汤罪己，其兴也勃焉；桀、纣罪人，其亡也忽焉。且列国有凶称孤，礼也。言惧而名礼，其庶乎?"既而闻之曰："公子御说之辞也。"臧孙达曰："是宜为君，有恤民之心。"

庄公十一年为公元前683年，下距孔子降生（前552）一百三十一年。换句话说，《外传》将臧文仲的话改为孔子之言，便将宋大水至少推后一百六七十年，这在小说是完全允许的，因为不拘史实，大水是哪年都可有的。这样，作品就将历史上实有的大水和对话变成一种虚构之事，并生发出宋人闻孔子赞语之后的积极作为和圆满结局，形成一篇通体虚拟的仿改小说。《说苑·君道》也采录其事，但"非采之《左传》"①，而是采自《外传》。由于编纂者看出它与《左传》的关系和矛盾，便将"孔子"改作"君子"，"弟子曰"改用"问曰"，从而消去时代印记，使前半与《左传》之记大体相合，后半宋人的作为和结局却属虚拟，成为一篇半真半假之作，也还是小说。

《吕氏春秋·审应览·精谕》记有关周公的一则传说："胜书说周公旦曰：'廷小人众，徐言则不闻，疾言则人知之。徐言乎？疾言乎？'周公旦曰：'徐言。'胜书曰：'有事于此，而精言之而不明，勿言之而不成。精言乎？勿言乎？'周公旦曰：'勿言。'故胜书能以不言说，而周公能以不言听。""殷虽恶周，不能疵矣。"这是表现言论自由在殷末遭禁情况下政治人物的聪明机智：有些话只可意会，不便言传。《外传》卷四末章仿此而作，写周公接待来客，言谈甚是怪异：

> 客有见周公者。应之于门，曰："何以道旦也？"客曰："在外即言外，在内即言内，入乎将毋？"周公曰："请入。"客曰："立即言义，坐即言仁，坐乎将毋？"周公曰："请坐。"客曰："疾言则翕翕，徐言则不闻，言乎将毋？"周公唯唯："旦也踰（谕）"。明日兴师而诛管、蔡。故客善以不言之说，周公善听不言之说。若周公，可谓善听微言矣。

从"明日兴师诛管、蔡"可知，客要说给周公的话必与管、蔡之谋相关，且很急迫，决不会如此卖关子。"立即言义，坐即言仁"也毫无道理。客人什么也没说，周公就明白一切，岂可思议？《说苑·指武》记述"王满生见周公"，于"言乎？不言乎？"之后，则写"周公俯念有顷不对。王满生藉笔牍书之曰：'社稷且危。'傅之于膺，周公仰视见书，曰：'唯

---

① 向宗鲁：《说苑校证》卷第一，北京：中华书局1987年版，第23页。

唯，谨闻命矣。'明日诛管、蔡。"从而显得较为合理。不过，两者把有关殷末或实或虚的传说，改写为周公诛管、蔡事，都属虚构之文和蓄意造作，也就都成了早期小说。

卷七有"孔子游于景山"章，写子路、子贡、颜渊在夫子面前各言所愿。子路"愿奋长戟，荡三军"，"进救两国之患"，被孔子评为"勇士"。子贡曰："两国构难，壮士列阵，尘埃张天，赐不持一尺之兵，一斗之粮，解两国之难。用赐者存，不用赐者亡。"被孔子评为"辩士"。颜渊"愿得小国而相之。主以道制，臣以德化。君臣同心，外内相应"，大倡仁义，"垂拱"而治，使由与赐无用武之地。被孔子评为"圣士"。三人除子路之言比较切合本人性情，子贡与颜渊都不会如此抬高自己，显系后人依照各自的长处编排的。相传"子贡一出"，只凭"利口巧辞"，取得"存鲁，乱齐，破吴，强晋而霸越"之效①。这便是作者让子贡在此自夸的因由。孔子于自己还说"若圣与仁，则吾岂敢。"怎会将弟子颜渊评为"圣士"？其实，面对此章，熟悉《论语》的人就会想到《先进》篇"子路、曾晳、冉有、公西华侍坐"章，也是孔子让弟子各言所愿。《外传》此章就是《先进》篇的仿作小说。卷九又有"孔子与子贡、子路、颜渊游于戎山"章，与前章大同小异而稍简略。孔子多次用"尔何如"之语，模仿《先进》篇之迹更加明显。《说苑·指武》有"孔子北游东上农山"章，也是子路等三弟子相从，各人所言志愿虽同于《外传》，文字却有很大区别。除仿《先进》篇外，其"各言尔志"则是《公冶长》篇"颜渊、季路侍"章之语。三者无论产生先后，都是同类仿作小说，后出者又是仿作的衍化与发展。

卷八"梁山崩"章，写晋之梁山崩，晋君乃召大夫伯宗。伯宗路遇推车者翻车阻道，乃"使其右下，欲鞭之"。推车者谓其"不知事而行"。

---

① 《史记》卷六十七《仲尼弟子列传》，第 2201 页。按：此与《左传》所记并不相符。

伯宗听了，反觉欣喜，问他住处，他说是绛（晋的都城）。问他听到了什么，他说："梁山崩壅河，顾三日不流，是以召子。"问他"如之何？"他说："天有山，天崩之。天有河，天壅之。伯宗将如之何？"伯宗"私问之"，对曰："君其率群臣素服而哭之，既而祠焉，河斯流矣。"问其姓名，"不告"。伯宗至绛，"君问，伯宗以其言对。于是君素服率群臣而哭之，既而祠焉，河斯流矣。"这里写的"梁山崩"，确有其事。时为晋景公十四年（前586），即鲁成公五年。《左传》是年记曰：

> 梁山崩，晋侯以传召伯宗。伯宗辟重，曰："辟传！"重人曰："待我，不如捷之速也。"问其所，曰："绛人也。"问绛事焉，曰："梁山崩，将召伯宗谋之。"问："将若之何？"曰："山有朽壤而崩，可若何？国主山川，故山崩川竭，君为之不举，绛服，乘缦，彻（撤）乐，出次，祝币，史词以礼焉。其如此而已，虽伯宗若之何？"伯宗请见之，不可。遂以告而从之。

《国语·晋语五》所记基本与《左传》相同。两者记述的是伯宗与当时一位颇有见地的车主的对话，没有任何神异成分。在那将重大自然灾变视为神的惩罚的时代，晋君只能按车主说的去做。没写那样做的结果，非常实际，因为也不会有什么结果。《外传》的记述文字，好像与《左》《国》差异不大，却把车主大大神化了，他不仅像巫祝一样肯定君臣只要"哭"与"祠"，被壅的河水就会重流，结果也与他所说的话完全相符。这就以少许的文字从根本上将"实话"变成"虚话"，把人言变成神言，把历史变成神异的小说。与《外传》记述相近的还有《穀梁传》，但后者的车主虽说了与《外传》车主相类的话，却没写晋君依其言而行，自然更没写那神异的结果。这就没把人物神化，也没把历史小说化。看来，《外传》或其所本袭用了《穀梁传》的文字，又加以发展，从而将史事改造为小说。又者，《外传》此章之末还有"孔子闻之，曰：'伯宗其无后，攘人之善'"等语，亦与《穀梁传》相似。其时距孔子降生还有三十六年，而伯宗又是"贤大夫"，被三郤"谮而杀之"①，即便仲尼数十年后"闻之"，也不会说这种话，当是后来作者套用《孟子》卷一仲尼谓"始作俑者，其无后乎"之语而炮制的。伯宗被杀，其子伯州犁奔楚，官为太宰。而据《左传》，至鲁昭公元年，楚公子围谋篡，又"杀太宰伯州犁于郏"，州犁之孙伯嚭奔吴，为谗佞之臣，吴灭或言被杀②。这大约就是本章所谓"无后"的缘由。总之，孔子云云，亦是后人无端虚造本章之证。

卷八又有"鲁哀公问冉有"章。哀公的问题是"必学而后为君子乎?"冉有的回答是肯定的。哀公又问"何以知其然?"冉有曰："夫子路，卞之野人也，子贡，卫之贾人也，皆学问于孔子，遂为天下显士。"随后又说"昔吴、楚、燕、代谋为一举而欲伐秦"，结果被"监门之子"桃贾出任秦使，"遂绝其谋"，桃贾后被秦王"立为上卿"。又举百里奚、姜太公和管仲，连同桃贾，"皆尝卑贱穷辱矣，然其名声驰于后世，岂非学问之所致乎?"《战国策》秦策五有《四国为一将以攻秦》章，谓四国之谋被秦使姚贾以金宝化解，姚被秦王封为上卿，韩非入秦后亟攻姚贾，秦王信之，斥姚为"监门子、梁之大盗、赵之逐臣"，姚贾则以吕望、管仲、百里奚和"中山盗"四位"皆有诟丑"之士得遇明主说服了秦王，结果"复使姚贾而诛韩非"。桃贾当为姚贾，四国之"吴"是"齐"之讹③。了解这种情况，就会知道，"四国为一，将欲攻秦"，是战国末期之事，姚(桃)贾与鲁哀公、冉有的时代相去甚远。本章绝非实事，而是好事者变改《战国策》旧文，表现"必学而后为君子"的全新主题。所举四例，只用桃贾取代了"中山盗"，文字虽有改动，变化不大，脱胎之

---

① 《左传》成公十五年，第167页。
② 《史记》之《吴太伯世家》和《越王勾践世家》皆记勾践灭吴"诛太宰嚭"，而《左传》哀公二十三年即勾践灭吴后两年，还有鲁国季孙之使"因太宰嚭而纳贿焉"之语，勾践诛嚭或在其后欤?
③ 《战国策》有姚宏本与鲍彪本，姚本作"吴"，鲍本作"齐"。

迹依稀可见。前面有关子路、子贡的文字原出于《尸子·劝学篇》，略作变化①。"尸子著书于周末""其书出周秦之间"②，本章应是其后产生的仿改小说。

原载《北京大学学报》2007 年第 3 期

---

① 《尸子·劝学篇》原文为："是故子路卞之野人，子贡卫之贾人……孔子教之，皆为显士。"

② 孙星衍：《〈尸子〉集本序》，载《百子全书》，长沙 岳麓书社 1993 年版，第 1593 页。

《新序》《说苑》之小说考辨

引　言

　　《新序》《说苑》是刘向辑校与编撰的两部文类大致相同之作。前者仅存十卷，为原作三之一；后者二十卷，同于原作卷数。据刘向《说苑·叙录》，其所校皇家"中书"名《说苑杂事》，加上"向书、民间书"，自然"事类众多"，杂而又杂。尽管"别集以为《百家》，《说苑》之杂仍属显见。《新序》，《叙录》已佚，所存十卷，竟有五卷题作《杂事》。叙事广而杂确是两作的共同点。其大量内容是由原书编者和刘向从众多的书籍、资料中集合起来的，在保存先秦史料、传说方面与西汉前期的《韩诗外传》堪称伯仲。不同的是，两作没有《韩诗外传》那样近乎一半之多的论议之文，除去《说苑》之《谈丛》《杂言》《修文》几篇议论与解说为多，两书绝大多数都是叙事，而且多叙先秦之事。所含文体也类乎《外传》：既有史书摘录，又有传闻记述，还有"好事者"有意虚造的小说作品。本文着重考察其中的小说。

　　小说是传写虚拟人生的文字语言艺术。便是它的童年时代，也以自觉虚构的人生状况为其内容的根本特点。童年的小说，篇幅大多短小，场景也很单纯，或只有不多的人物对话，称对话体，缺少曲折的故事情节，但这都无碍其为小说。即使在小说盛况空前的现代，只写对话的小说也不乏其例。除去寓言，只要传写出有意虚造的人生状况，都有资格被称为小说，而且也只能称之为小说。《新序》与《说苑》正有不少这样的作品，正如屈守元先生在为向宗鲁《说苑校证》写的《序言》中所说，"可以认为其中有些作品属于古代短篇小说"。

　　然而，《新序》与《说苑》大都是传写先秦各国君臣大夫的言行事迹，只有部分内容见诸尚存的史书典籍，更多内容的真实与否较难确定，自觉的虚构之作就更难辨明。几种古代小说选本虽多选入两者的某些作品，却并未说明其为小说的缘由，有些也未必是小说。笔者就此课题对两书可考为小说之章依其次序予以考辨，以就教于大方之家。

　　本文所据两书的版本主要是赵仲邑先生的《新序详注》和向宗鲁先生的《说苑校证》，均由中华书局出版。参考两者的《四库全书》本和《百子全书》本。

一、《新序》中的小说

先看《左传》襄公三年的一段记载：

　　祁奚请老，晋侯问嗣焉。称解狐，其仇也，将立之而卒。又问焉，对曰："午也可。"于是羊舌职死矣，晋侯曰："孰可以代之？"对曰："赤也可。"于是使祁午为中军尉，羊舌赤佐之。君子谓：祁奚于是能举善矣。称其仇，不为谄；立其子，不为比；举其偏，不为党。《商书》曰：'无偏无党，王道荡荡。'其祁奚之谓矣。解狐得举，祁午得位，伯华得官，建一官而三物成，能举善也夫。唯善，故能举其类。《诗》云：'唯其有之，是以似之。'祁奚有焉。

这里的晋侯是晋悼公。午为祁奚之子。赤为羊舌职子，字伯华。后来由这段史实衍化出多个荐仇主题相类而人物或官职不同的故事。《吕氏春秋·去私》晋侯被改作晋平公，祁奚荐解狐代已为中军尉变为荐其为南阳令。《韩非子·外储说左下》除将悼公改作平公，祁奚也变成赵武，被荐者为邢伯子，官职换作中牟令。《韩诗外传》卷九更把被荐的解狐充作荐仇的祁奚，被荐者亦是邢伯柳即邢伯子，官职为西河守，而国君则由春秋时的晋悼公换成战国时的魏文侯。此等混乱情况未必出自有意虚构，有可能产生于口头传说，结果越传越乱，离原来的历史也就越远，其中的虚拟成分可能是不自觉的，因而也就难于确定其为小说。但《新序·杂事第一》之第六章则与之不同。且看其文：

> 晋大夫祁奚老，晋君问曰："孰可使嗣？"祁奚对曰："解狐可。"君曰："非子之雠耶？"对曰："君问可，非问雠也。"晋遂举解狐。后又问"孰可以为国尉？"祁奚对曰："午也可。"君曰："非子之子耶？"对曰："君问可，非问子也。"君子谓：祁奚能举善矣。称其仇，不为诏；立其子，不为比。《书》曰：'不偏不党，王道荡荡。'祁奚之谓也。外举不避仇雠，内举不回亲戚，可谓至公矣。唯善，故能举其类。《诗》曰：'唯其有之，是以似之。'祁奚有焉。

从后半"君子谓"以下的文字可以断定，此章绝然袭用《左传》，故引《书》《诗》的文句也一字不差。但作者对前面的史实却作了修改。其一，《左传》原文所荐解狐与祁午是同一官职，即祁奚原任的军中尉，因解狐未及上任而卒，祁奚才荐其子午。而《新序》不言解狐之死，使两人各就一职，从而突出祁奚荐仇与荐子各得其所。其二，增加晋君与解狐关于荐仇与荐子的对话，以突出"外举不避仇雠，内举不回亲戚"的主题。其三，删去羊舌职之死，代以其子羊舌赤等事。这也是为了突出上述主题，因为荐羊舌赤既非荐仇，也非荐亲。如果说第三点只是选材，并未变更事实原貌，前两点却是有意改作，将原来的史实作了改变，从而掺入虚拟成分，也就将原来的史实改为虚实相间的拟史小说。

同卷第十二章，晋卿中行寅"将亡"，而欲"加罪"其太祝，乃责其祝神"牺牲不丰泽"，"抑斋戒不敬"。祝简对曰："昔者吾先君中行穆子，皮车十乘，不忧其薄也，忧德义之不足。今主君有革车百乘，不忧德义之薄也，唯患车不足也。夫车舟饰则赋敛厚，赋敛厚则民怨谤诅矣。且君苟以为祝有益于国乎？则诅亦将为损世亡矣。一人祝之，一国诅之，一祝不胜万诅，国亡不亦宜乎！祝其何罪？"中行寅听了惭愧无语。中行寅即荀寅，晋六卿之一。其时晋君势弱，六卿势强，互相攻伐。《左传》载，哀公四年（前491）"九月，赵鞅围邯郸"；"冬十一月，邯郸降，荀寅奔鲜虞"，被纳于柏人；翌春，"晋围柏人"，荀寅"奔齐"。这就是"中行寅将亡"时的情景。忙忙如丧家之犬，哪有工夫去罪太祝？这且不论。太祝即大祝，乃天子所置之官："下大夫二人、上士四人"①，"掌六祝之辞"②，为晋国之卿的中行寅何得有之？本章其实是好事者仿拟《左传》或《晏子春秋》虚构之作。《左传》昭公二十年（前522）记齐景公久病"不瘳"，梁丘据与裔款谓"祝史之罪"，要景公"诛于祝固、史嚚"。晏子反对，谓关键在于国君之德："若有德之君，外内不废，上下无怨，动无违事，其祝史荐信，无愧心矣"；"其适遇淫君，外内颇邪，上下怨疾""民人苦病，夫妇皆诅。祝有益也，诅亦有损，聊、摄以东，姑、尤以西，其为人也多矣。虽其善祝，岂能胜亿兆人之诅？"从而说服了景公，"修德"而不诛祝史。《晏子春秋》卷一与卷七由此衍为两篇大同小异之作。《新序》此章所写人事既不可能存在，又与《左传》《晏子》的内容如此相似，自是一篇有意仿拟的虚构小说。

下章写"秦欲伐楚，使使者往观楚之宝器。"楚王问令尹子西：是否

---

① 《周礼》卷十七，载《十三经注疏》，第755页。

② 《周礼》卷二十五，第808页。

示以和氏璧与随侯珠，子西答以"不知"；又召昭奚恤问之，对曰："此欲观吾国得失而图之"，所观"不在宝器在贤臣"。楚王"遂使昭奚恤应之"。昭奚恤"发精兵三百人，陈于西门之内"，又筑六坛以待之。秦使至，就位东面客坛，南面四坛依次为令尹子西、太宗子敖、叶公子高和司马子反。昭奚恤自居西面之坛，致词曰："客欲观楚国之宝器，楚国之所宝者贤臣也。"随后一一介绍五人的官职和司务。秦使回报秦王："楚多贤臣，未可谋也。"遂不伐楚。昭奚恤是战国时期楚宣王的令尹，名震一时，以至宣王对群臣有"吾闻北方之畏昭奚恤也"之言①。子西与子高都是春秋时期楚昭王、惠王之臣，子西在吴王阖闾伐楚以后为令尹，为乱后复国立过汗马功劳，故子高说："微二子（子西、子期）者，楚不国矣"；子高则在平定白公之乱中起了重要作用，令尹子西和司马子期被白公胜杀害之后，他竟身"兼二事"，一旦安定，就"使宁（子西之子）为令尹，使宽（子期之子）为司马"，自己归老"于叶"②，是位勇于担当又德高望重的长者。至于子反，乃楚庄王、共王时期以多经征战闻名的领军司马。作者让偌多不同时期相隔百数十年的楚国著名人物聚会一处，向强秦夸示其人才济济，不可侵犯，乃是一种表意的方法，如《庄子》写庄周之见鲁哀公、展禽与孔丘为友一样，并非不知他们所处的时代。作品自然也就成了自觉虚构的寓意小说。

《杂事第二》之第六章云："楚人有献鱼楚王者"，说"今日渔获，食之不尽，卖之不售，弃之又惜，故来献也"。楚王左右都说他太不会说话。楚王却说这位渔者乃是"仁人"，是来开导国君的："盖闻囷仓粟有余者，国有饥民；后宫多幽女者，下民多旷夫；余衍之蓄聚于府库者，境内多贫困之民。皆失君人之道。故庖有肥肉，厩有肥马，民有饿色。是以亡国之君，藏于府库。寡人闻之久矣，未能行也。渔者知之，其以此谕寡

① 《战国策》卷十四《荆宣王问群臣》，上海古籍出版社1985年版，第482页。
② 《左传》卷十二，长沙 岳麓书社1988年版，第416页。

人也。且今行之。"于是，"遣使恤鳏寡而存孤独，出仓粟、发布帛而振不足，罢去后宫不御者，出以妻鳏夫。楚民欣欣大悦，邻国归之。"不要说楚国没有出过如此聪慧、仁明的君主，别国也没出过这样的君主。作品应是一位读过《孟子》的文士从其"庖有肥肉，厩有肥马，民有饥色，野有饿莩"之句受到启发①，发挥奇想，杜撰出以渔者献其多余之鱼的有趣情节，讽喻和启发那些将大量财物"藏于府库"而不顾百姓死活的"亡国之君"和非亡国之君，是一篇宣扬孟子"仁义"观念与"民本"思想的小说作品。

同卷第九章是一篇超现实的神异之作：

晋文公出猎，前驱曰："前有大蛇，高如隄，阻道竟之。"文公曰："寡人闻之，诸侯梦恶则修德，大夫梦恶则修官，士梦恶则修身，如是而祸不至矣。今寡人有过，天以戒寡人。"还车而反。前驱曰："臣闻之：喜者无赏，怒者无刑。今祸福已在前矣，不可变，何不遂驱之？"文公曰："不然。夫神不胜道，而妖亦不胜德。祸福未发，犹可化也。"还车反。宿斋三日，请于庙曰："孤少牺不肥，币不厚，罪一也。孤好弋猎无度数，罪二也。孤多赋敛，重刑罚，罪三也。请至今以来者，关市无征，泽梁无赋敛，赦罪人，旧田半税，新田不税。"行此令未半旬，守蛇吏梦天帝杀蛇，口："何故当圣君道为？而（尔）罪当死。"发梦，视蛇臭腐矣。谒之，文公曰："然，神果不胜道，而妖亦不胜德。奈何其无究理而任天也，应之以德而已。"

如此神怪灵异之事，当然属于子虚乌有。但它是蓄意造作，还是民间传说？则须考辨。在《新序》之前，记述这一故事的还有贾谊《新书》中

① 《孟子》卷一《梁惠王章句上》，上海 商务印书馆 1936 年影缩宋本，第 6 页。

的《春秋》。其记文公之语曰："吾闻之曰，天子梦恶则修道，诸侯梦恶则修政，大夫梦恶则修官，庶人梦恶则修身。"这四句显然是从《周书》的如下四句翻出来的："天子见怪则修德，诸侯见怪则修政，卿大夫见怪则修职，士庶人见怪则修身。"《周书》虽逸，《后汉书》卷五十四《杨赐传》和《群书治要》卷四十四等多引录其文。可见这篇故事的最早作者是见过《周书》或了解《周书》这些话的。其所用的四句还很可能是《周书》的原文，因为故事所写的文公见大蛇事正是"见怪"，而非"梦"怪。"梦恶"云云，或是后来传写之讹；至《新序》，又省去"天子"一句，剩了三句。如此看来，本章原是熟悉《周书》的文士为宣示其中"诸侯见怪则修政"等观念而虚拟的神异型寓意小说，几经流传和修改成为《新序》这般样态。《新书·春秋》这一章，后半文公罪己虽多，但很抽象："孤实不佞，不能遵道，吾罪一；执政不贤，左右不良，吾罪二；饰政不谨，民人不信，吾罪三；本务不修，以究百姓，吾罪四；斋肃不庄，粢盛不洁，吾罪五。请兴贤遂能而张德行善，以导百姓，毋复前过。"①《新序》虽只言三罪，却都很具体，改革措施也实惠于民。这或许体现了刘向的思想和主张。

同卷第十一、十二两章都写晋文公出猎逐兽。前者文公"砀入大泽，迷不知所出"，渔人将他送出后，戒之曰："鸿鹄保河海之中，厌而欲移徙之小泽，则必有九（丸）缯之忧。鼋鼍保深渊，厌而出之浅渚，则必有网罗钩射之忧。今君逐兽砀入至此，何行之太远也？"劝他赶快"归国"。后者文公失其所逐之兽，问农夫老古。老古"以足指"之，文公不悦。老古振衣而起曰："一不愿人君如此也！虎豹之居也，厌闲而近人，故得。鱼鳖之居也，厌深而之浅，故得。诸侯厌众而亡其国。"两作立意相同而意象相若。其实，无论渔人，还是农夫，都不可能虑及国君远离都城就可能被人篡位之类的问题。只有那些官场的士大夫和读书人才有这类

---

① 载《百子全书》，长沙：岳麓书社1993年版，第362页。

思虑，才会造出这等警示国君的作品，经过流传，异而为二。而其最早成篇还是蓄意造作的产物，所以应在小说之列。后者中的文公"归遇"晚他三代的晋成公之臣栾武子，自然是不可能的。《太平御览》卷九百零六引作栾贞子，大约也是看出纰漏，顺笔而改。其实，早年的小说作者，并不那样认真考究人物的年代，将晋国颇有名声和清望的栾武子信手拈来，让他向文公进善言，造成的荒诞或茫然不觉，或在所不计，而大学问家兼作家的刘向对此或无暇考索，或不予深究。这正是其为早期小说的一个标志，与史书讹误或传闻异词不可同日而语。

同卷末章写丑女无盐嫁齐宣王事。"齐有妇人，极丑无双"："臼头深目，长壮大节，昂鼻结喉，肥项少发，折腰出胸，皮肤若漆"，故"行年三十"，而"衒嫁不售"。但竟"自诣宣王"，请作王的姬妾。正在渐台"置酒"的宣王问她"有何奇能"，她说没有，问她"何喜?"她说"妾常喜隐。"要她"试一行之"，她就"忽然不见"了。"宣王大惊，立发隐书而读之，退而惟之，又不能得。"明日再"召而问之"，她"又不以隐对"，连说"殆哉!"宣王问其缘由，他讲了"西有衡秦之患，南有强楚之雠"的齐国有四个危机：一是宣王"春秋四十，壮男不立，不务众子，而务众妇"；二是"渐台五重，黄金白玉"，而"万民疲极"；三是贤者伏匿于山林，谄谀强于左右，邪伪立于本朝，谏者不得通入；四是"女乐俳优"，纵情淫乐，"外不修诸侯之礼，内不秉国家之治"。于是，宣王顿悟，"立停渐台，罢女乐，退谄谀，去雕琢，选兵马，实府库，四辟公门，招进直言，延及侧陋，择吉日，立太子，进慈母，显隐女，拜无盐君为王后。"最后说："而国大安者，丑女之力也。"《列女传》中的《齐钟离春》与此大同而小异。本属极违情理决不可能存在的怪诞奇闻，也无任何一部先秦史书或典籍做过记载，却被后世反复作为史迹引用与宣扬。不要说隐身术乃无稽之谈，渐台属于楚国的建筑，即其描写丑女的渲染笔法，便非写实；让如此丑女自荐于国君，更是天开异想。再者，据史料记载，齐宣王从其立国为齐侯，就是颇有作为之君，救韩伐魏取燕，起田忌，用孙子，倡稷门学士之风，周旋于纵横家之间，并非只图享乐之君，与作品所写甚不相符。他更不会听了几句刺耳的危言，就娶个奇丑的女人作王后。本章是儒士以重德轻貌的极端意象感化腐败君主的虚拟之作，是篇不折不扣的小说。

《杂事第四》之第四章写魏文侯选相事。文侯欲在其弟季成与友人翟黄之间选相而不能决，"以问李克"。李克对曰："君若置相，则问乐商与王孙苟端孰贤。"文侯曰："善。"因翟黄所进之王孙苟端不肖，季成所进之乐商为贤，"故相季成。"《韩诗外传》卷三与《史记·魏世家》《说苑》卷二也写了同一件事，李克的回答却迥然不同："居则视其所亲，富则视其所与，达则视其所举，穷则视其所不为，贫则视其所不取。五者足以定之矣。"（《史记》无"则"字，其余全同；《说苑》言其五者之四）李克之言没有触及任何个人，量人的标准又很具体而全面。文侯听了当即选定季成为相。《新序》本章的李克让文侯只看两人所举某一个人的贤与不肖，很是片面。是后之好事者将"达则视其所举"一句具体化为乐商与王孙苟端造成的一篇虚拟的微型小说。

再看同卷第十四章：

梁尝有疑狱，群臣半以为当罪，半以为无罪，虽梁王亦疑。梁王曰："陶之朱公以布衣富侔国，是必有奇智。"乃召朱公而问曰："梁有疑狱，狱吏半以为当罪，半以为不当罪，虽寡人亦疑。吾子决是，奈何？"朱公曰："臣鄙民也，不知当狱。虽然，臣之家有二白璧，其色相如也，其径相如也。然其价一者千金，一者五百金。"王曰："径与色相如也，一者千金，一者五百金，何也？"朱公曰："侧而视之，一者厚倍，是以千金。"梁王曰："善。"故狱疑则从去，赏疑则从与。梁国大悦。

"陶之朱公"，出自《史记·越王勾践世家》所记有关范蠡的传说。他在辅佐勾践灭吴之后，功成身退，变换姓名，至齐"止于陶"，经商致富，"赀累巨万"，称"陶朱公"。然而，勾践灭吴在周元王三年（前473），而"魏迁都大梁，魏王开始称为梁王在周显王二十九年"（前340）①，两者相距133年，即便真有陶朱公，也早已作古，怎么可能为梁王分剖疑狱？此乃主张施政须"厚"的儒者利用陶朱公的传说匠心构筑的表意小说。作者随后议论说："由此观之，墙薄则亟坏，缯薄则亟裂，器薄则亟毁，酒薄则亟酸，夫薄而可以旷日持久者，殆未有也。故有国蓄民施政教者，宜厚之而可耳。"这议论与前文的意象结构高度一致，也可说是构思的出发点和落脚点。它显然不是民间传说，而是富于政见与文化修养的读书人精心巧构的小说作品。

同卷第二十、二十一两章分别写齐桓公出游于郭和"晋文公田于虢"。两人都问当地人：虢（郭）因何而亡？回答桓公的当地人说：郭氏"善善而不能断，恶恶而不能去。"回答文公的当地人说："虢君断则不能，谏则无与"。桓公归语管仲，文公归语赵衰。管仲与赵衰又分别埋怨自己的国君：只听其善言，却不重视其人，于是二公分别赏了那个当地人。一望可知，两位霸主所遇所为不可能如此相像，应有一篇是原作，另一篇则是仿拟之作。即便原作写实，拟作也是有意虚构，属于小说。虢在历史上有东、西、北之分，且都在齐桓公之前就先后为别国所灭，但都远离齐国，桓公不易"出游"到那里。据《左传》载，北虢（在今三门峡市、平陆一带）于鲁僖公五年（前655），被晋献公假途而灭，后来的文公自然有可能到那里田猎。从这方面看，写晋文公那篇或为原作，写齐桓公的则更可能是仿拟小说。

《刺奢第六》之第八章写"魏文侯见箕季"。文侯见"其墙坏而不筑"，问之，答以"不时"；又见其墙"枉而不端"，问之，答以"固然"。"从者食其园之桃，箕季禁之。"后又为文侯"进粝餐之食，瓜瓠之

---

① 赵仲邑：《新序详注》，北京：中华书局1997年版，第123页。

羹。"仆人以为文侯此来"无得于箕季矣"。文侯曰:"吾一见季而四得焉:其墙坏不筑,云待时者,教我无夺农时也;墙枉而不端,对曰'固然'者,是教我无侵封疆也;从者食园桃,箕季禁之,岂爱桃哉?是教我下无侵上也;食我以粝飧者,季岂不能具五味哉?教我无多敛于百姓,以省饮食之养也。"国君到臣子家里,臣子的答话和作为全是对国君的隐谏,另有意涵。尽管有的隐语曲折、生硬(如谓墙"固然"与禁从者食桃之喻),国君却都能一一理解。这自然不会是生活实事,也不可能是民间传说。一般百姓既不关心"下无侵上""无侵封疆"之类的问题,更不在此等隐语上百般琢磨,玩文字游戏。当是读书人或士大夫的蓄意造作,是费心虚构的微型小说。

《节士第七》之第八章写卫宣公之子:伋、寿与朔。"伋,前母子也;寿与朔,后母子也"。寿母与朔谋,"欲杀太子伋以立寿",乃"使人与伋乘舟于河中,将沉而杀之。寿知不能止也,因与之同舟",舟人遂"不得杀伋"。伋之傅母忧伋此次乘舟的命运,作《二子乘舟》之诗。"寿闵其兄之且见害,作忧思之诗,《黍离》之诗是也"。后又"使伋之齐",约盗见载旌节者"要而杀之"。寿知其谋,止伋勿往,伋不肯"弃父之命"。寿又与之同往,寿母"不能止",戒之曰:"寿无为前也。"而"寿又为前,窃伋旌以先行。几及齐矣,盗见而杀之"。伋至,"痛其代己死,涕泣悲哀,遂载其尸,还至境而自杀。"此章是有本事的。《左传》桓公十六年(前696)记曰:

> 初,卫宣公烝于夷姜,生急子,属诸右公子。为之娶于齐,而美,公取之,生寿及朔,属寿于左公子。夷姜缢。宣姜与公子朔构急子。公使诸齐,使盗待诸莘,将杀之。寿子告之,使行。不可,曰:"弃父之命,恶用子矣!有无父之国则可也。"及行,饮以酒,寿子载其旌以先,盗杀之。急子至,曰:"我之求也,此何罪?请杀我乎!"又杀之。二公子故怨惠公。十一月,左公

子泄、右公子职立公子黔牟。惠公奔齐。

急子即伋，宣姜即寿、朔之母，惠公即朔，黔牟为原太子急之弟。《史记·卫世家》对此也有详细的记述。《新序》此章写的就是这一真实的历史事件，却作了如下虚拟与改动。其一，作者据对《诗经·邶风·二子乘舟》的一种理解，杜撰出借乘舟之机陷害太子伋的情节和伋之傅母作诗之说。实则并无其事。《毛诗》序是篇云："《二子乘舟》，思伋、寿也。卫宣公之二子，争相为死，国人殇而思之，作是诗也。"① 借乘舟害伋和傅母作诗应是其时尚颇兴盛的今文诗派之说，或即刘向所习鲁诗之见②，而据《诗》说杜撰亦属虚拟。其二，将《诗经·王风·黍离》作为"寿闵其兄"之作，并引其中一段充实其内容。不管这是否也为当时某派《诗》说的一种理解，亦属牵强附会的造作，为史实增添了虚构成分。其三，将伋为盗所杀的结局改为自杀，以强化人物的死义形象，更是有意化实为虚。这些虚拟与改写将真实的历史事件衍为半真半假、虚实相间的拟史小说作品。其中有关两首诗的内容非一般百姓所能造作，应是了解《诗》之解读的儒者所为，所以不是传说，而是有意加入虚构成分的小说。

同卷第二十七章是篇千多字的曲折故事。"晋赵穿弑灵公，赵盾时为贵大夫，亡不出境，还不讨贼，故《春秋》责之，以盾为弑君"。有屠岸贾者，"幸于灵公"，至晋景公时为司寇，拟"讨灵公之贼"，而赵盾已死，乃联合诸将，欲诛盾子赵朔等。大夫韩厥曰："灵公遇贼，赵盾在外，吾先君以为无罪，故不诛。今诸君将妄诛，妄诛谓之乱。臣有大事，君不闻，是无君也。"屠岸贾不听。韩厥促赵朔出逃，赵朔不肯，曰："子必不绝赵祀，予死不恨。"韩厥许诺，"称疾不出"。屠氏"不请而擅

---

① 《毛诗》卷第二，四部从刊本。
② 据何楷《诗经世本古义》卷二十《二子乘舟》题注，鲁诗家申培于此诗即有"宣公立少子朔，使伋、寿如齐而沉河"之说。

与诸将攻赵氏于下宫，杀赵朔、赵同、赵括、赵婴齐，皆灭其族。"赵朔"妻成公姊，有遗腹，走公宫匿。"朔客有公孙杵臼和程婴者。杵臼问婴："胡不死？"婴说等朔妻分娩，"若幸男，吾奉之；即女也，吾徐死耳。"后朔妻生男。屠岸贾闻而"索于宫"，朔妻"置儿袴中"躲过。尔后杵臼与程婴经过谋划，"取他婴儿"藏匿山中充赵氏孤儿，杵臼守护，婴去"出首"，诸将"并杀杵臼与儿"，真孤儿终得与程婴"俱匿山中"。十五年后，"晋景公病，卜之"，乃"大业之胄者为祟"，景公询问韩厥，厥曰："大业之后，在晋绝祀者，其赵氏乎？夫自中衍，皆嬴姓，中行衍人面鸟噣，降佐帝大戊及周天子，皆有明德。下及幽、厉无道，而叔带去周适晋，事先君缪侯，至于成公，世有立功，未尝绝祀。今及吾君，独灭之赵宗，国人哀之，故见龟筴，唯君图之。"景公问："赵尚有后子孙乎？"韩厥"具以实告"。于是君臣"谋立"孤儿赵武，将其"召匿于宫中"，使诸将见之。诸将"遂俱与程婴、赵武共攻屠岸贾，灭其族。复与赵氏田邑如故。"后赵武"冠而成人"，程婴以为完成了扶孤的使命，辞武而自杀，"下报赵孟（即赵盾）与公孙杵臼"。在尚存的文献中记述这个故事最早的是《史记·赵世家》，《新序》与之大同小异。《说苑》卷六《复恩》所记则是《史记》的节本，无公孙杵臼，也无程婴之死，而有《新序》所无、《史记》却有的赵盾所作其先祖叔带"持要（腰）而哭"之梦，预示悲剧将要发生。三者的总体结构出入不大。

首先应该肯定，这故事在历史上并不存在，是后人的虚拟之作。理由有二。其一，它与《左传》的多处记载大相径庭。赵同、赵括、赵婴是赵盾的三个异母兄弟，皆赵姬所生。赵朔则是赵盾之子，庄姬（晋成公之女，《新序》《史记》等误作成公之姊）是赵朔之妻。据《左传》成公四年（前587）及五年所记，赵婴私通于庄姬，赵同与赵括将弟赵婴放逐于齐国。至成公八年，庄姬"为赵婴之亡故，谮之于晋侯，曰：'原（赵同）、屏（赵括）将为乱。'栾、郤为征。六月，晋讨赵同，赵括。武从姬氏畜于公宫。以其田与祁奚。韩厥言于晋侯曰：'成季（赵衰）之勋，赵盾之忠，而无后，为善者其惧矣……'乃立武，而反其田焉。"这些记录将赵盾之后赵氏几至覆亡的缘由和脉络讲得十分清楚：赵婴乱伦被放，赵同、赵括被讨而死。《左传》又载，赵朔于宣公十二年（前597）尚"将下军"参加邲之战，至成公二年，栾书代他"将下军""则于时朔已死矣""不得与同、括俱死也"①。赵武从母畜养于宫，就在讨伐同、括之年，被立为赵氏之后，收回前"与祁奚"之田。何来屠岸贾攻杀赵氏家族，公孙杵臼与程婴救养赵武等事？其二，《新序》《史记》的此等记述，纰漏重出，多处悖理。攻杀国之上卿，何得"不请"于国君？屠氏"不请"，韩厥为何也不报，而"称疾不出"？既"不请"于君，何敢进宫搜索孤儿？林西仲云："屠岸贾为司寇，则刑官也，兵权非其所属，安能胁令韩厥诸将俾悉从己？"②孔颖达谓："于时晋君明，诸臣疆（强），无容有屠岸贾辄厕其间，得如此专恣。"③焦竑更指出："《赵世家》载，晋景公三年屠岸贾攻赵氏于下宫，杀赵朔、赵同、赵括、赵婴齐，皆灭其族。《晋世家》载，景公十二年以赵括与韩厥等五人为卿，自相抵牾，不足信矣。"④诸如此类，不一而足，都充分说明其文不实，乃属虚造。这虚造非只出于无意的传说，还融有学者的精心造作。作者很熟悉《春秋左氏传》，不仅点出《春秋》之名，还准确地引用了《左传》之言；前后写到赵氏多人，名字均与左氏契合，无一差错。至于韩厥那段讲赵氏始祖由来的宏论，非但韩厥不会了然，赵氏兄弟也未必知晓，只有能撰写《秦本纪》《赵世家》，洞悉大业是秦与赵之共同祖先的太史公才写得出那一番话，将韩厥之言与《史记》相关文字对照一下就会明白，两者那样妙合无间，绝当出于一人之手。退一步说，即便原有本事传说，也被太史公大

---

① 《春秋左传正义》成公八年孔颖达"正义"，载《十三经注疏》，第1905页。
② （清）林云铭：《增订古文析义合编》卷二《晋杀其大夫赵同赵括》，清康熙五十五年（1716）宝文堂刊本。
③ 《春秋左传正义》成公八年孔颖达"正义"，载书同前，第1905页。
④ （明）焦竑：《焦氏笔乘》续集卷五《左氏史记之异》，清道光三年（1850）南海伍氏刊本。

大改造重新创作了。它是司马迁撰写的一篇"文工而事详"①、颇有规模的小说作品。至于这位大文史家在写赵氏这段历史的时候，为什么舍弃《左传》的明白记述而另撰此虚构之文，表达了作者何种理念，就需学者另作研究了。

二、《说苑》中的小说

《说苑》二十卷，各有两字卷题。卷二《臣术》第六章写"田子方渡西河"，得遇翟黄。翟黄"乘轩车，载华盖"，随驷"八十乘"。子方以为国君，"下抵车而待之"。翟黄至，见子方，"自投下风"。子方问他车马何至如此之盛？他说都是国君所赐，"积三十岁，故至于此。"随即缕述其功："昔者西河无守，臣进吴起，而西河之外宁。邺无令，臣进西门豹，而魏无赵患。酸枣无令，臣进北门可而魏无齐忧。魏欲攻中山，臣进乐羊而中山拔。魏无使治之臣，臣进李克而魏国大治。是以进此五大夫者，爵禄倍，以故至于此。"子方曰："可。子勉之矣！魏国之相不去子而之他矣。"翟黄对曰："君母弟有公孙季成者，进子夏而君师之，进段干木而君友之，进先生而君敬之。彼其所进，师也，友也，所敬者也。臣之所进者，皆守职守禄之臣也。何以致魏国相乎？"子方曰："吾闻身贤者贤也，能进贤者亦贤也。子之五举者尽贤，子勉之矣，子终其次也。"这篇作品是有来由的。《韩诗外传》卷三与《史记·魏世家》及《说苑·臣术》都载有魏文侯欲置相事。置相"非成（魏成子，即季成）则黄（翟黄）"，请李克一言而定去取。李克只讲了看人的几个方面，就知文侯选了魏成子。翟黄不服，对李克夸示几次荐人之功。与此篇对田子方缕述者多同而少异。李克反驳他，说他无法与魏成子比。成子"食禄千钟，什九在外，什一在内，是以东得卜子夏、田子方、段干木"，文侯"皆师

---

① 高士奇：《左传纪事本末》卷三十一，第 450 页。

友之"；而"子之所进五人，君皆臣之"。翟黄听后，愧服而罢。将两文比较一下就会清楚：《说苑》此篇乃是改写《韩诗外传》或《史记》之文而成。不仅翟黄缕述之言，是两文的翻版，推崇成子之言也是照抄两文李克之语，从而将很不服气的翟黄变得颇有自知之明。但这不是听了李克谈话之后，而是在文侯置相之前，所以田子方才说相位非翟黄莫属的话，即使在翟黄说了自己不如成子的情况之后，田氏仍坚持自己的看法，说他终能至于相位。如此改写，无论是何用意，本章都是作者蓄意造作的小说。就择相而言，是反《韩诗外传》与《史记》原作之意而用之的。

卷三《建本》第六章写伯禽与康叔封见周公事。二人"见周公，三见而三笞"。康叔封"有骇色"，与伯禽商议后，一同向贤人商子请教。商子让他们去南山之阳看一种桥树。二子见桥，其树"竦焉实而仰"，乃归告商子。商子曰："桥者，父道也。"又让他们去南山之阴看梓树，二人往见，其树"勃焉实而俯"。归告商子，商子曰："梓者，子道也。"二人明日又见周公，"入门而趋，登堂而跪"，周公"拂其首，劳而食之"，问："安见君子?"二人对以"见商子"。周公曰："君子哉，商子也！"此章原出《尚书大传》。传文已佚，此为最早完整之本。后之《文选》卷四十六任彦升《王文宪集序》李善注与《艺文类聚》卷八十九等所引均较简略。然而，如李善所转述任氏之见："王公有孝友之性出自天成，岂惟见桥、梓而知也?"周公之子伯禽与周公之弟康叔岂是无礼之辈? 子弟失礼，周公何不明训? 商子又何必故弄玄虚? 诸多违逆常理，绝非史实，亦非传说，而是读书人从桥、梓二木悟出委曲构思，从而创作的寓意小说。

卷六《复恩》第五章写晋文公与舟之侨事。晋文公出亡，舟之侨"从焉"。文公返国。"择可爵而爵之，择可禄而禄之，舟之侨独不与焉。"文公酌酒，请诸大夫作赋。舟之侨曰："君子为赋，小人请陈其辞。"辞曰："有龙矫矫，顷失其所。一蛇从之，周流天下。龙反其渊，安宁其处。一蛇耆乾，独不得其所。"文公曰："子欲爵耶? 请今命廪人。"舟之侨曰："请而得其赏，廉者不受也。言尽而名至，仁者不为也。"言毕

"历阶而去。文公求之不得，终身诵《甫田》之诗"。本章之前，即载介之推因从文公而未得赏，与母偕隐于绵山之事。"从者怜之"，乃悬书于宫门，其词有"有龙矫矫，顷失其所，五蛇从之，周遍天下"，"四蛇入穴，皆有处所，一蛇无穴，号于中野"等语。此章舟之侨的遭际同介之推极其相似，其辞更是介氏"从者"书词的袭改。而据《左传》僖公二十八年（前632）记载，城濮之战，"舟之侨先归"。文公还师入晋，"杀舟之侨以徇于国，民于是大服。"宋叶大庆从而指出："夫侨既犯师律，文公戮之以徇，民乃大服，安有所谓'文公求之不得，终身诵《甫田》之诗'乎？"① 其时，上距文公返晋赏从亡者已四年之久。可知绝无《复恩》所写舟之侨之事，是好事者将记介之推之文略加改篡与点缀，遂成美化舟之侨的虚构之作，亦即小说。

卷七《政理》第八章写卫灵公问政。他先问史鳛："政孰为务？"史鳛对以"大理为务"，因为"听狱不中"，则"死者不可生，断者不可属也"。稍后，"子路见公"，公乃告以史鳛之言。子路曰："司马为务。"因为"一斗不当，死者数万。"随后，"子贡入见，公告以二子之言。子贡曰："不识哉！昔禹与有扈氏战，三陈而不服，禹于是修教一年，而有扈氏请服。故曰：'去民之所事，奚狱之所听？兵革之不陈，奚鼓之所鸣？'故曰教为务也。"卫灵公时，子路与子贡只是跟随孔子亡卫做客，不是卫臣，岂得随意"入见"灵公？更不能对卫之贤臣史鳛的政见妄加非薄。及子路为卫臣，灵公早已亡故，史鳛更卒于灵公之前，自不会有上述场面。本文显系儒士蓄意宣扬儒家重教观念的虚拟之作，非但不是史实，也不是传说，是存心造作的寓意小说。

同卷第九章云：

> 齐桓公出猎，逐兽而走，入山谷之中，见一老公而问之曰：

---

① （宋）叶大庆：《考古质疑》卷四，清同治十三年（1874）江西书局刊本。

"是为何谷?"对曰:"为愚公之谷。"桓公曰:"何故?"对曰:"以臣名之。"桓公曰:"今视公之仪状,非愚人也,何为以公名?"对曰:"臣请陈之。臣故畜牸牛,生子而大,卖之而买驹,少年曰:'牛不能生马。'遂持驹去。傍邻闻之,以臣为愚,故名此谷为愚公之谷。"桓公曰:"公诚愚矣!夫何为而与之?"桓公遂归。明日朝,以告管仲。管仲正衿再拜曰:"此夷吾之愚也。使尧在上,咎繇为理,安有取人之驹者乎?若有见暴如是叟者,又必不与也。公知狱讼之不正,故与之耳。请退而修政。"

《艺文类聚》卷九"谷"字下引《韩非子》内容相同之章的前半,后半大约与"谷"无关而被省略。《说苑》此章应取自《韩非子》,文字略有变化和发展。全文的妄诞、虚拟自不待言。这种极尽委曲的寓意之作并非流传中可以形成,也是一般百姓想不到的,应是读书人煞费苦心构思的小说。

同卷第二十五章写孔子与两弟子的问答。孔蔑"与宓子贱皆仕"。孔子过蔑,问他入仕以来"何得何亡"?孔蔑说他无所得,而亡者有三:"王事若袭",学不得习,"以是学不得明也";"奉禄少",不足以照应亲戚,"亲戚益疏矣";"公事多急,不得吊死视病,是以朋友益疏矣"。孔子不悦,又往问子贱,入仕以来"何得何亡"?子贱说他无所亡,所得有三:一是"始诵之文,今履而行之,是学日益明也";二是"奉禄虽少",尚能照应亲戚,"是以亲戚益亲也";三是"公事虽急,夜勤吊死视病,是以朋友益亲也"。孔子谓子贱曰:"君子哉若人!君子哉若人!鲁无君子者,斯焉取斯!"孔蔑与宓子贱在不同时间与不同地点回答孔子的同一问题,其言恰好各为三点,又正相反对。一看即知无此可能,是作者的蓄意造作,也是一篇地道的寓意小说。结尾用《论语·公冶长》中孔子赞宓子贱语作结,以证其真,亦是后来小说作者的常见笔法。

卷八《尊贤》第三十二章写"田忌去齐奔楚"事。楚王问田忌:楚、齐都是大国，"常欲相并，为之奈何？"田忌对曰："齐使申孺将，则楚发五万人，使上将军将之，至禽（擒）将军首而反耳。齐使田居将，则楚发二十万人，使上将军将之，分别而相去也。齐使眄子将，则楚悉发四封之内，王自出将而忌从，相国、上将军为左右司马，如是则王仅得存耳。"此后齐楚发生三次战争①，双方领军人物、楚之所发人数及战争结果均如田忌所言，分毫不差。楚王问曰："何先生知之早也？"田忌对曰："申孺为人侮贤者而轻不肖者，贤不肖俱不为用，是以亡也。田居为人，尊贤者而贱不肖者，贤者负任，不肖者退，是以分别而相去也。眄子之为人也，尊贤者而爱不肖者，贤不肖俱负任，是以王仅得存耳。"向宗鲁先生考证，此处申孺与《战国策》之申缚皆申缥之讹，眄子为盼子之误②。决定战争胜负的因素是多方面的，田忌只从将领素质预言齐楚三战的胜负状况而皆言中，一望可知是作者的蓄意造作。而据《战国策》，田忌是在齐宣王二年（前341）齐魏马陵之战以后"亡齐而之楚的"，楚王用杜赫之计，将他"封之于江南"③，不可能从王而征。又据《史记·六国年表》，终楚威王、齐宣王之世，两国只有一次徐（徐？）州之战，何来齐楚三次战争？更无发倾国之兵而由楚王领军的抗齐之战。全文为作者虚拟显而易见。再看《战国策》卷八对徐州战后有关申缚与盼子的论评：

　　楚威王战胜于徐州，欲逐婴子于齐。婴子恐，张丑谓楚王曰："王战胜于徐州也，盼子不用也。盼子有功于国，百姓为之用。婴子不善，而用申缚。申缚者，大臣与百姓弗为用，故王胜之也。今婴子逐，盼子必用，复整其士卒以与王遇，必不便于王

---

① 本文只写申孺将与眄子将的两次，故俞樾《读书余录》曰："有脱文。当据上补云：'齐使田居将，楚发二十万人，使上将军将之，分别而相去。'如此方与上下文相应。"向宗鲁按："俞说是也。《旧事》（指《渚宫旧事》）云：'又使田居、盼子将，皆如忌策。'即约此文，则古本此下必有田居将一段。"
② 向宗鲁：《说苑校证》卷八，北京：中华书局1987年版，第202页。
③ 《战国策》卷八《田忌亡齐而之楚》，上海古籍出版社1985年版，203页。

也。"楚王因弗逐。

婴子即田婴，时为齐相。张丑是田婴的谋士，其言看似为楚着想，实则利于田婴。但他对申缚（缛）与盼子的评说合于实际，故被楚王采纳。《说苑》此章或从张丑之评生发而出，杜撰一篇颂扬田忌的小说作品。

卷九《正谏》第六章写孺子巧谏吴王事。吴王欲伐楚，且谓"敢有谏者死"。舍人"有少孺子者，欲谏不敢，则怀丸操弹，游于后园，露沾其衣，如是者三旦"。吴王见之，呼曰"子来!"问他"何苦沾衣如此"？孺子对曰："园中有树，其上有蝉，蝉高居悲鸣饮露，不知螳螂在其后也；螳螂委身曲附欲取蝉，而不知黄雀在其后也；黄雀延颈欲啄螳螂，而不知弹丸在其下也。此三者皆务欲得其前利，而不顾其后之有患也。"王曰："善哉。"乃不伐楚。这故事最早见于《庄子·山木》，"黄雀"作"异鹊"。但那只是以物喻理的一般意义的寓言。后至《韩诗外传》（卷十），有"楚庄王兴师伐晋"章，亦言"敢谏者死无赦"。孙叔敖以螳螂扑蝉黄雀在后的寓言谏楚庄王，阻止了一场战争。那实际就是运用《庄子》寓言的一篇小说。因为孙叔敖早于庄子近二、三百年，不可能用其书中的寓言，自然是后世文化人的虚造。本篇又将谏者改为无名的"少孺子"，即将谏者与弹雀小儿合而为一，显然费了一番心思，以致造成小儿能谏吴王的荒谬情事。作者既熟悉《庄子》，又熟悉《外传》那篇原作，是仿拟并改写后者的仿改小说。

同卷第九章写诸御己谏楚庄王事。"楚庄王筑重台，延石千重，延壤百里。士有反三日之粮者。"谏者七十二大臣，皆死。有名为诸御己者，"违楚百里而耕"，谓其耦曰："吾将入见于王。"其耦曰："吾闻之，说人主者，皆闲暇之人也，然且至而死矣。今子特草茅之人耳。"诸御己"委其耕而入见庄王。"庄王曰："诸御己来! 汝将谏邪?"诸御己曰："君筑重台，延石千重，延壤百里，民之疕呰，血成于通涂（途），然且未敢谏也，己何敢谏乎?"下举"昔者"三天子六诸侯"皆不能尊贤人辩士之言，顾身死而国亡"。其中诸侯之例有"虞不用宫之奇而晋并之，陈不用子家羁而楚并之""莱不用子猛而齐并之，吴不用子胥而越并之"；天子之例有"纣杀王子比干而周王得之"。终于说服了庄王，"遂解层台而罢民"。宋黄震即已指出，"楚庄王贤君，而谓其筑台杀谏者七十二人"，乃属"附会"①。叶大庆考云：据《左传》，楚庄王"卒于宣公十八年"（前591），"越并吴事乃哀公二十二年"（前473），"相去凡一百一十八年，安得诸御己预以子胥事谏庄王也？"又云："齐之灭莱……在襄公六年"（前567），也在楚庄卒后百余年，其误亦与上子胥事一同"②。至于陈为"楚并之"③，事在左哀十七年，也在楚庄卒后百余年。此三诸侯恰当六诸侯之半，充分说明其为后人虚造。而作者对春秋时期的历史又比较熟悉，除时序错位，六诸侯之危亡多合于史实，所以不会是民间传说，而是读书人的蓄意造作。向宗鲁先生《校证》本引录上列各家见地之后，又"谓此文中数语，明见《荀子》尧问篇"，疑或"即出《荀子》"。其疑不为无理。《荀子》原文为"虞不用宫之奇而晋并之，莱不用子马而齐并之，纣刳王子比干而武王得之"，与本文相应三句只差二字（"猛"作"马"，"杀"作"刳"），其余文字、句式全同，末以"不亲贤用知，身死国亡也"作结，与本文相应之句亦大同而小异。《荀子》罗列三例，《说苑》罗列九例，向先生因谓《荀子》"有脱佚耳"。即便《荀子》无脱佚，《说苑》此篇与《荀子》的关系也是显而易见的，至少是《尧问》该章的运用、仿拟、扩大和发展，自然也是读书人有意为之。其实，文中无论楚王，还是耕者诸御己，都是极端反常之人，情事的离奇足以显出本文是有意虚造的表意小说。卷十《敬慎》第五章云：

---

① 黄震《黄氏日抄》卷五十六，清乾隆三十二年（1767）新安王佩锷刊本。

② 叶大庆：《考古质疑》卷四。

③ 此句前文"陈不用子家羁"，于史未见有载。子家羁，鲁大夫，昭公不用其言，败于季氏而出亡。此其误耶？向宗鲁先生按云："春秋时同名同字者多，安知陈不别有子家羁也？"

　　常摐有疾，老子往问焉，曰："先生疾甚矣，无遗教可以语诸弟子者乎？"常摐曰："子虽不问，吾将语子。"常摐曰："过故乡而下车，子知之乎？"老子曰："过故乡而下车，非谓其不忘故耶？"常摐曰："嘻！是已。"常摐曰："过乔木而趋，子知之乎？"老子曰："过乔木而趋，非谓敬老耶？"常摐曰："嘻！是已。"张其口而示老子曰："吾舌存乎？"老子曰："然。""吾齿存乎？"老子曰："亡。"常摐曰："子知之乎？"老子曰："夫舌之存也，岂非以其柔耶？齿之亡也，岂非以其刚耶？"常摐曰："嘻！是已。天下之事已尽矣，无以复语子哉。"

　　常摐，或作"商容"。不论其为"神人"（高诱《淮南子》卷十注）、"殷之贤人"（高诱《淮南子》卷九注）、"商礼乐之官"（郑玄《礼记》卷三十九注），都不得为东周老子之师。惟解作"凡主商礼之官，皆得谓之'商容'""不害其为周室礼官"①，才与为老子师的时间不相抵牾。然而，这位老师在"病甚"之际留"遗教"之言，还不直截了当说出，而让弟子逐一猜谜，甚违情理。亏得老子心有灵犀，否则，怎悟得出"过乔木而趋"即是"敬老"，而不是敬高或崇上？从老子之悟如此"会心"也可看出，本章乃是文化人为表达"不忘故""敬老"、尚柔之意精心拟制三个迷面，附会为老子之师对老子的临终遗教，无论确当与否，都得让老子"领悟"不差。其实就是虚拟的表意小说。《战国策·楚策四》有一段"或谓黄齐"之言："公不闻老莱子之教孔子事君乎？示之其齿之坚也，六十而尽，相靡也。今富挈能，而公重不相善也，是两尽也。"学者以为："老莱子即老子，盖以闻于常摐者教孔子也。"② 这是将本章认作纪实而发的议论，倘视为虚拟的小说，则无论老莱子是否老子，也无论常摐生

---

① 向宗鲁：《说苑校证》卷十，第 244 页。
② 向宗鲁：《说苑校证》卷十，第 244 页。

当何时,其人都与本章内容全无瓜葛。倒是两篇作品存在着某种传承与衍变的关联。《战国策》该文所记异于《说苑》本章,应另有由本章原文衍化与发展之文为其所出,那倘非蓄意变改之小说,便是本章原文的传闻异词即传说也。至于《孔丛子·抗志》又将"齿坚刚,卒尽相磨;舌柔顺,终以不弊"的话记作老莱子教子思语,妄则妄矣,却进一步证明由本章原文衍化之文的存在——这里的老莱子于齿"卒尽相磨"之外,又有舌"终以不弊"之语。大约《孔丛子》作者并不认同老莱子可教孔圣,便不顾年代是否错位,就借用其文,改教孔子为教孔子之孙,并遭到子思的反讥,谓"吾不能为舌"。

卷十一《善说》第十七章,以五百字写张禄与孟尝君事。张禄见孟尝君,谓"贵则举贤,富则振贫",即可达到"衣新而不旧,仓庾盈而不虚",并请推荐他给秦王。他入秦后,受秦王"大遇",使秦国大治,而后又向秦王荐赞孟尝君为"贤人",要秦王为他"友之",秦王乃"奉千金以遗孟尝君"。孟尝君因此而悟所谓"衣新而不旧,仓盈庾而不虚者也。"一封荐书就能令秦王重用张禄,可见秦王对孟尝君的器重,岂待张禄荐赞孟尝君于秦王耶?此中抵牾显而易见。而据史传,孟尝君卒后多年,困于齐之范雎更名张禄,因秦使王稽得见秦昭王,终为秦相。如将本章视为史实,范雎就是冒名张禄而入秦,以至有人疑为张禄"固尝闻于诸侯,秦人特俾雎冒其名,以诳骇乎诸侯耶?"其实,范雎是在被魏相使人打得半死后逃离虎口,为躲避魏相"复召求之","伏匿,乃改名张禄"①。非但不是为"诳骇诸侯",还是为了隐名藏身。即乾隆《咏史》所云:"姓名易张禄,伏匿恐人知。"可见在范雎以前,秦国并无张禄为相。仔细参详,不是范雎冒了张禄之名,而是后来的好事者从范雎的事迹受到启发,杜撰了张禄与孟尝君互相推荐的离奇故事。"一饭之德必赏,睚眦之怨必报"的范雎为秦相以

---

① 《史记》卷七十九《范雎蔡泽列传》,第 2401 - 2402 页。

后，使秦王"召王稽，拜为河东守"，且"三岁不上计"①。此与张禄之报孟尝君，亦颇相似。然则，本章是否为传闻之讹？答案是否定的。只要看看作者为张禄初见孟尝君杜撰的"衣新而不旧"等委曲的说辞，便知其为文化人的精心虚拟，当非传闻，而是小说。

卷十二《奉使》第十七章云：

> 秦楚毂兵，秦王使人使楚。楚王使人戏之曰："子来亦卜之乎？"对曰"然。""卜之谓何？"对曰："吉。"楚人曰："噫！甚矣，子之国无良龟也。王方杀子以衅钟，其吉如何？"使者曰："秦楚毂兵，吾王使我先窥。我死而不还，则吾王知警戒，整齐兵以备楚，是吾所谓吉也。且使死者而无知也，又何衅于钟？死者而有知也，吾岂错秦相楚哉？我将使楚之钟鼓无声，则将无以整齐其士卒而理君军。夫杀人之使，绝人之谋，非古之通议也。子大夫试孰计之。"使者以报楚王，楚王赦之。此之谓造命。

这又是一篇仿制小说。据《左传》昭公五年（前537）记载："楚子以驲至于罗汭，吴子使其弟蹶由犒师，楚人执之，将以衅鼓。"下面双方的对话大意与《说苑》上文相同。由于蹶由的勇于面对和辞令精当，结果楚王并未杀他。《韩非子·说林》也记述了这个故事，内容、文字与《左传》相仿。《说苑》上文改吴为秦，因无史实依据，便无法点出人名、地点，只好笼统而言，从而将写实之作变成一篇虚拟的小说。

同卷第二十四章，赵襄子言于孔子："先生委质以见人主，七十君矣，而无所通不识，世无明君乎？意（抑）先生之道固不通乎？"孔子不答。异日，襄子见子路曰："尝问先生以道，先生不对。知而不对则隐也，隐则安得为仁？若信不知，安得为圣？"子路曰："建天下之鸣钟而

---

① 《史记》卷七十九《范雎蔡泽列传》，第2415页。

撞之以梃，岂能发其声乎哉？君问先生，无乃犹以梃撞乎？"赵襄子为赵简子之子，孔子卒后二十余年的战国时期始为赵君，何得与仲尼对谈？子路早于孔子六年而亡，与襄子更不相及。无疑当是虚拟的对话。又者，"七十君"之说最早见于《庄子·天运》孔子之言"所奸（干）者七十二君"，后被取为整数，称"七十君"。那么，本文最早也当产生于《庄子》是篇之后。而无论"七十君""七十二君"，都是比较熟悉典籍的读书人才得以了然，所以本文不可能是传说，而是有意虚拟的对话体小说。

卷十三《权谋》第四章云：

孔子与齐景公坐。左右白曰："周使来，言周庙燔。"齐景公出吸力问曰："何庙也？"孔子曰："是僖王庙也。"景公曰："何以知之？"孔子曰："诗云：'皇皇上帝，其命不忒。天之与人，必报有德。'祸亦如之。夫僖王变文、武之制，而作玄黄宫室，舆马奢侈，不可振也。是以知之。"景公曰："天何不殃其身？"曰："天以文王之故也。若殃其身，文王之祀无乃绝乎？故殃其庙，以章其过也。"左右入报曰："周僖王庙也。"景公大惊，起，再拜曰："善哉！圣人之知，岂不大乎！"

《左传》哀公三年记载："司铎火，火逾公宫，桓、僖灾"；"孔子在陈，闻火，曰：'其桓、僖乎？'"本章当系据此生发。但《左传》记载的是鲁庙，本章却误作"周庙"。这里通过将原来孔子的不确定判断改为确定性预言，神化了孔子。大约由于孔子在陈受困，不便渲染陈湣公如何尊崇孔子，便改为齐景公，被误作周庙的鲁庙火灾因而提前了二十几年。齐景公待孔子虽远胜于陈，也远未将他惊为"圣人"。为突出孔子对僖王的指责，同焚的桓宫也被删去。这样，便将原来的实事化为虚事。作者不仅引用《诗》的逸句，对周的历史演变也有所了解，非读书人不能为之。可见不是传说，而是蓄意造作的小说。《孔子家语》卷四《六本》篇又在

《说苑》的基础上添枝加叶，孔子的言语也就更多，是这篇早期小说的延伸和发展。

卷十五《指武》第四章写吴起于屈宜臼的交谈。"吴起为苑守，行县，适息"，问屈宜臼："先生何以教之？"屈公不对。一年后，王以吴起为令尹，"行县，适息"，谓屈宜臼：他将实行"均楚国之爵而平其禄"、"厉甲兵"以争天下等重大改革。屈公极力反对，并陈明利害，致使吴起"惕然"，问"尚可更乎？"屈公曰："不可。"谓"成刑（形）之徒，不可更已。子不如敦处而笃行之。"先秦至汉代已有这样的作品：作者对历史上的某位政要及其政迹甚为反感，但不直接予以评判，而借时人之口予以抨击，那位时人无论史书上有无其名，都属虚拟。本篇屈宜臼就是被作者用来抨击吴起在楚国进行政治改革的虚拟人物。这位屈公既然在吴起改革之前就已预见到"行之不利""逆德"，必将祸人而终将祸己，又为什么煞有介事地告吴起"不可"变更，只能"笃行"呢？说穿了就是吴起的改革已成为历史，作者无法改变它，虚拟的屈宜臼自然也无法改变它，结果只能写成这样。如此人为造作，当然只能是小说。

卷十七《杂言》第八、九、十等三章有大致相同的主题和相似的情节，连带关系显而易见。第八章，惠子欲往梁为相，渡河而落水，被船夫救起。船夫揶揄他："子居船楫之间而困，无我，则子死矣。子何能相梁？"惠子曰："子居艘楫之间，则吾不如子。至于安国家，全社稷，子之比我，蒙蒙如未视之狗耳。"第九章，西闾过东说诸侯，"中流而溺"，被船人救起后，同样遭到船人的揶揄。西闾过曰："无以子之能相伤为也。子独不闻和氏之璧乎？价重千金，而以之间纺，曾不如瓦砖。随侯之珠，国之宝也，然用之弹，曾不如泥丸。骐骥騄駬，倚衡负轭而趋，一日千里，此至疾也，然使捕鼠，曾不如百钱之狸。干将镆铘，拂钟不铮，试物不知，扬刃离金，斩羽契铁斧，此至利也，然以之补履，曾不如两钱之锥。今子持楫乘扁舟，处广水之中，当阳侯之波，而临渊流，适子所能耳。若试与子东说诸侯王，见一国之主，子之蒙蒙，无异夫未视狗耳。"

两章皆似虚拟之文。如果说对前者的虚构性还不能提出有力的证明，姑且视为史事或传说，那么，后者则分明是对前者的仿拟，连末句文字也不差。其借和氏之璧、随侯之珠等物为喻，为读书人的蓄意造作则更显见。东方朔"答骠骑难"之佚文剩有如下两句："干将莫邪，天下之利剑也，水断鸿雁，陆断马牛，将以补履，曾不如一钱之锥。骐骥绿耳，蜚鸿骅骝，天下良马也，将以捕鼠于深宫之中，曾不如跛猫。"① 第九章"骐骥"二句显然是由东方朔文变改而成。作者无疑是见过东方朔此文的汉代读书人，作品自然也就是有意虚拟、仿改之小说。第十章，人物换成秦之甘戊（茂），"使齐"，不能自渡大河，船人问他："君不能自渡，能为王者之说乎？"甘戊谓"物各有短长"，亦举骐骥绿耳捕鼠不如狸、干将治木"不如斧斤"为例。这说明它也产生在东方朔之后，不是先秦传说，是读书人又一照猫画虎的仿改之作，亦是有意虚构的小说。

同卷第二十三章云：

> 孔子观于吕梁，悬水四十仞。环流九十里，鱼鳖不能过，鼋鼍不敢居。有一丈夫方将涉之。孔子使人并崖而止之曰："此悬水四十仞……意者难可济也。"丈夫不以错意，遂渡而出。孔子问："子巧乎？且有道术乎？所以能入而出者何也？"丈夫对曰："始吾入，先以忠信；吾之出也，又从以忠信。忠信错我躯于波流，而吾不敢用私。吾所以能入而复出也。"孔子谓弟子曰："水而尚可以忠信，义久而身亲之，况于人乎？"

这是从《庄子·达生》"孔子观于吕梁"章翻出来的。《庄子》此章前半与《说苑》大同，后半，即丈夫答孔子问"蹈水有道乎"之后又大不同。丈夫对曰：

---

① （唐）欧阳询：《艺文类聚》卷九十三，上海古籍出版社1999年版，第1615页。

　　"亡，吾无道。吾始乎故，长乎性，成乎命。与齐俱入，与
汩偕出。从水之道，而不为私焉。此吾所以蹈之也。"孔子曰：
"何为始乎故，长乎性，成乎命？"曰："吾生于陵而安于陵，故
也。长于水而安于水，性也。不知吾所以然而然，命也。"

　　真是绝妙的对比。同一场景同一人物回答同样的问题，言语却如此不同。
道家借以宣扬自然之道，儒家又将它改作宣扬忠信。两篇都是显见虚拟的
寓意小说。尤其是《说苑》，改丈夫之言为"先以忠信""从以忠信"，
极为造作，蓄意改写一望可知。《列子》将两者分别收入《黄帝》与《说
符》，也是其为伪书而杂收的一个明证。

　　卷十八《辨物》第二十三章云：晋平公出猎，"见乳虎伏而不动"，
以为是见霸主而伏，师旷曰："豹食驳，驳食虎。夫驳之状有似驳马，今
者君之出，必骖驳马而出畋乎？"公曰："然。"师旷曰："臣闻之，一自
诬者穷，再自诬者辱，三自诬者死"，谓平公的虎伏之言是"一自诬"。
平公他日出朝，有鸟环绕不去，平公以为是凤为霸主而"下之"，师旷说
他是"再自诬"。平公不悦。"异日，置酒虒祁之台"，令人"布蒺藜于阶
上"，让师旷解履上堂，结果"刺足，伏刺膝，仰天而叹"。师旷曰："夫
肉自生虫，而还自食也；木自生蠹，而还自刻也；人自兴妖，而还自贼
也。五鼎之具，不当生藜藿；人主堂庙，不当生蒺藜。"谓"君将死矣"，
并期以"来月八日"。至期，平公果死，"乃知师旷神明矣！"本章所写三
事，均颇妄诞，历史上自不会有，无疑属于虚拟。《管子·小问》记一传
说："桓公乘马，虎望见之而伏"，桓公向管仲问其缘故。管仲对曰："意
者君乘驳（驳）马而洀（盘）桓，迎日而驰乎？"桓公曰："然。"管仲
曰："此驳（驳）象也。驳（驳）食虎豹，故虎疑焉。"① 这传说只展现

───────────

　　① 《管子》，载《百子全书》，第 1376－1377 页。

一种荒诞物象，如《山海经》之某些物象一样。《说苑》此章，则是对《管子》所记传说的运用和发展，成为平公"自诬"的意象道具，即将传说用之于新的表意，从而成为自觉的虚拟。下面又将"自诬"之事扩展为三，委曲婉转，达到题意的充分显示。其为自觉虚拟之作更为显见。《淮南子·说林训》有"山生金反自刻，木生蠹反自食，人生事反自贼"等俗语。本章是运用了已有的传说和俗语，将其发展为平公"自诬"、师旷神明的多种意象，构成一篇自觉虚拟的表意小说。

同卷第二十七章云："孔子晨立于堂，闻哭者声音甚悲"，乃"援琴而鼓之，其音同也。"颜回发出"吒"声。孔子问他"为何而吒"，颜回曰：哭者"其音甚悲，非独哭死，又哭生离者。"孔子问"何以知之"，颜回谓似完山之鸟："完山之鸟生四子，羽翼已成，乃离四海，哀鸣送之，为是往而不复返也。"孔子使人问哭者。哭者曰："父死家贫，卖子以葬父，将与其别也。"孔子曰："善哉，圣人也！"这是一篇读书人故弄玄虚美化颜回的虚构之作。人为生离而哭，其声不可能像鸟的分别而鸣叫，而况哭者兼生离与死别乎？完山之鸟与别处之鸟又有何不同？此皆故弄玄虚之笔，均属虚构，且有意为之。当非实事，而是小说。至于孔子将善于识音的颜回叹为"圣人"，就更是胡乱编造之词，也是其为小说的一个证明。

卷二十《反质》第四章云：

卫有五丈夫，俱负缶而入井，灌韭，终日一区。邓析过，下车而教之曰："为机，重其后，轻其前，命曰桥。终日溉韭百区，不倦。"五丈夫曰："吾师言曰：'有机知之巧，必有机知之败。'我非不知也，不欲为也。子其往矣，我一心溉之，不知改已。"邓析去，行数十里，颜色不悦怿，自病。弟子曰："是何人也？而恨我君，请为君杀之。"邓析曰："释之。是所谓真人者也，可令守国。"

本章仿拟《庄子·天地》所写汉阴丈人故事。改楚为卫，改丈人为五丈夫，改子贡为邓析，除将原文大为精简，主要内容几乎没有变化。《庄子》原文，人物大发哲理议论，篇幅很长。本文则深得故事要领，只用五分之一的文字，就将《庄子》其文的生动意象和人物精神明白地传达出来，堪称上古仿改小说的简捷之作，但无《庄子》的原创性，故而失色。

《说苑》还有少许佚文，其中显为蓄意造作者是"晋灵公骄奢"章（见向宗鲁《说苑校证》所附《佚文辑补》）。晋灵公"造九重之台"，"费用千亿"而"不成"，谓左右曰："敢有谏者死。"孙息求见，为之"累十二博棋，加九鸡子于其上"，使灵公连呼"危哉"。孙息因言筑台造成的晋国危局更甚于此，灵公"即坏九层之台"。孙息即荀息（如孙卿之为荀卿），《左传》记他于僖公九年（前651）即晋献公亡故之年死于公子卓之难，至灵公时（前620—前607），自不会有孙息之谏。注家由于将此等事视为史实，便猜恻"晋有二荀息"；倘将孙息为灵公所作的"累卵之危"视为虚造，便不存在人物时代是否相符的挂碍了。"以棋子置其下，而加九鸡子于其上"，可以写成文字，却无法付诸实施，所以也是荒诞意象。作者是将出自想象的奇特场景形诸笔墨，写成这篇寓意小说。

结　语

《新序》与《说苑》中的小说远不止这些。其中有很大一部分与《晏子春秋》《墨子》《荀子》《韩非子》《吕氏春秋》《韩诗外传》等书的篇章互相重复或基本重复，内容与文字大同小异，笔者在对上列诸书的考察中已有辨析，此不复赘。限于资料，也限于个人的识见和视野，还有一部分篇章难于确定虚实以及虚拟是否自觉。但凭作出考辨的这些小说，我们也可得出结论：两书的部分篇章属于早期小说作品，不能笼而统之地谓为史实与传说。

这些小说的原作者已不可考。刘向所作的加工和程度不同的创造，却不能忽视。《汉志》儒家类列"刘向所序六十七篇",班固自注:"《新序》《说苑》《世说》《列女传颂图》也。"下面又列"扬雄所序三十八篇",注为"《太玄》十九,《法言》十三,《乐》四,《箴》二。"① 这种"所序"之书在《汉志》所列大量书目中很是特别,可谓无独而有偶。大约比于扬雄之著《太玄》等书,《隋志》以下的书目文献便将《新序》《说苑》《列女传》注为"刘向撰"。近代学者则特别强调刘向对《新序》等作只是校编,并非作者。这就两书的总体而言或当不为错,"序"本就有"编次"之意。但班固是删刘歆所作《七略》而为《汉志》,"所序"云云,很可能是刘歆用语。而同是刘向校编的《晏子春秋》《战国策》《荀子》《管子》之类,并未列入"所序"之列。这说明,在刘歆或班固看来,刘向对《新序》等书所作的工作与其对《晏子春秋》等只作校编是有显著区别的。这里的"所序",既有别于"所撰",也不同于"所校",是介乎两者之间的含混用语,表明有刘向的撰著成分,故又类乎扬雄之著。这不仅能从书中的说教文字可以看出,还如有的学者所说,刘向对某些人格的塑造是"通过想象的方法","使他固锁于心的时代郁闷从虚构的历史渠道宣泄而出,强化了创作的个性力量"②。当然,刘向为两书所尽的撰著之力只限于某些局部成分,与扬雄之撰《太玄》《法言》远不可以同日语。

原载《文艺研究》2008年第4期,人大复印报刊资料《中国古代、近代文学研究》2008年第10期转载

---

① 《汉书艺文志》,上海:中华书局1955年版,第24 – 25页。
② 许结:《汉代文学思想史》,南京大学出版社1990年版,第188页。

《列女传》之小说考辨

引　言

　　汉代是儒家思想在全国取得统治地位的时代，也是三纲五常、三从四德等道德伦理观念最后确立和定型的时代。由刘向编撰的《列女传》就是这一时代的产物。刘向是汉室宗亲——汉高祖刘邦同父异母弟楚元王刘交的玄孙，元帝时因与阉党、外戚不懈斗争，被罢黜官职以至"入狱"；成帝时"乃复进用"，迁光禄大夫，被诏"领校中五经秘书"①。他在广校皇家"中书"之余，从经史典籍和诸子杂说中选取妇女的突出事例，"种类相从为七篇，以著祸福荣辱之效，是非得失之分"②。这便是历代传诵的《列女传》，宋以后又称《古列女传》。是书记事七篇，颂一篇，故被《汉书》谓为"八篇"。《隋志》析前七篇各为二卷，作十五卷，曹大家注。宋时两本并存。而今所见多为八卷（偶有七卷者），前七卷是刘向编撰，每卷一类，分母仪、贤明、仁智、节义、贞顺、辩通、孽嬖七类，卷十五章，唯首卷《母仪》仅十四章，显有佚缺；第八卷为后人所作《续列女传》，计二十章，无汉以后事，当为后汉人所续。本文只考察前

----

①　《汉书》卷三十六《楚元王传》，北京　中华书局 1962 年版，第 1949 – 1950 页。
②　（唐）徐坚等编《初学记》卷二十五注引刘向《别录》，万历十五年（1587）宁寿堂刊本。

七卷。

《列女传》向被视为史书，列在史目，而一百余章合于史料者不足半数（以《孽嬖》为多），也有几章出自上古传说。刘知几谓其"广陈虚事，多构伪词"①，是不错的。纵观其文，于史无据又明显悖理者有之；虽有史据却肆意变改或虚增者有之；今文学家对《诗经》某些篇什的臆度也被作者付诸想象，构成完整的叙事作品；仿改别文照猫画虎之作也时有所见。凡此种种，都是蓄意造作之笔，不属史传，也不是寓言与传说，应是自觉虚拟的小说。本文拟对这些作品加以考察，力求辨明其虚拟状况和文体品格。以前在对《晏子春秋》《韩诗外传》《新序》等多部子书的考察中，已辨明与《列女传》相重的《齐相御妻》《齐伤槐女》《阿谷处女》《鲁漆室女》《齐钟离春》等五篇为小说作品，此不复赘。

《列女传》有多种版本。笔者考察与引文采用以下几种：辽宁教育出版社 1998 年出版的刘晓东先生校本、笔记小说大观本和四库全书本，并参考元和顾氏小读书堆于嘉庆二年（1797）刊印的顾广圻补正本和福建萧氏于光绪三十四年（1908）刊印的萧道管集注本。

一、于史无据的悖理之作

《阿谷处女》《齐钟离春》都是极端悖理之作。前者写仲尼指使弟子调戏妇女，后者写齐宣王纳四十而"衒嫁不售"的"极丑"之女为"正后"，均类乎妄诞小说。《列女传》中另有些作品虽非如此妄诞，却也明显悖理，且查无史据。《辩通传》的《齐宿瘤女》《齐孤竹女》《楚处庄侄》和《仁智传》的《鲁臧孙母》都是令人瞩目之例，《母仪传》的《邹孟轲母》、《鲁之母师》和《辩通传》的《齐威虞姬》亦属此类。

《齐宿瘤女》写貌丑德高之女，被齐湣王拔为王后，与《齐钟离春》

---

① （唐）刘知几：《史通》卷十八，沈阳 辽宁教育出版社 1997 年版，第 148 页。

大同小异。"项有大瘤"的"东郭采桑之女"被湣王看中，原因有三：一是湣王出游东郭，"百姓尽观，宿瘤采桑如故"；二是湣王惜其"宿瘤"，而女却说："婢妾之职，属之不二"，"宿瘤何伤"？三是湣王"命后车载之"，女不从，必受父母之命，备礼之聘。湣王乃以为贤，"使使者以金百镒往聘迎之"。这样三点就使湣王聘娶"项有大瘤"的采桑女，岂不可怪？作品又强调她不肯"变容更服"，"如故随使者"去，加上宿瘤，令宫中"诸夫人皆掩口而笑，左右失貌，不能自止"，使王"大惭"，谓"不饰耳"，又谓"饰与不饰，固相去千百也。"如此看重外貌和修饰的湣王怎会聘娶大瘤之女？前后抵牾显而易见。宿瘤女曰："夫饰与不饰，相去千万尚不足言，何独千百也？"王问其故，对曰："昔者尧舜桀纣，俱天子也。尧舜自饰以仁义，虽为天子，安于节俭，茅茨不剪，采椽不斫，后宫衣不重采，食不重味，至今数千岁，天下归善焉。桀纣不自饰以仁义，习为苛文，造为高台深池，后宫蹈绮縠弄珠玉，意非有餍时也，身死国亡，为天下笑，至今千余岁，天下归恶焉。"于是"湣王大感"，即立瘤女为后。其实，瘤女之言无非称颂尧舜，斥责桀纣，此亦人人得而言之，何足为奇？在诸侯割据的东周，国君立后乃政治联姻，多选异国君主之女或其姊妹，以联姻强化国与国的关系。《田齐世家》载，湣王"四年，迎妇于秦"就是这种联姻的一部分。其次则选卿大夫之女，以强固某种特殊的君臣关系。岂有立寻常百姓之丑女为王后者？瘤女此番言语，将称颂尧舜、斥责桀纣同女子"饰"与"不饰"联结起来，则属甚为奇巧的转轨，大约只有富于联想的读书作文之士才想得出。下写湣王效法尧舜，"出令卑宫室，填池泽，损膳减乐，后宫不得重采。期月之间，化行邻国，诸侯朝之。"这更是为凸显瘤女之贤而大力粉饰湣王的虚造之笔。湣王是骄妄之君，当政共十八年，前继威、宣二王之治，又有孟尝君田文为佐，国势尚强。后田文见疑而退，湣王受秦怂恿，妄自称帝，又滥杀无辜①，遂被燕之乐毅将五国之兵伐取七十余城，身死名裂。本传将此等败亡之君美化为"克己复礼"的正面形象，大肆虚拟，构成的作品自然不是史传，而是小说。这类国王娶贤德丑女之作多是按黄帝以嫫母为妃的传说模式构想的，虽属仿拟，却也各有新异的想象和创造。

《齐孤竹女》中的女主人公与钟离春一样，也是"三逐于乡，五逐于里，过时无所容"的"甚丑"之女，居然趁"齐相妇死"之机，上门与齐襄王谈了三日。首日，谓王为栋，而相为柱，"柱不正则栋不安""国家安与不安在乎相"；第二日，谓国相为"比目之鱼"，须"朋其左右，贤其妻子"；第三日，谓襄王之相"中才也"，而目前无"过之者"，比照"燕用郭隗而得乐毅"之法，亦可"推一而用之"。襄王称"善"，一面"尊相"，一面将此丑女妻其国相，"齐国以治"。一望可知，这是不可能存在的悖理之事。首先，丑女无端得见国王，攀谈三日，就甚荒诞。其次，国王并未轻视国相，丑女何来游说？其目的自然是趁"齐相妇死"而自售，在那极重媒妁的封建时代，绝无如此攀高自售的丑女。再者，丑女所言都是尽人皆知的老生常谈，不可能得到国王的赏识，国王更不会自作主张将丑女配给国相。否则，那位"中才"的国相面对如此荒唐的君主，岂不厌之恨之，何来"齐国以治"？文中没说国相为谁，而据《战国策·齐六》所载，"襄王立，田单相之"。终襄王之世，未见有他相。而史书对田单之记，与本传大相径庭。他不是什么"中才"，而是在齐闵王败亡覆国之后凭借即墨小城出奇兵大败入侵燕军，复齐"七十余城"，"迎襄王于莒"，从而被封为安平君的再造齐国的大功臣和大英雄②。此

---

① 《战国策》卷十三《齐六》记云："齐负郭之民有狐咺者，正议闵王，斮之檀衢，百姓不附。齐孙室子陈举直言，杀之东闾，宗族离心。司马穰苴为政者也，杀之，大臣不亲。"

② 《史记》卷八十二《田单列传》，第2455页。

后，"田单将齐国之良，以兵横行于中十四年"①。从这方面看，本章所写的齐相也是地道的虚构。孤逐女曰："楚用虞丘子而得孙叔敖，燕用郭隗而得乐毅"；"齐桓公尊九九之人，而有道之士归之；越王敬螳螂之怒，而勇士死之；叶公好龙，而龙为暴下"。偌多史迹、典故，绝非孤女所能掌握，分明是饱学之士的蓄意造作。无论从哪方面说，本传都是虚拟的小说。

《楚处庄侄》写楚顷襄王时一个外地县令十二岁之女不顾父母劝阻拦驾进谏，被襄王纳为夫人事。她陈述拦驾而谏的理由是："王好淫乐，出入不时。春秋既盛，不立太子。今秦又使人重赂左右，以惑我王使游五百里外，以观其势。王已出，奸臣必倚敌国而发谋，王必不得反国。"这哪里是外县孩子能够了解和思虑的问题，便是老成谋国的卿大夫也未必看得这样透彻，实际是将后来历史家对襄王和楚国形势的见解融入一个孩子之口，纯属虚造。庄侄"以缇竿为帜"拦住王驾之后，又不直抒己见，而先对以隐语："大鱼失水，有龙无尾。墙欲内崩，而王不视。"王曰"不知"，庄侄才作解释："大鱼失水者，王离国五百里也。乐之于前，不思祸之起于后也。有龙无尾者，年既四十，无太子也。国无弼辅，必且殆也。墙欲内崩而王不视者，祸乱且成，而王不改也。""王必遂往，国非王之国也。"这类隐语之谏，一般大夫也绝少使用，多是好事者为了文字的生动才煞费苦心构想出来，也是有意虚拟的证明。庄侄又为襄王所遭"三难"列出原因，是为"五患"："宫室相望，城郭阔达，一患也；宫垣衣绣，民人无褐，二患也；奢侈无度，国且虚竭，三患也；百姓饥饿，马有余秣，四患也；邪臣在侧，贤者不达，五患也。"这又是一派卿大夫口气，且是《说苑》写晋大夫谏晋平公好乐所用之语②，已成套语。一直不

---

① 《战国策》卷十九《赵二·秦攻赵》，上海古籍出版社1985年版，第648页。
② 《说苑》卷九《正谏》记咎犯谏晋平公："一也，遍游赭尽而峻城阙；二也，柱梁衣绣，士民无褐；三也，侏儒有余酒而死士渴；四也，民有饥色而马有粟秩；五也，近臣不敢谏，远臣不得达。"

知其所谓的襄王却大悟称善，"命后车载之，立还反国"，而"门已闭，反者已定。王乃发鄀郢之师以击之，仅能胜之。乃立偓为夫人，位在郑子袖之右，为王陈节俭爱民之事，楚国以强。"且不说郑袖乃怀王之姬，父冠子戴，也不说怀、襄两王统治的楚国江河日下，不闻有"节俭爱民"而强之时，只说其时楚国并未发生过文中所写的佞臣造反，楚王调兵弹压之事，就足证本传是凭空虚造的小说作品。

　　再看《鲁臧孙母》，写春秋前期著名鲁大夫臧文仲之母。文仲将为鲁使齐，其母便说他在鲁得罪不少朝臣，而齐鲁是"壁邻之国"，鲁之宠臣"皆通于齐高子、国子，是必使齐图鲁而拘汝留之"，要他"施布恩惠而后出以求助焉"。文仲于是"托于三家，厚士大夫而后之齐"。结果不出其母所料，"齐果拘之，而兴兵袭鲁"。文仲"阴使人"寄鲁公书，怕被齐军劫去，书中全用隐语："敛小器，投诸台。食猎犬，组羊裘。琴之合，甚思之。臧我羊，羊有母。食我以同鱼，冠缨不足带有余。"鲁公与众大夫"相与议之"，均莫能解。而其母一见此信，泪下沾襟曰："吾子有木治矣！"随即解开全部隐语："'敛小器，投诸台'者，言取郭外萌（氓）内之于城中也。'食猎犬，组羊裘'者，言趣飨战斗之士，而缮甲兵也。'琴之合，甚思之'者，言思妻也。'臧我羊，羊有母'，是盖告妻善养母也。'食我以同鱼'，同者其文错，错者所以治锯，锯者所以治木也。是有木治系于狱矣。'冠缨不足带有余'者，头乱不得疏，饥不得食也。故而知吾子拘，有木治矣。"鲁乃以臧母之言"军于境上"。齐正遣兵将袭鲁，闻鲁兵已在境上，"乃还文仲而不伐鲁"。《春秋》对鲁国记述较多，以至臧孙辰（即臧文仲）的卒年月日都被这极为简略的编年史大书一笔①。而本章内容在详解《春秋》的"三传"中却没有留下任何痕迹。据《左传》记载，臧文仲主政的数十年中，仅出使过一次齐国，即庄公二十八年（前666）因鲁国闹饥荒而"告籴于齐"，《国语》说他携

――――――――――

① 《春秋左传正义》卷十九，载《十三经注疏》，第1848页。

玉而往，"齐人归其玉而与之粲"①，根本没有难为他。倘有齐国囚禁鲁使并将偷袭鲁国之事，《春秋》《左传》不会不载。可见其事于史无据。再看臧母，其开头对形势的推测就很玄虚，后解文仲信中隐语，神乎其神，以至被她解过之后，读者仍有莫名之感，对"同鱼"解释的委曲婉转尤难服人。又者，六条隐语中只有前两条是军事秘密，其余无需隐晦，何妨直言。其实，全文就是读书人玩的文字游戏，是为这种游戏编排的曲折故事，应被视为存心虚造的小说。

《邹孟轲母》写了四件事，有三件悖理。第一件谓孟母为孟轲的健康成长三次搬家。最初"其舍近墓"，孟母发现幼年的孟轲"嬉游为墓间之事，踊跃筑埋"，于是"去之"，舍于市旁；后又发现孟轲"嬉戏为贾人衒卖之事"，便又搬家，"舍学宫之旁"；直到孟轲的嬉戏"设俎豆揖让进退"，才定居下来，使孟轲"卒成大儒之名"。然就居住习惯而言，即便家在乡村，居舍一般都远离墓地。近墓者除为父母"庐墓"的孝子，就只有为人守墓的穷苦人，至少是生活艰难无力购置房产者。此等人家从"近墓"移居"市旁"，谈何容易，岂是说移就移的？一移再移，更不可想象。前后家境之矛盾显而易见。"其舍近墓"云云，乃作者为张大孟母教子之功的虚设之词。这里还涉及孟父是否早卒问题。本传虽未写明孟子自幼丧父，但从幼年三迁到青年娶妇，皆由其母决定与教诲，读者自然会得出"幼孤"的结论。"陈镐《阙里志》遂谓孟子三岁丧父"②。而《孟子》有鲁平公嬖人臧仓谮孟子"后丧逾前丧"之语。赵岐注："前丧父约，后丧母奢"。乐正子遂向平公辩曰："所谓逾者，前以士，后以大夫；前以三鼎，后以五鼎欤？"③ 此等谮与辩充分说明孟父之卒在孟子为士之后，即狄子奇之谓"孟子成立之时"④。如此，则孟母岂得随意迁徙？其

① 《国语》卷四《鲁语上》，上海 商务印书馆1935年版，第53页。
② （清）孟广均、陈锦：《三迁志》卷二，清光绪十三年（1887）山东书局刊本。
③ 《孟子》卷二《梁惠王章句下》，上海 商务印书馆1936年影缩宋本，第20页。
④ （清）狄子奇：《孟子编年》卷一，清道光十年（1830）安雅斋刊本。

为虚造亦不言而喻。第二件，孟子"既学而归"，其母"方绩"，问其"学何所至矣"，孟子曰："自若也。"孟母乃以刀断织，谓"子之废学，若吾断斯织也"。此即后世《三字经》所书"子不学，断机杼"也。其前的《韩诗外传》（卷九）亦载此事：

> 孟子少时诵，其母方织。孟辍然中止，乃复进。其母知其谊也，呼而问之曰："何为中止？"对曰："有所失，复得。"其母以刀裂其织，以此戒之。自是之后不复谊矣。

"谊"者，忘也。孟轲诵书一时忘记而中断，孟母就割断所织喻而戒之，未免过于悖理。如崔述所论："且诵且思岂无中止之时？"[1] 这可能就是本传将孟轲忘而中止改为"废学"的缘故。这种改写虽较近情，却更露出原本不实、随意变改的小说马脚。此事之末，言孟子"师事子思"，已有多位前儒指出其谬，此不复赘。第三件，孟子娶妇后，一次"将入私室，其妇袒而在内，孟子不悦，遂去而不入"。其妇辞孟母而求去，曰："妾闻夫妇之道，私室不与焉。今者妾堕在室，而夫子见妾，勃然不悦，是客妾也。妇人之义，盖不客宿，请归父母。"孟母乃召孟子而责之："夫礼，将入门，问孰存，所以致敬也。将上堂，声必扬，将以戒人也。将入户，视必下，恐见人过也。今子不察于礼，而责礼于人，不亦远乎？"孟子遂留其妇。这首先把大儒孟子写成不懂"夫妇之道，私室不与"的书呆子，待妇如客，反不如其妇懂事知礼。随后孟母对孟轲的责难也甚违情理。《礼》经所谓"将入门""将上堂""将入户"云云[2]，都是指宾朋入主家

---

[1] （清）崔述：《孟子事实录》卷上，清光绪元年（1875）上湘龟山别墅刊本。
[2] 《礼记》只有"将上堂，声必扬"；"将入户，视必下"。《仪礼》乃有"将入门，问孰存。将上堂，声必扬。将入户，视必下。"

之礼。故《礼记大全》曰："上堂,升主人之堂也。""入户,入主人之户也。"① 将宾朋之礼用于夫妇之"私室",岂不荒谬? 此段或出《韩诗外传》(卷九),两者主要不同在易"踞"为"袒",妇在私室只"踞"就被孟子要求出妻,更为悖理。改"袒"似乎强化了孟妇之过,其实没有质的差异,既在"私室",偶"袒"亦所不免,改动本身倒更显出原非实事,故可随意而造的虚拟面目。它应是为宣示《礼》经教条有意虚造的寓意小说。崔述早就中肯地指出:妻子"非有大过,岂得辄去?'声扬''视下'亦谓朋友宾客间耳,房帏之内安得事事责之? 此盖后人之所附会,必非孟子之事。"② 又者,《荀子》有"孟子恶败而出妻,可谓能自强矣"之语,杨倞注云:"孟子恶其败德而出其妻,可谓能自强于修身也。"③ 然在《列女传》后,各书"皆称孟子欲去妻而不果,与《列女传》无异",而"荀去孟之世未远,其言然邪否邪?"④ 本传此节或因孟子出妻之事变化而出亦未可知。无论何者,其为悖理的虚造之文勿庸置疑。第四件,孟子"道不用于齐",欲远行而忧母老。孟母问明后,大讲妇女"三从之道":"年少则从乎父母,出嫁则从乎夫,夫死则从乎子,礼也。今子成人也,而我老矣。子行乎子义,吾行乎吾礼。"这里所用的有关妇女"三从"一语在三《礼》经书中是没有的。《礼记》只有"三从"的内容:"幼从父兄,嫁从夫,夫死从子"⑤。而《史记·儒林传》曰:"礼固自孔子时,而其经不具,及至秦焚书,散亡益多。于今只有《士礼》。"而后治《礼》者大兴,至十三家。"三从"一语及三从之说才广为流播。先秦典籍直至《吕氏春秋》均未见用。可知其说自汉中后期

---

① (明)胡广等:《礼记大全》卷一,载《文渊阁四库全书》,台湾商务印书馆股份有限公司1986年影印本第122册第16页。
② 崔述:《孟子事实录》卷上。
③ 《荀子》卷十五《解弊篇》,载《诸子集成》第2册,上海书店1986年影印本,第268页。
④ (明)陈士元:《孟子杂记》卷一,清光绪十七年(1891)湖北三余草堂刊本。
⑤ 《礼记正义》卷二十六《郊特牲》,载《十三经注疏》,第1456页。

才得以流行。而孟母大讲"三从之道",自是汉人的虚拟之笔,特为宣扬"三从"之义尤其是"夫死从子"而虚设的。虽则合情入理,用语却与时代相违。如此看来,四段都是故意虚造的孟母故事,它显然融入某些有关孟母的传说,同时又以主题的需要对传说作了增补与改造,造成一篇篇幅较长的早期小说作品。研究者说:"尽管这样的母亲形象是脱离现实的、歪曲的形象,但自《列女传》成书以来,历经几千年岁月,至今仍在发挥着强大的影响力。"① 实际上,这种形象就是早期小说的人物形象,其"强大的影响力"也正是某些早期小说价值和作用的社会体现。

与此相关的是《鲁之母师》。九子之寡母腊日欲回娘家,"悉召诸子"告曰:"妇人之义,非有大故,不出夫家。然吾父母家多幼稚,岁时礼不理,吾从汝谒往监之。"诸子皆顿首许诺。寡母又召诸妇,曰:"妇人有三从之义,而无专制之行,少系于父母,长系于夫,老系于子。今诸子许我归视私家,虽逾正礼,顾与少子俱,以备妇人出入之制。诸妇宜慎房户之守,吾夕而反。"回来时,"天阴,还失早,至闾外而止",至夕始入,被鲁大夫"望见",使人问其缘由,母对曰:妾"与诸妇孺子期夕而反",早归恐见其"酺醵醉饱""故止闾外,期尽而入。"大夫"言于穆公,赐母尊号曰'母师'。"寡母按礼行事可以理解,将"从子"写成事事都要儿子同意,就显得滑稽可笑,且与孝道相抵牾。寡母腊日回家看看,当日即回,还要经过九子同意,岂可思议?强调回娘家是"吾从汝(诸子)"尤为可怪。寡母按礼行事,不需处处"讲"礼。什么"妇人之义,非有大故,不出夫家""妇人有三从之义,而无专制之行",正常人怎么会在行动之前发这等议论?而"三从"之语已如前述,《礼》经所无,至汉才渐行于世,鲁穆公时的"母师"也不会讲。后面归来的造作、大夫"望见"的巧合姑且不论,只前面言词的悖理和不合于时就足以说明本传所

---

① (韩)宋贞和:《从神话中的处女到历史中的母亲》,载《东亚女性的起源》,北京人民文学出版社 2005 年版,第 73 页。

写人事之虚，是为大力宣扬寡母"从子"的虚构之笔，当非史传，而是小说。

《齐威虞姬》写齐威王姬的一件冤案。"威王即位，九年不治，委政大臣。佞臣周破胡专权擅势，嫉贤妒能。即墨大夫贤而日毁之，阿大夫不肖反日誉之。"虞姬谏王退破胡，用"贤明有道"的北郭先生。破胡乃恶虞姬，谓其"幼弱在于闾巷之时，尝与北郭先生通"。威王"疑之"，遂"闭虞姬于九层之台"，使有司"验问"。破胡重赂执事者，"诬其词而上之"，威王视其词"不合于意，乃召虞姬而自问焉"。虞姬于是慷慨陈词，终使威王"大寤"，"封即墨大夫以万户，烹阿大夫与周破胡，遂起兵收故侵地。齐国震惧，人知烹阿大夫，不敢饰非，务尽其职，齐国大治。"本传篇幅较长，也较委曲，似乎威王"九年不治"后的醒悟功在虞姬。而这不仅全无史据，情事发展也极不合理。虞姬不能干政，就不了解大臣的状况，何得骤贬周破胡而荐北郭先生？虞姬幼时是否曾与人私通，关系她为姬时是否处子。对此，威王自己最为清楚，周破胡怎敢诬其清白？威王又何须闭之于重台，使人"验问"。虞姬的长篇大论反倒大而无当，并不能证其清白。这一切都不可能在生活中发生，不过是作者虚应故事的造作而已。如果寻其来由，就是《史记·田齐世家》如下之文：

> 威王初即位以来，不治，委政卿大夫，九年之间，诸侯并伐，国人不治。于是威王召即墨大夫……封之万家……烹阿大夫，及左右赏誉者皆烹之。遂起兵西击赵、卫……于是齐国震惧，人人不敢饰非，务尽其诚。齐国大治。

本传首尾即用此文，连一些词语也照搬不改，而将作者虚构的虞姬故事嵌入其中，从而将史传变成了小说。周破胡及其专权亦出自虚想。他在本传中的地位比治理一方的即墨大夫与阿大夫更高、更重要，如果烹了如此要人，《史记》绝不会不书其名，可见是出于作品的需要而临时构想的小说人物。这篇作品还启示我们，其产生肯定在《史记》行世之后，作者也有可能是距太史公生活年代并不太远的刘向。

二、增改史书的拟史之作

《列女传》中取材于历史人事的部分作品，并未按史书原貌来写，为了张显某种思想观念，对原来的记述蓄意增益与变改，从而大大增加了虚构成分，甚或悖于历史，衍为小说，当是历史小说的前驱，不妨称之为拟史小说。

《贞顺传·息君夫人》云：

> 夫人者，息君之夫人也。楚伐息，破之，虏其君，使守门。将妻其夫人而纳之于宫。楚王出游，夫人遂出见息君。谓之曰："人生要一死而已，何至自苦？妾无须臾而忘君也。终不以身更二醮。生离于地上，岂如死归于地下哉？"乃作诗曰："谷则异室，死则同穴。谓予不信，有如皦日。"息君止之，夫人不听，遂自杀。息君亦自杀，同日俱死。楚王贤其夫人守节有义，乃以诸侯之礼合而葬之。君子谓夫人说于行善，故序之于《诗》。

据《左传》载，息夫人即息妫，陈人，鲁庄十年（前684）为息侯夫人。四年后，楚文王"灭息，以息妫归，生堵敖及成王焉，未言。楚子问之，对曰：'吾一妇人，而事二夫，纵弗能死，其又奚言？'"[1] 这就是历史上有名的息夫人故事。本传让这位被迫为楚文王生了两个儿子而始终无语的忍辱负重的女子誓不二醮，慷慨陈词，自杀殉节，从而将她提高到封建时代女性道德的最高境界，是明明白白地小说创作，以至将不相干的《诗经

---

[1] 《春秋左传正义》卷九，载书同前，第1771页。

·王风·大车》之句随意安在息夫人身上，谓其所作。由此也可看到《列女传》的作者为了宣示、张扬某些观念是怎样大胆变改历史和虚构《诗经》作者的。

《贤明传·晋赵衰妻》写晋文公之女赵姬的贤明事迹。赵衰当年随文公出亡于狄，娶狄女叔隗，生赵盾。归晋后，文公又以女妻之，即赵姬，生原同、屏括、楼婴。赵姬请迎盾及其母，赵衰"辞而不敢"。赵姬曰："不可。夫得宠而忘旧，舍义；好新而嫚故，无恩；与人勤于隘厄，富贵而不顾，无礼。君弃此三者，何以使人？虽妾亦无以侍执巾栉。"并两引《诗经·谷风》的诗句，加以发挥，说服赵衰。赵衰遂迎叔隗母子。后赵姬"以盾贤，请立为嫡子"，使自已所生三子下之；又以叔隗为嫡妻，赵姬"亲下之"。上述情节基本同于左僖二十四年（前636）的记述，是历史的复述。而占了近一半篇幅的赵姬话语，《左传》中只有"得宠而忘旧，何以使人？必逆之"两句，其余全是作者猜度、生发和虚拟。虽其所言合于情理，引述弃妇诉怨的《谷风》的诗句也颇适切。但它是作者的想象之词、虚构之语，很像后来某些以历史真实情节为骨干，加入对话细节的历史小说。署"东海犹龙子演义"的白话小说《古今列女传演义》亦有此篇，除将文言衍为文白夹杂的叙述语言，情节亦无明显的生发，而赵姬的话语只有原作的三分之二，所引《谷风》及相关议论均被删去，就其增添的虚构分量而言还不及《列女传》。本传实是虚实相间的拟史小说。

《贞顺传·齐杞梁妻》先写左襄二十三年（前550）所记齐国杞梁殖妻之事。齐庄公袭莒，"殖战而死"。庄公归，遇杞梁妻，使使吊之于路。杞梁妻曰："今殖有罪，君何辱命焉？若令殖免于罪，则贱妾有先人之弊庐在，下妾不得与郊吊。"庄公"乃还车，诣其室，成礼然后去。"这些记述与《左传》相合，并无增删。但也仅止于此。下写："杞梁之妻无子，内外皆无五属之亲。既无所归，乃枕其夫之尸于城下而哭，内诚动人，道路过者莫不为之挥涕。十日而城为之崩。"这不仅全无根据，也颇荒诞。杞梁是为伐莒而死之将，国君致吊，其尸运回怎么可能弃置城下？哭倒城墙更是怪事，都是作者对《左传》记述所作的虚幻性延展。所谓"无五属之亲"，也是为其最后自杀预作准备。杞梁妻曰："吾何归矣！夫妇人必有所倚者也，父在则倚父，夫在则倚夫，子在则倚子。"一无所倚，遂赴淄水而死。此处的"三倚"，实际是《礼记》所记"从父兄""从夫""从子"之意的翻新。本传是将汉代人的言语装入春秋时期的妇人之口，出自虚拟自不待言。不过，有关杞梁妻悲剧的虚想结构，蕴有表现苦难妇女的艺术潜力。蔡邕的《琴操·芑梁妻叹》略有发展，让女主人公援琴而叹，曲终投水。后世的民间传说，孟姜女千里寻夫，哭倒长城，亦由此作生发、廓大①，融入新的时代背景，造成"长城遗址犹可没，姜女之名终不灭"②的不朽形象。

　　《节义传·楚昭越姬》表现越王勾践之女做楚昭王姬的"节义"事迹。昭王燕游云梦，"蔡姬在左，越姬在右"。游兴正浓之际，问二姬"乐乎？"蔡姬说，不仅"愿生俱乐"，还愿"死同时"。昭王即命史官："书之！蔡姬许从孤死矣。"再问越姬，越姬却说如此之乐"不可久"，昔日"先君庄王淫乐，三年不听政事，终而能改，卒霸天下"，劝他学庄王"改斯乐而勤于政"。至于从君而死，则"不敢闻命"。昭王醒悟，"敬越姬之言而犹亲嬖蔡姬"。后"居二十五年，王救陈，越姬从。"王病于军中，"有赤云夹日如飞鸟"。王问周史，史曰："是害王身。然可移，移于将相。"王曰："将相之于孤，犹股肱也，今移祸焉，庸为去是身乎？"不听。越姬曰："大哉，君王之德！以是妾愿从王矣。""妾死王之义，不死

---

① （唐）释贯休《禅月集·杞梁妻》云："秦之无道兮四海枯，筑长城兮遮北隅。筑人筑土一万里，杞梁贞妇啼呜呜。上无父兮中无夫，下无子兮孤复孤。一号城崩塞色苦，载（再）号杞梁骨出土。疲魂饥魄相逐归，陌上少年莫相污。"此诗显示，后世孟姜女寻夫故事，唐时已具轮廓，而女主人公仍称杞梁妻，可见两者的承递关系。

② （明）王世懋：《孟姜女祠歌》，载《陕西通志》卷九十五，清雍正十三年（1735）陕西省督署刊本。

王之好也"，遂自杀。昭王"病甚"，分别让三个弟弟继其王位①，三人皆"不听"（实为左哀六年所记：子闾"五辞而后许"）。王殁，蔡姬"竟不能死"。王弟子闾与子西、子期谋曰："母信者其子必仁。"乃"伏师闭壁（涂？即"塗"），迎越姬之子雄章立，是为惠王。然后罢兵归葬昭王。"这篇作品把越、蔡二姬是否从昭王而死之事写得波澜起伏，黑白分明，很有小说的布局和意味。更值得注意的是，作品虽用了《左传》哀公六年和《史记·楚世家》所记昭王"救陈"而败，病死军中及迎立惠王等史实，甚至连"赤云夹日而飞"的细节也照录不误。但这只是真的一面。另一方面，全篇又有多处明显的虚造和蓄意变改。特别是有关越姬的笔墨大多出自作者的想象与渲染。越姬既是勾践之女，勾践为王在鲁定公十四年（前496），即楚昭王二十年，其女即便在勾践元年为楚姬，至昭王之卒也只有七年，不可能与昭王"居二十五年"。这一差误并非偶然。昭王是比较通达情理的君主，其当政第十一年（前505）阖闾帅吴军入郢，逼其奔随藏匿，几灭其国，给了他极大的精神打击。如果说此前他还有可能（只是可能）迷醉于云梦之乐，此后他就不会有这样的心情。作品将其云梦之乐写在他为王二或三年，或许不无这样的考虑。而其时越还没有立国，勾践之父允常还没有为王，何来楚昭越姬"在右"？越姬以楚庄王"三年不听政事，终而能改"劝谏昭王，而此事最早记于《韩非子》，后有多家记述，但并非史实。据左文十四至十六年载，楚庄即位，即被内乱者挟之外蹿，两年后又忙于处理饥荒，亲出平定叛乱，与"群蛮"订盟而"灭庸"。"三年不飞不鸣"不发政令只能是战国中后期酷好隐语之士的想象和虚构。本传以此为谏，亦足显出后人在延用前人的造作，定非春秋后期的越姬之语。全文的重要关目是越姬之死。而昭王死后十年的左哀十六年记白公胜之乱，有"圉公阳穴宫，负王如昭夫人之宫"等语，杜预注曰："昭夫人，王母越女。"严杰断云："据此不得云（越姬）死于昭

---

① 此指子西、子期、子闾。左哀六年杜预注："皆昭王兄"，实即庶兄，非昭王弟。

王之前矣。"①《史记》写得更清楚:"惠王从者屈固负王亡走昭夫人之宫",服虔注与杜注同义②。越姬并未自杀于昭王将死之时由此可以定案。作品中与此相关的话语、细节均出自虚拟。下文写王殁之后,子闾称"母信者其子必仁",与《左传》《史记》所记也大不相同。左哀六年记云:

> 子闾退(从"五辞而后许"退),曰:"君王舍其子而让,群臣敢忘君乎?从君之命,顺也;立君之子,亦顺也。二顺不可失也。"与子西、子期谋,潜师闭涂,逆越女之子章,立之而后还。

这才是惠王即位的真实情况。本传作者显然熟悉《左传》之记,有意变改子闾的话,以突出越姬为王而死的虚构情节。如此看来,越姬虽为实有,事迹却为虚拟,作者是将虚拟的越姬事迹纳入史书的相关记述,并将史书所记大为改造,造成这篇虚虚实实的小说作品。

《母仪传·鲁季敬姜》是《列女传》中最长的一篇,计约一千二百字。由六件有关敬姜的事组成。第一件,谓"敬姜者,莒女也,号戴己,鲁大夫公父穆伯之妻,文伯之母"。"穆伯先死,敬姜守养。"文伯交游者皆为"若事父兄"的"服役"之徒,于是"召而数之",以武王、周公、齐桓公"二圣一贤"谦恭下士成就大业的范例教训文伯,谓"其所与游者皆过己者也,是以日益而不自知也。今以子年之少而位之卑,所与游者皆为服役,子之不益,亦已明矣。"文伯谢罪,"于是乃择严师贤友而事之。所与游处者皆黄耄倪齿也。文伯引衽攘卷而亲馈之"。敬姜曰:"子成人矣。"君子谓敬姜"备于教化"。首先说明,敬姜并非莒女戴己,戴

---

① 载清萧道管《列女传集注》卷五,清光绪三十四年(1908)福建萧氏刊本。
② 《史记》卷四十《楚世家》,第1718、1719页。

己是孟穆伯公孙敖之妻，文伯谷之母，见于左文七年（前620）。敬姜乃齐女，季孙氏穆伯公甫靖之妻，文伯歇之母。"公甫"之称首见于左昭二十五年（前517），前后时差一百多年，"以穆伯文伯相涉而致误"①。这类讹误虽非有意虚构所致，也说明本传并非事事依据史书。其训文伯之事之语真实与否就成为问题。下写文伯听了母亲教训，性情大变，"乃择严师贤友而事之"，以至"引袵攘卷而亲馈之"，也是作者凭空想象。《礼记》记文伯之丧，谓"朋友诸臣未有出涕者，而内人皆行哭失声"，敬姜因而"据其床而不哭"，认为他"必多旷于礼矣"②。《韩诗外传》（卷一）和《史记·平原君虞卿列传》对此写得更为具体。前者谓其"送仲尼不出鲁郊，赠之不与家珍"；后者谓其"今死，而妇人为之自杀者二人"。虽未必尽实，其品格令敬姜失望是无疑的。《礼记》此前又写敬姜于"文伯之丧昼夜哭"③，这也是可信的。自己精心培育的儿子早逝，白发人送黑发人，总是特别伤心。但想到他"于长者薄而于妇人厚"④，又会"据其床而不哭"。故孔颖达《礼记正义》曰："此不哭者谓暂时不哭。"即此也能表明，本传写他"择严师贤友"云云，乃是为宣扬敬姜的教子效果虚造之笔。第二件云：

> 文伯相鲁。敬姜谓之曰："吾语汝。治国之要，尽在经矣。夫幅（或作"辐"）者，所以正曲枉也，不可不强，故幅可以为将。画者所以均不均，服不服也，故画可以为正。物者所以治芜与莫也，故物可以为都大夫。持交而不失，出入不绝者，捆也，捆可以为大行人也。推而往，引而来者，综也，综可以为关内之

---

① （清）顾广圻：《列女传考证》，载顾广圻校《古列女传》，清嘉庆二年（1767）顾氏小读书堆刊本。
② 《礼记正义》卷九《檀弓下》，载书同前，第1304页。
③ 同上注。
④ 《史记》卷七十六《平原君虞卿列传》，第2373页。

师。主多少之数者，均也，均可以为内史。服重任，行远道，正
直而固者，轴也，轴可以为相。舒而无穷者，摘也，摘可以为三
公。"文伯再拜而受教。

这是敬姜用比喻教文伯为政如何用人之语，实际是读书人为她精心结撰的
文字游戏，以各种物体的功能比喻不同的官职，无论恰当与否，敬姜都不
可能用这类戏语教文伯。它充分表明此文并不严肃的小说品格。本传后面
依据《国语》写季康子登门向从祖母敬姜求教，敬姜曰："自卿大夫以
下，合官职于外朝，合家事于内朝。寝门之内，妇人治其业焉。上下同
之。夫外朝，子将业君之官职焉；内朝，子将庀季氏之政焉。皆非吾所敢
言也。"此即后妃不干政之意，合于敬姜"博达知礼"的品格，而与前文
在文伯"为相"之际大讲用人之道抵牾难合。从这方面看，上述隐曲之
义也是作者的精心虚造。第三件写文伯退朝，见敬姜"方绩"，乃曰：
"以歜之家而主犹绩，惧于季孙之怒，其以歜为不能事主乎？"敬姜听后，
一气讲了约四百字的长言，论述"民劳则思，思则善心生"，"君子劳心，
小人劳力"之类的道理。此段取自《国语》，内容、文字几乎全同，自然
不是作者的虚构。而春秋时期以竹帛记录文字，除朝堂上君臣的重要言谈
而外，一般情况下的言谈记述大都比较简略，记数百字长言是不可能的。
《国语》中敬姜对文伯这段话语应是后来的书写者大力发挥的产物，包含
较大的虚构成分。第四件写文伯"饮南宫敬叔酒，以露堵父为客"，露堵
父因嫌鳖小而退席，敬姜为此斥逐文伯。第五件写文伯之丧，敬姜"恶
其以好内闻"，乃命其姬妾："毋瘠色，毋挥涕，毋陷膺，毋忧容，有降
服，毋加服，从礼而静，是昭吾子。"第六件即写季康子登门求教之事，
已如上述。这三件《国语》记述基本相同，而篇幅短小，总计只有全篇
的四分之一。作品总体乃是半实半虚的小说作品。全文四用仲尼的赞语，
两用君子赞语，亦多为虚构。五处引用《诗》句作结，也是后来小说的
惯常笔法。

　　《贤明传·楚庄樊姬》写由于樊姬的讽喻，楚令尹虞丘子荐孙叔敖事。庄王听朝晚归，樊姬问其由，王曰："与贤者俱，不知饥倦。"而贤者为令尹虞丘子。樊姬笑谓虞氏"贤则贤矣，未忠也。"王问其故。樊姬说自己十一年荐姬妾多人，而"虞丘子相楚十余年，所荐非子弟则族昆弟，未闻进贤退不肖，是蔽君而塞贤路。"明日，王"以姬言告虞丘子，丘子避席，不知所对"。后使人"迎孙叔敖而进之，王以为令尹，治楚三年而庄王以霸。"故谓楚史书曰："庄王之霸，樊姬之力也。"记述这一故事的，在本传之前还有《韩诗外传》（卷二）和《新序》（卷一）。内容大同而小异。《外传》虞丘子作沈令尹，"相楚十余年"作"相楚数年"，《新序》则作"数十年"。此外，《吕氏春秋·赞能》与《说苑·至公》亦记虞丘子或沈尹茎荐孙叔敖事，乃贤者荐贤，与樊姬无关。前者谓尹茎与叔敖为友，让叔敖"归耕"，自己为他"游扬"于庄王，庄王任尹茎为令尹，尹茎不就，力谏叔敖。后者写丘子"为令尹十年，国不加治"，主动让贤，荐孙叔敖。后有虞家人干法，"孙叔敖执而戮之"，丘子反喜，入贺于王，谓自己所荐得人，执法"不党"。对虞丘子（或沈尹茎）来说，以上五篇属两类记述，一贬一褒，互相抵牾，也互相否定。清代史学家沈钦韩云："考楚国之法，自司马为令尹，未有一朝由布衣而跻令尹者，庄王以前皆公子及斗族为之，无虞丘子其人也。"[1] 这一论断既否定了虞丘子的存在，也否定了孙叔敖起自布衣。那么，孙叔敖是怎么当上令尹的呢？且看《左传》对楚庄王时期令尹的记述。鲁宣四年即楚庄九年（前605）追记："令尹子文死，斗般为令尹，子越为司马。蒍贾为工正，谮子扬（即斗般）而杀之，子越为令尹，己为司马。子越又恶之，乃以若敖氏之族圉伯嬴（即蒍贾）于辕阳而杀之，遂处烝野，将攻王。"是年七月，庄王与子越"战于皋许"，"灭若敖氏"。若敖乃子文之祖父，姓斗

---

① （清）沈钦韩：《汉书疏证》卷七，清光绪二十六年（1900），浙江官书局刊本。

氏，子扬即子文之子；子越为子文之姪，司马子良之子①。可见至庄王九年，令尹尚为斗氏家族，且由司马晋升，与沈论尽合。这里还要补充一点，楚国的令尹和司马，除依序升迁，还有局部世袭性。子扬和子越，各承其父职。至春秋之末，白公胜作乱，令尹子西、司马子期被杀害，叶公平乱有功。安定后，叶公则使子西之子宁"为令尹"，使子期之子宽"为司马"②，亦各承父职。回头再看楚庄之时：九年灭令尹子越，下至十五年《左传》均无令尹之记，次年（前598）载"令尹蒍艾猎城沂"。艾猎即孙叔敖，蒍贾之子③，为令尹当在"城沂"之前。蒍贾被子越杀时为司马，"灭若敖氏"的庄王应让艾猎承袭父职，故在六七年后便由司马升为令尹。此与沈钦韩所论之楚法恰好合榫。如此看来，孙叔敖为楚令尹是依楚国当时的官制正常升迁，并无谁的特别推荐。本传与相关的多种记述，不仅于史无据，且与史书之记相悖，都是好事者虚造的拟史小说。

《辩通传·齐管妾婧》表现管仲妾婧的聪慧、多知与善言。宁戚欲见齐桓公，"道无从"，乃为人做仆，将车宿齐东门之外。"桓公因出，宁戚击牛角而商歌甚悲。桓公异之，使管仲迎之。"宁戚称曰："浩浩乎白水。"管仲"不知所谓，不朝五日，而有忧色"。妾婧问他："国家之事耶？君之谋耶？"管仲曰："非汝所知也。"妾婧要他"毋老老，毋贱贱，毋少少，毋弱弱"。管仲"下席而谢"，说明烦恼的缘由。妾婧笑曰："人已语君矣，君不知识耶？古有《白水》之诗。诗不云乎：'浩浩白水，儵儵之鱼。君来召我，我将安居？国家未定，从我焉如？'此宁戚之欲得仕国家也。"管仲大悦，"以报桓公。桓公乃修官职，斋戒五日，见宁子，因以为相，齐国以治。"作品写得起伏跌宕，颇有韵味。但它并不合于历史。据《吕氏春秋·审应览·举难》和《新序》卷五，桓公听到宁戚"击牛角疾歌"，即抚其仆之手曰："异哉！之歌者非常人也。命后车载

---

① 《春秋左传正义》卷二十一及杜预注，载书同前，第1869－1870页。
② 《春秋左传正义》卷六十，载书同前，第2178页。
③ 《春秋左传正义》卷二十二及杜预注，载书同前，第1875页。

之。"回去即"赐之衣冠"而见，听其所论"为天下"，大悦，遂举而用之。两者不仅记述一致，也甚合情理。发现人才不即载回，则易失去。宁戚临时宿于城门之外，居无定所，让管仲异日迎接，岂易得见？此等际遇，稍纵即逝，所谓可遇而不可求也。宁戚欲干桓公，管仲去迎他，他却冒一句连管仲都不能解的"浩浩乎白水"，致使管子五日不朝，何其误事。而《史记·邹阳列传》裴骃集解引应劭曰："齐桓公夜出迎客，宁戚疾击其牛角商歌曰：'南山矸，白石烂。生不遭尧与舜禅。短布单衣适至骭，从昏饭牛薄夜半。长夜曼曼何时旦。'"宁戚唱此通俗易懂的商歌虽也未必为实（其时诗歌多为四言），总比对管仲称"浩浩乎白水"更合于情理。谓尊宁戚"为相"，亦属妄造。本传将宁戚得遇桓公之事写得如此委曲，夸张，应是了解《白水》古诗的读书人虚造的一篇突出管仲妄婧的小说。作者主观虚拟的创作意识显而易见。

四、臆《诗》产生的虚拟之作

《诗经》传至汉代，学派丛生，只今文诗派就有齐、鲁、韩三家。《汉志》载其著述多种，除《韩诗外传》，均已不存，但在刘向时却正行时。刘向本人也属今文诗派，或谓其尤重鲁诗。如果他从《诗》中采取"贤妃贞妇、兴国显家可法则"者①，也就难脱今文诗派理解中多有虚想、附会的藩篱。诗歌重在抒情，即或间杂写事，也多为片鳞只羽，将它变为连贯而完整的叙事，就不能不以想象和虚拟填补空白。《国风》是周代各地的民间歌谣，多是在长期流传中的集体创作，多非一人一事的写照，便从某一人事而发，一般也难觅其人其事，如果硬与某人某事绑在一起，胶柱鼓瑟，杜撰情节，势必进入虚想的造作，从而把诗变成小说。《列女传》中正有几篇这样的作品。

---

① 《汉书》卷三十六《楚元王传》，第 1957 页。

　　《贤明传·周南之妻》载，周南大夫"受命，平治水土"，过时不归。妻子恐其懈于王事，便"与其邻人陈素所与大夫之言：'国家多难，惟勉强之，无有谴怒，遗父母忧。昔舜耕于历山，渔于雷泽，陶于河滨，非舜之事而舜为之者，为养父母也。家贫亲老，不择官而仕；亲操井臼，不择妻而娶。故父母在，当与时小同，无亏大义，不离（罹）患害而已……生于乱世，不得道理，而迫于暴虐，不得行义。然而仕者，为父母在故也。'乃作诗曰：'鲂鱼赪尾，王室如毁，虽则如毁，父母孔迩。'"谓"君子以是知周南之妻而能匡夫也。"这显然是由《周南·汝坟》末段生发、想象而出的情境。《汝坟》原诗三段，首段："遵彼汝坟，伐其条枚。未见君子，惄如调饥。"第二段："遵彼汝坟，伐其条肄，既见君子，不我遐弃。"全诗于男主人公只言"君子"，不言"大夫"，何以见得其为大夫，而不是服役之劳苦百姓？全无根据。郑玄注曰："伐薪于汝水之侧，非妇人之事。"[①] 那是士大夫家的妇人，劳苦百姓家的妇人何事不劳？所以现代经学家就有理由认为：《汝坟》"是妇人喜其丈夫从军归来之诗"[②]，或"是劳动妇女思念被奴隶主阶级强征远役的丈夫而唱的歌"[③]。总之，夫妻都是劳苦百姓，不是大夫和贵妇人。"受命平治水土"，更是作者的无端臆想，全无依傍。其妻与邻人说的一大段话，是展示人物精神的主体，也是构成本文的主要内容，而根据只有诗的末段那十六个字。且不说两者之意本不相合，甚至相悖——"王室如毁，父母孔迩"是说"君子"回到家里，虽然天下混乱，能守在父母身边就好；倘如《韩诗外传》卷一的理解："家贫亲老，不择官而仕"，怎么解释"父母孔迩"？退一步说，即便照此理解，也有大半话语属于填补诗的空白，是凭空虚造。其中"生于乱世，不得道理，而迫于暴虐，不得行义"四句则是《外传》卷六"田常弑简公"章石他自杀前所言的翻版，其云："生乱世，不得正

---

①　《毛诗正义》卷一《汝坟》郑玄注，载《十三经注疏》，第282页。
②　马持盈：《诗经今注今译·周南·汝坟》，台湾 商务印书馆1979年版，第15页。
③　袁梅：《诗经译注·周南·汝坟》，济南 齐鲁书社1985年版，第95页。

行，劫乎暴人，不得全义。”两者何其相似乃尔。故屈守元先生指出：
《列女传》记周南大夫妻事所言“正用此文”①。至于将诗之内容化作平
素“所与大夫之言”，又转而向“其邻人”陈述，如此拐弯抹角，费尽造
作心机，更是作者以意为之的明证，与原诗全无干系。全文就是作者由对
诗意的一种理解引发而生的艺术想象，自然就是有意虚拟的小说创作。

　　无独有偶，《贞顺传》之《召南申女》与《周南之妻》恰相对应。
其文云：

　　　　召南申女者，申人之女也。既许嫁于丰，夫家礼不备而欲
迎。女与其人言：“以为夫妇者人伦之始也，不可不正。《传》
曰：‘正其本则万物理，失之毫厘，差之千里。’是以本立而道
生，源治而流清，故嫁娶者所以传重承业，继续先祖，为宗庙主
也。夫家轻礼违制，不可以行。”遂不肯往。夫家讼之于理，致
之于狱，女终以一物不具，一礼不备，守节持义，必死不往，而
作诗曰：“虽速我狱，室家不足。”

本传或从《韩诗外传》卷一所引《传》文对《召南·行露》的解说构想
出来的人物和场景。《外传》其文云：“《传》曰：《行露》之人许嫁矣，
然未往也。见一物不具，一礼不备，守节贞理，守死不往。君子以为得妇
道之宜，故举而传之，扬而歌之。以绝无道之求，防汗道之行乎？《诗》
曰：‘虽速我狱，亦不尔从。’”然而，《行露》与《外传》引文均未言及
人物的国度或地域，本传“申人之女”“许嫁于丰”云云均属妄臆与虚
拟。如果说由于“文王受命作邑于丰（酆），乃分岐邦周召之地为周公
旦、召公奭之彩地”②，便将《召南》诗中人物与酆邑随意联系起来，那

---

① 屈守元：《韩诗外传笺疏》卷六，成都 巴蜀书社1996年版，第536页。
② 郑玄：《毛诗谱·周南召南谱》，见《毛诗注疏》卷首，载“文渊阁四库全书”，
　　第69册第54页。

么，与远离周召之地（古雍州境内，今陕西岐山县）的申国（河南南阳附近）的联系就全然无迹可求。实际上，两者都是作者的主观臆造，并无根据。此其一。其二，关于"室家不足"的理解，古今《诗》注多有不同①。这且不论。即便按《外传》引文那种理解，也并没有"女与其人言"一段文字，这些话语全是作者有意添加的虚造之辞，其中"《传》曰"等语出自《礼记》（卷三），也不会是民女的引用。"本立而道生，源治而流清，故嫁娶者所以传重承业，继续先祖，为宗庙主也"等议论更非民女所能道。它们都是为填补《行露》的诗意空白而虚拟的言词。其三，谓女"作诗曰：'虽速我狱，室家不足'"。这就把人物当成诗人。其实，该女并未作诗，而是"诗人假其事而为之辞耳"②，谓女"作诗"，亦属虚拟。一篇短作，三处虚拟，自然不是史传，也非诗的本事，而是小说作品。

《母仪传·齐女傅母》写傅母作诗戒卫庄公夫人事。夫人庄姜初嫁至卫，"操行衰惰，有冶容之行，淫泆之心"。傅母见她"妇道不正"，乃喻之曰："子之家，世世尊荣，当为民法则。子之质，聪达于事，当为人表式。仪貌壮丽，不可不自修整，衣锦絅裳，饰在舆马，是不贵德也。"乃作诗曰："硕人其颀，衣锦絅衣。齐侯之子，卫侯之妻，东宫之妹，邢侯之姨，谭公维私。"以高节"砥厉"其心，"女遂感而自修。君子善傅母之防未然也。"此傅母所作诗句出自《卫风·硕人》。受本传影响，明何楷所撰《诗经世本古义》亦谓《硕人》"卫傅母作也。庄姜始嫁至卫，先容后礼，傅母作此以励之。"③并引述此传全文为其所本。而据《左传》隐公三年所记："卫庄公娶于齐东宫得臣之妹，曰庄姜，美而无子，卫人

① 所见多部今注没有解作"聘礼不足"者，古解除《韩诗外传》，《毛诗》郑玄注有"礼不足而强来（求）"之语，朱熹《诗经集传》明确解作"求为室家之礼，初未尝备。"
② 孔颖达：《毛诗正义》卷二，第288页。
③ 何楷《诗经世本古义》卷十九上，清嘉庆24年（1819）溪邑文林堂谢氏刊本。

所为赋《硕人》也。"全诗均为赞美庄姜之词，赞其体貌颀美，家世高贵，衣饰华丽，是卫君的佳配。故今之学者大都认为该诗是卫人"赞美卫庄公夫人庄姜之诗"①，抒写"美人"庄姜"初嫁到卫国来的那天给了卫国人的一个深刻印象"②。通篇无本传所称"操行衰惰""妇道不正"之义。左隐三年与四年还记述了庄姜以戴妫所生桓公为子，而卫庄王嬖爱公子州吁之母，遂使州吁"有宠而好兵"，最后"弑桓公而立"等事。《毛诗》卷五《硕人》据此序云："闵庄姜也。庄公惑于嬖妾，使骄上僭，庄姜贤而不答，终以无子，国人闵而忧之。"宋人对此作了更为明白的阐释。李樗说："夫以庄姜容貌之饰、车服之盛、颜色之美，宜其见答，乃不见答，此诗所以闵之也。"黄櫄说："此篇特盛言庄姜之美如此，族系之贵如此，衣服之盛如此，宜为国君之配，而乃至于失夫人之位，此国人所以伤之也。"③古人这种见解与上述今人之说并不抵牾。古人是在探求《硕人》的创作动机：由于悯伤庄姜的不幸遭际，着意摹写她初嫁至卫时给人留下的种种美貌与高贵的印象，从而指出一些有史可据或能存在的"言外之意"。而本传不仅全无根据，还将诗中的一段从全诗中析出，以为这显示高贵身份的几句是傅母所作，却不说那些赞赏庄姜之美和服饰之盛的三段是否也是傅母之作，如果"巧笑倩兮，美目盼兮"之类的诗句也是傅母之作，岂不与她以高节"砥厉"庄姜的意图大相悖逆？全诗是意象统一的整体，诗的作者更不能随意指派，胡乱拼凑。本传的立意与抒写都是出自作者的想象和臆造，《硕人》中的诗句只是点燃其构思的一个火种，作品的形象与原诗的庄姜并无内在的关联，是作者虚拟的小说人物。王应麟谓其"盖鲁诗"④，则本传或依鲁诗之解杜撰的小说。

---

① 见马持盈《诗经今注今译》，第 85 页；程俊英《诗经译注》，上海古籍出版社 1985 年版，第 105 页。
② 余冠英：《诗经选译》，北京 人民文学出版社 1958 年版，第 55 页。
③ （宋）李樗、黄櫄：《毛诗黄李集解》卷七，载《文渊阁四库全书》，第 71 册第 166、167 页。
④ 王应麟：《诗考·后叙》，南京盋山精舍 1935 年石印本。

《仁智传·许穆夫人》称夫人是卫懿公之女。"初，许求之，齐亦求之。懿公将与许。"女通过傅母而言曰："许小而远，齐大而近。若今之世，强者为雄。如使边境有寇戎之事，维是四方之故，赴告大国，妾在，不犹愈乎？今舍近而就远，离大而附小，一旦有车驰之难，孰可与虑社稷？"卫侯不听，嫁为许穆夫人。"其后翟人攻卫，大破之，而许不能救。卫侯遂奔走，涉河而南，至楚丘。齐桓往而存之，遂城楚丘而居。卫侯于是悔不用其言。当败之时，许夫人驰驱而吊唁卫侯，因疾之，而作诗曰：'载驰载驰，归唁卫侯，驱马悠悠，言至于漕。大夫跋涉，我心则忧。既不我嘉，不能旋反。视而不臧，我思不远。'君子善其慈惠而远识也。"本传是作者体悟《载驰》诗意，张大许穆夫人远见卓识之作。《左传》滑公二年载，"狄人伐卫"，战于荥泽，"卫师败绩，遂灭卫"，即杀懿公。后得宋之助，卫"立戴公以卢（庐）于曹。许穆夫人赋《载驰》。"从这记述来看，《载驰》确为许穆夫人之作。诗中"归唁卫侯"之语，就是慰问刚被立为卫君的戴公。又据《左传》，"齐人使昭伯烝于宣姜，不可，强之。生齐子、戴公、文公、宋桓夫人、许穆夫人"①。昭伯是公子伋之弟，与惠公是异母兄弟，懿公是惠公之子，许穆夫人非但不是懿公之女，且是懿公的同辈。她既非诸侯君主之女，也就不会虑及嫁齐嫁许利于救国的问题，更不会于许嫁之前对懿公讲那番话。那是作者把她想象成懿公之女虚构出来的，以显示她见地高远。这虽与《载驰》诗意无关，却可能是从"控于大邦，谁因谁极"之类向往大国援救的诗句联想、生发而出。其时正当齐桓公开创霸业，"大邦"首先就是齐国。由于戴公卒于元年，其弟文公又早投奔于齐，齐桓公"乃率诸侯伐翟，为卫筑楚丘，立戴公弟燬为卫君，是为文公"②。这种情况也易使作者产生当初将许穆夫人嫁齐的幻想，从而化作夫人的远见。将作品与《诗经》《左传》《史记》比

①《春秋左传正义》卷十一，载书同前，第1788页。
②《史记》卷三十七《卫康叔世家》，第1594页。

较来看，作者的虚构路径就相当清楚。又者，作品本文表明，作者对齐桓存卫的史迹是了解的，却特意回避"涉河而南"的是戴公，"城楚丘而居"的是文公，而笼统地写作早已被翟杀死的懿公，以便在败退之后再写出"卫侯于是悔不用其言"之语，从而突出许穆夫人的形象，把"归唁"戴公的《载驰》改作"归唁"懿公也顾不得了。作者从事文学造作的自觉性由此可见一斑。作品也就远离历史，成为蓄意造作的小说。

《贞顺传·卫宣夫人》写未婚即寡的卫君夫人。齐女嫁于卫，"至城门而卫君死"。她不听保母劝阻，竟入卫城，"持三年之丧毕，弟立"，要娶这位兄嫂，女不肯从。卫君又"使人愬于齐兄弟，齐兄弟皆欲与君，使人告女，女终不听。乃作诗曰：'我心匪石，不可转也。我心匪席，不可卷也。'""君子美其贞一，故举而列之于《诗》也。"据《左传》和《史记》，卫宣公虽有两个夫人都是齐女——夷姜和宣姜，但都为他生过子，不是望门寡。宣公死后，由宣姜所生的惠公朔承继君位。凡此均与本传不合。又如顾广圻所说："卫宣夫人乃《孽嬖传》所谓卫宣公姜也"，自然不会又入《贞顺传》，所以"宣"字肯定有误。顾氏以为"戴夫人近之"①。这是因为戴公死后，其弟文公立，兄终弟及，合于本传。但何以误为宣公，则不可解。笔者以为，宣公应是桓公之误。卫桓公是庄公长子，宣公之兄，即位十六年，被"好兵"的异母弟州吁所弑。州吁自立为君，次年即被卫臣石碏与陈合谋杀死，"迎桓公弟晋于邢而立之，是为宣公"②。这种情况与"三年之丧毕，弟立"之后求婚相符。而桓公被弑，死得突然，有可能造成"至城门而卫君死"的情势突变。而所立之弟正是宣公，所以将桓公误作宣公。又据史书，卫宣公"烝于夷姜，生子急（《诗经》作伋）"，后为急"娶于齐，而美，公取之"，而"夷姜缢"③。

---

① 顾广圻：《列女传考证》。
② 《史记》卷三十七《卫康叔世家》，第1592页；并参见《十二诸侯年表》第544、551页。
③ 《春秋左传正义》卷七，载书同前，第1758页。

这位卫君乃是上烝庶母夷姜，下娶子妇宣姜的荒淫无耻之徒，新立而求娶寡嫂者舍他其谁？如果这位齐女并非虚造，则这个判断或不为无理。那么，从作品开头至"女终不听"，都有可能实有其事，只是误"桓"为"宣"而已。但这只是推断，并无史据。至于齐女作诗云云，则全属移花接木的虚造。其诗乃《邶风·柏舟》中的四句，诗中抒写一位意志坚定的贤者遭到"群小"谗侮"不能奋飞"的烦恼。全诗五章，章六句，开首即云："泛彼柏舟，以泛其流。耿耿不寐，如有隐忧。微我无酒，以遨以游。"何楷议曰："章首即言饮酒遨游，此岂妇人之事？"① 此问颇有道理。本传将表现贤者意志坚定的四句移为齐女之作，断章取义，乃是表现人物的需要，即使实有其人，此种内容也是出自想象和虚构，从而把作品变成小说。而卫君"使人愬于齐兄弟，齐兄弟皆欲与君，使人告女"云云，很像是从诗中"亦有兄弟，不可以据，薄言往愬，逢彼之怒"等语翻出来的。若然，全局统为虚拟也是很有可能的。何楷又说，《诗》之《柏舟》，"韩婴以为卫宣姜自警所作"，若然，本传则又可能是依《韩诗》创造的形象，其人即便实有（误"桓"为"宣"），全文也是蓄意造作的虚实相间的小说作品。

《贞顺传·蔡人之妻》云：

> 蔡人之妻者，宋人之女也。既嫁于蔡，而夫有恶疾。其母将改嫁之，女曰："夫之不幸乃妾之不幸也。奈何去之？适人之道，一与之醮，终身不改。不幸遇恶疾，不改其意。且夫采采芣苢之草，虽其臭恶，犹始于将采之，终于怀撷之，浸以益亲，况于夫妇之道乎？彼无大故，又不遣妾，何以得去？"终不听其母，乃作《芣苢》之诗。君子曰："宋女之意，甚贞而一也。"

---

① 何楷：《诗经世本古义》卷十五。

《周南·芣苢》是一首内容单纯的劳动歌谣，是妇女采车前子（芣苢）所唱的歌，别无寓意。清方玉润说得甚是剀切："读者试平心静气涵泳（咏）此诗，恍听田家妇女，三三五五，于平原绣野，风和日丽中，群歌互答，余音袅袅，若远若近，忽断忽续，不知其情之何以移，而神之何以旷，则此诗可不必细绎而自得其妙焉。"① 今人袁梅也说："这只歌具有浓厚的民间口头文学特色"，"描绘了一幅真切动人的劳动画图。使听了或读了之后恍如身临其境，见到三五成群的劳动妇女，在野外边劳动边歌唱的情景，深受感染。"② 古人还有歌唱和平之说，和平又有"天下和平"与"家室和平"之不同，而所表达的诗意还是相类与相通。便是谓妇女"乐有子之意"，虽有穿凿之嫌，也较容易理解。唯此《列女传》所倡蔡妻伤夫恶疾之说，令人诧异，与诗作欢快的基调极不和谐。此说何所从出？《文选》所载刘孝标《辨命论》有"冉耕歌其芣苢"之句，李善注曰："《韩诗》曰：'采苢，伤夫有恶疾也。'《诗》曰：'采采芣苢，薄言采之。'薛君曰：'芣苢……臭恶之菜，诗人伤其君子有恶疾，人道不通，求已不得，发愤而作。以事兴芣苢，虽臭恶乎，我犹采采而不已者，以兴君子虽有恶疾，我犹守而不离去也。'"③ 这说明本传之说采自《韩诗》。据《旧唐书·经籍志》，唐时《韩诗》尚存二十卷，李善自然能看到其说，故而言之。薛君即薛夏，字宣声，汉末与三国时人，"博学多才，善属文"。"曹丕嘉其才，黄初中迁秘书丞，丕每与夏推论书传，不斥其名，谓之夏君"④。值得注意的是，夏君与李善均未提及《列女传》，这应表明，薛夏对《芣苢》的解说并非如明代何楷《诗经世本古义》之论据《列女传》，而是根据当时尚存的《韩诗》，其解说与《列女传》又甚为

---

① （清）方玉润：《诗经原始》卷一，1914 年云南图书馆刊本。
② 袁梅：《诗经译注·周南·芣苢》，第 91 页。
③ 《文选》卷五十四刘孝标《辨命论》李善注，北京 中华书局 1977 年版，第 748 页。此中薛言"采采而不已"，将"采采"作动词用，而原诗"采采"为状词，状"芣苢之盛"（参见《皓首学术随笔·吴小如卷·诗三百篇臆札》。）
④ （元）郝经：《续后汉书》卷六十六上，清道光 21 年（1841）上海郁氏刊本。

相似。因此，我们有理由认为，两者都出自《韩诗》，只是《列女传》将《韩诗》的一般解说具体化为特定人物在特定情况下的特定言语与行动而已。而这种形象的具体化，只有用自觉虚构的手段才能创造出来。宋女与母的言行都是这种虚构的创造物，从而也就将对诗的解说变成了小说。如果进一步探寻《韩诗》作此解说的来由，则刘孝标之谓"冉耕歌其《芣苢》"传递了重要信息。冉耕字伯牛，仲尼弟子，"有德行"而"有恶疾"①，《论语》还为孔子前去探望"自牖执手"作了记录。其歌《芣苢》，应如何楷所说："盖相传旧（久）矣"②，所以《文选》才有此记。韩婴或从这一传说中受到启发，将《芣苢》与恶疾联系起来，引申开去，造成"伤夫有恶疾"的今文诗说。这种情况产生于强化了儒家各种封建教条的汉代，不足为怪。它使本来就有种种虚造的《蔡人之妻》虚上加虚，成为全然虚构的小说作品。

《贞顺传·黎庄夫人》谓此夫人乃卫侯之女，嫁黎庄公。"既往而不同欲，所务者异，未尝得见，甚不得意。"傅母"怜其失意"，谓夫人曰："夫妇之道，有义则合，无义则去，今不得意，何不去乎？"乃作诗曰："式微式微，胡不归？"夫人曰："妇人之道，一而已矣。彼虽不吾以，吾何可以离于妇道乎？"乃作诗曰："微君之故，胡为乎中露？"黎庄夫人终不违妇道，"君子故序之以编《诗》"。《式微》只有两段。前段已被本传录出，只是分由两人而作。后段将前段只易三字："微君之躬，胡为乎泥中？"笔者所见之古今《诗》注对《式微》的解说可概括为两种，一谓"黎侯为狄人所逐，弃其国而寄于卫"③，随亡之臣作此诗，劝其归国；二是为君主或官府服役的百姓所歌，抒发胸中的愤懑。古代《诗》注自《毛诗》多持前说；现代学者多持后说。后说似合于情理；前说涉及史事，难于考实。然左襄二十九年（前545）记鲁襄公在楚逗留五个月后于

---

① 《史记》卷六十九《仲尼弟子列传》，第2189页。
② 何楷：《诗经世本古义》卷八。
③ 《毛诗正义》卷二《式微》郑玄注，载《十三经注疏》，第305页。

四月返还，"及方城"，季武子以"守卞者将叛"为由夺取了卞邑，并遣其大夫公冶向襄公报告，襄公心怀畏惧，"欲无人"鲁，"荣成伯赋《式微》，乃归。"春秋时期的诸侯、大夫对《式微》的诗意应有他们自己的理解，不受后来注家的影响。鲁大夫荣成伯在襄公怀疑国内生变不欲回鲁之时，赋此《式微》，遂使襄公决然回国。这只有谏君勿客居异国的前一种理解，才有这样的思想力量。第二种理解则与此情此境全不相及。由此可见，前一种解说才切近其诗的原意。据《左传》，黎侯为狄所逐和因晋而复国均在鲁宣十五年（前594），下距襄公二十九年仅五十一年，诸侯们还没有忘却黎侯的教训，故闻《式微》如当头棒喝，襄公乃可立即警醒。回头再看《黎庄夫人》，把《式微》中的两句诗析为傅母与夫人两人所作已属穿凿附会，而显示的思想内容则是热衷宣扬"从一而终"的儒学妇道，与原诗之意大相径庭。傅母教唆夫人与为诸侯的丈夫离异亦属悖理之事。有趣的是，人物仍未出黎与卫，不知鲁宣十五年逃到卫国的是否庄公，如果是这位快婿，哪里还有脸面赖在卫国不走？反言之，既有兴致长寄卫侯篱下，乐而忘返，他就绝不至于那样慢待其女——黎庄夫人。当然，黎庄之事已不可考，不便推论。而从上面的论述也足证傅母与夫人作诗之虚。如果只是一种解说，无论确当与否，都与小说不相干。将这种理解编为故事，造成人物与生活图画，就成了虚构的艺术造作，也就是地道的小说了。

五、效法别文的仿改之作

《列女传》中还有几篇效法、变改别文写成的仿改小说，突出之例是《节义传》的《周主忠妾》，《辩通传》的《齐女徐吾》《晋弓工妻》和《母仪传》的《齐田稷母》。

《周主忠妾》写周大夫滕婢事迹。大夫号主父，"自卫仕于周，二年且归"。其妻"淫于邻人"，邻人恐主父发觉，"忧之。"主父妻曰："无忧也。吾为毒酒，封以待之矣。"主父归，妻遂"使媵婢取酒而进之"。媵婢心知其酒有毒，"计念进之则杀主父，不义；言之又杀主母，不忠。犹豫，因阳僵覆酒。"主父"大怒而笞之"。事后，主母恐婢泄露，"因以他过笞欲杀之"。婢知将死，而终不言。"主父弟闻其事，具以告主父。主父惊，乃免媵婢而笞杀其妻"。后使人阴问婢"何以不言"，婢曰："杀主以自生，又有辱主之名。吾死则死耳，岂言之哉。"主父"高其义，贵其意，将纳以为妻"，被婢拒绝，至欲自杀，"乃厚币而嫁之"。再看《战国策》燕策一《人有恶苏秦于燕王者》的相关记述：

> 燕王曰："夫忠信，又何罪之有也？"（苏秦）对曰："足下不知也。臣邻家有远为吏者，其妻私人。其夫且归，其私之者忧之。其妻曰：'公勿忧也，吾已为药酒以待之矣。'后二日，夫至。妻使妾奉卮酒进之。妾知其药酒，进之则杀主父，言之则逐主母，乃阳僵弃酒。主父大怒而笞之。故妾一僵而弃酒，上以活主父，下以存主母也。忠至如此，然不免于笞，此以忠信得罪者也。臣之事，适不幸而有类妾之弃酒也……"

《史记》卷六十九《苏秦列传》所记与此大同。显而易见，本传系由苏秦所举的比喻性事例仿改、生发、再虚构而成。由于苏秦自称周人，作者就让其邻居"仕周"，并把吏提升为大夫，将妾对他的称谓"主父"用作名号。更多的生发在弃酒被笞之后，让"主父弟闻其事"，以告主父，笞死其妻，为媵婢昭雪。从而颠覆了原作被纵横家用作比喻的寓言性，成了一篇宣扬善恶有报的小说作品。然而，随意性的虚构常常顾此而失彼，由于把"阳僵弃酒"的媵婢写成宁死"终不言"的贵义之人，厄主父弟也就无从"闻其事"。这一无可辩驳的疏漏，使作品陷于矛盾与悖理，也同时显出以意虚拟的小说之弊。

　　《齐女徐吾》写齐东海上一个名叫徐吾的贫妇人。她与邻妇李吾等

"会烛，相从夜绩"。徐吾最贫，"而烛数不属"。李吾谓同伴曰："徐吾烛数不属，请无与夜也。"徐吾曰："是何言与？妾以贫烛不属之故，起常先，息常后，洒扫陈席，以待来者。自与蔽薄，坐常处下。凡为贫烛不属故也。夫一室之中，益一人烛不为暗，损一人烛不为明，何爱东壁之余光，不使贫妾得蒙见哀之恩，长为妾役之事？使诸君常有惠施于妾，不亦可乎？"李吾无言以对，遂复夜绩如初。君子曰："妇人以辞不见弃于邻，则辞安可以已乎哉？"这篇作品是由《战国策·秦策二》甘茂与苏代的几句谈话生发、衍变出来的。且看原文：

> 甘茂亡秦且之齐，出关遇苏子，曰："君闻夫江上之处女乎？"苏子曰："不闻。"曰："夫江上之处女，有家贫而无烛者。处女相与语，欲去之。家贫无烛者将去矣，谓处女曰：'妾以无烛，故常先至，扫室布席；何爱余明之照四壁者？幸以赐妾，何妨于处女？妾自以有益于处女，何为去我？'处女相语以为然，遂留之。今臣不肖，弃逐于秦而出关，愿为足下扫室布席，幸无我逐也。"苏子曰："善。请重公于齐。"

刘知几对《列女传》以上两章批评说："战国之时，游说之士寓言设理，以相比兴。及向之著书也，乃用苏氏（与甘氏）之说为二妇人立传，定其邦国，加其姓氏，以彼乌有，特为指实，何其妄哉。"[①] 刘氏这是就史而论，自有道理。倘从小说创作来看，两者则是将虚设的人事改造为"指实"的小说形象，不无可取。

《晋弓工妻》写晋平公造弓故事。平公使弓人为弓，"三年乃成，平公引弓而射，不穿一札"。公怒，欲杀弓人。弓人之妻谒君，先讲公刘、秦穆公、楚庄王的仁德事迹，又讲帝尧如何重视劳动者，然后说："今妾

---

① 刘知几：《史通》卷十八，第148页。

之夫治造此弓，其为之亦劳。其干生于泰山之阿，一日三睹阴，三睹阳。傅以燕牛之角，缠以荆麋之筋，糊以河南之胶。此四者，皆天下之妙选也。而反欲杀妾之夫，不亦谬乎？妾闻射之道，左手如拒，右手如附枝，右手发之，左手不知。此盖射之道也。"平公依其言而射，穿七札。弓人"立得出，而赐金三镒。"这故事虚构得极不合理，一望可知是蓄意的造作：造弓何用三年？平公不会用弓，自有善弓的武士，何不试之？教晋君射箭自有武士和弓人，何须弓人之妻？诸如此类，不一而足。放入本文第一题下（悖理之作）也颇合适。但它实际是《韩诗外传》（卷八）一篇的改作。原作写齐景公使人为弓，也是"三年而成"，得弓而射，"不穿三札"，便欲杀弓人。也是弓人之妻见景公说，此弓是以"泰山之南乌号之柘、騂牛之角、荆麋之筋、河鱼之胶"等"练材"制成，"不宜穿札之少如此"，便教以"射之道"，景公依法射之，乃"穿七札"，弓人"立出"。本传的情节与《外传》此文几乎全同。除将齐景公改为昏庸更甚的晋平公，最大的改造就是添加了弓人之妻讲论帝尧、公刘和春秋两霸的贤明事迹，以警平公，而这也更显出本传是熟悉经典的读书人改作。其为仿改小说无疑。

《齐田稷母》载，田稷相齐三年，"受下吏之贷金百镒，以遗其母。"母问："安所得此"？对曰："诚受之于下。"其母乃大讲为士要"修身洁行"、忠君孝亲之道，多达约一百五十言，后命"子起"。田稷"反其金"，向宣王谢罪，"请就诛焉"。宣王大赏其母，并"舍稷子之罪，复其相位，而以公金赐母"。本传是增改《韩诗外传》（卷九）下文而成：

　　　田子为相，三年归休，得金百镒，奉其母。母曰："子安得此金？"对曰："所有俸禄也。"母曰："为相三年不食乎？治官如此，非吾所欲也。孝子之事亲也，尽力致诚，不义之物不入于馆。为人子不可不孝也。子其去之。"田子愧惭，走出，造朝还金，退请就狱。王贤其母，说（悦）其义，即舍田子罪，令复为相，以金赐其母。

《外传》此章的人物有姓无名，也无时代，虽也不像写实，却不便定其真伪。本传将田子改为田稷，又指明宣王，是企图将模糊的记述变成特定的史迹。由于古代重实重史，小说常以真姓名写虚幻事，前面多首一般诗作都被赋予具体人事，就是明证。本篇也是有意将未定人事改造为特定人事之例，同时也就将不知虚实的原作变成地道虚造的小说。加上田母的大段说教，更强化、突出了主人公的形象，也更增添了虚造的小说成分。至于其他细节的改动，于作品的文体无甚关联。战国之田齐，田姓为相者多人，不闻田稷其人，或为田忌之讹。田忌是否曾为齐相，《战国策》两处记述互相抵牾①。但这也并不关乎文体，田忌受赂百镒之事绝为子虚，只是作者用其真名以便取信于人罢了。

《贤明传·齐桓卫姬》写卫姬以察言观色解卫被伐之难。齐桓公"行伯道，诸侯皆朝，而卫独不至"。桓公乃与管仲谋伐卫。罢朝入室，卫姬望见桓公，即"脱簪珥，解佩环"，下堂再拜曰："愿请卫之罪。"桓公曰："吾与卫无故，姬何请也?"卫姬曰："妾闻之，人君有三色：显然喜乐，容貌淫乐者，钟鼓酒食之色；寂然清静，意气沉抑者，丧祸之色；忿然充满，手足矜动者，攻伐之色。今妾望君，举趾高，色厉音扬，意在卫也。是以请也。"桓公遂许以不伐。明日临朝，管仲进曰："君之莅朝也，恭而气下，言则徐，无伐国之志，是释卫也。"桓公曰："善。"乃立卫姬为夫人，号管仲为仲父，曰："夫人治内，管仲治外，寡人虽愚，足以立于世矣。"此篇源出《吕氏春秋·精谕》，内容大同而小异。其不同点之一就是《吕》文无"人君有三色"那段文字，只有"妾望君之入也，足高气疆（强），有伐国之志也；见妾而有动色，伐卫也"等语。正是这个

---

① 《战国策·齐一》有《成侯邹忌为齐相》章，谓"田忌为将"；后田忌被成侯排挤而"亡齐之楚"，又云"邹忌代为相。"鲍彪于此记曰："前云邹忌为相，田忌为将。田忌走，此云'代为相'。恐有差误。"

分别让向宗鲁先生看出本传"即东郭牙事，傅之卫姬耳"①。东郭牙事载于多书，在《列女传》之前就有《吕氏春秋》卷十八《重言》、《韩诗外传》卷四、《管子》卷十六《小问》（作东郭邮），以及《说苑》卷十三《权谋》（作东郭垂）等。相关文字切近本传者当数《吕》文："桓公与管仲谋伐莒。谋未发，而闻于国，桓公怪之。"管仲以为"国必有圣人"，便问其时当役的东郭牙："子耶，言伐莒者？"对曰："然。"并说"小人善意。"管仲曰："我不言伐莒，子何以意之？"对曰："臣闻君子有三色：显然喜乐者，钟鼓之色也；湫然清静者，衰绖之色也；艴然充盈手足矜者，兵革之色也。日者臣望见君子在台上也，艴然充盈手足矜者，此兵革之事也。君呿而不唫，所言者莒也；君举臂而指，所当者莒也。臣窃以虑，诸侯之不服者，其惟莒乎？臣故言之。"此与本传不仅意象结构相类，"三色"的绝似亦非巧合，足见本传是仿改《吕》文所写卫姬与东郭牙两篇而成。如果说东郭牙结合口形和手势测度管仲之意还有几分可信的话，卫姬全凭察看"三色"猜想桓公伐卫之意就过于玄虚，只能作小说观。与此同理，《吕》文的卫姬故事也是难于取信的小说，亦或仿拟东郭牙事而作，只是未用其"三色"而已。又者，据左僖十七年载，"齐侯之夫人三：王姬、徐嬴、蔡姬"，"内嬖如夫人者六"，两个卫姬都是如夫人。小说自然可以将如夫人升为夫人，但也更显出其为小说。

《列女传》中还有多篇思想相同、意象结构也极为相似的作品。《贤明传》的《楚接舆妻》《楚老莱妻》《楚于陵妻》就是以相似的意象表达同一思想之作，仿效之迹依稀可见。其中楚接舆妻的故事产生较早，见于西汉前期的《韩诗外传》（卷二）。《贤明传》此篇仿改《外传》，又有发展。楚狂接舆"躬耕以为食"，楚王遣使者"持金百镒、车二驷往聘"他治理淮南，接舆"不应"。妻从市上回来，见门外车迹，就谴责他"老而遗之"。接舆告她楚王来聘，并诳说"我许之矣"。妻曰："义士非礼不

动，不为贫而易操，不为贱而改行……若受人重禄，乘人坚良，食人肥鲜，而将何以待之？"接舆曰："吾不许也"。妻曰："君使不从，非忠也。从之又违，非义也。不如去之。"于是"夫负釜甑，妻戴纴器，变名易姓而远徙，莫知所之。"这里不仅改《外传》的"治河南"为"治淮南"，更增添了接舆诳妻的戏剧性情节，为其妻大发议论开出地步，从而更突出了女主人公。不过，《外传》该篇所写也并非史实。有关接舆的可信记载大概只有《论语·微子》那段文字，那位"狂歌笑孔丘"又不与仲尼交谈的歌者，既是"楚狂"，又是隐士与高人，但对他的生活和妻室，只字未提。《外传》描述的楚使来聘、夫妻逃匿的情景显然也是出于虚拟和想当然。倘若寻其前面可资借鉴与模仿之作，则有《庄子·秋水》写的楚使聘庄周于濮水和《让王》中的列子辞粟故事。前者是篇微型寓意小说。后者或有其事：列子穷有饥色，有客言于郑子阳，谓其"不好士乎？"子阳"即令官遗之粟"，列子"再拜而辞"。下面又写其妻的怨言："妾闻为有道者之妻子，皆得佚乐。今有饥色，君过而遗先生食，先生不受。岂不命耶？"此女颇有世俗气和现实性，只要反其意而用之，也就成了接舆之妻。

有《楚接舆妻》出现在前，写《楚老莱妻》便是轻车熟路。老莱子夫妻逃世于山中，自耕而食，自织而衣。楚王得知其贤，便亲自来请他出山为政。老莱推辞不过，便应声曰"诺"。王走后，其妻采薪回来，问"何车迹之众也？"老莱说明原委，妻曰："妾闻之，可食以酒肉者可随以鞭捶，可授以官禄者可随以鈇钺。今先生食人酒肉，受人官禄，为人所制矣。"谓自己"不能为人所制"，遂"投其畚菜而去"，至江南而止。老莱乃随妻而居之。"民从而家者，一年成落，三年成聚。"老莱子在《庄子·外物》中是教孔子遗形去知、尧桀两忘的道家学者。《战国策》记曰："公不闻老莱子之教孔子事君乎？示之其齿之坚也，六十而尽相靡也。"①

---

① 《战国策》卷十七《楚四·或谓黄齐》，第562页。

《史记》也说楚老莱子为"孔子之所严事"者①。《大戴礼记》谓其为"贫而乐"者。《汉志·诸子略》载有《老莱子》十六篇，或为此人实有之证。后至赵岐注《孟子》则说他是"七十而慕，衣五彩之衣，为婴儿匍匐于父母前"的老孝子②。先秦与两汉这些相关典籍均未言及楚王之请和其妻之逃，在笔者所见文献中，言此事迹者以本传为早，且与《楚接舆妻》的思想、意象大致相同而略有变化：来请老莱子的不是使者，是楚王自己；老莱许王出山不是诳妻，而是实情。这虽将妻的形象拔高了，却把老莱子的形象压低了，有悖其它文献的记述。从这方面看，也是无根的虚造。当然，《庄子》《国策》的记述亦非实有，《史记》之记、《汉书》之注也未必尽实，但都不违逆其安贫乐道的形象与人格。《列女传》此篇则决为子虚，是仿照前篇虚构的小说。后世多种史书作史实引述、生发，则是谬而流传了。

《楚于陵妻》只着力写一个情节，即陈仲子妻拒绝楚聘仲子为相事。楚王"闻于陵子终贤，欲以为相，使使者持金百镒往迎聘之"。子终问妻："今日为相，明日结驷连骑，食方丈于前，可乎？"妻曰："夫子织屦以为食，非与物无治也。左琴右书，乐亦在其中矣。夫结驷连骑，所安不过容膝；食方丈于前，甘不过一肉。今以容膝之安，一肉之味，而怀楚国之忧，其可乐乎？乱世多害，妾恐先生之不保命也。"于是子终"谢使者而不许"，与妻"逃而为人灌园。"于陵子终即陈仲子，战国时齐人，于陵是其隐居之地。据《孟子》记述，陈仲子出于齐之世家，"兄戴盖禄万钟"，仲子"以兄之禄为不义而不食"，"避兄离母处于于陵"，穷困以至"三日不食"③。孟子与仲子同时人，所记当近于实。这种极端洁身自好之

---

① 《史记》卷六十七《仲尼弟子列传》，第2186页。
② 《孟子》卷九《万章章句上》赵岐注，第73页。《艺文类聚》卷二十引《列女传》曰："老莱子孝养二亲，行年七十，婴儿自娱，着五色采衣……"云云，今《列女传》无之。
③ 《孟子》卷六《滕文公章句下》，第54页。

人，在赵威后看来是"上不臣于王，下不治其家，中不索交诸侯"的"尤甩者"，以至问"为何至今不杀"①，怎么可能有君主聘他为相？仲子乃齐人，何称"楚于陵妻"？这是后人将齐之于陵（属济南郡）传为楚地，作者就将聘他为相的诸侯安为楚王。这种将错就错的构思也能说明作品内容纯属虚拟，是小说而非传记。又者，本篇楚王聘于陵为相，于陵妻慷慨陈词以拒之，与《韩诗外传》卷九所写楚王聘北郭先生为相，北郭妻慷慨陈词以拒之，绝相类似，两妻之言更如版印，本篇只是《外传》那篇小说的改头换面而已。

《贤明传·鲁黔娄妻》也是一篇仿拟之作。但其仿拟比较高明，不很显眼。前篇《柳下惠妻》写展禽死，门人来吊，其妻为夫作一篇诔文，颂其蒙耻惠民之德，末句为"夫子之谥，宜为'惠'兮"。本篇则写黔娄之死，曾子与门人来吊，见黔娄尸体"覆以布被，手足不尽敛，覆头则足见，覆足则头见"，曾子建议"斜引其被"，以敛头足。黔娄妻曰："斜而有余，不如正而不足也。先生以不斜之故，能致于此。生时不邪，死而邪之，非先生意也。"构想出如此意涵双关的对话颇具创意，在早期这类写人物的小说中甚是难得。而它也是虚拟之笔，因为真的曾子（或弟子们）会捐出大被覆这位贤人，不会讲"斜引其被"的话。下写曾子问："先生何谥？"妻曰："以'康'为谥"，并申述其由："昔先生君尝欲授之政，以为国相，辞而不为，是有余贵也。君尝赐之粟三十钟，先生辞而不受，是有余富也。彼先生者……不戚戚于贫贱，不忻忻于富贵，求仁而得仁，求义而得义，其谥为'康'，不亦宜乎？"这才显出仿拟之迹：由妻在弟子面前言夫之谥，颂夫之德，同前传《柳下惠妻》意象相似；君聘为相而不为，君赠其粟而不受，与老莱、于陵又何其雷同？可见它是仿拟以上诸作而有所发展、创新的小说作品。《汉志·诸子略》载《黔娄子》四篇，班固自注："齐隐士，守道不诎，威王下之"。如果此注不错，

---

① 《战国策》卷十一《齐王使使者问赵威后》，第418页。

则本传人物所处的时空也多有错位，不仅国别有差，曾子也不可能出现，至齐威王时，曾子墓木已拱，何得来吊黔娄，与其妻商酌谥号？现代新出校本径将曾子改作"鲁子"，大概就是出于这种缘故，而未虑及其文乃早期小说也。

结　语

以上考辨三十篇，连同以往辨过的五篇，计三十五篇。全书的小说当不止此。另有多篇，如《孙叔敖母》《楚江乙母》《柳下惠妻》《魏曲沃负》《赵津女娟》《楚成郑瞀》等，虽有历史人物，却难于考定其事的虚实。而像《楚野辩女》《鲁义姑姊》《梁节姑姊》《魏节义母》等篇，写的都是史书无名的一般百姓，只要合情尽理，更难辨其真伪。还有一些基本写实或大半写实之作。如《曹僖氏妻》，写重耳出亡至曹，曹共公无礼，观其骈胁，僖负羁听妻之言，善待重耳，后文公伐曹，令军无入僖负羁宫，凡此等事均如《左传》所记。但《左传》又载，魏犨与颠颉不服文公之令，烧了僖负羁宫，文公"杀颠颉以徇于师"[1]。而《列女传》为表现善得善报，匿去烧宫，改作"士民之扶老携幼而赴其闾者，门外若市。"这一结尾就改变了历史。另一篇《卫姑定姜》写四件事，后三件均与史合。第一件写送归寡居三年的儿媳——早夭太子之妇，作《燕燕》之诗，则属子虚乌有。据《左传》，卫定公太子即卫献公，即位执政多年，哪有早夭之说？大约也是从《韩诗》之谓"卫定姜归其娣送之而作"[2] 生发、虚构出来的。但篇幅不足全篇四分之一。本文也就未将它列入小说之列。在那小说创作还缺乏充分自觉的时代，这类多为史实偶有虚构之作并不稀见。

---

① 《春秋左传正义》卷十六，载书同前，第1824页。
② 王应麟：《诗考》卷一《韩诗》。

　　本文所说《列女传》各篇作者，并非泛指刘向，更非仅指刘向，首先是指某些原文作者。据刘向《别录》佚文称，"臣向与黄门侍郎歆所校《列女传》，种类相从为七篇"①，则刘向之于此书首先是校者和编者。但我们又不能仅以"校"和"编"理解刘向与《列女传》的关系。《汉志》载"刘向所序六十七篇"是包含《列女传》的。"序"字含义的模糊和用者的莫可奈何，笔者已在《〈新序〉与〈说苑〉之小说考辨》中做过解说，实在是由于刘向介乎撰者与编校者之间的缘故，难于定位。《隋志》以后的书目就都比照《汉志》另载"扬雄所序"《太玄》《法言》之例，将《列女传》等注为"刘向撰"了。如果说刘向同《新序》与《说苑》就是这样难于定位的关系，则对《列女传》的撰著成分有过之而无不及，甚至远过于前两者。《汉书·楚元王传》记曰："向睹俗弥奢淫，而赵、卫之属起微贱，逾礼制。向以为王教由内及外，自近者始。故采取《诗》《书》所载贤妃贞妇，兴国显家可法则，及孽嬖乱亡者，序次为《列女传》，凡八篇，以戒天子。"② 这与刘向所处的汉代现实及《列女传》状况甚相契合，当非虚语。传中反面女性只收后妃之"孽嬖"一种就是明证。但这只是产生《列女传》的一个方面因素，更重要也更根本的因素则是儒家为女性逐步确立的种种封建道德和伦理观念至汉代大为发展，广为明晰化和系统化。刘向在整理典籍的过程中，将能体现这些观念的重要事例集合起来，经过不同程度加工和再创造撰成此书。因此，除材料本身就有一部分虚拟之作（如《吕氏春秋·精谕》之卫姬、《韩诗外传》之齐弓工妻之类），刘向的虚构性创作成分也不可低估。研究者说："《列女传》虽也归类于史书，但它注重树立典型的女性形象，所以那种刻画、塑造的成分多于客观历史记录。"③ 就全书总体情况而言，此论比

---

① 徐坚等编《初学记》卷二十五注引刘向《别录》。
② 《汉书》卷三十六《楚元王传》，第 1957－1958 页。
③ （韩）朴英姬：《〈列女传〉的结构和意义》，载《东亚女性的起源》，北京 人民文学出版社 2005 年版，第 13 页。

较切合实际。书中不仅有《楚威虞姬》那样借助《史记》的个人造作可能出自刘向之笔；臆《诗》之作也应是今文诗派兴起后才出现的，作者也不能排除刘向；至于多位君主或国相娶奇丑之女为夫人则是警示帝廷荒淫误国的产物，编撰此书"以戒天子"的刘向更有可能是其作者。如此说来，刘向这位古文献大家又是中国早期小说的重要作家。

原载《中国典籍与文化论丛》第 11 辑

《列子》寓意文体辨析

引　言

东晋张湛所注的《列子》被当今与以往多位学者斥为伪书，言之凿凿。我这里还可做一点补充。其用语除前人指出的"儒生""方壶""蓬莱""瀛洲"，还有"礼教"（《杨朱》）、"不用介意"（《黄帝》）等，先秦典籍中似未尝见。某些集中而严整的骈偶与排比修辞，如"朕衣则裋褐，食则粢粝，居则蓬室，出则徒行；子衣则文锦，食则粱肉，居则连栅，出则结驷。在家熙然有弃朕之心，在朝谔然有敖（傲）朕之色。请谒不相及，遨游不同行"（《力命》）之类，亦不像先秦散文语言，更似向骈体过渡的华丽文字。不过，有关《列子》作伪的论证实例虽多，却都只能证明其局部之伪，迄今还无法证明全书都是魏晋人的伪造。这是因为：第一，《汉书·艺文志》道家类载《列子》八篇，张湛注的《列子》是否保有《汉志》旧篇？谁也无法断言，便是肯定其为伪书的学者对此"尚不能确实作答"①。第二，由于张湛对其所注《列子》既有不解，又有反驳，从而基本排除了注者自作的可能性。既非张湛作伪，张序所述

---

① 杨伯峻：《从汉语史的角度来鉴定中国古籍写作年代的一个实例——〈列子〉著述年代考》，载其《列子集释》附录，北京 中华书局 1979 年版，第 348 页。

《列子》系由三家书凑合而成就属可信①。这种凑合大大增加了真伪混杂的可能性。第三，《列子》全书135章，除去辨伪者指出的很大一部分出于《庄子》等魏晋以前之书（"辩诬"者则谓多属他书抄袭《列子》），还有大半不与现存的别书重复、雷同者。它们既可能是魏晋人的作伪，也可能出自先秦两汉已佚之书，还可能是《汉志》所载《列子》的旧篇，更可能是其中二者或三者兼而有之。由于《列子》真伪问题有其自身的复杂性，论辩至今还在继续②，辨伪与辩诬很难达到共识的结论。

本文研讨《列子》的文体，与真伪虽相关涉，却关系不大。便是伪书，仍有其不可忽视的文学价值。庄、列文章向来并称。柳宗元就说《列子》"文词类《庄子》"③，叶大庆也说"《列子》之书大要与《庄子》同"④。两书相类、相同之处非只一端，文体则是其重要方面。两者都以大量独立叙事之文造成种种妄诞意象，传示作者所持的道义和人生理念。虽也各有诸多论议之文，却与叙事多无统摄关系。《庄子》还有几篇将论议之文置诸篇首，或与其后的某些叙事寓意相关。《列子》八篇，篇首竟无一篇议论，从而使全书各章叙事大多充分独立。同一篇中的某些事类或相近似，也多属于归类性质，并不影响各成一体的独立性。全书叙事之文被当代和历代学者依传统观念统称为"寓言"，从而混同于现代之谓寓言文体。给人的印象，《庄子》和《列子》主要就是两部中国古代寓言集。实际完全不是这样。从现代文体观念来看，其中合于寓言者只是一小部分，更多的叙事则属别种寓意文学。笔者对《庄子》文体已有辨析。这里辨析《列子》中的寓意之文。

---

① （晋）张湛《列子序》称：其祖所录《列子》至永嘉乱后"唯余《杨朱》《说符》《目录》三卷"，后从刘正舆家得四卷，从王弼女婿赵季子家得六卷，"参校有无，始得全备"。

② 上世纪八十年代以来为《列子》辩诬的代表作有台北严灵峰《列子辩诬及其中心思想》、许抗生《〈列子〉考辨》、马达《〈列子〉真伪考辨》等。

③ 《柳河东集》卷四《辨列子》，北京 中华书局1960年版，第67页。

④ 叶大庆：《考古质疑》卷三，清同治十三年（1874）江西书局刊本。

一、寓言与寓意小品

《庄子》在虚诞之文兴起而尚无以名之的时代提出"寓言"这一概念，是对文体的新异创造。郭象注、成玄英疏、陆德明释文，均解"寓"为"寄"，即"寄之他人"。而所寄托的"他人"言行，皆属虚造，故寓言就是与纪实对应的虚构人事。《史记》谓庄子"著书十万余言，大抵率寓言也"，又谓"皆空语无事实"①，也是说《庄子》并非史书，不写实事，而是空幻虚诞之词。可见无论《庄子》与《史记》，都以寓言指代虚诞文字。后世学者把《庄》《列》描述的"出于物理之外"的至大的鲲鹏和至微的焦螟都视为"寓言"②，正是延用寓言的古代观念，与作为现代文学体式的寓言迥不相侔。作为现代文体的寓言，是以妄诞的情节、意象喻示"某一普遍意义，某一伦理的教训，或某一种为人处世的箴言"③，因而被社会广泛认同。别种寓意文学虽也以超现实乃至妄诞意象表现某种义涵，却与寓言有重要区别。寓言与寓意小品的区别首先在于情节要素：寓言的意象是以特定人物（或动物）的活动——情节构成的，寓意小品却只有意象，没有特定人物活动，即没有情节，至少没有完整的情节。无论《庄子》对大鹏的夸张，还是《列子》对焦螟的渲染，都是一种寓意小品，而非寓言。其次还在于所寓之意：小品既没有特定人物活动，寓意就不关伦理教训与处世箴言，缺乏普遍意义，常是作者的特异之想。

《列子》中的寓言有十多章。最有名的是《汤问》篇的"愚公移山"。它无论出自散佚的古籍，还是《汉志》所载《列子》旧篇，都是先秦寓意文学的精品，也是寓言中少见的正面喻理、催人奋进之作。如果是

---

① 《史记》卷六十三《老子韩非列传》，第2143、2144页。
② 洪迈：《容斋续笔》卷十三《物之小大》，载《容斋随笔》，长春：吉林文史出版社1994年版，第294-295页。
③ 黑格尔：《美学》第二卷，北京：商务印书馆1979年版，第105页。

魏晋人作伪，也属创作的一大功绩。钱钟书先生说："使《列子》如张湛所伪撰，不足以贬《列子》，祇足以尊张湛。"①"愚公移山"的作者恰可承受这样的赞誉。愚公的移山行为及其与智叟的争论构成出奇的虚诞情节和寓言意象。为人熟知的寓言还有"杞人忧天"（《天瑞》）、"朝三暮四"（《黄帝》）、"岐路亡羊"（《说符》）等，无不以妄诞的情节、意象喻示普遍的人生理念，无须赘言。

《列子》中的寓意小品数量不多，而风貌迥异。看《黄帝》篇第二章：

> 列姑射山在海河洲中。山上有神人焉，吸风饮露，不食五谷，心如渊泉，形如处女。不偎不爱，仙圣为之臣；不畏不怒，愿悫为之使。不施不惠，而物自足；不聚不敛，而已无愆。阴阳常调，日月常明，四时常若，风雨常均，字育常时，年谷常丰，而土无札伤，人无夭恶，物无疵厉，鬼无灵响焉。

全章描述的是虚想的列姑射山上神人状态与理想环境。文中既无人事，也无情节，所寓之意只是修道者的主观空想，且带有明显的迷信色彩。其非寓言，一望可知。首句同于《山海经·海内北经》；而《庄子·逍遥游》写肩吾述接舆之语又有"藐姑射之山有神人焉""形如处女""不食五谷，吸风饮露""使物不疵疠而年谷熟"云云。作者似从两书受到启示，袭而用之，并大加生发，成此小品。与此相似的是《汤问》篇第五章，谓大禹治水迷路，误入"终北"之国，以下就不再写禹，而详细摹写这纯属想象国度的风貌：无风雨霜露，无草木虫鱼；四方悉平，中有一山，山口涌泉，名曰"神瀵"；其人"不竞不争""不骄不忌""不君不臣""不媒不聘""不耕不稼""不织不衣，百年而死，不夭不病"；只有喜乐，而无

---

① 钱钟书:《管锥编》第2册《列子张湛注》，北京：中华书局1986年版，第468页。

哀苦，唯好音声，日歌不辍。饥倦饮神瀵，可"力志和平"；沐浴神瀵，则"肤色润泽，香气经旬乃歇"。结尾写周穆王到过此地，"三年忘归"，反周后怅然若失；管仲曾劝齐桓公前往，被隰朋劝阻。作品开头写禹的两句只是引子，结尾两笔则是其国魅力的烘托。本章真正的主人公就是体现作者理想的神奇的终北国。因无特定人物、情节，不能构成寓言或小说。但有显示寓意的多种意象，"神瀵"更是本章的杰作，为后世许多诗文反复引用。全章当属艺文、美文，即寓意小品。

《周穆王》篇第四章写三个国度，一为西极古莽之国，不见日月，无寒暑、昼夜，其民"不食不衣而多眠，五旬一觉。以梦中所为者实，觉之所见者妄"。二为海内中央之国，"跨河南北，越岱东西"，寒暑交替，昼夜分明，民有智愚，君臣守礼，"一觉一寐，以觉之所为者实，梦之所见者妄"。三为东极阜落之国，只受日月余光之照，"其土不生嘉苗，其民食草根木食，不知火食，性刚旱，强弱相藉，贵胜而不尚义。多驰步，少休息，常觉而不眠。"除中央之国是人间常态，前后两国都极端反常，或从《山海经》中多怪异之国受到启发创制而成。从常人的角度看，它们都是现实的中央之国的反衬与烘托，作品也就成了对中华文明的礼赞。从道家角度看，无智无愚、无君臣礼法、"不食不衣"、一睡五旬的古莽之国更合于理想，后两者便是前者的反衬与烘托。其国以梦境为实、实境为梦隐喻世事虚幻的道家观念。全章只描述三国的轮廓，无特定人物、情节，也不喻示广为认同的箴言或哲理，无寓言要素，而是小品。

子书中对话体文字颇多，有些只是借助人物大发议论，宣示个人或学派的见解，并无人物话语的意味。它们还是议论文字，不是文学作品。但也有将某物或某种抽象观念拟人化者，使之对话，乃至论争，形成某种文学情趣。《力命》篇首章让力与命两者争比对人之功。"命"以尧舜及殷、周两代多个人物的"寿夭、穷达、贵贱、贫富"与其本人的智慧、道德、能力不符，反差很大，驳倒了"力"的居功之言，从而达到任各人之命"自寿自夭，自穷自达，自贵自贱，自富自贫"的结论，意趣盎然，也是一种寓意小品。

该篇第十章又将墨屎（欺诈）、巧佞、情露、勇敢等二十种情性特征拟人化。将二十个"人"分为五组，每组四人，四种情性两两相悖。而"四人相与游于世，胥如志也，穷年不相晓悟"，各得其意。最后说："此众态也，其貌不一，而咸之于道，命所归也。"此种臆造颇费匠心，意在把情性不同以至相悖者的相与而游归之于命。本属强词巧语，人为造作，故解者以为"理不然矣"①。作品既无情节，寓意又背人情物理，自然不是什么寓言。但其所造自成意象，仍不失为寓意小品。

二、宣示道义的寓意小说

《列子》中叙及人物、情节之文，寓言之外，更多的还是寓意小说。这是因为《列子》乃道家之书，其主要内容是宣示道家的诸种道义，而不是表现具有普遍意义的道德教训和处世箴言。其道义虽然也与世俗相通，却远非世人所共识，并多被儒家和世人排斥或不理解，缺乏寓言必备的通俗性和社会广泛认同性。蒲松龄在其《〈庄列选略〉小引》中说："千古之奇文至庄、列止矣。世有恶其道而并废其文者愚，有因其文之可爱而探之于冥冥者则大愚。盖其立教祖述杨老，仲尼之徒所不敢信。"又说，"其虚无之奥义，余固所不甚解，即有所能使余解者，余亦不乐听也。"② 这代表了广大儒士对道家学说的态度。《列子》多章正是表达这种"虚无之奥义"的寓意之文，不是现代之谓寓言。再者，老子道本玄虚，至《庄子》陡增幻异成分，《列子》又"往往与佛经相参""冬起雷，夏造冰"，诸般幻化，更非寓言所能范围，除去神话传说，多为虚诞宣教的寓意小说。

---

① （唐）卢重玄：《列子·力命》解，载杨伯峻《列子集释》，第210页。
② 路大荒整理：《蒲松龄集》，上海古籍出版社1986年版，第54页。

　　《黄帝》篇首章写黄帝治天下之道。即位前十五年"喜天下之戴己，养正命，娱耳目，供鼻口"，结果形焦而神乱。又十五年，"忧天下之不治，竭聪明，进（尽）智力，营百姓"，结果还是形焦神乱。"于是放万机，舍宫寝……斋心服形，三月不亲政事。昼寝而梦，游于华胥氏之国。"其国无主，一切"自然而已"，其民无嗜欲，无利害，不知亲疏、爱憎、顺逆、美恶，无所畏惧，竟能"入水不溺，入火不热；斫挞无伤痛，指擿无痟痒；乘空如履实，寝虚若处床"。黄帝醒而大悟，召天老、力牧、太山稽述其神游所见，谓"至道不可以情求矣"。此后二十八年，"天下大治，几若华胥氏之国。而帝登假（遐）"。全篇造作的奇幻意象集中表现无为而治和顺乎自然的道家思想。华胥国既是作者与道家的理想国，又是现实的对立面。道家信徒是看到现实世界与人生的种种丑恶与缺憾才陷入这样的空想和幻想。从这种意义上说不无可取。但其否定现实而崇尚无为，陷入虚幻的梦空想象，自然不会获得广泛的共识。放弃治理的黄帝、远离人世的华胥国民，只能成为现实中人的饭后谈资，与广被认同的寓言理念大相径庭，无疑属于宣示道义的寓意小说。

　　《仲尼》篇第十四章写尧。尧治天下五十年，不知治与不治。问在朝与在野者，皆云不知，乃微服访于康衢。闻儿童谣曰："立我蒸民，莫匪尔极。不识不知，顺帝之则。"并且告尧"闻之大夫"，大夫又说是"古诗"，尧便召舜，以禅天下。这又是一篇宣示道义的微型小说。核心是那首所谓"古诗"，系用两首《诗经》之语拼凑而成。前两句出自《周颂·思文》："思文后稷，克配彼天。立我烝民，莫匪尔极。"颂扬"教民稼穑"的周先祖后稷，谓其立民功德可配于天。《生民》毛序云："文武之功起于后稷，故推以配天焉"[1]。后两句出自《大雅·皇矣》："帝谓文王，予怀明德。不大声以色，不长夏以革。不识不知，顺帝之则。"全诗八章，歌颂文王。后半言伐崇侯虎事。朱熹传云："言上帝眷念文王，而

---

　　① 《毛诗注疏》卷二十四，明万历十七年（1589）刊本。

言其德之深微，不暴著其行迹，又能不作聪明，以循天理，故又命之以伐崇也。"① 这理解大致不差。"不识不知，顺帝之则"云云，显系美化文王之语，谓其所做的一切，都是遵循天理和上帝之意。《列子》将这样两首不相干的诗各取两句，凑成"古诗"以歌颂尧，乃是一种小说笔法，并将美化文王的诗句变成尧治天下的实践，以张大老子"爱民治国，能无知乎"，"绝圣弃智，民利百倍"② 的道家思想。所谓帝则，就是天则，"顺帝之则"即顺乎自然，无为而治。如明人姚顺牧所云：帝则就是"自然之变化，初无知识于其间，才着知识便非帝则之自然。故命之曰：'不识不知，顺帝之则。'"③《列子》将两首歌颂后稷和文王功绩的诗句嫁接起来，配上人物、情节，轻巧地转成一篇宣道之作，短小精悍，引人玄想。

《周穆王》篇第七章写华子以病忘为乐。宋阳里华子中年"病忘"，以至"朝取而夕忘，夕与而朝忘；在涂（途）而忘行，在室而忘坐"。占卜、祈祷、医治都无效果。后有鲁之儒生自言能治。华子妻子"以居产之半请其方"。儒生先"试化其心，变其虑"，而后"独与居七日"而病除。华子悟后大怒，"黜妻罚子，操戈逐儒生"。人问其故，乃曰："曩吾忘也，荡荡然不觉天地之有无。今顿识既往，数十年来存亡、得失、哀乐、好恶，扰扰万绪起矣。"且恐将来"须臾之忘"而不可得。华子这种乐于"病忘"之想与常人恰好相反，当然不是寓言显示的共认之理，而是道家学派的特异思考。道家崇尚虚无，主张出世与遁世，把能使人喜怒哀乐的种种现实视为纷扰，故对"病忘"情有独钟。《庄子》甚至假托颜回大谈其忘，不仅"忘仁义""忘礼乐"，甚而"堕肢体、黜聪明，离形去知"，谓之"坐忘"④；又通过老子之口倡导"卫生"即"全生"之经：

① 《诗经集传》卷六，清同治五年（1866），金陵书局刊本。
② 《道德经》第十章、第十九章，《诸子集成》第3册载该书第5、10页。
③ 《重订〈诗经〉疑问》卷八，载《文渊阁四库全书》，台湾商务印书馆股份有限公司1986年影印本，第80册第817页。
④ 《庄子·大宗师》，上海古籍出版社1989年影印本，第45页。

要像初生婴儿那样"动不知所为，行不知所之，身若槁木之枝，而心若死灰"①。对成人来说，"病忘"近乎这种"不知"的状态。作者以夸诞笔法渲染华子的"病忘"和病愈后的反常言行，正是表现道家思想的匠心结构。能治"病忘"者不是医，而是儒生，也寓有贬儒之意。结尾又写："子贡闻而怪之，以告孔子，孔子曰：'此非汝所及乎！'顾谓颜回纪之。"这是颜回在《庄子》中扮演"坐忘"角色的延伸和余波，两相对观，更见寓意小说的余韵。本篇下章宣道，又别出心裁：

> 秦人逢氏有子，少而惠，及壮而有迷罔之疾：闻歌以为哭，视白以为黑，飨香以为朽，尝甘以为苦，行非以为是；意之所之，天地四方，水火寒暑无不倒错者焉。杨氏告其父曰："鲁之君子多术艺，将能已乎。汝奚不访焉？"其父之鲁，过陈，遇老聃。因告其子之证（症）。老聃曰："汝庸知汝子之迷乎？今天下之人皆惑于是非，昏于利害，同疾者多，固莫有觉者……向使天下之人尽如汝子，汝则反迷矣。哀乐声色、臭味是非，孰能正之？且吾之言未必非迷，而况鲁之君子迷之邮（尤）者，能解人之迷哉？荣汝之粮，不若遄归也。"

如果说"病忘"是张扬道家的出世和遁世，迷惘就是张扬道家逆世与反儒的思想精神。两者都以儒家为对立面。所谓世间的黑白、是非都是以儒学的仁义道德为准绳的，故谓鲁之君子为"迷之邮者"。逢子的迷惘之疾，就是将世俗与儒家之谓黑白、是非颠之倒之。这种愤世之意非但为儒者所排斥，也不为广众所认同，自是道家的特异之思，属寓意小说，而非寓言。《仲尼》篇第七章写龙叔有病：无毁誉忧喜，"视生如死，视富如贫，视人如豕，视己如人"，对赏罚、利害、哀乐之事皆无动于衷，故

① 《庄子·庚桑楚》，第 120 页。

343

"不可事国君、交朋友、御妻子、制仆隶"。请文挚为他治病。文挚让他背光而立,"从后向明而望之",谓见其心:"方寸之地已虚矣,几圣人也";"六孔流通,一孔不达",乃以"圣智为疾者"。自非文挚之术所能治。张湛注:"旧说圣人心有七孔",龙叔那不达的一孔就是"以圣智为疾"。此等所谓超凡入圣,即颠倒世俗观念,或同于"离形去知",仍是表现道家之道的寓意小说。文挚是《吕氏春秋》中给齐王治过恶疮的有异术之人,本章借用过来,利用其超越现代 X 光的慧眼透视人心的神异功能,完成宣示道义的主题。以上三种为患者治病的奇特构思,各具特色,却有大致相同的宣道寓意。

《仲尼》篇第五章载,列子居南郭,日与相交者多不胜数,唯与相邻的南郭子"不相谒请,相遇于道若不相见者"。弟子以为两人有隙。有自楚来者,问列子与有何隙,列子曰:"南郭子貌充心虚,耳无闻,目无见,口无言,心无知,形无惕。往将何为?"但他还是带四十个弟子与来人一起去见南郭。南郭子果如土偶,视列子全无反应;后忽然与列子弟子讲话,侃侃而谈,似辩者之雄,弟子们惊骇,回来颇感疑惑。列子曰:"得意者无言,进(尽)知者亦无言。用无言为言亦言,无知为知亦知。无言与不言,无知与不知,亦言亦知;亦无所不言,亦无所不知;亦无所言,亦无所知。如此而已,汝奚妄骇哉?"前面几章与寓言的主要区别在于所寓之意缺乏广泛的共识性,而为道家的独特识见。本章所造的南郭子意象和列子对他的恭维之言,除了不为广众认可之外,还颇令人费解,缺乏寓言的鲜明性和通俗性,多有宣道的玄虚性。得道而能"貌充心虚"竟至五"无",已非一般人所能领悟,形同土偶又忽而雄谈,不唯诸徒骇疑,读者也莫名其妙。列子的一番解释更是玄之又玄,令人不得其门而入。何谓"用……无知为知亦知"?"无知与不知"怎么又是"无所不知"?世上有哪位修道者能达到这境界呢?这样的宣道与谈道就像某些后现代作家表现其信奉的"不可知论"的小说一样,把读者与评家一并置于五里雾中①，与通俗易晓的寓言大相径庭，只能是难解、费解乃至无解的寓意小说。

《力命》篇第五章写杨朱之友季梁得病，"七日大渐。其子环而泣之，请医"。季梁以为其子不肖，请杨朱唱歌开导他们。杨朱歌曰："天其弗识，人胡能觉？匪祐自天，弗孽出人。我乎汝乎，其弗知乎。医乎巫乎，其知之乎？"其子不懂，终请三医。一个说，其病起于寒温饮食，"虽渐可攻"。季梁谓为"众医"，"亟屏之"。另一个说，其病由来已久，治不好了。季梁誉为"良医"，"且食之"。第三个说："汝疾不由天，亦不由人，亦不由鬼。禀生受形，既有制之者矣，亦有知之者矣。药石其如汝何？"季梁谓为"神医""重贶遣之"。不久，季梁之病自愈。作者由此发一番"自生自死，自厚自薄"的议论。本章寓意比较复杂。一方面，把人的病与死看作与天祐、人孽、鬼祟无关的自然法则，豁达地面对，殊为可取。另一方面，又着力宣示"生死有命"，无关药石，否定人的主观能动作用。其与寓言的单纯性、鲜明性迥不相合，也不会被社会广泛认同。从总体看，作品构造的意象还是道家任乎自然生死观的艺术表现。

无论《杨朱》篇是否混入《列子》者，其寓意与前后各章反差很大则是不容否认的。张扬纵欲与放达尤为突出。第八章写子产相郑三年，郑国以治。而其兄公孙朝荒于酒，"虽水火刀兵交于前不知也"；其弟公孙穆耽于色，以昼足夜，"乡有处子之姣娥"必"获而后已"。子产日夜为此忧虑，便按邓析的指点，"喻以性命之重，诱以礼义之尊"。朝与穆听了，同声驳斥，谓人"生之难遇，而死之易及""欲尊礼义以夸人，矫情性以招名"，则生不如死；"为欲尽一生之欢，穷当年之乐"，唯恐不得恣情尽意，"不遑忧名声之丑，性命之危"。子产无可奈何，以告邓析。邓

---

① 柳鸣九在《新小说派作家访问记》中说，他读法国新小说派作家格里叶的《在迷宫里》，觉得"的确很难懂""他所写的像是一个朦胧、神秘、不可理解的梦幻"，后来当面询问作者，才得知那座迷宫就是格里叶所持不可知论的一种象征。（见《新小说派研究》，中国社会科学出版社1986年版，第569页。）

析曰："子与真人居而不知也。"下一章写子贡后人端木叔"家累万金，不治世故，放意所好"，各种享受"拟齐楚之君"。其"情所欲好，耳所欲听，目所欲视，口所欲尝，虽殊方偏国"，亦"必致之"，且经常大宴宾客。至六十岁，散家资、妾媵，一年而尽，"不为子孙留财"，乃至病无药石，死无葬费。虽被禽滑釐贬为"狂人，辱其祖矣"，却被段干生赞为"达人，德过其祖"，且谓"卫之君子多以礼教自持，固未足以得此人之心也"。这样两章的寓意虽有差异，其"放意所好"、无视礼教的主题却高度一致。且不说"礼教"一词在先秦典籍中似未曾见，如此张扬穷奢极欲在先秦各派中亦甚生疏，"其中所言极端的享乐主义，亦非杨朱所持"[1]，故被认为"是杨朱'为我'论在魏晋时代特定条件下的一种反映"[2]，其与元康放达派的纵欲思潮可以说是若合符节。公孙朝的纵酒与刘伶的纵酒难分高下，全都达到空前绝后的顶级水平。不过，此种寓意作品即或产生在元康时代，也不可能得到社会的广泛认可，非属寓言不言而喻。两章都是蓄意造作而意象夸诞的宣扬以享乐为人生要义的寓意小说。该篇第七章写相去百数十年的管仲与晏子的妄诞对话。晏子问养生于管仲，管仲答以"肆之而已"，即"恣耳之所欲听，恣目之所欲视，恣鼻之所欲向，恣口之所欲言，恣体之所欲安，恣意之所欲行"，凡此皆不得"阅"，而不在寿命长短。而后管仲问晏子"送死奈何"？晏子谓死后所遇并不在我，焚之，沉之，瘗之，露之，衣薪，衣锦，均无不可。这实际还是杨朱在前面所说"且趣当生，奚遑死后"一语的形象注脚。妙在对两个历史人物的选择和运用。管仲"君淫亦淫，君奢亦奢"，文中所言如出肺腑；晏子倍极节俭，与其所言亦若符契。作者将齐国两位隔代名臣化作主观寓意的棋子，各得其所，恰到好处，从而增加了文学情趣和小说意味。

---

① 冯友兰：《中国哲学史》，商务印书馆 2006 年版，第 71 页。
② 严北溟：《列子译注》，上海古籍出版社 2006 年版，第 178 页。

三、蕴思特异的寓意小说

《列子》的思想意蕴丰富、多面，除去宣示各种道义，还有颇多关乎人与人生的特异之思、出奇之想，于寓言与寓意小品之外，也造成多篇寓意小说。它们与寓言的区别是多方面的：或寓意偏颇、奇异，不为社会广泛认同；或多重旨趣，主题模糊，无寓言式单纯、明朗；或表现不取比喻形式，直写其人其事；或意象不甚妄诞，人事近乎现实；也有的带有道或佛的迷信色彩。有此之一，便构成寓意小说的非寓言特色。

《黄帝》篇第六章写贫叟异事。晋范氏有子名子华，善养客，"有宠于晋君，不仕而居三卿之右"。游其庭者多如上朝。贫叟商丘开得知子华能使"贫者富"，乃赴其门。子华之客"皆世族"，莫不歧视之，而叟不怒。后诸客与叟同登高台，谎称"有能投下者，赏百金"，叟信以为真，投下如飞鸟，肌骨无损。诸客又谎称深水有宝珠，泳者可得。叟"从而泳之"，果得宝珠。不久，范氏库藏大火，子华许诺：入火取锦者取多少赏多少。叟"入火往还，埃不漫，身不焦"。诸客"以为有道"，共谢欺哄之罪。叟说"无道"，只是真诚地相信其言而已。今知其言为假，反倒后怕。此后范氏门客路遇乞儿、马医亦不敢辱，"必下车而揖之"。这个虚诞的曲折故事有着显见的奇幻色彩，把至诚感物写得神乎其神，世人不会认可。作者或已有此预感，便拉上孔子教训宰我，以加强说服力："汝弗知乎？至信之人可以感物也。动天地，感鬼神，横六合而无逆者。岂但履危险、入水火而已哉！"这与本篇另一章写子夏就处石涉火之人回答魏文侯之问如出一辙："以商所闻夫子之言，和者大同于物，物无得伤阂者，游金石、蹈水火皆可也。"孔子自然不会说这种话，人们也不会信这种话。《列子》反复假借，乃道家迷信观念所致。尽管如此，本章的寓意仍有提倡诚信的积极意义，其讽喻得宠的范氏、傲慢的门客亦具匠心，从而成为富含多重意蕴的寓意小说。

《周穆王》篇首章写西极化人点化周穆王及穆王巡游天下事。"西极之国有化人来，入水火，贯金石，反山川，移城邑"，无所不能，被穆王"敬之若神，事之若君"。化人以为穆王极力提供给他的一切都粗鄙不可用。穆王乃举国力为他造中天之台，实以最美处子，演奏最美乐曲，"日日献玉衣，旦旦荐玉食"，而化人仍不满意，乃领穆王神游天国化人之宫。其宫"构以金银，络以珠玉"，"耳目所观听，鼻口所纳尝，皆非人间之有"。王自以为"居数十年，不思其国"，实只"默存"瞬间而已。穆王从此"不恤国事，不乐臣妾"，驾八骏周游天下：至巨蒐氏之国，饮白鹄之血；登昆仑之丘，观黄帝之宫；见西王母于瑶池，互饮对歌。后又叹曰："予一人不盈于德而谐于乐，后世其追数吾过乎?"终"能穷当身之乐，犹百年而徂。世以为登假焉"。《列子》中有完整故事情节之作，数本章篇幅为长。它由两个部分组成。前半写西极化人操弄周穆王的神奇幻术，最后使穆王厌于治国，"肆意远游"，从而与后半联系起来。后半袭用《穆天子传》的某些关目和文字，合前半而成章。这样两部分并无明晰而单一的寓意。梦游须臾，感觉即如数十年，系借西极化人的幻术张扬人生同于梦幻，"天堂也好，帝居也好，都不过是梦，其旨趣与魏晋时期的游仙诗相通"[1]，也是唐代小说《枕中记》《樱桃青衣》的最早雏形。笔墨细致，摹绘逼真，表现佛道幻化与神游情景如在目前。后半由于抄袭并简化了太康二年（281）出土的汲冢竹简所记穆王游行之文，不仅简略、粗糙，也缺少贯通而鲜明的寓意。虽指出穆王"穷当身之乐"，却又拘于《穆传》主人公固有的叹悔之言，使后半的人物趋近拟实，穆王有了真人的复杂性，与前半纯属寓意很不和谐。不论从哪方面看，都是远离寓言又带有鲜明神异特色的寓意小说。

再看此篇第五章：

---

[1] 谭家健：《六朝文章新论·列子研究》，北京燕山出版社 2002 年版，第 102 页。

　　周之尹氏大治产，其下趣役者侵晨昏而弗息。有老役夫，筋力竭矣，而使之弥勤。昼则呻呼而即事，夜则昏惫而熟寐。精神荒散，昔昔梦为国君，居人民之上，总一国之事，游燕宫观，恣意所欲，其乐无比。觉则复役。人有慰喻其勤者，役夫曰："人生百年，昼夜各分。吾昼为仆虏，苦则苦矣，夜为人君，其乐无比，何所怨哉？"尹氏心营世事，虑钟家业，心形具疲，夜亦昏惫而寐，昔昔梦为人仆。趋走作役，无不为也；数骂杖挞，无不至也。眠中啽呓呻呼，彻旦息焉。尹氏病之，以访其友。友曰："若位足荣身，资财有余，胜人远矣。夜梦为仆，苦逸之复，数之常也。若欲觉梦兼之，岂可得邪？"尹氏闻其友言，宽其役夫之程，减己思虑之事，疾并少间。

　　此章或"自《庄子·齐物论》论梦与觉之'君乎牧乎固哉'六字衍出"[1]。但《庄子》论梦虽言及"君上"与"牧圉"[2]，并未形成具体意象。《列子》作者却发挥想象，创造了富豪与他所奴役的老役夫觉里梦里境况颠倒的奇特意象。虽以混同觉梦观念为前提，还是寓有对现实人生境况的有益思考。让倍受奴役的老役夫夜夜梦为国君，而让用心奴役人的富豪夜夜梦为人奴，显示作者不仅看到人间的不平，并力图以虚幻的梦境达到两者精神的平衡。更妙的是富豪"宽其役夫""减己思虑"，恶梦之疾就会减轻，足见作者对奴役者的憎恶和对被奴役者的同情。作品并无比喻类寓意，描写对象就是表现对象，所以不是寓言，而是寓意小说。

　　《汤问》篇第九章写扁鹊为人换心的故事。鲁公扈、赵齐婴有疾，同向扁鹊求治。治愈后，扁鹊告诉二人还有药石不能治的"偕生之疾"：公扈"志强而气弱，故足于谋而寡于断；齐婴志弱而气强，故少于虑而伤

---

① 钱钟书：《管锥编》第二册《列子张湛注》，第496页。
② 晋郭象注《庄子》"君乎牧乎"有"所好为君上而所恶为牧圉"之语。

于专。若换汝之心，则均于善矣。"遂给二人饮毒酒，迷死三日，换心后再投以神药，使悟如初。二人各回其家，妻儿不能识，并为此兴讼，听扁鹊说明缘由而罢。本章没有喻示任何生活理念，与寓言全不相干，是一篇早期科幻寓意小说。科幻小说是在现实科学的基础上展开幻想的未来。《史记·扁鹊传》就借人物之口讲述上古名医俞跗"煎浣肠胃，漱涤五脏"的虚幻传说。至汉末、三国间的华佗发明"以酒服麻沸散"作麻醉剂，遂能进行"刳破腹背""截断湔洗"肠胃的大手术，"既而缝合，傅以神膏，四五日创愈，一月之间皆平复"①。《列子》本章让神医扁鹊以换心术治疗人在性格、气质方面的缺陷，是错以心为思维器官之当时极富想象力的创造。换心过程所用的毒酒与神药与华佗手术如出一辙。如今内脏移植手术广泛应用，换了心脏的也大有人在。如果人的神经中枢不是大脑，而是心脏，《列子》作者的幻想就真的成为现实了。然而，幻想小说的魅力就在其永不泯灭的幻想性，如果完全变成现实，就不是科学幻想，而是科学预言了。

同篇第十四章写纪昌学射于飞卫。纪昌先用两年时间练眼"不瞬"。再用三年时间练成视虱子大如车轮，用箭射之，箭穿虱心。飞卫高兴地贺他"已得之矣！"纪昌却觉得天下之敌己者只有飞卫一人，乃谋杀之。一日"相遇于野，二人交射，中路矢锋相触，而坠于地"。飞卫之矢先尽，纪昌尚遗一矢，"既发，飞卫以棘刺之端扞之，而无差焉"。二人于是"泣而投弓，相拜于途，请为父子。刻臂为誓，不得告术于人"。这段委曲的夸诞故事主要玄示两位射手箭术的神奇，讽喻纪昌的妒忌虽也构成一种寓意，终归还是为表现二人超凡的箭术服务的。这种玄示奇能的作品不以晓喻人生理念为主旨，显示的就是所描写的，无比喻意义。所以不构成寓言，而是寓意小说。《列子》本篇有一批这样的作品。第十章表现师文

---

① 《后汉书》卷八十二下《方术列传·华佗》，北京：中华书局1965年版，第2736页。

能以弹琴颠倒四时风物，第十二章表现钟子期能道出俞伯牙鼓琴的多种心
境，第十三章仿袭佛典《生经》写偃师所造歌舞木人巧夺天工，都将技
艺之精妙渲染到远离现实的神化地步，都是赞美奇能异术的寓意小说。

　　本篇第十六章写来丹借剑报仇事。魏国的黑卵以私怨杀了丘邴章，丘
子来丹谋报父仇，而体弱"不能称兵"，乃用友人之谋，赴卫向孔周求借其
祖所得殷帝之宝剑。孔周曰："吾有三剑，唯子所择，皆不能杀人"。遂言
其状：一曰含光，"视之不可见，运之不知有"；二曰承影，昧爽或昏明视
之，"若有物存，莫识其状"；三曰宵练，"方昼则见影而不见光，方夜见光
而不见形"。来丹乃请其下者即宵练，乘黑卵醉卧窗下，"自颈至腰三斩
之"，又对其子挥击三下，而黑卵父子并没有死，只是感觉不舒服而已。如
此玄虚故事，与其说是写报仇，毋宁说是玄示那似有若无的宝剑的神奇灵
异，与下章渲染西戎向周穆王所献切玉"如切泥"的锟铻之剑的神奇正属
一类，且更富于神异色彩。不过下章没有情节，只零星琐记。本章情节曲
折，故事完整，人物形象有合于幻想逻辑的发展，不失为虚幻的寓意小说。

　　《说符》篇第八章写晋君治盗故事。晋国苦盗，而郄雍"能视盗之
貌"。晋侯使其视之，"百无遗一"。晋侯大喜，乃告赵文子：得一人可使
全国无盗。文子曰："吾君恃伺察而得盗，盗不尽矣。且郄雍必不得其死
焉。"不久，郄雍果为盗所杀。晋侯以告文子，求治盗之方。文子建议
"举贤而任之"，使"教明于上，化行于下"，民有耻心而盗自止。乃以随
会为政，"群盗奔秦焉"。赵文子即赵武，赵盾之孙，是晋平公执政之卿，
颇有贤名。随会即随武子，名士会，也是晋国的贤大夫，与晋文公同时，
《新序》中还有"晋文公学咎犯、随会"之语①。赵武晚于随会七八十
年，不可能同事一君。作者特地将两者拉在一起，如让孔子会盗跖，晏婴
问管仲，除为强化贤者执政之意，还另有因由。据《礼记》载，赵文子
曾与叔向论自己能比哪位死者，叔向举出阳处父和咎犯，文子都不同意，

---

　　①　载《百子全书》，第499页。

谓前者"知不足称",后者"仁不足称",然后说:"我则随武子乎?利其君不忘其身,谋其身不遗其友。"①《列子》作者或据此让文子分身为二,增加作品寓意的谐趣。郁雍"能视盗之貌"也是超现实的妄诞意象,为贤者执政预做铺垫与陪衬。而本文以历史的真实人物直写其弥盗之事,不同于比喻性寓言,仍是一篇寓意小说。

本篇第十八章载,大儒牛缺遇盗,尽取其衣装车马,牛步行而去,"视之欢然"。盗问其故,牛曰:"君子不以所养害其养。"盗谓如此贤人必以被盗所劫之事告知赵君,不利于盗,乃追而杀之。这段文字与《吕氏春秋·必己》写牛缺的一节差异甚微,与《淮南子·人间训》的一节大同小异,当是前者的直接袭用。如果到此为止,自可置而不论。但它只是本章的一半,后半才是作者之笔:

> 燕人闻之,聚族相戒曰:"遇盗莫如上地之牛缺也。"皆受教。俄而其弟适秦,至关下,果遇盗。忆其兄之戒,因与盗力争。既而不如,又追而以卑词请物。盗怒曰:"吾活汝弘矣,而追吾不已,迹将著焉。既为盗矣,仁将焉在?"遂杀之,又傍害其党四五人焉。

单看前半与后半,均合于现实逻辑,并不妄诞。但将两者合而并观,就会发现显见的造作和人为的巧合。这种处理使两种极端态度彼此对照,从而有了鲜明的寓意。如果让前半独立成章,还只是一个或实或虚的传说记录,加上后半,文体就发生了质的变化,构成一篇蓄意造作的寓意小说。与此相类的还有本篇第十六章,鲁施氏二子,一好学,一好兵,各以所长干齐侯与楚王,"禄富其家,爵荣其亲"。邻人孟氏也有二子,"所业亦同,而窘于贫",乃向施请"进趋之方",二子告之。孟氏好学

---

① 《礼记正义》卷十《檀弓下》,载《十三经注疏》,第1316页。

之子去干秦王，秦王谓当今诸侯用兵而争，讲仁义是亡国之道，"遂宫而放之"。好兵之子去干卫侯，卫侯以为小国依赖兵权只能取祸，"遂刖之而还"。只看前半，全无特异，如同写实。将后半与前半对观，造作的寓意就显而易见。而两章的意象都无寓言所需之妄诞，所寓之意也非人人认同的理念，故而都是寓意小说。

结　语

我国寓意文学发轫于《诗经》，《硕鼠》《鸱鸮》都是诗体寓言的翘楚。最早的散文多为文告、史乘和语录。其后诸子继起，争相宣道达理，而庄子及其后学欲达难解的玄虚之道、无为之理，便虚拟大量寓言故事、寓意小品和早期寓意小说，使《庄子》在先秦大批写实文学中异军突起，成为我国散体文寓意文学之祖。其后的诸子书及汉代采录先秦之文的杂著（如《新序》《说苑》之类），叙事都以写史或拟史为主，寓言或寓意小说偶而一见，凤毛麟角。《列子》是继《庄子》之后又一部寓意文学集中的子书。《庄子》尚有六篇纯议论之文。《列子》八篇，纯议论者竟无一篇。全书135章，言论与议论之文占41章，叙事之文94章。后者除管仲与鲍叔之类极少事体袭用史传，绝大部分都是特意虚拟的寓意之作。当然，还有三十余章抄自《庄子》等先秦或汉代古籍，而另外六十余章，无论出自《列子》旧篇，还是出自魏晋人之手，抑或作者抄自已佚的古籍，都不影响其在寓意文学中的重要地位。从先秦到魏晋，都是叙事崇实的时代。以自觉虚构之文为主体寓意之书，只有《庄子》和《列子》。它们是唐前寓意文学两颗熠熠闪光的明珠，堪称双璧，不仅创造了高品味的寓言，也创造了诸多寓意小品，更为早期寓意小说成就了筚路蓝缕之功，与诸子书中零星之作一起，共同构成寓意小说稚气而又烂漫的童年。

原载《北京大学学报》2009年第5期

《孔子家语》《孔丛子》之小说考辨

　　《孔子家语》和《孔丛子》的真伪目前还是有争议的问题。本文要谈的是，两书无论真伪，都有相当多的文字不仅不是孔子及其后辈、弟子的真实言行记录，还是有意虚拟或虚实参半之文，其中较有意味的叙事之作，属于早期小说作品。正如今之译注本《孔子家语》在其《前言》中所说："书中的许多内容完全可以作为文学小品或小说来读。"[①] 笔者在前发有关先秦、西汉的某些文献所含小说与小说成分的考辨中已论及与《家语》相同或相似的某些作品，如《荀子》载孔子杀少正卯、《韩诗外传》载孔子师徒游农山、《说苑》载孔子问孔蔑、宓子贱之类，此不复赘。

　　《家语》现存多种版本，皆十卷四十四篇，只后两卷篇章顺序不同。本文引文以《四部丛刊》本为主，参考《四库全书》和《百子全书》本。《孔丛子》各本差异较大，本文不拟讨论全本二十三篇中的《小尔雅》和《连丛子》（上下二篇），故引文以无此两项内容的三卷二十篇本即《百子全书》本为主，参考《四库全书》的全三卷本和《四部丛刊》的七卷本。

---

　　① 　王德明主编：《孔子家语译注·前言》，广西师范大学出版社 1998 年版。

一、《孔子家语》中的小说

卷二《致思》篇载有孔子遇丘吾子事。孔子适齐，路闻哭声甚哀，而"非丧者之哀"，趋前而遇，乃"拥镰带索"之人，名丘吾子。问其悲故，谓有"三失"："少时好学，周游天下"，还而丧亲；"长事齐君，君骄奢失士，臣节不遂"；"平生厚交，而今皆离绝"。又曰："子欲养而亲不待，往而不来者年也，不可再见者亲也。请从此辞。"遂投水自杀。孔子谓："斯足为戒矣！"。孔子弟子因而归养亲者十有三人。此章与《韩诗外传》卷九、《说苑·敬慎》中的一章大同小异。《外传》丘吾子作皋鱼，文字差异也较多，《说苑》则与《家语》最为相近，但《说苑》与《外传》都无"适齐""事齐君"之语，孔子只是在行路中得遇皋鱼或丘吾子，可见《家语》产生在《说苑》之后，是抄录《说苑》而生发的。如果《家语》在前，写明"适齐""事齐君"，《说苑》抄录时就不会删去，将确定的去向弄得模糊不清。统观三文，后两者是由《外传》之文衍化而来。《外传》所谓"失之三"，是"少而学游诸侯，以后吾亲"；"高尚吾志，间君事亲"；"与友厚而小绝之"。其"学游诸侯"，亲未丧亡，"失"在把事亲的位置摆放在游学之后；而后"间君"而事其亲，其失在于未得事君，事亲与事君不可兼得。这与后面所发"欲养而亲不待"的议论相抵牾，《说苑》（或刘向校编所据原本，下同）因而改作"还后而亲亡"，《家语》因之。"小绝之"把"失"说得很轻，《说苑》改"小"为"后"，《家语》还嫌不够，又改为"今皆离绝"，从而加大了"失"的分量，却又显得不近情理："厚交"为何全都"离绝"？《外传》作皋鱼说罢"立槁而死"，令人莫名；《说苑》改作"自刎"，《家语》又改作"投水"，孔子及弟子皆未拦阻，也不为之惋惜，只说他"足以为戒"，颇不近情理。看来，原是《外传》或其所本杜撰的一篇以孝亲戒人的多违事理之作，被《说苑》与《家语》改得似较近情而仍有破绽，三者均非纪实之作，都是自觉虚拟的小说。

《致思》还有如下一章：

> 楚昭王过江中，有物大如斗，圆而赤，直触王舟。舟人取之。王大怪之，遍问群臣，莫之能识。使使聘于鲁问孔子。子曰："此所谓萍实者也，可割而食之，吉祥也，惟伯者为能获焉。"使者反，王遂食之，大美。久之，使来以告鲁大夫。大夫因子游问曰："夫子何以知其然？"曰："吾昔之郑，过乎陈之野，闻童谣曰：'楚王渡江得萍实，大如斗，赤如日，剖而食之甜如蜜。'此楚王之应也。吾是以知之。"

且不说古今天下有无"大如斗"的萍实，也不论为了弄清一件稀罕物楚王会不会千里迢迢两次派使者往返于楚鲁之间。只说楚昭遣人使鲁应在孔子周游卫、陈、郑等多国返鲁之后，才有孔子在陈听到童谣的可能。孔子返鲁是在哀公十一年（前484），而楚昭王死于哀公六年，可见"使使"云云纯属子虚。楚王尚未得萍实，陈国的童谣就唱出楚国未来之事，也显得神乎其神，不可思议。本文显然是后来的读书人为了美化圣人孔子有意虚构出来的故事，即今之所谓小说也。此文袭自《说苑·辨物》。《说苑》只说"使聘问孔子"，无"于鲁"二字，也无二次遣使"告鲁大夫"，孔子只言童谣，而无"之郑""过陈"等语。这些显然是《家语》作者后加的，看似圆满、完整，实则更露出虚造的马脚。当然，《说苑》所记亦非实事，因为那童谣只能流传于昭王得物而食之觉得甘甜"大美"之后。使孔子听谣而先知，也是对圣人的一种美化。它或许记录了一种传说，经过《家语》的改造、发展，就成了自觉虚拟的小说。

与此相类，卷三《辨政》篇载有孔子辨商羊事。一足之鸟飞临齐侯殿庭，"舒翅而跳"，齐侯怪之，"使聘鲁问孔子"。孔子说：鸟名商羊，是大水的先兆，并告以所知之故："昔童儿有屈一脚振肩而跳，且谣曰：

'天将大雨，商羊鼓舞。'"遂要齐民"趋治沟渠"，修堤防水。"顷之，大霖雨，水泛溢诸国，伤害人民，惟齐有备不败。景公曰：'圣人之言，信而有征矣。'"古代没有天气预报，以某些动物反常的情况判断风雨灾异是自然的事。但自孔子之后，商羊现象似未再现，所以历代文献引述商羊之典唯举此例，其可信性也就很可怀疑。再者，孔子仅据童谣就断定要发大水，且要齐民治沟修堤，亦不近情——孔子不会这样轻率。最不可信的是，预示性物象的出现，如"蝼蚁徙，丘蚓出"之类①，一般都在当天或次日就要下雨，哪里等得遣使往返于齐鲁去问孔子，还要百姓通渠修堤，须多少时日？作者只顾颂扬孔子，随意造作，忽略了此类起码的常识，当然不是记实，而是有意虚构的小说。本章也见于《说苑·辨物》，《说苑》将它与楚昭王得萍实"大如斗"合为一章，交互叙述，除无"聘鲁"字样，结尾以后人的口气谓"故圣人非独守道而已也，睹物记也，即得其应矣。"《家语》将《说苑》此章一分为二，各自独立而完整，最后又让当时的景公赞孔子为"圣人"，更见其假，却也更像客观叙述当时境况的小说。

卷四《辨物》第六章写孔子预言鲁遭火灾之宗庙。孔子在陈，陈侯与游，人传"鲁司铎灾，及宗庙"。孔子得闻，谓"所及者，其桓、僖之庙"。陈侯问："何以知之？"孔子曰："礼，祖有功而宗有德，故不毁其庙焉。今桓、僖之亲尽矣，又功德不足以存其庙而不毁，是以天灾加之。"三日，鲁使至，乃知受灾者果是桓、僖之庙。陈侯谓子贡曰："吾乃今知圣人之可贵。"对曰："君今知之可矣，未若专其道而行其化之善也。"《左传》哀公三年载："夏五月辛卯，司铎火，火逾公宫，桓、僖灾。"又载："孔子在陈，闻火曰：'其桓、僖乎？'"本章就是依据这一记载敷衍成篇。故马骕谓"此问答亦附益之语"②，即附增虚设之词。且不

---

① 王充：《论衡》卷十五《变动篇》，四部丛刊本。
② 马骕：《绎史》卷九十九，清光绪二十三年（1897）武林尚友斋石印本。

说《左传》所记孔子的话是否属实，即便属实，也是一种推测的口气，只是具有倾向性而已，偶然说中，属于巧合。《家语》作者为突出孔子是圣者先知，改作肯定的预言口气，这就有了质的差异，也改变了孔子的形象。陈侯赞孔子为圣人，更是把后人的认识强加给亡国之君陈湣公。本文只能视为改造历史事件和历史人物的早期拟史小说。至于《说苑·权谋》将孔子对此次听到火灾地点改在齐国，陈侯代以齐景公，并把鲁之桓、僖之庙误作周僖王庙，虽也源自《左传》，却不成其为拟史小说，而是纯为虚拟之作；后被《家语》卷四《六本》篇添枝加叶，再度铺陈，小说意味有所发展。

卷二《好生》篇有下面一章：

> 鲁人有独处室者，邻之嫠妇亦独处一室。夜暴风雨至，邻妇之室坏，趋而托焉。鲁人闭户而不纳。嫠妇自牖与之言："何不仁而不纳我乎？"鲁人曰："吾闻男女不六十不同居，今子幼吾亦幼，是以不敢纳尔也。"妇人曰："子何不如柳下惠然？妪不逮门之女，国人不谓其乱。"鲁人曰："柳下惠则可，吾固不可。吾将以吾之不可，学柳下惠之可。"孔子曰："善哉！欲学柳下惠者，未有似于此者。期于至善而不袭其为，可谓智乎！"

这是一篇很有意味的作品，因其"描写情与理矛盾冲突的生动"而被誉为"出色的短篇小说"①。它也不是《家语》所造，而与《诗经·巷伯》之毛传中的故事大致相同。但毛传先叙另一故事："昔颜叔子独处于室，邻居嫠妇又独处于室。夜暴风雨至而室坏，妇人趋而至，颜叔子纳之，而使执烛放乎旦，而烛尽缩屋而继之，自以为辟嫌而不审矣。若其审者宜若鲁人然。"下面才叙鲁人拒嫠妇事。作为《诗》传，两者乃是相反相成的

① 王德明主编：《孔子家语译注》，第119页。

整体，以解畏谗避嫌之意。孔颖达疏云："《家语》略有其事，其言与此小异，又无颜叔子之事，非所引也。"意即毛传并非引录《家语》，因为颜叔子事不能由毛公后添。而两作鲁人故事又如此相同，甚至连颇为难解的"妪不逮门之女"① 都一字不差，只是毛传中孔子的话为"欲学柳下惠者，未有似于是也。"合理的解释是，《家语》作者见毛传此则有孔子语，乃袭用之，将孔子的话改得更加明确而具体。颜叔子事与孔子无关，自然不为所取。然而，鲁人之事也并非实有，因为毛传中的鲁人故事是照颜叔子事仿造的。前面数句全同，绝非实事；后文专逆前事而造，以出新意。至于颜叔子事，或非毛公悬拟，但也并非实有，只要看不仅"执烛放乎旦"，还要"蒸尽缩屋（薪尽拆屋）而继之"，就知是绝不会有的文学夸张。《家语》将生动显示儒礼对当时人影响力量的鲁人故事抄出，使其独立成篇，恰好构成一篇首尾完整的小说。

卷五《颜回》篇首章载，鲁定公问颜回："子亦闻东野毕之善御乎？"颜回对曰："善则善矣，虽然，其马将必佚。"定公不悦。后三日，牧者来报："东野毕之马佚"。定公急召颜回，问"奚以知之"。颜回曰："以政知之。昔者帝舜巧于使民，造父巧于使马。舜不穷其民力，造父不穷其马力，是以舜无佚民，造父无佚马。今东野毕之御也……历险致远，马力尽矣。然而犹乃求马不已，臣以此知之。"公曰："善哉！若吾子之言也。吾子之言其义大矣，愿少进乎？"颜回曰："臣闻之，鸟穷则啄，兽穷则攫，人穷则诈，马穷则佚。自古及今，未有穷其下而能无危者也。"定公悦，以告孔子，孔子曰："夫其所以为颜回者，此之类也，岂足多哉！"此章与《荀子·哀公篇》末章、《韩诗外传》卷二第十一章所记大同而小异。主要差异如下：其一，《荀子》"御"作"驭"，"佚"作"失"，《外传》同于《家语》；其二，《荀子》"善"下无"哉"字，亦无"若吾子

---

① 此由《荀子·大略篇》"柳下惠与后门之女同衣"衍化而出。清朱亦栋《群书札记》（光绪四年武林竹简斋刊本）卷九《后门同衣》引《吕览》高诱注云："后门，日夕门已闭也"；朱又谓："妪者，母也。如母抱女，故曰不乱"。

之言也……"等语，"善"下径接"可得少进乎"，《外传》同于《荀子》；其三，《荀子》结于"无危者也"，《外传》下加《诗经》二句，以合全书体例，两者皆不同于《家语》。其四，《外传》开头为"颜渊侍坐鲁定公，东野毕御马于台下"，另两书开头相同，皆无此语。这些差异说明，三者之中，《荀子》文字最少，除故事本身，无特别需要，而《外传》与《家语》各有特别的表现，故于结尾一加《诗》句，一加孔子语，可见《荀子》为二者所本。又从第二差异看，《外传》抄自《荀子》，不会抄自《家语》，而第一点差异《家语》又只同于《外传》，所以《家语》在抄《荀子》时，也参照了《外传》。了解这个发展顺序，再来考辨其虚与实。首先，颜回是终生未仕的孔门弟子，箪食瓢饮，住于陋巷，何得接近鲁定公与之对谈？"侍坐"之说尤为虚造。从描写看，也甚不合理：三日后其马始佚，颜回于三日前怎知其"历险致远，马力尽矣"，从而作出"必佚"的预言？可见三章所写均非实事。再看《庄子·达生》如下文字：

> 东野稷以御见庄公，进退中绳，左右旋中规。庄公以为文弗过也，使之钩百而反。颜阖遇之，入见曰："稷之马将败。"公密而不应。少焉，果败而反。公曰："子何以知之？"曰："其马力竭矣，而犹求焉，故曰败。"

此则又见于《吕氏春秋·适威》，其与《家语》等所写的颜回预言东野毕马佚之事何其相似乃尔。它才是前述三作之源，表现用物要顺适其性，"明至当之不可过也"[1]。颜阖是"鲁之贤人"，后居于卫，《庄子》内篇《人间世》另有"颜阖欲傅卫灵公太子而问蘧伯玉"之语，则上文庄公当是卫庄公，非鲁庄公。卫庄公当国始于纪元前 480 年，在鲁定公卒后十五

---

[1] 《庄子·达生》郭象注，上海古籍出版社 1989 年影印本，第 100 页。

年。颜回早已亡故。应是后人将颜阖误传作颜回，卫庄公也就变成鲁定公。但并不只是传说之讹，儒者显然利用并发展了这个传说，有意用它表现执政驭民之理，从而增加情节、议论与篇幅，改变了原作的合理描述与主题，遂成有意虚拟的小说。《韩诗》在《荀子》基础上，添造开头两句，使结构更趋完整；《家语》则加孔子之评，了无新意，于作品显系蛇足。

同卷《在厄》写孔子师徒困于陈蔡间事。颜回"炊之于坏屋之下，有埃墨堕饭中，颜回取而食之"。子贡"自井望见之，不说（悦）"，以告孔子，怀疑"仁廉之士，穷改节"。孔子不疑，谓"必有故乎"？乃假托梦见先人而谓颜回：将以其所炊饭祭之，颜回乃叙明原委，以明不洁，"不可祭也"。孔子曰："'吾之信回，非待今日也。'二三子由是乃服之"。圣贤们面对困境，竟为一口饭食猜忌、"告状"、假梦试探，"无异于今日屠沽驵侩之徒之所为"，岂可思议？《吕氏春秋》卷十七《任数》亦载此事，而无子贡，是孔子亲见颜回"攫其甑中而食之"而"佯为不见"，托梦探明情况，叹曰："所信者目也，而目犹不可信；所恃者心也，而心犹不足恃。弟子记之，知人固不易矣，故知非难也。"此文的虚实姑且不论，所表现的主题即孔子之叹，"托于孔子、颜子以为言耳"，《家语》作者"遂以为真"①，又觉得不应让孔子怀疑颜子，遂改用子贡，致使孔子形象大变，言亦大异，主题也随之改变，张扬孔子知贤不疑。不论《吕氏春秋》之文是否属实，《家语》本章都是变改的小说作品。

卷八《辨乐解》首章写孔子学琴于师襄子。襄子曰："吾虽以击磬为官，然能于琴。今子于琴已习，可以益矣。"孔子曰："丘未得其数也。"过些时候，襄子说他"已习其数，可以益矣"。孔子又说"未得其志"。又过些时候，襄子说他"已得其志，可以益矣"。孔子又说"未得其为人。"再过些时候，孔子"有所谬然思焉，有所睪然高望而远眺，曰：

———
① 本段引文均见崔述《洙泗考信余录》卷一。

'丘迫得其为人矣：近黮而黑，颀然长，旷如望羊，奄有四方。非文王其熟能为此?'师襄子避席叶拱而对曰：'子圣人也!'其传曰《文王操》。"《史记·孔子世家》与《韩诗外传》均有相似的记述。《史记》文字犹同于《家语》，而无"圣人"之语，应是《家语》袭用《史记》而后加的。文中将孔子学琴写得十分玄虚，不仅要"得其数""得其志"，还要"得其人"，以至能想见文王的相貌。故范家相谓"附会之言安可信乎?"① 全文是后人圣化孔子的虚构之作。《家语》借师襄之口赞孔子为"圣人"，直接点明小说的创作意图。

卷八《屈节解》第二章是长达约一千七百字（不含标点）的叙事之作。孔子在卫，齐国田常欲作乱而伐鲁，孔子遣子贡救鲁。子贡游说田常，要他将已"加鲁"之兵"缓师"而待，待其说吴救鲁，以便与强吴大战。田常居然同意。子贡随即连续游说吴王夫差、越王勾践和晋之国君，导致吴与齐战于艾陵，大败齐师；吴又以兵临晋，战于黄池，为晋所败；勾践乘机袭吴，"杀夫差而戮其相"，三年，"东向而霸"。此谓"子贡一出，存鲁，乱齐，破吴，强晋而霸越。"孔子曰："夫其乱齐存鲁，吾之初愿。若强晋以敝吴，使吴亡而越霸者，赐之说也。美言伤信，慎言哉!"。本文取自《史记·仲尼弟子列传》所述子贡事迹，略有变改与生发，主要由子贡说服不同对象的言词构成，以表现子贡的辩才和孔子的知人善任。考之《春秋左氏传》，并无子贡出使齐、吴、越、晋以救鲁之事。艾陵之战发生在哀公十一年夏，是齐、吴、鲁三国多年矛盾纷争的产物，也是强吴妄图称霸北方所致。早在哀公八年，齐悼公怒季康子许婚而失约，伐鲁取地，并请吴师伐鲁；后因悼公嬖爱鲁姬，又"辞师于吴"，还鲁之地。夫差怒齐反复，便于九年冬遣使约鲁"伐齐"。后至十一年春，齐乃遣国书帅师再次伐鲁，鲁奋力而战，至夏，乃"会吴子伐齐"，"战于艾陵"，大败齐师。此即艾陵之战的由来，与"田常欲作乱"并无

---

① （清）范家相：《家语证伪》卷八，清光绪十五年（1889）徐氏铸学斋刊本。

干系。故苏辙《古史》批评《史记》："齐之伐鲁本于悼公之怒季姬，而非陈恒（即田常）；吴之伐齐本怒悼公之反复，而非子贡；吴齐之战，陈乞（田常之父）犹在，而恒未任事。太史公所记皆非也。"① 艾陵开战之前，《左传》对子贡的记载只有一笔：吴王赐鲁叔孙（即武孙州仇）甲与剑铍，子贡为之答曰："州仇奉甲从君而拜。"子贡的这一辞令尚被记下，如果他曾出使四国游说，从而左右了春秋末期的形势发展，《左传》怎会只字不提？子贡的说词，看似左右逢源，实则"浅漏阔诞"②，远离实际，要齐"缓师"以待吴兵援鲁尤其荒唐。况且，"齐兵已在鲁之城下矣，乃翱翔不伐，俟其之吴之越，越行其间，吴释其疑……其道里迂远，岂一朝夕者哉？"③ 艾陵战后，夫差回吴，发现伍员寄子于齐，遂赐他属镂之剑自尽。而子贡于战前游说勾践时竟有"申胥以谏死"之语，岂非虚造？古人还从子贡的说词和作为有悖孔子、儒贤的道德理念，类乎纵横家的言行，指斥其伪。《家语》的编撰大约考虑到这一因素，乃在文末加入孔子责备子贡"美言伤信"等语，非但无济于事，反倒欲盖弥彰，孔子卒于哀公十六年——"吴亡而越霸"之前七年，何得有此先知之语？凡此种种，都充分表明，本章以及《史记》的相似记述均非史实，而是被人虚造的小说。古人推定其文为战国说客或楚汉间戏弄文墨者"附着于孔子、子贡以为小说而耀世迹"④，当属可信。

卷九《曲礼公西赤问》第三章写孔子合葬其父母事：

孔子之母既丧，将合葬焉，曰："古者不祔葬，为不忍先死者之复见也。《诗》云：'死则同穴。'自周公以来祔葬矣。故卫

---

① （宋）苏辙：《古史》卷三十二，明万历十九年（1591）刊本。
② （宋）李邦直：《史论》上，载佚名编《圣宋文选全集》，清光绪八年（1882）刊本。
③ （明）方弘静：《千一录》，卷七，明万历（1573–1620）刊本。
④ 李邦直：《史论》上。

人之祔也离之，有以间焉；鲁人之祔也合之，美（善?）夫。吾从鲁。"遂合葬于防。曰："吾闻之，古墓而不坟。今丘也东西南北之人，不可以弗识也。吾见封之若堂者矣，又见若防者矣，又见覆夏屋者矣，又见若斧形者矣。吾从斧者焉。"于是封之，崇四尺。孔子先反虞。门人后，雨甚至，墓崩，修之而归。孔子问焉，曰："尔来何迟?"对曰："防墓崩。"孔子不应。三云，孔子泫然而流涕曰："吾闻之，古不修墓。"及二十五月而大祥，五日而弹琴不成声，十日过禅而成笙歌。

本章的多数文字都能在《礼记·檀弓》中找到，但不在一处，而分散在多处，也不全是孔子合葬父母时所言，有的也不是孔子的话。如"合葬非古也，自周公以来未之有改也"，就是季武子的话，应是本篇"古者不祔葬""自周公以来祔葬矣"所本。"卫人之祔也离之，鲁人之祔也合之，善夫。"倒是孔子所言，而原是孤立的两句，并无上下文。"合葬于防"以下，则是《礼记》所记孔子合葬父母之文，却又插入"吾见封之若堂者矣"五句，那是子夏在为孔子发丧时回忆孔子往昔之言。结尾三句原在《檀弓》中也独立成文，首句作"孔子既祥"，下全同。由此可见，本章是"组织《檀弓》成文"①。且不说《檀弓》所记是否属实，其前半将孔子平时言论集中在一个特定场合就是蓄意造作，结果好像孔子一人在自言自语，曰了又曰，没有听者，没有气氛，缺乏真实感。对《檀弓》之记，古人多有质疑。其谓防墓"旋踵而崩""古不修墓"乃"汉儒言古"，"只是臆说"云云②，我们今天也"不复验之"，不便判其虚实真伪；而谓"东西南北之人非夫子之言也，夫子岂逆知己之老于行乎?"③则是显见之理，合于孔子到五十七岁近老之年才不得已适卫并奔波于多国

---

① 范家相：《家语证伪》卷十。
② （宋）罗璧：《识遗》卷三，民国九年（1920）上海涵芬楼影印本。
③ 郝敬：《礼记通解》卷三，明万历四十四年（1616）京山郝氏刊本。

的经历，其葬母时哪得预知？如此看来，本章也是虚实参半的拟史小说。

二、《孔丛子》中的小说

首篇《嘉言》第一章写孔子适周，见苌弘。事后苌弘对刘文公曰："吾观孔仲尼有圣人之表。河目而隆颡，黄帝之形貌也；修肱而龟背，长九尺有六寸，成汤之容体也。然言称先王，躬履廉让，洽闻强记，博物不穷，抑亦圣人之兴者乎？"刘子曰："方今周室衰微，而诸侯力争，孔丘布衣，圣将安施？"苌弘曰："尧舜文武之道或弛而坠，礼乐崩丧，亦正其统纪而已矣。"既而夫子闻之曰："吾岂敢哉，亦好礼乐者也。"姑且不论孔子早年是否曾经适周，"问礼于老聃，访乐于苌弘，"（《家语·观周》），即便真有此等事，苌弘也绝不可能对文公刘盆说那些极端恭维孔子的话。那是孔子被尊为圣人之后好事者的想象之词，所以本章绝非纪实，而是蓄意造作的早期小说。

第二章写孔子讽陈惠公。"陈惠公大城，因起凌阳之台"。台工未峻，已坐法死者达数十人，"又执三监吏"。孔子适陈，"闻之，见陈侯，与俱登台而观焉。"孔子曰："美哉，斯台！自古圣王之为城台，未有不戮一人而致功若此者也"。陈侯默而退，"窃放所执吏"。既而问孔子："昔周作灵台亦戮人乎？"孔子答曰：文王以"六州之众"建"区区之台"，"未及期日而已成矣，何戮之有乎？夫以少少之众能立大大之功，唯君耳。"据《春秋》，鲁定公四年（前506）葬陈惠公，八年又葬陈怀公，陈湣公嗣位。而据《史记》，孔子于定公十四年还在鲁国当大司寇，后适卫数年，至陈已在鲁定公死后，陈湣公已当政多年，惠公墓木以拱，于此可见本章之虚。又者，孔子对如此暴虐的君主，不会说表面奉承的反语，故被崔述谓为"滑稽之雄淳于髡、东方朔之所为。不但孔子不屑为此，春秋时尚未有此等语也。"① 全篇乃是凭空虚构的小说文字。

本篇还另有虚拟之作：

> 夫子适齐，晏子就其馆，既宴其私焉。曰："齐其危矣，譬若载无辖之车，以临千仞之谷，其不颠覆亦难冀也。子，吾心也。子以齐为游息之馆，当或可救，子幸不吾隐也。"夫子曰："夫死病无可为医。夫政令者，人君之衔配，所以制下也。今齐君失之已久矣，子虽欲挟其辀以扶其轮，良弗及矣。抑犹可以终齐君及子之身，过此以往，齐其田氏矣。"

据《史记·孔子世家》，鲁昭二十五年，季平子与孟氏、叔孙氏"共攻昭公，昭公师败，奔于齐"，其后"鲁乱"，孔子也随之适齐，时年三十五岁。其时，鲁国处于无君的混乱之中，而齐国景公还如日中天，田氏祸乱要在三十年后。晏子和孔子见面，即便不谈鲁国之乱，也绝不会谈齐国危机。晏子与孔子不仅年岁差异甚大，地位不同，前者对后者以礼乐治国的理念也不认同，以为"累世不能殚其学，当年不能究其礼"，不能用之"以移齐俗"②。晏子"先细民"的治国理念使他对孔子不可能说"子，吾心也"的话，更不会言"齐其危矣"。而作为客居齐国的孔子，也不会说那些对齐国大不敬的预言。上列文字，其实都是了解田氏篡齐的后来人为假晏子预言抬高孔子而虚造的叙事之文，即早期小说。

《春秋》哀公十四年记有"西狩获麟"一语。产生较早且多据史记的《左传》对此传曰："十四年春，西狩于大野，叔孙氏之车子钼商获麟，以为不祥，以赐虞人。仲尼观之，曰：'麟也。'然后取之。"后至《公羊传》，则将获麟之人释为"薪采者"，谓"有以告者曰：'有麕而角者。'

---

① 崔述：《洙泗考信录》卷三，清道光四年（1824）陈履和刊本。
② 《史记》卷四十七《孔子世家》，第 1911 页。

孔子曰：'孰为来哉！孰为来哉！'反袂拭面涕沾袍。"两传虽有差异，并不龃龉难合，且都并未敷衍成篇。《家语·辨物》吸收了两传的内容，略作生发而成篇："叔孙氏之车士曰子鉏商，采薪于大野，获麟焉，折其前左足，载而归，叔孙以为不祥，弃之郭外。使人告孔子曰：'有麕而角者何也？'孔子往观之，曰：'麟也。胡为来哉！胡为来哉！'反袂拭面，涕泣沾襟。叔孙闻之，然后取之。子贡问曰：'夫子何泣尔？'孔子曰：'麟之至，为明王也，出非其时而见害，吾是以伤哉。'"这就把两传合而为一，将"西狩获麟"之事陈述得清楚而又完整，具体而微。虽也不无主观臆度，但可视为填充叙事空白之笔，或距史事不远。唯子贡之问系凭空而加，似还不能因此构成小说。再看《孔丛子·记问》末章：

> 叔孙氏之车子曰鉏商，樵于野而获兽焉。众莫之识，以为不详，弃之五父之衢。冉有告夫子曰："麋身而肉角，岂天之妖乎？"夫子曰："今何在？吾将观焉。"遂往。谓其御高柴曰："若求之言，其必麟乎？"到视之，果信。言偃问曰："飞者宗凤，走者宗麟，为其难致也。敢问：今见，其谁应之？"子曰："天子布德，将致太平。则麟凤龟龙先为之祥。今宗周将灭，天下无主，孰为来哉！"遂泣曰："予之于人，犹麟之于兽也。麟出而死，吾道穷矣。"乃歌曰："唐虞世兮麟凤游，今非其时吾何求，麟兮麟兮吾心忧！"

此文增加了冉有、高柴、言偃三个人物和相关对话，对西狩获麟事件的传述作了明显的衍绎与发挥。特别是孔子与言偃的对话，占篇幅之大半，孔子不仅慨叹"宗周将灭，天下无主"，还将自己比作人中之麟，大发感慨与悲歌，从而使作品加入作者太多的主观臆想之词，成为虚实参半的拟史小说。

《杂训》篇第三章写孟子见子思事。孟子幼年"请见子思"，子思

"甚悦其志，命子上侍座"，子上不理解乃父何以如此"礼敬"这位"孟孺子"，事后发问，子思便对他讲述自己当年"从夫子于郯"，亲见孔子如何礼敬程子的情景，说孟子虽是"孺子"，而"言称尧舜，性乐仁义，世所稀有""事之犹可，况加敬乎？"前儒多曾指出，孟子与子思相差一百多岁，不可能有师徒之缘，此写"请见""礼敬"云云，自是宣扬孟子和子思的虚造，其"从夫子于郯"也是不着边际的意想之词①。全章只能作荒诞小说来看。

《抗志》篇第三章写子思不为鲁君服丧。"子思居卫，鲁穆公卒。县子使乎卫，闻丧而服"，又谓子思："子虽未臣鲁，父母之国也，先宗庙在焉，奈何不服？"子思称："吾既无列于鲁，人祭在卫。吾何服哉？旧君无服，明不二君之义。"子思之父伯鱼死于孔子卒前，鲁穆公死于孔子卒后一百零三年（前479—前376），若本章之事可信，子思至少要活百多岁，故前人谓此篇"尤不足信也"②。又，《孟子》卷十拟子思答鲁穆公问，有"子，君也；吾，臣也"之语；卷十二引淳于髡语云："鲁穆公时，公仪子为政，子柳、子思为臣"。徐乾学据以批驳本章："岂得谓子思未臣鲁？"③《汉志》还有子思"为鲁穆公师"的班固注语。凡此，足以说明本章并非纪实之作，而是了解子思、穆公、县子生当同时的读书人蓄意造作的一篇小说。倘属"孔氏家学"，则不排除孔氏后人之所造。

《抗志》末章写子思见老莱子。老莱子听说穆公将用子思为相，便问他"将何以为"。子思说"顺吾性情，以道辅之"。老莱子便不认可，谓子思"性刚而傲"，"非人臣也"。子思不服。老莱子曰："子不见夫齿乎？齿坚刚，卒尽相磨；舌柔顺，终以不弊。"子思曰："吾不能为舌，故不

---

① （清）王谟《孔丛子跋》云："《左传》孔子见郯子在昭公十七年，孔子时年二十八，伯鱼尚幼，子思安得遂从夫子于郯耶？"载王谟辑《增订汉魏丛书·孔丛》，清光绪二年（1876）红杏山房刊本。

② （清）林春溥：《战国纪年》卷一，清道光十八年（1838）竹柏山房刊本。

③ （清）徐乾学：《读礼通考》卷十一，清光绪七年（1880）江苏书局刊本。

能事君。”《汉志·诸子略》道家类载《老莱子》十六卷，班固自注：“楚人，与孔子同时。”《史记·仲尼弟子列传》载：“孔子之所严事，于周则老子，于卫蘧伯玉，于齐晏平仲，于楚老莱子……”，则老莱子应比孔子年长，到鲁穆公时墓木已拱，不可能教训子思。其实，本章的主旨不在宣示老莱子的齿舌之喻，而在表彰子思“不能为舌，故不能事君”的人格与个性。笔者在前面有关《说苑》的考辨中曾谈及《敬慎》篇常摐以齿坚舌柔教老子处世的虚构之作，那自然是先秦的资料，经过流传与翻改，变成老莱子教孔子的同类故事。本章应是这类故事的最新改作。改作者无论是否孔氏后代，都是推崇子思的读书人，作品具有自觉虚拟的特性，是一篇地道的仿改小说。

《陈士义》篇有宫他见子顺章。宫他说他“困贫穷，欲托富贵之门”。子顺问他“欲托者谁”，他说出赵平原君、燕相国、齐田氏，子顺皆谓“不足归”。宫他要他推荐，子顺说“勿识”，又说，春秋时期被孔子赞为“仁可以托孤，廉可以寄财”的郈成子，如今到哪里去找呢？宫他曰：“循先生之言，舍先生将安之？请从执事。”子顺不得已而言于魏王，使宫他“升于朝”。据《战国策》载，宫他（又称昌他）是战国时西周大夫，曾为周王谋划“备秦”之策，后“亡西周，之东周，尽输西周之情于东周”，遂为西周冯雎以反间计杀之①。这说明在西周被灭之前相当长的时间宫他就已是西周大夫，西周被秦灭于周赧王五十九年（前256），而据钱穆先生推考，子顺为魏相“约当魏景湣王之三四年”（前240—239）②，其时宫他已死多年。退一步说，子顺为相即使再早些年，也不会早于宫他之为周大夫之前，不会有“困贫穷”，求子顺荐他之事。再者，子顺所述郈成子事迹近二百言，几乎照录《吕氏春秋》卷二十《观表》中“郈成子为鲁聘于晋”章的文字。作为《吕氏春秋》十二纪序的《序

① 参见《战国策》，第37－38页、69页。

② 钱穆：《先秦诸子系年》，北京 中华书局1985年版，第491页。

意》作于秦嬴政八年（前239），《吕氏春秋》的成书、流传必在其后，子顺怎得对死于西周败亡之前的宫他背诵二十几年后产生之书？此章显系作者为表现子顺有意虚拟的小说类作品。

《论势》第二章写子顺救成皋。"五国西诛秦，子顺会之，秦未入境而还，诸侯留兵于成皋。"子顺谓市丘子："此师楚为之主。今兵罢而不散，殆有异数，君其备之。"市丘子求其救之，子顺许诺，遂见楚王，谓楚"约五国"伐秦而无功，又久屯兵于市丘，"谤君者或以君欲攻市丘以偿军费"，颇不义之，"王可不卜交乎？"楚王曰："奈何？"子顺曰："王出令使五国勿攻市丘，五国重王则听王之令矣，不重王则且反王之令而攻市丘，以此卜五国交王之轻重必明矣。"楚王"敬诺而五国散"。本章所写与《战国策·韩策·五国约而攻秦》是同一内容。本章的子顺，《国策》作魏顺；本章谓"楚为之主"，《国策》则明书"楚王为从（纵）长"。据《史记》载，在六国合纵抗秦斗争中，写明以楚王为纵长者有两次，一为楚怀王十一年（前318），一为楚考烈王二十二年（前241）①。另据《国策·赵策·五国伐秦无功》亦谓"伐秦无功，罢于成皋"，表明与《韩策》所写为同一次伐秦。文中用很大篇幅表述苏代为齐说服赵奉阳君事，而奉阳君为赵肃侯之弟，则此次五国（实为六国）伐秦只能在楚怀王十一年，时当赵武灵王八年、魏襄王元年——奉阳君尚在，子顺大约还未出生。《韩策》中的魏顺当为人名，善使纵横家的辞令、计谋，被本章借指魏相子顺，不仅年代大谬，也与子顺的儒者风范大相径庭，褒之而实贬之，是钱穆之谓"《孔丛》书伪窃魏顺为孔子顺"的仿改小说。

《论势》第六章写子顺之谋。"齐攻赵，围廪丘。"赵使孔青帅师击之，获齐尸三万。"赵王诏勿归其尸，将以困之。"子顺聘赵，问王："不归师，其困何也？"王谓"其父兄子弟悲苦无已，废其产也"。子顺以为不然，谓"贫齐之术，乃宜归尸"。王问其故，子顺曰："使其家远来迎

———————————

① 参见《楚世家》和《春申君列传》。

尸，不得事农，一费也；归所葬，使其送死终事，二费也；二年之中丧卒三万，三费也。欲无贫困，不能得已。"王曰："善。"既而，齐大夫闻子顺之谋，曰："君子之谋，其利溥哉！"钱穆考证："此事见于《吕氏春秋》，劝归齐尸者为宁越。证之《纪年》，其事远在威烈王时，下距子顺之世尚百七十年。《孔丛》轻为剿窃，其妄如此。"① 对照两书此文和《纪年》之记②，此考可谓毫无可驳。且看《吕氏春秋·不广》之文，"齐围廪丘，赵使孔青将死士而救之""得尸三万"，将葬，宁越建议反尸于齐，使齐"府库尽于葬"。孔青虑齐不取尸，宁越曰："战而不胜，其罪一；与人出而不与人入，其罪二；与之尸而不取，其罪三。民以此三者怨上，上无以使下，下无以事上，是之谓重攻之。"作者评曰："宁越可谓知用文武矣。用武则以力胜，用文则以德胜，文武尽胜，何敌之不服？"而《孔丛子》此章只着眼于使齐贫困，将三罪易作三费，不仅目光狭窄，第三费且与归尸全无关系，实属拼凑，表现的子顺不仅不合儒者的仁义之道，较之宁越，也大为逊色，是蓄意造作又并不高明的仿改小说。

本篇末章载，"秦急攻魏，王恐。"有人谓子顺曰："如之何？"子顺答曰："吾私有计，然岂能贤于执政？故无言焉。"魏王闻之，忙向子顺问计，子顺先发一通"弃之不如用之之易也，死之不如弃之之易也"的议论，而后建议魏王"割地赂秦以为嫪毐功，卑身尊秦以固嫪毐""使太后德王"，使天下"弃吕氏而从嫪毐"，则"王怨必报"。《四库》本和《百子》本《孔丛子》都有为数很少的注释，一般只注关键人物的身份或疏通文字，而对本章却特加按语："此策甚疏，必非子顺语。"这说明本章内容太离谱了。让恪守儒道的子顺献出"请以国赞嫪毐"之计，岂可

---

① 钱穆：《先秦诸子系年》，第 489 页。

② 据古本《竹书纪年》，晋烈公十一年（即周威烈王十七年）"田悼子卒，田布杀其大夫公孙孙。公孙会以廪丘叛于赵，田布围廪丘，翟角、赵孔屑、韩师救廪丘，及田布战于龙泽，田布败逋。"见朱右曾辑、王国维校补《古本竹书纪年辑校》，辽宁教育出版社 1997 年版，第 23 页。

思议。钱穆谓其"本《魏策》或人之言，妄人窃取，不悟其不足重子顺也"①，颇为中肯，甚至可以说大损子顺的人格与形象。本章所写与《战国策·魏策四》中"或谓魏王"的议论和献策全同，文字也近乎版印，唯在开头让子顺故卖关子引诱魏王求计是后加的。全篇是将未必实有的或人之言翻改得更见其假的小说类败笔。

《执节》篇第六章写虞卿与魏齐的"春秋"之辩。"虞卿著书，名曰《春秋》"，魏齐意为不可，理由是："《春秋》，孔圣所以名经也"。虞卿曰："经者，取其事常也，可常则为经矣。且不为孔子，其无经乎？"魏齐问子顺，子顺谓"无伤也"云云。据《史记》范睢传与虞卿传，魏相魏齐因曾虐待后为秦相的范睢，被秦昭王逼索其头而最终投奔相赵的虞卿，虞卿"不重万户侯卿相之印"，偕魏齐间行离赵，"复走大梁，欲因信陵君以走楚"，信陵君犹豫未见，魏齐"怒而自刭"。魏齐已死，虞卿"不得意，乃著书"，终成《虞氏春秋》。此种史记表明，虞氏著书在魏齐死后。本章所写魏齐与虞卿讨论书名，又询问子顺等事，显然是《孔丛子》作者凭空虚造，故被钱穆列为"大谬不然者"之列，而从其为表现子顺蓄意拟构假事来看，则是一篇小说。

结　语

《家语》与《孔丛子》中的小说作品当不止此，限于旁证资料和本人视野，考辨如上。另如某些学界有争论者，如孔子是否曾适周并见过老子，就关涉多章的虚实与文类，本人虽持否定看法，而未遑深考，姑且存疑。更有多章借助对话阐发义理之作，无论纪实与否，都不属于小说，本文不作讨论。

《家语》长期被认为是王肃的伪造，几成定论。但仔细想来，王肃原

① 钱穆：《先秦诸子系年》，第489页。

是严肃的学者，其在《家语序》中明言是书为孔子二十二世孙孔猛"昔相从学"时从家中取来的"先人之书"。此言倘属虚造，何以面对其弟子孔猛？实难想象。故此四十四篇《家语》，可能出自孔猛之家。但这并不意味其书就多真实可信，也不意味作者只是孔氏后代。其中大批章节抄自战国、秦汉之书，颇多虚造之文。为把孔子圣化，以文学的虚拟手段夸张、渲染其圣言和圣迹，从而有意无意收采并杜撰了一批早期小说。《孔丛子》也长期被视为伪书，甚至也被疑为王肃所造。但倘《家语》非王肃作伪，其造《孔丛》之疑也就自然排除。《孔丛》是否为孔氏家学，尚无定论。即便它是孔氏家学，也远非孔门纪实之学。作者为宣扬孔子及其后代的言行事迹，羼入多章虚拟和仿改之作，也造成一批小说。此等蓄意造作，从研究孔子和孔门的历史来看，乃是"伪作"，应予剔除；而从小说发展的角度来看，却又是早期文学的一种现象和收获。

原载《文艺研究》2011 年第 3 期，人大复印报刊资料《中国古代、近代文学研究》2011 年第 7 期转载

《高士传》编创之小说考辨

一、原作人物知多少

较之"独尊儒术"的汉代，魏晋是士阶层思想大为活跃、解放的时期。佛道两教炽盛于时，传统道家的老庄思想更发展为魏晋玄学。在谈玄论道、崇尚自然与出世的风气中，读书人的言行不仅"多以放达不守礼教为高"①，而且出现一批特立独行的不仕之士，并将历代不仕者誉为"高士"，争为之立传。据现有资料，除去内容性质相同或相类的《逸士传》《逸民传》《隐逸传》等不论，产生于魏晋时期名为《高士传》者就有四部之多，只《隋志》就分别载有嵇康、皇甫谧、虞槃佐所撰各一种，而据章宗源、姚振宗的同名著述《隋书经籍志考证》，还有习凿齿的《逸人高士传》八卷。这些或长或短的同名之作，全书迄今多已不存，唯皇甫谧《高士传》流传至今，虽也经过后人的增补甚或改窜，但总体看来去原作不远，是同名之书的最幸运者。嵇康的《圣贤高士传赞》，原为三卷，"撰录上古以来圣贤隐逸遁心遗名者集为传赞，自混沌至于管宁凡百一十有九人。"② 今虽失落约半数，仍赖类书及相关文献保存了五十余条，

---

① 冯友兰：《中国哲学史》，第 258 页。
② 嵇喜：《嵇康传》，载《文渊阁四库全书·西晋文纪》，台湾商务印书馆股份有限公司 1986 年影印本，第 1398 册第 410 页。

六十余人①，可谓次幸运者。

今存皇甫谧《高士传》，上中下三卷，计九十一条，写九十六人。而宋李石《续博物志》谓此书写七十二人。《四库全书总目》据此认为"谧书本数原仅七十二人"，并以《太平御览》"五百六至五百九全收此书"之七十一人足之（其中东郭先生不在九十六人之内），仅"偶脱"其一，以证李石所言不差。"此外，子州支父、石户之农、小臣稷、商容、荣启期、长沮、桀溺、荷条蓧丈人、汉阴丈人、颜阖十人皆《御览》所引嵇康《高士传》之文，闵贡、王霸、台佟、严光、梁鸿、韩康、矫慎、法真、汉滨老父、庞公十人则《御览》所引《后汉书》之文（此遗向长，向见《御览》五百一），唯被衣、老聃、庚桑楚、林类、老商氏、庄周六人为御览此部所未载，当由后人杂取《御览》又稍摭他书附益之耳"②。此辨虽不无依据，却与相关资料不尽相合。首先，《御览》那四卷并未"全收"皇甫《高士传》之文。其四六四引庄周条（与今本异，略同于《庄子·说剑》），四七四引亥唐条，四九九引孔嵩条，五九五引严光条，八二八引许劭名条和毛公、薛公条，九百三引孙期条，皆标明出皇甫谧或皇甫士安《高士传》。其中严光条在九十六人之内，其余六条七人今本亦无。《御览》所载《高士传》实为七十九人，与李石之言所见本有差。《御览》卷首所列引录书目就将皇甫谧《高士传》与皇甫士安《高士传》别为二书，说明其时已有两种版本，上面引录各条只有孔嵩和亥唐出自署为士安之书，或属李石所见本。但它只是版本之一种，并非全本。其次，如果关注其前类书引录之文，《高士传》的条数与所写人数，与《总目》之辨亦难合契。虞世南"在隋为秘书郎时所作"的《北堂书钞》引皇甫《高士传》五条四人，除老莱子、管宁、焦先外，还有卷七十七《设官部·功曹》"光赞本朝"下的法真，《书钞》引《后汉书》之文甚多，此处

① 据清严可均辑、唐鸿学补辑嵇康《圣贤高士传赞》（载1921年成都大关唐氏怡兰堂刊本），计五十四条，六十三人。

② 《四库全书总目》，北京：中华书局1965年版，第518页。

独引《高士传》，说明皇甫本传确有此条，虽与《后汉书》文大同小异，却早出其前，更非"《御览》所引《后汉书》之文"窜入者。撰于唐初的《艺文类聚》所引皇甫《高士传》有老子条，谓"桓帝好老子之书，夜梦见老子，乃诏陈相为老子立祠。"（卷七十九）《类聚》系在《梦》下征引此文，自非全部，其前应有今之《高士传·老子》所写李耳身世并作《道德经》等内容。可见今本《老子》条并非后人"附益"者，而是已有缺失。《类聚》还引有《高士传》之韩康条（卷八十一），因在《药》下，只有同于今本《韩康》前半采药、卖药的内容，后半桓帝征辟，中途逃脱，才合于皇甫氏的高士标准，宜所必有。可见今本《韩康》条确为皇甫本传原文，与《后汉书·韩康传》也有同有异，并非一文。《类聚》卷九十四《豕》下还引有《高士传》的孙期，同于《御览》所引孙期条。后至《初学记》，引用《高士传》八条十人，内七条九人同于《御览》和今所见本，张楷逸迹（只"张楷隐华山，学者从之成市"二句）则为别本所无。如此，又增法真、老子、韩康、张楷四人，《高士传》原本应不少于八十三人。

以上只是据类书引文对皇甫原本所写人数的大致考察。皇甫与嵇康两种《高士传》的编撰方法大体一致，主要是采录前人著述，或略有增改；两书编录的范围均自上古至曹魏。因此，某些条文重复以至文字大同皆有可能。特别是那些篇幅短小、内容单纯之作，很难出此一点得出原作有无其条的论断。比如，各旧本《类聚》卷三十六人部"隐逸上"引录魏隶《高士传》十九条实为嵇康《高士传》[1]，所述壤父、巢父事迹之文与《御览》引录皇甫相应二条之文几乎全同。《类聚》不仅早于《御览》数百年，"在引书上也比《太平御览》为谨严"[2]。据此似可认为皇甫本传这两条应为嵇康之文窜入者。而皇甫所撰另一种同类之书《逸士传》的

---

[1]　参见严可均辑、唐鸿学补辑嵇康《圣贤高士传赞》；汪绍楹校《艺文类聚》（上海古籍出版社 1999 年版）。"魏隶"或指字体。
[2]　上海古籍出版社：《艺文类聚》前言，第 5 页。

佚文也有此两条。其中的《壤父》见于《御览》①；《巢父》见于《世说新语》刘孝标注②，以及《文选》李善注③。其文亦与两《高士传》之文大同，且可能早于两《高士传》（后文有辨）。据此，则又似可认为皇甫本传有此两条。又如《子州支父》，源出《庄子·让王》，《御览》所引嵇康之文甚简："子州友（支）父者，尧舜各以天下让友父。友父曰：'我适有劳忧之病，方治之，未遑在天下也。'"而皇甫之文则繁："子州支父者，尧时人也。尧以天下让许由，许由不受；又让子州支父。子州支父曰：'以我为天子犹之可也。虽然，我适有幽忧之病，方且治之，未遑治天下也。'舜又让之，亦对之曰：'予适有幽忧之病，方且治之，未遑治天下也。'"前者是《让王》的简化，也很有可能是嵇文的简化，因而嵇文有被后人改充、附益皇甫之文的可能，以至四库《总目》将皇甫书中此条列为"《御览》所引嵇康《高士传》之文"之首。其实，只是有此一种可能而已。还有另一种可能，即不是后人改充、附益，而是两者同出于《庄子·让王》，一简一繁。又者，嵇文称"支父"为"友父"，谓"治天下"为"在天下"。此同于《吕氏春秋·贵生》，说明嵇文除据《让王》，还参考了《贵生》④。而皇甫之文全同于《让王》，似为编撰者自裁之笔；倘由后人据嵇文附益，则据《让王》作了修订。由于两者均

---

① 《太平御览》卷七五五："《逸士传》曰：尧时有壤父五十（人），击壤于康衢。或有观者曰：'大哉，尧之为君！'壤父作色曰：'吾日出而作，日入而息，凿井而饮，耕田而食。帝何力于我哉？'"
② （萧梁）刘孝标于《世说新语·排调》支道林条注云："《逸士传》曰：巢父者，尧时隐人，山居不营世利。年老，以树为巢而寝其上，故号巢父。"又于孙子荆条下注云："《逸士传》曰：许由为尧所让，其友巢父责之。由乃过清泠水，洗耳拭目，曰：'向闻贪言，负吾之友。'"
③ 《文选》卷五十五陆机《演连珠》第七首后李善注云："皇甫谧《逸士传》曰：巢父者，尧时隐人也。及尧让位乎许由也，由以告巢父焉。巢父责由：'汝何不隐汝光，何故见若身、扬若名令闻？若汝，非友也。'乃击其膺而下之。由怅然不自得，乃过清泠之水洗其耳。"
④ 《吕氏春秋·贵生》只谓尧让天下，未言及舜，嵇文谓"尧舜各以天下让友父"，主要依据是《庄子·让王》。

无编撰者言，无法断定皇甫《高士传》必无此条。由此两例可见某些考辨的或然性即不确定性，也是此类考辨的局限性。八十三人只是大概的数目。

《高士传》，《隋志》著为六卷，《旧唐书·经籍志》著为七卷，至《新唐书·艺文志》著为十卷，宋元各书目因之。《说郛》选录"一卷"，同于明中后期三卷本上卷之二十八目二十九人，选者所见或已大体同于今之所见明万历间吴琯、何允中等分别梓行的三卷本耶？卷数此等变化的原因，如今已经无从考索。晁公武《读书志》著明此书写九十六人，陈振孙《书录解题》又称"自被衣至管宁惟八十七人"，连同李石所见七十二人本，宋代至少有三种人数不同的版本。晁氏又谓"东汉之士居三之一"，亦约同于今所见本。《读书志》所载抑或就是流传至今的九十六人本，只是卷数不同罢了。这虽是推想，却有此可能。

皇甫《高士传》主要是采录前人著述编撰而成。这些著述既有史书，也有子书。此传约有三分之二的人物事迹为史实，或基本属实，是为史传。内以汉魏时代人物为多。其余则为古书传录或杜撰的上古人事。被传录者乃是传说，蓄意杜撰者便是小说或原书的小说成分。由于编撰者将它们认作真实的人物事迹，遂一并纳入传中，并一律写成"某者，某地（或某时）人也"的真人传略形式。又由于早期小说内容简略，遂与史之传略难于区分。本文着重考辨今存《高士传》中并非史传的小说（笔者已另文考辨者除外），不论其文是否原为嵇康所撰或由后人附益者。

二、变小说成分为小说作品

《高士传》所录某些人事，乃前人为传达寓意特地杜撰，即艺术造作，在原文中既不很完整，也不充分独立，与别文关联或依傍别文，只是原文中的小说成分，被编入本传后，因增补之文而完整，因脱离原文而独立成篇，又被冠以人名标题，从而成为类乎史传体的早期小说作品。这就是说，由于本传的编创，遂将原书的小说成分变成小说。

首条《被衣》取自《庄子》。《庄子》是庄周及其后学所撰的寓意之作，不仅见地出奇，超乎世俗，还要表现其见地虚拟许多新奇乃至神异的人事意象。《知北游》篇写啮缺问道于被衣，被衣曰："若正汝形，一汝视，天和将至；摄汝知，一汝度，神将来舍。德将为汝美，道将为汝居，汝瞳焉如新生之犊，而无求其故。"其言未卒，问道的啮缺已"睡寐"，被衣"大说（悦），行歌而去之，曰：'形若槁骸，心若死灰，真其实知，不以故自持。媒媒晦晦，无心而不可与谋。彼何人哉！'"如此谈道情境和怪异人物构成的意象，是为阐明前文所论"圣人无为，大圣不作"的蓄意造作，是论说的例证，从其虚拟的角度而言也只是一种小说成分。《高士传》将该文录入《被衣》，使其脱离议论架构而独立，为其蜕变为小说作品创造了条件。编创者除在开头加上"被衣者，尧时人也"，使其具有"传"的格局，还从《天地》篇移来如下几句："尧之师曰许由，许由之师曰啮缺，啮缺之师曰王倪，王倪之师曰被衣"。这里，《庄子》作者依照东周士阶层广泛存在的师徒关系描述尧时和尧前的社会：尧以上四代师承，被衣成了尧的太祖师爷。这自然也是造作之笔。许由、啮缺、王倪、被衣等人物也首见于《庄子》，或依传说而虚拟。妙在《天地》篇的几句加于此处，恰能承前而启后，自然引出处于徒孙地位的啮缺"问道于"师祖"被衣"，进入被衣事迹正文，从而使全文连环相扣，浑成一体，成为一篇首尾完整的被衣传略，其实就是一篇颇有意味的小说作品。

《王倪》条取自《庄子·齐物论》。《齐物论》以城南子綦答颜成子游之语开篇，寄寓并显示天地自然万物同异之变的深奥哲理。除直接论议，更虚拟尧与舜、啮缺与王倪、瞿鹊子与长梧子、罔两与影子的问答话语，以及庄周梦中化蝶的幻象，以深化意蕴，丰富内涵。《高士传》之《王倪》条就抄录了其中啮缺与王倪的问答。啮缺问："子知物之所同是乎?"王倪曰："吾恶乎知之!"啮缺又问："子知子之所不知邪?"王倪曰："吾恶乎知之!"啮缺曰："然则，物无知邪?"王倪曰："吾恶乎知之!"随后王倪以人与鱼、禽、兽各类的所处、所食和择偶各不相同反问啮缺:孰知天下的"正处""正味"和"正色"?并引申为"仁义之端、是非之途,樊然殽乱,吾恶能知其辩!"这在将人与动物视同齐一的同时也陷入不可知论。此种问答内容构成的思辨人物和场景、意象显然是庄子的蓄意造作,但它只是《齐物论》观点的一个虚幻的例证,与前后多个同类虚想事例一起完成"齐物"主题,不具文体独立性。虽是虚拟叙事,亦非小说,只是篇中的小说成分。《高士传》将它独立出来,并在开头加入"王倪者,尧时贤人也,师被衣,啮缺又学于王倪,问道焉"等语,使之完整成传,遂将原来的小说成分变成一篇自成起讫的寓意小说。

同卷《蒲衣子》出自《庄子·应帝王》,却与上篇王倪故事有接续性。其文云:"啮缺问于王倪,四问而四不知"。这正是承接《齐物论》中王倪之谓四个"吾恶乎(能)知"而言。啮缺因此"跃而大喜,行以告蒲衣子"。

> 蒲衣子曰:"而乃今知之乎?有虞氏不及泰氏。有虞氏其犹藏仁以要人,亦得人矣,而未始出于非人。泰氏其卧徐徐,其觉于于,一以己为马,一以己为牛,其知情信,其德甚真,而未始入于非人也。"

这里,泰氏是比虞舜更为远古之君(成玄英谓"即太昊伏羲"[①]),是庄周想象的体现其无为而治"与天俱化"的理想圣君[②]。蒲衣子也是《庄子》的虚想人物。上述意象和蒲衣子之言都是显示《应帝王》中心思想的艺术手段,虽有早期寓意小说主观虚拟的本质特征,却不能充分独立,其依傍《齐物论》王倪与啮缺的问答尤为显眼。故而只是《应帝王》中

---

① 郭象注、成玄英疏《南华真经注疏》卷三,清光绪十年(1885)日本遵义黎氏东京使署刊本。
② 参见焦竑《庄子翼》卷之二引吴言箴语。

的小说成分。皇甫使其独立成章，并在其前加"蒲衣子者，舜时贤人也，年八岁而舜师之"（此据《庄子》佚文①），结尾又加"后舜让天下于蒲衣子②，蒲衣子不受而去，不知所终"，从而使全文成为杜撰而完整的蒲衣子传略，自然也就成了寓意小说，与《王倪》为姊妹篇。

《壤父》内容源出于伏胜《尚书大传》。《大传》佚文谓"民击壤而歌，凿井而饮，耕田而食，帝力何有？"③泛言远古民风。后至王充《论衡》，三次引用尧时击壤者的同一故事④。其卷八《艺增篇》云：

> 《论语》曰："大哉尧之为君也……荡荡乎，民无能名焉。"传曰："有年五十击壤于路者。观者曰：'大哉尧德乎！'击壤者曰：'吾日出而作，日入而息，凿井而饮，耕田而食。帝何等力？'"此言荡荡无能名之效也。

此中"传曰"之语为前引《大传》之言的传承与发展显而易见：原为一个泛指的"民"字衍化为特定人物"年五十"者，泛泛的民风描述词语发展为"观者"与"击壤于路"者的对话场面，后者之言在《大传》"凿井而饮，耕田而食"之前又增入《庄子·让王》中善卷说的"日出而作，日入而息"。全文成为一种显见虚拟的叙事之笔。但它还不是击壤者的个人传略。本传则将"击壤"者名之为"壤父"，谓其"尧时人也"，又谓"帝尧之世，天下太和，百姓无事，壤父年八十余而击壤于道中。"下面的言语虽同于《论衡》，末句却变为更明白否定尧功的"帝何德于我哉"。不唯全篇成了壤父的个人传略，还创作一篇有关上古人物意味隽永

① 《太平御览》卷四百四引《庄子》："蒲衣八岁，而舜师之"，元陈士隆《北轩笔记》引《庄子·逸篇》："蒲衣八岁，而舜师之。"
② 《尸子》卷下："蒲衣生八年，舜（舜）让以天下"。
③ 陈寿祺辑：《尚书大传》卷五，《四部丛刊》本。
④ 除卷八《艺增篇》，另有卷五《感虚篇》和卷二十《须颂篇》，所载击壤者故事全同。

的微型小说。高似孙《纬略》引《艺经》曰："击壤，古戏也。"又云："玄晏（即皇甫谧，号玄晏先生）十七时与从姑子梁柳等击壤于路，则晋时尚有此戏矣。"① 由此可见，自汉至晋，学人以其时尚存的古戏"击壤"拟想远古尧时"击壤而歌"的民风，其意象具有现实的投影。如果说前列各条原本就是书中的小说成分，主要由于《高士传》作者使其独立，自成一体，而成为小说，那么，《壤父》还在一定程度上得力于作者和后人的创造和改作。"壤父"这个人物之名似即始于皇甫《逸士传》。该传《壤父》条末句谓"帝何力于我哉"，较嵇康、皇甫两《高士传》谓"帝何德于我哉"，文字更近于《大传》之文（"帝力何有"）和《论衡》引录的"传曰"之文（"尧何等力"），两《高士传·壤父》末句则似据《逸士传》该条末句的改进之语。若然，《逸士传》应出于两《高士传》之前，"壤父"之名就是皇甫（而非嵇康）的一个创造。"天下太和，百姓无事"，乃后来附益者转抄皇甫谧《帝王世纪》卷二之文；变"五十之民"为"八十余"，也是附益者变改《世纪》"有八十老人击壤于道"的产物，因为《御览》五百六所引皇甫本传之《壤父》不但无"天下太和"等语，且谓"年五十而击壤于道中"。后人将《世纪》之文录入或改作，而成今之所见《高士传·壤父》，也为这篇微型小说增添了韵味。

《荣启期》与《林类》原是《列子》卷一中的两例。前者写九十老翁，虽"鹿琴带索"，却"鼓琴而歌"。孔子遇之，问其何乐。他说"吾乐甚多"，遂以生而为人、为男、且寿至九十等三乐作答。后者写"年且百岁"的林类"底春被裘，拾遗穗于故畦，并进并歌"。孔子适卫而遇之，使子贡询问。子贡"面之而叹"：谓其"少不勤行，长不竞时，老无妻子，死期将至，亦有何乐？"。林类笑答："吾之所以为乐，人皆有之，而反以为忧。少不勤行，长不竞时，故能寿若此；老无妻子，死期将至，故乐若此。"并说："死之与生，一往一反，故死于是者安知不生于彼？

---

① （宋）高似孙：《纬略》卷四，民国十年（1921）上海博古斋影印本。

故吾知其不相若矣。"作者以此两例证明前文论说的"老耄"与"死亡"乃人生"大化"之一，老亦有乐，死亦无忧，各是文中的一个组成部分。虽为蓄意杜撰的人事，也只是小说成分而已。本书将两位主人公作为高士，分别为之立传，文字虽与《列子》几乎全同，却是独立而完整之文，遂使原来的小说成分成为小说作品。还须指出，荣启期与孔子的对话，《说苑》卷十七就有记载，《列子》的文字较详，也较流畅，且有"孔子游于泰山"的背景，似对《说苑》的发展与改造，同时却将《说苑》中独立的小说作品变成小说成分；《高士传》再将这段发展与改造之文独立成篇，又回归为小说作品。

《壶丘子林》，取自《列子》卷四。原文先言"子列子既师壶丘子林，友伯昏瞀人，乃居南郭"，随即叙述列子与"貌充心虚"的南郭子的关系与交往（此下又重复误入一段卷二的内容），然后转入本文所录："列子好游"，壶丘子问其"游何所好？"列子谓"人之游也，观其所见；我之游也，观其所变。"壶丘子指出两者无异，只是"务外游，不知务内观"，"内观者取足于身，游之至也"。列子听了，"自以为不知游"，乃"终身不出"。现实中自然不会有这种事——听了两句玄虚的议论，就"终身不出"。那不过是借以宣示壶子言论的威力罢了。原文并未止于此，下面还有壶子对"游"的更玄的议论："至游者不知所适，至观者不知所眄，物物皆游矣，物物皆观矣"。大约皇甫也不甚了了，《高士传》就未录入，而在开头加上"壶丘子林者，郑人也，道德甚优，列御寇师事之"，结尾又加"居郑圃四十年，人无识者"。"师事之"自然是据《列子》本卷之语，结尾则据《列子》卷一首句："子列子居郑圃四十年，人无识者。"这样就将列子与壶子的对话片断写成一篇有头有尾的壶丘子传。壶丘子是个超现实的道术人物，《列子》卷二全抄《庄子·应帝王》，写他破神巫季咸的相术神乎其神，充分显示了这一点。清人说"列子师老商氏、壶丘子林、关尹子，实一人耳。"① 老商氏能教列子"乘风"（卷二），自然也是超现实的。其与壶丘子无论为一，为二，都是不存在的虚拟人物。《列子》卷四上述内容虽是有意虚拟，却只是片段，并被别的故事插入而截断，不独立成篇，所以只是小说成分。《高士传》中的《壶丘子林》完整而独立，乃成一篇寓意小说。

三、缀结多文为小说

《高士传》中的某些条，引录的人物重要事迹出自两文或多文，具有缀结、合成的特色。原文或为传说的生发，或为有意虚造，拼合起来，也就成了新的虚拟之作，加上编撰者的意拟，添枝加叶，即为小说。

尧让天下与许由的记载，以《庄子》为早，并散见多篇。本传《许由》条故事开篇谓"许由，字武仲，阳城槐里人也。为人据义履方，邪席不坐，邪膳不食。"这些话首见《高士传》，不知所据。许慎注《淮南子》只谓许由"阳成人"②。"邪席不坐，邪膳不食"云云，似从《论语》"席不正不坐""割不正不食"等语变化而出。以下故事正文，首引《庄子·逍遥游》中"尧让天下与许由曰"一大段文字，末补一句许由"不受而逃去"。下接《庄子·徐无鬼》："啮缺遇许由，曰：'子将奚之？'曰：'将逃尧。'曰：'奚谓邪？'曰：'……夫尧知贤人之利天下也，而不知其贼天下也。夫唯外乎贤者知之矣。'"后谓"由于是遁耕于中岳颍水之阳，箕山之下，终身无轻（经）天下色"，系改引《吕氏春秋·慎行论·求人》。再后云：

尧又召为九州长。由不欲闻之，洗耳于颍水滨。时其友巢父

---

① 沈钦韩：《汉书疏证》卷九，清光绪二十六年（1900）浙江官书局刊本。
② 《淮南子》卷十三《泛论训》注，载《四部丛刊》影钞北宋本。

牵犊欲饮之，问其故，对曰："尧欲召我为九州长，恶闻其声，
是故洗耳。"巢父曰："子若处高岸深谷，人道不通，谁能见子？
子故浮游欲闻，求其名誉，污吾犊口。"牵牛上流饮之。

"洗耳"之说有不同的记载。《说苑》卷八记战国时张生送齐将军田瞻
（或作聭），有"昔者尧让许由以天下，洗耳而不受"之语。扬雄《法
言》卷六云："或问：'尧让天下与许由，由耻。有诸？'曰：'好大者为
之也……好大累克，巢父洗耳不亦宜乎？'"这些记载显示其时传说的洗耳
者已有许由与巢父两说。后至曹植有《巢父赞》："尧禅许由，巢父是耻，
秽其溷听，临池洗耳。池主是让，以水为浊。叹此三士，清足厉俗。"①
这里所说的洗耳者虽仍为巢父，却生发出以洗耳之水为浊的池主。上列记
述均谓洗耳之事起于尧让许由，非召许由为九州长。召九州长之说始于本
传，由于前已引过尧让天下与由之说，这里需要加以变化。编撰者又将
"好大者为之"的许由、巢父洗耳两说进一步发展为许由洗耳，巢父嫌其
污水，"牵牛上流饮之"。这大约是从"其事益荒唐矣"的"池主是让，
以水为浊"变化而出②。由于变化得好，更富于生活气息，形象生动、妙
肖，乃为后人广泛引用。倘出皇甫之手，则是本传的一大创新。末段谓
"许由没，葬箕山之颠"云云，系据《史记·伯夷列传》"太史公曰"：
"余登箕山，其上盖有许由冢云。"结尾则由传说生发："尧因就其墓，号
曰箕山公，神以配食五岳，世世奉祀，至今不绝也。"这是全书最长的一
篇，也是缀集之文最多的一篇。《庄子》中的许由即便有传说根底，也是
被庄周及其后学大大夸张并主观具体化了的人物，在很大程度上是有意虚
拟的小说成分。司马迁之于许由，就"疑说者之言或非实也"③，后世的
生发不断加码，乃至一望可知是"好大者为之"。编撰者将各代有关许由

① 《曹子建集》卷七，《四部丛刊》本。
② 参见陈绛《金罍子》中篇卷一，明万历三十四年（1606）上虞陈氏刊本。
③ 见司马贞《伯夷列传》索隐，载《史记》，第2122页。

的传说与虚构的事迹集合起来，加上自己的意想，使之条贯统绪，独立成篇，遂成一篇相当完整的早期小说。当然，从总体看，皇甫谧少有主观虚构的创作意识，但他汇集了多个大言者的意识创造物，最后完成了诸多意识虚拟的小说创作，从而不同于集体无意识累积的传说。

《善卷》载："善卷者，古之贤人也。尧闻得道，乃北面师之，及尧受终之后，舜又以天下让卷。"下面就是"卷曰"的一百四十七言，末云："遂不受去，入深山，莫知其处。"首句为皇甫之语，尧师善卷亦无所据，或始于此。"卷曰"之语为本传主体，又可分为前后两段，前言"唐氏之有天下，不教而民从之，不赏而民劝之，天下均平，百姓安静，不知怨，不知喜。今子盛为衣裳之服，以眩民目；繁调五音之声，以乱民耳；丕作皇韶之乐，以愚民心。天下之乱从此始矣。吾虽为之，其何益乎？"这些文字，与《庄子·天地》中伯成子高回答禹的言词较为近似：

　　昔尧治天下，不赏而民劝，不罚而民畏。今子赏罚而民且不仁，德自此衰，刑自此立，后世之乱自此始矣。

两者虽不尽同，却首尾一致。中间三句被充实、变改，想是作者为了适应意想中的舜时情况，可知其为善卷所言之本。后面说"予立于宇宙之中，冬衣皮毛，夏衣绨葛……日出而作，日入而息，逍遥于天地之间而心意自得。吾何以天下为哉？悲夫，子之不知余也。"此文与《庄子·让王》相应之文大同①。末三句则将《庄子·让王》"遂不受，于是去，而入深山，莫知其处"略简三字而已。此传除开篇首句为皇甫自出胸臆，主要是改造与扩充《天地》篇那段文字，缀合《让王》之文而成，皇甫的编创将它们协调为一篇独立的善卷传略，也就成了早期小说。

---

　　① 明慎懋赏所造《慎子外篇》将上述善卷两段话语合并抄录，即本《高士传·善卷》，非本于《庄子》。

　　楚狂接舆本是《论语·微子篇》中的人物，"歌而过孔子曰：'凤兮凤兮，何德之衰！往者不可谏，来者犹可追。已而已而，今之从政者殆而！'孔子下，欲与之言。趋而避之，不得与之言。"后至《庄子·人间世》，除将接舆的两句歌词改作"来世不可待，往世不可追"外，还大肆再造，极尽发挥，"演其歌词至二十八句"①。其增之曰："天下有道，圣人成焉；天下无道，圣人生焉。方今之时，仅免刑焉。福轻乎羽，莫之知载；祸重乎地，莫之知避。已乎已乎，临人以德；殆乎殆乎，画地而趋。迷阳迷阳，无伤吾行；吾行却曲，无伤吾足。山木自寇也，膏火自煎也。桂可食，故伐之；漆可用，故割之。人皆知有用之用，而莫知无用之用也。"这是庄子借楚狂之口论道家之义，人物已由实体转为虚笔。再后，《韩诗外传》卷二有"楚接舆妻"条，谓楚王以重金聘接舆治河南，接舆未应，其妻从市归来，陈述道义之理，与接舆逃离。刘向《列女传·楚接舆妻》又将《韩诗》细化。其实，两者都是蓄意造作的小说之笔。依清曹之升说，楚狂其人本不知名姓，"接孔子舆者，则谓之'接舆'，非名亦非字也。"②后至《列仙传》始造其名，谓陆通，"好养生，食橐卢木实及芜菁子""在蜀峨嵋山上，世世见之，历数百年去"。皇甫撰《高士传》便以陆通为目，将上列事迹一一辑入。自然也有变化，开头说："陆通，字接舆，楚人也。好养姓（性），躬耕以为食。楚昭王时，通见楚政无常，乃佯狂不仕。故时人谓之楚狂。"这里既吸取了《论语》《列仙》《列女》中的成分和文句，也有皇甫自己的意想和创造。下接"孔子适楚"，全录上述《人间世》那段文字，而后以《论语》"孔子下，欲与之言……"相续，从而将《庄子》与《论语》之文合为一体。再后，以"楚王闻陆通贤"转入录取《外传》与《列女》之文，对两者各有取舍，综合为一。最后将上引《列仙》之文略加变改，谓"俗传以为仙"结尾。

---

① （清）曹之升：《四书摭馀说·〈论语〉卷之三》，清嘉庆三年（1877）曹氏刊本。
② 同上注。

这样的累积，就把本为《论语》中的真实人物变成一个虚笔十足的小说人物，《陆通》也就成了地道的小说。

《庄周》之文在《类聚》卷三十六人部《隐逸上》所引嵇康《高士传》中，内容与文字与流传至今的皇甫本几乎全同。由于该条远较《巢父》《壤父》等篇幅为长，内容为多，应是被后人从嵇文移入本传者。它主要包含《庄子》外篇《秋水》和杂篇《列御寇》中的两则。原作两者都写国王以重金聘庄周去做治国高官，均被庄周拒绝。前者，庄周将做高官比作宰杀后供入庙堂的神龟，后者把做高官比作"衣以文绣，食以刍菽"牵入太庙宰杀的牺牛。两者寓意完全相同。庄周"诋訿孔子之徒"，否定儒家入世哲学，主张顺乎自然，无为而治，即便了解他的国君也不会请他为官治国，"故自王公大人不能器之"[1]。《庄子》外篇与杂篇中的上述故事，无疑都是作者的虚拟之笔，所以聘周的国王都不落实。前者只谓楚王，后者更虚作"或"，谓"或聘于庄子"。《高士传》将楚王落实为特定君主楚威王，此与太史公在《老子韩非列传》中改"或"为楚威王一样，将虚作实，且与庄子生活年代相合。《类聚》所载嵇康之文将"或"改作齐桓（宣）王，亦同此理。不过，编撰者们这种将虚作实的笔法不仅没有改变全篇的虚拟性，反倒使虚拟假中见真，似真而实假。这也正合于后世寓意之作借助历史人物造作类真假象的形态趋势。本篇还本于《史记》记述庄周"少学老子""为蒙县漆园吏""王公大人皆不得而器之""终身不仕"等写实性内容，颇合史传框式，而其文体乃是反复表现庄周"遗世自放"的寓意小说。

结　语

《高士传》中的小说当不止此。《庚桑楚》《商容》《老莱子》《列御

---

[1]　《史记》卷六十三《老子韩非列传》，第 2144 页。

寇》《汉阴丈人》《东郭顺子》《王斗》《颜阖》《陈仲子》诸篇，笔者已在前发各文中辨过，此不复赘。《巢父》尚未查明出处，内容的蓄意造作则显而易见。《老商氏》出于《列子》（卷二），《披裘公》似出《韩诗外传》（卷十），原本就属早期小说，编者将两者略作简化，文体如故。小说之外，《庄子·让王》记录的多则传说也被本传收编，有显系虚想的《子州支父》《石户之农》，也有虚实不明的《曾参》《颜回》和《原宪》。源于《列仙传》的《安期生》、出自《史记》的《黄石公》，亦属似真而玄的传说之类。

《高士传》的作意在于收采与彰显古今"身不屈于王公"之士①，将其实迹写成史传，砥砺后人。由于不辨《庄》《列》书中所载人事多为虚拟，不仅将某些传说认作史实，而且将偌多历史上并不存在的人物誉为"高士"，从而造成一批高士小说。不过，编撰者对《庄》《列》人事的虚与实也并非无辨，其辨别的标准大体以超越自然与否为限。对天马行空的玄机道术一概不取，而对那些可容于天地之间却不合于人类社会的超现实内容却未予排除。故取《列子》中的壶丘子林，不取《庄子》（或《列子》）中的壶子，因为后者所写的道术大大超越智能所及的极限，至为玄虚；虽取《列子》的老商氏，谓列御寇师之，"进于其道"，却删去人所不能的"乘风而归"。总之，是将某些高士的事迹限制在自然之人言行可及的范围之内。其人物虽属寓意符号，却较非凡的超人易于被人理解与接受，加上时代久远，认识的误差，在一定历史阶段也会被视为真实的历史人物。古代史书中同类文字所在多有，屡见不鲜，《高士传》将史传与传说、小说汇于一书也就不足为怪了。

原载《北京大学学报》2012 年第 6 期

---

① （晋）皇甫谧：《高士传序》，载《高士传》卷首，民国间（1912—1949）上海中华书局印本。

《中国早期小说考辨》后记

　　中国小说产生的时代，学界有先秦、汉代、魏晋、唐代四种看法，近年则多见后三种。这里所收的十四篇系列论文，集中考察了先秦子史及后续典籍中有意虚拟、完整成篇又非寓言的叙事之文，汇展了中国童年小说的实迹，希望能对研讨我国小说的产生时代有所助益。又者，每见有文将诸多古籍中的某些虚拟人事引为实据，上列考辨亦望对减少这种状况有所助益。

　　本书之文，除《代前言》，都在刊物发表过。发表时，个别篇章有所删削，或改了文题，此次汇集，复其原貌，或略作修订。考辨古籍虚实的过程也是认识的深入过程。原对《晏子》与《左传》互有抄录的复杂关系缺乏认识，故在初辨《晏子》时以为其与《左传》重复的各篇均属抄录后者的单向关系，后在辨析《左传》时改变了看法。与此相类，《国语·齐语》与《管子·小匡》的内容与文字多有重复而前者简略，孰先孰后颇费斟酌。原从传统看法，以为《齐语》是《小匡》的简化；后重读两作，始关注《齐语》的语言较《小匡》稚拙、简古，参考近年相关论著，确认其出应较《小匡》为早。鉴于上述认识的发展，此次收录，对原已发表的有关《晏子春秋》与《国语》的某些考辨文字作了相应的修正与订补。

　　由于各篇写作的时间距离较远，从图书馆借到的同一种书，有时不属同一版本，从而造成本书不同篇的引文虽出自同书，所注版本却不相同的情况。如《先秦诸子系年》，既有中华书局版，也有河北教育出版社版；《柳河东集》，既有上海人民出版社版，也有中华书局版。诸如此类，特此说明。

考辨古籍中的早期小说，是许多年前产生的念头。后给研究生开设唐前文言小说课程，研读这方面的材料日多，但除那篇论辨《穆天子传》的文字，其时都还远未疏理成文。此后又一度介入历史题材创作的讨论和作品的论评，并被先后卷入所谓"纪实小说"及历史小说《张居正》的两次论争，多少光阴不觉忽忽而过矣。至2005年后始得沉下心来，重拾对我国早期小说所作的考辨。不意愈考愈多，愈辨愈繁，远远超出早时预计，以至数年不能罢手。前人对先秦至魏晋古籍之文的真伪、虚实多有考证，我们今天辨其小说，无疑是"站在前人的肩膀上"，加之有电脑做帮手，查资料、改文稿省力多多。即便如此，写此等文对我来说仍不轻松。六、七年间虽也时断时续，不无旁骛，用在这上面的时间与精力还是最多的。今裒此集，总算了却一桩夙愿。在我虽颇尽力，水平却很有限，舛错之处在所难免，尚望方家不吝赐教。

在论集艰于出版的今天，北京大学出版社慨承付梓，大力支持，责编徐丹丽、徐迈二位出力甚多，精心编校，仔细正误，谨在此一并致达谢忱！

2013年10月于北大寓所

上书付梓两年后，始得补写《〈礼记〉叙事的虚拟成分与文类辨析》，今补入此集，庶得其所。又记。

中国文言小说论集

略论初创期小说中的诗歌功能

　　以文字语言为唯一工具的小说，对人生与世界幻象的摹写在理论上有其广度与深度的无限性。这种无限性决定其艺术形式具有包含小说以外各种文体的可能性。此即所谓小说的"文备众体"。当然，这只是可能，而非必须。但这种可能很重要，使小说具有运用多种文体手段的自由性。生活中有什么文体，小说中就有可能出现、包含即使用那种文体。如果那种文体是非文学性的，如布告、书信、日记、讲话、通知、收据、策谋（《隆中对》）之类，经过作家的运用，成为小说的一部分，从而被同化为文学美文，具有描摹人生世界的艺术功能。如果它是诗词歌赋，除了显示被它描摹的吟诗作赋之类的生活，还有其诗词歌赋本身的艺术功能，即抒情、言志、铺陈、状物之类。我国先秦小说大多属于子史之作，篇幅短小，鲜见含有诗歌等别种文体。而初创期产生的《穆天子传》（下称《穆传》）、今文《尚书》之《舜典》（逸书）《皋陶谟》，都是独立成篇的拟史小说，篇幅较长，各自融入诗歌若干。这些诗歌和作诗场景大都成了作品的亮点和情节高潮。同时或稍后产生的《晏子春秋》，也有多篇让晏子唱歌或诵《诗》，不仅为塑造主人公的贤相形象增添了艺术光彩，也是创造性运用《诗》文，丰富文学语言修辞的早期实绩。

一、《穆天子传》中的白云谣与黄竹诗

《穆传》是汲冢出土的竹简古书。它产生于战国中期或前期而非西周；是仿拟《春秋》或各国史记之类的编年史书造作的穆王巡行的"排日的游记"（顾颉刚语），实即模拟周穆王巡游史迹的小说作品，而非神话传说或史官记录①。全文六卷。前四卷即是该传主体的西征，写穆王驾八骏，率六师，经过多个域外邦族和献赐活动，来到西王母之邦，宾见献礼之后，宴请邦主"于瑶池之上"，并特写两人即席作歌或吟诗：

> 西王母为天子谣，曰："白云在天，山陵自出。道里悠远，山川间之。将子无死，尚能复来。"天子答之，曰："予归东土，和治诸夏，万民平均，吾顾见汝。比及三年，将复而野。"西王母又为天子吟，曰："徂彼西土，爰居其野。虎豹为群，於鹊与处。嘉命不迁，我惟帝女。彼何世民，又将去予（原作"子"，从郭璞《山海经》注）。吹笙鼓簧，中心翔翔。世民之子，惟天之望。"（《丛书集成》初编本，洪颐煊校）

《穆传》佚文迄今还有六千六百余字。可怪的是，这位穆天子见过多位邦族首领，从不说话。确切地说，是作者不写他的话语，只是大同小异地叙述其接受献礼和颁赐财物之事。这与其说是作品的特点，毋宁说是初创期小说文字粗糙的一种表现，也是模拟《春秋》等史记的一种烙印。即便见了穆王特别敬重的西王母，也不写两人的日常言语，而用歌谣与吟诗代之。谣与诗写得甚好，不同寻常，也就成了表现人物的重要关目。作者为

---

① 参见拙文：《大气磅礴开山祖——〈穆天子传〉的小说品格及小说史地位》，《北京大学学报》2003年第1期。

西王母所作的"白云"谣四言六句，涵盖天地，被明代谢榛誉为"辞简意尽，高古莫及"①，是对穆王西征的热情礼赞。至于天子的答词，有胡应麟评："穆王东夏之吟仅二十余字，敦大鸿远，居然万乘气象，自虞氏《卿云》之后未见若斯者也"②。两者真可谓珠联璧合，交相辉映，把万里巡行的盛大气势推到极处，也构成西征的情节高潮。前四卷给人留下最深刻印象的就是这相对歌谣与吟咏的场面和词文本身。西王母直言周天子"无死"如何，显出其作为"帝女"毫无顾忌的超凡地位。穆王提出"和治诸夏，万民平均"的政治理想，高屋建瓴，不同凡响。此乃作者的思想光芒和幻想愿景，也传达了处于封建社会的战国乱世广大民众的意愿和企望。然出天子之口，特别切合身份，此即所谓"万乘气象"。后人谓这两首歌诗"一仙人语，一天子语"③，甚具见地。

自"西王母又为天子吟"及以下诗句，《穆传》别本多有异文。洪颐煊校云：其文"多舛讹不可句读，或为后人传写之误"。洪据《山海经·西山经》郭璞注文校正，不仅时间早出，而且文理顺畅，当属可信。诗中自言为天帝之女，守此西土，与鸟兽同处；面对即将离去的穆王，口中吟唱，"中心翔翔"，谓其"世民之子，惟天之望。"颂扬东土天子之情溢于言表。

《穆传》中的周穆王不同于史书与传说中的征伐天子与游乐天子，而是关爱黎庶、协和万邦且能自我反思的仁明天子。传中的诗歌对塑造这一形象具有举足轻重的作用。这除了让他在第三卷陈明"和治诸夏，万民平均"的理想和态度，还让他在第五卷写出关爱"万民"的黄竹诗。穆王西征之后，又巡行国内，"游于黄室（"室"或作"台"）之丘，以观

---

① 《四溟诗话》卷二，载丁福保辑《历代诗话续编》（下），北京 中华书局1983年版，第1163页。
② 胡应麟：《少室山房笔丛》卷三十四《三坟补逸下》，上海书店出版社2001年版，第346页。
③ （明）陈天定辑《古今小品》卷一《白云谣》所附谭元春评语，清道光九年（1829）芸香堂刊本。

夏后启之所居",遇大风雪,"有冻人"(《太平御览》卷十二、三十四引
"冻"下有"死"字),乃"作诗三章以哀民"。首章:"我徂黄竹,□负
闳寒。帝收九行。嗟我公候,百辟冢卿,皇我万民,且夕勿忘。"虽有缺
字,甚或讹误,仍可知其大意:穆王来到黄竹,亲历隆冬之严寒,念及帝
禹所画九域道里,嗟吁治下的诸侯君主、冢宰公卿,务要用心理民,且夕
不可有忘也。第二章是首章的复沓,只将末字变"忘"为"穷",其余全
同。古或释"穷"为"困"。倘释"穷"为"尽",则"勿穷"类乎"勿
忘",与三百篇多同意复沓之笔颇相契合。末章:"有皎者骆,翩翩其飞。
嗟我公候,□勿则迁。居乐甚寡,不如迁土,礼乐其民。"这是以翩翩飞
翔的白鹭为喻,鼓励公候将苦寒百姓迁往安居的"礼乐"之地。《黄竹》
三章,可视为《诗》之逸篇。主人公对百姓苦况深有所感,情发于衷,
言出肺腑,形成第五卷的情节高潮。穆王于首卷之末曾经感叹:"於乎!
予一人不盈于德,而辨于乐,后世亦追数吾过乎?"作诗《黄竹》之后又
自言自语:"予一人则淫,不皇万民",对巡游天下再次反思。如此前后
照应,突出其自省品格,亦是美化穆王之笔。作品在很大程度上改变了穆
王的传统形象,和平巡行、广交外邦的穆王与心念"万民"、两度赋诗的
穆王虽也不无矛盾、龃龉,却在整体语境中相辅相成,和谐统一。

二、《尚书》中的卿云歌与君臣歌

今文《尚书》中的《尧典》(包括现存的《舜典》)、《舜典》(逸
书)、《皋陶谟》(含《益稷》)等《虞书》与大多数《周书》为诰、命、
誓词等"古之号令"全然不同,是描述尧、舜、禹、皋陶等远古时期的
帝王禅让、策谋理政等叙事之文,且多君臣人物对话和夸诞笔墨。学界长
期的考辨与研究充分证明,它们不是虞时的文献或史记(其时尚无文
字),而是由战国时期的儒士依据某些远古传说和周代现实加以想象和虚

构创作的拟古之作。实际就是拟史小说。在先秦出现的百多篇《尚书》中①，它们叙写的时代最早，而产生的时代却最晚。其中《舜典》已逸，所幸在《孟子》《尚书大传》（佚文）和《史记》中还可见到较多佚文，其为小说的文体面貌亦可了然。如主要应据《舜典》写就的《五帝本纪·舜本纪》云："舜耕历山，历山之人皆让畔；渔雷泽，雷泽之人皆让居；陶河滨，河滨器皆无苦窳。一年而所居成聚，二年而所居成市，三年而所居成都。"② 这是谁都做不到的，是后世小说习用的夸诞笔法，而其源头则出自《舜典》。可见《舜典》不仅是拟史小说，还是非现实的夸诞小说。对此，笔者已有另文讨论③，此不赘辨。这里要谈的是，《尚书大传》的下列佚文还保存了原作《舜典》中的几首歌词（有清陈寿祺、孙之骒、王闿运三种辑本）：

　　维五祀，定钟石，论人声……浡然招乐兴于大麓之野。报（一作"执"）事还归二年，谈（或作"谤"）然乃作《大唐之歌》。乐曰："舟张辟雍，鸧鸧相从。八风回回，凤皇喈喈。"（陈寿祺辑校《尚书大传》卷一下《虞夏传》佚文，《四部丛刊》本）

　　维十有五祀……舜为宾客，而禹为主人。乐正进赞曰："尚考太室之义，唐为虞宾，至今衍于四海，成禹之变，垂于万世之后。"于时，卿云聚，俊义集，百工相和而歌卿云。帝乃倡（一

---

① 屈万里《尚书集释·概说》指出："百篇尚书，虽定于先秦"，只是鲁国儒家传本；《墨子》兼爱所引《禹誓》、非命所引《禹之总德》、非乐所引《汤之官刑》、尚贤下所引《竖年》、尚同所引《相年》，《史记》殷本纪所引《太戊》，以及见引于《文选》注等的《大战》，"似皆百篇外之书"。又，《孟子》万章章句上赵岐注云："孟子时，《尚书》凡百二十篇。"
② 《史记》卷一，北京 中华书局 1959 年版，第 34 页。
③ 参见拙文《〈尚书〉之拟史小说考辨》，《中国典籍与文化论丛》第 15 辑。

作"唱")曰:"卿云烂兮,纠(一作"礼")缦缦兮,日月光
华旦复旦兮。"八伯咸进稽首曰:"明明天上,烂然星陈。日月
光华,宏予(一作'子''于')一人。"帝乃载歌,旋持衡曰:
"日月有常,星辰有行,四时从经,万姓允诚。于予(一作'施
于')论乐,配天之灵,迁(一作'还')于贤圣,莫不咸听。
鼚乎鼓之,轩乎舞之,菁华已竭,褰裳去之。"(同上)

《大传》乃秦汉之际的伏胜所著。伏胜,济南人,"故为秦博士",治《尚
书》,"秦时焚书,伏生壁藏之",至汉,《尚书》"亡数十篇,独得二十九
篇,即以教于齐鲁之间"①。其所著《大传》四十一篇,或定于弟子张生、
欧阳生(和伯)之手。所"传"乃其所见《尚书》之文。"五祀""十五
祀"均指虞年,即舜为帝年数。上述人物言语和歌词应是逸书《舜典》
中的文字。《舜典》虽逸,不在二十九篇之内,但它是伏胜见过并研究过
的,所以《大传》佚文既有《虞传》之逸书《九共》,又在《虞夏传》
中记述了较多《尧典》以外的舜的事迹,其基本内容自应本于《舜典》。

前者——《大唐之歌》,郑玄注为"美尧之禅也。"歌只四句。经过
查考,应是错抄古逸诗并变改《诗经》文句的产物。被《四库全书总目》
誉为"诗家圭臬"的明冯惟讷《诗纪》(四库本作《古诗纪》)录有《周
官》注引的古逸诗:"有昭辟雍,有贤泮宫。田里周行,济济锵锵。相从
执质,有族以文。"② 这首四言逸诗,歌颂周鲁学宫贤才济济。其时文无
点读,致将"锵锵"与"相从"连读,误作一句,又因"锵""鸧"同
音而衍化为"鸧鸧相从";"有昭辟雍"的"有昭"因形近与声近被误作
"舟张"。这大约就是《大唐之歌》前两句"舟张辟雍,鸧鸧相从"的由
来,讹误所致,并无确切含意。辞书谓"舟张"为"周流往来貌",乃属

---

① 参见《史记》卷一百二十一《儒林列传》,第3124-3125页。
② 《诗纪》卷九,明万历(1573-1619)刊本。又,《说苑》卷三也载有这首逸
诗,只在"相从"之前衍一"而"字,改变了诗的句式。

猜度，所举亦只此例。末句从戒王用贤的《诗经·大雅·卷阿》中"凤凰鸣矣""雕雕喈喈"两句中各取两字变改而出。如此凑成的歌词，虽也具有颂扬的基调，却只关乎辟雍（太学）与贤才，用作"美尧之禅"，则似是而非。舜时尚无文字，何来辟雍？如此拼凑为诗，也是《舜典》为虚拟之作的一个明证。

后者——《卿云歌》等三首不同，是作者特为赞美经过尧、舜、禹递相禅让并精心治理形成的清平盛世而作。三世贤圣，递让而迁，"菁华已竭"，就"褰裳去之"，上合天心，下顺民意，击鼓醊舞，庆其升平。《卿云歌》只两句。首句即以帝舜所唱"卿云烂兮，纠曼曼兮"展出雄奇、高美的象征意象。一个"烂"字，充分道出卿云的绚丽多彩、晴光灿烂，极度凝练，无他字可以代替；"纠曼曼兮"又将卿云难于名状的重叠、翻卷之势着意摹绘，引人遐想。随即以"日月光华旦复旦兮"比喻三圣"明明相代"（郑玄注语），恰切而鲜明，与上句共同铸成首作辉煌的整体意象。后面二首——《八伯歌》和《帝载歌》是《卿云》的细化、具体化。明竟陵派评家谭元春于《八伯歌》后评曰："'日月光华'同一语也，前云'旦复旦兮'，则语景高逸；此云'宏于一人'，则体质浑古。各有其妙。"① 《帝载歌》从天体到人际，称颂甚广，要之，为《大学》九章之谓"尧舜帅天下以仁而民从之"。我们无法还原《舜典》全文，但从佚文可以推断，配合禹承舜禅盛世的铺陈，此三首歌词及歌唱场面当是这篇拟史小说的重要亮点和情节高潮。《大传》紧接歌词写道："于时八风循通，卿云藂藂。蟠龙贲信于其藏，蛟鱼踊跃于其渊，龟鳖咸出于其穴，迁虞而事夏也。"此亦《舜典》原文，其超现实的妄诞描写正是对作品高潮的大力渲染。作为象征符号的"卿云"（或"庆云"），在推出作品高潮的同时，也获得永久的艺术魅力，千载流传，成为历代诗文歌赞盛世、善事之祥瑞的传统词语和意象载体，以至产生了唐代陈子昂的

① 见陈天定辑《古今小品》卷一。

《庆云章》，一首四言短诗五用"庆云"①，足见卿云歌的艺术功能宏大深广。

今文《尚书》的《皋陶谟》原本包括现存《尚书》中的《益稷》，是虞书中另一篇拟史之作。全篇千余字几乎全是皋陶、禹、舜三人的对话。战国时期的作者如此细腻地摹写近两千年前那只有传说轮廓而无文字材料的时代人事，除借助想象和虚拟别无他途，写出的自然也是一篇拟史小说。君臣阐释的"嘉谟"多是周代儒家德治、民本的施政理念。最后以皋陶与舜相续而唱的三首歌诗结尾：

> 帝庸作歌，曰："敕天之命，惟时惟几。"乃歌曰："股肱喜哉，元首起哉，百工熙哉。"皋陶拜手稽首，飏言曰："念哉！率作兴事，慎乃宪，钦哉！屡省乃成，钦哉！"乃赓载歌曰："元首明哉，股肱良哉，庶事康哉。"又歌曰："元首丛脞哉，股肱惰哉，万事堕哉。"帝拜曰："俞。往，钦哉！"

本篇前半皋陶的话，儒气甚重，议论颇多，缺少小说对话的活泼意味。随后禹言治水，又与帝舜相互砥砺与告诫，君臣直摅胸臆，相待以诚，言词较为简洁有力。末以舜和皋陶相续而歌作结，使这场廷议天下大计的和谐气氛达于顶点。舜谓奉天命以临民，惟须顺时与慎微。其歌畅言："肱股之臣喜乐其事哉，元首之君政化乃起哉，百官事业乃得广大哉。言君之善政由臣也。"皋陶则谓舜："帝念是言哉"，率臣兴政化之事要慎汝法度，"敬其职事"，又当屡自顾省，才得成功。遂续舜而歌："元首之君能明哉，则肱股之臣乃善哉，众事皆得安宁哉。"又歌以戒舜："元首之君丛脞细碎哉，则肱股之臣懈怠缓慢哉，众事悉皆堕废哉。"此言政绩得失乃

---

① 《庆云章》："昆仑元气，实生庆云。大人作矣，五色氤氲……旷矣千祀，庆云来止。玉叶金柯，祚我天子。非我天子，庆云谁昌。非我圣母，庆云谁光。庆云光矣，周道昌矣。九万八千，天授皇年。"

由天子。舜欣然赞同，"拜而受之"，曰："自今以往各敬其职事哉!"①
君与臣情不自禁，无拘无束，亦言亦歌，既是彼此砥砺的继续，又是情绪
激昂的写照。话语与歌词交错呈现，歌即是言，言亦如歌，自然而然，毫
无造作。前后用了十三个感叹词"哉"，真所谓"言之不足，故嗟叹之;
嗟叹之不足，故咏歌之"。我们甚至可以想象他们还配合肢体语言，"手
之舞之，足之蹈之"②。这就将舜与臣工的诚挚和热忱表现得淋漓尽致，
无以复加，形象生动而鲜明，同时也使这次廷议达到高潮。

作品的对话与歌词展示的虽是虚拟的远古时期帝舜与禹、皋陶的宫廷
言语和君臣关系，张扬的却是春秋、战国时期儒家最高的政治理想。如果
说尧舜禅让是儒家标榜的圣君之间理想的易代方式，那么，舜与皋陶之间
直摅胸臆又相敬如宾就是儒家理想的君臣关系。故为历代儒贤百般称颂。
宋儒蔡沈评说："虞舜作歌而责难于臣，皋陶作歌而责难于君，君臣之相
责难者如此，有虞之治所以为不可及也。"③ 明儒丘濬引述此语后又说:
"一堂之间，君臣之际，臣敬君则拜稽以扬其言，君敬臣则致拜以俞其
语。君臣一心，上下忘势，此虞廷之君臣所以为万世法，而其致效所以为
不可及也。"④《皋陶谟》能如《尧典》，以拟史小说之虚拟描述成为封建
社会之中国二千几百年的经典文献，此以君臣歌诗作结的艺术力量不可小
觑。将君臣彼此的衷心告语化作简短、活泼、铿锵的诗句，为塑造圣君贤
臣的高美形象大添异彩，是早期小说中富于开拓性的艺术创造。

三、《晏子春秋》中的歌与《诗》

先秦小说运用诗歌较多的是《晏子春秋》。二百余章，有纪实，有传

---

① 引文见孔颖达《尚书正义》卷五，《十三经注疏》，第 144 – 145 页。
② 《毛诗序》，载郭绍虞主编《中国历代文论选》，上海 中华书局 1962 年版，上册
　第 44 页。
③ 蔡沈:《书集传》卷二，明正统十二年（1447）刊本。
④ 丘濬:《大学衍义补》卷六，民国二十年（1931）琼州海南书店印本。

说（或虚或实），也有主观虚拟的小说①。全书引用《诗经》文句者有十五章之多，其中多半为小说。另有几章让晏子唱歌或用韵语说话，也都属于小说作品。

内篇《谏下》第五章写"景公冬起大台之役，晏子谏"，景公答应"罢之"，晏子又去鞭打役工，以便把罢役之恩留给景公。这是一篇读过《左传》的士人效法左襄十七年（前556）所记宋平公筑台、子罕先谏而后杖击筑役的仿拟小说。本章的创造在于晏子以歌为谏，"歌曰：'庶民之言曰：冻水洗我若之何！太上靡弊我若之何！'歌终，喟然叹而流涕。"从而感动了景公。如此为民请命的大事以唱歌进谏似乎有失庄重与严肃，而以夸大为平常的初创期小说亦属常态。歌唱与流涕彰显了主人公与百姓的亲密联系。役民之歌虽只两句，却十分中肯，字字痛心。晏子苦其所苦，歌其所歌，情发于衷，悲不自禁，歌之不足，继以喟叹，以至流涕。景公不能不为之动容而罢役。后面鞭打役工却过于做作，与晏子一贯的爱民形象大相径庭，应属仿拟之败笔。再看下章：

> 景公为长庲，将欲美之，有风雨作，公与晏子入坐，饮酒，致堂上之乐。酒酣，晏子作歌。歌曰："穗乎不得获，秋风至乎殚零落。风雨之拂杀也，太上之靡弊也。"歌终，顾而流涕，张躬（肱）而舞。公就晏子而止之曰：今日夫子为赐，而诫于寡人，是寡人之罪。遂废酒，罢役，不果成长庲。

这是上一章的仿作，自然也是士人自觉虚造的微型小说。将大台改为长庲，歌词据秋收季节变改，仍是服役百姓的口气。晏子歌而后涕，且涕且舞，均同于前章。有趣的是还有这篇仿作的仿作，即外篇"重而异者"第十二章，也让晏子起舞而歌，其歌词曰："岁已暮矣而禾不获，忽忽矣

---

① 参见拙文《〈晏子春秋〉的虚拟成分与文类辨析》，《国学研究》第18卷。

若之何？岁已寒矣而役不罢，惙惙矣如之何？"晏子"舞三而涕下沾襟，景公惭焉，为之罢长庲之役。"两作写的同一题材、同一主题、同一人物、同一事件，文字大同而小异。此乃小说童年的稚气表现。惟歌词各有意味，也各有千秋，可谓异曲而同工，一并突出了晏子的爱民形象。

内篇《谏上》第二十一章写景公诧异"荧惑守虚而不去"，召晏子问：谁当此"天罚"？晏子曰："齐当之。"随后陈其缘由："天之下殃，固于富疆（张纯一注："恃富强而为恶，天必殃之"）。为善不用，出政不行（张注：音杭，言政令颠倒无理）。贤人使远，谗人反昌。百姓疾怨，自为祈祥。录录（碌碌）彊食，进死何伤。是以列舍无次，变星有芒。荧惑回逆，孽星在旁。有贤不用，安得不亡。"这是效法其时流行的四言诗而作的韵语。晏子回答景公所问，不会临时编此韵语，其为文人的艺术造作显而易见。其实，晏子是齐国乃至其时中国之著名大贤，多年被景公用为齐相，何言"贤人使远，谗人反昌""有贤不用，安得不亡"？读此虚拟小说之文，不能拘泥于史实。它是作者对春秋战国时期诸多国君倒行逆施的艺术概括，是代表众多落寞贤士与疾怨百姓的不平之鸣。《晏子》中类似的夸张之笔还有多处，都是强调晏子反对昏君虐政，直言敢谏。本章以韵文张大其词，使这种笔法更上层楼，晏子敢言的直臣形象也益加鲜明。

《晏子》还有多篇让主人公借助《诗经》文句阐述观点、抒发情感的小说作品。内篇《谏上》第九章写景公因所爱嬖妾婴子甚悦翟王子羡驾车，欲从妾请"禄之以万钟"①。晏子反对，指出这不但是"妇人之制""且不乐治人，而乐治马；不厚禄贤人，而厚禄御夫"，乃"不顾民而忘国甚矣！"于此引《诗经·小雅·采菽》："载骖载驷，君子所届。"原诗写诸侯朝周天子，此句谓君子（诸侯）车乘已至。"届"意为"至"或

---

① 钟是古时容量单位，每钟十釜，每釜六斗四升。求禄"万钟"云云，是无边夸大的小说之语。下面让晏子谈其死后数十年的东野稷事，更是本章为小说的明证。

"到"，《晏子》作者以其与"诚"同音，用作"诚"意，告诫景公不可宠妾而乱政。这也是小说语言的活用技巧，属"飞白"的一种。有的版本改"届"为"诚"①，不唯多此一举，也坏了"飞白"辞格，并不可取。此章后半着意斥景公"听嬖妾以禄御夫，以蓄怨，与民为仇"。特引讽刺幽王宠褒姒误国之诗《大雅·瞻卬》："哲夫成城，哲妇倾城"，与下文"君不思成城之求，而惟倾城之务"若合符节，恰切而有力。前后两用《诗经》之文，手法迥异，功效大同，也是一种异曲同工。

内篇《杂上》第三章，写崔杼弑齐庄公后，与庆封劫齐将军、大夫而盟，"晏子不与"，直斥"崔子为无道"，誓曰："不与公室而与崔、庆者受此不祥！"崔杼要他变此誓言，与共齐国；不变则"戟既在脰，剑既在心"，死在目前。晏子曰："崔子，子独不为夫《诗》乎？《诗》云：'莫莫葛藟，施于条枚。恺悌君子，求福不回。'今婴且可以回而求福乎？曲刃钩之，直兵推之，婴不革矣！"崔杼终不敢杀忠直有道的晏婴。然而，这并非史实，而是虚拟的小说人事。据《左传》襄公二十五年载，劫盟时，晏子与崔杼并未对立相抗，其誓言为"婴所不唯忠于君、利社稷者是与，有如上帝！"既未附和崔、庆，也未言及崔、庆，强调"忠于君、利社稷"，使二人无法挑剔。《晏子》为渲染晏婴与弑君者相抗宁死不屈，多所虚构，并让他在回答崔杼的威胁时引用《诗经·大雅·旱麓》末章，意为正直的君子决不回头顺从邪佞，改变誓言而求福，从而强化了晏子语言抗争的分量和力度。需要指出的是，原诗颂扬文王之德，诸注释"回"为"邪"，无"回头"意。晏子回答崔子逼问，"不回"就不止于"不邪"，还兼有"不回头（变改誓言）"之意，词义双关，是运用《诗》文的新发展。又者，本章还用《诗经·郑风·羔裘》之句作结尾："'彼己（其）之子，舍命不渝。'晏子之谓也。"此种结尾，即是后出的《韩诗外传》各篇结尾形式的先河。

①　见四部丛刊影明活字本《晏子春秋》。

内篇《杂上》第十五章写晏子"饮景公酒，日暮，公呼具火"，晏子不从，引《诗经·小雅·宾之初筵》曰："'侧弁之俄'，言失德也。'屡舞傞傞'，言失容也。'既舞而出，并受其福。'宾主之礼也。'醉而不出，是谓伐德。'宾主之罪也。"又曰："婴已卜其日，未卜其夜。"景公曰"善。"《左传》庄公二十二年（前672）载，陈敬仲"饮（齐）桓公酒，乐。公曰：'以火继之。'辞曰：'臣卜其昼，未卜其夜。'"此篇晏子饮景公酒，谓"已卜其日，未卜其夜"，显然是仿拟《左传》的虚构之作。但其前征用《诗经》之文，夹以议论，却很出色。《宾之初筵》乃"卫武公饮酒悔过"之诗①，写出帽子倾侧还屡舞不止的种种丑态，移戒景公好酒而失于节制，恰如其分。作者让晏子边引诗句，边予解说，文字更见活泼，也更有说服力，是借助与发挥《诗》意的又一种形式。

外篇"重而异者"第十章写"景公坐于路寝"，与晏子讨论将来谁有齐国，晏子回答是"田氏"。这是绝不会有之事，应是战国时期田氏篡齐之后文人发挥想象创作的小说。文中晏子陈述田氏将有齐国的理由是：对于百姓，"公厚敛，而田氏厚施焉"。下引《诗经·小雅·车牵》："虽无德与汝，式歌且舞。"原为"燕乐其新昏之诗"②，与本章之义邈不相干。作者只取其字面，与收买民心的田氏"虽无德而有施于民"致"民歌舞之"甚相契合，造成一种义不相涉而文字相同的奇特文学语言效果。对诗句或成语的此等用法，后世常见。此其滥觞乎？

馀　论

中国是诗的国度。大约在尚未产生文字的时代，古人就哼唱"断竹，续竹，飞土，逐宍（肉）"之类的古歌。至商，除产生时代有争议的《商

---

① 《后汉书》卷七十《孔融传》李贤等注引《韩诗》，北京 中华书局1965年版，第2269页。
② 朱熹：《诗经集传》卷五，民国十六年（1927）扫叶山房石印本。

颂》五篇，流传至今的尚有《周易》中征引商诗的某些爻辞①。至周，从庙堂到民间，作诗唱歌之风大兴，到春秋中后期就产生了诗歌总集，时称为《诗》。《诗》在士大夫中的应用日见广泛，孔子乃至将"不学《诗》，无以言"作为庭训，说《诗》"可以兴，可以观，可以群，可以怨；迩之事父，远之事君；多识于鸟兽草木之名。"② 功用如此之多之广，影响自然日盛一日，战国时产生的较有规模的上述小说类作品让人物唱歌、作诗或诵《诗》也就不足为奇。特别引人瞩目的是《荀子·大略篇》的那篇戏作："子贡问于孔子"，说他"倦于学矣"，事君、事亲，御妻子，交朋友，以至耕田，都不想做了。孔子五引《诗》句驳他，要他活到老，学到老。这些诗句多属商颂大雅之文，说的多是商周王室典事，却与子贡之言在字面上合榫相通，从而构成作品的脊骨，不可或缺，成为一篇活用《诗》句的寓意之作。这篇戏作的出现似属偶然，其实又是一种必然。当其时，士大夫中言谈、作文称《诗》者日多，《诗》遂逐渐成为儒家的经典。《荀子》一书，共引《诗》文 104 次，《大略篇》的戏作正是在此种风气中瓜熟蒂落、水到渠成。

经过千年的发展、嬗变，小说成为成熟的文体，日新月异，融入诗歌更司空见惯。但以作诗或诗歌本身为突出亮点和情节高潮的作品却很少见。这与上述多数作品均以赋诗唱歌为最大亮点或情节高潮适成对照。究其原因，乃在初创期小说描述粗简，很少铺陈，出色的笔墨相对较少，而赋诗唱歌须将诗文歌词逐一写出，成为一种特定的铺排、展开文字，加之本身的诗歌语言之美，自然显得鹤立鸡群。如果诗歌与作品的人物、情境恰合，锦上添花，就很容易成为作品的亮点与高潮。成熟后的小说不然，人物、情节相对较多，描述文字繁细而浅熟，时见佳构与妙笔，一二诗歌的穿插，即便不俗或出色，也常是众多出色笔墨之一二，难有出类拔萃的

---

① 参见聂石樵《先秦两汉文学史》，北京师范大学出版社 1994 年版，第 43－45 页。

② 见杨伯峻《论语译注》，第 186、192 页。

艺术功效。小说毕竟是小说，就文笔而言，是以散体文叙事与描摹的精彩为其成熟的主要标志。融入诗词歌赋和其他文体，其首要功能也在摹写种种相应的虚拟人生幻象，是全书描摹功能的有机部分，与独立于小说之外的同类文体之功能，既相关联，又有区别，其在意象描摹的语言洪流中常如电光石火，一闪而过，欲成作品之最大亮点以至高潮则大不易。这是可以理解的。

原载《北京大学学报》2015 年第 1 期

《穆天子传》纪时考议

有关竹简古文《穆天子传》的纪时问题，从 1915 年之后的二十年间，先后有丁谦《穆天子传纪日干支表》[①]、刘师培《穆王西征年月考》[②]、顾实《穆王西征年历》[③] 等专文发表，还有日本小川琢治《穆天子传考》后附的《穆天子传西征日程表》[④]。当时是把《穆传》认作西周史书，所以大都依据古历和《竹书纪年》考辨、推断穆王西征的确定年、月、日，纠正了原书几处干支纪日讹误，但对《穆传》纪时的某些特点（如季月的应用、纪年的有无之类）及其蕴含只偶尔言及，未遑多论。后来的研讨多集中于此书的真伪、性质以及西征地理的考辨，专论纪时之文难得一见。本文拟对《穆传》纪时略述管见，就教于方家。

一

产生于春秋后期的《春秋》经"以事系日，以日系月，以月系时，以时系年"[⑤]；纪日以干支，纪月以序数，时惟春夏秋冬，年随国主递序。

---

① 载《地学杂志》六卷十二期（1915）。
② 载《中国学报》第二期（1916）。
③ 见顾实《穆天子传西征讲疏》，上海 商务印书馆 1934 年版。
④ 载江侠庵编《先秦经籍考》下册，上海 商务印书馆 1931 年版。
⑤ 杜预：《春秋序》，见《十三经注疏·春秋左氏传正义》卷首。

其左氏传及后世的编年史书也大都沿用此法纪时。《穆传》虽非史书，却用编年史体，与《春秋左氏传》相较，干支纪日无别，纪年因缺文暂且勿论，明显的差异在于无序数月，也无四时，而用了仲夏、孟秋等十二季（卷四有"秋癸亥"，卷五有"夏庚午"，此"秋"与"夏"前各夺一字，系"仲秋"与"孟夏"之讹）。这是《穆传》纪时的重要特点。由于十二季与平年十二月相合，可兼纪月，一身二任，故可称为"季月"，是《春秋》纪时法的一种省体和变体。

《穆传》全书六卷，所记穆王巡游历经五年，而仅标季月十八个，且有十个集中于编排紊乱的卷五。作为《穆传》主体的前四卷西征，历时近两年，仅标六个季月；卷六更少，只有孟冬、仲冬两个。这种情况给人造成一种印象：季月太少，或偶尔为之，不像一个严格的纪时层次。丁谦就因其"寥寥数条"，以为不足以资考证。刘、顾两文倒是对西征季月作过考辨，发现"凡《穆传》书干支而系以月（此指季月）者均系朔日"（刘语），而"以古历推《穆传》之月朔"，结果"或合或不合"（顾语），申叔先生以至怀疑与古历相差太远的卷四之孟秋癸巳"所记有讹"。近年出版的《穆天子传通解》更因其纪年阙如、季月甚少而说《穆传》中"独立的甲子纪日占绝对比重"，与唐兰整理的西周铜器铭文中穆王时期纪时不合，而"与武王时期纪时法相似"，从而作出"或是《穆传》作者托古改造"的解释①。

《穆传》中的季月是否太少？是否有讹？是不是严格的纪时层次？要辩明这些问题，不能凭《竹书纪年》和古历推算、判别。这是因为：第一，《穆传》本非西周史书，而是战国时期成书的融有虚构与传说的文学作品，其纪时亦当出自传说甚或虚拟；第二，同时出土的《纪年》所记穆王行迹与《穆传》不尽相合，龃龉非一，单是西征年份就有十三年与

---

① 郑杰文《穆天子传通解》，济南 山东文艺出版社 1992 年版，第 192 页。

十七年两说①，两书的关系难于确定，前者也就难为后者纪年的确证；第三，对西周前期历法（如置闰、大小月等）及列王王年之多少目前仅能知其大概，难以确切把握。在这种情况下凭《纪年》与古历"推《穆传》之月朔"，年份月日难免差误，"或合或不合"是必然的，且不合者多。各家推断的结果并不一致也说明了这一点。小川琢治甚至擅改西征纪时原文19处，内有季月3处。其实，如不拘于《纪年》与古历相契的穆王时期某特定年份，画地为牢，而以虚拟的不定年份和历法常识加以考察，则《穆传》本文所记之季月不仅不少，而且无讹，恰是严格的纪时层次。下面对前四卷与五、六卷分别考察。

《穆传》前四卷西征，计列干支日85个，其中前标季月者六个，依次为季夏丁卯、孟秋丁酉、孟秋癸巳、仲秋癸亥、孟冬壬戌、仲冬壬辰。六者相距的日数依次为30、356、30、59、30。这些日数或一个月，或两个月（其一为小月，29天），或十二个月（内有四个小月。按：阴历十二个月中有小月4—7个不等），全是整月数，这表明标有季月的干支日确系月朔。顾氏据此排出穆王西征月朔表：

	正	二	闰二	三	四	五	六	七	八	九	十	十一	十二
第1年朔：	——	——	己巳	戊戌	戊辰	戊戌	丁卯	丁酉	丁卯	丙申	丙寅	丙申	乙丑
第2年朔：	乙未	乙丑		甲午	甲子	甲午	癸亥	癸巳	癸亥	壬辰	壬戌	壬辰	——

尽管此表与顾氏推定的穆王十三年（前989）、十四年两个特定年份的朔日多不相合（仅第一年闰二月至七月及九月相合，其余15个月均不相合），但它本身是不错的，除传中前标季月的六个朔日外，其余16个朔日

———————

① 《艺文类聚》九十一引《纪年》："穆王十三年西征，至于青鸟之所憩"；《穆天子传》卷三署郭璞注引《纪年》："穆王十七年，西征昆仑丘，见西王母。其年来见，宾于昭宫。"《艺文类聚》七、《太平御览》三十八所引《纪年》略同于后者。

无一与另外 79 个干支日重合。易言之，《穆传》前四卷可见的 85 个干支日
中只有六个朔日，它们全部被标明季月，无一遗漏，也无讹误。这就说明
季月是一个严格的纪时层次，不是偶尔为之。不过，由于只在朔日标示季
月，致使多个月份不能标出季月，那些月份的干支日也就独立于季月之外。
在前四卷 85 个干支日中，系于六个季月的计 43 个，另有 42 个独立于季月
之外（缺文中或尚有季月，不得而知）。从这方面看，这个纪时层次又是
有缺陷、不完全的。但即此也可明了，其不系于季月（年且勿论）的
独立干支日并不占多数。其实，这些干支日虽不系于某一季月，仍可凭
借邻近或相关的季月推出其所属月份，与西周初期金文文献中无年无月
的独立干支纪日有质的区别。它们仍属全书纪时层次中季月下面的纪日
层次。在这种意义上，可说《穆传》一至四卷并无独立的干支纪日。

卷六只有孟冬辛亥、仲冬甲戌两个标明季月之日，两日相隔只 23 天。
这说明季月不尽标于朔日。如是严格的纪时层次，就不应缺少。本卷共记
干支日 27 个，其中后 19 个全部系于孟冬与仲冬两季月。孟冬之前未标明
季月的有以下八个：

> 己巳　辛未　癸酉　甲戌　戊寅　壬寅　癸卯　甲辰（下
> 即孟冬辛亥）

在此干支表中，己巳距孟冬辛亥共 42 天，显然缺少季月"季秋"。其中
壬寅至孟冬辛亥 9 天，戊寅至壬寅为 24 天，季秋九月自当始于这 24 天之
内，其间如无可标季月之缺文，就不能算是严格的纪时层次。且看其间的
全部文字：

> 戊寅，天子东田于泽中。逢寒，疾。天子舍于泽中，盛姬告
> 病。天子怜之，□泽曰寒氏。盛姬求饮，天子命人取浆而给，是
> 日壶輶。天子西至于重璧之台，盛姬告病。□天子哀之，是曰哀

次。天子殡盛姬于谷丘之庙。□壬寅，天子命哭……

文中三个方框表明有三处缺文。第一处紧承上文，旧注"以名泽也"，不会有记载月日的文字。校者疑为"名"或"号"，庶几近之。第二处所缺为盛姬之死的记述。这是本卷极重要关目，不仅不是檀萃校本所填的一个"殁"字可了（《穆传》中方框只表示有缺，不表示缺文多少），也不止李善注《文选》之谢庄《宋孝武贵妃诔》所引"盛姬死"三字，而如王贻梁按语所说："缺文当较多"①，而且对特别注重纪时的《穆传》来说必定要在此记明盛姬的死亡日期，倘已进入九月，则当于干支日前标明"季秋"。不过，戊寅上距己巳也只九天，盛姬死日也有可能在九月之前。若然，"季秋"就只能是第三处即"壬寅"前方框中的缺文。壬寅下距孟冬辛亥虽只九天，毕竟在季秋之内，如果前无同月别日记事，则依本卷季月不必系于朔日的原则，也当于此标明季月。从方框上下文看，补以"季秋"，文理极顺。由此可以得出推断：所缺的季月"季秋"并非原文所无，而属后世佚脱，原文当在第二或第三两方框处，二者必居其一。至于戊寅及其前面的几个干支日所属的仲秋，自然应在本卷开头的缺文中，无须赘言。总之，卷六所能见到的季月虽只两个，却是严格的纪时层次，由于不限标于朔日，又无超过一月的时间跨度，所以现存 27 个干支日全都系于季月之中，无一"独立"，只是有的季月佚脱而已。

卷五编排混乱，且有大量缺文，众所公认。但它所记的季月最多。全卷只有 28 个干支日，前标季月者多达 9 个，还外加一个不系干支日的孟冬，共有 10 个季月。数量之多、密度之大足以说明作者是将季月作为一个严格的纪时层次，当记必记。至于现存之文尚有 9 个干支日未系于季月之内，当系佚脱、讹误或整理编排混乱所致。考察这些季月的时间距离，

---

① 王贻梁、陈建敏：《穆天子传汇校集释》，上海 华东师范大学出版社 1994 年版，第 319 页。

仲夏甲申、仲秋丁巳、季秋辛巳、仲冬丁酉分别相距93天、24天和76天，无一整月数，说明此卷与卷六一样，标季月不拘于朔日。仲秋甲戌至季冬甲戌为120天，倒是四个月的整月数，但连续四个月中至少有一个小月，所以也不可能全是朔日。

经过以上考察，可以认定：《穆传》六卷均将季月作为严格的纪时层次，其原文所记并不缺少，也无讹误，至少前四卷及卷六如此。但前四卷与后两卷标示季月的原则不同，前四卷只在朔日标示，未载朔日之月即不标示；后两卷标示季月不限于朔日，而于各月中首载之日标示，因此，所记如入另月，则必标出季月。

了解这一重要纪时特点，有助于进一步认识、确定《穆传》的性质。古文字和古文献的研究表明，殷商甲骨卜辞和西周前期文献对季节的记述只有春、秋，尚无夏、冬。将一年分为四季是后来的事，不会早于西周中期。至于将四季又各分为孟、仲、季三时，是更晚的事，大约始于春秋而多用于战国。《诗经》与《春秋》均不见此种纪时就说明了这一点。广用季月，不仅明白地昭示《穆传》所出的时代决非西周，而且说明此书的创作也并未依据穆王时期的所谓"文字提示材料"。据唐兰《西周青铜器铭文分代史征》，穆王时期的铜器铭文有纪时者45件，内以序数纪月者43件，占95.5%。由是观之，倘若真有穆王巡游时的"文字提示材料"，必以序数记明各个月份，《穆传》作者采用这种材料，也就不会无端将序数月改为晚出的季月。至于说以季月取代序数月"是口传穆王史事者的加工改造"[①]，就更不能成立，因为口头传说总是趋于通俗、明了，绝不会把原"材料"中简明、通用的序数月改为"季夏""孟冬"之类的词语。反过来看，《穆传》普遍采用季月，正是其书并无穆王时期"文字提示材料"的明证，是《穆传》作者只依没有详明纪时的传说生发、杜撰而创作的结果。其书离史实、史籍之遥远也就可想而知了。

---

① 郑杰文：《穆天子传通解》，第192页。

《穆传》前四卷标示季月的原则与后两卷不同，说明全书似非出自一人之手，也不是同时写成的。按五、六两卷的标示原则，季月的数量和比例大大增加，比前四卷纪月法有所改进，这表明西征四卷成书于前，卷五与卷六应是别的作者后续而成。续作沿用前四卷的纪时之法——季月下系干支日——续写西征后的穆王巡行，接续自然，浑成一体。

二

《穆传》原文有无纪年？这一纪时特点也须借助其广用季月求得解决。《穆传》现存六卷文本计有干支记日 140 个，分属于五个年头，却无一处记明年代。何以如此？丁谦的《穆天子传纪日干支表》有"惜乎简策损坏，纪年之文既不可见"等语，是说《穆传》本有纪年，因竹简"损坏"而缺失，但未作论证。顾实的《穆王西征年历》则说"《穆传》所记，止有日而无年"，似说其书本来就没有纪年，但也未能展开论述。近之《穆天子传通解》以为书中"独立的甲子纪日占绝对多数"，则是承袭顾说，更明确认定《穆传》原文无纪年。如前所述，春秋战国时期，纪事文献已普遍重视纪年，《穆传》倘不记年份，缘由只有"托古"一项。上述穆王时期 45 件有纪时的铜器铭文，只有 4 次纪年；无纪年者占绝大多数。这似乎为《穆传》作者因"托古"而不记年份之说提供了依据。其实不然。《穆传》作者如果为"托古"于西周前期而不记年份，他就更应知道其时尚无"季分三时"之说，不会大用晚出的季月纪时法。既用季月，即非托古；既非托古，就当按它产生的战国时期的纪时习惯重视纪年。纪年始见于殷墟卜辞，于西周铭文中日益增加（至穆王下的共王时期，纪时铭文 21 件，内有纪年 17 次），如果记述穆王长达数年的巡游也就不能只记月日，不记年份，这是可想而知的。那么，产生于战国时期的《穆传》就更不可能不记年份。由此可见，《穆传》应该原有纪年，今不得见，当系"简策缺坏"所致。

按春秋战国的纪时习惯，纪年当在纪时之始。全书所记穆王三次巡游，分别自一、五、六卷开始，而这三卷卷首均缺文若干，无一完帙，三次巡游的开始年代自当在此缺文中。第一、二两次巡游都跨越年度，中间应各有一次纪年。何以也不得见呢？造成这种情况的最大可能，仍是纪年处简策缺损。卷五不仅编排混乱，缺文也忒多，自先年"仲冬丁酉"至次年"仲秋甲戌"的217天中，只记3个干支日，其间不但有9个方框，文句也多残缺，佚脱纪年是很可能的。首次巡游即西征，从卷二"孟秋丁酉"下推，至卷三"天子三月舍于旷原"之后的"己亥，天子东归"，计182天。此间如无闰月，跨越年度应在"舍于旷原"的"三月"之内。对这三月的活动，书中只有以下记述：

> □天子大飨正公诸侯王，勒七萃之士于羽琌之上，乃奏广乐。六师之人翔畋于旷原，得获无疆，鸟兽绝群。六师之人大畋九日，乃驻羽陵之□，收皮效物，债车受载。天子于是载羽百车。

这里有两个方框，后一个不大可能包含纪时的内容，前一个则可应为纪时之语，也就可能含有纪年，甚至不排除穆王是在新年之际大飨诸侯与部下的。此外还有一种可能，即每次巡游只记起始之年，以后跨年省而不记。这在西周铭文中就有先例。共王时的《乖伯簋》载："唯王九年九月甲寅，王命益公征眉敖。益公至，告（诰）。二月，眉敖至，见献贵（赋）。"其"二月"显系共王十年，但省而未记。后来文献纪时也有同类情况。如《国语·晋语六·厉公》载："七年夏，范文子卒。冬，难作……三月，厉公弑。"此"三月"已是厉公八年，但并未标出。这样也不会发生年代错乱。《穆传》虽重纪时，毕竟不同于编年史书，省略中间的纪年是有可能的。

三

最后谈谈《穆传》纪时用夏历还是周历问题。刘、丁、顾、小川诸文均以周历推断穆王西征纪时，顾文且以卷五"孟冬鸟至"一语论证"穆传用周正而非用夏正也"。而卫聚贤先于顾文发表的《穆天子传研究》①，在以"孟冬鸟至""仲秋蠹书于羽林"两条考定"卷五用的是周正"之前，又以如下两例着力论证前四卷西征"是用夏正"：其一，从卷二"季夏丁卯"上推至卷一之首"戊寅"，计见22个干支日，历时290天，依此推算，《穆传》所记的"癸未，雨雪……庚寅，北风雨雪"约当夏历九月，以周历计则为夏历七月，"九月河北滹沱河流域或有下雪情形，七月河北滹沱河流域当无下雪的情形。"其二，《穆传》卷四有"孟冬壬戌，天子至于雷首……雷水之平寒"等语，"雷首在山西盂县一带，孟冬夏正在十月，周正在八月，八月水不应寒。"近年出版的《穆天子传通解》和《穆天子传会校集释》对顾、卫两说分别认同，各执一词。前者以为"顾说是"；后者则说"卫聚贤先生考明《穆传》前四卷用夏正，后二卷用周正，是很对的"。由此可见，《穆传》以何历纪时，学界迄今尚无共识。

先看顾说。以卷五的例证推论别卷，显然是以全书出于一人之手的统一之作为前提的。而如上述，前四卷与后两卷并非同一人所作。前提既被否定，推论也就不能成立。西征纪时用周历还是夏历，须以前四卷之文另行论断。再看卫说。其第一个例证忽略了22个干支日中有两个因古文形近造成的讹误："癸酉"系"癸卯"之讹，"戊寅"是"戊申"之误（顾文于此有辨，甚是）。纠正之后，卷一之首至"季夏丁卯"就不是290天，而只有109天。丁卯为六月一日，上距"雨雪"之癸未与庚寅近三个半月，约当夏历二月中旬，滹沱河流域一般不会降雪，更不会连续降雪；

---

① 载《中山大学语历所周刊》百期纪念号（1929）及卫聚贤《古史研究》第一集（商务印书馆1934年版）。

若以周历计，二月约当夏历上年腊月，正是寒冷多雪季节。如此可见，西征四卷纪时系用周历。至于第二例证，诸家对"雷水之平寒寡人具犬马牛羊"等语有多种考辨、断句和解说，洪颐煊注："《初学记》二十九、《太平御览》九百二引俱无'寒'下八字。"刘师培解："'寒'系衍文，盖一本误'寡'作'寒'，校者复并入正文也。"① 顾实据《水经·河水注》引文改"平"作"干"，句绝，解下文为"荒寒而少人，俱具犬马牛羊也。"三者均不以言水寒。今解多从顾说。退一步说，即使依卫文解作雷水"平寒"，在八月的滹沱河流域也不是不可能的。所以，卫氏此证也不能成立。《穆传》前四卷西征与卷五同用周历纪时应无问题。

卷六与卷五标示季月的原则相同，从这方面看，有可能是同一作者所续。但卷六大肆铺陈的格调又与卷五似有分别。而据《晋书·束皙传》载，在荀勖等人最初整理的汲冢古书中，《穆传》只有五卷，美人盛姬事被列为"杂书十九种"，后来才被移作《穆传》卷六。这使我们不便以卷五推定卷六同用周历，而要考察卷六的相关内容和文字。此卷所写的穆王与盛姬之事发生在今之山东，内云："戊寅，天子东田于泽中，逢寒疾。天子舍于泽中，盛姬告病。天子怜之，□泽曰寒氏。"据前文考察，此"戊寅"时当仲秋，即八月。夏历八月天已转凉，盛姬易于"逢寒"得病，致使穆王名泽"曰寒氏"；若按周历，则为夏历六月，山东正是暑热天气，"逢寒"得病虽也不是不可能，可能性总比前者为小。从这方面看，卷六有用夏历之可能，但也难于由此确定，加之不能排除其与卷五同出一人之手，其纪时之用夏历还是周历也就无法作出结论。如果用的夏历，续作者当另有人，全书六卷就可能是由三位并不同时的作者接力写成的"穆王游行记"②。

原载《古籍研究》2000 年第 2 期

---

① 刘师培：《穆天子传补释》，载《国粹学报》五卷四期（1909）。
② 晁公武《郡斋读书志》卷十九传记类云："《穆天子传》六卷……郭璞注本谓之《周王游行记》。"

《列仙传》非刘向作辨补

《列仙传》，最早见引于东汉王逸《楚辞章句》之《天问》篇注，其后至少两见于应劭的《汉书音义》，魏晋引录者渐多，均不著撰人，至葛洪始称"刘向撰"①。《隋书·经籍志》著录此书，分列三卷与二卷两种，均题《列仙传赞》，"刘向撰"；三卷本又署"郭续，孙绰赞"，二卷本署"晋郭元祖赞"。《旧唐书·经籍志》只载二卷本，题仍其旧，署"刘向撰"，不署赞人。后之书目文献均作《列仙传》，题无"赞"字，凡列作者均为刘向。

由于《汉书·艺文志》不载此书，刘向的著作权从宋代便被质疑。黄伯思在其《东观余论》卷下《跋刘向〈列仙传〉后》云："《汉书》向所序六十七篇，但有《新序》《说苑》《列女传》等，而无此书。又，叙事并赞不类向文，恐非其笔；然事详语约，辞旨明润，疑东京文也。"陈振孙既称《列仙传》为"刘向撰"，又谓"似非向本书，西汉人文章不尔也。"② 两者都属疑似之语，至明胡应麟则申伪托之说："《七略》，刘歆所定，果向有此书，决弗遗，盖伪撰也。"大约未见到王逸、应劭的相关引文，乃谓撰者时代"非六朝则三国无疑也"③。《四库全书总目提要》引述黄、陈之说后云："《汉志》所录皆因《七略》"，而"《涓子传》称

---

① 参见葛洪《神仙传序》及《抱朴子·论仙篇》。
② 《直斋书录解题》卷十二，清同治十三年（1874）江西书局刊本。
③ 《少室山房笔丛》丁部《四部正讹》下，清光绪二十二年（1896）广雅书局刊本。

'其《琴心》三篇,有条理',与《汉志·涓子》十三篇不合;《老子传》
称作《道德经》上下二篇,与《汉志》但称《老子》亦不合。均不应自
相违异。"结论是:"或魏晋间方士为之,托名于向耶?"上述各文均倾向
于否定《列仙传》为刘向撰,也各有理由和证据,但都不是能一锤定音
毫无可驳的铁证。下至晚清,杨守敬作《日本访书志》,其卷六对《列仙
传》的写作时代作了更有力度的地理考证:"《文宾传》:'太丘乡人也。'
前汉无太丘县,后汉属沛国。《木羽传》:'钜鹿南和平乡人也(原注:
'平'字疑衍)。'前汉南和属广平国,后汉属钜鹿。又,《瑕丘传》:'宁
人也。'两汉上古郡有宁县,魏晋以下省废。据此三证,似为东汉人所
作。"此种考辨,上限排除了前汉,下限排除了魏晋,为后汉人作不言而
喻。后经余嘉锡先生申说、补充与辩证①,《列仙传》出于后汉,非刘向
作,几成学界之共识。

　　然而,当今学界之认识又有反复。李剑国先生在其《唐前志怪小说
史》中力辨《列仙传》为刘向撰,理由是"葛洪近古,博览'仙经、服
食方及百家之书',其确信《列仙传》为向作必有据"②,并对上列诸说
及考证逐一反驳,断言"这些证据都不足以推倒旧案"。其驳杨守敬之考
证云:"个别地方用后汉地名,系传写传刻之讹",谓"《文宾传》太丘系
敬丘之讹",但未提供论据,只说清王照圆"考之甚确"。查王氏《列仙
传校正》云:"太丘为县,属沛国,乃后汉明帝改敬丘(为太丘)也③,
是太丘之名非前汉所有,依地志当为敬丘耳。"显然,王氏不是在考证
《列仙传》作者及其产生时代,而是以前汉刘向撰《列仙传》为前提考辨
书中地名的正误,太丘既"非前汉所有",即不符刘向所作这一前提,遂
被断为敬丘之讹。如今再以王考证明《列仙传》作者为前汉刘向,是反
过来以其结论证其前提,从而陷入循环论证。循环论证等于不证,岂可信

---

① 参见《四库提要辨证》,北京 中华书局 2007 年版,第 1202 – 1207 页。
② 本段该书引文均见南京大学出版社 1984 年版第 188 – 189 页。
③ 《汉书·地理志第八上》颜师古注,"太丘"作"大丘"。

乎？王氏在考证《商丘子胥传》之高邑乃"故鄘"时对前提说得更为明白："此书如果刘向所著，何得高邑之称预标于传？其误审矣。或高邑二字原止作鄘，浅人误分为二矣。"① 这里的结论和引申都是以"此书如果刘向所著"为前提的，而上列《小说史》又征引此文证明《列仙传》为刘向撰，却省去那句最关要紧的前提，自然又属循环论证。至于杨氏所考《木雨传》之南和至后汉始属钜鹿，王氏于此无考，《小说史》则谓"距鹿二字当为后人妄加"，却不言所据，实则无据而妄断也。尽管如此，李先生的上述立论和驳论却对古小说研究产生了明显的影响，笔者所见后出的几本小说史、古小说选本、书目提要之类都将《列仙传》作者署为刘向，或将刘向说与后汉人说并呈，讳言孰是孰非。可见刘向是否作《列仙传》一案尚未了结，故需此辨。

又者，《列仙传·谷春》谓谷"成帝时为郎"，则此篇必作于成帝死后。上列《小说史》后出的版本为此特地论及刘向卒年，谓向"卒于哀帝建平元年""《列仙传》是刘向晚年作品"②，从而得圆刘向能作《谷春》及其所属《列仙传》之说。但这一论断与刘向卒年并不相符。看《汉书》卷二十二《礼乐志》的如下记载：

> 至成帝时，犍为郡于水滨得古磬十六枚，议者以为善祥。刘向因是说上："宜兴辟雍，设庠序，陈礼乐之声，盛揖让之容，以风行天下……"成帝以向言下公卿议，会向病卒，丞相大司空奏请立辟雍。案行长安城南，营表未作，遭成帝崩，群臣引以为谜。

这里叙述得特别清楚：刘向之卒早于成帝。姚振宗谓"向当卒于成帝绥

① 《列仙传校正》卷下，清嘉庆间（1796－1820）双莲屋刊本。
② 《唐前志怪小说史》，天津教育出版社2005年版，第173页。

和元年"①，当属可信。当然，谓刘向卒于哀帝建平元年应该也是根据
《汉书》，即《楚元王传》后附刘向本传中"（向）卒后十三岁而王氏代
汉"之语。但王莽正式建立新朝在公元 9 年，上距建平元年（公元前 6）
为 14 年，非 13 年。按孺子婴登基、王莽篡权的公元 6 年来算，上距建平
元年仅 11 年，亦非 13 年，而距绥和元年（公元前 8）恰是 13 年。可见
"王氏代汉"是指王莽代孺子婴实掌皇权之年，非指建立新朝之年，姚振
宗正是据此推断出刘向的卒年。这和前引《礼乐志》的相关记述若合符
契。如此，刘向不论何时作《列仙传》，都不会出现"成帝"之称，从而
为《列仙传》非刘向作又增加一个有力的证据。

　　或许有人会说，《谷春》当为后人补作。但根据在哪里呢？无非又是
葛洪之言。葛洪诚然"近古"，但他上距刘向也已三百六十多年，忽云刘
向作《列仙传》，却未说出任何依据。这位对道教理论与实践颇有建树的
道士和神仙家在其《抱朴子》内篇和《神仙传》中又极力宣扬神仙实有、
长生可求、炼金可成，从而不能不广托虚言，多逞辩术，袭用、移录并杜
撰诸多妄诞的神仙灵迹。既然如此，为抬高《列仙传》"非妄言也"的纪
实性身价，假托刘向为其作者也就不足为奇。因为在葛洪看来，"刘向博
学，则究微极妙，经深涉远，思理则清澄真伪，研核有无"，谓《列仙
传》为此等学者所撰，其书自能取信于人："诚无其事，妄造何为乎？"
"刘向为汉世之名儒贤人，其所记述庸可弃哉？"② 这些话里正透露出葛洪
假托刘向为其作者的良苦用心。

　　刘向虽曾执着过淮南的鸿宝炼金术，相信阴阳五行灾异之说（后者
间杂与外戚、宦官斗争需要的因素），却毕竟是当时"讲论《五经》于石

----

① 《汉书艺文志拾补》卷五，民国二十五年（1936）上海开明书店师石山房丛
　　书本。
② 《抱朴子内篇》卷二《论仙》，民国十六至十七年（1927－1928）上海涵芬楼影
　　印本。

渠""领校中《五经》秘书"的硕儒和古文献大家①，很难想象他会写出《列仙传》那种内容极端妄诞又明显悖逆历史的文字，说范蠡"事周，师太公望"，分明是信笔而造，故被王士禛讥为"诞谩不经""可笑如此"②，怎么可能出自刘向之笔？以文笔辨识作者和产生时代不甚可靠，却难度很大。黄伯思第一个提出"叙事并赞不类向文"，甚富见地；他与陈振孙在没有别种考证的情况下，一个"疑东京文也"，一个谓"西汉人文章不尔"，今日回头来看，可谓无独有偶，慧眼识文。王照圆虽错信刘向为《列仙传》作者，却考证出太丘、高邑等后汉地名，谓敬丘系明帝时改为太丘，不仅成为杨守敬所作地理考证的先行，也是后人否定《列仙传》为刘向撰的重要明证，并为《列仙传》产生于明帝之后提供了依据，功不可没。

---

① 参见《汉书》，北京 中华书局 1962 年版，第 1929、1950 页。
② 王士禛：《古夫于亭杂录》卷五，清光绪三年（1877）仁和葛氏啸园刊本。

《燕丹子》成书流变考

一

  古小说《燕丹子》写战国末期燕太子丹遣荆轲刺秦王事，而《汉书·艺文志》不载，至《隋书·经籍志》始有著录。历代学者对其写作年代及成书途径，特别是它与《史记》记述同一题材的《刺客列传·荆轲》的关系，辩说纷纭。或言"审是先秦古书""《国策》《史记》取此为文"①"与《史记》所载皆相合，似是《史记》事本"②；或言"汉末文士因太史庆卿传增益怪诞为此书"③"作伪者依据《史记》，参之他书，加以附益，所载自与《史记》相合，不得以此谓为《史记》事本，先秦古书"④。由于诸家对两书"相合"只就情事概而言之，于文字并未一一细辨，今世学者便有了新的看法，认为《燕丹子》"在文字上除极少数地方如'左手把其袖，右手椹其胸'与《史记》相同外，再难找到多少相同的文句，可以说是事文皆异"，"《燕丹子》和《史记》明显不是相互

---

① 孙星衍：《燕丹子叙》，载《燕丹子》卷首，清嘉庆十一年（1806）平津馆刊本。
② 马端临《文献通考》卷二一五《经籍考》引《周氏涉笔》，北京 中华书局1986年版，第1755页。
③ 胡应麟：《少室山房笔丛》丁部《四部正讹》下，清光绪间（1875–1908）广雅书局刊本。
④ 罗根泽：《〈燕丹子〉真伪年代之旧说与新考》，载《古史辨》第六册，海口 海南出版社2005年影印本，第243页。

因袭的关系，它是完全不同的另一种作品"①。

以文字异同判别两书是否有承袭关系，甚是中肯。但仔细考察《史记》和《燕丹子》的文字，完全相同或大体一致之处并非"极少"，而是尚多。看如下比较：

《史记》　　　　　　　　　《燕丹子》

《史记》	《燕丹子》
田光曰："臣闻骐骥盛壮之时，一日而驰千里，至其衰老，驽马先之。今太子闻光盛壮之时，不知臣精已消亡矣。	田光曰："臣闻骐骥之少，力轻千里，及其罢朽，不能取道。太子闻臣时已老矣。
太子送至门，戒曰："丹所报，先生所言者，国之大事也。愿先生勿泄也。"田光俯而笑曰："诺。"	太子自送，执光手曰："此国事，愿勿泄之。"光笑曰："诺。"
田光曰："吾闻之，长者为行，不使人疑之。今太子告光曰：'所言者，国之大事也，愿先生勿泄。'是太子疑光也……"	田光谓荆轲曰："盖闻士不为人所疑，太子送光之时，言此国事，愿勿洩。此疑光也。"
荆轲……乃遂私见樊於期曰："秦之遇将军可谓深矣，父母亲	轲潜见樊於期曰："闻将军得罪于秦，父母妻子皆见焚烧，

---

① 李剑国：《〈燕丹子〉考论》，载其《古稗斗筲录》，天津南开大学出版社 2004 年版，第 218、219 页。

族皆为戮没。今闻购将军首金千斤，邑万家，将奈何?"於期仰天叹息流涕曰："於期每念之，常痛于骨髓，顾计不知所出耳。"荆轲曰："今有一言可以解燕国之患，报将军之仇者，何如?"於期乃前曰："为之奈何?"荆轲曰："愿得将军之首以献秦王，秦王必喜而见臣。臣左手把其袖，右手揕其胸，然则将军之仇报，而燕见陵之愧除矣。将军岂有意乎?"樊於期偏袒搤捥而进曰："此臣之日夜切齿腐心也，乃今得闻教!"遂自刭。太子闻之，驰往，伏尸而哭，极哀。既已，无可奈何，乃遂盛樊於期首函封之。

顷之，未发。太子迟之，疑其改悔，乃复请曰："……丹请得先遣秦武阳。"荆轲怒，斥太子曰："何太子之遣! 往而不返者，竖子也! ……仆所以留者，待吾客与俱。

求将军邑万户、金千斤。轲为将军痛之。今有一言，除将军之辱，解燕国之耻，将军岂有意乎?"於期曰："常念之，日夜饮泪，不知所出，荆君幸教，愿闻命矣!"轲曰："今愿得将军之首，与燕督亢地图进之，秦王必喜。喜必见轲。轲因左手把其袖，右手揕其胸……而燕国见陵雪，将军积忿之怒除矣。"於期起，扼腕执刀曰："是於期日夜所欲，而今闻命矣!"于是自刭……太子闻之，自驾驰往，伏於期尸而哭，悲不自胜。良久，无奈何，遂函盛於期首与督亢地图以献秦。

居五月，太子恐改悔，见轲曰："……今欲先遣武阳，何如?"轲怒曰："何太子之遣! 往而不返者，竖子也! 轲所以未行者，待吾客耳。"

遂发。太子及宾客知其事者皆白衣冠而送之。至易水之上，既祖，取道，高渐离击筑，荆轲和而歌，为变徵之声，士皆垂泪涕泣。又前而为歌曰："风萧萧兮易水寒，壮士一去兮不复还！"复为羽声慷慨，士皆瞋目，发尽上指冠。于是荆轲就车而去，终已不顾。[①]

荆轲入秦，不择日而发。太子与知谋者皆素衣冠送之于易水之上。荆轲起为寿歌曰："风萧萧兮易水寒，壮士一去兮不复还！"高渐离击筑，宋意和之。为壮声则发怒冲冠，为哀声则士皆流涕。二人皆升车，终已不顾也。[②]

两者记述，不仅场景、情节相合，细节与文字也大都相合或相似。除去"风萧萧"两句极易重合的歌词不论，其余偌多相合相似之处就很难用巧合解释，而像"何太子之遣往而不返者竖子也"这种较为费解的特别句式，不是一个抄录另一个，就绝不可能如此一字不差。《战国策·燕三·燕太子丹质于秦亡归》"乃是后人在《战国策》残缺之后，抄《史记·刺客列传·荆轲》来补的"[③]，故两者文字大都相同，而这句却将"何太子之遣"改为"今日"，说明抄补者不解原句之意。倘是各自独创的作者，行文何得如《史记》与《燕丹子》这般默契？就是"左手把其袖，右手揕其胸"，如果出自两个完全自创者之手，也不会这般相同。因为"揕"字即使在秦汉也并不是常用字，所以《说文》未予收录。余如"不知所出""今有一言""愿得将军之首""秦王必喜""将军岂有意乎""终已不顾"等语句，两作全同。更多的则如"臣闻骐骥盛壮之时，一日

---

① 《史记》卷八十五《刺客列传》，第2530－2534页。
② 程毅中点校《燕丹子 西京杂记》，北京 中华书局1959年版，第7－14页。
③ 张清常：《〈战国策〉笺注前言》，载《张清常文集》第二卷，北京语言学院出版社2006年版，第270页。

而驰千里"之于"臣闻骐骥少时，力轻千里"；"购将军首金千斤、邑万家"之于"求将军邑万户、金千斤"；"太子及宾客知其事者皆白衣冠而送之"之于"太子与知谋者皆素衣冠而送之"……不仅意同，文字也多同而少异。通过上列比较，可以清楚看出两作部分文字具有无可否认的承袭关系。至于两者谁承袭谁，关乎《史记》与《燕丹子》产生的先后，须另作考辨。

二

在考辨《燕丹子》成书年代之前，须明确一点，即这篇小说与《史记·刺客列传》写作不同，它不是一人一时之作，而是在漫长的民间传说中产生和成熟的，文人的写作只是成书的重要环节，成书之后在传说中还会有种种新的发展和新的版本。

公元前 227 年，即秦统一前六年，燕太子丹遣荆轲刺秦王政，造成重大反响。此后以至汉初，现存文献言及此事者虽有数条①，却未涉及传说性内容，无关《燕丹子》的创作。现存有关此事最早的传说性记载是邹阳狱中上梁孝王书，内有"昔者荆轲慕燕丹之义，白虹贯日，太子畏之"等语②。"白虹贯日"之说，《刺客列传》《战国策·燕策》及《燕丹子》皆不载，倘非邹阳误记③，便是传闻之讹。无论何者，则已成为有关其事的一种传闻。建元三年（前 138），中山靖王刘胜慨叹："高渐离击筑易水之上，荆轲为之低而不食。"④ 这又是一则传说性内容，《史记》等书亦不

---

① 《文选·吴都赋》刘渊林注引《秦零陵令上书》："荆轲挟匕首卒刺陛下，陛下以神武扶揄长剑以自救"。贾谊《新书·淮难》："燕太子丹富故，然使荆轲杀秦王政。"

② 《汉书》卷五十一《邹阳传》，北京 中华书局 1962 年版，第 2343 页。

③ 《战国策·魏策四·秦王使人谓安陵君》："唐且曰：'……聂政之刺韩傀也，白虹贯日。'"

④ 《汉书》卷五十三《景十三王传》，第 2422-2423 页。

载。刘安《淮南子·泰族训》云："荆轲西刺秦王，高渐离、宋意为击筑而歌于易水之上，闻者莫不瞋目裂眦，发植穿冠。"此处最早提及宋意，异于史书，同于《燕丹子》，但它还不能证明《燕丹子》已成书，很可能是史实如此而太史公从简，刘安所记如实而已。此后则有《史记·刺客列传》卷末的太史公曰：

> 世言荆轲，其称太子丹之命，天雨粟、马生角也，太过；又言荆轲伤秦王，皆非也。始公孙季功、董生与夏无且游，具知其事，为余道之如是。

这段话说得明白而确定。其一，称"世言"，不称"传曰"或"传书曰"，则"天雨粟""伤秦王"之类仍属世间传闻，司马迁并未见到文字材料；其二，刺客传中的荆轲事迹取自公孙季功和董生的讲述，并非削减《燕丹子》之类作品而成。既然如此，上节所列《燕丹子》与《史记·刺客列传》那些难得契合的文字，就应是前者承袭《史记》的产物，也是其成书晚于《史记》的有力证明。

《汉书·艺文志》未著录《燕丹子》，而晋裴骃《刺客列传》"集解"引刘向《别录》云："督亢，丰腴之地。"司马贞"索隐"亦引刘向云："丹，燕王喜太子。"孙星衍《燕丹子叙》以此为据，断言"刘向《七略》有此书，不可以《艺文志》不载疑其后出"。今之学者也据此认为刘向"作有《燕丹子叙录》，编入《别录》，只是班固删改《七略》为《汉书·艺文志》时，偶尔遗之。"①罗根泽对孙叙曾作驳论：谓汉志书目"凡与《七略》有出入者，必须注明"，而"检《诸子略》各家均未注'出《燕丹了》'，则《七略》无此书无疑"；以为"裴骃、司马贞所引，

---

① 李剑国：《〈燕丹子〉考论》，载书同前，第221页。

当为奏上《燕十事》或《荆轲论》中语"①。其实，刘向的两句话还须区
分。前者既出《别录》，则是《七略》所收书叙录中语。后者只谓刘向之
语，未言出自《别录》，则除上述可能，还如程毅中先生所见："或即
《列士传》之语"②，因为著录于隋志的《列士传》署"刘向撰"（按：或
为后人伪托），并收入荆轲刺秦王事（详见后文）。如此看来，刘向之语
还不能确证《燕丹子》成书于刘向作《七略》之前。还是余嘉锡的见解
中肯："《集解》《索隐》所引《别录》，未指明为《燕丹子》，叙则亦未
为确证。《汉书艺文志》既不著录，仍当缺疑。"③

最早能证明在汉代民间流传的荆轲刺秦王故事已被写成作品，是东汉
王充的《论衡》。除去重复，其《是虚篇》《感虚篇》《语增篇》和《儒
增篇》收入五段相关的记述，分别冠以"传书曰""传语曰"和"儒书
曰"。与称传闻为"世言"不同，"传书""传语"和"儒书"表明王充
见到的是文字作品。其中"荆轲为燕太子谋刺秦王，白虹贯日"一则同
于邹阳上梁孝王书，其余皆颇新异。原文有无篇名不得而知，其为一篇作
品还是多则记述，亦难判定。值得关注的是内容与今本《燕丹子》大都
不合。其一，荆轲死后，"高渐离以筑击秦王额，秦王病伤，三月而死"。
《燕丹子》无之，或因《太平御览》卷六九九引《燕丹子》有"秦始皇
置高渐离于帐中击筑"一语，疑为其佚文，但不能确定。其二，"燕太子
丹朝于秦，不得去，从秦王求归。秦王执留之，与之誓曰：'使日再中，
天雨粟，乌白头，马生角，厨门木象生肉足，乃得归。'当此之时，天地
佑之，日为再中，天雨粟，乌白头，马生角，厨门木象生肉足。秦王以为
圣，乃归之。"这与今本只有"乌白头，马生角"差别甚大，应当不是同

---

① 罗根泽：《〈燕丹子〉真伪年代之旧说与新考》，载书同前，第 244 页。
② 程毅中校注《燕丹子》附录刘向《列士传》按语，载程校《燕丹子 西京杂
　记》，第 20 页。
③ 余嘉锡：《四库提要辩证》卷十九，北京 中华书局 1980 年版，第 1166 页。
　"叙"指孙星衍《燕丹子叙》。

一作品。其三,"传语曰:町町若荆轲之间。言荆轲为燕太子刺秦王,后诛荆轲九族,其后恚恨不已,复夷轲之一里。一里皆灭,故曰町町。"这更是今之《燕丹子》全然没有的内容。其四,谓荆轲以匕首掷秦王,"中铜柱,入尺",今本为"入铜柱,火出",亦不相符。《论衡》的上述引文表明,其时或其前已经产生了在民间传说基础上表现荆轲刺秦王的文学作品,但还不是今天流传的《燕丹子》。至汉后期,应劭《风俗通义》再记当时"俗说"的燕太子丹感天异象,只比《论衡》少了一项"日再中",多出"井上株木跳度渎",可见没有大的变化。

在现有文献中,最早引用《燕丹子》书名的是北魏郦道元的《水经注》,其引述的两段文字,也与今之传本吻合。因此,前辈学者或言"要出于宋齐以前高手所为"[1],或言"其时代上不过宋,下不过梁,盖在萧齐之世"[2]。但从张华《博物志》下文来看,《燕丹子》成书时间的下限还可提前。

> 燕太子丹质于秦,秦王遇之无理,不得意,思欲归,请于秦王。王不听,谬言曰:"令乌头白、马生角乃可。"丹仰而叹,乌即头白;俯而嗟,马生角。秦王不得已而遣之,为机发之桥,欲陷丹,丹驱驰过之而桥不发。遁到关,关门不开,丹为鸡鸣,于是众鸡悉鸣,遂还归[3]。

此与今之《燕丹子》开头一段只多"俯而嗟"三字一语,应该说是同一作品。钱熙祚于指海本《博物志》此则下注云:"《燕丹子》今本脱'俯而嗟'三字,应以此书校补。"此注即以承认上文为《燕丹子》中文字为

---

① 李慈铭:《越缦堂读书记》,北京 中华书局 1963 年版,第 923 页。
② 罗根泽:《〈燕丹子〉真伪年代之旧说与新考》,载书同前,第 244 页。
③ (晋)张华:《博物志》卷五,民国二十年(1931)大东书局影印指海本第十集。

其前提。由于《博物志》全书体例均不注明采引之书，故未能出《燕丹子》之名。张华为魏晋间人，《博物志》成书后曾上奏晋武帝，《燕丹子》成书时代的下限当不晚于三国时期。

三

《燕丹子》成书以后，同一题材的不同传说仍在发展，并有记述。最具规模的是被陈盖注于胡曾《咏史诗·易水》之后所引孔衍的《春秋后语》之文①。胡曾与陈盖都是晚唐时人。据《晋书》，孔衍是孔子二十二世孙，卒于东晋大兴三年（320），终年五十三。《后语》之出应较《博物志》晚几十年。而它所载的有关荆轲刺秦王故事与《燕丹子》大有分别：其一，为质于秦的太子丹回燕增加了重要理由："燕王病"，"请归侍养"。其二，秦王难太子丹只提"马生角"一项，无"令乌头白"。其三，无鞠武其人，太子丹将欲报复秦王之意径言与田光。其四，田光为明不泄国事"枳轮而死"，非死于"吞舌"。其五，无荆轲以金掷蛙，太子进千里马肝、美人手等事。其六，易水送别无荆轲慷慨而歌的"风萧萧兮易水寒，壮士一去兮不复还"二句，注者故引《文选》所载此二句补之。其七，荆轲入秦后无中庶子蒙白引见，径向秦王献地图。其八，刺秦王场面、情景更大异于《燕丹子》：

> 荆轲至秦，乃进地图，王乃以御掌接之。武阳捧於期首盛，战惧不敢近。轲乃复取进之，秦王又以御掌接之。荆轲乃擒秦王袖，秦王大惊。轲谓曰："欲作秦地之鬼、欲作燕国之囚？"秦王惧死，答之："愿为燕国囚。"轲乃不煞。秦王谓轲曰："请与别后宫。"轲许，遂置酒与轲饮。秦宫女乃鼓琴送酒，琴曲中歌

---

① 载胡曾《咏史诗》，《四部丛刊》影宋抄本。

> 云轲醉，教王掣御袖越屏走。轲不会琴音，而秦王会之，遂掣袖
> 而走。轲以匕首击之，不中，中银柱，火出。轲大笑，秦王左右
> 遂煞荆轲。

不仅多处细节不同，主人公言语也迥异于《燕丹子》，且增秦王欲别后宫、与荆轲共饮，而无"图穷而匕首出""决秦王耳"等重要关目①。全文六百余字，除去灭燕和结尾议论，只五百字，不足《燕丹子》五分之一。孔衍或记全篇，或叙大概。无论何者，上列偌多分别足以说明这个与《燕丹子》同时存在的刺秦王故事乃是由民间传说形成的另一种作品，不是《燕丹子》的不同版本。略晚的辛氏《三秦记》云："荆轲入秦为燕太子报仇，把秦王衣袂曰：'宁为秦地鬼，不为燕地囚？'王美人弹琴作歌曰：'三尺罗衣何不掣？四尺屏风何不越？'王因掣衣而走得免。"② 此与《后语》之记应是同一作品，所述详略不同，或在流传中有了变化和发展。

再看梁元帝萧绎《金楼子》卷六《杂记篇》中的三则文字③：

> 田光、鞠武俱往候荆轲。燕太子以秦武阳好弹，太子为作
> 金丸。

> 燕田光、鞠武俱往候荆轲，轲时饮酒醉卧。光等往视之④，
> 唾其耳中而去。轲醉觉，问曰："谁唾我耳？"妇曰："燕太子师
> 傅向来，是二人唾之。"轲曰："出口入耳，此必大事。"

---

① "决秦王耳"，从孙星衍校平津馆丛书本。据程毅中校注，《永乐大典》本"耳"原作"刃"，读入下句："刃入铜柱。"而《文选》卷二十一载卢子谅《览古》李善注引《燕丹子》云："荆轲拔匕首，擿秦王，决耳，入铜柱"。孙氏或据以校改。
② 《太平御览》卷七百一，北京 中华书局 1960 年影印本，第 3129 页。
③ 此据《知不足斋丛书》本，《四库全书》本无第一则。
④ "视"原作"取"，据《四库全书》本改。

> 燕田光、鞠武俱往候荆轲，轲在席击筑而歌，莫不发上
> 穿冠。

三则均非《燕丹子》和《后语》本所有。不仅如此，在《燕丹子》中，
鞠武向太子荐过田光就从作品中隐去，从未与光同时现身；《后语》本更
无鞠武其人。上列三则两人三次同时"往候荆轲"，显出其前与其后的情
节和场景也与《燕丹子》及《后语》本差异很大，应出自同一题材的又
一种作品。产生于唐初期的《艺文类聚》卷十七《人》部《耳》目引
"《列士传》曰："燕丹使田光往候荆轲，值其醉，唾其耳中，轲觉曰：
'此出口入耳之言，必大事也。'则往见光。"比之《金楼子》文第二则，
此系述略，故无鞠武及荆轲妇语。署为刘向撰的《列士传》，著录于隋志
与唐书，至宋似已亡佚，故宋至明清的类书多引《列士传》此条而均同
于《类聚》，无同于《金楼子》者。如果这个判断不错，则萧绎上列引文
无疑出自《列士传》。这使我们又想起《史记·邹阳列传》裴骃的一则
"集解"：

> 《列士传》曰"荆轲发后，太子相气，见虹贯日不彻，曰：
> "吾事不成矣！"后闻轲死，事不立，太子曰："我知其然也。"

《文选》载邹阳《狱中上书自明》李善注亦有这段引文，而少"事不立"
三字。《列士传》此文是对邹阳书中"荆轲慕燕丹之义，白虹贯日，太子
畏之"一语的生发，构成该书本篇又一传说性内容，也是《燕丹子》和
《后语》本所没有的。现有的资料虽只剩有上面四则记述，却也充分显出
《列士传》中本篇与《燕丹子》的差别之大，甚或大过《后语》本与
《燕丹子》的差别。

无论《论衡》与《春秋后语》，也无论《列士传》为何时何人作品，
记述刺秦王的不同传说之作都产生在《燕丹子》成书之前或成书后不太

久的南北朝时期，后来由于《燕丹子》流传日广，同一题材的不同作品便日渐式微。唐代李远有七绝《读田光传》："秦灭燕丹怨正深，古来豪客尽沾襟。荆轲不了真闲事，辜负田光一片心。"① 由此难于窥测《田光传》的具体内容和规模。其据《史记》刺客传，还是据《燕丹子》一类传说，也不得而知。所以不能确定它是后一类作品。唐宋大型类书中，虽有大量关于荆轲刺秦王的摘录，除上述诸书，却显不出尚有别种传说类作品。其注出《燕丹子》者，也并无显著的特异之文；或与今本略有差异，则为流传之讹或不同版本。而至明清，情况有了变化。陈耀文《天中记》、钱希言《剑筴》、董说《七国考》、梅鼎祚《皇霸文纪》、马骕《绎史》、王初桐《奁史》、张英《渊鉴类函》等，都将别作关乎《燕丹子》题材的内容与文字标注出自《燕丹子》。"日再中，天雨粟"，"厨中木象生肉足"，本是《论衡》和《风俗通义》中的记述，而在上列较多著述中都成了《燕丹子》中的文字，好像明清人见到了如此版本的《燕丹子》。实则都是想当然，以意为之；或前人以意为之，后人沿袭而误。《皇霸文纪》在引录上文注为《燕丹子》后，又在按语中云："《论衡》载《感虚篇》，《风俗通》载在《正失》，并辨以为非。"② 可见梅氏了解出处，绝非以意妄注，而是将前人妄意"出《燕丹子》"信以为真，沿袭致误。《天中记》《七国考》《渊鉴类函》引录《燕丹子》，既有"乌白头、马生角"条，又有"日再中、天雨粟"条，好像当时真有包含两者内容的《燕丹子》。实则非出妄意，即将错就错。《说郛》卷一百录宋虞汝明《古琴疏》云："荆轲劫秦王将刺之。王曰：'寡人好琴，愿听一曲而就死。'轲许之。因命琴女文馨奏曲。曲曰：'罗縠单衫可裂而绝，三尺屏风可超而越，鹿卢之剑可负而拔。'王从其言，遂得脱。后名其琴为'超屏'。"这显然是好事者利用《燕丹子》的一段文字改造而成，改造的重点就是

---

① 《全唐诗》卷五百十九，第5935页。
② （明）梅鼎祚《皇霸文纪》卷十一《与燕太子丹誓书》注，明崇祯二年（1629）刊本。

杜撰琴女和琴的名字。明人董斯张将此文引入其《广博物志》，末注："《古琴录》，文馨或作漏月。"而《七国考》卷七《超屏琴》抄存此文，却题作"《燕丹子》"；《剑筴》《奁史》亦录其文，"文馨"作"漏月"，皆注出自《燕丹子》。实则都是误题误注，其时并没有新的《燕丹子》版本产生与流传。

原载《浙江大学学报》2010 年第 1 期，题作《〈燕丹子〉考辨》，人大复印报刊资料《中国古代、近代文学研究》2010 年第 6 期转载。

《古镜记》的小说形态与艺术价值

王度的《古镜记》产生于隋唐变乱之际，是现存最早的唐传奇小说。全文四千余字，写一面古镜的得而复失和诸种灵迹。它的出现，使我国小说从汉魏六朝的传闻记录明显演进为"文人意识之创造"；从"粗陈梗概"的史传体或"丛残小语"的笔记体演进为"篇幅漫长，记叙委曲"的传奇体。对这种演进，各种文学史、小说史多曾作过肯定的评价，无须多论。本文讨论其艺术形态、象征寓意，以及它在小说形态发展中的价值和地位。

以往的文学史家认为，《古镜记》"主要是宣传迷信和天命无上的消极思想"，是"六朝志怪一流"。笔者十年前写的一篇东西也曾以同样理由贬损过它的价值①。现在看来此种评判不甚符合作品实际，没有弄清其艺术形态。它其实不是语怪之作，而是一篇象征小说；不仅是小说史上最早的象征之作，也是中外古今罕见的以写物为主的象征小说。

为了确认《古镜记》的象征形态，需要首先了解它的另一个形态特点——用第一人称作叙述。众所周知，最早的小说都用第三人称叙述，即由作者以局外人身份讲述故事。第一人称的叙述形式是小说发展到一定阶段的产物，是小说讲求表现艺术、追求真情实感的产物。法国作家米·比

---

① 参见拙文《论短篇小说的艺术构思》，载《文艺论丛》第 10 辑，上海文艺出版社 1980 年版。

托尔甚至认为，把第一人称"引进小说是现实主义的一大进步"①。我国
小说史上，不要说唐以前没有这种叙述形式，唐以后也很少见。由于
"说话"艺术的影响，白话小说无论话本、拟话本，长篇还是短篇，一律
以说话人口气讲述，直到晚清才略有变化，产生了吴趼人的《二十年目
睹之怪现状》和王浚卿的《冷眼观》——第一人称章回体小说。文言小
说形式多些，但在难以数计的作品中，笔者所见以第一人称叙述的也只有
十篇②，其中四篇是唐传奇。《古镜记》标新领异，首开其端，是个值得
注意的创造。但作品从头至尾不用"我""余""予""仆"等人称代词
指代叙述人，而用作者王度之名，开首甚至并用其姓，径称"王度"。这
不仅与近代第一人称往往隐匿叙述人姓名大异其趣，且与用第三人称叙述
的史传、小说类似，致使研究者常常忽略其艺术形态上的这一创新因素，
将它看作一般习见的第三人称小说。我们所以能认定其叙述形式为第一人
称，主要赖有下列文字：

> 昔杨氏纳环，累代延庆，张公丧剑，其身亦终。今度遭世扰
> 攘，居常郁怏，王室如毁，生涯何地，宝镜复去，哀哉！今具其
> 异迹，列之于后，数千年之下，倘有得者，知其所由耳。

这种抒情与说明的笔调清楚地表明，作品中的人物王度就是叙述人。全文
是他自叙其事，而非别人叙王度之事。《古镜记》是以作者自己充任第一
人称叙述人的小说。

采用这种叙述方式给小说的结构、格调、样式带来一些明显的变化和
新因素。《古镜记》不像许许多多古小说那样严格按照时间顺序讲述完
整、连贯的故事，而以回流倒叙法将零散之事结缀成篇。开头几句写王度

---

① 《小说中人称代词的运用》，译文载《小说评论》1987 年第 4 期。
② 参见本书拙文《第一人称古小说漫议》。

得镜和镜体的精致、"非凡",接着就是上面引述的那段文字,以抒情之笔带出失镜之目,从而导致对古镜灵迹的长篇回顾,亲切自然,随笔而出,不仅造成倒叙文势,也有明显的散文化特点。下叙古镜的种种灵迹大小十多件,时越数十年,地隔千百里,零碎而散杂,但都集于王度一人之身,都是他的所作、所见或所闻。凡他不能经见之事,如北周苏绰卜筮,小吏龙驹夜梦,其弟王绩携镜周游等,都不直接叙出,而由经见之人向王度转述,把灵迹变成人物话语。这样不但保持了人称统一,角度一致,也使结构紧凑、集中。第一人称叙述人如牵线之针,将散碎之事穿在一起;又像一种粘合剂,将互不相关之事胶结成一个整体。

不过,这并不是《古镜记》作者采取第一人称叙述的原因,而只是其一种结果。我们知道,这种叙述方式首要的和普遍的艺术功能不在形式方面,而在内容方面,在于把作者自己变成作品的一个角色,让他充当所叙之事的见证人,以其亲身经历的样态显示内容的真实可信。用一位现代作家的话说,就是"把自己作为一个证人参加到作品里","给人一种真实感"[1]。《古镜记》的叙述方式也确实产生了这种效果。汪辟疆先生在其校录的《唐人小说》中就为它加了这样的按语:"王度此篇之记镜异……纬以作者家世仕履,颠倒眩惑,使后人读之,疑若可信也。"[2] 然而,古镜的那些神奇事迹极度虚幻,荒诞不经,只能出自传说或臆造。这是一望而知的。做过史官和县令的王度何以肯将自己写进作品,充当幻事的见证人呢?这就关乎作者的创作意图和作品的主题思想,亦即古镜的象征寓意。如果别无艺术用心,只为证明灵迹不虚,怪事实有,那就无异于亲自出面说谎、骗人,有损作者的人格名声。因此,从魏晋至明清,单纯志怪之作汗牛充栋,很难找到以作者第一人称作叙述的。即使那些佛徒、方士在记录、杜撰妄诞的神怪故事时,也不肯轻易把自己扮作证人角色,更不

---

① 马烽:《〈三年早知道〉写作经过》,载《文学知识》1959 年第 3 期。
② 《唐人小说》,上海 中华书局 1961 年版,第 10 页。

要说"姑妄听之"又"姑妄言之"的仕宦文人了。晋干宝有"鬼之董狐"之誉，写作《搜神记》就是为了"发明神道之不诬"，但他非但不肯把自己写进那些传闻，为幻事作证，还在《序》中特别申明："虽考先志于载籍，收遗逸于当世，盖非一耳一目之所亲闻睹也，又安敢谓无失实者哉？"写作态度何等严肃。反过来看，以作者第一人称叙述的古小说不外三种情况：一写现实情事，写作者自身的真实经历，以自叙出之，理所当然，张文成《游仙窟》、沈三白《浮生六记》是也；二写梦中异事，因为是梦，也就可以自由驰骋，沈亚之《秦梦记》、王晫《看花述异记》是也；三写醒时幻事，这是白纸黑字，公然"说谎"，便在古代，人亦不信，作者也不求使人相信，而是别有其用心。这类作品，除了《古镜记》，还有两篇，即《周秦行纪》和《东游记异》。前者是唐后期牛李党争的产物，本为李德裕门人韦瓘所作，却伪托政敌牛僧孺自述，言其与已故汉唐后妃聚首欢会之事，意在对牛进行陷害；后者是明代董玘所作，叙其于"正德庚午"在禁门之侧经见的狐死官吊之怪事，影射大宦官刘瑾的权势、淫威和最后败亡，是一篇政治讽喻小说。两者用作者第一人称叙述都不为证明鬼怪实有，而是寓意的特别需要。《古镜记》也是这样，寓意虽然隐曲、朦胧，不像《东游记异》那样醒目，也还是有迹可循的。前面引述的那段文字就是一把开门的钥匙。作者在记述古镜灵迹之前，忽而大发"王室如毁，生涯何地"的政治感慨，谈虎变色，情见乎词，是很不寻常的，是一个有理想、有抱负的士大夫对王朝末日的"扰攘"时局发自肺腑的悲切之言，显出一种"无可奈何花落去"的"郁快"心绪。这种心绪和无法实现的理想精神很难通过现实情事直接展示，便假借古镜的得而复失，怪怪奇奇，曲折、隐晦地发散出来。灵物古镜当是作者精心设计的主观思想感情的"客观对应物"，是其理想精神的象征。作品对古镜的赞美也就是对作者理想精神的赞美。所谓"见赏高贤，自称灵物"，就将古镜与"高贤"联系起来；随即又以杨宝纳环发迹、张华丧剑亡身两个典故与王度得镜失镜作类比，进一步点出古镜与作者的对应关系。这种象征性寓意和对应关系才是作者采取第一人称的根本原因。他将自身的某些真实经历同虚构的古镜灵迹用编年法结合起来，不是为了证实后者，要人相信那些灵迹，而是为了使自己与古镜联系得更紧密，与它所象征的理想精神合为一体。

王度赋予古镜的究竟是一种什么精神？这从作品的形象结构可以窥测。全文分为前后两半。前半描述古镜的形体、来历、神异功能，是铺垫之笔；后半大写其降妖伏怪，救灾解难，为民除害，集中显出它所象征的思想精神——王度寄托的社会理想。其时隋王朝极端腐败，豪杰并起，天下大乱，民不聊生。身为御史、县令的王度有救民水火的善良愿望，却缺乏清醒的政治头脑。它站在没落王朝方面，把各路反隋义军看作邪恶势力和灾难根源，希图一一降伏、剿灭，保民安国。文中特写王度用古镜威力杀死的一条作怪大蛇"头上有'王'字"，也透露出上述寓意的消息。不过，王度的这种理想只是幻想，被"王室如毁"的现实击得粉碎。因此古镜无论被赋予怎样神奇的力量、功能，最后也只有悲鸣而逝。古镜的悲剧结局正是王度理想破灭的反映和写照。与此相关，作品还用一系列幻设的意象结构表现作者理想破灭的内心苦况和宿命论思想，造成浓郁的悲剧气氛。如狸女鹦鹉之死，一则借以显示宝镜威力，为以后降妖除怪张本；二则假女之口发出悲歌："宝镜，宝镜，哀哉余命！自我离形，于今几姓？生虽可乐，死亦不伤，何为眷恋，守此一方！"与作品开头的抒情文字和谐一致，与作者王度的"郁怏"心境息息相通，可以说是后者自悲自叹又自解自慰的心理、情感的艺术折光。再如王度以镜治病：先写"天下大饥"，疠疫流行的严重形势；次写"持镜夜照"，病者即起的神奇效应；而后特写镜精托梦，说"百姓有罪，天与之疾"，宝镜不能听命主人，"反天救物"。这就是王度对不能按照自己的意愿改变社会现实所作的宿命论解释。宝镜不肯为力，就像它最终离开作者"舍人间远去"一样，归根到底在于它所象征的理想精神虚幻无力。那只是一个缥缈的梦。当作者睁开眼睛面对现实世界时，梦境就不复存在了。

作品还通过老奴豹生之口大讲古镜与苏绰的关系：原是苏绰之友苗季子的赠物，为苏宝爱；苏临终前两次为镜卜筮，从而预知："我死十余年，我家当失此镜"，"先入侯家，复归王氏"。如此玄虚之词，自是王度的造作。值得注意的是，侯生于大业七年赠与王度的古镜不大可能来自苏家。苏绰在西魏官至度支尚书，死后其子苏威袭爵。威在北周虽为避祸辞官不拜，又曾为赎亲友"标卖田宅"，似亦不至售镜而炊；至隋为仆射，官高位重，倘有家传宝镜，更不易落入他人之手。再看《隋唐嘉话》的一段记载：

> 仆射苏威有镜，殊精好，曾日蚀既，镜亦昏黑无所见。威以为左右所污，不以为意。他日日蚀半缺，其镜亦半昏如之。于是始宝藏之。后柜内有声如磬，寻之，乃镜声也，无何而子夔死。后更有声，无何而威败。后不知所在。

此文前半与《古镜记》有关日蚀的描写几乎全同。看来苏家确有好镜，至苏威为仆射时尚未失落，闻名于世，乃生传说。王度有所采摭，写进作品，是可能的。但苏威之败，时当隋末，由此推算，王度之镜也不可能是苏威之镜。然则，王度何以特造一段豹生之言，卜筮之说，作此攀附和假托呢？这除了苏镜知名而外，还有更为重要的因素，即推重苏绰，窃比"高贤"。据史书记载，苏绰实是西魏"改革时政"的重要人物，也是北周开国之臣。他受到当时独揽朝政的上柱国宇文泰的重用，制"记账、户籍之法"，作《六条诏书》，惩贪官，"擢贤良""恤狱讼""均田赋"，励精图治，对加强西魏的实力地位，巩固宇文氏政权，起了举足轻重的作用；加上其人性喜"俭素""不治产业""常以天下为己任"，遂成一代贤能之士，"名冠当时"，至隋尚有很大影响。开皇之初，以其"文雅政事，遗迹可称"追封邳国公①。这样一位处于乱世的治国能臣，"前代名贤"，当是王度心目中的理想人物，效仿的榜样，于是一面在其所著史书中为他立传，一面又在小说中派他作"见赏高贤"的古镜的主人。通过灵物择主把自己同苏绰联系起来，既以后者自况，又为高贤张目，把理想精神具体化。从这种艺术构思中可以进一步了解古镜的象征性和作品的寓意。

作为一种艺术形态，象征不像隐喻那样明了、确定，易于读解。它是"借有形寓无形，借有限表无限"②，寓意不仅隐晦、曲折，而且往往不很确定，具有多义性和开放性。《古镜记》也有这种特点。古镜不只代表作者的理想精神，也可看作王业国祚的象征体，因而成为镜主得志、变泰的依傍。苏绰凭西魏得展其才，王度依隋为官从政，一旦"王室如毁"，国祚将移，镜主失去政治依傍，古镜也就失落或易主。苏绰所谓"天地神物，动静有征"就是王业兴废之征。前面谈到，作品写苏绰临终为镜卜筮，预知"十余年"后"当失此镜"。苏绰死于公元546年，其后十年，上柱国宇文泰死，次年宇文护逼恭帝禅位于周，西魏灭亡。这个时间表告诉我们，王度构想的苏家失镜与苏绰所仕王朝的终结存在着明显的对应关系。再看王度失镜的描写：先使一位"藏往知来"的"奇识之士"在"宇宙丧乱"之际发出"神物"将失的预言；继使古镜给王绩托梦，自言"当舍人间远去"。经过如此铺垫、渲染之后，这样写道：

> 大业十三年七月十五日，匣中悲鸣，其声纤远，俄而渐大，若龙咆虎吼，良久乃定，开匣视之，即失镜矣。

---

① 见《周书》卷二十三和《北史》卷六十三《苏绰传》，范文澜《中国通史简编》对苏绰的历史功绩亦有论述，参见该书第三编，北京 人民出版社1965年版，第485页。

② 梁宗岱：《象征意义》，载《诗与真·诗与真二集》，北京 外国文学出版社1984年版，第69页。

这是小说的最后一笔，声势不凡，戛然而止，发人深思。这哪里是描写古镜的失落，分明象征王朝的溃灭。首句大书失镜时间，也与寓意若合符契。大业十三年，即公元 617 年，农民起义和地方割据势力正是在这一年摧毁了隋的统治。王度将失镜安排在该年下半年隋室溃灭之势已成之时，艺术用心可想而知。刘开荣先生在《唐人小说研究》一书中指出：《古镜记》"作者的主要动机恐怕不单纯是志怪，而是以极悲痛的心情悼惜隋王朝丧失了政权""王家的失镜，即暗示隋王室的趋于灭亡"①。这是很有见地的。

不过，王度失镜之时，隋王朝尚未灭亡，是年十一月杨广才在江都被杀；次年，李渊始废隋恭帝杨侑，自立为帝以唐代隋。作者何以不将失镜时间推迟数月，以应炀帝之死、隋室之亡呢？这就关系到《古镜记》的写作时间问题。笔者以为，这篇小说很有可能写于"大业十三年七月十五日"之后不久，隋炀帝尚未被杀之时。篇中"王室如毁"一语也能说明这一点。此语出自《诗经·周南·汝坟》，原意系指纣王的暴政像火一样"酷烈而未已"②，王度用以描述隋末王室如被大火焚烧，行将倒塌、覆灭的危局。看来作者是在隋朝将亡而未亡之际创作这篇作品的。严格地说，它不是产生于唐代，而是作于隋唐变乱之际。同为李昉主编的《文苑英华》和《太平御览》于《古镜记》的创作时代就有隋、唐两说，前者所收唐顾况之文《戴氏广异记序》将它列入"国朝"之作，而后者不从顾说，题作"隋王度《古镜记》"，或别有所据。

《古镜记》的产生并非偶然，与王度的身世经历和家庭影响密切相关。他是山西祁人，生于隋初，入唐而殁，几乎与隋相终始。其父王隆是儒学教授，隋初做过县令，大有经国济世之志；其弟王通，即文中子，是远近知名的大儒，有"王孔子"之誉；另一个弟弟王拟也是儒，以王通

---

① 《唐人小说研究》，上海 商务印书馆 1955 年版，第 53、64 页。
② 朱熹《诗集传》卷一，四部丛刊影宋本。

继承者自居；只有末弟王绩与父兄大异，酷好周易、老庄，"洞晓"阴阳历数，不求闻达仕进，以诗酒、遨游、隐居为乐事，号东皋子、五斗先生。王度本人受上述两个方面、两种思想体系的影响都很明显。由于《古镜记》带有浓重的阴阳家、道家的思想色彩，并把王绩写进作品（作王勣），便有人认为王度与王绩思想"接近"，属于同一思想体系。其实并不尽然。王度固然"重阴阳"，对"以筮著"的侯生"以师礼事之"，与王绩的思想有相似处。这使他特别宝爱那面古镜，也使他易于将古镜与自身和隋王朝联系起来，将它作为理想精神、王业国祚的象征体。此乃产生《古镜记》的重要前提条件。但这只是一方面。还有更为重要的方面，即王度乐于做官，热心从政，很想在隋王朝干一番事业。这种积极入世求取功名的思想态度，不仅与王绩的消极隐退大相径庭，与王隆、王通相比，也是有过之而无不及。王隆只做三处县令，就"退归""不仕"；王通虽有"四方之志""济苍生之心"，由于看到隋室的腐败和其他原因，多次征召不出，终生未仕①。再看王度：

> 芮城府君起家为御史，将行，谓文中子曰："何以赠我？"子曰："清而无介，直而无执。"曰："何以加乎？"子曰："太和为之表，至心为之内；行之以公，守之以道。"退而谓董常曰："大厦将倾，非一木所支也。"

这是王通《中说·事君篇》一段记载。芮城府君即是王度。文中虽然没有直写王度的思想，但从其一再征询大儒胞弟的赠言和王通背地对他的议论，也可看出他不顾危局，热衷仕进急于建功立业的心情。"后兼著作

---

① 参见《全唐文》卷一百三十五杜淹《文中子世家》、卷一百六十吕才《东皋子后序》，《新唐书》卷一百二十一《王绩传》，孙望《王度考》（载《学术月刊》1957年第3、4期）。

郎，奉诏修国史"，也是兢兢业业数年之间完成大半①；又曾"出兼芮城令""持节河北道"，关心百姓疾苦，"开仓赈济陕东"，在"天下向乱""大厦将倾"之际忠于职守，尽力而为。正是这样的王度对隋即将灭亡深感惋惜，满怀"郁怏"，情不自禁地写出这篇象征性寓意小说。作品以阴阳古镜之迹掩映亡国儒臣之思，阴阳家、道家思想其表，儒家思想其里，是两种思想的结合体。

象征本是一种古老的艺术形态，它以某种具体物象暗示高度抽象的"意"——思想、观念、精神。这对便于创造物象的绘画、雕塑、建筑等造型艺术高度适应，在远古就得到运用和发展。在文学领域，象征形态最早出现于神话传说，而后在诗中得到比较广泛的运用。诗主抒情，亦能咏物，只要诗人从"象征的森林"中为所要表现的情感、意念找到"客观对应物"，就可能写出象征的诗。与此不同，小说是典型的叙事文学，要展示相对完整的人生图景，不便以物为主要表现对象，因而与象征形态比较隔阂，龃龉难合。小说中的象征体（如《红楼梦》中的通灵宝玉之类）大都用于作品的局部，不能决定作品的形态。地道的象征小说，不仅《古镜记》以前不曾出现，在其后一千多年的我国古代小说史上也极罕见，大约只有一部董说的《西游补》。近现代小说对象征的运用日趋广泛，但整个作品属于象征形态的（如麦尔维尔的《白鲸》和卡夫卡的《城堡》之类），也不多见；而且，无论《西游补》，还是《白鲸》《城堡》等近现代象征小说，都不以写物为主，作品的主要角色是人，主要内容是由人物活动构成的生活图景，除了具有象征性，大都兼有表现、影射现实人生的艺术功能，因而不是单纯的本来意义的象征形态。《古镜记》不然，通篇只写古镜的灵迹。古镜是作品的中心主人公，人物都是它的陪衬，受它驱使，为表现它的灵奇特异东奔西走。这使整个作品成为

---

① 王绩《与陈叔达重借隋纪书》（载《全唐文》卷一百三十一）言及王度撰《隋书》，有"兆自开皇之始，迄于大业之初，咸亡兄点窜之遗迹"等语。

一部古镜史，成为一篇以写物为主，以物表意的纯象征小说。就笔者所见，这种象征形态，在小说艺术发展史上前无古人，后无来者，是绝无仅有的一个特例，对研究艺术形态特别是象征形态的发展、演化，有其不可替代的价值。

这不是说《古镜记》是象征小说的成功之作。恰恰相反，它作为一篇小说作品，不仅思想倾向不合前进历史潮流，艺术表现也很蹩脚，形象与寓意缺乏有力的艺术联系，阴阳道术的外衣更为精心造设的象征意象罩上一层神秘的纱幕，让人难识庐山真面目。一些论者将它视为宣扬迷信思想的志怪者流，在很大程度上也是作品本身的这种缺陷造成的。以物为主是这篇小说的一个特点，同时也就造成见物不见人的严重缺失，使作品缺乏艺术魅力。凡此种种，不只是早年小说幼稚的表现，也是以物表意的象征形态与小说体式隔膜所致，艺术表现的蹩脚恰是象征形态与叙事体式蹩脚的反映。正因为这样，后来的象征小说就不再重复这种单纯以物表意的形态，而着重写人和人的活动，在失去某种象征性的同时，创造了比较合于叙事体式的象征形态，从而发展了小说的象征艺术。不过，这也显出《古镜记》的一种价值，它以自身向人证明，小说的象征之路崎岖、坎坷，布满荆棘，最初的探险者迈出何等艰难的一步！

原载《济宁教育学院学刊》1990 年第 1 期

《游仙窟》的小说形态与艺术价值

中国古代短篇小说大都属于故事型——说故事或写故事，奇幻故事或现实故事，只有少数作品脱此窠臼，另辟蹊径，艺术形态别具一格，在小说艺术发展史上有其独特的价值和地位。《游仙窟》就是突出的一例。

这是一篇唐前期小说。作者张鷟，字文成，高宗调露初年进士，颇负文名，时有"青钱学士"之誉，谓其"文词如青铜钱，万选万中"；而仕途坎坷，"才高位下"，虽曾做过监察御史，不久即遭贬谪①。莫休符《桂林风土记》说他"以五为县尉，因著《才命论》以适志"②。《游仙窟》就是做襄乐县尉时的作品，写成不久就传到日本，而国内久已失传，直到民国初年才由日本倒流回国。

作品采用第一人称，通篇由作者自叙其事："仆从汧陇，奉使河源"，道经名山，夜投大宅，得遇二女十娘、五嫂，调笑宴饮，一宿而别。内容猥亵、庸俗，无足称道；艺术形态却很有特色。全文九千余字（不含标点），是唐人小说最长的一篇，却没有任何矛盾冲突，也没有曲折的故事情节，更没有神仙灵怪的奇幻事迹，写的只是男女主人公在一夜之间相识、调情、对诗、斗口、歌舞、宴饮、狎戏、惜别一类情事，以极细的笔触、浓重的色彩描绘出放荡官吏、风流才子的种种狎妓生活相。这就显得

① 参见《旧唐书》卷一百四十九、《新唐书》卷一百六十一《张荐传》。
② 《桂林风土记·张鷟》，民国九年（1920）上海 涵芬楼刊本。

与众不同。它全然不是故事小说，更不是传奇故事，而是地道的生活小说，是截取生活断面，大写日常琐事的生活小说。这种小说形态，在大量的现代小说中屡见不鲜，不足为奇，而在小说还不很发达的七世纪末却是一个创造，一个奇迹，一个令人瞩目的新产品。从古至今，小说沿着拟实与表意两大系统向前发展。拟实小说大致包含三种形态类型：故事型、生活型和心态型。故事型多写特出、非常之事；以叙述为主，描写简略，情节密度大，发展快，故事性强。生活型多写寻常生活琐事，笔墨纤细，情节被稀释，发展慢，故事性弱。心态型以写人的心理活动为主，情节、生活常被嵌入意识屏幕，虚而且散。这三种拟实小说在现代虽然呈现出争发竞放的壮观气象，在小说史上却不是同时出现，一起繁荣的。彼此间相隔数百年，乃至上千年，且有明显的前后次序。无论中国、外国，东方还是西方，最早兴起的都是故事小说，其次是生活小说；心态小说出现最晚，直到十九世纪末、二十世纪初才在欧美兴盛起来，走向繁荣。这个次序标志着拟实小说发展的三大阶段。把《游仙窟》放在这一发展长河中加以考察，就会发现，它不属于故事小说，而是地道的生活小说，很可能是世界上最早的生活小说。不仅前无先例，后面也久久不见来者，在它以后几个世纪东西方都是故事小说时代。直到十与十一世纪之交，才在日本出现长篇生活小说——道纲母的《蜻蛉日记》和紫式部的《源氏物语》。相传后者曾受《游仙窟》的影响。果真如此，与两者属于同一小说形态也许不无关系吧。在欧洲，薄伽丘的《十日谈》是十四世纪小说佳作，但就拟实形态而论，只是使故事型向生活型前进了一步，基本上还是故事小说。生活小说的勃兴是十七世纪后半和更晚的事。拉法夷特夫人和约翰生女士之所以曾被文学批评家尊为"近代小说先驱"，主要就因为她们的作品突破了传奇故事模式，写了比较切实的日常生活。至于我国，《金瓶梅》的出世上距《游仙窟》九百多年，期间不见生活小说。其时的作者和读者，关注的是"奇"，而不是"常"；是生动的故事，不是生活的摹写。明中叶以后，这种情况才开始改变。张岱甚至提出"布帛菽粟之中自有许多滋味，咀嚼不尽，传之永久，愈久愈新，愈淡愈远"的精辟见解①。明末和清代的小说，生活描写大大加强了。不过，真正属于生活小说家族成员的也只有《红楼梦》为首的几部长篇，且未脱尽"话说""且听"之类章回小说说故事的胎痕；至于短篇和中篇的拟实之作，只有沈复的自传体散文化小说《浮生六记》属于地道的生活小说，此外，文言则传写奇事，白话则模拟话本，大都属于故事型。如此看来，《游仙窟》乃是一篇逸出小说形态发展常轨的特例，它像一只不太守时的雄鸡，在故事小说尚待发展的午夜，就为生活小说必将繁荣的黎明提前报晓了。

特例虽可逸出常轨，也自有它的产生条件。据史书记载，张鷟在两个方面非常突出。一是为人"俔荡无俭""不持细行，尤为端士所恶"。二是才华横溢，文思敏捷，而"言颇诙谐""浮艳少理致"②。《游仙窟》就是这两个方面——两种力量结合的产物。反过来看，也是两者最有力的说明书。古之文士"不持细行"者代不乏人，但肯将自己狎妓、调情等龌龊情事详细写出，公之于世，且能如此酣畅淋漓、笔歌墨舞者，张鷟之外无第二人。这是张鷟的卑俗处，也见其为人的独特处和才华出众。《游仙窟》逸轨而出的特殊条件正在于此。生活小说不同于故事小说，需要细心体会和观察，故难出自民间传说，而需创自文人之手。当时的文人还未能像后来的紫式部、曹雪芹那样注目于生活的"布帛菽粟"，只有某些"俔荡"之士对艳遇细节格外细心，但又不愿写或不敢写。生活小说因而也就无从诞生。张鷟忽动灵思，无所顾忌，纵笔大书，不厌其详，自然逸出常轨。其用作者第一人称叙此等事尤其反常，目的就是为表现自己，炫耀自己的风流艳遇。在我国文学史上，《游仙窟》之前用第一人称叙述的小说只有一篇，即王度的《古镜记》。不过，《古镜记》通篇未用"我""余""予""仆"一类人称代词，只用作者王度之名指代叙述人，所以

---

①　《琅嬛文集》卷三《答袁箨庵》，清（1644－1911）刊本。

②　参见两唐书《张荐传》。

只是暗用第一人称。首次明用第一人称叙述的中国小说是《游仙窟》。这种作者自叙的形式拉近了读者与作品的距离，使内容显得更真实、亲切，描写第三者难见难知的隐秘情事更为便利。张鷟就以这种形式极力施展其多方面的才能，将其"少娱声色""遍访风流"的切实体验尽情挥写，着意渲染，自觉地成为小说领域色情描写的始作俑者，同时，也不自觉地创造了最早的生活小说。

《游仙窟》不是用自由自在的散文写成，而大量杂用四六骈文。鲁迅说它"文近骈俪而时杂鄙语"是恰切的①。然而，即使在骈文极盛的南北朝时期，小说也是用散文写的，张鷟何以贸然作俑，用骈俪文字作小说呢？究其原因，仍与作品形态有关。我们知道，骈体文总的来说是汉语史、文学史上一股形式主义逆流，不宜提倡。但其本身，也有所长和所短。由于讲求藻饰、用典、铺陈、对仗，对描写、抒情、说理、讽喻都有某种特别效用，而最支绌于叙事。古文作家都很了解这种分别，何者用骈，何者用散，是很有讲究的。张鷟的著作流传至今的还有《龙筋凤髓判》和《朝野佥载》。前者是拟判参选之作，论辩模状，全用骈体；后者是记述见闻之书，注重叙事，尽用散体。这就说明，作者对骈文的特性、功用十分清楚，并不滥用。其所以在《游仙窟》中大作骈偶文字，是因为不重事体叙述而重情状描写的缘故。这种描写尽管有繁复、板滞、华而不实等弊病，还是大大淡化了故事情节，充分铺展了细节、场面，对改变当时一般小说的内容、格局、艺术形态起了显而易见的作用。从这种意义上说，《游仙窟》"文近骈俪"的形式与其生活小说的内容、形态是和谐一致，表里相成的。值得称赏的是其文并不拘于骈偶，叙述、对话时杂散体。如此骈散结合，各显其能，使某些生活场景得到兴会淋漓的描绘和表现。看二女设乐作舞一场：

---

① 《中国小说史略》，北京 人民文学出版社 1958 年版，第 52 页。

十娘唤香儿为少府设乐。金石并奏，箫管间响。苏合弹琵琶，绿竹吹筚篥；仙人鼓瑟，玉女吹笙。玄鹤俯而听琴，白鱼跃而应节。清音叨哑，片时则梁上尘飞；雅韵铿锵，卒尔则天边雪落。一时忘味，孔丘留滞不虚；三日绕梁，韩娥余音是实。十娘曰："少府稀来，岂不尽乐？五嫂大能作舞，且劝作一曲。"亦不辞惮。遂即逶迤而起，婀娜徐行。虫蛆面子，妒杀阳城；蚕贼仪容，迷伤下蔡。举手顿足，雅合宫商；顾后窥前，深知曲节。欲似蟠龙宛转，野鹄低昂。回面则日照莲花，翻身则风吹弱柳。斜眉盗盼，异种婥姑；缓步急行，穷极造蚩。罗衣熠耀，似彩凤之翔云；锦绣纷披，若青鸾之映水。千娇眼子，天上失其流星；一搦腰支，洛浦愧其回雪。光前艳后，难遇难逢；进退去来，稀闻稀见。下官遂作而谢曰："沧海之中难为水，霹雳之后难为雷。不敢推迟，定为丑拙。"遂起作舞。桂心咥咥然低头而笑。十娘问曰："笑何事？"桂心曰："笑儿等能作音声。"十娘曰："何处有能？"答曰："若其不能，何因百兽率舞？"下官曰："不是百兽率舞，乃是凤凰来仪。"一时大笑。

这段引文充分显出这篇小说骈散兼行的文体风貌和大写琐事的形态特点。先以骈词俪句对乐舞之妙极尽形容，大肆铺陈，驰骋藻翰不遗余力；继而又以散体对话传示人物的音容笑貌和精神意态，偶见对句，也较自然。两体相异，两文相成；样式判然为二，笔酣墨饱如一，把一个男女欢会相调的生活场面写得有声有色，如火如荼。不仅如此，作品还采用许多白话口语、俚语和俗谚，加强语言的生活化和艺术描写的人情味。"眼子""手子""面子""叵耐""谈道""眼磣""摩挲""作消息"，以及"女婿是妇家狗""心欲专，凿石穿""昨夜眼皮润，今朝见好人"……诸如此类，不一而足。再看下面两段对话：

十娘曰："少府亦应太饥。"唤桂心盛饭。下官曰："向来眼
饱，不觉身饥。"十娘笑曰："莫相弄。且取双六局来，共少府
公赌酒。"仆答曰："下官不能赌酒，共娘子赌宿。"十娘问曰：
"若为赌宿？"余答曰："十娘输筹，则共下官卧一宿；下官输
筹，则共十娘卧一宿。"十娘笑曰："汉骑驴则胡步行，胡步行
则汉骑驴，总悉输他便点。儿递换作，少府公太能生。"

五嫂曰："张郎太贪生，一箭射两垛。"十娘则谓曰："遮三
不得一，觅两都卢失。"五嫂曰："娘子莫分疏，免入狗突里，
自来饮食，知复欲何如？"下官即起谢曰："乞浆得酒，旧来伸
口；打兔得獐，非意所望。"十娘曰："五嫂如许大人，专拟调
合此事。……"

这里不仅用了"盛饭""眼饱""赌酒""递换""能生""贪生""都卢"
（总是、统统）、"分疏""狗突"（狗洞）、"旧来"（向来、从来），"调
合"等一连串口语词汇，整段对话也与口语很接近，通俗易懂，声口宛
肖。俗谚的嵌入更增加了生活的意味和情趣。后段除了末句，每句都用谚
语，虽嫌太密，不很自然，仍有浓郁的生活气和人情味。在文言小说中如
此大量采用口语是罕见的。只有蒲松龄的《聊斋志异》可见类似的人物
对话，而且更加精致、自然、炉火纯青，但都被置于奇幻故事的框架中，
艺术作用另当别论。《游仙窟》的此种对话融入场景的描写之中，成为生
活小说的得力之笔。作者不求文体形式的统一、语言格调的一致，忽骈忽
散，亦雅亦俗，调动各种文体功能和语言手段，为生活描写添砖加瓦，溢
彩增辉，从而真实而细腻地展现了所要展现的那种人物与生活。这就不同
于清代产生的另一部骈文小说《燕山外史》。后者由于作者陈球自幼"喜
读六朝诸体"，对四六文有特别的爱好和"研究"，全书"共计三万一千

余言"全用"骈俪文字"①，结果佶屈聱牙，难以卒读，既不见人，也不见事，尤其没有生活气，与《游仙窟》适成对照。

除了"文近骈俪"，作品还融入大量歌诗、俗赋等韵文，计七十余首，约占篇幅的四分之一。唐传奇杂入歌诗是常见的。其中一部分原系举子向主司"投献所业"的"温卷"之作，为求"文备众体"，以见"诗笔"②，必得塞入几首诗作。《游仙窟》显然不是"温卷"，不属于这种情况。有人觉得它与变文很相像，以为受了后者的影响。这种影响自然并非不可能存在。但须指出，变文乃是讲唱文学，其韵文唱词一般不是人物作的歌诗，而是讲唱者的一种造作，既用于人物对话，也用于叙述、描写；便是前者，也不表示人物用韵文说话，就像叙事诗中的人物语言不是人物作的诗一样。两者都是讲唱者和诗人的艺术造作。《游仙窟》不然，那些歌诗、俗赋、韵语都是人物即兴之作。作为人物语言，那也就是他们的原话。就像《红楼梦》中嵌入的那些诗词曲赋和对联一样，都以记录、摹写生活本身的形式出现，是这篇生活小说艺术描写的一个有机组成部分。当然，《游仙窟》嵌入的韵文太多，大大超过了生活限度。官绅文士与妓女交往，会作一些情诗艳赋，也可能说些调笑韵语，但日常交谈主要还是用散体口语。连篇累牍地罗列诗赋，不仅流于繁赘，也使对话显得做作，部分失真。这是这篇早期生活小说的艺术缺陷。

《游仙窟》写的是人间俗事，却将女主人公放在"人迹罕及，鸟道难通"的"神仙窟"中，给龌龊的实生活罩上一层虚幻的纱幕。这也许是作者的高明之处，把生活虚化也美化了。但从小说形态来看，无疑削弱了拟实性，造成早期生活小说的另一缺陷。不过，《游仙窟》的虚幻仅此而已，其中人物、情事全然没有神仙气和鬼魅气，不仅迥别于六朝、唐宋的志怪之作，与《聊斋志异》也大异其趣。后者虽"花妖狐魅，皆具人

---

① （清）陈球《〈燕山外史〉凡例》，清嘉庆十六年（1811）醑雅堂刊本。
② （宋）赵彦卫：《云麓漫抄》卷八，民国十三年（1924）上海 涵芬楼影印本。

情"，以至使人"忘为异类"，有时却又"偶见鹘突，知复非人"①，是幻想与现实的统一体；而《游仙窟》有关十娘、五嫂的描写文字笔笔落实，纯为人事，尽如拟实生活小说。文中张生夸十娘曰："向见称扬，谓言虚假，谁知见面，恰是神仙。此是神仙窟也。"又作词曰："从来巡绕四边，忽逢两个神仙，眉上冬天出柳，颊中旱地生莲；千看千处妩媚，万看万处婵妍。今宵若其不得，剩命过与黄泉。"这些话是对"神仙""仙窟"的最好注脚。所谓"神仙"，不过是美女、妓女的别名而已。

以作品内容的时间跨度而论，传统短篇小说有两种基本样式：直缀式和横切式。前者由若干生活断片连缀而成，时间分散，跨度大；后者只取一个生活横断面，时间相对集中，跨度小。唐以前的小说笔墨粗略，长者历时数年、数十年，属直缀式。短者"丛残小语"，也谈不上切取横断面的问题。横切式短篇也和第一人称叙述形式一样，是小说发展到一定阶段的产物，是短篇小说艺术的一种创造和革新。《游仙窟》首开其端。其后则有《独孤遐叔》（出薛渔思《河东记》）、《郭元振》（出牛僧孺《玄怪录》）、《东阳夜怪录》（《太平广记》卷四百九十引）及韦瓘《周秦行纪》诸篇，都集中写一夜之事，且有一定规模和生活气息，是唐代短篇多样化的表现。但都带有志怪性，不能与《游仙窟》之截取生活断面同日而语。宋以后的话本、拟话本小说都是历时很长的生活故事，几无例外。至《聊斋志异》，短篇样式有所发展，产生了《王子安》和《凤阳士人》那样时间、场合都很集中的作品。前者写一应试秀才在放榜之前大做登第授官美梦的可笑情景，意趣横生；后者使一"翘盼"夫归女子梦中见夫，倍受冷遇，似由《独孤遐叔》翻改而出，而将怪事纳入梦境，即成可信的生活情事。与《游仙窟》相比，两作不仅格调殊高，意象也见隽拔、精粹，都是横切短篇佳作，但都未脱故事框式，对一个生活断面的再现是粗线条的。以上简略回顾告诉我们：横切短篇在中国小说史上实

---

① 鲁迅：《中国小说史略》，第167页。

在少见，真可说是凤毛麟角；至于对一个日常生活断面竭力经营，大肆描绘，极尽发挥的短篇小说，惟《游仙窟》一篇而已。这也显出它在小说艺术发展中的独特价值和地位。

原载〔日本〕九州大学中国文学会《中国文学论集》第 21 号

第一人称古小说漫议

引　言

　　采用第一人称叙述是现代小说的常见形式，而在中国古代小说中却是很少见的，可以说是稀有之品。这与西方小说的艺术发展迥然不同。我们知道，世界最早的小说——古埃及芦纸抄本中已有历险者自述式的浪漫故事，而至公元二世纪古罗马时期作家阿普列尤斯更以第一人称创作了长篇经典之作《金驴记》，代表了早期小说的最高成就。经过中世纪的沉寂，西方小说再度勃兴，至十九世纪大为繁荣，取第一人称叙述者屡见不鲜，代有佳作。虽不及第三人称之盛，也是见惯的叙述方式。中国古代小说不然，从发轫期的先秦到极盛期的明清两代，或文言或白话的长篇短制数以万计，如果除去受西方小说影响后产生的晚清作品（如吴趼人《二十年目睹之怪现状》、王濬卿《冷眼观》等）不论，以第一人称叙述的小说，笔者所见只有十种，它们是：王度《古镜记》、张鷟《游仙窟》、韦瓘《周秦行纪》、沈亚之《秦梦记》、董玘《东游记异》、芙蓉主人《痴婆子传》、汪象旭《吕祖全传》、王晫《看花述异记》、蒲松龄《绛妃》和沈复的《浮生六记》。此外还有几篇部分内容以第一人称作叙述的。两者之和也不过十数种，真可谓凤毛麟角。

　　造成上述情况的原因是多方面的。第一，文言小说受史传影响极大，小说作者喜欢像史家那样客观地叙事，或者说装作客观地叙事，所以连志怪小说《搜神记》的作者干宝也被誉为"鬼之董狐"。这样的文言小说自然都像史传文学那样以第三人称作叙述，不会采取第一人称。第二，白话小说源于"说话"，早期作品有的就是说话底本；长篇则用说书的章回体。这样，叙述者以说话人身份作客观叙述或评判，自然不便用第一人称。第三，古代一般小说作者不太注意艺术表现形式的创新，或者说比较缺乏创新意识，缺乏对叙述形式进行探索和实验的主动精神。这是其时小说创作之艺术自觉不充分的表现。在这种情况下产生的为数甚少的以第一人称叙述之作也就显得不同寻常，独具特色，值得珍视和探讨。下面依其所出的时间顺序略作考察与评介，就教于方家。

一

《古镜记》，产生于隋唐变乱之际，是现存最早的唐传奇，也是我国首篇第一人称古小说。全篇写一面宝镜的来历、形状及其种种灵相异迹：光照百步，托梦于人，遏止风涛，驱散禽兽，屡次降妖除怪，治病救难，最后于大业十三年七月——隋王朝濒临崩溃之际悲鸣隐没。作品可分为前后两半。前半由古镜主人王度自述，后半由借镜出游归来的王度之弟王勣向王度叙述。统观全篇，用作者王度的第一人称，其中又套用王勣的第一人称。值得注意的是两者的叙述均不用"我""吾""余""予"等人称代词，而以其名"度""勣"自称。这自然是面对读者或兄长的谦抑称谓，同时也就造成本篇暗用第一人称的叙述特点。

内容虚妄幻诞，类乎志怪之书，却以作者亲闻亲见的第一人称形式娓娓陈述，以证其实。这是极端反常的，也是不同寻常的。究其原因，乃在作者的创作意图：并非客观（或装作客观）地叙述见闻，而为表现作者的主观精神。作者王度，是隋末大儒文中子王通之兄，也是初唐著名诗人王绩之兄，绛州龙门（今山西稷山县）人，主要活动于隋炀帝大业年间。

根据《古镜记》本文和其他有关资料，他做过御史，兼著作郎，曾"奉诏"修"国史"①，又曾"出兼芮城令"，在"天下向乱""大厦将倾"之际热心出仕，匡扶隋室；而在"王室如毁"、大势已去之后满怀抑郁，亟欲发抒，便将自家的一面古镜加以神化，使它成为其政治思想和主观精神的一种象征。这位面对历史潮流无可奈何的隋室孤臣在追求自我表现时创造了中国文学史上极为罕见的象征小说和第一人称小说。相关论述已写入《〈古镜记〉的小说形态与艺术价值》，此不复赘。

二

《游仙窟》，也是早期唐传奇小说，大约在作者张鷟还在世的开元年间就流传到日本，迄今一千二百多年传诵不衰；而在中国却久已失传，直到20世纪初才由日本倒流回国。笔者在国内所见系汪辟疆先生校录的《唐人小说》本，今春来到日本后才有幸得见藤井良雄先生赠我的醍醐寺藏古抄本之影印本。这篇长达九千余言的文言小说，通篇描述做县尉小官的叙述者"余"在"奉使河源"途中的一次风流艳遇：与女主人公对诗、斗口、百般调情，狎宿一宵，惜别而去。内容猥陋，笔墨浓重，对佚荡士子的狎妓情事极尽铺陈、渲染之能事。虽置诸深山，托言"仙窟"，仍是世俗生活的折光。在中国漫长的封建社会，佚荡狎妓的官绅文士多不胜数，但一般都不肯也不敢将其狎妓的详情细节形诸笔墨，公诸世人。《游仙窟》作者独其不然，竟以作者之第一人称自叙其事。他还唯恐读者不知文中的"余""仆"就是作者自己——"宁州襄樊县尉张文成"，又借助对话和对诗特地道明"小县尉"官职及其姓字。关于后者，先以"青

① 此"国史"指周史，而非隋史。参见李剑国《古稗斗筲录·"国史""周史"辨》。

州刺史博望侯之孙、广武将军巨鹿侯之子"二语暗示张姓①，而后则使女主人公之一的五嫂明呼"张郎"，文末又有这样一段文字：

> 十娘小名琼英。下官因咏曰："卞和山未断，羊雍地未耕。自怜无玉子，何日见琼英?"十娘应声曰："凤锦行须赠，龙梭久绝声。自恨无机杼，何日见文成?"

这里的两首诗是互相对应的，各以对方名字为诗。"琼英"既是十娘之名，"文成"自然就是"下官"之名。这样，就明白无误地告诉读者，作品中的男主人公——第一人称叙述者"余"（或"仆"）就是作者张文成自己。这位艳情小说作者何以如此反常呢? 原因在于张鷟其人。据史书记载，"鷟字文成，早惠绝伦""初登进士第"，颇有才名，"八以制举皆甲科"，时有"青钱学士"之誉，谓其"文辞如青铜钱，万选万中"，但其为人"儇荡无俭""不持细行"，以至"罕为正人所遇"，为文也"浮艳少理致""论著率诋诮芜猥"②。看来这位风流才子不仅行为过于放荡，而且在文中加以表现，致使其文恰如其人。《游仙窟》正是这种记载最好的例证和注脚。反过来看，也正是这位古今罕见的径以其文表现其行的超级浪子才敢于而且乐于自叙种种佚荡情事，从而创作了《游仙窟》这篇小说史上罕见之作，同时也就创作了最早的明用第一人称叙述的传奇小说。质言之，《游仙窟》以第一人称作叙述，与《古镜记》一样，也是作者自我表现的产物。只是表现的思想、内容、方式不同而已。（详见本书《〈游仙窟〉》的小说形态和艺术价值）

---

① 汉张骞封博望侯，晋张华封广武县侯。此处借指张姓。"青州刺史""钜鹿侯"云云，系作者虚拟或误记。

② 参见两唐书《张荐传》。

三

《周秦行纪》，所见旧存各本（《太平广记》《说郛》（宛委山堂本）、《顾氏文房小说》等）均题牛僧孺撰，汪辟疆《唐人小说》本据张洎《贾氏谈录》改题韦瓘撰。作品由牛僧孺自叙其于贞元年间落第还乡途中夜宿薄后庙，与一群汉唐后妃谈笑宴饮。薄后问"今天子为谁"，牛答以"先帝长子"，杨太真笑曰："沈婆儿作天子也，大奇！"继而各人赋诗，终以王昭君为牛侍寝。这真是胆大包天，"无君甚矣"之文。身履仕途的牛僧孺不可能写出这种作品，所以连皇帝也不相信。据《贾氏谈录》所记宋初人贾黄中言，此文"开成中，曾为宪司所核，文宗览之，笑曰：'此必假名，僧孺是贞元中进士，岂敢呼德宗为沈婆儿也？'事遂寝。"[①]而牛僧孺的政敌李德裕竟撰《周秦行纪论》，痛诋僧孺，大呼"诛之""族之""以太牢少长咸置于法"[②]。这位"智决判若青萍"的宰辅如此行径，不仅说明他"不能释憾解仇，以德报怨，泯是非于度外，齐彼我于环中"[③]，而且说明他是以伪造《周秦行纪》陷害牛僧孺的个中人物和重要角色。《行纪》的真实作者韦瓘，是李的门人，"进士及第，仕累中书舍人。与李德裕善，德裕任宰相，罕接士，唯瓘往请无间也。"[④] 正是这两个在牛李党争中关系至密的官场人物利用牛僧孺曾撰志怪小说《玄怪录》的可乘之机，前后为文，上下其手，造成文学史上以小说对人进行政治陷害的怪事。作品以牛僧孺第一人称叙述，正是出于这种需要，是构陷其人的自然产物。故鲁迅说："自来假小说以排陷人，此为最怪，顾当

---

① （宋）张洎：《贾氏谈录》，清顺治三年（1646）宛委山堂刊本。
② 载《李卫公外集》卷四，明末（1621–1644）刊本。
③ 《旧唐书》卷一百七十四《李德裕传》。
④ 《新唐书》卷一百六十二《韦夏卿传》。

时说亦不行。"①

如果寻找它的价值，就在以第一人称讲述冥事，以亲历亲见的形式显示那本属虚无的鬼幻世界。这在汗牛充栋的小说中也是极其罕见的。主人公在虚幻中晤会历代美女的构想对后来的同类作品自然也会产生影响。但以王嫱侍寝的情节则如佛头着粪，肆意亵渎人们心目中的美好形象，读之令人反胃。

四

《秦梦记》，沈亚之撰。作者自叙其"昼梦入秦"，得穆公重用，帅将卒取晋五城，得尚新寡之公主弄玉，居"翠微宫"，称"沈郎院"，不胜荣耀；后弄玉死，亚之为作悼诗、墓铭，送葬郊原，"过戚被病"，愈后为穆公遣归，出函谷关，其梦始醒。

沈亚之是颇有文名的小说作者。据《新唐书》文艺传序称："若韦应物、沈亚之……皆班班有文在人间，史家逸其行事，故弗得而述"②。两唐书因而不见其传。晁公武《郡斋读书志》著录《沈亚之集》八卷，并有如下记述："亚之，字下贤""元和十年进士""累进殿中丞御史内供奉。太和三年，伯耆宣慰德州，取为判官。耆贬，亚之亦贬南康尉，后终郢州掾。"③《旧唐书》伯耆传也有"判官沈亚之贬虔州南康尉"的记载。看来这位有才之士中进士后还是很不得志的，才高位下，遭逢不偶，心气难平，又无可如何，于是借传奇之笔入梦幻之境：幸遇明主，荣配佳人，文才武略，并得发挥。这就是《秦梦记》产生的原因所在，也是作品采用第一人称的原因所在。作者的宗旨仍在表现作者——叙述人自己，表现其志向和才华，发泄胸中闷气。

① 鲁迅：《中国小说史略》，第67页。
② 《新唐书》卷二百一。
③ （宋）晁公武《郡斋读书志》卷四，清光绪六年（1880）章氏刊本。

沈亚之的传奇小说，还有《湘中怨解》《冯燕传》和《异梦录》等。其中《异梦录》与《秦梦记》的关系特别值得关注。前者作于元和十年（715），早于后者十余年。它其实不是作者的创造，而是客观记录他人讲述的两则异梦故事。第一则是主要部分，由当时军于泾州的陇西公讲述："帅家子"邢凤寓居长安平康里，昼梦美人吟诗作舞，觉后"于襟袖间得其词"。第二则是吴兴姚合看了沈亚之记述的前则故事之后补充讲述的，篇幅很短，类乎前则附录：

> 姚合曰："吾友王炎者，元和初，夕梦游吴，侍吴王久。闻宫中出辇，鸣笳箫击鼓，言葬西施。立诏词客作挽歌。炎遂应教。诗曰：'西望吴王国，云出凤字牌。连江起珠帐，择水葬金钗。满地红心草，三层碧玉阶。春风无处所，凄恨不胜怀。'词进，王甚嘉之。及悟，能记其事。"

如果说前一则与《秦梦记》只是同为"异梦"的话，那么，后一则就远不止此，而可以说是《秦梦记》的样本了。两篇主人公一"梦游吴"，一"梦入秦"；一侍吴王，一遇穆公；一葬西施，一葬弄玉，并各作一首五律挽歌。真是何其相似乃尔。可以想见，元和十年刚刚得中进士的沈亚之兴致勃勃地记述了他人讲述的异梦；十多年后，经历一番宦海浮沉的沈亚之又受到王炎异梦的启发，以自己为主人公创作了自叙形式的《秦梦记》。

与《古镜记》相类，《秦梦记》的叙述一般不用第一人称代词，而用作者之名"亚之"。但在文末露一"余"字。这个"余"字很要紧，它使读者不必借助作者署名即可辨明全文之叙述为第一人称，从而与第三人称叙述的作品相区别。

其梦虽然离奇，其文却不怪诞。因为梦本来就是虚幻的存在，不受时空的限制和事理的制约，至奇至怪亦属可能，具有梦的真实性和现实性。这使《秦梦记》成为一篇形式上的拟实小说。其用作者第一人称叙述，证实其事，不仅不怪，反倒显得自然、亲切。这与《古镜记》以及下面讨论的《东游记异》是有显著区别的。

五

《东游记异》是一篇产生于明代中期的隐喻型政治小说，见于吴曾祺所编《旧小说》戊集。作者董玘，字文玉，浙江会稽人，弘治十八年（1505）进士，授编修，后为大宦官刘瑾及其党羽、阁臣焦芳所恶，拟调成安县令，旋改刑部主事，又转吏部主事，刘瑾败亡后得"复原职"，官至吏部左侍郎①。《东游记异》当为复职后所作。通篇由作者自叙怪异见闻："正德庚午六月乙巳"，与友人晨起出游，见东华门外"车马旁午"，游者甚众，忽而雾起，"阴风袭人，鬼魅交道"，遂失归路；后被群狐引入"巨室"，内有老狐新死，群狐环尸而号，并在"电目而深居，好噬人，不食兽类"的白额虎的支持、号令之下"以人礼丧之"；只见吊者"旅进旅退"，绳绳不绝，尽衣冠者流，"咸与狐为礼""受帛而出"，不仅"忘其为狐"，而且"皆有德色"；"越数夕，积雾开，初日旭"，复与友人往游，"则狐穴隐灭，居民如故"。

此种怪诞的意象结构显然不是神异传说，而是作者的艺术造作，是对现实的隐喻和影射。"正德庚午"即 1510 年，是刘瑾事败被诛之年，但时为其年八月，而本文写明"六月乙巳"（十七日），距瑾伏诛之八月戊申（二十五日），尚早两月有余。因此，文中丧葬之老狐当非影射刘瑾。查《明实录》，六月乙巳无所记载，其前五日"辛丑"下却有如下记述：

> 后军都督府都督同知刘景祥卒，以瑾兄赐祭葬加等。公卿以

---

① 参见《明实录》卷四十九、六十六（1940 年梁鸿志影印本）；谈迁《国榷》卷五十八（抄本）。

> 下吊赙唯恐后，车马日填塞于东华私第，至不能容。将葬，又往
> 设祭，重致钱币，谓之辞灵。

显而易见，《东游记异》的怪诞意象影射的就是这一现实，以老狐喻刘景祥，以白额虎喻刘瑾，公卿往吊的情景两者如一，连东华门外地点也相同。刘死于辛丑，五日后正当祭吊，与作品中的乙巳若合符契。刘景祥并非显宦，原为锦衣卫指挥，死前二日，"瑾为乞恩，遂进都督同知，并与诰命"。他的丧葬如此隆重，实属怪事，是刘瑾权势熏天的活生生表现。关于他的丧葬，《明实录》还有一段记载：

> 瑾败之夕，密旨封瑾门。景祥枢曳出，弃于路。既而追削其官，焚其尸，闻者快之。初，京师里巷私语籍籍，谓八月十五日倾巢送葬，瑾已密与二三同恶定计欲为变……及瑾败，先景祥葬期二日云。①

由此可见，这位权宦之兄的丧葬大起大落，轰动了当时的京师朝野，且与刘瑾的败亡紧相连接，极富戏剧性和讽刺意味。董玘作成幻异小说，以喻以讽，乃是十分自然的事。作品以雾散日出、"狐穴隐灭"结尾，便是刘瑾败亡的象征。

然则，如此幻怪意象，又全然不为表现作者自己，本以第三人称的全知角度叙述最为便利，也是此种作品的轻车熟路，惯常写法。本篇作者何以厕身其间，用第一人称作叙述？这首先与其自身的情况密切相关。"正德庚午六月"，董玘官吏部主事，对"赐祭葬加等"的刘景祥不得不违心往吊，文中写"予"与友人出游，误入狐穴，大约就是这种事实的变形与折光。其次，也是更重要的，作者是在利用第一人称叙述的特殊功能，

① 以上引文均见《明实录·武宗实录》卷六十四。

以亲历亲见的形态、语气假实证幻，从而拉近怪诞意象与读者的距离，强
化了作品与现实的联系，增强了内容的亲切感和文字的感情色彩。这是追
求艺术表现的产物，是一种大胆的艺术创造，也产生了良好的艺术效果。
同时，这篇明中期幻异之作，完全脱去迷信色彩和志怪胎痕，成为一篇讽
喻特定现实的纯寓意小说。这在中国小说史上也是前所未有的，是古代寓
意小说艺术的重要发展。

六

《痴婆子传》，上下二卷。国内未见，日本有京都圣华堂刊本及后世
影本。前承赴日讲学的陈熙中学兄复印一份寄我，使我早日得读其文。今
于九州大学图书馆得见者亦是影本，圣华堂本未见。该书题"芙蓉主人
辑""情痴子批校"，首有"乾隆甲申岁"无名氏《序》，后有"明治辛
卯春日"木子规《跋》。孙楷第《日本东京所见小说书目》著录此书，并
云："清刘廷玑《在园杂志》卷二，及三余堂复明本《三国志序》均引
《痴婆子传》，则亦明人所作。"从其内容、格调来看，当是明后期作品。

这是一部中篇文言小说，全文一万二千字。虽然不分章节，卷首却有
目录，将其主要情节标作三十三目，均为四言（其一只一"隔"字，下
似脱漏三字）。开首以数言出一老妇，使一筇客"就而问之"，而后即由
老妇向筇客讲述自己往昔风流佚荡情事，内容大半猥亵，不便流传。但其
叙述形式却不同寻常，自创一格。如前所述，《痴婆子传》以前的几篇第
一人称小说，叙述者都是作者自己（或如《周秦行纪》，貌似作者自述）。
下面将要谈到的其后产生的几种第一人称小说，叙述者或为作者（《看花
述异记》《绛妃》《浮生六记》），或以作者的面目出之（《吕祖全传》）。
在中国小说史上，在受到西方小说影响的中国近代小说出现之前，以非作
者身份的作品主人公叙述的第一人称小说，笔者所见唯此《痴婆子传》
一种。这就有其值得肯定的艺术价值。其为文言小说，而"文颇流利，

虽刻露少蕴藉，而状物绘声，亦北里之雄"①。这方面的长处与它以老妇的口吻叙述也是密切相关的。另外，本篇内容乃女主人公之隐秘私事，非当事人不可能熟知其详情细节，作者让人物以第一人称对人讲述，显然是在追求此种小说的叙述真实性和亲切感。这是对传统的无所不知的第三人称叙述方式的革新，也是一种新的艺术自觉，对古小说的艺术发展值得肯定。

七

《吕祖全传》，初刊于康熙元年，题"唐弘仁普济孚佑帝君纯阳吕仙撰，奉道弟子憺漪子汪象旭重订，同道何应春、费钦、钟山、吴道隆、郑汝承、查宗起同校"。吕纯阳撰云云，无疑是假托，真正的作者是汪象旭。汪原名淇，字右子，号憺漪子，又号残梦道人，象旭是其道名，明末清初人，著述多种，曾评《西游记》，名《西游证道书》。《吕祖全传》被评家称为"通俗小说"，孙楷第《中国通俗小说书目》也著录其书，实际是一部以文言为主、杂用较多白话之作，基本属于文言小说。全书三万三千余言，描述人物半生之事，情节曲折，场景繁多，长篇结构，号曰"全传"，却不分章回，也无细目，从头至尾连通一片。这与其前产生的同类题材的《南海观世音菩萨出身修行传》《达摩出身传灯传》等通俗小说截然不同，而与《娇红传》《钟情丽集》《双双传》等篇幅漫长的文言小说体式是一致的。如果说它是一部由于受到通俗小说影响而杂入白话的长篇文言小说，则更符合作品的实际。

从内容上看，《吕祖全传》是一部宣扬道教思想的宗教小说。从吕洞宾家世出身起笔，而后着重写他看破红尘，脱去功名，坚心求道，终被钟离睐引渡成仙，后又回乡度其妻刘氏同登仙界。许多情节离奇怪异，荒诞

---

① 孙楷第：《日本东京所见小说书目》，北京 人民文学出版社 1958 年版，第 122 页。

不经，并袭用唐传奇《枕中记》《南柯太守传》以及上面提及的《达摩出身传灯传》等作品的情节和细节，改头换面，无足称道。又有大量诗词韵语、宣教文字，意味无多，败人兴致。从形式上看，它是中国小说史上少有的长篇文言小说，且是首部，与后出的《蟫史》（屠绅撰）、《燕山外史》（陈球撰）鼎足而三。其于文言中杂用白话，很不和谐，应该说是不成功的尝试。这与《聊斋志异》于某些人物语言中嵌入白话口语极为生动、和谐的成功之例相形见绌。不过，《吕祖全传》杂用白话不限于人物对话，数量也比《聊斋》为多，在显示明末清初文言小说受白话小说影响方面有独特之处，值得注意。其用吕祖自叙，更是一种艺术创造，使它成为我国近代以前唯一的第一人称长篇小说。伪署"纯阳吕仙撰"，也与《周秦行纪》之托牛僧孺旨趣大异，是力图假实证幻的产物，也是艺术自觉的表现。

八

《看花述异记》，见张潮所编《虞初新志》卷十二。作者王晫，字丹麓，一字木庵，号松溪子，清初仁和（今杭州市）人，终生未仕，热心著述，有《霞举堂集》《今世说》和杂书十种。本篇就是十种之一种。作者自叙观花沈园，流连忘返，日暮不归，忽然入梦。梦中被仙人邀去，得赏种种名花和历史上的许多美女兼才女的歌舞绝技。这样，把不同时空的名花、美人、清歌妙舞集中在一个超时空的梦境，造成一种美的奇观。构思新而且巧，是对梦的创造性运用，也是对《异梦录》《秦梦记》等写梦小说的艺术发展。

据《今世说》及相关资料所记，王晫"雅人""好坐溪上听松"①，

---

① 《今世说》卷一，清咸丰二年（1852）南海伍氏刊本。

"键户著书，花木竹石，位置幽闲"①，可见这位学者、诗人酷爱自然花木，作《忌折花文》及本篇小说亦是明证。他又怜才惜美，"凡在六合之内，或有才士途穷，佳人失所，每闻其事，辄为於邑，甚至累日减餐"②；加上他"博学，擅才藻"，"意思深远"，便创作了这篇内容新颖、结构独特的小说佳作。有趣的是，"王丹麓喜方术。一日检书，得同梦方。时念张广平处京师，特千里寄书，相期试梦。"③ 他对梦的特殊兴趣与本篇的艺术构思也许不无关系吧。

本篇叙述者"予"虽然也是作者自己，却不是作品表现的主要对象，而在很大程度上是作为表现的艺术手段。"予"是叙述者，又是做梦人，是不同时空人物、材料的组织者、粘合剂，又是梦中美人、美物、美情、美景的感受者、鉴赏者，通过"予"的组织、黏合、感受、鉴赏造成一个美的整体。梦中情境是虚幻的，而虚幻之梦又有真实的可能性，以作者亲历的口吻叙述，愈显其真，增强了作品的切实感和艺术性。后来产生的同类题材写幻写梦之作有乐钧的《长春苑主》（见《耳食录》）和程子祥的《迷香洞》（见其《此中人语》）。两者也都是文言小说，篇幅所差无几，而艺术造诣远逊此篇。究其原因，非止一端，而以传统之第三人称记述他人之幻游异梦，观之类乎语怪志异，也是一个重要因素。

九

《绛妃》，亦题《花神》，是古典小说名著《聊斋志异》中的一篇。作者蒲松龄，字留仙，号柳泉居士，清初淄川（今山东省淄博市）人，一生怀才不遇，以坐馆授徒为业，同时从事《聊斋志异》和多种诗文的写作。本篇就是康熙年间他在同邑西铺毕家坐馆时写的。正文篇幅很短，

---

① 《今世说评林》黄主一评语，载《今世说》卷首。
② 《今世说》卷三。
③ 《今世说》卷八。

情节也很简单：毕家"花木最盛"，"余"（作者蒲氏自称）常随主人游
赏，"一日，眺览既归，倦极思寝"，梦中被花神请去，设宴款待，求其
"属檄"，以讨摧残诸花的"封（风）家婢子"；余"觉文思若涌"，援笔
立成。后附骈体檄文一篇，长九百字，几等作品正文的二倍。

　　《聊斋志异》近五百篇，以第一人称叙述的还有《地震》《偷桃》等
篇，但都属于纪实散文，并非小说；属小说者唯此一篇。作者显然没有革
新叙述方式之艺术自觉。其所以用第一人称，只因为自己是主人公。这与
前述几篇唐人小说是一样的。其实，这篇写梦之作，大约也不是由于作者
真有所梦，而是由于那篇颇令作者自喜的《为花神讨风姨檄》。蒲松龄有
这样的创作习惯，即在小说作品后面尾缀其相关的骈体文赋。但又分为两
种情况：其一，小说情节委曲，篇幅较长，与篇末所缀之文只是意有偶
合，并非因其文而作小说，《八大王》后缀《酒人赋》，《马介甫》后缀
《妙音经续言》，均属此类；其二，作品简短，缀文繁长，为发扬其文而
作小说，《王十》后缀《盐法论》（文字与原文略有变化），本篇后缀
《讨封姨檄》，都是这种情况。蒲松龄约于康熙十八年初设帐毕家，至本
篇所书的"癸亥岁"（康熙二十二年）已有三四年之久。毕家有石隐园，
是淄川有名的园林，酷爱花木的蒲松龄常游其间，并多次作诗歌咏；同时
有感于风吹花谢的惯常景象，戏作《讨封姨檄》。此文收入《聊斋文集》，
词藻典丽，极尽铺陈，颇见学力才情。惯作奇幻小说的作者便又发挥奇
想，造此梦境，"抬文人之身份，成得意之文章"①。

十

　　《浮生六记》产生于清中叶嘉庆年间。作者沈复，字三白，苏州人，
生于乾隆二十八年（1763），卒于嘉庆十二年（1807）。他出身于败落的

---

　　①　冯镇峦：《绛妃》评语。

"衣冠之家"，能文善画，落拓不羁，"游幕三十年"，间或"为贾"与教书，足迹半天下。其妻陈芸，多才多艺又多情，而且不拘封建礼法，两人志趣投合，同游同乐，遭到家长的反对和斥逐。妻在颠沛流离与"物议沸腾"中致病夭逝。《浮生六记》就是以他自己和妻陈芸为主人公的自传体文言小说，用第一人称理所当然。

全书六卷，各立标题，即《闺房记乐》《闲情记趣》《坎坷记愁》《浪游记快》《中山记历》《养生记道》。后两卷已佚，仅存前四卷。作者把自己的生活经历分六个方面回叙记述，是用纪实散文的写法；而笔墨纤细，多所铺陈，大写细节，展开对话，这又是采用小说的笔法。再者，作者是四十六岁时追记多年前乃至二三十年前的事，虽是亲历的实事，也须用合理的想象补起记忆的空白，这才能将许多场景写得那样细腻而完整，其间不能不包含某种程度的虚构成分。因此将它视为散文化的自传体小说而非一般的纪实散文也许更为切合实际。这使我们想起道纲母的《蜻蛉日记》，那位十四世纪日本女作家在三十八岁时以亲身经历和感受写成的"日记"，不仅被论者认作小说——"日记体小说"和"自传体小说"①，作者自己也说它是"物语"中的"新型作品"②，而不把它看作一般应用文的日记。

《浮生六记》的艺术价值大约在以下两方面：其一，以第一人称追叙作者半生的切实经历和感受，成为中国小说史上前所未有的自传体小说；其二，以大量日常生活情事垒砌而成，并无连属贯通的情节，这又是中国小说史上前所未有的散文化生活小说。两者造成作品的独特品格，使它具有无与伦比的真实性和贴近感，加上内容"凄艳秀灵，怡神荡魄"③，"笔

---

① 川口久雄：《蜻蛉日记》卷首《解说》，载《日本古典文学大系》，第二十卷，岩波书店 1957 年版。
② 《蜻蛉日记》引言。
③ 近僧（潘生）：《浮生六记序》，载《浮生六记》，北京 人民文学出版社 1980 年版，第 65 页。

墨间缠绵哀愁，一往情深"①，便在万千古小说中"又树一帜"。

结　语

经过上面的考察，再统观这些作品，可以窥见第一人称的叙述形式在中国古代小说中某些艺术发展的轨迹和规律性。

第一，全部第一人称小说都是文言小说。尽管白话小说是中国小说的后起之秀，其许多方面的成就都远远超过文言小说，但在受到西方小说艺术影响之前，却没有产生一篇或一部用第一人称叙述的作品。原因即如前述：受了说书体式或模拟说书体式的制约。这种体式与第一人称叙述大相抵牾，难以两全。近代产生的《二十年目睹之怪现状》《冷眼观》那样的第一人称章回体小说也明白地显出这一点。前者本属"九死一生笔记"，而这笔记却又分回，各有回目；更可怪者，这笔记从第二回记起，无第一回，因为第一回被作者写的"楔子"占去了；还有行文，"却说""有分教"之类用语都与自传体式不合，回末"要知后事如何，且听下回再记"之类更是说书人口气，只将"分解"改作"再记"，不伦不类，十分蹩脚。《冷眼观》也是这样，难于仔细推敲的。这种受西方小说影响产生的第一人称章回体小说的上述情况恰好说明说书体式的古白话小说只能采用第三人称，没有产生一部第一人称作品是自然的事。至于文言小说，虽然受到史传文学影响的制约，毕竟不太严格，由于前述种种原因，产生了《古镜记》等作品。统观上列十种小说，大多集中出现在两个时期：一是唐代中后期，一是明代中后期和清前期。这也正是文言小说两个繁荣成熟的时期。此种现象绝非偶合，孕有艺术发展之必然。

第二，唐代的几篇第一人称小说，除《周秦行纪》属于特例而外，叙述人和主人公全是作者自己，其用第一人称叙述全是自我表现的需要。

---

① （清）王韬：《浮生六记跋》，第89页。

虽也产生了这种叙述形式某些特有的艺术效果，作者却没有追求艺术表现形式的意识。这是早期第一人称小说的一个特点和局限。唐传奇中还有一篇李公佐写的《谢小娥传》，开首写小娥全家遭害和被害的亲人给小娥托梦，用第三人称叙述；中间写李公佐为小娥破译梦中鬼语所隐贼名，用作者第一人称自述；后面写小娥寻贼，杀贼，出家为尼，复用第三人称叙述；结末李公佐再会小娥，又改用作者自述。如此变来变去，非常别扭。究其原因，就在于作者缺乏追求叙述艺术的创作意识。只有关涉、表现自己的部分才用第一人称叙述。这篇作品的上述情况有助于我们认识唐代小说中第一人称叙述形式，对它作出恰当的评价。

第三，明代和清代产生的第一人称小说，除《绛妃》《浮生六记》外，主人公都不是作者，其用第一人称叙述不是由于关涉自我，而是由于追求恰当、生动的艺术表现。这种情况与《古镜记》等唐代小说适成对照，显示出第一人称叙述艺术已经有了明显发展和实质性变化。不仅有作者之第一人称，也有非作者之第一人称；不仅有第一人称的短篇小说，也产生了第一人称的中篇和长篇。这都是叙述艺术发展的产物。

原载［日本］中国古典小说研究会《中国古典小说研究动态》第6号

也谈《霍小玉传》和《李娃传》

　　《重读三篇唐人传奇》一文（载《光明日报》之《文学遗产》第507期，以下简称《重读》）对《莺莺传》《李娃传》《霍小玉传》三篇唐人小说提出了批评意见，认为它们有"隐然一致"之处，即作者们都是"从男子利益出发"塑造人物构思情节的，崔莺莺、李娃、霍小玉三个女性形象"都是在不同程度上按照封建文人们的幻想和愿望塑造出来的"，说三篇小说都和都德的《萨弗》一样，在对待妇女的态度上"表现了剥削阶级的利己自私的共同的本质"。这个结论对《莺莺传》来说无疑是恰当的；对《李娃传》来说，则嫌不够中肯、有力；至于用来批评《霍小玉传》，在这一点上（虽然仅仅在这一点上）把它与《莺莺传》《李娃传》相提并论，我认为是不合适的。文章对《莺莺传》的分析很精到，而对《霍小玉传》和《李娃传》的分析却有可商榷之处，下面就谈谈我对这两篇小说一些粗浅的看法。

　　先说《霍小玉传》。小说写霍小玉深知出身娼家的自己不可能与"拔萃登科"的李益合法成婚，百年长好，便在李益"之官"前夕提出个可怜可悲的要求：

　　　　"妾年始十八，君才二十有二，迨君壮室之秋，犹有八岁。一生欢爱，愿毕此期。然后妙选高门，以谐秦晋，亦未为晚。妾便舍弃人事，剪发披缁，凤昔之愿，于此足矣。"

《重读》对《霍小玉传》就是批评了这段话。说这是为李益之流的贵族公子"设计"的"两全其美的人生道路":"三十以前过自得其乐的风流欢爱生活,三十以后作一个'结媛鼎族'的体面官僚,婚宦相继,青云直上"。因此,霍小玉就是"不失为合乎贵族公子心愿的人物"。我觉得不能这样看。事实上,上面引的这段话正是《霍小玉传》思想比较深刻的所在。霍小玉提出那样一个可怜的要求,显然是当时恶劣的社会环境逼出来的,是"不得已而求其次"。这要求本身正反映了门阀制度、等级观念的残酷。作者把捉了这个富有表现力的生活细节,把它写进作品里,是对封建社会一个比较有力的揭露和控诉。我们可以设想,如果删去这个细节,揭露的力量和效果就会显著地削弱。

也许如《重读》所说:霍小玉的那个要求"是公子们可以接受的"。但这不能成为批评的理由。提对方可以接受的"短愿",不提无法实现的幻想,正说明女主人公对残酷的现实有比较清醒的认识;同时,对方"可以接受的"只能是那样一个饱含血泪、低得无法再低的要求,不正说明霍小玉的可怜可悲,封建制度的可恨可恶吗?作品接着写出了霍小玉连这样一个"短愿"也没能实现,李益在严亲的胁迫之下,很快就"妙选高门",把她抛弃了。这就进一步揭露了现实的残酷和李益的丑恶。这里有必要指出:在当时的社会里,贵族公子李益之流要满足身为娼女的霍小玉那样一个"短愿"也不是容易做到的。"三十不娶"对一般贵族子弟是根本不可能的。即使他们自己愿意,家庭也不允许,社会舆论也会施加压力,而况他们自己就总是从自私的前程利益出发及早高攀。因此我们说,《霍小玉传》批判的负心汉绝不是李益个别人的问题,而是有其代表性,有其典型意义的;迫使李益很快变心的"母命"也绝不是偶然因素,而是当时在婚姻问题上经常起作用的一种强大的封建势力。总之,作品所描写的悲剧情节和悲剧性格是有社会根源的,有其发生发展的必然性的。我们不便离开当时恶劣的社会环境把贵族公子"可以接受""欢爱八年"的条件说得轻而易举，不便作"李益不迫于母命，也可能遵守这个条件"之类的设想。

评价一篇作品，不仅看它写了些什么，更重要的是看它怎样写的，看作者的态度。《霍小玉传》的作者写了女主人公的那个"短愿"，但并不是把它当作一种生活理想加以肯定、赞美，而是带着深沉的悲痛的。霍小玉的那段话可以说是声泪俱下的语言，作者虽然未置一词，同情、悲悯、感慨的态度却是清楚的。这就与元稹在《莺莺传》中称赞张生的负心为"善补过"根本不同。我们怎么好不顾作者的态度，孤立地分析那段话的内容，从而批评它是为贵族公子设计"两全其美的人生道路"呢？

《霍小玉传》和《莺莺传》是两篇题材相类，主题、观点完全不同的小说。她们都是写一个贵族公子对女性始乱终弃的故事，都是爱情悲剧。但前者对负心汉李益取批判的态度，对受害者霍小玉不仅给以深切的同情，而且歌颂了她的斗争精神；后者却是千方百计地为张生的可耻行径遮掩、辩护，甚至歌颂，把被遗弃的莺莺说成"尤物"，欣赏、赞美其"怨而不怒"的性格。因此，《莺莺传》虽然不无可取之处，基本上则应该是否定的作品；《霍小玉传》虽然有缺点（如迷信色彩较浓，对李益的批判还不够坚决、彻底等），总的看来则是应该肯定的。

再说《李娃传》。目前几部文学史著作对它都是大力肯定的，对主人公李娃大加赞美。如说《李娃传》"是一篇出色的爱情小说"，"通过某生与李娃的结合，表现了对社会地位贵贱不同的青年男女，经历千辛万苦，赢得爱情幸福的主题，具有强烈的反对门阀制度的意义"；说李娃"是一个感情真挚、精神崇高的妇女形象"，"与封建礼教的斗争……从容不迫，明朗乐观，充满自信"。我以为，上述评价不合实际。《李娃传》里面虽有讽刺荥阳公等某些可取的情节，但那毕竟是次要的部分。从作品总的倾向来看，从作品的主题思想和所歌颂的主要人物来看，它非但没有反对门阀制度和封建礼教，而且是直接为统治阶级服务的。《重读》对此虽有所批判，但也有可商榷之处。

统观全局，小说分为两部分。前一部分写一个才华横溢、"迥然不群"的士族子弟郑生入京赴考，却在娼女李娃那里把钱荡尽，被李抛撇，被父毒打，潦倒落难，备受折磨；后一部分写李娃出于良心，赎身卜居，援救郑生，尽一切力量有步骤有计划地为他恢复了"良家子"的"本躯"，结果是连登科甲，高官厚禄，荣华富贵，父子和好。最后两人成婚，皆大欢喜，李被封为汧国夫人。这样的构思显然不是侧重表现什么"千辛万苦"地争取"爱情幸福"，而是颂扬李娃"千辛万苦"为落难的贵族公子恢复"本躯"的奇操异行（即作品中所谓"瑰奇"的"节行"）。这种"奇操异行"，说穿了，就是在封建思想指导之下，帮助统治阶级的"离群之雁"再回到统治阶级的行列。

这个主题，我们还可以从李娃劝姥姥的那段谈话中得到说明：

> "此良家子也。当昔驱高车，持金装，至某之室，不逾期而荡尽。且互设诡计，舍而逐之，迨非人。令其失志，不得齿于人伦。父子之道，天性也，使其情绝，杀而弃之。又困踬若此，天下之人尽知为某也。"

这段议论很重要。我们把它同李娃后面的行动（一味扶持他读书上进，不到"连横多士、称霸群英"的地步不肯罢休；郑生一旦"高中"受职，她立刻要求"归养老姥"）联系起来，就可看出女主人公究竟为什么要赎身卜居援救郑生。此种虽然不能说没有一点感情的因素，但很显然，她主要不是为了追求什么"爱情幸福"，而是为了替落难公子恢复"本躯"，以补己过。她把"驱高车，持金装"的社会地位和登科及第的志向看得十分宝贵，觉得使郑生失去这些"宝贵"的东西，沦为"下贱"是一种罪过（"令子一朝及此，我之罪也"），一定要帮他恢复起来才对得起他。这也就是李娃的"天理良心"——主要思想。这显然不是什么"崇高"的精神。小说的封建性、反动性就在于热情地歌颂了这个人物的这种思想和由它指导的"瑰奇"行为。

正因为李娃援救郑生主要不是为了追求"爱情幸福",而是为了复郑生"本躯",所以在郑"高中"之后,便觉得完成了自己的心愿,心安理得了,于是说出"今之复子本躯,某不相负也"的心里话,提出"归养老姥"的要求,以明心迹。当然,她提出"归养"要求的原因并不只此,也有受封建等级制度压力的成分在内,所以下面有"君当结缘鼎族,以奉蒸尝"的话。但《重读》认为,写她"及时引退"是作者白行简"有意极力强调女方的主动","是从男子利益的设想出发",为男方抛弃女方开辟途径,开脱责任,则是并不符合实际的。作者对这问题的态度是鲜明的,他根本不同意郑生抛弃这样一个对自己有大恩大德的"贤内助",大团圆的结局就是一个有力的证明。如上所析,李娃在郑生"高中"以后,即提出"归养"要求,乃是这个人物在当时社会环境下性格发展的必然结果。

大力肯定《李娃传》反封建意义的人,只看李娃与郑生"社会地位不同而终于达到了结合这一点,却不看他们是怎样结合的,不看达到结合的过程是不是反封建、反门阀制度的斗争过程。这里,我们可以把它和《霍小玉传》做个比较:《霍小玉传》虽然写的是爱情悲剧,"社会地位贵贱不同"的两个人未能结合,但它揭示出这样两个人的爱情与封建门阀制度的矛盾,抨击了这种制度的残酷和贵族公子妥协、负心的卑劣行径,歌颂了女主人公所做的斗争。《李娃传》不然,除上面谈到的李娃提出"归养老姥"那个细节以外,小说自始至终没有涉及两人爱情与封建门阀制度的矛盾。前面写郑生与李娃相好,是贵族公子寄情娼女(不是要成婚),这是封建制度所允许的;中间写李娃与郑生同居,而这时的郑生已经被高门大族抛弃了,他已不是驷马高车的贵族公子,而是被布裘,持破瓯,"夜入于粪壤窟室,昼则周游廛肆"的穷叫花子了,所以不存在"社会地位贵贱不同"的问题;最后写郑生做了大官,并且恢复了荥阳公子的身份,但这时的李娃不仅与郑生的关系木已成舟,而且成了他的大恩人，就连严酷暴戾的荥阳公也觉得"不可"遭还了（这个问题后面还要谈到），所以也没碰到什么阻碍。这样看来，他们的结合就完全是李娃为郑生恢复"本躯"的一种副产品。他们没有为爱情同门阀制度做过任何斗争，甚至连想也没想过。小说在这方面可以说始终未着笔墨，而且，值得注意的是，最末还强调娃之四子"婚媾皆甲门"。说这样的《李娃传》"具有强烈地反对门阀制度的意义"，说李郑的相恋和结合"不仅是对封建礼教的反抗，也是对门阀制度的反抗"，是没有根据的。

在我国文学史上，大团圆结局的小说、戏曲大致可以分为两类。一类以歌颂爱情，歌颂反对封建礼教斗争为主题思想，只在末尾加一个状元及第、升官发财的"美满"结局，中间间或也有一些类似的东西，但都掩不住主题思想的反封建性。《西厢记》属于这一类。另一类虽然也写的爱情故事，但只以它为题材、线索，主题思想却是宣传忠孝、名利、守节、报恩、等级贵贱等各式各样的封建思想和封建道德。《李娃传》就属于这一类。对后一类作品只轻描淡写地针砭一下其大团圆结局是无关痛痒的，必须从根本上加以批判。

《重读》批评《李娃传》的大团圆结局完全是作者的主题"设想"，认为荥阳公留李娃，并让儿子与他备礼成婚，"在当时根本是不可能的"。我看也不能说得这么绝对。婚姻上的门阀制度虽然是为封建政治服务的，是当时一种比较重要的制度，但他毕竟不是政治本身，不是封建社会最根本的制度。在某种具体条件下，在封建统治阶级的利益很需要一破常规的时候，门阀制度还是可以偶尔一破的。像李娃那样一个能为名门贵族的"败子"恢复"本躯"，对封建统治阶级有功有德的"奇女"，不仅是望子成名心切的荥阳公求之不得的，也是为整个封建统治阶级欢迎、赏识的，就连最高统治者皇帝也往往另眼看待，嘉奖鼓励。娶这样的"奇女"做儿媳，做妻子，非但不会阻碍"仕宦腾达"的前程，还可以利用为向上爬的"资本"。反之，抛弃这样"有功有德"的"奇女"，倒是有可能影响官宦前程的。这样看来，不唯李娃得与郑生"备礼成婚"是有可能的，就是被封为汧国夫人也不是不可理解的了。反过来，荥阳公和封建皇帝对李娃的赏识和嘉奖倒很值得我们深思：她的"瑰奇"节行究竟对哪个阶级有利，歌颂这种节行的作品究竟是为谁服务的。我以为，与其说作者是"从男子利益出发"，把李娃写成了"一个最合乎风流公子心愿的娼女"，不如说他以封建主义的世界观和道德观颂扬了一个合乎封建统治阶级口味的下层女性。

上述意见，有些是针对《重读》的，有些不是，但也是读了《重读》以后想到的，便一并写在这里了。

原载 1965 年 5 月 23 日《光明日报》之《文学遗产》第 509 期

说明：本文是笔者大学毕业后写的第一篇学术性文章。其对《李娃传》和李娃的看法片面而偏颇。四十七年后的 2002 年，笔者应邀为香港某网站撰写《唐代传奇》一稿，得以修正上述看法，对作品和女主人公的个人品格作出如下评价："本篇着重表现妓女李娃的高洁心灵和奇美情操，塑造一个光彩夺目的奇女子形象。"

《纂异记·齐君房》文本考异

    《纂异记》是晚唐李玫撰著的传奇小说集。其书已佚，李宗为将《太平广记》所收十三篇辑为一书，由上海古籍出版社刊行。《齐君房》是其中一篇，原载《广记》卷三八八，题或《广记》编者所拟①，写主人公齐君房勤学苦贫，以至冻馁，后游钱塘，为一胡僧点化，得悟两世因果报应：前世为僧讲经"广说异端"，致使今生"为冻馁之士"；胡僧又出一镜，齐氏从镜中得悉未来"佛法兴替""荣枯之理"，当晚即至灵隐寺出家为僧，法名镜空。末云：

    大和元年，李玫习业在龙门天竺寺。镜空自香山敬善寺访之，遂闻斯说。因语玫曰："我年五十有七矣，僧腊方二十，持钵乞食，尚九年在。舍世之日，佛法其衰乎？"诘之，默然无答，乃请笔砚，题数行于经藏北垣而去。曰："兴一沙，衰恒沙。兔而置，犬而拿。牛虎相交亡角牙，宝檀终不灭其华。"

这是镜空为始于大和九年（835，岁次乙卯）终于会昌六年（846，岁次丙寅）的文宗禁僧、武宗灭佛所做的预言。《广记》成书于宋太宗太平兴

---

    ① （宋）钱易《南部新书》卷九述及《纂异记》云："记中有《喷玉泉幽魂》一篇"，而《太平广记》卷三五〇载此篇则依其编书惯例以人名为题作《许生》，《齐君房》也不排除这种情况。

国三年（978），至六年雕版而未付印，故未行世。翌年，僧赞宁奉敕撰
《宋高僧传》（下称《僧传》），六年后成书。其"感通篇"有《唐洛阳香
山寺鉴空传》一文，亦写齐氏贫馁，经梵僧点化、看镜，得悟两世因果
及"佛法兴替"，至灵隐寺出家，法名鉴空。末云：

> 大和元年诣洛阳，于龙门天竺寺遇河东柳珵，亲说厥由向
> 珵。珵闻空之说，事皆不常，且甚奇之。空曰："我生世七十有
> 七，僧腊三十二，持钵乞食，尚九年在世。吾舍世之日，佛法其
> 衰乎？"珵诘之，默然无答，乃索珵笔砚，题数行于经藏北垣而
> 去。曰："兴一沙，衰恒河沙。兔而置，犬仍拿①。牛虎相交与
> 角牙，宝檀终不灭其华。"

两作不仅内容相同，篇幅相若，文字也大同小异。改镜空为鉴空，系避讳
之故②，不难理解。可怪的是，文末与镜（鉴）空接谈并为其预言作见证
的真实人物各不相同，一为作者李玫，一为河东柳珵。两人都是唐小说作
者。这是怎么回事呢？李剑国《唐五代志怪传奇叙录》曾予关注，在
"殊不可解"的情况下"姑两存之"，即于《纂异记·齐君房》外，又据
《僧传》著录传奇《镜空传》一篇，径署"唐柳珵撰"，并加按语云：
"相传末所述，当为柳珵作，赞宁取入《高僧传》，犹用原文也。"③ 这是
比照《齐君房》作者为文中李玫所做的类比性推断。其实，两文中的李
玫和柳珵都以第三人称出现，只是作品中的一个人物，并无作者意味。学
界之所以认定《齐君房》为李玫所作，并非由于文末写到李玫，而是因

---

① 此据《四库全书》本，范祥雍点校本作"犬而拿"，未出校。按：赞宁于篇末
所附"系"语引此文亦作"犬仍拿"，知"仍"为是。

② 此篇除人名鉴空外，物体之镜亦作"鉴"："取一鉴""收鉴入囊"是也。查
《僧传》全书，用"鉴"98个，"镜"只1个，即卷二八《延寿传》中《宗镜》
之"镜"，因系书名而漏网，书写或缺笔焉。

③ 见《唐五代志怪传奇叙录》，天津 南开大学出版社1993年版，第553–554页。

为《广记》引录其文和《吴郡志》（卷四二）节录其文均注出《纂异记》，而《新唐志》等多种文献著录是书都指明作者是李玫，读者因此才知道文末的李玫乃是作者。《叙录》反是，仅据"传末所述"，就推定文中取代李玫的柳珵"当为"作者，系倒果为因，在别无他证的情况下不能成立，反倒使两文与作者们的关系显得更复杂更难解了。

要破译上述两文人物、文字异同之谜，须从《僧传》写法入手，弄清其文与所用小说作品的关系。作者赞宁，"本姓高氏"，浙西德清人，生于后梁贞明七年即吴越天宝十四年（921），出家于杭州龙兴寺①，"学南山律，兼通六籍、史书、庄老百氏之学""声望日隆"，被吴越王钱镠署为两浙僧统；宋太宗太平兴国三年（978）入京召对，赐号慧通，后曾入为史馆编修，著述甚丰②。《宋志》著录其《物类相感志》《僧史略》《传载》《笋谱》等。《僧传》十篇三十卷，上承道宣《续高僧传》，自唐高宗迄于宋初，凡正传五百三十三人，附见一百三十人。用的资料多而且广，堪称"遐求事迹，博采碑文"③，"于谍铭志记，摭采不遗"④。其中"感通篇"的灵异事迹，取自唐五代志怪传奇小说者有十余篇。《鉴空传》姑且不论，尚有取自《宣室志》的《道鉴传》《抱玉传》《辛七师传》和《广陵大师传》，取自《甘泽谣》的《明瓒传》和《圆观传》，取自《集异记》的《阿足师传》，取自《大业拾遗记》的《法喜传》，取自《逸史》的《法秀传》，取自《独异志》的《怀信传》，取自《纪闻录》的《和和传》和取自《云溪友议》的《隐峰传》附则二等。值得注意的是，赞宁对所取的小说作品既不照录原文，也不只用其资料另撰新文，而是略做文字更动，改头换面，故与原文大同小异，连篇幅也差不多。所做的改

---

① 此从《四库全书总目》之《笋谱》《宋高僧传》提要，一说灵隐寺或祥符寺。
② 参见潜说友《咸淳临安志》卷七十赞宁传、吴任臣《十国春秋》卷八十九赞宁传及注引王禹偁《通慧大师文集》序、《四库全书总目》之《笋谱》《宋高僧传》提要。
③ 赞宁等《进高僧传表》，载《宋高僧传》卷首。
④ 《四库全书总目》之《宋高僧传》提要。

动虽不能说完全没有加工因素，但大多都是为改动而改动的。即如《阿足师传》，改《集异记》原文（见《广记》卷九七同题）"莫知其所来"为"莫详出处"；"形质痴浊，神情不慧"为"形质痴浊，精神瞢然"；"居虽无定，多寓阆乡"为"虽居无定所，多寓阆乡"；"人或忧或疾，获其指南者其验神速"为"人有隐忧，身婴所疾，获其指南者其验神速"……诸如此类，不一而足。更显眼的是，《广陵大师传》不仅改《宣室志》原文（见《广记》卷九七同题）"少年"为"少壮"，"老僧"为"耆年僧"，"龙鹤之心"为"鸿鹄之志"，还将原文四用"广陵"中的两个改为"潍杨"和"扬（州）"，而《怀信传》（全题为《扬州西灵塔寺怀信传》）反是，将《独异志》原文（见《广记》卷九八同题）三用"扬州"中的两个改作"广陵"和"淮南"，致使一文之中地名称呼不一，且与标题文字不符，有的也不确当：扬州只是淮南道治所，不能用淮南指代扬州。造成这种混乱的原因，只是为了变换文字，别无用意。还有《法秀传》那种情况。《逸史》原文（见《广记》卷九六《回向寺狂僧》）写唐玄宗梦人告他：须向回向寺多布施毛巾和袈裟，但无人知道回向寺所在，后得一狂僧指引，寻者在终南山缥缈的云雾中得见其寺，做了布施，还见到后来反唐的安禄山原身胡僧。情事极为妄诞，文章却条理清通。《法秀传》内容全同，文字也无大差异，却给无名狂僧加个名字法秀，行文中忽而狂僧，忽而法秀，忽似一人，忽如二人，且有"秀与僧喜甚"之语，甚是混乱。此外，《独异志》怀信篇原文是写唐武宗灭佛"拆寺的前一年"，有人梦见怀信和尚将西灵寺塔浮海东渡，《僧传·怀信传》将梦塔东渡的年次改为"会昌三年癸亥岁"。武宗发诏毁寺是会昌五年，岁次乙丑，即《齐君房》镜空预言"牛虎相交亡角牙"中的牛年，其"前一年"应为"会昌四年甲子岁"。这也是变换文字造成的差误，并非故意改变年代。通过这样的比较，不难看出《僧传》上述各篇的写作特点：对所采取的小说均作某些文字更动，而许多只是同义词语的置换，不仅均不改变原意，文字也多保持原貌，即便略有删减、生发或语序颠倒，也属不关紧要，无碍大体。

这种数量有限又不甚经心的随笔改动，自然造成一些弊病和差错，但同时也使我们易于判明它所依据的小说原文。《怀信传》等短作如此，长文就更为明了。像《圆观传》那样的曼长之作，间杂许多人物对话，而与《甘泽谣·圆观》从内容到文字无大差异，除去首尾单写李源之事的数句另有史料为据（与后出的《旧唐书》李源传尽合）而外，作为全传主体的圆观与李源的传奇文字分明是《甘泽谣》的改头换面。与此相类，《鉴空传》也是千字长文，亦有颇多对话，除去末段有柳珵而无李玫之外，全篇袭用《纂异记·齐君房》之文一望可知。与《圆观传》不同的是，《鉴空传》全部内容都与《齐君房》所写相应相合，从头至尾没有小说以外内容，因而不会也无需另有所据。另外还有一个证明：此传全题为《唐洛阳香山寺鉴空传》，而文中却未言及香山寺，只写鉴空于杭州灵隐寺出家，"大和元年诣洛阳，于龙门天竺寺遇河东柳珵"，题中"香山寺"全无着落，岂非怪事？究其缘由，乃在《齐君房》文有"镜空自香山敬善寺访之"一句，《僧传》作者可能忽略了"敬善"二字，误作赫赫有名的香山寺①，立为题目，而在改动正文时又将该句省去，顾此失彼。但它清楚表明，《鉴空传》本诸《齐君房》，否则，题中"香山寺"从何而来？

然则，是赞宁将文中李玫改作河东柳珵的吗？回答却是否定的。因为那不合《僧传》只改字句不变内容的取用原则。人物是作品内容的首要因素，《僧传》取材于小说的各篇，有姓名人物无论主次，除个别讹误（如《和和传》中的越国公主，《异闻录》原作代国公主），无一不与原作相符。赞宁所据的《纂异记》原文应如《僧传》所写：篇末与镜空交谈并见证他写下预言的当是柳珵，而非李玫。李剑国《叙录》也认为："赞宁明谓河东柳珵，必不误也。"如此看来，先后产生于太平兴国年间的《广记》与《僧传》，所据《纂异记》此篇文本是不同的。这种差异

---

①　白居易《修香山寺记》云："洛阳四野山水之胜，龙门首焉；龙门十寺观游之胜，香山首焉。"

是怎样造成的？哪一种是李玫所撰的文本？这是下面要考察的问题。

李玫是晚唐"以文章著美"的落第才人①，其《纂异记》是杰出的文言小说集，所存十三篇篇幅整齐，均属传奇或准传奇，不属杂志怪笔记。不仅如此，除《齐君房》外，各篇人与事均出虚拟，各具新奇的创意和形象结构，嵌入之诗多而且好，即见出色的创作才华，也见充分的艺术自觉，是唐五代小说集中民间传闻性最弱、文人自创性最强的作品。但《齐君房》却属例外。首先，镜空和尚齐君房实有其人，有宋代朱长文所撰《墨池编》卷六"碑刻"所列"唐镜空和尚碑（陆郿书）"为证，康熙《御定佩文斋书画谱》卷三十、倪涛《六艺之一录》卷七八及卷三三四均据《墨池编》收录，应属可信。其次，也是更重要的，作品所写齐君房两世因果、镜空预言灭佛，都是荒诞不经之谈、绝不会有之事，且必作于会昌灭佛之后。这就是说，《纂异记》此篇写的不是"假人假事"，而是真人假事，是已故和尚镜空的神话奇迹。倘非民间传闻，就只能是作者平空虚造，而《广记》所录之文，把一切写成李玫的亲闻或亲见，让作者自己充当神话的见证人。这就排除了内容的传闻纪实性，把文人李玫置于为真人造假事，为死僧造奇迹并自我证实这些假事、奇迹的尴尬境地，明显违反神奇幻异小说写作的历史常规。

自汉魏六朝迄于明清，志怪性笔记、传奇汗牛充栋，但以作者自己证实其事的作品极为罕见。即使佛徒、方士作者一般也不肯以身证幻，否则即有"犯妄"之嫌。《僧传》明律篇《道宣传》写了道宣种种灵迹之后，于文外"系曰"："宣屡屡有天之使者，或送佛牙，或充给使，非宣自述也。如遣龙去孙先生所，岂自言耶？至于乾封之际，天神合沓，或写《祇洹图经》《付嘱仪》等，且非寓言于鬼物乎？"②赞宁作此"系"语表明，诚敬僧徒决不会"自述""自言"驱神遣龙役鬼等荒诞经历，以"犯

---

① （唐）康骈《剧谈录》卷下《元相国谒李贺》有"自大中、咸通以后……如何植、李玫、皇甫松……以文章著美""厄于一第"等语。

② 范祥雍点校本，北京 中华书局 1987 年版第 330 页。

妄"自毁。与此同理，也绝不会有镜空和尚亲口向李玫或柳珵诳说两世因果之事。葛洪《抱朴子》中《古强》《蔡诞》两篇就大肆嘲讽"敢为虚言，言之不怍"的好道之徒。僧道尚且如此，文人可想而知。小说家一向强调的"纪实"乃传闻之实，非亲见之实。被誉为"鬼之董狐"的干宝就在《搜神记》序中特别说明：所记"非一耳一目之所亲闻睹也。又安敢谓无失实者哉？"后来有些作品在文末或开篇写明讲述人，一则以示"纪实"，同时也表明非作者"所亲闻睹"。《搜神后记》有一则，记述干宝父妾被活埋入宝父墓中，十年后开墓，又得复活，"云宝父常致饮食，与之寝接，恩情如生"。此则倘由干宝以"所亲闻睹"之笔写入《搜神记》，士君子非但不会相信，还会把干宝视为好作诳语的哗众取宠之辈，有损其人格。据两《唐书》载，身居高位的李泌"常持黄老鬼神说，故为人所讥切"[1]；其"谈神仙诡道，或云尝与赤松子、王乔、安期、羡门游处，故为代所轻，虽诡道求容，不为时君所重。"[2] 即使在那迷信之风颇盛的时代，作为知识渊薮的士林也多崇实，以侈谈亲见鬼神为妄。因此，文人虽然写了大量神异诡幻之作，一般却不在作品中露面，不把自己写成神异事迹的见证人。当然也有例外之作。产生于隋唐变乱之际的传奇首作《古镜记》的作者王度就是神异古镜的持有者和古镜灵迹的见证人。那是因为隋室孤臣王度在"王室如毁"、大厦倾覆之时极端苦闷，无限感慨，急于借古镜抒写情怀，以为精神的象征和寄托，不得不尔[3]。无独有偶，九百年后的明中叶，受过大宦官刘瑾迫害的董玘在刘氏败亡不久就以第一人称创作了传奇《东游记异》，写自己和友人及许多官员摄于白额虎之威为一新死老狐吊丧，影射刘瑾及其党徒的赫赫权势。这两篇以身证幻之作都是将奇幻意象作为表现手段，是表意小说的艺术发展。特别是后

---

① 《新唐书》卷一百三十九李泌本传。
② 《旧唐书》卷一百三十李泌本传。
③ 参见拙文《论〈古镜记〉的小说形态与艺术价值》，载《济宁教育学院学刊》1990 年第 1 期。

者，艺术用心一目了然，没有丝毫迷信色彩，绝不会被人视为诳语，损害作者名望。《齐君房》不然，无论前世因果，还是身后预言，都是佛门老生常谈，具有很浓的迷信色彩，为真实的僧人编造这样的神话、诳语，已是文人笔墨之所忌；再把自己写入其中，为其神话、诳语作证，更是文人写作之大忌。甚具艺术自觉的李玫不会干这种事。《齐君房》应是记述有关僧人镜空的传闻，李玫至多有所加工、生发而已。《纂异记》现存其他各篇均用虚拟人名，而像王生、许生、韦生、鲍生、两张生及张令等七人都只有姓而无名，独齐君房镜空用真实名号，原因就在于各篇均出作者虚构，而此篇乃是传闻纪实，不能随意编造人物名字。

如果上述考察和论断不错，则李玫所撰《齐君房》文本就不可能有李玫出现，而应如《鉴空传》所据文本，篇末出场的是河东柳珵。那当然也不是李玫所造，更不是柳珵所写，而是传闻制造者的造作。武宗灭佛于会昌五年达到高潮，次年三月李炎就驾崩了，宣宗李忱即位，佛教逐渐恢复。镜空预言的传闻应当产生在会昌六年之后的大中年间（846—859），镜空亡故已十余年。至于柳珵，是传奇《上清传》《刘幽求传》和小说集《常侍言旨》的作者。其父柳冕，"贞元初为太常博士"，十三年"充福建都团练观察使"，后"以政无状，诏以阎济美代归而卒"①。而据《新唐书》陆亘传，阎济美"由婺州刺史为福建观察使"在"贞元末"，则柳冕约卒于贞元末或元和初，距大中间尚有四五十年。珵的伯父柳登，元和间"授右散骑常侍致仕。长庆二年卒，年九十余。"记述其言的《言旨》大约作于元和间，下距大中约三十年。从这个时间表看，预言传闻形成时，柳珵或已老耄，甚或故世。如系后者，则更便于制造幻诞传闻，死无对证（历代幻诞传闻多出其人亡故之后）。至于《广记·齐君房》所据之本，当系后世好事者篡改，以为改成作者李玫"所亲闻睹"比柳珵

① 本文有关柳登、柳冕、柳珵的引文均见《旧唐书》卷一百四十九柳登传，下不再注。

见证更为有力，实则适得其反，难耐推敲，易露马脚，弄巧成拙，有"此地无银三百两"之愚。

如此看来，《广记》所录《齐君房》和《僧传》中的《镜空传》都非《纂异记》此篇原文，而是经过改易之文。不过，两者改易的目的不同，改法也就大不一样。好事者不仅仍以李玫为作者，而且要突出李玫的作者地位，除将"河东柳珵"换成李玫，无须改动别的文字；而赞宁袭用他人之文，不注出处，须多变动一些字眼（如易"恒沙"为"恒河沙""犬而拿"为"犬仍拿"之类），达到改头换面。这样，只要将《广记·齐君房》文末的"李玫"和"玫"改为"河东柳珵"和"珵"，便可大体恢复原作的文本面貌。但有两点需要说明。其一是复原后的末段首句："大和元年，河东柳珵习业在龙门天竺寺，镜空自香山敬善寺访之。"前已说过，《鉴空传》题中"香山寺"即出此句第二分句，而第二分句又承第一分句而出，两者缺一不可，乃知传文"于龙门天竺寺遇河东柳珵"系由首句之两分句简化而成。由此反观首句，亦所必有。然柳珵此时年约五六十岁，是否还会在天竺寺习业？传闻制造者对此种关目或可虚拟，未必顶真，但也往往虚虚实实，有所依傍。柳珵生长在世宦之家，祖芳为肃宗朝史官，伯父与父均官居要职，亲弟兄璟"宝历初登进士第"。这种家庭环境对尚无功名的柳珵压力可知。而宝历元年（825）距大和元年（827）仅一年（宝历二年）之隔，其发愤"习业"是完全可能的。再者，其伯父柳登"年六十余，方从宦游"，对他不只有鼓舞作用，简直是功名晚成的榜样。因此，首句显示的柳珵状况亦有写实之可能。其二是镜空其时的年岁问题。《广记》本称"五十有七"，"僧腊方二十"；《僧传》本作"七十有七，僧腊三十二"。两本前文写他"元和初"（806）均作"四十五岁"，以此推算，与大和元年相距21年，连首加尾，应增22岁，当作"六十有七，僧腊二十二"。此种差错，或不经意而误，或传抄讹夺，非意改所致。

综上考辨，可以得出以下结论：一，赞宁《僧传》之《鉴空传》系袭李玫《纂异记》齐君房篇之文而改头换面；二，赞宁所据《纂异记》

此篇文本是李玫所撰之真本，而《广记·齐君房》所据《纂异记》此篇已被人改过；三，《纂异记》此篇原文无李玫出现，文末与镜空交谈并见证他写预言的是河东柳玭；四，《广记》之《齐君房》篇文字，除文末柳玭之名被李玫之名置换外，应是《纂异记》文本原貌；五，与《纂异记》其他各篇均为作者李玫之意想不同，《齐君房》是民间传闻的记述和加工。六，李玫于大和元年在龙门天竺寺"习业"乃属子虚，另一唐小说作者柳玭倒有可能于是年是地发愤"习业"，为功名预作拼搏。

最后谈谈对文末镜空预言的理解问题。赞宁于篇后附"系"语云："空公题识而答，塞柳玭之问，验在会昌之毁教矣。时武宗勒僧尼反俗，计二十万七千余人，坼寺并兰若共四万七千有奇，故云'兴一沙，衰恒河沙。兔而置，犬仍拿。'言残害之甚也。乙丑毁法，丙寅厌代，佛法喻宝坛之树，均不绝其华芬馥，故云也。"这一阐释大致不差，后半尤其中肯；前半统而言之，不甚确切，"兴一沙"寓意更未涉及。李先生《叙录》释《鉴空传》对"系"语作三点"补正"："'兴一沙'者言镜空出家为沙门也；'兔而置'言大和九年（乙卯年）沙汰僧尼禁置佛寺也"；"'犬而拿'言会昌二年（壬戌年）敕令部分僧尼还俗事"。"补正"后两点是不错的。大举灭佛虽在武宗会昌间，禁僧则启于文宗大和。宋敏求《唐大诏令集》卷一百十三收有李昂的《条流僧尼敕》（《全唐文》卷七四亦载），规定"不得度人为僧尼"，不得再造寺院，僧徒须考经，考不合格或犯戒勒令还俗，末注"大和年"。《旧唐书》文宗纪惟于大和九年有"诏不得度人为僧尼"记载，可见这个兔年实是佛门灾难的开端，故为预言制造者所重，大书一笔。然"补正"第一点则嫌牵强。镜空是预言自己死后（舍世之日）之事，"兴一沙"不可能指他出家，一人出家也无所谓"兴"。《叙录》后释《纂异记·齐君房》又云："'兴一沙，衰恒沙'者言己（镜空）出家为僧，多一沙门，而众僧将衰矣。"① 显然是将

① 本段《唐五代志怪传奇叙录》引文见第554、713页。

"沙"字释作"沙门",故有此解。细按预言之文,两"沙"字均非"沙门"意,而是沙石之沙。佛家向以"恒河沙"或"恒河沙数"极言数量之多,"一沙"与"恒沙"相对,意即"一个"。"兴一沙"乃谓兴一道教,"恒沙"则指万千僧众。武宗不仅以灭佛闻名,崇道也走极端,而且两者互有关联。他一即位,就将赵归真等八十一名道士召入禁中,做道场,受法箓,筑望仙观,造望仙台,后又迎来"有长年之术"的罗浮道士邓元起,"由是与衡山道士刘玄静及归真等胶固,排毁释氏,而拆寺之请行焉"①。崇道与灭佛同时达到高潮。预言首句正是这种单一崇道、大削僧尼状况的概括。再者,道教在唐代虽因其祖师与皇家同姓而一直受宠,却远不及佛教兴盛。据杜光庭于僖宗中和四年(884)所进《历代崇道记》载,"从国初已来,所造宫观约一千九百余所,度道士计一万五千余人"②;而至灭佛最甚的会昌五年,仅被拆毁的大小佛寺就达四万四千余所,"还俗僧尼二十六万五百人"③。这些数字都非全部,但可看出当时僧道数量之比何等悬殊。"天下僧尼不可胜数"也是武宗灭佛的原因之一。预言之"一沙""恒沙"云云,或兼有讽其所兴者寡而所灭者众之意。还应指出,预言是以兔被罝、犬被拿、牛亡角、虎亡牙的意象隐喻几个不同年份僧尼、寺院所遭的劫难和灭佛皇帝最后之死(即赞宁所谓"丙寅厌代"),而"牛虎相交亡角牙"句被《僧传》易"亡"为"与",一字之差破坏两个意象,从而失去原文的隐喻笔法,且使文意费解难通,殊不足取。明吴之鲸《武林梵志》卷九录此预言,与《僧传》尽同,则是谬改流传了。

原载《国学研究》第 14 卷

---

① 《旧唐书》卷十八上武宗纪。
② 见《正统道藏》台北艺文印书馆 1977 年影印本第 18 册第 14210 页。
③ 参见宋敏求编《唐大诏令集》卷一百十三武宗《拆寺制》,《全唐文》卷七十六作《毁佛寺勒僧尼还俗制》。

论唐传奇的表意艺术

小说至唐一大变，传奇文的产生和繁荣成为中国小说发展的一次飞跃，使它脱去童年的种种胎记而成熟起来，既"篇幅曼长，记叙委曲"，又属文人"意识之创造"①。不仅如此，传奇的主要代表作，多是文人蓄意创造的美文，与唐诗一样，是显示他们才华的作品，文人、进士乃至名公巨卿都着意为之。这是提高传奇品位的重要因素。纵观唐传奇文，直写现实人生的拟实之作质量颇高，但数量不多，而超现实的表意之作不仅数量甚夥，也多有精彩，表意艺术在唐代得到长足的发展。本文就谈谈唐传奇的表意艺术。

一、表意传奇的超验形态

表意小说即非拟实小说，均取超越现实的超验形态。在唐代那样的历史时期，民间对人的梦、魂、生、死，天体的风雨、雷电、星象运行以及地震、物变之类的自然现象，还远缺乏科学的认识，自然神论和万物有灵论广泛存在，鬼、怪、神祇、魂魄之说广为流播，加上佛教与道教的盛行，更为这些超自然的唯心观念推波助澜，生出种种意念与传说。这本来是人类在认识自然过程中的历史曲折与局限，却为那个时代的超现实想象

---

① 鲁迅：《中国小说史略》，第50页。

插上神异的翅膀，从而给文学辟出一片神奇表意的艺术空间。其时的传奇作家无论迷信与否，都大力运用这一空间，为表意之作创造种种超验形态。

此前的魏晋南北朝时期，上述社会条件与唐仿佛，迷信观念或更甚于唐，而小说处于童年时代，志怪之作大都来自民间传说，被史家、方士或文人如实记述，很少文学的创作、加工，大多宣扬鬼神存在，精怪实有，富于现实性和思想性的文字分量较少，可能被文人加工较多的《神女传》《杜兰香别传》等相当委曲的情爱故事则属凤毛麟角，成为传奇小说的先声。到了唐代，社会渐趋稳定，经济逐步繁荣，文化与思想都比较开放；盛唐及以后，科举各科之中"进士尤为贵，其得人亦最为盛焉"①，而进士"试诗赋"，重文才，从而造成社会重视文学之风，也培养了大批具有创作才能的文学之士，传奇文与传奇集多出自这些文人之手。他们不仅记述传说，还经常利用神异传说发挥联想和想象，创造篇幅可观、意象新奇的叙事美文，这就是唐代的表意传奇。加上唐中后期盛行举子向显要"行卷"并按规定向礼部"纳卷"②，某些传奇也成了"行卷"或"纳卷"之作，这更直接促进传奇文的写作、提高和繁盛。总之，唐传奇文乃是文人"意识之创造"，不仅远离了六朝志怪，且是蓄意显示才情、供人鉴赏的叙事美文，从而成为与唐诗并称的"一代之奇"。其中大量表意之作所展开的奇幻意象空灵、浪漫，层折出新，富于创造性和艺术美感。

表意传奇的超验形态既然建立在民俗信仰和宗教观念的基础之上，就不能不带有某种程度的迷信色彩。但传奇的主旨大多不是迷信观念的单纯载体，而是对现实的讽喻或对理想的歌赞，迷信色彩不仅很淡，也常常只是形态的外壳，核心则是人的精神。神鬼灵异、生死轮回、佛法道术、仙宫水府、精怪幻化、异梦离魂，经过文人的精思巧构，被造成多姿多彩的

---

① 《新唐书》卷四十四《选举志》上。
② 参见傅璇琮《唐代科举与文学》，西安 陕西人民出版社1986年版，第48页。

表意形态，构成唐传奇丰富的艺术多样性，具有拟实之作不可代替的文学价值。有的直接承继了志怪的架构，却表达全新的思想意蕴，形态面貌也焕然一新，《枕中记》《南柯太守传》都是这种情况的范例。某些作品索性将元无有、成自虚、尹子虚、终无为等作为人名，或用拆字法给人物命名以表其"人"原是某种动物的精怪，这就将内容的虚构性与游戏性一并展示，从理念上承认精怪幻异为子虚乌有。《东阳夜怪录》就是这样一篇很有意味的游戏之作。传奇中也有《甘泽谣》之《圆观》、《续玄怪录》之《杜子春》等显示某种佛、道观念之作，而其生动、多义的笔墨又使意象富于情韵，耐人寻味，亦非同类主题的志怪可比。当然，在一些传奇集中也有大力表现佛道与民俗信仰观念的传奇或准传奇，这些作品虽也不是一无是处，主要却是应予扬弃的迷信糟粕。

这里所谓准传奇，就是介于志怪与传奇之间的中间体小说。从六朝志怪到唐传奇的飞跃不是一朝一夕发生的，有一批中间的过渡体式；在传奇产生和繁荣之后，传于民间的志怪之作仍长期存在，也有一批处于两者之间的准传奇体。准传奇有两种情况：一属作者意识之创造，但篇幅较短，不似传奇"篇幅曼长，记叙委曲"，《玄怪录》中的《元无有》、《纂异记》中的《刘景复》都属此类；二是虽然篇幅较长，记叙也颇委曲，却未脱出民间志怪的明显胎记，单篇之《镜龙图记》《三梦记》、小说集中的《张逢》（《续玄怪录》)、《齐君房》（《纂异记》)、《卢涵》（《传奇》）等，不胜枚举。《卢涵》中明器婢子所化的青衣作了一首鬼气十足的绝句，那自然是裴铏所作，而全篇展示的不过是尸骨与明器幻化的精怪，带有明显的志怪性，只能属于准传奇类。前一类准传奇篇幅虽短，却被作者赋予种种意蕴，有的特别讲求构思，类乎今天的小小说；后一类准传奇既有传闻纪实性，又有较浓的迷信色彩，价值一般远逊于前者。

唐代表意传奇除以神异幻想的形态超越现实，某些侠义小说还采用夸诞的超验形态，将主人公的本领、技艺和智能夸大到超越人的自然极限的荒诞地步，以创造作者理想的侠义英雄，解决社会中无法解决的难题。

《传奇·昆仑奴》中的磨勒妙解红绡的指掌手语已是一种超人的智慧，背负钟情男女"飞出峻垣十余重"，远非人力所能及，只能视为作者的美好愿望。安史乱后，藩镇割据，"沉猜好勇""志性凶逆"而拥兵十万的魏博节度使田承嗣觊觎相、卫等州（《甘泽谣·红线》写作潞州）节度使薛嵩的地盘。这绝非薛嵩身边有个侠女可以吓阻。薛嵩是薛仁贵之孙，只"粗理"其政数年就亡故了，辖地很快被田氏吞并①，故《新唐书》藩镇传不载"相卫"，其各州都置于"魏博"之下。晚唐小说家忽发奇想，让一个身怀绝技的侠女红线夜入田府，径达寝帐，盗得其枕边金盒，半夜"往返七百余里"，致使田氏"惊悸绝倒""知过自新"，"两地保其城池，万人全其性命"，成为后世千载佳话。这是那个时代美妙理想的艺术结晶。后来的武侠、公案小说滥用这类无边的夸诞，成了廉价的夸诞模式，与唐代的新奇创造不可同日而语。

二、唐传奇的寓意艺术

表意之作有两大类型：寓意型和写意型。前者的总体意象远离现实而为意念的表达符号。这意念可能来自客观现实，也可能来自主观的信仰、理念或意想，抑或主客观兼而有之。有价值的寓意意象新奇巧幻，富于思想内涵，具有开创性和鉴赏性。初唐至盛唐处在传奇兴起阶段，作品不多，较有价值的寓意传奇当推王度的《古镜记》。

《古镜记》被视为唐传奇的首作，从"今度遭世扰攘，居常郁怏，王室如毁，生涯何地"等抒情文字来看，似作于隋唐变乱之际：隋之大势已去，唐朝刚刚建立，或尚未立朝。此时的作者作为忠于隋室的孤臣，无可奈何的心态可想而知。这位"国史"学者竟在作品中用自己亲见亲历的第一人称大肆渲染一面古镜的神异灵迹，最后"悲鸣"而逝，使不少

---

① 参见《旧唐书》卷一百四十一田承嗣传。

人以为它的内容仍属志怪，只是具有传奇的规模和结构而已。其实，它有三个特点是我国古代小说极少见的：一是史家的作者以身证幻，而僧道、方士对此都颇忌讳；二是加入慨叹形势的抒情文字，甚为动情；三是以静物为主人公，这在委曲的传奇中绝无仅有。这些特征告诉我们，作品绝非单纯志怪，作者是在以古镜表现自己难以抑制的"郁怏"心绪，以宝镜的不能"反天救物"和"悲鸣"隐去象征王度个人对形势无可如何的失落感，也象征隋王朝无可如何的败亡结局。真正的象征寓意与小说常用的隐喻大有分别，象征体与被象征的观念（失落、败亡之类）并无意象的必然联系，只与作者的感受相通，势必造成含意的晦涩难解。象征是诗的宠儿，用于小说的整体结构就很蹩脚，是作品形态的一种历险。王度采取这种形态既非自觉，也非得已，而是悲从中来又不便明言的情绪使然，在志怪书还很盛行之时无意中创作了这篇虽不成功却甚为罕见的象征之作。这也是它不同寻常的价值所在。

与象征不同，隐喻意象与隐喻的观念具有明白的艺术联系，常被寓意小说采用。唐传奇中广为人知的《枕中记》和《南柯太守传》都属隐喻的翘楚之作。两作于志怪书中皆有所本。刘义庆的《幽明录》记有商人杨林的传说：杨到焦湖庙祈福，入一柏枕坼中，得婚太尉之女，七子为官，乐不思归，"忽如梦觉，犹在枕旁。"全文不足百字，却有富贵如梦的意象架构，具备了隐喻的基本要素。《枕中记》的作者沈既济正是利用了这一架构和要素，结合唐代仕途状况和士人心理，大大充实和更新了"梦"的内容，并通过"得神仙术"的道士、慨叹"生世不谐"的卢生和蒸黄粱米饭的店主翻新了原来的隐喻意象，为追求功名的儒生创造一个登科及第、出将入相、"列鼎而食、选声而听"的黄粱美梦。这一意象结构虽然带有功名富贵皆如"梦寐"的出世色彩，却是对热衷功名利禄的官场与仕途的当头棒喝，发人深思，促人猛醒，具有很强的艺术概括性，因而千载传诵不衰。值得注意的是，美梦虽幻，却幻中有真：玄宗开元年间，"会吐蕃悉抹逻及烛龙莽布支攻陷瓜州（'州'，原误作'沙'），而节度使王君㚟新被杀，河湟震动。帝思将帅之才"云云，均属实有。玄宗为此选的河西节度使自然不是卢生，而是萧嵩，战后"乃加嵩同中书门下三品"，后"又加嵩兼中书令"，与裴光庭同殿为相。小说写卢生梦中的这段战功，实际就是萧嵩的。谓卢"与萧中令嵩、裴侍中光庭同执大政十余年"才是小说的障眼法，以实掩虚。史载，裴光庭与萧嵩"同位数年"而"争权不协"，其后嵩为李林甫所劾，"贬青州刺史，寻又追拜太子太师"，"翛然就养十余年，家财丰赡，衣冠荣之。"[①] 这与卢生的梦中经历亦相仿佛，只是程度不同而已。小说是融合了唐代中期一些官场斗争和官僚腐败的现实情况造成卢生梦境的虚虚实实，从而为寓意传奇增加了现实的亲切感，更有警世的艺术力。

李公佐的《南柯太守传》也用了前人一篇志怪的框架。《穷神秘苑》引《妖异记》佚文记载[②]，北魏卢汾酒后梦入蚁穴所化的"审雨堂"，与其间女子欢宴未竟，大风吹折庭中槐树，卢汾梦醒。这一意象架构与杨林入枕坼发迹不同，只是"物皆有灵"的异闻，别无寓意。李公佐就用其"物皆有灵"的观念和槐树、蚁穴两样道具创造了君臣蚁聚、扰攘纷纭的艺术世界——大槐安国。主人公淳于梦不是儒生，而是"嗜酒使气、不守细行"的"落魄"武夫，醉后梦入其"国"，被招为驸马，十分荣耀，又任南柯郡守，提拔酒肉朋友，竟使全郡大治；后来抗敌败绩，公主病亡，逐渐失势，最后被送回人间，其梦始醒。全篇也写梦中富贵，梦醒即逝，与《枕中记》寓意相类，"黄粱梦"与"南柯梦"表达的概念也多相同或相近，而两篇传奇却都是并传不衰的经典之作，这是很不寻常的文学现象，是各具艺术特色的成功标志。《南柯太守传》将朝廷和官场喻为蚁穴，将扰攘、混沌的官宦生涯比作蚁聚，不只讽世、警世，且近于骂世。这种隐喻性寓意正如篇末李肇所评："贵极禄位，权倾国都，达人视

---

① 《旧唐书》卷九十九萧嵩传。
② 《太平广记》卷四百七十四《卢汾》，注"出《穷神秘苑》"，北京 中华书局 1961 年版，第 3902－3903 页。

此，蚁聚何殊!"作品的篇幅是《枕中记》的三倍，对种种经历描写细致，将人物神情活现纸上，使寓意之作兼有某种写意之美。大约受了此篇的影响，李玫《纂异记》中的《徐玄之》也是写蚂蚁王国的隐喻传奇，那里的王子"不习周公礼，不读孔孟书""不遵法典，游观无度"，大肆狩猎，并嘲弄儒生；国王非但不约束其子，还为袒护王子"罪贤臣、戮忠说"，将忠言直谏的太史令斩首示众，被徐玄之命家童掘地五尺，扫荡以尽。作者以游戏之笔传讽喻之意，寓庄于谐，生动可感。作品分前后两半，前半写徐玄之夜读所见，蚁国王子及所带数百武士、乐工聚于石砚之上，其小可知；后半写徐的梦中所见，被数十甲士"罗曳而去"，入城门，见国王，进议室，"遍拜"大僚，听其审辩，俨然身处朝廷，与世间无异。这样，醒境与梦境既有分别，又互相衔接，既顺乎情理，又合为一个统一境界，艺术结构颇具匠心。

如果作品的主旨不是泛喻世事，而是特喻某人某事，就成了所谓影射艺术，构成影射的寓意小说。这种小说，也可说是隐喻的一种特殊类型，在古代大多用于讽喻那些不便明言的政治事件。李复言《续玄怪录》中的《辛公平上仙》就是一篇影射传奇。它写县尉辛公平于奉调途中结识一个"迎驾"的阴吏，随后又见到迎驾将军和大队阴兵。辛被阴吏带进皇宫，看到将军向皇帝献上一把金匕首，皇帝即刻"头眩"入内，随即被迎驾将士簇拥而去，后来得知，皇帝驾崩了。这显然是影射一次弑君的宫廷政变。篇首说是"元和末"事，结尾又说，"元和初"作者"宰彭城"，就"得以详闻"，前后矛盾。"元和初"所记为作者身世，不应有误。"元和末"或为"永贞末"之讹。据程毅中先生考辨，"《续玄怪录》全书讳改'贞'字"[1]，与此说亦合。若然，则是影射当时对顺宗李诵之死的一种传言与猜测。作品用阴吏迎驾影射弑君政变实是独具匠心的创造。初写辛公平结识王臻，并不直奔影射的主题，而是从店中让铺位、共

---

① 程毅中:《唐代小说史话》，北京 文化艺术出版社1990年版，第180页。

酒肉徐徐起笔，接写王臻臆侧辛公平翌日路途的食宿细节，纤毫无差，尔后才让他说出自己的阴吏身份和迎驾使命，给人以顺乎自然水到渠成之感。下以"旋风卷尘""戈甲塞路"等情景及馆于颜鲁公庙渲染气氛，又以夜宴护跸诸神为阴兵进宫开路，使达内廷；最后进上匕首，暗示行刺，完成"迎驾"主题。如此由缓趋紧，步步进逼，极见层次，神气完足，是影射传奇少有的佳作。然而，无独有偶，唐传奇中还有另一篇同类作品，即李玫《纂异记》中的《许生》，或题《甘棠灵会录》，写孝廉许生于会昌元年下第东归，在甘棠馆西喷玉泉得见白衣叟与四丈夫聚会吟诗，诗中充满冤抑悲苦，显出他们是大和九年（835）甘露事变中被仇士良等宦竖杀害的诗人卢仝和王涯、李训、贾餗、舒元舆四相的鬼魂。钱易《南部新书》卷九云："李纹（或'玫'之讹）者，早年受王涯恩，及为歙州巡官时，涯败，因私为诗以吊之。末句曰："六合茫茫皆汉土，此身何处哭田横。"《许生》中白衣叟转述在甘棠馆所见题壁诗正有此末句。《全唐诗》卷五百六十二收李玖（或"玫"之讹）《纂异记》之《喷玉泉冥会诗》八首，题解云："喷玉泉在河南寿安县，传载云，山水绝胜"，又据《新唐书》王涯传"别墅佳木流泉"推断，涯之别墅"正在此泉上。"看来，李玫以诗吊王涯后，意犹未尽，遂撰《许生》，让卢仝与四相聚于王涯别墅旧地，相继大作悲愤之诗，"各自吟讽，长号数四，响动岩谷"，以鬼魂抒情的异想影射甘露事变的沉冤莫辩，与《辛公平上仙》可谓异曲同工，各有千秋。

以上三种寓意传奇均属暗示类型，此外还有显示类型，以奇幻的意象显示某种观念与信仰。这在宣示教义的作品中尤为常见。《续玄怪录》中的《杨恭政》显示成仙得道，《定婚店》显示婚姻前定，《杜子春》倡导情欲寂灭，《甘泽谣》之《圆观》演绎转世轮回，诸如此类，不一而足。其中意象也有新奇富美感者，因而得以广传后世。《定婚店》中的赤绳系足就是这类意象之一。《圆观》写和尚圆观死前与李源相约，"后十二年中秋月夜杭州天竺寺外"相见，届时，"山雨初晴，月色满川"，李源来到寺外，见圆观乃一牧童，"乘牛叱角"而来，口唱竹枝词云："三生石上旧精魂，赏月吟风不要论。惭愧情人远相访，此身虽异性长存。"此情此景，超乎现实，人不能遇，又颇具诗意，令人神往，它所创造的意象境界富于独特的艺术美感。在宗教性主题之外，也多有巧于构思、寓意可取之作。如张读的《宣室志》中写了一篇求心的故事：杨宗素的父亲得了心疾，医者说他财产太多，"其心为利所运"，已离身而去，非吃生人心补之不可；孝子宗素于山中见一胡僧自言将以身饲虎狼，宗素求他舍心，胡僧斥之："《金刚经》云，过去之心不可得，见在之心不可得，未来之心不可得。檀越若要取我心，亦不可得矣！"化猿而去。此种意象哲理性较强，寓意颇有深度，耐人寻味。另如《纂异记》，只十二三篇，除《许生》《徐玄之》，还有多篇寓意之作。《浮梁张令》让人间贪官许诺给仙界贪官行贿，得缓死期，但因吝啬未能兑现又死于非命，所寓讽喻之意是多方面的。《三史王生》嘲笑汉高祖刘邦，《张生》假舜之口指斥《孟子》，两者都是作者之意，巧借二生及高祖庙、舜庙衍为情节，造成诡幻意象，颇费匠心。唐之传奇集虽有多种，却没有个人纯传奇集，大多羼有较多的异闻记录，而《纂异记》除个别一二篇，全是李玫的个人造作，各具寓意，显示了很强的艺术自觉，这在《剪灯新话》之前实属仅见，值得珍视。

三、唐传奇的写意艺术

与寓意类型不同，写意的意象不是某种信仰、观念的符号和载体，而是现实情状的艺术强化与放大，通过奇幻或变形突显人的情致或精神特征。所谓人鬼复合、人妖复合、人神复合、人仙复合或人魂复合，都是以写人为本，突显并张大人的某种情致或精神。

突显精神即性格特征者，前面在谈夸诞的超验形态时已有涉及，因为夸诞艺术就是张大人物的技能、本领和性格特征的艺术，诸如《昆仑奴》

《红线》之类。托之鬼神怪异也能放大其性格特征，突显人物的思想精神，《柳毅传》《冥音录》及《玄怪录》中的《郭元振》等都是性格写意的佳作。李朝威的《柳毅传》命意殊高，行文酣畅，情事婉曲，歌诗俱佳，是表意传奇的佼佼者。柳毅不避艰险，入海传书，又不畏权势，与性情暴烈的钱塘君抗命而争，将一介书生的信义精神廓大展现，形象鲜明而突出。郭元振的浩然正气、见义勇为也因斩妖除怪而被放大，不同凡响。无名氏的《冥音录》表现母女、姨甥两代人"酷嗜"音乐，生者弹奏欠工，竟反复哀请鼓筝绝妙而早夭的小姨显灵授艺，小姨的鬼魂终传十曲与甥女，这种生死相通、阴阳相继的意象把生者与死者酷爱音乐的精神同时推到无以复加的高度。

突显情致是为美的人情再增美感，从而形成美情小说。这一品类以神异的婚恋爱情为主，在唐传奇中是个颇为兴旺的家族。从中唐到晚唐，从单篇到传奇集，可以说是长盛不衰。陈玄祐的《离魂记》、沈既济的《任氏传》、李景亮的《李章武传》汇成美情的第一波浪。《离魂记》歌赞张倩娘与王宙青梅竹马癯癯相感的纯真爱情。在倩娘之父背信弃义将女儿另许"宾僚之选者"之后，王宙愤而离去，倩娘人虽无奈，魂却离舍，"徒行跣足"与王宙私奔，这种魂奔恋人的奇幻意象把她发自内心的强烈爱情美化到魂梦相逐的地步。这种意象早在《幽明录》中就有，但那魂恋俊男的石姓女子是单相思，所恋的庞阿又是有妇之夫，少有倩娘、王宙相恋之美，加上文字简略，仍带志怪色彩。《离魂记》抗婚的思想之美与纯真的爱情之美高度统一，也使离魂的美情功能充分发挥，从而造成这种类型的经典之作，为后来小说、戏曲开创一种新的美情类型。

创作了寓意传奇《枕中记》的沈既济在写意传奇《任氏传》中塑造一个可爱可敬的狐女主人公。《太平广记》收"狐"类文字九卷八十三则，大半都写祸人之狐。虽然唐初百姓就已"多事狐神"，并且有了"无狐魅，不成村"的谚语①，但在志怪传说中还少有狐的正面形象。《宣室志》中许真娶的狐妻可称贤妻良母，但也少有美情功能。唐代写狐的美情传奇可称道者大约只有《任氏传》一篇。首先，它表现任氏之美"殆非人世所有"，并通过贵公子韦崟与家僮的对话大肆渲染：

> 崟……使家僮之惠黠者随以觇之。俄而奔走返命，气吁汗洽。崟迎问之："有乎?"又问："容若何?"曰："奇怪也! 天下未尝见之矣。"崟姻族广茂，且凤从逸游，多识美丽，乃问曰："孰若某美?"僮曰："非其伦也。"崟遍比其佳者四五人，皆曰"非其伦"。是时，吴王之女有第六者，则崟之内妹，秾艳如神仙，中表素推第一。崟问曰："孰与吴王家第六女美?"又曰："非其伦也。"崟抚手大骇曰："天下岂有斯人乎?"遽命汲水澡颈、巾首膏唇而往。

在唐传奇中，还未见过用如此手法与篇幅渲染女性之美的文字。这种渲染是美情的重要部分，只有用于超人的异类形象才最合适。不仅如此，接着又大力描写托以教坊"伶伦"的任氏为了不负"穷馁"仰人的郑六，对韦崟仗势施暴抗之以力，晓之以理，义正词严，迫崟惭愧而止；后虽受崟关顾，日与狎游，而终不及乱，却为随从郑六不惜丧却性命，从而受到作者的赞誉。此种借狐美情的写意传奇在唐宋元明虽然少见，却是《聊斋志异》中大批同类作品的先河。

托于鬼魂的美情之作始见于干宝《搜神记》。这里不是泛指一般的幽婚故事（比之人间婚嫁，某些幽婚并不益增其美），而是指吴王小女紫玉对韩重那样的至爱深情，生不能遂，死而不已，魂对所爱，慷慨悲歌，最后与韩重成婚于墓中，成为最早的美情佳品，惜只四言诗较长，故事则粗陈梗

---

① 《太平广记》卷四百四十七《狐神》，注"出《朝野佥载》"，第3658页。

概。中唐李景亮的《李章武传》继承了这一美情传统，把文士李章武与王氏子如的婚外恋情写得凄艳婉转，缠绵悱恻。由于"两心克谐，情好弥切"，致使王妇久思成疾，死不能已，数年之后，与来访的李郎再度幽会，其赠诗云："河汉已倾斜，神魂欲超越。""新悲与旧恨，千古闭穷泉。"这种生恋不足继之以死的幻设意象为恋情大添理想之美。由于少女早亡是历代较多存在又特别令人痛惜的现象，所以从魏晋直到明清，写女鬼之恋的小说不时有见，《聊斋志异》则集其大成，把这种美情艺术推向高峰。

　　唐传奇中更多的美情小说是人神之恋或人仙之恋。在当时人的想象中，神女或仙女之美非人可比，《神女赋》所谓"上古既无，世所未见"，而且能够驻颜不衰，这正是世人所向往的；神仙又能使人长生，或致人高贵，所谓"人间之人，神中之女，此夕一会，万年一时"，得之者"与世人异矣"①。这更令一些文人想入非非。因此，让神女或仙女与凡夫婚恋，在人的心目中就是对情爱的升级和美化。但神仙毕竟高高在上，走近凡夫俗子有个过程。宋玉虽然浪漫，他笔下的神女还只是与一国之王恍惚多情，又过了大约五百年，旷放的六朝人才造出有关袁项、根硕与刘晨、阮肇入山同仙女结合的传说，并在传闻的基础上加工制作了《神女传》《杜兰香别传》（存佚文）《清溪庙神》（出《续齐谐记》，或题《赵文韶》）及《萧总》等作品，让神女与普通人婚恋，其中的诗作就是文人之笔的明证，从而成为美情传奇的先声。唐传奇写人神或人仙之恋情者，如果除去以突显性格见长的《柳毅传》，则有张荐《灵怪集》中的《郭翰》，沈亚之的《湘中怨解》与《秦梦记》，裴铏《传奇》中的《裴航》与《文箫》，以及无名氏的《韦安道》（或题《后土夫人》）和《沈警》（《异闻集》题《感异记》）等②。其中沈警、郭翰、韦安道史书有载。沈警是"梁陈间人"，在梁曾任散骑常侍；郭翰是高宗、武后时人，曾任监察御

———————

① 《太平广记》卷二百九十六《萧总》，注"出《八朝穷怪录》"，第2355－2356页。
② 《沈警》写明是"人神"之恋，《太平广记》将它收入卷三百二十六"鬼"类，似误。

史，举荐过后来的名相狄仁杰；韦安道也是武后时人，与兵部尚书郭元振是"忘言之友"。与他们相恋的神女分别是小张女郎润玉、织女和后土夫人。前两位都是有夫之妇，属婚外恋，但都被渲染得情长意切，婉曲动人。这是唐代思想比较开放的反映。织女别恋的构思尤为新奇，为美情传奇别开生面。后土夫人受大罗天女武则天之拜，位在其上，仪仗、衣饰皆如天后，却托"冥数"下嫁给下第的书生韦安道，且按人间规矩成礼，"其夕偶之，尚处子也"；其后"冥数已尽""敬从"舅姑之命离去，还命武后给予安道五品官职和五百万钱，并助其画历代帝王图"以成千古之名"。这样一位神仙妻子的造作可以说是荒幻已极，但那又是唐代某些文人不惜冒渎神之名以赞美情爱的非分之想。后来有人建祠，竟为韦安道"塑像以配食"①，可见本篇影响之大。被李贺称为"吴兴才人"的沈亚之"班班有文在人间"，只因"史家逸其行事"，《新唐书》文艺传才"未得而述"②。他的两篇美情传奇侧重诗赋，描写颇富情韵的空灵境界，具有悲怨的诗意美。《湘中怨》系拟友人南卓《烟中志》而作③，写水仙与人合而复去，情节简略，而仿楚辞所作《风光词》甚雅，结尾又得恍惚相见，舞而且歌，"含嚬悽怨"。《秦梦记》更以第一人称记叙作者梦入春秋时代的秦国，与早被传为仙去的弄玉再婚，大写弄玉死后的悲情与哀思，虽是从其《异梦录》中姚合所讲王炎"夕梦游吴"而为西施作挽歌受到启发，还是特别大胆的虚想。"泣葬一枝红"等悲而且美的诗句发挥了明显的美情功用。裴铏的《裴航》与《文箫》除以诗歌美情之外，还有两个共同特征。一是人仙结合要经过一番磨难，裴航寻玉杵臼捣药百日，仙人吴彩鸾被罚过民间生活，都是磨难；二是结局完满，凡人也随仙

---

① 《二程文集》卷十程颐《答吕进伯三》，清同治五年（1866）福州正谊书院刊本。
② 《新唐书》卷二百一文艺传序。
③ 《烟中志》全文已佚，《绿窗新话》之《谢生娶江中水仙》即其梗概，注出南卓《解题叙》。《沈下贤文集》卷十一附有南卓《题刘薰兰表后》，内称"余友沈下贤"，并盛赞下贤之才，乃知南为下贤之友。

女成仙。既婚神仙美女，又得成仙长生，这是某些信道者的美妙空想。其实，吴彩鸾本是人间女子，"以书《唐韵》名于时"①，《文箫》或改造传说，或出于胸臆，将她写成仙女并携丈夫一同骑虎仙去，是对人间情爱地道的美化和理想化。如果说，沈亚之的作品更多空灵的悲情美，那么，慕道崇仙的裴铏的作品则更多飘忽的理想美。

美情传奇以传写婚恋情致为主，但又不限于婚恋。《玄怪录》中的《刘讽》写一群"不知是何物"的女郎在月白风清的夜晚宴集谈笑、行令唱和的场景，言词生动，声口毕肖，与《聊斋·狐梦》的场景相似，也是对现实人物情致的美化艺术。谐隐小说中自然有《元无有》那样侧重写物的作品，却也有侧重表现并美化人情的传奇。《博异志》与《酉阳杂俎》并收的《崔玄微》就将杨、李、陶（桃）、石（榴）几个女郎对封（风）十八姨的周旋全然人化——人情化，而且写得惟妙惟肖，颇富美感。篇幅很长的《东阳夜怪录》是文人游戏之作，将骆驼、驴、牛、狗、猫、鸡、刺猬分别幻作健谈能诗的高僧、巡官、将军和士人，在大雪纷飞之夜于佛寺聚谈，并各诵其诗，很像文人以诗会友，所作尽是含意双关的咏物诗。除了薛用弱《集异记》中的短作《王涣之》（或"王之涣"之误）写了三位诗人旗亭贳酒，别有情趣，还没见哪一篇传奇把文人聚会写得如此精致、细腻，谐趣横生。这篇写意型游戏之作的出现表明，以虚构为本质特征的小说艺术已经完全成熟了。

突显情致与突显精神、性格不是互为水火、两不相干，只是有所侧重而已。便是寓意与写意的分别，也只是相对而言，在总体寓意的意象中常有局部的写意形象，全无写意的传奇是不存在的，也是无法诞生的。

原载北京大学中文系、北京大学诗歌中心为祝林庚先生九十晋五华诞所编《立雪集》，人民文学出版社2005年版。

---

① （宋）佚名《宣和书谱》卷四，民国十一年（1922）上海博古斋刊本。

论《剪灯新话》的小说艺术自觉

就艺术造诣和价值而论，明初瞿佑的《剪灯新话》前不及唐代传奇，后逊于《聊斋志异》，因而在小说史上的评价不是很高。鲁迅说它"文笔殊冗弱"，颇中肯綮。但这只是它的短处，其长处和贡献长期没有受到重视。近年，小说史家的研究有新开拓，对其内容本事、形式特点、对外影响以及承前启后的桥梁作用都作了比较深入的论述。本文讨论另一问题：从《新话》显示的艺术自觉看它在中国文言小说发展中的特殊地位和贡献。这种自觉突出表现在三个方面：纯用传奇体式，富于自创意识，注重表现战乱时事，从而造成它在文言小说史上的三个第一：第一本个人纯传奇集，第一本全自创传奇小说集，第一本大写时事——重大现实题材小说集。

一、第一本个人纯传奇集

中国小说源远流长，先秦两汉之作虽为自觉虚拟，但还未能全然独立，自成一体，而多拄着史书或子书的拐杖跛足前行。那是小说的童年时代。魏晋南北朝盛行志怪、志人的笔记小说，摆脱了史与论的实用拐杖，但多"丛残小语"，传闻琐记，而非撰述者的自觉创作，属于小说的幼年时代。至唐，传奇勃兴，不唯"篇幅曼长，记叙委曲"，且是文人"意识之创造"①，小说从而走向自觉，也走向成熟。易言之，传奇是趋近成熟的小说，也是小说创作进入艺术自觉阶段的重要标志。

不过，正如小说的成熟非一朝一夕所能完成，小说创作的艺术自觉也有其漫长的发展历史。唐传奇作者虽已"有意为小说"，创作一批精美的传奇，却并不把传奇小说与随笔记述的异闻、杂事加以区分，而常将它们混在一起，编入一书。这说明其艺术自觉是有限的。因此，尽管在唐五代三百多年间产生了迄今尚可考辨的个人小说集数以百计②，却没有一种纯传奇集。李剑国的《唐五代志怪传奇叙录》和宁稼雨的《中国文言小说总目提要》都为收载的作品作了定性分类。除去编选多人作品的《异闻集》（传奇为主，亦间杂志怪）不论，被《叙录》判为个人"传奇集"者七种，被《总目》判为"传奇小说集"者八种，其中被两书共认者只有四种，即李玫《纂异记》、袁郊《甘泽谣》、裴铏《传奇》和无名氏《灯下闲谈》。即使这四种，也正如《叙录·代前言》引述胡应麟之言所说："志怪、传奇，尤易出入，或一书之中二事并载，或一事之内两端俱存，姑举其重而已。"其中只有《灯下闲谈》尚存全帙二十篇，其余三种都是辑佚本。而《传奇》中的《王居贞》《甘泽谣》中的《韦驼》《灯下闲谈》中的《负债作马》和《神索旌旗》均不足四百字，短者只二百余字，无论篇幅与品格，都是显见的志怪笔记。《纂异记》篇幅比较整齐，也无单纯志怪之作。但其《刘景复》也仅五百余字，而一首长诗就占二百二十四字，与一般"记叙委曲"的传奇的距离不言而喻。其实，从魏晋至明清，与大量志怪笔记共存共荣的是一大批超乎笔记又与传奇有明显差距的"两端俱存"的中间体小说，不妨谓之准传奇体。它们有的是作者"意识之创造"，虽有意味，但篇幅短小，记叙简括，类乎今天的微型小说，《刘景复》及《玄怪录》中《元无有》即是其例；也有的篇幅较

---

① 鲁迅：《中国小说史略》，第50页。
② 程毅中《古小说简目》收一百三十余种，宁稼雨《中国文言小说总目提要》收二百二十余种。

长，记叙委曲，但系怪异传闻的记述和加工，即便有所生发，仍带志怪的明显胎记，如《续玄怪录》之《张逢》与《原化记》之《南阳士人》都是写人无端化虎吃人故事，内容大同小异，似"同出一源"而"传闻异辞"①，"明变化之不妄"而超乎志怪，单篇《镜龙图记》《异梦录》，《传奇》之《马拯》《卢涵》亦属此类；还有单纯宣教之作，大写僧道神佛的灵应事迹，或无完整结构，缀结断片成文，是六朝《神仙传》《冥祥记》的发展和变体，《甘泽谣》中的《懒残》，《纂异记》中的《齐君房》，《传奇》中的《许栖岩》《樊夫人》《金刚仙》，不一而足。在志怪大潮余波不息、传奇风韵方兴未艾的唐和五代，准传奇小说占很大比重，而《灯下闲谈》大半皆是。如果忽视这类中间体的存在，将它们视为一般的传奇，那么，六朝志怪书中那些无论篇幅与意蕴都与之相埒甚至更近于传奇的中间体作品（如《搜神记》之弦超、紫玉、卢充等人的爱情故事，《续齐谐记》之赵文韶与清溪庙神对歌故事），也就理所当然地应被归入传奇之列，从而将传奇兴起的时间大大提前。这显然有违小说发展的实际。当然，在"姑举其重"的分类中，准传奇似可忽略不计，但同时也要看到它们与一般传奇的差别和距离，看到其为中间体式的实质。包含准传奇的小说集就不是纯传奇集。

降至宋代，传奇式微，个人传奇集也更稀见。李剑国《宋代志怪传奇叙录》虽列有七种，存者只有张齐贤《洛阳搢绅旧闻记》一种。其余六种尽佚，且无辑本，大多仅知一篇梗概或节录，难于定性。其中《续树萱录》和《苕川子所记三事》都只有三篇，即便是传奇集，由于篇数太少，也难体现一般传奇集所能体现的艺术自觉，因此可以置而不论。无名氏《摭青杂说》倒是存有《说郛》选录的五篇传奇，但全书多达二十四卷，且以"杂说"名书，显然不会是"传奇集"，更不可能是纯传奇集。此外，宁稼雨《总目》还将廉布《清尊录》和康誉之《昨梦录》定

---

① 汪辟疆《唐人小说》张逢篇按语，上海 中华书局 1958 年版，第 219 页。

为"传奇小说集"。前者《说郛》收载十则,七则都是二、三百字的传闻笔记,故被李剑国上书判为"志怪杂事传奇集";后者《说郛》收载九则,五则为记述风物短作,无人物、情节,与传奇体大相径庭。由此可知,有宋一代,今可考见能称传奇集的个人创作只有张齐贤的《旧闻记》。其书五卷二十一篇,多为篇幅较长的传奇小说,但也有《泰和苏揆父鬼灵》《衡阳县令周妻报应》《洛阳染工见冤鬼》《石中获小龟》等记述作者"亲所闻见"的志怪之作,短者仅三百字,还有一些准传奇小说,全书远不是纯传奇集。下至元代,产生了中篇传奇《娇红记》,却未见一种个人撰著的传奇小说集。

再看产生于明初的《剪灯新话》,全书四卷,二十篇,附录一篇,长者近三千字,短者也在一千二三百字,既无志怪、杂俎,也无介乎笔记与传奇之间的准传奇体,篇篇都是情事委曲、各具创意的地道的传奇小说。与唐宋几种传奇集相较,体式、风貌空前整齐,衍进之迹极其明显,给人以面目一新之感,确是我国小说史上第一本个人纯传奇集。它所显示的文人作家对小说文体的艺术自觉是以前任何小说集都无法比拟的。从这种意义上说,《新话》的出现不仅预示文言小说的复兴,也标志传奇小说集的创作进入一个新时期。在它的影响下,《剪灯余话》《觅灯因话》《女才子书》等个人纯传奇集相继出现,《新话》成了唐传奇之后对小说文体之艺术自觉的新开拓者。

值得注意的是,三百年后横空出世的文言小说经典《聊斋志异》既有大量传奇,也有大量笔记,作品体式反差之大显而易见,与《新话》体式的整齐一致大相径庭,仅从这方面说,是从《新话》《余话》所表现的文体自觉倒退了,因而受到《四库全书》总纂纪晓岚的非议,说它"一书而兼二体","非著书者之笔"①,即使极赏《聊斋》并为此辩护的

---

① 见《阅微草堂笔记》卷十八所附盛时彦《姑妄听之》跋,长春 吉林文史出版社1997 年版,第 546 页。

冯镇峦也不得不承认："一书而兼二体，弊实有之。"① 这种批评本身也是文体观念的自觉和进步，在明代以前是见不到的。由此可见，《新话》作者对小说文体的艺术自觉不仅迈越前人，也胜过后来居上的小说巨擘蒲松龄。

二、第一本全自创小说集

唐以前的笔记小说记述传闻，注重实录。传奇兴起之后，虽然有了"意识之创造"，实录精神仍被看重，有的还在文末注出故事来由及讲述人，以明并非作者自造，其言间或有假，但大多可信。《任氏传》作者沈既济一气道出与他同路同舟听讲本传故事的五人官职和姓名；《庐江冯媪传》作者李公佐不仅记下讲述人的姓名和籍贯，还记下"会于传舍，宵话征异"另外两人的籍贯和姓名；给陈玄佑讲述《离魂记》故事的张守规不仅是男主人公张镒的堂侄，还是莱芜县的县令；《李娃传》故事的传播者不仅做官与男主人公荥阳生三任"为代"，还是作者白行简的伯祖。诸如此类，当非虚造。这说明某些传奇作品是民间传说的记述、加工或再创造，带有不同程度的传闻纪实性。如果作品篇幅不长，内容比较单纯，如《离魂记》与《冯媪传》，传闻纪实性就更显著，远非作者自创之作。还有《东城老父传》《高力士外传》那样的作品，内容是作者与主人公长谈之所闻，基本属于实录其事，自创成分有也不多。这类迹近史实、体似杂传的轶事传奇在唐宋与明清有一大批，鲜见作者的自创意识。

由于笔记小说和上述两类传奇的广泛存在，在明代以前，个人全自创小说集难以寻觅。只有李玫的《纂异记》庶几近之，但也只是近之而已。其书已佚，《广记》录存十三篇，李宗为据以辑为一书。其中十二篇当得李剑国《叙录》说的"非依傍闻见"，属独出机杼的"自创"之作。即

---

① 《读聊斋杂说》，载张友鹤辑校三会本《聊斋志异》卷首，上海古籍出版社 1978 年新 1 版。

便有所依傍（如《张生》主人公于归家途中得见妻子梦境中事，与《三梦记》之刘幽求、《河东记》之独孤生等"归途闹梦"如出一辙），也是旧瓶装新酒，自创之迹清晰可辨。其各篇人名亦属假托，内中七人只有姓而无名，写的都是作者虚拟的假人假事。但另一篇《齐君房》就当别论，其主体故事写受尽冻馁的主人公在一胡僧启发下得悟两世因果"报应"，遂毅然出家为镜空和尚。这是宣教的老生常谈，并无新意，倘非僧徒虚造，便是民间传闻，而镜空和尚实有其人，有宋人朱长文《墨池编》所载"唐镜空和尚碑"为证，文人李玫不会凭空给真实人物编造这样妄诞的身世经历。此篇因是记录传闻而非自创，故而独用真名实姓。此外，还有一篇《荥阳氏》，《广记》一二八收载而未注出处，李剑国《叙录》据严一萍《太平广记校勘记》之说列为《纂异记》第十四篇。若然，又是一篇非自创作品，因为《荥阳氏》写冤鬼向县令诉冤并求改葬之事，具有明显的志怪性。如此看来，《纂异记》虽是传奇集中的拔萃之作，但并未达到各篇"皆出自创"地步，其他容有更多记录传闻作品的文言小说集就更谈不上"全自创"了。

再看《剪灯新话》，连附录二十一篇，不仅篇篇是地道的传奇，也无一篇非作者自创。便是可能有传闻本事的《爱卿传》和《翠翠传》，其传闻也只是为作者提供了题材，两篇的委曲诡异情事还是瞿佑的艺术造作。研究者们确当地指出《新话》的某些故事渊源，如《水宫庆会录》之于苏轼《仇池笔记》的《鳖相公》，《龙堂灵会录》之于《纂异记》的《蒋琛》和王阮的《馆娃宫赋》，《渭塘奇遇记》之于孟棨《本事诗》的崔护题诗，《天台访隐录》之于陶潜的《桃花源记》等，都有明显的相似处，或化用其构思，或借鉴其形象，个别段落还有仿拟之文词①。但从总体看，均有独具的思想内容和艺术风貌。即如《天台访隐录》，架构和少数

---

① 参见程毅中《〈剪灯新话〉简论》（载《古典文学知识》1992 年第 2 期）、陈益源《关于〈剪灯新话〉的几个误会》（载其论文集《从〈娇红记〉到〈红楼梦〉》，辽宁古籍出版社 1996 年版）。

词语甚似《桃花源记》，但重心、形象、品格、寄托大不相同，陶作意在创造一个"春熟收长丝，秋熟靡王税"，"黄发垂髫并怡然自乐"的世外桃源，是理想的歌，所以只是统而言之，概括描述，未写一个具体人物。瞿作重在戟刺虐政与战乱带给人们的苦难，是感喟现实的讽喻之作，故浓墨重彩地刻画"避难"人物陶上舍，让他回叙"逃难"历程和贾似道的专权误国，并填词作诗，大发感慨："携家避世来空谷，西望端门捧头哭。毁车杀马断来踪，凿井耕田聊自足。"这是逃难的现实，不是理想的桃源，是地道的"旧瓶装新酒"，有仿拟，更有创造。《新话》中吸收民间传说最多也最集中的是《绿衣人传》，鬼女绿衣人一气讲了当年贾似道五段轶事，皆属民间传说，陈益源先生为它们逐一找到别书相同或相近的记载也证明了这一点①。但就全篇而言，只是人物的一番话语，远非全豹，也非主体，作为主体的主人公生死恋情仍属作者的创造。传说被汇入创作的局部，就成为作品的一部分，运用或有巧拙之别，而与单纯记述传说却是性质不同的写作。《新话》"广泛借鉴了前人小说和诗话笔记"，"加以融会贯通"②，化入新的形象结构，这本身就是一种创造。

特别值得注意的是，瞿佑在创作《新话》之前，还曾"编辑古今怪奇之事，以为《剪灯录》，凡四十卷"③，被晁瑮《宝文堂书目》列入类书类和子杂类。既曰"编辑"，名之为"录"，编后又以"辛苦编书百不能，搜奇述异费溪藤"诗句记之④，清楚表明是摘抄古书或记述传闻，而非自创。尽管其书已佚，我们也能想见它与自创的《新话》是全然不同的文言小说集。如果说《新话》以前的古小说作者没有充分重视自创与记述是不同质写作，从而长期把两种作品混编在一起，那么，瞿佑第一次把两者作了区分，各为一书，并用"录"和"话"昭示两者的重要分别。

---

① 参见陈益源《关于〈剪灯新话〉的几个误会》。
② 程毅中：《〈剪灯新话〉简论》。
③ 《剪灯新话》自序。
④ 见瞿佑《重校〈剪灯新话〉后序》附《题〈剪灯录〉后绝句四首》。

这充分显出他对小说创作有了超越前人的自创意识和艺术自觉。

传奇小说既多"意识之创造",总有不同程度的自创性和虚构性,而许多内容显非写实乃至荒怪的作品却常用真名实姓,以真人事迹的样态出之。这种真假不分的状态在传奇小说史上广泛存在,无论出于什么原因,都是小说实录观念的延续和影响,都有强调纪实性、弱化虚构性与自创性的作用。从《古镜记》之用王度,《古江总白猿传》之用欧阳纥,《游仙窟》之用张文成,到《秦梦记》用沈亚之,《上清传》用窦参,《周秦行纪》用牛僧孺,或为表现作者自己,或欲嘲谑、伤害别人,或美化己党之魁,或丑化彼党之首,无论何者,都同时昭示其为真人之所闻见或感受,并非作者虚构、意想。此外,《霍小玉传》中的李益、《虬髯客传》中的李靖、《邺侯外传》中的李泌、《任社娘传》中的陶侍郎、《芙蓉城传》中的高迥,以及篇名人物李章武、刘幽求、蔡少霞、王之涣(讹作王涣之)、希夷先生、林灵素、李师师……唐宋传奇中不胜枚举的真人名号,无不具有强调纪实的意味和作用。当然,也有《莺莺传》一类作品,作者为避嫌特地虚拟人物名字,甚至有成自虚、尹子虚、元无有、王树之类明示虚拟的人名和人物,但既少见,又多属戏作,而真名在传奇中广泛使用则是显见和不争的事实。与此不同,瞿佑的《剪灯新话》二十一篇,没有一个有史料旁证的真名主人公,《爱卿传》写的嘉兴名妓罗爱爱或为真名,但未见旁证①,而显见的虚拟人名则有一大批,特别是那些讽喻性作品,大都采用隐语作人名。首篇《水宫庆会录》的主人公以诗文动水府即名余善文;第二篇《三山福地志》有原型和本事,便名元自实;第三篇《华亭逢故人记》三个角色,一名石(实)若虚,另二人一姓全、一姓贾,合之则为"全贾(假)";《富贵发迹司志》的何友仁,隐"何有人",即无有此人;《太虚司法传》中的冯大异,"冯"谐"逢",

---

①　徐釚《词苑丛谈》和陈衍《元诗纪事》有关罗爱爱的记述均据《剪灯新话》,后者且已注明。然《纪事》所录四首七绝,其二末句为"却恨林间鸟乱呼",异于《新话》的"肯教霓裳一曲无",似另有所本。

"异"谐"《易》",文中言"大《易》所谓载鬼一车"即其注脚,隐此篇遭逢群鬼事;《修文舍人传》中的夏颜,系合子夏、颜渊之名,且云:"吾今为修文舍人,颜渊、卜商(即子夏)旧职也",点明人名含意;《鉴湖夜泛记》写织女求处士成令言传其"诚悃"于世,以辩牛女相配之诬,"成"谐"诚","令"即"美",隐"诚悃美言"之意,与织女谴责的"妄传秋夕之期,指作牵牛之配"等"强词""邪言""不经之语"相对应。还有被视为作者自叙传的《秋香亭记》,其中的商生,系借孔门弟子商瞿隐指作者之姓。此外,入山访隐者名逸(《天台访隐录》),得神除妖者名应祥(《永州野庙记》),广有赀财者姓钱(《申阳洞记》钱翁),忘恩负义者姓缪(《三山福地志》缪君)。诸如此类,约占全书人名之半。这种以大量隐语为人名张扬自创与虚构的做法在后来的小说中不乏其例,也不足为奇,但在明初却非同寻常,它与以往历代传奇大量采用真名实姓适成对照,是小说创作艺术自觉大为提高的表现,也是小说观念由古代走向近代的艺术现象。

三、第一本大写时事小说集

古有史官,"君举必书","左史记言,右史记事"。书写现实的军国大事、丧乱时事,是史官的职责。小说乃"街谈巷议、道听途说者之所造"的"小道"①,或是"治身理家"的"短书"②。这种小说观念对古小说的写作具有长久的影响。魏晋南北朝的小说以志怪为多,志人之书只有数种,所记多为数十年乃至一二百年前的闻人轶事,虽也写及当时政要(如裴启《语林》之记谢安、桓温等人言行),旨趣仍在传示关乎"治身"的德能、性情和风范,不在记述社会时事。传奇的勃兴,使小说面

---

① 以上引文参见《汉书》卷三十《艺文志》。
② 参见《文选》卷三十一所收江淹《李都尉参军》李善注引桓谭《新论》。

目一新，题材也发生很大变化，神异、恋情、剑侠、隐喻、轶事，并皆称盛。但表现时事者极为少见。鲁迅说"唐人大抵描写时事"，是相对"宋人极多讲古事"而言①。唐传奇写的"时事"，多是数十年前或更久远的唐人逸事，实际就是唐代史事，而且多非社会性的，不同于今天说的时事。写一二十年内的军国大事，且以小说之笔予以艺术表现者，在明以前的个人小说集中只见到两篇：《辛公平上仙》和《许生》（或题《甘棠灵会录》）。前者是中唐作品，出于李复言《续玄怪录》，写县尉辛公平于奉调途中遇到"迎驾"的阴吏、阴兵，将他带入宫中，见那领兵将军向皇帝献上一把金匕首，皇帝就"头眩"入内，随即又被军兵簇拥而去，事后得知皇帝驾崩。作品无疑是影射一次宫廷政变。卞孝萱《唐代小说与政治》一文对其本事考索甚详，影射顺宗被害的结论是可信的。篇末说，作者于"元和初……得以详闻，故书其实"②，则本文写作时间距顺宗之死的"元和元年正月"是相当近的，是一篇及时表现政变时事的传奇小说。《许生》是晚唐之作，出于李玫《纂异记》，写孝廉许生于会昌元年（841）下第东归，夜遇白衣叟与四丈夫相聚吟诗，诗中充满悲苦冤抑之情、愤懑不平之气，显出他们是死于大和九年（840）甘露事变的王涯、贾𫗧等四相及诗人卢全的鬼魂。李玫大约活动于大和至大中间（827—860），"早年曾受王涯恩"，文中白衣叟吟诵的七律题壁诗就是李玫悼念王涯之作③。可见这篇传奇抒发的是作者对甘露事变的感受情怀，是其吊王涯诗的又一种表现形式。无论作于会昌还是大中，都距事变时间不远，是隐喻政变时事的作品。明代以前文人写作的个人小说集数量甚夥，而感发于现实重大时事的传奇仅此两篇，真可说是凤毛麟角。由此可见，以意想之笔表现重大现实题材还没有成为文人的艺术自觉。

---

① 《中国小说的历史的变迁》第四讲，见《鲁迅全集》第 9 卷，北京 人民文学出版社 1981 年版，第 319 页。
② 载《中华文史论丛》1985 年第 1 辑。
③ 参见程毅中《唐代小说史话》，第 207－209 页。

再看《新话》。书前自序作于洪武十一年（1378）六月，作者瞿佑只三十二岁。序中特别说明多写"近事"。全书二十一篇，元末明初之事占七篇之多，距写作之时（洪武十一年之前）只有几年或十几年。其中《华亭逢故人记》《爱卿传》《翠翠传》《秋香亭记》四篇均写元末江浙战乱造成的人生悲剧，具有鲜明的社会性和现实性。

《华亭逢故人记》直接表现投身战乱的主人公。全、贾二子志向远大，诗多壮语，与占据了苏南、浙西的张士诚"往来其间"，志得意满。吴元年（即元至正二十七年，1367），朱元璋大军"围姑苏"，上海人钱鹤皋"起兵援张氏"，全、贾"杖策登门，参其谋议"，并攻陷嘉兴等地，不久败绩，"皆赴水死"。洪武四年，士人石若虚路遇两人亡魂，听其大发宏论，豪气不减生前，而吟诵之诗颇多伤感，"与畴昔大不相类"。三个人物显系虚拟，时事背景却多写实。瞿佑《归田诗话》卷下《哀姑苏》载："张氏据有浙西富饶地，而好养士，凡不得志于前元者争趋附之，美官丰禄，富贵赫然。"① 作品开头写全、贾与张士诚的"往来"正是这种现实的写照。但全、贾不同于《诗话》中那些在张氏危难时"惟束手卖降"之辈，而勇于任事和死难，与钱鹤皋相类。"钱鹤皋起兵援张氏"，史书和方志多有明载。《明史》卷二八三熊鼎传即有"松江民钱鹤皋反，邻郡大惊"等语；署名左尹（即查继佐）的《罪惟录》卷一《太祖本纪》于吴元年记云："夏四月，上海民钱鹤皋作乱，其党施仁济劫嘉兴，讨平之。"这与作品写的时、地、事轮廓尽合。朱元璋大军围苏州始于至正二十六年（1366）十一月，而家于钱塘的瞿佑是年秋还寓居苏州，所作《八声甘州》有"翘首问天公，何时故乡归……风景不夙畴昔，城郭是与非"之叹②。时距苏州被围只三四个月。他对这场战乱是有深切感受的。事后不久，就以此为题材，在切实的环境、背景中展开想象，创造

---

① 见丁福保辑《历代诗话续编》第三册，北京 中华书局1983年版，第1284页。

② （明）陈霆《渚山堂词话》卷三，北京 人民文学出版社1960年版，第32页。

全、贾等虚构人物和诡异情节，真幻交融，虚实掩映，将重大时事写成传奇，对社会现实作艺术概括。这与上面谈到的唐代小说《辛公平上仙》与《许生》单纯影射真实的某人某事的作品有质的区别，在中国小说史上当属首创，是小说创作艺术自觉的突出表现和一大进展。值得注意的是，其时明朝初立，干戈未息，篇中与"国兵"为敌的主人公虽有"辽东豕""井底蛙"一类自嘲，却并不是反面形象，相反，作品对其死而无悔的大丈夫气多般渲染，文末的两首七律更是借全、贾的吟咏描述战乱苦难，抒发感慨情怀："几年兵火接天涯，白骨丛中度岁华。""漠漠荒郊鸟乱飞，人民城郭叹都非。"这是人物的诗，也是作者的诗，较其前词慨叹"城郭是与非"，更强烈，更直白，悲怆、愤懑之情溢于言表。

《爱卿传》《翠翠传》和《秋香亭记》都是写元末战乱造成的爱情悲剧和人生悲剧，就此而言，具有同一的思想性和社会性。战乱时事在这几篇作品中占的分量并不多，却是各篇思想的支点和焦点，是悲剧命运的基点和转戾点。作品的重心均在表现元末兵祸的灾难性现实。《爱卿传》的主人公罗爱爱是嘉兴名妓，她作诗鸳湖、嫁赵氏子、为杨完者部将"逼纳"而自缢三事或属实有，作者据以铺陈、生发，演为传奇。文中写道："十六年，张士诚陷平江。十七年达丞相檄苗军帅杨完者为江浙参政，拒之于嘉兴。不戢军士，大掠居民。"其部将刘万户"见爱卿之姿色，欲逼纳之"，致使爱爱自缢而死。达丞相即达识帖睦迩。据《元史》顺宗本纪和达氏本传，其于至正十五年（1355）二月"入为中书平章政事"，八月"出为江浙行省左丞相"。本传又载：

> 十六年正月，张士诚陷平江。七月逼杭州，达识帖睦迩即弃城遁于富阳。万户普贤奴力拒之，而苗军帅杨完者时驻嘉兴，亦引兵至，败走张士诚。达识帖睦迩乃还。初，达识帖睦迩以完者为海北宣慰使都元帅，寻升江浙行省参政，至是遂升右丞。而苗军素无纪律，肆为钞掠，所过荡然无遗，达识帖睦迩方倚完者以

为重，莫敢禁遏……

《爱卿传》的相关记述与后出的《元史》这段文字若合符契，可见真实性、典型性之强。罗爱爱被逼自缢的悲剧正是这种现实的产物，也是对这种现实的暴露和抨击。后半写爱爱鬼魂向远行而归的赵子倾诉冤苦，自是作者的意想，也是对时局与暴戾的控诉。《翠翠传》写已婚的刘翠翠为张士诚部将李将军所掳，其夫金定辗转访求，认作兄妹，两人痛苦万分，双双抑郁而死。它使人想到《搜神记》中被淫昏残暴的宋康王活活拆散而双双殉情的韩凭夫妇。但干宝所记是六百年前的民间传说，《翠翠传》却取材于元末的现实社会。其本事依托已无从查考，事体骨干的真实性却毋庸置疑。至于悲剧演进的时事背景——"张士诚兄弟起兵高邮，尽陷沿海诸郡"，后"辟土益广""乃通款元朝"，"洪武初，张氏既灭"——笔笔写实，史有明载。作品将此战乱时事与人物命运经纬交织，人亡鬼续，写成一篇委曲动人哀情悼屈的血泪文字，是爱与死的悲歌，也是那个时代的悲歌。《秋香亭记》中的商生与采采自幼相爱，家长也乐成其事，只为"张氏兵起，三吴扰乱"，两家逃难，十年阻隔，酿成采采嫁人遗恨终生的悲剧。采采最后赠商生诗云："好因缘是恶因缘，只怨干戈不怨天。"即是全篇的思想重心。瞿佑的同乡前辈凌云翰在为《新话》写的序中说本篇"犹元稹之《莺莺传》"，意即写的作者身事，验之作品以"商"隐"瞿"及诡称"生之友山阳瞿佑备知其详"等迹象，当属可信。我国传奇小说中爱情悲剧不多，明代以前有《莺莺传》《霍小玉传》《王魁》《娇红传》等，但都与战乱时事无关。《新话》一气推出三篇此种悲剧，不同寻常，引人注目。三篇均于前半铺陈婚姻、爱情的和谐、美好，而于后半渲染离异乃至惨死的忧戚、悲苦，现实性文字不足尽其悲者，就继之以鬼魂虚幻之笔，致使前后形成极大反差和鲜明对比，从而有力地批判了战乱的现实，具有极强的社会性，也显出小说创作新的艺术自觉。

上述各篇之外，《新话》写及战乱现实的还有《三山福地志》和《富贵发迹司志》。前者通过"福地"道士与主人公元自实的对话议论现实官场：某丞相"贪饕不止，贿赂公行""乃无厌鬼王……当受幽囚之祸。"某平章"不戢军士，杀害良民""乃多杀鬼王……当受割截之殃。"其他渎职不法官吏也都是"腐肉秽骨，待戮余魂"。并且预言："不出三年，世运变革，大祸将至"。元自实按道士的指引逃到福宁避乱，"其后张氏夺印，达丞相被拘；大军临城，陈平章遭掳，其余官吏多不保其首领。"这种意象结构，从表层看，是张扬神秘的因果、定数，劝善惩恶；其深层结构却是将元末战乱与官场的黑暗腐败联系起来，既抨击现实官场，又暗示战乱根由，一箭双雕。某丞相与某平章都实有所指，即文末"被拘"的达丞相（达识帖睦迩）和"遭掳"的陈平章（陈友定）。达氏确是"贪饕"之官，史书说他"肆通贿赂，卖官鬻爵，一视货之轻重以为高下"，以至招来"谤议纷然"。至正二十四年八月，张士诚之弟张士信废达识帖睦迩，自任江浙行省左丞相，并"逼取"达氏"所掌符印"，后又"峻其墙垣，锢其门闼"，将达氏拘禁于嘉兴①。此即"张氏夺印"之举，道士所言"幽囚之祸"。据《明史》本传，福建平章陈友定"以农家子起佣伍"，很能打仗，也很重气节，但为官跋扈"颇任威福""视郡县如室家，驱官僚如圉仆"，因擅杀"不从"他的官民和僚属，"威震八闽"。作品谓之"多杀"，切中肯綮，也是当时舆论的反映。明将汤和"大军临城"，陈友定自杀未遂，被"械送京师"后处死，所以道士料他"当受割截之殃。"由此可知，作品后半的玄虚文字都很切实，是作者对元末时事的独特思考和艺术展示。《富贵发迹司志》也属劝惩之作，而借城隍庙发迹司判官之口道破"国统渐变，大难将作"的天机："数年之后，兵戎大起，巨河之南，长江之北，合屠戮人民三十余万。"后来"张氏起兵淮东，国朝创业淮西，攻斗争夺，干戈相寻，沿淮诸郡，多被其祸，死于兵乱者何止三十万焉？"这些笔墨自然跳不出"气运""定数"的天命论圈

---

① 《元史》卷一百四十达识帖睦迩传。

子，但也寄寓着对乱世兵祸的激愤和无奈，发迹司判官慨叹："岂生灵寡佑，当此涂炭乎？抑运数已定，莫之可逃乎？"这也正是瞿佑的感慨和困惑。这位小说作者面对惊心骇目的灾难现实，莫可如何，挥之不去，一次又一次将它写进作品，从而赋予《新话》这部小说集前所未有的时代特征和社会意义。

自有小说以来，多少次改朝换代，哪一次不是"攻斗争夺，干戈相寻"？又有多少小说作者像瞿佑一样经历过那样的时代，但都没有产生像《新话》这样大写时事的作品集。《新话》一反小说不写或极少写现实的（非历史的）军国大事的"小"的传统，从元末的兵祸战乱中摄取题材，大书特书，并以艺术虚构概括社会现实，这不只是瞿佑个人的艺术自觉，也可见出小说和小说观念的演进之迹。其后，至明中期，在大宦官刘瑾被诛不久，董玘就写出以白额虎和群狐的形象隐喻宦官专权的《东游记异》；清初的《聊斋志异》更将谢迁起义、于七起义、三藩之乱及清军的镇压、抢掠摄入作品，铸成形象；至清中叶，屠绅以他参与的镇压苗族战事为题材写成荒幻的文言长篇《蟫史》；晚清的王韬还创造了群狼入据因循岛的奇特意象，影射被列强瓜分的清帝国（《淞滨夜话·因循岛》）。诸如此类，都是文言小说表现现实重大时事的继续和发展。需要指出的是，传奇小说写社会时事多用幻化、隐喻的虚笔或侧笔，与明末清初产生的正面直写战乱的白话时事小说（如《魏忠贤小说斥奸书》《辽海丹忠录》《剿闯小说》《定鼎奇闻》等）大不相同，具有异于时事小说的独特的形态、意趣和美感，所以并非时事小说，而是表现现实重大题材的小说。不过，话又说回来，两者重视时事的创作思想仍有相似相通的追求。这种追求乃是小说发展到一定阶段必然出现的艺术自觉。

综上所论，产生于明初的《剪灯新话》，以其三个第一成为我国小说史上传奇集艺术自觉的丰碑。

原载《文艺研究》2003 年第 3 期。

论古白话小说对文言传奇形式的影响

引　言

我国古代白话小说脱胎于唐代民间与寺院的"说话"。那些"说话"的底本——话本，便是最早的白话小说。迄今尚存敦煌藏经洞典籍中的几篇作品①。虽多残缺，仍可借以得悉早期话本的风貌。那是以古白话为主的小说品类，与当时已然成熟的文言小说——唐传奇截然不同。从其产生到清末民初的一千多年间，小说始终以文言、白话两种形式存在和发展，造成长期双轨并行的局面。两者各自独立，各有特点和功用，同时又互相影响，甚或互相融合。如果说，由于文言小说产生在前，记述简略，便于说话人和其他白话小说作者袭用和生发，因而成为话本、拟话本题材的一个重要来源，对白话小说的内容产生了广泛的影响，那么，源出"说话"艺术，大用白话口语，更富表现力与生命活力，因而成为这一体裁后起之秀的白话小说，对文言小说特别是传奇的影响更多是在形式方面。关于前一种影响，已有不少文章、专书进行考索与论证；本文讨论后一种影响——古白话小说对文言传奇小说形式的影响。

---

① 这些话本，包括《敦煌变文集》中的《庐山远公话》《叶净能诗》及原题已缺而为编校者补题的《韩擒虎话本》《秋胡变文》和《唐太宗入冥记》等。

一种形式对同类体裁的别种形式产生影响，一般要在前者有了相当的发展，其优越之处得到比较充分的体现之后。作为话本的白话小说虽然在唐代就已兴起，但从流传至今的几篇作品来看，还不很成熟，虽以白话为主，却又杂用较多的文言，不仅有欠生动，也不很顺畅。至于语言以外的形式因素——题式和体式，与文言的传奇差异不大，尚少创新。这样的白话小说自然难以对业已成熟的文言传奇产生艺术形式的影响。便是唐代的"说话"，虽然会比话本生动、细腻，并吸引了某些文士为其听众和看客①，对文人创作的传奇美文也并未发生明显的形式影响。现存为数可观的唐五代传奇都明白地显示了这一点。其中白行简的《李娃传》与当时流传的《一枝花话》表现的是同一人物的同一事迹，前者的艺术形式却见不出任何"说话"的痕迹。这也很能说明上述问题。在其后宋代的三百年间，情况发生了明显的变化，"说话"有了突飞猛进的大发展，门类之多，艺人之众，技艺之精，场景之盛，影响之大而广，都是历史上很少见的。北南两宋可说是"说话"艺术的黄金时代。在此期间，作为话本的白话小说大为兴时，盛况空前，不仅数量、种类繁多，质量也大大提高，面貌一新；不仅思想内容拓宽、深化，大为丰富，艺术形式也多有创新，并日趋成熟与定型，为广大群众喜闻乐见，从而影响了以后元、明、清三代六百多年白话小说的基本形式——模拟说话与话本。正是在这种情况下，白话小说开始对某些文言传奇的形式因素发生影响。以后随着白话小说的发展、繁荣，影响也日渐增加，至明代中后期中篇传奇的流行把这种影响推向高潮。清代的屠绅更以《蟫史》为两者的融合在长篇创作中作了尝试。

白话小说对文言传奇形式的影响主要在三个方面：题式、体式和语言。下面分别加以讨论。

---

① 元稹《酬翰林白学士代书一百韵》于"光阴听话移"句下自注："尝于新昌宅听说《一枝花话》，自寅至巳犹未毕词也。"载《元氏长庆集》卷第十，四部丛刊本。

一、传奇集细目的显事题式

小说的远源是神话与传说。它们先在民间流传，并无标题，后人记述为书，才冠以题目。但一般只有书题，而无文题，其中各自独立的奇闻异事并无细目。这种情况直到六朝志怪笔记也无明显的改变。词义趋同的"记""录""志"就是当时用得最多的志怪书题。小说的近源是史传文学，纪传体正史、杂史及轶事小说《古列女传》皆以人名标为细目。人名是个人的标识、代号，用作题目，只表明所写为某人，而不显示其人的作为或遭际，即不显事。传奇取法史传，题目亦多用主人公的姓氏、名号或其代称。单篇作品每于名号之后缀以"传"字。程毅中先生的《古小说简目》于《赵飞燕外传》之下列载唐五代单篇传奇五十种，题以名号尾缀"传"字者达二十七种。当然也有别种题目，以"记""录"名篇者十余种，似与六朝书题同类，实际却有很大的分别，因为不是多篇总题，而是单篇专题，常在某种程度上概括了作品的内容特征。《枕中记》《离魂记》无不如此。还有《游仙窟》《湘中怨解》那样反映主人公的作为、感受等动词性短语的显事题目，但为数极少，并未受到其时"说话"的影响。其实，从唐宋到明清，单篇传奇题式变化甚微，始终以为人作传标榜诚信，题目就不会有大变化。张潮《虞初新志》收载明清人所撰单篇作品一百三十余篇（以传奇为多），以名号缀"传"为题者近八十种，可见一斑。

值得关注的是传奇集与准传奇集的细目衍化。唐五代的此种作品有《玄怪录》《续玄怪录》《纂异记》《甘泽谣》《传奇》《剧谈录》《灯下闲谈》等书，它们产生时有无细目或有怎样的细目？其书的唐五代本均已无存，无从确知。后来的版本、选本、节本和相关文献为此提供了某些信息。其中陶宗仪选编的《说郛》是连所见文本的篇目一并选录的，如果它只录其文而无文目，就当表明陶氏所见之本只有书目，而无文目。上述七种，除《纂异集》《传奇》未见其选而外①，其余五种原本《说郛》均有选录，而全无文目。按版本发展的情况推断，汇集传奇长文的有目版本一般不会倒退为无目版本。如果这个推断不错，《玄怪录》等作品原本似应并无细目。宋或更晚版本的篇目多是《太平广记》或后来其他编者所加。现存涵芬楼影印"南宋书棚本"的《续玄怪录》，细目也应是宋人所加。曾慥的《类说》将上述七种小说中除《续玄怪录》之外的六种作了摘录（《纂异记》作《异闻录》），并"各加标目于条首"②，《传奇》以外的五种共节录四十六则，只《懒残》一目与《太平广记》所录及后出的《甘泽谣》版本之目偶合，其余四十五目均不雷同；而《传奇》节录二十二则，除首目《洛浦神女感甄赋》与《太平广记》所录及后世所刊《传奇》之目《萧旷》大异而外，其余全是人名，且与后出的残本、辑本基本相合（《陶尹二君》作《陶太白尹子虚》，《元柳二公》作《元彻》，《昆仑奴》作《崔生》，余十八种尽同）。《类说》引书二百六十一种，标目几乎全为人名者也唯此一种，极其特别。这种对比似也显出《幽怪录》等书原无篇目，由曾慥随选文的意趣而拟，而曾氏所见之《传奇》似有篇目，不须或不必大改。若然，除《萧旷》可能是被曾慥改拟而外，其余少许相异的三目，改者是《广记》编者还是《类说》编者，尚难论定。这些考察或可表明，宋以前的传奇集与准传奇集多无篇目，或只有《传奇》那样的名号性篇目。

再看白话小说。前面提及的敦煌藏经洞残存的几种唐五代话本，只有两种尚存题目，即《庐山远公话》和《叶净能诗》（"诗"，或"话"之误），以人物名号缀"话"（或"诗"）为题，与传奇题式差异不大。倒

---

① 重编《说郛》卷一百一十七选录李玫《异闻实录》五则，分别题为《长明公》《姜换马》《甘棠馆诗》《竹叶舟》和《虵蜦王渔紫石》，这是抄自朱胜非的《绀珠集》，而将《绀珠集》所署李玫误作李玖，实则出自李玫的《纂异集》。

② 《四库全书·类说》提要，载《文渊阁四库全书》，第873册，第1页。

是其时的讲唱文学——变文、词文，有"大目乾连冥间救母""季布骂阵"①"太子成道"一类题目，都以主谓句式显示其事，明白揭示作品的内容。题末虽都缀以"变文""词文"等语表明体例，不同于单纯主谓句题，却并不妨碍其显事功能。看来由于通俗叙事与说唱形式的特别需要，此种宣示内容的显事题式早在说唱艺术的前期——唐五代就应运而生。到了宋代，随着说话艺术的发展，这类题目更趋行时。现存宋代"中瓦子张家印"的《大唐三藏取经诗话》，不仅总题主体是主谓结构，其所存十六个小题全属表明唐僧所到和所做的动宾结构，诸如"行程遇猴行者处第二""转至香林寺受心经本（第）十六"之类。另一种诵芬室新刊《景宋残本五代平话》（即《新编五代史平话》），因避赵匡胤讳等有力佐证而被学界"断为宋人旧编"②。全书十卷，每代上下两卷，各代上卷之首列载两卷之目，除去残缺，计余三百五十一目，全是明晰显事的主谓句题和动宾句题。罗烨《醉翁谈录》之"小说开辟"，列载宋代"小说"名目一百余种，其中"王魁负心""崔护觅水""姜女寻夫""徐京落章（草）""狄昭认父""三仙斗圣""红线盗印"等主谓句题和"错还魂""大烧灯"等以动宾为主体结构者二十余种。罗烨是在行文中罗列题目，为了简洁与整齐，对较长题目不大可能列出全文，而取其三四个字作为代表，那近四十个人地名号不可能都是题目的全称，有些显然被省去了谓语。据胡士莹先生辨析，"水月仙"即宝文堂书目著录的《邢凤此君堂遇仙传》，"竹叶舟"全题为《陈季卿悟道竹叶舟》，"杨元子"疑即《墓道杨元素逢妖传》之略。而宝文堂与也是园两种书目所收宋代小说五十余种，《错斩崔宁》《五戒禅师私红莲》《陈巡检梅岭失妻》《赵旭遇神宗传》《玉箫女两世姻缘》《冯玉梅团圆》等显事性题目达二十八种，以人

----

① 此据《捉季布传文》丙卷末题，参见王重民等编《敦煌变文集》，北京 人民文学出版社1957年版，第71页。

② 袁世硕：《古本小说集成·五代史平话》前言，上海古籍出版社版。

的名号为题的只有《史肇弘传》《李亚仙记》等五种①。这种辨析或有出入，但大体不差。诸多情况表明，北南两宋，"说话"与话本中的题目比传统传奇灵活多样，昭示人物作为的显事性题占很大比重，从而影响传奇集的题式发展。

这种影响最直接也最显著的实例就是北宋中后期刘斧的《青琐高议》。该书容有较多传奇，兼录诗文、杂记。现存前集、后集及别集二十七卷一百三十二篇。每篇简短正题之外，各缀副题。这些副题，大都为七言，只有个别为六言（三题）、八言、九言、十言（各一题），所以又相当整齐。它们与正题格调迥异，多以完整的句式表述人物作为或作品内容，有很强的显事性，很像正题的解说和注脚。《流红记》的副题是"红叶题诗娶韩氏"，《长桥怨》的副题为"钱忠长桥遇水仙"，《王幼玉记》的副题作"幼玉思柳富而死"，其事轮廓一目了然。还有下面这类题目：

正	副题
许真君	斩蛟龙白日上升
张浩	花下与李氏结婚
王榭	风涛飘入乌衣国
自在师	与邑尉敷陈妙法

正题都是人物名号，副题则是其人的作为和际遇，前者是后者的主语，后者是前者的谓语，将两者联结起来，就是意义、结构都很完整的主谓句。书中这类题目约三十种，充分显出副题作者的命题追求。副题所拟之人是刘斧还是后人，尚难确断，但无疑是宋代人，且在《类说》成书之前，因为有四个副题标明"本朝"（"本朝名公诗成谶"之类），《类说》为本书所加之题有的（如《回处士磨镜》《吕洞宾沁园春》）系截其

① 参见胡士莹《古本小说概论》第八章，北京 中华书局 1980 年版。

副题而成。《青琐高议》标目的上述情况，在文言小说中极为特别，可以说是自创一格。如此标新立异，到底出于怎样的原因？鲁迅认为：其"一题一解"的题式系"蒙话本之影响"，"因疑汴京说话标题，体裁或亦如是，习俗侵润，乃及文章"①。鲁迅之疑有其道理。退一步说，汴京说话即使不是"一题一解"，也有大量类乎《青琐高议》各篇副题的显事之目，直接昭示人物作为与节目内容，从而影响了《青琐高议》加入同类结构与格调的副题。又者，其书各篇大多具有故事性，刘斧或别的副题作者也许觉得它们可作说话的本事，便逐一加了显事性副题，以期引起说话人的注意。从这方面说，它或许就是《绿窗新话》的前奏。程毅中先生亦谓《青琐高议》用七言副题标目"似话本体制"，并据该书孙副枢《序》中"吐论明白，有足称道"一语，推测刘斧"似说话人之流"，进而"疑此书即说话人之掌记"②，亦为一说。无论哪一种情况，都说明副题的加入与说话及话本题目有直接关联。

《绿窗新话》，皇都风月主人编，是《醉翁谈录》中提到的说话人重要参考书。《醉翁谈录》虽系元刻，其《舌耕叙引·小说开辟》讲的却是宋代说话，《绿窗新话》自然也应是宋代之书。该书一百五十四篇，多为爱情与才情的故事，尽是历代文言小说或史事的摘要，目的就是为说话人提供说话材料，故以"新话"名其书。全书各篇均以七言主谓句为题，"也和话本的形式相仿"③，全然不用传奇文的那些原题，这比《青琐高议》两题兼用更进了一步。既可说是受了说话的影响，也可说是适应说话的需要。《醉翁谈录》也是这样，全书二十卷，改写或摘编二十余篇传奇作品都不用原题，尽用《郭翰感织女为妻》《裴航遇云英于蓝桥》《李亚仙不负郑元和》之类的主谓句题，以显其事，即便不是为说话人提供材料，也是受了说话与话本命题的影响。

---

① 鲁迅：《中国小说史略》，第 90 页。
② 程毅中：《古体小说钞》（宋元卷），北京 中华书局 1995 年版，第 147 页。
③ 周夷：《绿窗新话》后记，上海 古典文学出版社 1957 年版，第 225 页。

如前所述，撰于五代的《灯下闲谈》，各篇原无标题，今所见本不仅加了标题，所加还多是《鲤鱼变女》《神仙雪冤》《弃官遇仙》《负债作马》等主谓结构或动宾结构的四字显事题。现存宋代个人传奇集只有一种，即北宋前期张齐贤的《洛阳缙绅旧闻记》。《说郛》选录其自序及五事，而无文目，今见其二十一篇文目也应是后人所加。而这些文目只有一个以"传"名题，另有三个名词性偏正结构，其余全是显事的主谓句式："梁太祖优待文士""白万州遇剑客""田太尉候神仙夜降""尚中令徙义"……与传统的传奇小说题式差异很大，不能不说是受了说话与话本的影响。这种影响自然不限于宋，明代《剪灯新话》和《剪灯余话》不仅以"话"名书是传奇与话本的融合，两书的篇目也有近二分之一是由主谓句缀以"记""录"构成，《华亭逢故人记》《何思明游酆都录》就是这种题式的显例。另外，有些文言小说被逐步加题和改题也很显眼。如传奇较多的《三水小牍》，最初版本没有细目，所以《说郛》与《唐代丛书》选载均无篇名。《太平广记》收入三十四篇，依例均加两字或三字人物名号性题目。《类说》摘录十九则，另加篇题，人名虽只一个，亦多二三字题，唯有《天拄峰玩月》《登莲花峰》为动宾句题，而到清代的抱经堂刻本，收三十五篇，大都用完整而偏长的主谓句题，上列《类说》两题作《赵知微雨夕登天拄峰玩月》和《王玄冲登华山莲花峰》，《绿翘》篇题作《鱼玄机笞毙绿翘被戮》，最长的题目达十八字：《郏城令陆存遇贼偷生，李庭妻崔氏骂贼被杀》，甚似白话小说双回目，上下对仗。

不过，自明中期以后，白话小说对传奇集的题式影响已渐趋式微，赵弼的《效颦集》、邵景詹的《觅灯因话》、徐震的《女才子书》及传奇与笔记间杂的《聊斋志异》《萤窗异草》等作的细目少有显事的主谓句题。戈戈居士的《情史》更是以人物名号为题的样本。

明清许多章回小说和拟话本集讲求回目或篇目对仗。双目者上下自对，单目者奇偶互对。这种题式源于文人雕琢文句，崇尚骈俪，与说话并无瓜葛。首重对仗的小说之目，大约始于《绿窗新话》，该书篇目不仅全为七言，而且着意于相邻两目奇偶互对，有的也对得比较工整，如"江致和喜到蓬宫"对"张子野潜登池阁"之类。但大多只是词性相对，即名词对名词，动词对动词，不唯平仄不谐，还多用重字，甚至有以"盛小蕖最好能歌"对"永新娘最好能歌"之例。但作者追求题目对仗的意向是显而易见的。我们还可以此检验作品的编排次序是否与原作相符。全书一百五十四目，卷上七十二目，除两处失对，其余基本成对。卷下八十二目，首目为"袁宝儿最多憨态"，与下目全然不对，而第二目与第三目成对，以下皆然，偶奇颠倒，直到最末一目为"虢夫人自有美艳"，恰与首目对仗。这就表明，今本下卷排列与原书不符，大约是在传抄或刊刻过程中，漏了卷下第二篇，不得已补在最后所致。倘将尾目移至下卷第二篇，便可恢复原书的排列顺序和篇目基本对仗的自然状态。

《绿窗新话》虽开篇目对仗风气之先，却长期没有产生影响。因为"说话"面对听众，每次说一个题目，对仗对它全无用处。直到明中叶以前的二百年间，没再出现细目对仗的小说作品。便是明代中后期刊行的许多分则乃至分回的长篇白话小说（如《三国志传》《隋唐两朝志传》等）细目也不对仗，甚或参差不齐。但自明中叶，文人致力于白话小说的整理与创作者越来越多，拟话本和章回小说日趋兴旺与成熟，并脱离说话，成为读物，回目对仗也日益发展，这与《绿窗新话》的题目对仗没有关联。至明末清初，不仅长篇回目对仗成风，"三言""二拍"及其他多种短篇集，篇目也都两相对仗，至乾隆年间，终于对传奇集《谐铎》（如果称讽喻性强的《纂异集》为传奇集，篇幅相若品格相类的《谐铎》亦足以当之）的创作产生了影响。此书十二卷，一百二十二篇，篇目少则二言，多则六言，全部两两对仗，无一例外。且其属对颇工，不仅词性相同、声律相谐，含义也多有关联，相映成趣。试举数例：

<blockquote>
上清宫除妖　　森罗殿点鬼

棺中鬼手　　镜里人心
</blockquote>

> 地师身后劫　　　　节母死时箴
>
> 芙蓉城香姑子　　　　扫帚村钝秀才

《谐铎》是寓劝惩于嬉笑的讽喻之作，这些对仗的题目，也成讽喻的艺术手段，两相对观，颇有意味。这是一般白话小说的对仗回目所不及和不具备的，可谓出于蓝而胜于蓝。另外，《女才子书》后被刊为《美人书》，选录十篇（原书十二篇），与原文只有个别文字差异，而各篇的标题却面目大变，在原题人名之后，各加七言联句，变成这样：

> 郝湘娥　留春院宠夺专房　　层翠楼投环殉节
> 王　琰　容美妾樛木兴歌　　卖风情狂且被逐

把拟话本双回目嫁接于传奇的人名题式，显事虽更明细，篇题却失之繁复，给人以叠床架屋之感。这是在白话小说细目特别讲求对仗的影响之下产生的传奇题式畸零儿。

细目状态是题式问题，又是体式问题。就各篇而言，是题式问题；就全书而言，是体式问题。对短篇集而言，主要是题式问题；对中长篇而言，主要又是体式问题，下文再谈。

二、中长篇传奇的话本—章回体式倾向

文言传奇，元以前只有短篇，自宋梅洞所作《娇红记》问世始有中篇。明前期永乐年间李昌祺撰写的《贾云华还魂记》也是中篇的早期作品。至明中后期，此种篇幅曼长的爱情传奇与艳情传奇甚是流行，可见者迄今尚存《钟情丽集》《荔镜传》《怀春雅集》《花神三妙传》《刘生觅莲

记》等十几种作品。其中《丽史》十二年前才被发现①。同时，还有《痴婆子传》《如意君传》等猥亵之作，体式也属中篇传奇，与前者并传于时。下降至清，《吕祖全传》和《燕山外史》篇幅虽长，体式仍在传奇之列，此外则有章回体长篇文言小说《蟫史》。这些作品的产生既是文言小说自身发展使然，也是受了宋元以来中长篇话本（元称"平话"）、拟话本和章回小说影响的结果。

　　除去篇幅因素，文言传奇与白话小说体式有着明显的分别。其一，传奇体不分章回，也无细目，从头到尾连通一气，长者或分上下卷，如此而已；古白话小说中长篇不仅分为多卷或多回，而且各有卷目或回目。其二，古白话小说承话本传统，开头有入话诗词和议论文字，有的还加入"头回"，结尾则有收场诗，文中也杂入多少不等的作者或他人对作品人事的评赞性诗词；传奇体全无这类头尾，从人事起，以人事结，其中的诗词都是人物所作或所见，是作品内容的有机部分。用这两项分别考察中长篇文言小说，它们大多保持了传奇体式，少数版本（多为后出）程度不同地受到白话小说的影响，向话本—章回体式靠拢。

　　应该说明，元明产生的描写爱情与艳情的中篇传奇，原刊单行本散佚殆尽，已不可见，大约只有明永乐间被作者编附于《剪灯余话》之末的《贾云华还魂记》和撰写不久就被收入《清源金氏族谱》的《丽史》可说保持了原创面貌。两者的体式与传奇尽合，全无白话小说影响的迹象。其他作品，只《钟情丽集》尚有一种弘治癸亥（1503）刊本存于日本，亦经"晏氏校正新刊"②，难得一见。今天国内可以见到的都是明万历年间或其后刊印的《国色天香》《万锦情林》《绣谷春融》及三种《燕居笔记》（编者分别为何大抡、林近阳、余公仁）等通俗类书选编本或被收入《花阵绮言》的传奇集本，以及某些更晚刊刻的单行本。万历末刊行的另

---

　　① 参见官桂铨《新发现的明代文言小说》，载《文献》1993 年第 3 期。
　　② 见孙楷第《日本所见东京小说书目》，北京 人民文学出版社 1958 年版，第 125 页。

一种传奇集《风流十传》，亦存于日本，但已有较多的介绍之文可供参考。白话小说体式的某些影响正是从这些刊本中显露出来，多非原创之所有。

首先是有关细目的增设。除去《风流十传》①和余氏《笔记》，上面各书所刊的《花神三妙传》，文中均有细目，从"白锦琼奇会遇"到"碧梧双凤和鸣"，各设十二至十三目不等，每目皆为六言。林氏《笔记》还将细目列于文前作为目录，但只列八目，较文中十二目为少。何氏《笔记》则将细目列入类书总题，五、六两卷共十四目（文中却少一目），是标目最多者。如此效仿白话小说体式，使中篇传奇的情节、内容眉目清晰，但其各目前后并无起讫之语，多数标目插断文气，甚至断于人物的情态描写，这是原创的传奇体和话本体都不可能出现的。后出的余氏《笔记》本虽有删节，其文因无标目，更见自然、顺畅，可知细目非原创所有，是后来编者取法中长篇白话小说加进去的。类书和《花阵绮言》所刊其他中篇传奇并无细目，而《万锦情林》和林氏《笔记》却分别为其收载的《钟情丽集》《浙湖三奇志》（即《寻芳雅集》）、《天缘奇遇》等加入标目的插图若干，前者还为选入的《刘生觅莲记》和《传奇雅集》分别插图十七幅和九幅，后者又为其《娇红记》和《怀春雅集》插图五幅和八幅，皆有标目。这些标目插图其实就是文中标题，两书有关《三妙传》的图题与其细目完全一致，也能说明这一点。这种形式也是受了话本的影响，元刊讲史平话五种，一律上图下文，均以标目图画代小标题。上述两书数十幅标目插图，除林氏本为《钟情丽集》的首幅插图"溺水访三神"与剧情全不相干或为误置之外，均可起到标目的作用。由于插图位置灵活，并不插断前后文气，可收有利无弊的两全之效。另外，明后期的猥亵小说《痴婆子传》二万余字，清刊本分上下两卷，文中无

---

① 《风流十传》未见，台湾陈益源先生于《元明中篇传奇小说研究》第179页谓是书《三妙传》"无分段标目"。

细目，文前却列四言标题三十三目（其一只一"隔"字，似脱三字），标出作品的主要情节，与"宋人旧编"《新编五代史平话》如出一辙。此类体式的白话小说，所见还有《绣榻野史》和《昭阳趣史》，两者也都在文前列目，而文中无目。尽管其出版的先后尚未考定，《痴婆子传》的体式受白话小说的影响则毋庸置疑。这种体式是早期讲史话本向章回小说过渡的产物。作为话本的标目，当初可能是说话人的演述提纲，有原创性。后出的某些作品仿此体式，以致影响到文言传奇，其标目无论是作者自拟，还是后人所加，似非原创，故在文中没有位置，可能是在成文之后，刊行之前，为了醒目附上去的。

　　清代刊行的明代中篇小说受白话体式的影响更为明显。国内仅存的一部道光本《荔镜传》二卷，约两万七千余字，竟有长长短短的小标题六十六个，把作品分得过于破碎，题下最短之文只有五十三字。作品的文字能力尚可，而题目文字甚拙，且有两题相重者（《琚思卿》），当非原作精心而拟。此本全题"新增磨镜奇逢集"，部分内容与题目或为刊者"新增"。《古本小说丛刊》第41辑影印清刊《钟情记》（即《钟情丽集》）残本，分六卷六回，各用七言双回目（首目已缺），如"归故里巧遇微音托贺寿两复绸缪"之类，均系后加。北京大学图书馆善本室马廉先生旧藏题"养纯子编集""竹轩藏版"的《觅莲记》实即《国色天香》中的《刘生觅莲记》的分卷分回本，所分六卷十六回，各被加了七言双回目，不仅置诸文中，亦且列于篇首，俨然章回小说模样，只在正文回末未加"下回分解"之类的套语，以至曾被误认为是章回体的新花样。另据陈益源先生的论著，浙江图书馆所藏清刊单行本《娇红记》"有二十个小标题"；另一种清本《三妙传》分为六卷，各卷皆为双卷目，目文虽是明本细目的拼凑，却被"改头换面为章回小说"[①]。由此可见，随着清代章

---

　　①　陈益源：《元明中篇传奇小说研究》，台北，学峰文化出版社1997年版，第27及177页。

回小说的大繁荣，对中篇传奇的体式影响也强化了。至民国间，出版家还在为此努力，1928 年上海大一统书局出版《荔镜传》的石印本，文中细目与道光本全同，而于篇首增列"绘像奇逢全集目录"五十回，回目从"送行饯行"到"合家团圆"，均为四言，自成一套，致使篇首与文中两套细目，全不相干。真可说是心思用尽，花样翻新。

其次是有关评赞诗词和入话等类体式的仿效。如前所述，文言小说中的诗词文赋虽多，却都是作品人物所作或所见，是小说摹写的人生之组成部分，不是作者另加的评赞，也没有作为入话的开场诗和收尾的下场诗。这种体式在明中叶以前未见变异，与宋元以来话本、拟话本、章回小说以诗起、以诗结、时冠头回、多有入话、中间频插评赞性诗词韵语的体式迥然有别。但在白话小说的影响下，明后期印行的中篇传奇出现了例外，《钟情丽集》和《怀春雅集》的某些版本都有开场诗词。前者产生于明中期成化年间，《古本小说集成》复印的大连图书馆藏单行本及《花阵绮言》《国色天香》《绣谷春融》所载各本均无开场诗文，而《万锦情林》和三种《笔记》本及清代博古堂梓行的又一种《燕居笔记》所收《钟情传》于正文之前，均多出如下一段文字：

> 时海宇奠安，黎民乐业。百余年间，耳不闻金戈铁马之声，目不观烽火狼烟之警，诚至治之期太平之日也。於戏！人生值此，既乏南山之寿，须开北海之樽；可信是轻尘弱草，休教负美景良辰。诗曰：
>
> > 百年秋露与春花，展放眉头莫自嗟。
> > 诗吟几首消尘虑，酒酌三杯度岁华。
> > 闲敲棋子心情乐，谩抚瑶琴兴趣赊。
> > 分外不须多着意，且将风月作生涯。

这段文字，林氏、何氏、博古堂三本大体相同。另二本无"诗曰"，"谩抚"作"漫拨",颔联作"吟几首诗消世虑,酌三杯酒度韶华",应系纠正林、何二本或其祖本此联的平仄不谐。这段诗文很像话本、拟话本的入话,显系受了白话小说影响的产物。《怀春雅集》产生的时间也比较早,欣欣子在《金瓶梅词话序》中将它与《钟情丽集》一并提及,指为卢梅湖著。原本已不可见,所见各本只有林氏、何氏增编的两种《笔记》本于此篇开头多一首鹧鸪天词,与《钟情丽集》那首开场诗在文言传奇中无独有偶。另外,《痴婆子传》文中虽无诗词,结末却是一首煞尾的四句七言诗,很像话本、拟话本的结尾。《如意君传》不只嵌入武后的诗(这自然合于传奇体式),同时也用多首咏史诗嘲讽武后,内有唐崔融《和梁王众传张光禄是王子晋后身》、元杨果《过狄仁杰墓》中的若干诗句和明瞿佑的《则天春意图》诗,诸如此类,都是效法话本小说体式的产物。还有个值得注意的现象:《娇红记》在林氏《笔记》《绣谷春融》及《花阵绮言》中,正文之后各有一段以"呜呼"发端的慨叹评语,并附五律"挽诗一首以吊之",系作者口气,在作品之外。而何氏《笔记》本却无评语,只存挽诗,并于正文之末紧接"诗曰",变成这样:

> ……后人故名为鸳鸯塚。
>
> 诗曰:
>
> > 厚卿天下士,弱冠已登科。
> >
> > 夏日辉珠玉,春风醉绮罗。
> >
> > 三生仿杜牧①,一死为娇娥。
> >
> > 濯锦江南墓,行人感叹多。

这就把作者的挽诗变成了正文的结诗,与话本、拟话本的结尾体式一般无二。

---

① 《花阵绮言》与林近阳编《燕居笔记》此句作"三生仿杜瑟"。

536

这里还应提到清初徐震的传奇集《女才子书》。其书十二卷，各写一位才女的事迹和才情，每卷正文之前虽无诗词，却有一篇议论文字，讲述收入其人的缘由，类乎话本的入话格局；卷二《杨碧秋》和卷三《张小莲》又于卷首分别附写际遇相类的另一才女李秀和张丽贞，前者与杨碧秋均属所嫁非人，后者与人私奔，同张小莲私合所爱有相似处，因而颇似话本与拟话本中的"头回"。徐震本人写过《珍珠舶》《桃花影》《鸳鸯配》等多种白话小说，对话本、拟话本的体式、作法十分熟悉，便自觉不自觉地影响到《女才子书》的写作。与之相类的还有陈球的《燕山外史》，三万余字，通篇四六，开头却费三百六十余字议论作此小说的原委，并以"四座勿喧，且听不才之饶舌"作结，承上启下，显系效仿说话人口吻。这种效仿，与全书的骈体文风很不和谐。

不过，受话本一章回体式影响最大也最明显的还是清中叶产生的屠绅的《蟫史》。这部描写清朝官吏在镇压西南少数民族起义中建功立业的荒诞作品，虽是文言小说，体式却有如下特征。其一，全书二十卷，约十七万字，内容广杂，人物众多，是地道的长篇小说。其二，名为分卷，实同分回，卷题为单句，奇数卷题与偶数卷题互相对仗，构成一联，与其前的"三言"及《石点头》《西湖二集》等拟话本的卷目形式完全相同，与《水浒传》等大批双回目小说的一目自对的形式也大同小异，一脉相承。其三，各卷正文之前，皆有一段四句骈体议论文字，非常整齐。这是章回小说回首诗词的翻新和变种，与诗词具有同样的内容概括功能；各卷结束，又有一首七言律诗，也与"三言"等各有卷末结诗一致。应该说明，一般章回小说因回末用"且听下回分解"的套语，所以不便再加诗词。但在中长篇的漫长发展过程中，也有较多不用套语而用诗为卷末结束的作品。《新编五代史平话》共十卷，残存的结尾完整的七卷都以诗作结，其中两卷（唐史上卷、晋史下卷）的结诗还是七律。元刊讲史平话五种，计十五卷，其中六卷结末都殿以诗。晚明所刊《盘古至唐虞传》二卷七则，其中六则末尾也是四句七言诗。此种以诗作结的还有《两汉开辟中

537

兴志传》《达摩出身传灯传》等多种。由此可见，《蟫史》各卷结以七律，不仅是受了话本、拟话本等小说的影响，也是继承、仿效长篇章回体式的产物，只是其诗更为整齐一律罢了。其四，《蟫史》部分卷末切在紧要关节之处，并由此损害相关内容的完整性。这显然是章回小说每于回末卖关子的翻版。综上所述，《蟫史》可以说全面接受了白话小说体式的影响，如果将语言因素摈于小说体式之外，《蟫史》就是一部地道的章回小说，也是文言小说唯一完整的章回小说。所以鲁迅在批评它"勉造硬语，力拟古书"，"虽华艳而乏天趣，徒奇崛而无深意"之后，肯定它"惟以其文体为他人所未试，足称独步而已。"①

传奇由短篇而中篇，以至发展为文言长篇，本可像《娇红记》《贾云华还魂记》《丽史》那样，走自己的体式发展之路。对白话体式的借鉴，或取功用显著的细目设置，而对只适应说话的因素似可不顾。但这只是一种空想，事实上，在明万历以后，中长篇白话小说风起云涌的形势下，文言中长篇全不效法章回体式是不可能的，上列种种影响的发生以至产生章回体的《蟫史》才是自然的文学现象。况且，早在明代中后期，人们就将中篇传奇与话本混为一谈了。看《刘生觅莲记》的如下文字：

> （刘生）闻叩门声，放之入，乃金友胜，因至书坊，觅得话本，特持与生观之。见《天缘奇遇》，鄙之曰："兽心狗行，丧尽天真，其无后乎？"见《荔枝奇逢》及《怀春雅集》，留之。私念曰："男女情欲，何人无之？不意今者，近出吾身。苟得遂此志，则风月谈中又增一本传奇，可笑也。"

文中谈到的三作都是中篇文言传奇（《荔枝奇逢》即《荔镜传》），却又以"话本"称之。这种在一段话中将"传奇"与"话本"混称的现象反

---

① 鲁迅：《中国小说史略》，第 203 页。

映了当时对两者认识的趋同，而这样的认识必然促使部分传奇或后出版本某种程度地趋向效仿话本与章回体式。

三、语言浅俗化与内容生活化

小说的主要形式因素是语言，古白话小说对传奇形式影响的主要方面也是语言。

首先应该看到，我国古白话小说大都程度不同地杂用文言，典范作品《红楼梦》也不例外。而文言小说却大多不杂用白话，两者在这方面形成鲜明的对照。究其原因，乃在古典小说勃兴与繁荣的全部过程都处于文言盛行并居统治地位的时代，各种文字都以文言为正宗，士大夫说话也夹带文言，半文半白。在这种情况下，白话小说杂用文言是自然的事；文言小说不杂用白话也是自然的事。不过，纵观文言小说，还是有少数作品程度不同地羼入了白话。这又分为两种情况。其一，叙述全用文言，只某些人物对话杂有少许白话词语，从而增加人物语言的肖似效果和生动性。这一般都与白话小说无关，是直接吸收生活口语成分的产物。早在白话小说产生之前的魏晋南北朝笔记小说中就有"我是天神""我晒书""何况老奴""盲人骑瞎马"之类对话中的一言半语。唐传奇是较纯粹的文言小说，人物语言一般不杂白话，但也有"苏姑子作好梦也未""翘翘小娘子嫁得诸余国太子"之类的对话；还有《游仙窟》那样的例外之作：以骈文作叙述，而于对话中杂用白话和俗谚，"女婿是妇嫁狗""一箭射两垛""昨日眼皮润，今朝见好人"，诸如此类，不一而足。这种在对话中较多吸收白话口语的情况在宋元明传奇小说中并不多见，直到清初才有新的发展。蒲松龄的《聊斋志异》把文言小说的艺术推至顶点，同时也将某些文白结合的对话写得出神入化，达到难以企及的高度。其二，不仅某些人物语言比较浅俗，叙述文言也浅俗化。这是白话小说繁盛起来的明中后期才出现的，是受白话小说语言影响的产物，也是我们要着重讨论的现象和问题。

文言小说语言的浅俗化与中篇传奇的出现及发展密切相关。这不是说，所有中篇传奇的语言都必然走向浅俗化，《丽史》的语言就比唐传奇简古典奥，艰涩难读。《贾云华还魂记》不仅大用典故，还掺杂一些冷僻词语，诸如"未醠""敭历""菅蒯""穹袱叶相"之类，大大降低了小说语言的描摹力和生动性。篇幅甚长的《六一天缘》（约三万四千字，视为长篇亦无不可）不仅内容庸俗，文字也少有魅力，虽杂少许浅俗词语，却又大造骈偶文句，总体来看，非但不浅俗，反倒显得拘板、造作。至于通篇四六文的《燕山外史》"更是愈益走向魔道"[1]。不过，此外的多数作品则有程度不同的文言浅俗化倾向，而《娇红记》《钟情丽集》《荔镜传》《刘生觅莲记》更为显见。这种浅俗化对中篇传奇强化生活描写和人物对话是非常必要的。上列作品正是在内容生活化方面有长足的发展。除《荔镜传》故事性较强而外，各篇并没有以往传奇的曲折情节，而能铺陈二、三万言，这除了一些抒情诗词，便是较多的细节描写和人物对话，在男女主人公之间展开颇有意趣的日常情事，这只有浅俗的语言才能通畅、明细地予以表现。看《娇红记》的如下描述：

> 舅因呼（其子）善父出拜，再命侍女飞红呼娇娘出见。良久，飞红附耳语妗，以娇娘未梳妆为言。妗因怒曰："三哥家人也，出见何害？"生闻之，因曰："百一姐无他故，姑俟日后请相见。"妗因笑曰："适方出浴，未理妆，故欲少俟。三哥一家人，何事铅粉耶？"又令他侍女促之。顷刻，娇自左掖出拜，双发绾绿，色夺图画中人，朱粉未施，而天然殊莹。生起见之，不觉自失。叙礼毕，娇因立妗右。生熟视，愈觉绝色，目摇心动，

---

① 中国科学院文学研究所中国文学史编写组：《中国文学史》，北京 人民文学出版社 1962 年版，第 1082 页。

不自禁制。

这段申纯初见表妹王娇的情景似从《莺莺传》中张生初见莺莺的文字翻出。后者写张生从姨郑氏一家于兵乱中得到张生回护，事后郑氏宴请张生，以报其德：

> （郑）命其子曰欢郎，可十余岁，容甚温美。次命女："出拜尔兄，尔兄活尔。"久之，辞疾。郑怒曰："张兄保尔之命，不然，尔且掳矣，能复远嫌乎？"久之，乃至。常服睟容，不加新饰，垂鬟接黛，双脸销红而已。颜色艳异，光辉动人。张惊，为之礼。因坐郑旁，以郑之抑而见也，凝睇怨绝，若不胜其体者。

两者都是文言小说中比较精彩的笔墨，恰切地表现了其情其境的主人公。不过，《娇红记》的文字更浅近明细，顺畅如流，不只写明命善父是"出拜"申生（后者省去"出拜"，其义有缺），还在《莺莺传》用两个"久之"和一个"辞疾"简单带过之处写出舅妗两次派人催呼及飞红"附耳语妗"等逼肖细节，对生活描写的细腻有所发展。又者，行文每逢主语转换，都明白写出，如白话小说一样，无须揣度。后者则省去多个主语，行文跳跃，须读者精神高度集中，或略作揣度，才能领略。此乃文字深浅的重要分别，也是明细、流畅程度的重要因素。

在上述中篇传奇中，男女主人公相互探寻心理和显露爱意的细节充斥篇页。申纯在与王娇幽合之前几乎没有什么要紧的情节，作品以近三千余字篇幅展示前者对后者的种种试探以及后者"或是或否，或相亲昵，或相违背"的种种表现，从而使它不同于以往的故事传奇，成为名副其实的生活小说。这是对我国传奇小说形态的重要发展。《钟情丽集》《刘生觅莲记》等追步其后，均以生活描写细腻见长，不以生动故事取胜。这种传奇形态的变化,是与语言的浅俗化同步进行的。古文辞单音词多,用以表现大量的生活细节比较困难,往往词不达意,捉襟见肘。《娇红记》等传奇的双音词或多音词大大增加,有些还是白话双音词或多音词,在以往的传奇小说中不用或很少用。如"前往""答应""进来""平常""转眼""美丽""天气""怀恨""大怒"(《娇红记》),"往往""外出""工夫""喝彩""叹息""表妹""勉强""光景"(《刘生觅莲记》),"随从""法律""离别""纺纱场""更深夜静""短叹长嘘""娇娇滴滴""痴痴呆呆"(《钟情丽集》)……这还只是叙述语言,对话中此等词语更多,只《觅莲记》就有"情人""安排""大胆""腼腆""消息""消遣""媒婆""快活""弄口声""卖俊俏""第一着""儿女子""好相识""干净人""无赖贼""偷花汉""好容易""姊妹们""小丫鬟""贱女流""迷魂汤""好事多磨""身不由己"等白话双音词和多音词,还有"强将之手无弱兵"那样的俗语。诸如此类,很难用相应的古文辞取而代之而能达到相同的描述效果。《荔镜传》中有些人编造嘲乔主人公陈必卿(改名甘荔)和王碧琚的俗词:"欲得碧娘好,须叫甘荔堂下扫。欲得甘荔笑,须听碧娘房中叫。甘荔病弗药,瘦却碧娘脸上肉。碧娘病弗语,愁到甘荔几病死。"这细节本身就很生动,写不出如此浅俗的白话韵语也就无法表达此种生活的意蕴和生动性。另一位磨镜的李公,为陈必卿出主意,要他改扮磨镜人混入所爱王碧琚家。陈生不会敲打磨镜者使用的铁板,问李:"板声次第有成诵乎?"李公说:"有。方始进时,先二声,次三声,二八佳人请出厅。及既出,先三声,次五声,三五当当一十五,嫦娥完璧照千古。"这种浅白的"成诵",应是当时磨镜工匠的顺口溜,只有写出原文,才能确当地予以表现;也只有浅俗化的文言传奇,才便于嵌入这类细节而仍保持语言的和谐。

传奇文言的浅俗化是总体性的,是作品语言的总体风格,不是夹杂某些白话词语所能解决,而是由词汇、语法、修辞、句式等多种语言因素构成和谐的文字格调。这使《觅莲记》如下环境与人物的细致描写成为可能。

  守朴翁加敬迁生于迎春轩中。窗外有修竹数竿，竹外有花坛一座。其侧有二亭：一曰"青辉"，一曰"万绿"。亭畔有碧桃红杏数十株。转南界一小粉墙，墙启一门，虽设而不闭者。墙之后，垒石为假山；构一堂，匾曰"闲闲"。旁有小楼，八窗玲珑，天光云影，交纳无碍。过荼蘼架而西，有隔涌池。池之左群木繁茂，中有茅亭，匾曰"无暑"。池之右有玉兰数株，筑一室，曰"兰室"。斜辟一径，达于池之前，跃鱼破萍，鸣禽奏管。凡可玩之物，无不夺目惬情。尽园四周环以高墙，凡至园者必由迎春园后一门而入。扃其门，则清闲僻静，极乐世界也。

  （生）时或见莲，则见其故逞百媚之姿，或微露可疑之状，或掩窗自闭，或以目流情，或与桂红相谑，或正色不可动，假意真情不可测识，而生亦未与莲亲接一语。且此有守桂，彼有桂红，亦未敢深信，故会面虽屡屡，心旍虽摇摇，而每为首鼠之状。一日，生抱闷，步于墙西之别圃，转至假山，见碧莲悄装轻服，面带喜容，纤手露金镯，捻并蒂花枝，视双蝶斗舞。蝶稍远，则随而观之。蝶渐近假山，生略少避，喜曰："蝴蝶甚着人。"莲已见生，故作不见，反翻袖捉蝶。生逼近曰："古有伺花女，于今见之，诚闺房之秀也。"乃整衣肃冠，施一长揖。莲徐徐置花石上，含媚答礼，仍自执花，偷目觑生。生以正目视莲。各默默者久之。

这两段文字，除刘生所说"蝴蝶甚着人"一句，没有明显的白话词语，却又将园中景观、人物情态清晰地展示在读者面前，笔墨之细在以往的传奇中极为少见，艺术演进之迹一望而知。这种演进，也是文言浅俗化所结之果。此等浅俗化不是体现在某些词语，而是体现于整体的语言格调，只有这类浅明的文言，才能作出如此细腻而又明晰的艺术描写。从《娇红记》到《觅莲记》的二百几十年间，中长篇白话小说经历的乃是讲史、神魔与英雄传奇的兴旺时代，亦即故事小说时代，细写世情的生活小说是从《金瓶梅》开始的，而《娇红记》等爱情与艳情中篇传奇为世情小说和才子佳人小说的生活化作了铺垫和先行。不过，浅明的文言仍是文言，比之白话非但不浅明，还相当简约，对表现中长篇的丰富生活内容仍感支绌，难与蓬勃发展的白话小说争一日之长，所以终未繁荣成器，在同类白话小说兴盛之后，此等写情的中篇传奇就长期销声匿迹了。

不过，白话小说对文言传奇的语言影响并未就此止步，而在清初出现两种作品。其一是继承语言浅俗化的短篇传奇集，徐震的《女才子书》即其代表。其首篇《小青》，系"以戈戈居士所作原传稍加编述"[1]，而比戈戈居士《情史》中的《小青》不仅增加较多的情节与细节，语言也有明显的变化，将"愿乞作弟子"改为"愿乞与我作为弟子"；将"随就学"改为"小青得以相随就学"；将"所游多名闺"易为"所往之家，都是名闺宦室"；以"人人喜爱，惟恐小青不肯少留"取代"人人惟恐失姬"。这种变化，显然是在追求语言的浅显易懂，甚至有"自上自（至）下把小青仔细看了一会"的个别白话。作品以浅俗文言塑造一个被冢妇凌虐致死的可怜的才女悲剧形象，楚楚动人。其二是文白间杂而以文言为主的长篇小说，即汪象旭的《吕祖全传》。全书三万余字，忽骈忽散，忽文忽白，极不和谐。它甚至被评家视为"通俗小说"，孙楷第的《中国通俗小说书目》亦予收录。而其大半篇幅以较浅近的文言书写，白话不足三之一；虽曰"全传"，却不分章回，亦无细目，从头至尾连通一片，是地道的文言小说体式。因此，说它是一部杂用很多白话的文言小说更切合

---

[1] 鸳湖烟水散人：《女才子书·小青》篇后缀语，见《古本小说集成》该书第35页，上海古籍出版社版。

实际。作品以吕祖第一人称作叙述，间杂的人物话语也有分别。樵夫、牧童、丫鬟、强盗、棋翁所说的话多属白话，而全真诸仙和书生的话语则以文言为主；钟离昧平时说话多用文言，他装作粗野角色刁难求道的吕岩（即吕祖）时则用白话。这种配置倒还有其某种现实的合理性，而让主人公吕岩的说话忽文忽白就毫无缘由，叙述语言忽文忽白更无道理。不过，作品语言不和谐的关键尚不在此，而在杂入的白话是地道的白话，毫不顾忌全书总体的语言环境。把"立着脚儿定着眼儿看了一回"之类的叙述，无论放在怎样的文言环境中，也无法融为一体，达到和谐。高度形似的白话难于羼入文言小说，与《聊斋志异》中嵌入的那些似与不似之间的白话大异其趣。《吕祖全传》是在白话小说影响下作了一次并不成功的语言尝试。

结　语

文言小说勃兴于汉魏六朝，衰亡于清末民初。这两千年间恰是汉语史上书面语言与口头语言严重分离的时期，故有文言与白话之分。文言小说正是这种分离的产物。它不仅在白话小说兴起之前是中国小说的唯一形式，产生一批重要作品，在白话小说兴起以致盛行之后，也自成体系地发展着，代有佳作，并产生了《聊斋志异》那样的名著和艺术高峰。由于不受"说话"体式限制，它比话本、拟话本便捷、灵活，也由于作者多是文人具有较高的文化素养和较强的驾驭古文辞能力，在漫长的历史长河中创造了短篇小说的多种形态和为数不少的艺术精品（在1902年《新小说》刊出《二十年目睹之怪现状》前，中国小说史上十余篇第一人称小说全是文言传奇，无一例外），中篇传奇更开始了小说内容生活化的进程，在中国小说艺术史上有其独特的价值和地位。不过，它虽有所长，更有所短，白话小说的细腻、恢宏、繁复和通俗之美日益彰显。一些作者欲取白话小说之长，以补文言传奇之短，便自觉不自觉地在题式、体式和语言等方面加以效仿或变通。结果自有积极的一面，推动传奇的形式变革，也写出一批比较浅俗的中篇传奇。但这种作品不仅不能真正摆脱其固有体式和语言的羁绊，充分获得艺术自由，而且往往首鼠两端，顾此失彼，在取得某些新收获的同时，也失去传统文言小说的某些优长和美感。这也是它未能产生中长篇惊世名作的一个具有普遍性的因素。还有《蟫史》那样的作品，虽取章回体式，却用古奥文词，非但不通俗，反成文言小说的艰涩之作，虽是地道的长篇，也不失为一种试验，却不能证明文言适用于长篇小说。相反，它的产生和存在，恰是文言艰于长篇制作的一个明证。

原载《北京大学学报》2006 年第 1 期，人大复印报刊资料《中国古代、近代文学研究》2006 年第 5 期载转。

《唐代非写实小说研究》序

　　唐代是我国小说开始走向成熟的时期，产生一批近代意义"小说"的作品，而承自魏晋南北朝的笔记小说也大量存在。两者虽都被称作唐代小说，规模、品格、价值、美感却大有分别。前者后被名为传奇，是文学史、小说史乃至某些专门研讨唐代小说专著的论述重心。这是自然的和正常的。因为它们研讨的是唐代小说的代表作，而传奇也的确代表了唐代小说的最高成就。但这只是问题的一面。从另一面看，传奇毕竟不是唐代小说的总体和全貌，除了笔记小说，还有数量和质量颇为可观的介乎传奇与笔记之间的中间体——准传奇小说；便是传奇，也有《东阳夜怪录》那样艺术上颇有特色之作久被忽略，这就使很长时段的唐代小说研究显得范围偏窄，有欠开阔，自然也影响探讨的深度。上世纪八十年代以前，只有台北出版的王梦鸥先生的《唐人小说研究》讨论范围较广。近十数年，随着学术思想的解放，唐代小说的研究也大为改观，大为开阔，并产生了程毅中先生的《唐代小说史话》和李剑国先生的《唐五代志怪传奇叙录》两部甚富开创性的力著。两者的考论不仅是唐代小说研究的重要收获，也为后来研究的进一步开拓和深入发展建造了新的台基。鹏飞同志的博士论文《唐代非写实小说之类型研究》就是在这种条件下开始写作和最后完成的。

　　所谓"非写实小说"，也称表意小说，与拟实小说并为小说形态的两大类型。非写实即须超现实，形态也有两类：超出事物自然性的幻异类和超出人事社会性的变态类。后者早期多用于寓言（如削足适履、刻舟求剑之类）和笑话，唐前小说中偶尔有见，《抱朴子》即以夸诞之笔讥讽敢说弥天大谎的古强和蔡诞，而唐代小说中还未见到。前者——幻异类，唐代虽有，但没有寓言与童话经常使用、近现代小说也不乏其例（如斯威夫特的《格列佛游记》与卡夫卡的《变形记》等）的与信仰全无关系的变异型，也没有《列子》中通过扁鹊的高超手术为两人调换心脏以使性格取长补短的那种早期科幻型，只有拄着民俗与宗教两根信仰拐杖的神怪型（亦称"神话型"）。此博士论文就是着重研讨唐代非写实小说神怪幻异的艺术形态。作者经过仔细考察，将此种形态分为三类：精怪类、鬼神类和梦魂类。这分法看似简单，实则深具科学内涵。将作品分类，有多种层次和不同视点。在同一层次且取同一视点，分类才是科学的，否则就会发生混乱。上述三类既可大体囊括看似纷繁多变的唐代非写实小说，又各自独立，各有特色，形态本身（非指作品）彼此平行，互不重叠，也互不包含。对千百作品的分类达到如此地步并非易事。对唐代小说虽然已有多种类型论著，但所论多为主题或题材的类型，还未见形态类型研究，将"梦幻"与"性爱"并立，或将"志怪"与"豪侠"对举，前者就并非指称形态，且有分类欠妥之虞。此书首开唐代小说形态研究之风，开拓性和填补空白的意义是显见的。它将一大批以往不大为人注意的篇目开发出来，刮目相看，所言令人耳目一新，首先也是由于这种缘故：是从一种新的即小说形态的视觉研讨和论述这些作品的。

由于作者对谐隐表意的特殊兴趣，也由于第一部分最早单独写成，作者的形态研究意识当时还没有明确形成，便在精怪类中将笔墨集中于谐隐的艺术，对它作了翔实的考索和深细的论述，使之成为全书最为醒目和出色的部分。但有所得，也有所失，"谐隐"只是精怪类表意方式之一种，将它加诸类名，无论置于"精怪"之前之后，都不仅使名目与另两类不甚相称和对等，也限制了作者对其别种亚型多作考论，使内容和结构好像缺失一角，与另两类区分为多种亚型相比略显失衡。

唐代三种形态的非写实小说，数量并不平衡，鬼神幻异之作远远超过其余两种，其中鬼幻益夥，表现的主题也更为多样，这就是作者独将此类按所表现的主题分为六种而逐一讨论的原因了。这本论著并不单纯研讨作品的形态，而是在三种形态类型的框架之下，同时阐述唐代非写实小说某些显眼的主题模式、艺术品格、表现手段和叙述方式，并大力追溯各类小说的历史源流。这就需要把握大量的相关资料。作者正是在熟悉和疏理资料的基础上从事这些研究的。与其说提出的许多独到之见多有比较充足的例证，不如说那些见解的提出是对唐代及唐前大量小说与诗文熟读和深思的产物。材料的充实、考索的深细，是这本论著的又一特色。

作者对所研讨的各类主要作品的独特论析引人注目。一方面将大批准传奇与志怪之作拂去尘垢，使其显出光华和美点，汇入唐文学的艺术之流；另一方面，对一些为人熟知的传奇小说（如《离魂记》《枕中记》等），或变换视点，或深入肌理，发见其新的价值、韵味和美文光彩，而与前人不谋而合或相似之见则点到为止，力避重复，从而增加了论析的分量和新异之感。

小说的形态类型及主题模式是作家的创造，又是社会时代的产物和历史的发展，与文化环境、世人心态以及创造者的阅历、教养密切相关。本书作者注意随时对相关问题作理论的探索与阐释，并设最后一章集中研讨。此种笔墨增强了类型研究的理论高度和深度，亦多中肯，给人启迪，但还显得力度不足，似欠充分。

鹏飞同志是葛小音先生的博士生，小音命我敲敲边鼓，乃得于此著先睹为快，并得与作者多次切磋。但因每次所见都是一篇首尾完整的独立论文，考虑的也就多是一些琐细的具体问题。答辩前见到全著，而我重点读的却是以前未曾读到的《绪论》和第四章，于全局思考还是很少。直到此次作《序》，才进一步审视其整体的长处和某些不足，写了上面的话，作为对此书出版的祝贺。

2003 年 9 月 18 日于北大寓所

明清白话小说论集

略谈明清白话小说的发展与繁荣

一、明清白话小说概观

中国古代小说源远流长。如果从《穆天子传》算起，已有两千五六百年的历史。白话小说兴起较晚，从唐代变文、话本算起，距今约有一千二三百年。不过，白话小说真正的繁荣还是明清两代。秦汉散文、唐诗、宋词、元曲、明清小说，大体反映着各种文体在中国不同历史时期的繁荣状况。明清两代，白话小说在文苑中占有明显的优势。我们谈明清白话小说，同时溯源唐宋元的说话艺术和话本小说，也就大体上可以了解中国古代白话小说。

顾炎武《日知录》卷十三"重厚"条下有钱大昕（字晓征，嘉定人，官少詹事）注云：

> 古合儒释道三教，自明以来，又多一教曰小说。小说，演义之书，士大夫农工商贾无不习闻之，以至儿童妇女不识字者亦皆闻而知见之。是其教较之儒释道而更广也。

说这话的钱大昕是从封建卫道者的观点，忧虑小说"专导人以恶"，但它同时也明白地道出明清两代通俗小说大肆流行、影响巨大的空前盛况。

　　不久前，江苏社会科学院文学研究所组织全国十八个省一百多位专家、学者编了一部《中国通俗小说总目提要》。据称，从唐代变文起到晚清小说止，共收白话小说 1157 部，其中唐宋元只占极少数，绝大部分都是明清两代的作品，此外，肯定还有不少散佚之作。单从这数量也能看出，明清，特别是明中叶以后的四百年，确是白话小说蓬勃发展、空前繁荣的黄金时代。

　　当然，明清小说的发展，繁荣不只是在数量方面，更重要的是题材的广泛、形态的多样、规模的宏大，并产生一批思想、艺术价值很高的名著。从题材看，有大量的历史演义、英雄传奇、公案侠义，也有大量的人情小说，大写人情世故，婚姻爱情，晚清更有社会问题小说。所写的人物从帝王将相、才子佳人到市民商贾、三教九流，比以前各代小说所反映的社会面都更为广大，也更为细致。从规模看，长篇章回小说在宋元讲史的基础上发展起来，至明已然形成长篇体式，动辄百回，数十万言的长篇巨制不断涌现。明清的短篇和中篇白话小说都有发展，长篇小说尤其兴盛。这也是小说发展成熟的一个标志。就形态言，古今小说依拟实与表意两大类型嬗变、发展，不断丰富。拟实类，迄今有故事型、生活型、心态型以及它们的两个中间体：故事——生活型和生活——心态型。明清小说的拟实之作（如《三国演义》《水浒传》等）大都属于故事型或第一中间体（故事——生活型），但也产生了《金瓶梅》《红楼梦》等一批细致地摹写日常琐事的生活小说。只未产生心态小说。明清的表意小说不及拟实小说那样盛大，引人注目，但也产生了《西游记》《封神演义》等一批广有影响的神奇幻想的寓意之作，而且产生了地道的象征小说《西游补》，这种形式在世界古代小说史上也是极少见的。

　　明清各类白话小说，产生了一批思想深邃、复杂，容量大，艺术造诣很高的作品，以《三国演义》《水浒传》《西游记》《金瓶梅》《儒林外史》《红楼梦》和短篇集《三言》（《古今小说》即《喻史明言》及《警世通言》《醒世恒言》）为其最杰出的代表。它们产生于十四世纪到十八世纪中叶，不仅是中国古代小说的高峰，大多也是那一历史阶段世界小说的最高水平。在西方、欧洲，小说十八世纪开始劫兴，十九世纪才是小说的世纪。在十八世纪（1700）以前，西方小说名著只有《金驴记》《巨人传》《堂吉诃德》和短篇集《十日谈》等，其长篇都是奇幻表意之作。当其时，世界小说中心不在西方，而在东方，尤其是中国，还有日本。日本的《源氏物语》是十一世纪产生的伟大作品，是第一部长篇生活小说，代表着一个历史时期世界小说的最高成就。中国明清小说的繁荣，也在很大程度上填补着世界小说的历史空白。《三国演义》和《水浒传》把拟实的故事形态推到无法逾越的极顶，《西游记》则是奇幻表意长篇小说的艺术高峰，十八世纪产生的《红楼梦》放在世界最优秀的生活小说之林也毫不逊色。不研究东方的古典小说，特别是中国的明清小说，就不能很好地把握世界小说发展、嬗变的历史，也不能全面把握、总结小说的艺术理论。

二、明清白话小说发展、繁荣的社会原因

明清白话小说的发展与繁荣，是历史的产物，社会的产物，民族文化和人的意识发展到一定阶段的产物；同时也是小说艺术本身发展到一定阶段的产物。

白话小说是俗文学，面向广大市民的文学，为士大夫所轻贱。只有市民阶层扩大，并有强烈的文化要求，才可能出现大发展、大繁荣的局面。这与诗词文赋的发展、繁荣在这方面条件是不同的，甚至与元曲也不大一样。尽管某些士大夫乃至皇帝（如宋仁宗赵祯，明太祖朱元璋、武宗朱厚照）喜听"说话"或喜读小说，也不能改变上述条件。中国白话小说起于唐，兴于宋，繁盛于明清。而宋与明清正是城市手工业、商业经济具有大幅度发展的时代，北宋的汴京（今开封），南宋的临安（今杭州），相当繁华，人口都超过百万，店铺林立，还有夜市、鬼市（五更后掌灯

——临安），比汉唐京城加倍繁华。明清的东西沿海城市甚至出现了资本主义经济萌芽。市民阶层不仅大为扩大，而且形成一股社会力量，有他们自己的文化要求。这使小说以及与小说相关的说书有广大的读者和听众。（参看胡士莹《话本小说概论》）

不过，小说与"说话"不同，后者说给人听，听"说话"可以目不识丁，小说是用散体文摹写虚构人生的自足的语言艺术，是要人读的，读者须有一定的文化，至少得识字，这就需要教育的发展。中国由唐开始设立的京师国子监和地方的府、州、县学，主要培养做官人才，虽有发展文化、教育作用，但名额很少，作用有限。明太祖朱元璋于洪武八年"诏天下立社学"，目的是教化"乡社之民"（《明鉴》）；清代于大乡巨镇，各置社学，凡近乡子弟，年十二以上，二十以下，有志学文者，皆可入学肄业，并得免差役。这对扩大教育面，提高乡民与市民的文化素质是重要的，使相当一部分粗通文字的中下层民众成为通俗小说的读者。

明清思想界的活跃，特别是反理学思想的活跃，也是促进小说发展的重要因素。中国自汉以来占统治地位的是儒家思想，同时释教与道教也有相当地位。至明清，三教合流的趋势更加明显，更为重要的是儒学本身民主性的人本主义思想有所发展，以至于达到否定、批判程朱理学、封建礼教的地步。从明中叶到晚清（1840 前）产生了一系列广有影响的进步思想家。王守仁（字伯安，世称阳明先生，浙江余姚人，著有《王文成公全书》）是明代最著名的理学家、思想家，王学左派代表之一。他的学说（王学，心学）虽是主观唯心主义，维护封建伦理道德，却也有强调人的个性，反对偶像崇拜的可贵一面，他说："求之心而不得，虽其言出于孔子，亦不敢以为是。"[1] 强调个人独立思考。他还主张"亲民"，提出"天下一家"，甚至认为："与愚夫愚妇同的，是谓同德；与愚夫愚妇异

---

① 王守仁：《王文成全书》卷二《答罗整庵少宰书》，民国十六至十七年（1927 – 1928）上海涵芬楼影印本。

的，是谓异端"①。如此重视民众的意志和利益，这在当时是很有进步意义的。在他的进步思想影响下，产生了反映市民阶层要求的李贽的反传统、反礼教，倡导个性解放的思想。李贽（1527—1602），号卓吾，泉州晋江人，著有《焚书》《藏书》等。他被朝廷和卫道者视为"异端之尤"，书被多次焚毁，故名《焚书》。他本人也被下狱，迫害致死。他对传统礼教的批判异常尖锐，说"儒臣虽名为学，而实不知学""不可以治天下国家"②，特别是"汉、唐、宋"三代，"咸以孔子之是非为是非，故未尝有是非耳"，从而造成"中间千百余年而独无是非"③。他还指出："夫天生一人，自有一人之用，不待取给于孔子而后足也。"④ 这种对道统、理学的批判带有明显的个性解放的倾向，也是思想一大解放。他对假道学的揭露尤其尖锐，不遗余力，并针对道学之假，提出尚真的"童心说"。所谓"童心者，真心也。"并且提出："天下之至文，未有不出于童心焉者也。"这就是有名的文学童心说，并由此生出大反传统的崭新的文学观，他说：

> 诗何必古选，文何必先秦。降而为六朝，变而为近体，又变而为传奇，变而为院本，为杂剧，为《西厢曲》，为《水浒传》，为今之举子业，大贤言圣人之道，皆古今至文，不可得而时势先后论也。⑤

这里把通俗小说《水浒传》奉为"至文"，把歌颂宋江起义的《水浒》、歌颂私情的《西厢》奉为"至文"，都是一种崭新的，与传统观点并立的

---

① 《传习录》下，《王文成公全书》卷三。
② 《藏书纪传后论》，《李温陵集》卷十四，明（1368 – 1644）刊本。
③ 《读史·藏书纪传总论》，《李温陵集》卷十四。
④ 《答耿中丞》，《焚书·续焚书》，长沙：岳麓书社1990年版，第16页。
⑤ 《童心说》，《焚书·续焚书》，第97、98页。

文学观。特别值得一提的，李贽还是最早最著名的小说评点家，评点过《水浒传》《三国演义》（还有戏曲《琵琶记》等）。他的反礼教的具有启蒙性质的思想倾向和对通俗文学的重视，促进了明中叶以后小说的发展和繁荣。

此后，明末清初的黄宗羲（1610—1695，字太冲，号雷南，又号梨洲，浙江余姚人，著有《宋元学案》《明儒学案》《明夷待访录》等），在其著名的《原君》等著作中强烈地反对君主专制，抨击君"为天下之大害"，主张取消帝制，使人"各得自私""各得自利"①。这已是很激进的民主要求。与之同时的王夫之（1619—1692），号鲁斋，湖南衡阳人，世称船山先生，著作等身（《读通鉴论》等），针对宋代理学家提出的去欲明理（程颐），"去人欲，存天理"（朱熹）的封建观念，提出"有欲斯有理"②"人欲之各得，即天理之大同"③，反理学的倾向十分突出。晚清，封建社会日趋没落，岌岌可危，列强新开中国门户，西学东渐，产生了龚自珍、魏源那样的改良主义先驱，后来更有康有为、梁启超的改良主义思想，从谭嗣同到孙中山的革命民主主义思想。

凡此种种思想潮流，都对小说的大发展、大繁荣起着思想导引、推波助澜的重要作用。西方小说十八世纪的勃兴，十九世纪的大繁荣，也是以十八世纪的思想启蒙运动紧密联系在一起的。中国明清小说的大发展虽在封建社会内部，情形也相类似。这种相似绝不是偶然的，说明思想的活跃、解放，人性的觉醒，是小说艺术大繁荣的重要前提。特别是像《水浒传》《儒林外史》《红楼梦》等具有叛逆精神的经典著作的产生和流行，实际上都是当时进步思潮的组成部分，绝不是孤立的存在。思想家李卓吾特别重视《水浒传》那样的通俗文学，决非偶然，晚清的梁启超更写了

---

① 黄宗羲：《黄梨洲先生明夷待访录·原君》，康熙乾隆间（1662 – 1795）刊本。
② 王夫之：《周易外传》卷二，《船山遗书》，民国二十二年（1933）上海太平洋书店铅印本。
③ 王夫之：《读四书大全说》卷四，载同上书。

《论小说与群治之关系》等重要文学论文，把小说的地位和作用提到无以复加的高度，他自己也亲自动笔写白话小说《新中国未来记》（五回，未完），这对晚清小说的发展、繁荣的推动作用，更是显而易见的。

明清小说的大繁荣，特别是长篇小说的繁荣，还有一个很重要的物质条件，即印刷业的突飞猛进。中国从唐、五代开始应用的印刷术，宋代已相当发达，大量刻印经书。成都刻大藏经十三万板，国子监刻经史十多万板。北宋且已掌握雕制铜板的技术（上海博物馆藏有北宋"济南刘家功夫针铺"印广告所用的铜板文物）。毕昇发明了活字板印刷，经过元代王祯等人的改进，趋于完善。元代还发明了套色印刷，加上造纸业的发达，为明代印刷业的繁荣创造了条件。明嘉靖以后，隆庆、万历年间，印刷业空前发达，刻书成风，刻通俗小说之风尤盛。明陆容《菽园杂记》卷十载：

> 宣德、正统间，书籍印板尚未广。今所在书版日增月益，天下右文之象愈隆于前已。但今士习浮靡，能刻正大古书以惠后学者少，所刻皆无益，令人可厌。

所谓"无益"之书，是包括通俗小说在内的，明叶盛的《水东日记》卷二十一也说：

> 今书坊相传，射利之徒伪为小说杂书……农工商贩，抄写绘画，家畜而人有之，痴騃女妇，尤所酷好。

这些记载和至今尚在的大批明版小说充分说明印刷业的发达对小说的大量刊印、广泛传播所起的作用，同时也必然刺激小说的创作。小说创作与印刷业在那一时期是互相推动，同时获得大的发展。不少小说刻工精细，绣像插图，福建余氏双峰堂，杭州容与堂，金陵唐氏世德堂等书店都以刊刻插图本小说著称。如此隆盛的印刷业大大促进了小说的繁荣。

三、说话、话本对明清白话小说的影响

中国白话小说的繁兴有个历史的发展过程，有一个很长的准备时期，这个时期至迟可以上溯到唐代。这个准备就是说话技艺的发展和话本（包括长篇平话）的创作与刊行。

说话是一种伎艺，话本——没有经过整理、加工，只供说话人自用的话本——是说话的底本，严格地说，并不是近代意义的"小说"，即不是自足的文字语言艺术，但广义地说，从白话小说历史发展来看，一般也称之为白话小说，即话本小说。不论如何称呼，后代说话和供说话用的话本，为明清白话小说繁兴作了重要而充分的准备，对后者的内容和形式影响极大。不了解说话、话本与中国古代白话小说（脱离说话，供人阅读的小说）的关系，就无法真正了解明清小说的长处和短处、成就和局限的重要根源。

与白话小说关系密切的职业性说书大约始于唐代，不会晚于唐中叶。郭湜《高力士外传》记载：

> 上元元年（760）七月，太上皇移仗西内安置。每日上皇与高公亲看扫除庭院，芟薙树木；或讲经论议，转变说话，虽不近文律，终冀悦圣情。

转变是唐代寺院讲唱变文（话本的一种）的伎艺，是"俗讲"的一部分，无论这里从事"转变说话"的是外请的专业说话艺人，还是宫人或高力士模仿说话艺人而为之，都说明当时寺院、民间此风之盛。后来元稹在《酬白学士代书一百韵》诗中于"翰墨题名尽，光阴听话移"二句下自注云："乐天每与予游，从无不书名屋壁，又尝于新昌宅说'一枝花话'，

自寅至巳犹未闭词也。"与前者相同,这里"说话"者也不明确。但不管是谁,是艺人,还是白居易自己(很可能是后者),都说明当时已有民间说话。从其讲述的时间(约四至八小时)之长和"说'一枝花话'"的语气可知,这决非一般讲个故事,而是仿效艺人"说话",如果不是艺人本人"说话"的话。马幼垣先生在其《中国职业说书的起源》一文中考订"说话"者是白居易而非艺人,进而否定此条对唐代已有职业说书的证明价值,是值得商榷的①。晚唐吉师老有《看蜀女转昭君变诗》,内有"清词堪叹九秋文""画卷开时塞外云"等句,由此可知,当时已有专门说唱变文的女艺人,而且持有底本,配有画图,有点类乎后来的插图小说了。

清光绪二十五年(1899)发现了敦煌祠的藏经洞,内有一大批俗讲底本,刻写年代为四世纪末至十世纪末,多为唐、五代的作品。体例多种多样,除讲经文、对话体、赋体以外,讲说、演唱完整故事的约分三种:只有唱词而无说白的,称"词文",如《季布骂阵词文》(另,董永故事可能也是词文,现存部分无白);有唱词(或诵词)也有说白,两者相间的,称"变",即变文。所谓"变文",即唱文、白文互变之义(变经文为俗文,演"神变故事"之文,两说都难圆通,因为许多变经文为俗文,演述神变故事的都不称"变文",而称"讲经文""话"。有些"变文"既不来自经文,又不演述神变之事)此类最多,《舜子变》《汉将王陵变》《目连变》《降魔变》,不一而足;还有一种只有说白,而无唱词,称"话",即话本,有《嶫山远公话》《韩擒虎话本》,此外,唐太宗入冥故事,秋胡故事,虽无题,也应是"话"。显而易见,三者之中,与小说体例关系最近的是只以散文讲述故事的话本,由于它们基本上用的是当时的白话口语,或者说是以白话为基调,杂入一些书面文言,不妨看作中国白话小说的滥觞。

---

① 马幼垣:《中国小说史集稿》,时报文化出版公司 1980 年版,第 187—189 页。

俗讲故事有的取自佛经（如《目连变》取自西晋月氏三藏竺法护译《佛说盂兰盆经》），有的演述佛徒或道士的事迹，确切地说是灵迹。《庐山元公话》就是讲述东晋时期曾在庐山结白莲社的高僧慧远（334—416，俗姓贾，雁门人，在庐山三十多年，被净土宗尊为初祖，著有《法性论》）修行讲经、做奴偿债的种种奇迹，宣扬佛教前世今生的因果教义，神化其教。但也有相当多取自史书、杂传、民间传说的世俗题材，帝舜、伍子胥、王陵、李陵、王昭君、韩擒虎、孟姜女等人故事都入变文或话本，还有唐代将领张义潮、张淮深与吐番、回鹘等异族征战，保民安国的现实人物事迹。这与宋元话本和后来的小说题材是很相似的。特别值得一提的是《唐太宗入冥记》。入冥的原因虽与后来的《西游记》不同，不是为泾河龙一案，而是为杀建成、元吉，囚父等事，但两种入冥故事的蜕变关系还是清晰可见的。

唐、五代话本以及变文，艺术上自然比较稚气，难比宋元之作和更后的小说，结构较散，较直，语言不很流畅，文白间杂也较明显，人物大多比较简单，形象不很鲜明。但也有引人注目之处，秋胡故事的构思就有特色，写秋胡误戏分离九年的妻子，声色不动，却有较强的讽刺效果，耐人寻味。唐太宗在冥中与判官崔子玉的对话颇为生动，把太宗的尴尬处境，崔子玉的猾吏嘴脸显示得相当清楚。

唐、五代所遗几篇话本，使我们得窥中国白话小说孩提时代风貌之一斑。著名的《一枝花话》或许胜之，可惜未留下话本，只能从元稹《李娃传》及罗烨节本《李亚仙不负郑元和》中得知其情节内容而已。

由于城市经济的繁荣，"说话"、演唱等各种伎艺至两宋特别发达，盛况空前，特别是汴京和临安，更是兴盛。生当两宋之际的孟元老的《东京梦华录》、南宋耐得翁的《都城纪胜》、无名氏的《西湖老人繁胜录》、吴自牧的《梦粱录》和周密的《武林旧事》，以及产生于宋元间的罗烨的《醉翁谈录》，对此都有记载或描绘，有的相当详实、具体。那简直是瓦肆伎艺的黄金时代，也是"说话"的黄金时代。在两京不只有专供说书和表演各种伎艺的许多瓦舍（又称瓦子）、句栏（瓦子内分许多勾栏），还有许多专业说书人。据孟元老回忆所记，北宋末"说话"多种，有"小说"（社会人情故事，较短）、讲史、说浑话等，徽宗时期的二十几年（1101—1126），单是讲史，就举出孙宽、孙十五等五人，加上"说三分"的霍四究，说五代史的尹常卖，共七人；讲"小说"的举出李慥、杨中立等六人。只此两项，有名有姓的说话艺人就有十三人之多①。南宋临安更盛，耐得翁与吴自牧都说说话"有四家"。分法不一，至今争论不休，但小说、讲史、说经三家是一致的。其中小说（又称银字儿）与讲史两家与后之小说关系最密切，影响最大，在当时也最兴旺，艺人也最多，"常是两座勾栏专讲史书"。讲小说的张小四郎"一世只在北瓦，占一座勾栏说话……人叫张小四郎勾栏。"② 只《西湖老人繁胜录》《梦梁录》《武林旧事》三书所记载，"小说"说话人有名姓的就达五十八人，"讲史"的有二十六人。③ 这么多艺人长年累月甚至一生一世地讲述，该需要多少话本，产生多少话本小说啊！适应这种需要，大约从南宋起，就产生了书会和书会先生，亦称"才人"，他们多是"科举失意但有一定才学和社会知识的文士"④，为说话人创作话本，或对话本进行加工，这对提高话本小说的质量无疑是很重要的。南宋以后的话本，至少有一部分是说话艺人与书会才人合作的产物。大批宋代话本小说就是在这种情况下应运而生。单是《醉翁谈录》所列就有一百一十七种之多，此外，明晁瑮《宝文堂书目》、清钱曾《也是园目》及其它著述中亦有数十种。而收在明洪楩所编《六十家小说》（今刊其残卷名《清平山堂话本》）、冯梦龙所编《三言》及其它书中保存下来的小说话本（有的经过加工），据胡士

---

① （宋）孟元老等著《东京梦华录（外四种）》上海：中华书局1962年版，第30页。
② 《西湖老人繁胜录·瓦市》，载《东京梦华录（外四种）》，第123页。
③ 参见胡士莹《话本小说概论》第二章第三节的附表，北京：中华书局1980年版，第63页。
④ 胡士莹《话本小说概论》，第65页。

莹、郑振铎等先生考订，尚有近四十种。其中《拗相公》和《冯玉梅团圆》等已有多人考辨为后世之作，能确定为宋之话本的也还有《碾玉观音》《错斩崔宁》等三十几种。此外，还有两部讲史话本：《大宋宣和遗事》和《新编五代史平话》，后者长达十多万字（元刊），前者是小说名著《水浒传》的蓝本。还有《大唐三藏取经诗话》三卷，是难得的宋刊本（残，上、中两卷各缺一则），有可能是明代另一部小作杰作《西游记》的最早蓝本。

宋代话本不只数量多，风貌也与唐五代的变文、话本大不相同。首先是题材变化很大，以世俗题材为主，说经、神变只占一小部分；在世俗题材中，现实题材又在"小说"中佔主导地位。还有铁骑儿，就是宋代战伐的专题说话。从北宋的杨家将、狄青故事，到南宋的岳飞等名将的抗金故事，反映面也相当宽广。《醉翁谈录·小说开辟》将宋之"小说"话本区分为灵怪、烟粉、传奇、公案、朴刀、捍（杆）棒、妖术、神仙八类。倘仔细区分远不止此。第二，也是更为重要的，从结构故事、刻画人物到语言运用都较唐之话本大为提高。故事之曲折、合理，人物之亲切、分明，语言的顺畅、生动，虽不及明之话本、拟话本或经过明人加工的宋元话本，但远胜唐之变文、话本，演进之跡异常明显（考察这一点，需要注意，不能用《三言》中的宋人话本，因为那是经过冯梦龙大力加工过的；更不能用《京本通俗小说》，因为它是从《三言》中选取、缀合而成的）。这与宋代说话艺人注重文化修养和艺术的提高是分不开的。《醉翁谈录》就说他们"幼习《太平广记》，长攻历代史书""《夷坚志》无有不览，《琇莹集》所载皆通"。"论才词有欧、苏、黄、陈佳句；说古诗是李、杜、韩、柳文章"。"讲论处不滞搭，不絮频；敷演处有规模，有收拾。冷淡处提掇得有家数，热闹处敷演得越长久。曰得词，念得诗，说得话，使得砌。言无诧舛，遣高士善口赞扬；事有源流，使才人怡神嗟讶。"① 这样的修养和技艺自然有益话本艺术质量的提高，加上书会才人的加工、创造，便产生了一批颇为可观的话本小说。

在现存的宋人话本中，《崔待诏生死冤家》（旧题《碾玉观音》，见《警世通言》）、《闹樊楼多情周胜仙》等少数几篇，情节构想，形象创造，语言锤练，都很出色，艺术造诣臻于古代故事小说的成熟地步，但那不能做准，它们都经过冯梦龙的艺术加工，加工程度难以确定。倒是《清平山堂话本》中的宋人话本《陈从善梅岭失妻记》《刎颈鸳鸯会》《五戒禅师私红莲记》等更多地保存了宋作原貌，故事委曲而描写较粗简，清楚地显出多数宋元话本上承唐、五代，下启明清，成为前后白话小说的中间桥梁的形态和风貌，它们是中国白话小说走向成熟与繁荣的一个重要环节。

元代说书仍很发达，讲短篇故事的"小说"似无宋代之盛，年代虽后，留下的话本却不及宋代为多。但也有《快嘴李翠莲记》《简帖和尚》那样颇有特点和水平的代表作流传下来，值得重视。元代较宋代发展最大，对后来明清小说影响也最显著的是讲史，被称为"平话"（"平"鲁迅解为"浅俗""俚语"，胡士莹解为"评议"），其发达的原因可能与蒙古族入主中原有关，一则说书人将古喻今，以三国故事倡导兴汉，以伐纣之战反对暴政；一则以讲史避现实政治与文祸。另一原因则是讲史书，长篇故事比讲短篇故事更能吸引听众，今之说书也是讲大书的多。这与宋代情况（说话初兴之时）不同。元代的讲史话本据《永乐大典目录》（卷四十六）所载，有二十六种之多，均已失传。今之所传的宋人旧作、元人"新编"的《新编五代史评话》外，还有元初至元三十一年（1294）李氏"建安书堂"所刊《三分事略》②（其书藏于日本天理大学天理图书馆）；元中叶至治年间（1321—1323）"建安虞氏"所刊"全相平话"五种，即《全相平话武王伐纣书》（三卷），演述纣王宠妲己，施暴政，武王用姜尚

---

① 罗烨《醉翁谈录》，上海：古典文学出版社 1957 年版，第 3、5 页。
② 参见刘世德：《谈〈三分事略〉：它和〈三国志平话〉的异同和先后》，载《文学遗产》1984 年第 4 期。

伐纣灭殷之事;《七国春秋平话》,又题《后集,乐毅图齐》(三卷),讲述孙膑伐燕与乐毅破齐,两相斗阵斗法故事,离史极远,下卷尤荒诞;《秦并六国平话》(三卷),又题《秦始皇传》,着重写秦始皇并六国事,后又简写秦的灭亡,刘邦成帝业,只写人事,与"乐毅图齐"之荒诞大相径庭;《前汉书平话》,又题《续集,吕后斩韩信》(三卷),从项羽死写到汉文帝即位,斩韩只是第一卷事,是汉初杀功臣及宫廷内部斗争史;《三国志平话》(三卷),篇幅最长,近八万字,写整个三国的军事斗争与割据,与《三分事略》是同书的不同刊本,前加司马仲相断狱,使被冤杀的汉功臣韩信、彭越、英布转生为曹操、刘备、孙权,分汉天下,最后由仲相转生司马懿,统一三国。但此书却不终于司马统一,而终于刘渊灭晋,倾向所致。五种平话都是上图下文,版式图像如一。《三国志平话》题"建安虞氏新利",其它各种自当同为虞氏所刊。此外,显然,还应有《七国春秋平话》的前集(孙膑、庞涓故事)和《前汉书平话》正集(楚汉相争的历史)。据孙楷第《中国通俗小说书目》宋元部载,日本毛利家藏书目著录有《吴越春秋连像平话》(未见)以及《薛仁贵征辽事略》等。

元代讲史平话文字拙陋,叙述粗简,显系粗通文墨的说话人或民间作者所为。它的意义却不能忽视,不仅是明清历史演义小说的前身和蓝本,也是中国长篇小说的滥觞。其分卷分目便是章回小说分回的前奏。

值得注意的还有一部古本《西游记》,也是话本,现在还能看到它的断片《梦斩泾河龙》(《永乐大典》第一万三千一百三十九卷"送"韵"梦"字条),《车迟国斗圣》(朝鲜古代汉语教科书《朴通事谚解》引,约刊于元代,引书名为《唐三藏西游记》,与《永乐大典》所引《西游记》可能是同一部书)。此书是吴承恩《西游记》的重要蓝本,开后来魔幻长篇小说之先。它的文笔虽不及吴承恩的《西游记》,却远胜那些讲史平话,用的是流畅、生动的白话,可能经过书会才人加工,或是他们创作的,代表着元代话本的水平。

说话、话本对明清白话小说的影响是重大而且深远的。

首先，白话小说产生于说话，没有说话，就难于产生白话小说。须知，从秦汉以来，口语与书面文字分家以后，作文只用文言，作小说也用文言。由于说话面对广大市民大众，并诉诸听觉，必得通俗易懂，适应这种需要的话本也不能不尽量相应采用白话。唐、宋、元的话本，还程度不同地杂入文言，但总的发展趋势是白话占着主位，成为基调，经过一个漫长的过程，明代文人开始重视白话，产生了成熟的白话小说，这不只是小说语言的革新，也是小说的一次巨变和解放，从而得以自由自在地细致地叙述、描绘人生，创造更为逼真的形象和艺术图画。

第二，明清白话小说作家全都模拟说话人的口气，并十分认真地将作品写成话本的样子。这不是消极地模仿，而是由于说话与话本从内容（具有故事性，趣味性）到形式为广大民众喜闻乐见，既有鉴赏价值，又有广泛的教育作用，寓教于乐。关于这一点绿天馆主人（很可能就是冯梦龙）在《古今小说叙》中说得最透彻：

> 皇明文治既郁，靡流不波；即演义一斑，往往有远过宋人者。而或以为恨乏唐人风致，谬矣。……大抵唐人选言，入于文心；宋人通俗，谐于俚耳。天下之文心少而俚耳多，则小说资于选言者少，而资于通俗者多。试今说话人当场描写，可喜可愕，可悲可涕，可歌可舞；再欲提刀，再欲下拜，再欲决脰，再欲捐金；怯者勇，淫者贞，薄者敦，顽钝者汗下。虽小诵《孝经》《论语》，其感人未必如是之捷且深也。噫，不通俗而能之乎？

这一段话把文人小说家模拟话本而作小说的缘由讲得明明白白。模拟说话与话本的结果，造成明清小说形态的一系列长处和特点，也为它带来艺术发展的局限性。

（一）基本形态和主要形态是故事型，或事故——生活型。所谓基本形态，是就一部作品而言，作品也会有些日常生活细节和少量心理描写，但从其整体看，既非生活型，更非心态型，而是故事型。所谓主要形态，是就全部明清小说而言，其中也有《金瓶梅》《红楼梦》等少数几部摹写日常琐事的生活型，但多数作品还是故事型或半故事、半生活的中间体。一般都有很强的故事性，讲求悬念、扭结、大小高潮，以情节的生动、曲折、波澜起伏引人入胜，其上乘之作能以故事写出人物，具有故事、人物双绝双美的特点和长处。使故事小说的艺术造诣达到了极致。缺点是过程描写多，易以故事、过程淹没人物。

（二）以叙述为主调，寓描写于叙述之中，以动为主，寓动于静，将少量的静态描写溶于情节发展之中，写人物主要写外在可见可听的言语和行动，对人物的心理也以外在言动显示，偶尔写到心理，也只写人物在心里说的话，看起来还是话语，而不写心理情态。即使少量的生活小说，也不例外，由此造成粗线条勾勒和白描艺术，不多写背景。

（三）结构上有首尾完整，顺、畅、实、连的特点。顺就是按时间顺序发展，可以单线发展，也可多线交织。多线交织也还是各按各的顺序，有条不紊，多而不乱。畅，就是情节发展快，一泻而下，如水之流，因为没有阻碍情节发展的较长静态描写和议论。实，就是所写的人事都在特定时空中进行，很少西方小说那种脱离特定时空的"虚"的一般性的多侧面的人物描绘和介绍（概括的介绍只用几句）。连，这是指情节的连贯性，有头有尾，发展脉络清楚不突起突落，让人摸不着头脑。

总之，模拟说话与话本的样态，使中国古代白话小说自始至终保持着与广大民众的联系，有其广阔的市场和群众性。

然而，模拟说话与话本同时也大大束缚了作家的手脚，使明清白话小说具下列短处和局限：

（一）创新艰难，发展缓慢。五百年未能完全摆脱说话框式。形态上也有发展，产生了生活小说，但不仅数量太少，形式上也未完全脱出框式，仍用章回体和说话人口气。更未产生心态小说，直接心理描写薄弱。叙述形式也全是第三人称的全知角度。直到晚清，受了西方小说的影响，才产生了吴趼人的《二十年目睹之怪现状》和王濬卿的《冷眼观》，用了第一人称的叙述。而不拟说话的文言小说，形式就灵活得多，唐代就有多篇第一人称小说，明代更有发展，产生了《痴婆子传》那样以主人公为第一人称叙述的作品（以前的几篇，第一人称都是作者）。

（二）艺术描写大受限制。以前的文言小说，描写受到语言本身的限制，文言的刻板，与生活语言脱节，无法对生活事物作惟妙惟肖、细致入微的描绘。白话小说是语言的解放，使它有可能对各种现实事物、状态和幻想的情景作出恰当的、富于艺术美感的描绘，充分发挥其描摹功能，明清白话小说只是在某种程度上发挥了这一功能。由于注重说故事，这一功能未能得到充分发挥。

（三）直露和说教的作品较多，含永、深沉的作品较少，这与"说话"有直接关系。鲁迅就曾说过："俗文之兴，当由二端，一为娱心，一为劝善，而尤以劝善为大宗。"① 唐代俗讲如此，宋元说话虽无唐代宣经讲道之盛（亦有"说经"之类），多有明显的劝惩寓意，这不能不影响现实主义的深化，像《红楼梦》《儒林外史》那样充分现实主义的作品是比较罕见的，可以说是凤毛麟角。

当然，明清小说归根到底是社会的产物，是人的意识的产物。从思想内容到艺术形态都与当时的中国社会文化状况、人的意识相联系，它是封建社会文化的一部分，正像中国封建社会得到长期而充分地发展一样，明清白话小说也是在社会进入资本主义文明之前最充分发展的小说艺术。只有把它放在它所在的历史发展阶段，才能充分认识它的价值。

本篇与后面《略论〈西游记〉与奇幻表意小说》，原是上世纪八十年代末为国外某大学准备的"明清白话小说研究"的讲话，后因情况有变而未成行。现将其首尾两篇收入此集，供读者参考。

———————

① 《中国小说史略》，第81页。

古白话小说中的民族斗争与英雄人物述略

我国古白话小说源于唐代的"说话"艺术，其时的话本就是最早的白话小说。至宋，"说话"大兴，话本益夥，白话小说渐趋繁荣。而北南两宋时期，民族矛盾与斗争最频繁，也最激烈，赵宋的政权与军力却比汉唐软弱，先后受到辽、西夏、金和元的侵凌，"三百年的江山受了二百年的气"，所言非虚。赵氏从北宋退缩为只有半壁江山的南宋，最后终被忽必烈所灭。不过，在两宋的民族斗争中也涌现出一批可歌可泣的抗敌报国将领和英雄事迹，成为当时"说话"的重要题材。话本虽多已散佚，从时人的记述和后来的同类小说中还可想见其大致的风貌。《醉翁谈录》记有"杨令公""五郎为僧"之目，都是杨家将抗辽的话本；又有"收西夏说狄青大略""新话说张（浚）、韩（世忠）、刘（锜）、岳（飞）"两句，前者已将话本内容讲得一清二楚，后者的"新话"大约就是《梦粱录》所记王六大夫"敷演"的《中兴名将传》。看来，以后被小说反复描绘与渲染的杨家将、狄青、岳飞等抗敌报国的战斗故事和英雄人物，在宋代话本中多已有了雏形和基础。

现存宋元间话本有《大宋宣和遗事》四集。其后两集写金兵大举南侵，李纲、宗泽、张叔夜等主战将领拼力抵抗，宗泽至死还大呼"过河"；童贯、蔡京一帮奸臣或被处死，或被流放，而叛臣张邦昌、"浪子宰相"李邦彦等竭力主降；徽宗与钦宗二帝终被掳去，"车驾出幸金兵营，百姓数万人扼车驾""号泣"阻行，令人动容。据《宋史》载，徽宗三十四女，除"早亡"十四人和未满周岁的小女，其余全被掳去。《宣和遗事》写徽宗一女为金主妃子，"累欲以阴计"谋害金主，"以雪国耻"，后为回护二帝与之争吵，痛斥曰："汝本北方小胡奴，侵凌上国，南灭炎宋，北威契丹，不行仁德，专务杀伐，使我父兄孤苦，他日汝亦遭人夷灭也！"当即被杀，甚是惨烈。

明清是古白话小说蓬勃发展的黄金时代，杨家将、岳飞等抗击异族入侵的历史传说和英雄故事，经过文人的整理、加工、生发和虚构，产生一批长篇历史小说和英雄传奇。现存的明朝万历年间刊行的《杨家府演义》（全名《杨家府世代忠勇演义志传》，或题《杨家将演义》）和《南北宋志传》的《北宋志传》就是杨家将故事的集大成者。前者八卷，五十八则；后者十卷五十则。两者内容大同而小异，歌颂了杨家从杨业（《演义》作杨继业）开始数代人英勇抗击辽和西夏，忠心报国的英雄事迹。艺术虽较粗糙，杨业、杨六郎、穆桂英等英雄人物还是初具轮廓，焦赞的形象更鲜明、生动。其对历代的影响更远远超出其艺术水平，广泛而深远，通过各种戏曲与曲艺的演唱，杨家将人物家喻户晓，深入人心。现代京剧《杨门女将》《穆桂英挂帅》，也是其书女将报国精神的延伸、扩大和艺术发展。作品贯穿着忠奸斗争，潘仁美（即史之潘美）、王钦（即王钦若）都是陷害忠良的奸臣。这也像杨家的业绩一样，与历史有着很大的距离。据《宋史》载，杨业确是忠勇的抗辽名将，称杨无敌，他也确有七个儿子，由于总指挥潘美的失误和同僚的嫉忌与争功，杨业与子延玉惨死于击辽的陈家谷战斗（杨业力尽被俘，不食三日而死）。其后，六郎延昭、孙子文广也为抗辽屡建奇功。小说中的其他杨家人物则多是虚拟和造作。杨业之死，太宗赵炅甚为"痛惜"，下诏旌表，将其六个儿子分别加官或进级，并将指挥失误的潘美"降三官"。但潘美屡立战功，不是奸佞。王钦若倒是"奸邪险伪"之臣，为其时"五鬼"之首，但与杨家没有关联。这个人物也是小说的移花接木。

至清中期，西湖居士即李雨堂写了一部《万花楼演义》，又题《后续大宋杨家将文武曲星包公狄青初传》《万花楼杨包狄演义》《狄青初传》等，第一主人公乃是狄青。《宋史》本传称：狄青从征西夏赵元昊，"凡四年，前后大小二十五战，中流矢者八"，"临敌披发，带铜面具，出入贼中，皆披靡莫敢当"，官至枢密使。因此，在宋代就有狄青"收西夏"的"说话"和话本。《万花楼》十四卷，六十八回，以"西夏国兴兵侵宋"为背景，着重铺叙狄青出世和朝廷的忠奸斗争，最后由狄青挂帅征服西夏，元昊归降。结局合于历史，全书内容却多属子虚。作品是以虚构乃至神异的情节表现征西夏的英雄人物，也可说是"幻中有真"。另有一部《五虎平西前传》，一百一十二回，写仁宗赵祯受奸臣挑唆，让狄青领兵征讨西辽，目标是取其拥有的"至宝"——烈火珍珠旗。如此扭曲"忠君报国"，自是大谬不然了。

　　明清两代演绎岳飞抗金事迹的长篇最多，现存最早的是嘉靖年间熊大木编撰的《大宋中兴通俗演义》，又题《大宋演义中兴英烈传》《武穆王演义》，八卷，八十则。熊氏在《序》中说他"以王本传行状之实迹，按通鉴纲目而取义"，写的自然是历史小说。作品不仅对岳飞从出生、投军、奋勇抗金到最后被害作了合于史书的重点描述，对金兵南侵，徽、钦二帝被掳，高宗赵构建立南宋，以及李纲、宗泽、韩世忠、张浚、刘锜等文臣武将的抗金斗争和黄潜善、秦桧等奸臣的阴谋活动也作了相应的记叙与铺展，同时吸收了原来已有的小说成分，使这部以岳飞为主人公的长篇小说初具规模，对后来同一题材的作品产生了重大影响。总的看来，这部历史小说还是过于拘于史书的记述，小说意味明显不足，结构也较散乱。其后又有于华玉、邹元标等对该书的小说成分大加删削，力求"雅驯"。于氏的《岳武穆精忠报国传》只剩二十八则，剪去怪异与传说，结果也就更近乎历史，而与小说的距离也更明显。至清乾隆年间，钱彩的《说岳全传》问世，传写岳飞事迹的创作才有了一个质的飞跃。全书二十卷八十回，突破史实框架，以大胆的想象和虚拟塑造人物性格和英雄形象，并将笔力相对集中于岳飞及岳家军身上，突出岳飞精忠报国的思想精神，凸显岳家军同仇敌忾、英勇善战、横扫入侵金兵的战斗雄风。虽间杂某些神异情节，瑕不掩瑜。除成功地塑造了岳飞这位才兼文武、顶天立地的民族英雄形象，还将牛皋、张宪、宗泽等一大批抗金保国将领写得虎虎如生，跃然纸上。作品也就不再是历史小说，而属英雄传奇。至于岳飞被秦桧等害死之后，岳雷挂帅，大败金兵，气死兀术，笑死牛皋，直捣黄龙府，逼金主求和等事，更是作者的理想之笔，与史实了不相涉。

南宋为元所灭，实在是皇帝与权臣腐败的必然结果，令有识之士为之痛心。后至清末，小说家吴沃尧写出长篇历史小说《痛史》，二十七回，虽未收尾，却已近于完成。作品在抨击度宗赵㮮、奸相贾似道等同时，也热情颂扬了文天祥、谢枋得、张士杰等极具民族气节而抗元至死的爱国志士，刻画谢枋得的笔墨较多，也颇细致，形象清晰而动人。作品还写了一批志在杀敌报国的草泽英雄，在南宋灭亡后，于仙霞岭一带继续开展抗元的民族斗争。

元朝统治约九十年，在全国农民大起义中归于覆亡，由朱元璋建立了大明帝国。但退到北方的某些蒙古部落仍不时扰边。成祖朱棣就曾多次率军亲征。万历间刊行的四卷三十九目历史小说《承运传》末卷七目即写朱棣征瓦剌部落之事。后至英宗朱祁镇时，"边备废弛，声灵不振"，瓦剌也先大举入侵，英宗亲征，在土木堡（今河北怀来县西）大败被俘，北京危机。在诸臣惶恐、罔知所措之时，兵部侍郎于谦挺身而出，竭力主战，反对南迁，受新立的景帝朱祁钰重用，调兵遣将，"忧国忘身"，终于击退瓦剌，迎回前帝，并上安边三策，大力治国。不料英宗复辟，肖小当道，于谦被诬处死。这是继岳飞之后又一位有大功于国而被冤杀的栋梁之臣，朝野震动，当时就为之叫屈而痛哭者大有人在。至万历初，其钱塘同里孙高亮"凡七历寒暑"撰成长篇历史小说《于少保萃忠传》，有七十回本与四十回缩编本两种（后者题《于少保萃忠全传》），将多种史料、笔记记述的于谦事迹和民间传说合于一炉，虽欠熔炼、陶冶的功夫，显得松散，不少章节仍能传出和强化于谦抗敌报国，大义凛然，从容就死的高风亮节和英雄形象。缩编本由于多属裁剪枝蔓和累赘的诗文，使作品比全本笔墨集中，可读性更强，成为此书的通行版本。

在明代，日本对中国的海盗式袭击时有发生，至嘉靖年间，规模更大，以至"连舰数百，蔽海而至"，使"滨海数千里同时告警"（《明史》卷三百二十二）。他们与中国海盗相勾结，在沿海数省肆意劫掠，残杀百姓，造成社会动荡和对人民生命财产的严重威胁。起初官军征剿不力，后调"多权术"的胡宗宪和善于治军的戚继光挂帅为将，经过连年反复征讨，终获胜利。后来产生了描写这一题材的两部小说：《戚南塘剿平倭寇志传》和《胡少保平倭记》。前者残存一至三卷，原由郑振铎收藏并作了题记："这是一部未见著录的明代小说，以剿平倭寇为主题，有重大的政治意义。"现已被收入《古本小说集成》。后者题"钱塘西湖隐叟述"，篇幅较短，不分卷，被周清原编入《西湖二集》第三十四卷，题作《胡少保平倭战功》。两者都真实地写出"平倭"保民战斗的正义性，也比较生动地勾勒出一批人物，长于治军和用兵的爱国将领戚继光的形象尤为瞩目。

明后期的民族矛盾突出表现为与东北地区满族政权后金（建国于万历四十四年）进行的战争。明军屡败之后，朝廷任主战最力的袁崇焕为辽东巡抚，后又进袁为蓟辽督师。他治军严明，打了几次大胜仗，却擅杀了虽有冒功等罪却敢与后金战斗的皮岛大将毛文龙。半年后，后金大军进袭京师，袁崇焕驰兵往救，而崇祯中了反间计，冤杀了这位能干的忠臣，自毁屏蔽北京的长城。对这段历史，特别是毛文龙是否有罪该杀，学界至今尚有歧见。而据最不利于毛文龙的《明史》记载，毛部兵虽不多，却先后多次袭扰后金，致使金兵行动"恶文龙蹑后"，可见该部确有牵制敌人的作用。在紧急抗金之时，擅杀这样的大将，至少策略不当。当时民间对此事也认识参差，议论纷纭。不久，即在袁崇焕被逮而未被杀之时，就产生两部叙述毛文龙抵抗后金事迹也是为毛氏申冤的"时事小说"。一是毛氏同里钱塘陆云龙所作《辽海丹忠录》，八卷四十回。另一部题作《镇

574

海春秋》，存第十一回至二十回。两者都侧重歌颂毛文龙英勇抗敌的报国精神。可贵的是，前者虽为毛氏被杀叫屈，却并未歪曲袁崇焕的形象，而以赞扬的笔调写了他面对强虏，无所畏惧，决与将士和宁远共存亡的抗敌风范，也写了满桂、赵率教、祖大寿等爱国将领的战斗业绩。作品的主调还是为抗击异族入侵的英雄人物谱写赞歌。

清兵入关，很快攻下大陆各省，却迟迟未能收复台湾，因为那是郑成功从荷兰人手中夺回的反清基地，后经其子郑经，又传至其孙郑克塽，康熙才于其二十二年（1683）收复台湾。三十卷清代小说《台湾外记》就写了郑氏家族祖孙数代据台抗清始末，多属史实，较少生发，有较高的史料价值。

1940 年的鸦片战争开启中国近代史的新篇，中华民族从此进入抗敌御侮的新时期，反映民族斗争和英雄人物的古白话小说在清末也出现新的局面。除了前面涉及的《痛史》，这里就不多谈了。

原载《祖国》总第 3 期（2007 年 9 月）

神怪幻想小说的艺术丰碑

——《西游记》导读

　　《西游记》是明代小说"四大奇书"的第三部。前出的《三国演义》《水浒传》和后出的《金瓶梅》都是摹写历史人事或现实人生的拟实小说。《西游记》不同，它是一部写神写魔的幻想小说，是神异幻诞的表意小说。

　　远在公元七世纪唐太宗贞观年间，发生一件中国佛教史上的大事：长安弘福寺僧人玄奘私赴天竺（印度）求取佛经，费时十七年，行程数万里，历尽艰难险阻，于贞观十九年（645）回到长安，带回梵本经文六百七十五部，对中印文化交流和佛教在中国及东方的传播做出了重要贡献。这种壮举在当时也是一种历险，不仅产生很大影响，也引人遐想和幻想。到晚唐五代，寺院中就有人讲唱猴行者护卫玄奘去西天取经的奇幻故事，其底本在宋代被印成《大唐三藏取经诗话》。元明之际又有表现这一题材的《西游记杂剧》和《西游记平话》（已佚）。两者都写师徒四人，除唐僧、孙行者，又添了沙和尚与猪八戒；大闹天宫、降妖除怪的情节也初具轮廓。平话中人物、情节更多，内容更丰富。到明代中后期的嘉靖—万历年间，博学多才的吴承恩（约1504—1582，淮安山阳人，字汝忠，号射阳山人）在历代民间传说和杂剧、平话的基础上，大力发挥创造，写成神怪幻想小说的长篇巨制，即《西游记》。

　　《西游记》一百回，前七回叙述主人公孙悟空的出世和大闹天宫，着力显示其神通广大和天地不怕的英雄性格。这虽是为后文保护唐僧取经、降妖除怪准备条件，其形象本身也有丰厚的意蕴和独特的美感。其后五回写唐僧身世和取经缘由，不很精彩，却不可缺少，从结构作用来看，是连接英雄主人公前后业绩的过渡文字。从第十三回唐僧西行取经开始，以八十七回书的浩浩篇幅大写取经所历的八十一难，共四十多个故事，构成这部大书的主体内容，主人公孙悟空的大无畏精神及英雄性格的方方面面在这些故事中得到充分发挥和发展，既可爱可亲，又光辉夺目；猪八戒、唐僧、沙僧及一大批妖魔、神佛、国王也从这些故事中向读者走来，多栩栩如生，造成一个光怪陆离的人物画廊和艺术世界。

这部幻想小说的主要价值和最大特色在于神话兼童话式英雄人物孙悟空形象创造的极大成功。《三国演义》与《水浒传》都创造许多英雄人物，但那主要是现实性的英雄，是模拟现实生活的产物，不少还是历史真实人物的艺术放大。孙悟空却是石头所化的大自然之子，是个神话幻想人物，其通天本领、神异行迹、战斗对象、活动天地都是极度虚幻的、超现实的，不受生活逻辑和自然条件的限制。作者恣情尽意地驰骋幻想，为英雄主人公造设的种种事迹绚丽多彩，奇趣横生，几乎达到艺术想象所及的极限。前七回的孙悟空做猴王，闹龙宫，闹冥府，闹天宫，愈出愈幻，愈幻愈奇，令人眼花缭乱，美不胜收；后来降妖除怪的战斗数以百计，虽然不是毫无雷同，总的看来各有境界，波谲云诡，重要关目"如金兜山之战（五十至五二回），二心之争（五七及五八回），火焰山之战（五九至六一回），变化施为，皆极奇恣"（鲁迅：《中国小说史略》第十七篇）。孙悟空的英雄主义、乐观精神以及他的幽默性格从中得到充分、生动的艺术表现，并大大超越现实的人，是高度理想化的英雄。但这个英雄既不像匡扶蜀汉的诸葛亮劳累致死，也不像空拳打虎的武松被大虫吓出一身冷汗，更不像希腊神话中偷火给人间的普罗米修斯受到极其残酷的惩罚。孙悟空的本事太大了，无论大闹天宫，还是降妖除怪，对他都像是好玩的游戏，给他也给读者带来极大的乐趣，就是被压在五行山下五百年也没有什么了不起，我们无须为他担心。他的战法和说话，常常像个聪明而又淘气的孩子，游戏的结局即是胜利，所以在功成之后被封为"斗战胜佛"。这也就是林庚先生在其《西游记漫话》中说的这部作品和这个人物的童话性。孙悟空的英雄形象是集神话与童话两种幻想艺术于一身的，从而造成中外文学史上罕见的浪漫主义艺术奇观，具有永久的精神魅力。

杰出的幻想小说都以表意为旨归。表意有两种形态：写意和寓意。前者是指幻想人物身上具有生活中人的精神、心态、气质、性格等内在或外在特征，只是变形或放大了，被漫画化也艺术化了。这些特征的种种变形、放大的表现使作品和人物既有浓郁的生活气和人情味，又有不同于写实艺术的独特神韵。孙悟空闹龙宫是为讨一件趁手的兵器，闹冥府是为消掉生死簿上的姓名，两次闹天宫都是因为官小位卑不受重视，哪一种不是常人心态？他那敢于造反、勇斗妖魔的大无畏精神也是现实中人同类精神的特别放大；至于那些诙谐、幽默的俏皮话更是来自生活，人情味十足，而出自神猴之口，调侃神仙、妖怪，便别有韵味。在另一个重要人物猪八戒身上，现实人的特征也很突出，他肩挑重担，时有怨言，还偶尔偷懒；身为和尚，却又好色，还偷积私房；多次背地对师傅说孙悟空的坏话……诸如此类，使这个幻想人物更近似生活中人，有某些常人更多的缺点和弱点，因而生动如活，富于情趣。这也就是鲁迅说的"神魔皆具人情，精魅亦通世故"，以神奇怪异的形式传出种种人与人生的精神、意味，其人物形象是人性与神性、物性（猴性、猪性之类）的和谐统一，从而造成"离形得似"的写意艺术。孙悟空与猪八戒的形象都近于这种艺术的极致。

寓意是指超现实意象隐含之意，或隐喻，或象征，甚或影射。这在《西游记》中是丰富的，多层次的。首先，如来佛让唐僧去西天取经，是因为南赡部洲"贪淫乐祸，多杀多争"，是"是非恶海"，须取佛门大乘经普度众生。这南赡部洲显然影射作者所生活的多呈乱世之象的明代中后期社会。那么，作为作品主体内容的降妖除怪，就不止隐喻取经途中同恶劣自然环境的斗争，也寄托着作者扫荡社会恶势力的意愿。吴承恩在一首

《二郎搜山图歌》中把上之"乱臣"、下之"贼子"一切祸国殃民的势力比作妖邪,呼唤二郎神那样斩妖除邪的英雄出世。《西游记》中的降妖除怪与《搜山图歌》的思想倾向若合符契,只是换了个降妖英雄。"苦练凶魔种种灭,功成今喜上朝京。"末回这两句赞诗道出了上述题旨和寓意。其次,唐僧师徒历经八十一难,终达西天,取回真经,其意义远远超出取经本身,在客观上也是为种种高远事业目标顽强拼搏的精神象征,因而能使不同时代的广大读者受到鼓舞。此外,三打白骨精、四圣试禅心、真假行者"二心争斗"等许多故事都有明显的寓言性。神话幻想小说总要挂着宗教与民俗两条拐杖,取经是佛教故事,自然要说些佛的好话,孙行者跳不出如来佛手心、受制于紧箍咒就是佛法无边的象征。但书中对佛教人物也有讽刺和批判,连佛祖、菩萨都被揶揄。吴承恩"复善谐剧",诙谐、嘲谑、游戏笔墨是《西游记》突出的艺术风格,这不仅使全书语言生动活泼,涉笔成趣,也大大增加了作品的讽喻性、思想性和艺术美感。

《西游记》是中国小说史上的经典之作,也是神怪幻想小说的艺术丰碑。在它影响下,神怪小说日益发达,在明后期与清初达到高潮,《封神演义》《三宝太监西洋记》《西游补》等近二十种相继行世。又有《续西游记》和《后西游记》,虽属续貂,也可见被续之书影响之大。由《西游记》改编的各种戏曲、曲艺自明末至今累世不绝,多不胜计,同题电视剧更轰动全国。随着国际间文化交流,《西游记》很早就走出国门,流传海外,于十九世纪三十年代被译成日文,而今东西方已有日、朝、越、英、法、德、意、西、俄、捷、罗、波等十余种外文译本,而日文译本多至三十余种。这部中国古典小说名著已是世界文学之林的艺术奇葩。

原载于内蒙古人民出版社2000年出版的《西游记》卷首

略论《西游记》与奇幻表意小说

　　小说并非起源于摹拟现实，而是滥觞于奇幻表意。它的源头是神话传说，无论东方、西方，上古的人类都以奇思幻想表现他们对宇宙、自然、社会的理解和愿望。中国也经历过漫长的神话传说时代。小说产生之后，唐以前之古体小说，奇幻表意之作占很大比重，志怪与志人两大体系，前者即属奇幻表意。佛教的传入，道教的兴起，鬼神故事大为兴时，为志怪小说推波助澜。白话小说兴起之后，拟实之作逐渐占了优势，但奇幻表意之作也有发展，唐之变文、话本就有不少宗教、神怪故事；宋的说话"小说"类，专有"灵怪""妖术""神仙"之目，三者被《醉翁谈录》计列三十五目，另，"烟粉"目中实际是演女鬼故事，亦属幻诞表意之作。元代话本中，此种作品也不乏其例，并产生了古本《西游记》（下面将会谈到它）。明前期有《三遂平妖传》，到了明中叶以后，产生了吴承恩的名著《西游记》，把奇幻表意之作推到一个新的阶段，再后就有《封神演义》《三宝太监西洋记》《西游补》等一系列有影响的作品相继行世，加上《八仙出处东游记》等宣教之作和清代的《斩鬼传》《何典》等讽世小说，形成一个相当可观的奇幻表意小说系列。

　　所谓奇幻，就是超越现实，神仙鬼怪，天马行空，不受生活逻辑的限制。所谓"表意"，就是以超验之意象显示某种思想精神，寓有某种旨意，从而构成某种意味。与拟实之作相比，这是另一种艺术，另一种美，其高下成败有它自己的尺度和规律。如果说六朝志怪小说有很大的迷信成分和宗教之气，表意在很大程度上是不自觉的，那么宋以后的小说逐渐提高了自觉性，到了明代文人创作的上述长篇小说，虽然仍有宣教成分，且有一些佛道的宗教之作，其优秀者则是自觉或不自觉地运用幻想的形式表意谕世，从而趋于成熟的境地。不过，思想、艺术的造诣各不相同，其最高成就的代表作是吴承恩的《西游记》。

一、吴承恩的《西游记》

（一）吴承恩的生平和创作

《西游记》与《三国》《水浒》一样，也是民间作者与文人作家共同创作的，一般认为，吴承恩是其最后完成者，也是它的主要作者。

在明代四大奇书的作者中，只有《西游记》作者的身世比较清楚。吴承恩，字汝忠，号射阳山人，淮安府山阳县（今江苏省淮安县）人，生活年代约为 1510（正德五年）至 1582（万历十年），历正德、嘉靖、隆庆、万历四朝，是明中后期代表作家。

吴承恩家原是书香门第，曾祖吴铭曾任浙江余姚训导，祖父吴贞又任浙江仁和教谕，此即所谓"两世学官"。至父吴锐，家境沦落，成为卖"彩缕文縠"的小商人，但仍喜读书，为人仆厚、正直，关心时政。① 这样的家庭和父亲对吴承恩的文化修养和思想品格都有不可忽视的影响。

关于吴承恩自己的情况，《淮安府志》《山阳县志》以及同时人的义稿中都有简略的记述。近人则有刘修业先生的《吴承恩年谱》《吴承恩著述考》可以参考。吴承恩由于家贫，幼年像其父一样只能进社学读书（参见其《禹鼎志序》），然生性慧敏，"髫龄即以文鸣于淮"②。《府志》

---

① 参见吴承恩：《先府君墓志铭》，载《吴承恩诗文集》，上海 古典文学出版社 1958 年版，第 107 – 108 页。
② （明）吴国荣：《射阳先生存稿跋》，载《吴承恩诗文集·刘修业〈附录〉》，第 192 页

谓其"博极群书，为诗文下笔立成，清雅流丽，有秦少游之风。复善谐剧，所著杂记几种，名震一时。"但怀才不遇，屡试不第，直到嘉靖二十三年（约四十三岁）才拔得岁贡生。后曾入京候选，迫于家贫母老，不得已而做浙江长兴县丞，不久由于"耻折腰，遂拂袖而归"。后又一度在湖北蕲州荆宪王府任"纪善"闲职，晚归乡里，"放浪诗酒"以终①。《西游记》一书作于何时，无记载，一般认为作于晚年。吴承恩一生郁郁不得志，这对他的创作很重要，如果飞黄腾达，高官厚禄，未必认识现实的黑暗，熟悉民情民俗，不仅没那么多怨怀可供抒发，也没有天马行空的功夫和兴致。

　　吴承恩由于能诗能文，交游颇广。与他交情甚厚的沈坤、李春芳都是通过科举青云直上的显宦。他还与先辈著名书法家兼诗人文征明、家居长兴的后七子之一徐中行（子与）有文字交，诗酒唱和。当时正是前后七子拟古主义之风盛行的时代，而与"徐子与最善"的吴承恩，"其集独不类七子友，率自胸臆出之，而不染于色泽""师心匠意，不傍人门户篱落。"② 故能"缘情而绮丽，体物而浏亮，其词微而显，其旨博而深"③。可惜由于无子嗣收存，诗文大半失落。幸存的一小部分被编为《射阳先生存稿》四卷，包括诗一卷，文3卷，词三十八首附于卷四之末，近由刘修业先生辑校，古典文学出版社于1958年出版《吴承恩诗文集》。所编词集《花草新编》，已佚。

　　值得注意的是，他还曾效仿牛僧孺的《玄怪录》和段成式的《酉阳杂俎》，写过一部文言"志怪"小说《禹鼎志》，虽已不存，且只"十余

---

① 引文均见天启《淮安府志》卷十六人物志二《近代文苑》，载《吴承恩诗文集·刘修业〈附录〉》第195页。
② （明）李维桢：《吴射阳先生集选叙》，载《吴承恩诗文集·刘修业〈附录〉》，第191页。
③ （明）陈文烛：《吴射阳先生存稿叙》，载《吴承恩诗文集·刘修业〈附录〉》，第190页。

事，却与《西游记》有着密切的关系。其书"名为志怪""亦微有鉴戒寓焉"①，与《西游记》的奇幻表意形态一脉相承，更值得注意的是《禹鼎志序》开头的一段话：

> 余幼年即好奇闻，在童子社学时，每偷市野言稗史，惧为父师诃夺，私求隐处读之。比长，好益甚，闻益奇，迨于既壮，旁曲求致，几贮满胸中矣。

这种自幼酷爱奇闻稗史的嗜好使我们想到文学史上另一写鬼写妖的奇幻表意小说大家——《聊斋志异》的作者蒲松龄"雅爱搜神，喜人谈鬼"。这种嗜好和性情加上"复善谐剧"的才能，对创作文学名著《西游记》是很重要、不可或缺的条件。我们约略可见，吴承恩何以能够写出这部宏大的魔幻小说杰作。

在其诗文中，很值得注意的是《二郎搜山图歌》。它不仅关乎《西游记》中神话人物二郎神的形象："名鹰搏拿犬腾啮，大剑长刀莹霜雪"；而且显示了作者忧国济民，斩妖除邪的思想和胸怀，他慨叹"民灾翻出衣冠中，不为猿鹤为沙虫，坐观宋室用五鬼，不见虞廷诛四凶"的社会现实②，"胸中磨损斩邪刀"，却又"欲起平之恨无力"，幻想能产生斩除妖邪救日救月使天下"清宁"的大英雄，这种理想与感情同《西游记》的思想内容、艺术形象若合符契。这首诗能帮助我们更好地理解《西游记》。

---

① 《禹鼎志序》，载《吴承恩诗文集》，第 62 页。
② "五鬼"，指王钦若、丁谓、林特、陈彭年、刘承珪狼狈为奸的五大臣（见《宋史》王钦若传），有"五鬼"之称。其前，五代冯延巳、冯延鲁等五人把持朝政，时人亦称之"五鬼"。"四凶"，指不服从舜控制的四个部族首领：浑敦、穷奇、梼杌、饕餮，皆被舜流放（见《左传》文公十八年）。

（二）唐僧取经故事的演化和《西游记》的成书及版本。

公元七世纪前叶，发生了中国佛教史上的头等大事，高僧玄奘不远万里赴天竺（印度）求取佛经，从唐太宗贞观三年（629）至十九年（645），历时十六年（往返称十七载），历尽千难万险，千辛万苦，取回佛经六百五十七部，并撰《大唐西域记》十四卷，为佛教在中国和东方的发展和中印文化交流作出了重大贡献。这就是著名的唐僧西天取经的事迹。不仅是宗教界的大事，也震动了皇帝和朝廷。玄奘去时，原是"冒越宪章，私往天竺"（《还至于阗国进表》）；回来时，唐太宗李世民亲自下令遣"墩煌官司于流沙迎接"[1]；入京之日，"士女迎之，填城隘郭"[2]。后来，唐太宗还亲自为所译经文作序，即《御制三藏圣教序》，太子李治也写了赞美佛教与玄奘事迹的《述圣记》。

玄奘履险取经的奇迹和壮举自然为人喜闻乐道，加上本是佛徒求经之事，便易带上神异奇幻的色彩。早在其弟子唐人慧立、彦悰所撰的《大唐大慈恩寺三藏法师传》中不仅记述了种种现实性的历险之事，还加入一些妖鬼幻形相扰，玄奘念《般若心经》以却恶鬼之类的妄诞故事。唐人所撰《独异志》更将《般若心经》衍为《多心经》，诵之则"虎豹藏形，魔鬼潜迹"。还有记灵岩寺摩顶松，随玄奘西行、东归，其枝西指东指的神异传说[3]。至于《西游记》中所写唐太宗入冥事，则早在唐武后时已有同类性质传说，即敦煌变文的那一篇，同时人张鷟的《朝野佥载》也有记述，只是入冥的缘由不同罢了。据近年的研究，晚唐五代就产生了《大唐三藏取经诗话》那样的取经故事，到了宋代，作为"说话"底本刊印了《诗话》，三卷十七题（一、八两题已缺），演述取经路上所历磨难，大都是幻设的神异之事。虽然粗糙，题旨也是宣扬佛法，但已具备魔幻小

---

① （唐）李世民：《答玄奘还至于阗国进表诏》，载《全唐文》卷七，上海古籍出版社1990年版，第32页。

② （唐）刘肃：《大唐新语》卷十三"记异"第二十八。

③ 见《太平广记》卷九十二《异僧六·玄奘》。

说的品格。从这个意义上说，乃是《西游记》的最早雏形。特别值得注意的，这部诗话中已然有了猴行者这一重要人物，而且出现很早，第二题就是"行程遇猴行者"，可见是个贯穿全书的人物，虽是"白衣秀才"模样，却原是"花果山紫云洞八万四千铜头铁额猕猴王"，广有神通。另外一行六人，全凭他的保护。他显然也是孙悟空这一形象的前身。还有个项下"袋得枯骨"的深沙神——沙僧的前身。

当然，吴承恩不一定见到这部《诗话》。即使见到，它也不是吴氏《西游记》的直接依据。因为元代与明前期，即在吴氏作书之前，唐僧取经的故事已大大发展了，不仅吴昌龄的《唐三藏西天取经》《鬼子母揭钵记》（佚文）、无名氏的《陈光蕊江流和尚》（佚文）《二郎神锁齐天大圣》、杨景贤的《西游记》等戏剧所演人物与事迹，与吴本《西游记》有了更多的相似点和相同相近之处，有了师徒四人和龙马以及火焰山、铁扇公主之类，而且产生了名为《西游记》的长篇话本小说。朝鲜边暹等所撰《朴通事谚解》是一部朝鲜人学习汉语的教科书，据称作于元代，内引不少《西游记平话》残文。除道出取经人已有孙悟空、朱八戒、沙和尚外，较为详细的是记述了西城花果山猴精（齐天大圣）闹天宫与车迟国斗法事（后者尤详）。《谚解》作者还有这样的概括性介绍："今按法师往西天时，初到师陀国界，遇猛虎毒蛇之害，次遇黑熊精、黄风怪、地涌夫人、蜘蛛精、狮子怪、多目怪、红孩儿怪，几死仅免。又过棘沟洞、火炎山、薄屎洞，女人国及诸恶山险水，怪害患苦，不知其几。"① 这就为《西游记平话》的情节提供了较多的信息。至少说明两点：一是有相当大的规模；二是为后来的吴氏《西游记》提供了大量情节、细节和主要人物的基本轮廓。此外，《永乐大典》第一万三千一百三十九卷送字韵梦字类引有《梦斩泾河龙》，引书标题作《西游记》，内容与吴书基本相同，

① 载朱一玄、刘毓忱编《〈西游记〉资料汇编》，郑州：中州书画社1987年版，第110－114页。

而文字不同，类乎话本，说明明初即有《西游记》一书，或与《朴通事谚解》所记为一部书也未可知。吴承恩的《西游记》决非作者一个人的创造，而是在《西游记》平话的基础上创造出来的。另外，在广东省历史博物馆陈列的元代磁州窑的瓷枕上绘有唐僧取经图，孙悟空持金箍棒，猪八戒肩负钉钯，唐僧骑在马上，沙僧擎护法伞，四众俱全，形象与《西游记》大同小异，说明在元代西游故事已广泛流传。

不过也要指出，无论《朴通事谚解》所引的残文，还是《永乐大典》的《梦斩泾河龙》一节，都显示出话本《西游记》与后来的吴本有很大差别。首先是人物形象，孙悟空在皈依佛门之前闹天宫等事中显示的形象似乎远不是那么可爱，他只是由于偷了天宫的东西——仙桃、仙丹，还有王母的绣仙衣——而被天兵天将讨伐，虽战败天兵天将，却为二郎神擒获，"被执当死"，只是被观音请于玉帝，才得"免死"。参照杨景贤杂剧中的有关描写，就更清楚，原来这猴精偷王母的"仙衣一套"是要"与夫人穿着"（《谚解》不能详述），其妻乃"金鼎国女子"。这样一个孙猴是很有几分好色的。第二，情节也远没有吴本丰富多彩，这也从闹天宫即可看出，根本用不到如来出场，孙悟空就被降伏了，只此一项就少了多少精彩的节目。如果参照杨剧，许多情节不一样，也简略，虽有戏的限制，也有当时小说的限制（如收八戒靠二郎神神犬之类）。第三，也是更重要的，文字远比吴本粗糙、古拙，如果说《谚解》不见得是原文，不便作比的话，那么《梦斩泾河龙》残文则于此点显示得最清楚，其语半文半白，粗略得多。所以，吴承恩创作的《西游记》还是一次大提高，是了不起的艺术创造。正如郑振铎先生所说："那么古拙的西游记，被吴承恩改造得那么神骏丰腴，逸趣横生，几乎另成了一部新作，其功力的壮健，文采的秀丽，言谈的幽默，却确实远在罗氏改作《三国志演义》，冯氏改作《列国志传》以上。"①

① 《西游记的演化》，载其《中国文学研究》第 233–274 页。

　　《西游记》的版本很多，目前可见的最早的本子是万历二十年（壬辰1592）金陵唐氏世德堂刊本，二十卷一百回，距吴承恩逝世约只十年，但已缺少今通行本之第九回"陈光蕊赴任逢灾，江流僧复仇报本"之事。这倒不一定是校刊"华阳洞天主人"（或即序者陈元之）的过错，可能是唐光录"购"得的元本已缺此一回。后来的李卓吾评本仍缺此回。全本至清初汪象旭所评之《西游证道书》始称据古大略堂加第九回，并将原书九至十二回并为十至十二回，变更回目。以后的评注本如陈士斌（悟一子）的《西游真诠》、张书绅的《新说西游记》、刘一明的《西游原旨》，皆如《证道书》，有第九回陈光蕊事。不过正如孙楷第先生所考辩的，此第九回即便真据大略堂本，也不会是吴氏的原文①。同时也要看到，既然明前期已有陈光蕊逢盗、江流报仇的戏剧，而且不只一出，说明是依据话本小说改编，可见此种内容在早期《西游记》中就有，在吴本《西游记》中也不会没有，否则第九十九回所列"出胎几杀""满日抛江""寻亲报冤"三难就无根据了。

　　明代还产生两个简本，即杨志和的《西游记传》（四卷四十则）和朱鼎臣的《唐三藏西游释厄传》（十卷六十七则）。它们曾被认为是《西游记》繁本的祖本，现已由多方考辩认定，都是由繁本删节、改作的简本。朱本后半还节录了杨本，但朱本有陈光蕊故事，占一卷九则，或据繁本（有此内容者）而录，或依戏剧改作加入，难以定论。

　　（三）《西游记》的艺术形象和思想意蕴

　　《西游记》的内容可分为前后两个部分；第一回至第七回写孙悟空的出身和大闹天宫，为前一部分；第十三回至第一百回，写孙悟空皈依佛门，伙同八戒、沙僧保唐僧西天取经，功成圆满，为后一部分。中间第八回至第十二回，叙写唐僧取经缘由，是由前到后的一个过渡，不是作品的重要内容，可见整个作品是以孙悟空为中心人物的。

---

　　① 参见《日本东京所见小说书目》，第79－80页。

《西游记》是一部神话幻想小说，作品展示的是超验的非现实的神异世界。《西游记》的成功，首先在于它所创造的这一世界极端神奇诡幻，绚丽多彩，在发挥艺术幻想方面达到了登峰造极的地步。我们找不到第二部在神奇诡幻的形象创造方面可以与之颉颃的神话小说，更不要说在它之上的了。前一部分从孙猴出世，做猴王，闹龙宫，闹冥府到闹天宫达到高潮，奇情异境层见迭出，愈出愈幻，愈幻愈奇，令人眼花缭乱，目不暇接。后一部分写唐僧所历八十一难，孙悟空同八戒、沙僧降妖除怪，大小故事数十个，神奇的战斗场面数以百计，虽然不是毫无雷同，但总的看来各有境界。许多重要的关目，如金兜山之战（五十至五十二回），二心之争（五十七至五十八回），火焰山之战（五十九至六十一回），"变化施为，皆极奇恣""神怪艳绝"①，异常精彩。作者一方面集中了宋元以来传说、小说、戏剧中有关玄奘取经的奇思异想，同时充分发挥自己超常的想象力，造成神异幻想之作空前绝后的艺术奇观，造成孙悟空这样一个神奇特异、鬼斧神工的艺术形象。这是这部神话小说对小说艺术美的特出贡献，也是其巨大而永久的魅力的源泉和基础。

不过，奇幻异常只是《西游记》形象的一个方面。另一方面，它所创造的神奇世界和神魔人物具有浓郁的生活气和人情味，与现实的人与人生相似相通相关联。特别是那些人物，"神魔皆俱人情，精魅亦通世故"②，从而传出种种人与人生的精神、意蕴，让人感到十分亲切。而其形象的神奇又与人情结合得极好，神性、物性与人性在神魔身上和谐、统一，天然浑成，从而造成形象的独特韵味和审美特征，构成"离形得似"的写意艺术——表意艺术的一个重要途径。这在孙悟空与猪八戒两个人物的创造上最为突出，造诣甚高。大闹天宫的孙悟空反抗天庭统治，蔑视天帝权威，极具桀骜不驯的野性，可爱可亲；皈依佛门之后，保护师父去西

---

① 鲁迅：《中国小说史略》第128页，130页。
② 同上注。

天取经，又被赋予与之相应的充足人性与人情：敬畏师父，戏惩八戒，降伏妖怪，调侃神仙……且诸般生动活泼，韵味十足，造成又一个可亲可爱、活灵活现、大无畏的神话英雄人物。他不是现实的人，却充满现实人的浩然正气和性格活力，而且以其幻想性、超现实性把这种正气和活力表现到泰山极顶，无以复加，在失去某些形似的同时，达到更高的神似。此即高超的写意艺术。猪八戒另是一个成功的写意形象。这个肚大嘴馋，贪恋女色，积攒私银，挑唆是非，有时偷懒，常叫散伙，关键时刻又能吃大苦，卖大力，战妖斗怪，不屈不挠的猪八戒，实在比许许多多号称"写实"的小说人物更像现实的生活中人，挟着更浓的世俗气和人情味。无论貌丑、好吃的猪的物性，会腾云、能水战、善变化嘴脸的天蓬元帅的神性，都与世俗、人情水乳交融，合为一体。此乃以幻写意的杰作，其艺术造诣可以说达到了炉火纯青的地步。

由于吴承恩"复善谐剧"，在虚构的形象结构中夹写世态，讽喻世情，涉笔成趣，使整部作品亦幻亦真，虚实相生，传神写意随处可见。这种以幻写意的情趣和美感是这部神话幻想小说富于艺术魅力的又一重要因素，是其魅力深厚的基础。作者那支高超的游戏之笔，与题材、意象之虚幻性高度契合，从而达到出神入化的艺术境界。

《西游记》形象的思想意蕴还不止于此，除了显示种种精神，传写世态人情，还隐有更深的题旨——寓意，引人深思和遐想。从《西游记》问世以来，人们就看到，这部以玄奘取经为题材的幻诞之作虽也发了些"佛法无边"，功成正果的议论，题旨却不在为释教张目，所以连如来的弟子阿傩、伽叶二尊者在作者的笔下也成了"需索取经人事"的可笑人物。这与"大唐三藏取经诗话"大异其趣。《诗话》的主题很单纯，就是褒扬取经，宏扬佛教。发展到吴本《西游记》，褒扬取经依然，却并不是为了弘扬佛教，而是寓有新意。这新意是什么？其说不一。"或云劝学，或云谈禅，或云讲道"，鲁迅不同意这些"阐明理法"的主观臆说，而认可明人谢肇淛在《五杂俎》（十五）中提出的"求放心之喻"说①。以后又有张天翼的"正邪斗争，邪不压正"说，受到较多的批评；胡念贻的反映农民起义和征服自然、困难的双主题说，也未得到广泛的响应；再后则有"追求真理"说，"表现理想"说，为事业奋斗说，宗教斗争说……等等，不一而足，每一说都有某种道理，但又很难让人完全满意。如果不是探求作者的创作意图，而是作为对作品意象的理解，凡有理者皆为一说，不必强求统一。这也说明作品意蕴的丰富性，慢亭过客白宾的题词有云："余谓三教已括于一部，能读是书者于其变化横生之处引而伸之，何境不通？何道不洽？"② 这是颇有见地的。即使就主观创作意图而论，由于《西游记》的故事、内容是经过长时期多人之手形成的，寓意也不会完全一致。《取经诗话》的主题就很单纯，宣扬佛法与佛教。这在吴本《西游记》虽非主旨，仍有影响和印记。元代的《西游记》平话，已有师徒四众，有闹天宫，车迟国斗法等事。主旨虽难臆测，与《取经诗话》有很大差异，且比较复杂，则是可以肯定的。有些论者强调嘉靖的昏庸和佞道对《西游记》车迟国等反道士误国一类内容的影响。③ 这种影响自然是存在的。但也要看到车迟国一类故事大约有相当一部分是平话中就有的，与嘉靖无关，是历史上宗教斗争的产物。

至于吴本《西游记》的主旨，吴承恩的创作意图，除了以作品本身的形象结构为主要依据之外，则要参考他本人的思想和他对原本平话的西游故事所作的改造。由于对平话内容了解较少，对吴氏所作的改造也就知之不多，其中主要是孙悟空这一形象的发展，在平话和杂剧中，它虽然也很重要，神通大，但有偷仙衣，摄女人，好色的一面，又有易被打败和求饶的软弱性格，远不像吴本孙悟空那样英雄，可爱。吴本孙悟空虽也有缺点，但决无苟且、不光彩的行为，是个光彩照人、斩妖除邪的英雄形象。

① 《中国小说史略》，第 131 页。
② 参见楚山狐《怎样理解＜西游记＞这部小说?》，载《中国文学研究》1987 年 4 月。
③ 孙楷第《日本东京所见小说书目》，第 77 页。

至于吴承恩的思想，他的诗文显示得很清楚，是以儒家思想为主导的，虽"迂疏漫浪"（《祭厄山先生文》）"耻折腰"，但还是积极出世，志在治世和济世，其政治理想是由仁君贤相治理的太平盛世，是夏禹、商汤、周之文武那种所谓"三王"之世。其痛恶的则是秦皇"蔑仁义而重威刑""坏王制而焚诗书"的暴政①。而他生活的明中晚期却远非国泰民安的太平盛世。其时，皇帝昏庸，权臣（严嵩）弄权，内乱外患不断，倭寇、达旦尤为猖獗，加上水旱自然灾害，乱世之象日多日明，平民百姓深受其害，家境贫苦、仕途坎坷又忧国忧民的吴承恩对此种现实深有感受，极为不满，并在诗文中有所表现。特别是他的家乡"夙称乐土"的江淮，"地经兵荒，人告疲乏，家苦征缮，时违顺成""灾变频仍，戎旅绎骚"②，以至使他发出"敝极矣"的浩叹。③ 倭寇的"日侵于北""飞舻舞刃""以杀为嬉""货财子女，所向毕空"④，也使他胸怀愤懑不平。他不止一次表示其"太平之愿"，是针对乱世之象的由衷之言。了解吴承恩的上述思想和社会背景，也就能深入理解那篇《二郎搜山图歌》，他是把上之"乱臣"、下之"贼子"，一切在他看来祸国殃民的势力比作妖邪，呼唤二郎神那样斩妖除邪的英雄出世，"救月有矢救日弓，世间谁谓无英雄？谁能为我致麟凤，长令万年保合清宁功！"这就把他强烈的愿望和歌颂二郎搜山斩邪的真意，明确无误地和盘托出。

回头再看《西游记》全书，虽分两部分，两者的分量却相差悬殊。西天取经部分八十八回，显然是作品的主体。前面七回写孙悟空的出世、闹三界到被压在五行山下，是交代主人公的来历，张扬他的神通和天地不怕的精神、性格，为后面主体部分作准备，并不是游离于主体之外的独立结构。孙悟空闹三界虽然表现出蔑视威权、无法无天的造反精神，敢作敢

---

① 参见《秦玺》，载《吴承恩诗文集》，第86－88页。
② 《开府介川毛公德政颂》，载《吴承恩诗文集》第41－42页。
③ 《送郡伯古愚邵公擢山东宪副序》，载《吴承恩诗文集》第66页。
④ 《平南颂》，载《吴承恩诗文集》第40页。

为，勇往直前的英雄性格，他的所作所为甚至使我们想到反抗朝廷的农民起义，但就作者的创作意图而言，寓意并不在此，既不是用他歌颂起义，也不是借以提倡投降，而是写英雄主人公的成长过程，闹三界，特别是闹天宫的孙悟空是可爱的，是向那约束他的势力争绝对的自由，这在我们今天看来，也许是最可贵的，作者也是欣赏的，但从作品的结构来看，作者对他的这种野性同时也是有批评的。这种批评可从两方面看，其一，让二郎神捉拿他，让如来佛降伏他，让观世音教育他，使他归于佛门，这三位神佛都是正面形象，这种安排，实际上是对孙悟空野性的否定和批判；其二，闹三界的孙悟空只是在争个人的自由自在，无拘无束，没有更高远的奋斗目标，皈依后的孙悟空不然，是一心一意保卫唐僧去西天求取大乘佛经，普度众生，以济天下，这就有了高远目标，一路炼魔降妖，千辛万苦，都为此目标，思想进入另一境界，此一悟空也是前一悟空的发展、升华，同时也是对前者的一种否定和批判。了解前后两部分的主从关系，才能更好地理解全书的主旨：隐喻斩妖降邪，呼唤太平盛世，与《二郎搜山图歌》的思想倾向是一致的，只是用孙悟空代替了二郎神。"苦炼凶魔种种灭，功成今喜上朝京。"末回这两句赞诗道出了这种题旨和寓意，作者是借佛门取经题材，表达了儒生对现实的不满和对理想的追求。要找主题，这也便是《西游记》的主题。其中妖邪既包括朝廷的"五鬼"，也包括内乱外患的"四凶"，甚至还包括重大自然灾害。其《瑞龙歌》云："忆昨淮杨水为厉，冒郭襄陵汹无际，皆云龙怒驾狂涛，人力无由杀其势。"① 这也是造成民不聊生的乱世之象的一个因素，家在淮安的吴承恩对家乡水患深有体会，倘有个孙悟空那样可使龙王俯首贴耳的英雄，是再理想不过了。

由此看来，《二郎搜山图歌》乃是理解《西游记》创作意图的一把钥匙。

---

① 《吴承恩诗文集》，第13页。

不可忘记，吴氏《西游记》是在前人创作的《西游记》平话一类作品的基础上再创作的产物。由于我们既不了解平话作者，也不了解平话全貌，很难断定其创作意图，但从已知的章节和透露出来的许多关目，仍可想见，取经路上的种种磨难和斩妖除怪，战胜磨难，还是平话的主要内容，孙悟空也是战胜妖魔的主要人物（这一点已经由《朴通事谚解》点明了。）吴承恩大约感到这种内容和人物形象很能表现其变乱世为治世的理想和愿望，发泄其对现实的愤懑和不平，所以产生了极大兴趣，并发挥自己的艺术才能，把孙悟空这个人物改造成更理想、更可爱的斩妖降邪的神话英雄，使内容更符合主观寓意。

（四）《西游记》的影响与续书

在奇幻表意的古典小说中，《西游记》影响最大，流传最广，孙悟空、猪八戒的形象家喻户晓，深入人心，清时闽楚甚至有齐天大圣庙。《西游记》题材的戏曲、曲艺自明至今累世不绝，电视剧《西游记》更轰动全国，走向世界，实际上，神猴孙悟空早已是世界知名的小说人物，因为《西游记》已被译成多种文字。

与《三国》《水浒》一样，《西游记》行世之后，续作、仿作纷纷出现，形成一个神话幻想的中长篇小说家族，但也像《三国》《水浒》与续作仿作的情形一样，艺术成就没有赶得上《西游记》的。明代即有《续西游记》一百回，写唐僧师徒取经后回归长安途中的磨难和战斗，妖魔想夺得真经以消灾延寿，佛祖派灵虚子与比丘僧暗中护送，师徒终于战胜那些夺经妖魔，抵达长安。尽管作者费了不少心思，亦有"摹拟逼真"之处，但终属仿造，而非创造，吴氏西游本身，由于妖魔太多，已不能各尽其妙，不无雷同，在此基础上再造魔怪，大增磨难，几乎注定难以出新。"添出比丘、灵虚，尤为蛇足"①。

又有《后西游记》，作于明末或清初，亦不知何人所作，苏兴先生从

---

① 无名氏《续〈西游补〉杂记》，载《西游补》卷首。

语言、内容寻索，认为作者是吴语区人，是书作于明末，较为可信。此书四十回，写花果山石头又出一猴孙小圣，闹天宫后为大圣收复。唐三藏叹他当年求取的佛经都被后来的和尚讲歪了，甚至用作谋利骗人干政的工具，便派孙悟空将经封了，使清净高僧大颠和尚（实有其人，与韩愈有交）唐半偈于唐宪宗元和十四年往灵山取解，由孙小胜、朱一戒、沙致和保护，历时五年，种种磨难，终于取得真解，重新开讲，师徒证果西方。如此人物结构，自有模拟《西游记》的明显痕迹，但又与《西游记》有个很大的分别，也是此书的一个特点，即讽刺性，是一部讽世之作。其中妖魔完全不同于《西游记》，不大具有魔的特征，也不让人害怕，更无生活血肉和人情味，他们也不想吃唐僧，而是恶劣世情人心的化身，是某些观念的符号，诸如以文笔压人，以金钱捉将的文明天王之类，还有什么"造化小儿""十恶大王""六贼"之类。取解本身就是对皇帝佞佛、俗僧堕落的否定和批判。作品对儒释两教的流弊都进行了讽刺（但不是否定其教本身，对两教之"正"都是肯定的，而是针砭，批判其邪。这种形象结构就使这部续书跳出了《西游记》的模式，成为一部有特点的，颇为可取的续书。或者说，作者是有创造性的，不是对前书简单的模仿，作者大约是个明末清初愤世嫉俗的不得志之士，写这部书完全是为了发泄满腹牢骚，所以随处嬉笑怒骂，且"嬉笑怒骂，皆成文章"①，明显高于《续西游记》。但它的毛病也出在这里，把取解的人和事都作为抨击世情的一种工具，把妖魔变成观念的符号，人物多是作者骂世的代言人，从而使人物本身缺乏个性、生动性和艺术力，讽刺、笑骂也显得过于浅露、平直、缺乏艺术应有的含蓄，因而价值不高。鲁迅说它"造事行文并逊"于《西游记》，艺术上也逊于《西游补》。

《西游补》不宜看作续书，将在下节讨论。

---

① （清）刘廷玑：《在园杂志》卷三，清康熙五十四年（1715）刊本。

二、奇幻表意小说的衍化

继《西游记》之后，中长篇奇幻小说自成系列地发展起来，有的效法《西游》，有的另辟蹊径，衍化出几种不同类型，即宣教型、史怪型和讽喻型。下面分别加以讨论。

（一）宣教型

古代神怪幻想小说的产生，重要因素之一就是宗教信仰，宗教是神怪小说的一根拐杖（另一拐杖是民间传说）。中国从东汉后期佛、道两教相继而兴，虽也遭受过灭佛废道的厄运，而崇佛佞道的皇帝更多，由于有生长的土壤，所以无论外来的佛教，还是自产的道教，都发展很快，对民间的影响尤其深广。这不仅对小说有广泛的影响，还产生许多宣教之作。六朝志怪，多有其例。敦煌所藏的《庐山远公话》也是张扬佛教的话本，可以视为早期白话宣教小说（变文宣传释教的更多）。《叶净能诗》则宣扬道教，虽题为"诗"，实同于话本。明代崇奉道教，至嘉靖尤甚，大宠道士邵元节、陶仲文，并使参政，封邵为礼部尚书，陶更受封伯爵。嘉靖好神仙，甚至"经年不视朝，日事斋醮。"① 并为此杀了杨最、杨爵等谏阻大臣。佞道如此，风靡朝野。一些宣扬道教的作品应运而生，至少受到朝廷佞道的影响。明后期的《八仙出处东游记》（简称《东游记》，吴元泰撰）《五显灵官大帝华光天王传》（又称《南游记》，余象斗撰）《北方真武祖师玄天上帝出身志传》（又称《北游记》，余象斗撰），都出自万历年间或其前后，与杨志和《西游记》合成《四游记》。或写修仙得道，或写降妖除怪，或写大闹三界，都不在表现人事与人生，少有人间烟火气，而在显示神仙灵迹，加上文字粗略、鄙陋，较多杂入浅近文言，多无可观。唯《东游记》系写流传已久的八仙故事，在民间各种传说及杂剧的

---

① 印鸾章、李介人所修《明鉴》（卷六），北京市中国书店 1985 年版，第 334 页。

基础上再加渲染，形象自然益见鲜明。据浦江清先生考证，元代和明初八仙之名只是偶见何仙姑，其余七人全与今同；而至"《邯郸梦》（汤显祖）及《东游记》出，八仙名录不大改易了"①。这就是说，经过两作的再度表现与渲染，八仙的名字稳定下来，何仙姑不再被人取代。这也应是吴元泰写作《东游记》的一项成果。《东游记》中八仙过海和闹海给人的印象最深，成语"八仙过海，各显神通"或"各显其能"就是后人对这场闹剧的天才总结，万世长存。其唯一的女性何仙姑乘竹罩过海，又以竹罩"捞"虾兵蟹将，也算为闹海立下功勋，加之她与李铁拐斗口相戏，并扮作丐妇与丐夫去白牡丹家，在具有"滑稽观"的八仙形象中不可或缺。这也许是她终于在仙班站稳脚跟的原因之一吧。八仙在民间广受欢迎和喜爱，庆寿等喜庆场面过去多演八仙戏，制造热闹气氛。《东游记》为八仙添了闹海的大节目，功不可没。

也有宣扬佛教的白话小说，《南海观世音全传》（亦名《南海观世音菩萨出身修行传》）《二十四尊得道罗汉传》即属此类。又有清溪道人（即方汝浩）的《东度记》，阐扬佛教，同时又写释道"两教原本合一"，并大张忠孝节义之旨，实是三教并称的，以佛为主。《观世音全传》写兴林国国王妙庄小女儿妙善笃信佛教，立志修行，拒绝招赘，其父百般阻挠，乃至致她于死地。她被虎救出，决心不改，苦修九年，终成正果，又为父治病，最后全家升天。作品塑造一个为实现理想，敢于与父命抗争的少女，虽是宣教之作，也不无可取的性情与精神。

此种作品往往夹杂劝善惩恶、扶正除邪的内容，自然可取。但都依靠神灵道法，比较廉价，且与宣教主题紧密结合，为宣教服务，不宜过誉。

（二）史怪型

这一类型是把历史故事神怪化。程度不同的写出某一历史事件的事实，同时大写神仙妖怪，甚至把某些历史人物（如姜尚、妲己、王则等）

---

① 《浦江清文录》，北京：人民文学出版社1958年版，第11页。

神化或妖化。从小说本质上说，还是属于神怪型。但从作者的意图来看，则是表现作者对那历史事件的鲜明态度：把他赞助的一方神化，或由神仙帮助；把他反对的一方写成妖，或由邪教助其虐。《封神演义》《三宝太监西洋记》《三遂平妖传》都是这类小说的代表。

《封神演义》

作者许仲琳，应天府人，《题记》称"钟山逸叟"。全书一百回，以《武王伐纣平话》为框架，博采传说，大力虚构，演绎成一部神魔小说。在此种小说中，本书的影响仅次于《西游记》，许多人物、故事也是家喻户晓的。究其原因，其一是对纣王的暴虐有较生动的描述和充分的揭露，从而创造一个亡国暴君的形象和祸水妲己；写武王吊民伐罪之战顺乎民情，诸神相助，深得人心。作者虽持殷亡周兴乃定数之论，却始终站在由阐教所助的周王室正义一方，批判纣王及助纣为虐的截教，因而受到民众的欢迎。其二，驰骋幻想，翻空出奇，部分章节颇有意味，某些形象令人惊奇，赏心悦目。如哪吒闹海，后又反抗其父李靖，形象生动，人物可爱，富于思想意蕴。另如雷震子的飞翔，土行孙的土遁，以及两教神仙那些花样翻新的法术与法宝也能引起人的愉悦和兴趣。在此等小说中，法宝的出奇数《封神演义》，为读者特别是儿童读者津津乐道。不过，这部作品价值不高也与此相关，宝贝出奇，破阵热闹，虽吸引了不少读者，但毕竟意蕴无多，加上人物性格多不鲜明，大肆宣扬万事天定，神道法力无边，缺少世情描写，便与《西游记》拉开很大距离。据说，作者欲以此书与《水浒》《西游》鼎足而三，其实它只能是幻异之作的二流作品，鲁迅谓其"较《水浒》固失之架空，方《西游》又逊其雄肆"①，是不错的。

《三宝太监西洋记通俗演义》

全书二十卷，一百回。作者罗懋登，万历间人（书前有万历二十五

---

① 鲁迅：《中国小说史略》，第 132 页。

年自序），曾为高明《琵琶记》等作音释，写过传奇《香山记》。此书据马欢《瀛涯胜览》和费信《星槎胜览》等著，演义郑和、王尚书（景弘）下西洋事①。《明史》三百四《宦官传》称，永乐三年，命郑和、王景弘等"通使西洋，将士卒二万七千八百余人，多赍金帛……首达占城，以次遍历诸国，宣天子诏，因给赐其君长，不服则以武慑之。"罗氏之作即在"以武慑之"上大加发挥，使燃灯转生金碧峰，任国师，与张天师同辅郑和，一路降妖伏魔，国师总胜大师一筹，以此扬佛抑道。这大概是明后期佞道的一种反弹。写郑和服外夷事，大约也是有感于明后期势弱之故。

此书事极荒诞，又多不甚有趣，文求诙谐，又流于浅薄，"文词不工"，且较杂乱、复沓，仿《西游》《封神》，改头换面也较明显，但记述异国风情和民间传说，较为可取。第九十五回所记五鼠闹东京的传说就是突出的一例，后成《三侠五义》构想的一种张本；第八十回五鬼闹判，后至《斩鬼传》衍为"五鬼闹钟馗"，亦颇有趣。

《三遂平妖传》

原有题署罗贯中所著二十回本《平妖传》，明嘉靖间晁瑮《宝文堂书目》已著录，可见其写作、刊行之早。后更名《三遂平妖传》，明季冯梦龙增补为四十回，长期以来流行的是这一版本。二十回本近年也由北大出版社出版，据柳存仁考，并非罗氏手笔，文字风格也与《三国志传》等相去甚远。此书写北宋王则起义事，但王则到三十一回才出场，此前四分之三篇幅主要写弹子和尚、圣姑姑、胡永儿、左黜、张鸾等几个妖人、异人的故事，多魔法幻事，所以也是一部把历史神怪化的小说。作者是反对起义的，把它写成妖人作乱，歌颂文彦博镇压起义。但在具体描写中也揭露了封建官府的贪污腐败，显示了官逼民反的真实一面。贝州知州张德贪

---

① 参见赵景深：《三宝太监西洋记》，载《中国小说丛考》，济南：齐鲁书社1980年版。

污成性，胡作非为，三月不发军响，是激起军变民变的重要原因。又如第二十五、二十六两回，写郑州知州为贪金鼎，陷害卜吉，终为张鸾、卜吉所杀，大快人心。在起义之前，永儿是可爱的形象（蛋僧后助官军镇压起义），左黜、张鸾亦有可爱之处。作者借这些妖人异人抨击时弊，嘲讽世态。妖人在前面实际上成了产除贪官污吏的英雄。第二十六回开场诗云："君远天高两不灵，滥官污吏敢横行，腰间宝剑如流水，要与人间断不平。"作品这方面的内容与作者反对贪官污吏、同情人民疾苦的态度，使作品具有较高的价值。

《平妖传》虽是史怪之作，却有比较浓郁的生活气和人情味。对生活细节、人情世故的描写使它的主要人物生动如活，某些次要人物也有血有肉，有情有态，如第八回，前面写儿时的蛋子和尚极其可爱，后面写慈长老器重他，他便遭到众僧妒忌，都活龙活现，情境逼真。这种情况使《平妖传》在史怪小说中具有特出的价值和地位。它的某些幻想结构也起到加强现实表现力的作用，如第十七回"博平县张鸾祈雨"，写张鸾借辟雷之威，说雷神发怒"想是看中了几个歹人"，并令雷部"下击"贪官污吏、破戒和尚、秽行道士，"慌得县令侧身下拜，自陈悔过"，吏役僧道"都着了忙，团团的拜做一堆"，巧妙地表现了现实的乌烟瘴气。

《平妖传》用的是很流利的白话口语。看来作者很熟悉生活，并熟悉群众语言，经过提炼，相当生动，富表现力。看第三回写赵大郎盼雨晴：

> 赵壹那时恨不得取一根几万丈的竹竿，拨断云根，透出一轮红日；又恨不得爬上天去，拿个几万片绝干的展布，将一天湿津津的云儿展个无滴。

这种笔墨在古白话小说中实非寻常，非驾驭语言高手不能写出。前十五回是冯梦龙补写的，自是他的手笔。值得注意的是，二十回本的白话口语也相当流利可观，两本语言风格是一致的，所以续书才能与原著浑然一体。

就语言而论，此书实属古典小说上乘之列。

本书效法《水浒》之迹可见，第二十六回"野猪林张鸾救卜吉"，与鲁智深救林冲极其相似，连董超、薛霸、野猪林的人名，地名亦同，相似角色说的话也差不多。

《平妖传》三十二回以后概念化明显，艺术性差，与前面的人物形象也不统一，这是作者政治倾向的局限所致，要为镇压起义唱赞歌，贬斥原来本属正义的起义者，必然如此。

考察了以上三部史怪型作品之后，可以得到这样的认识：史实之所以被神怪化，一方面是作者的兴趣所致，但更重要的，是那史迹本身就有被神怪化的条件，至少是有神怪化的民间传说。《史记·封禅书》中就有太公封八神将的记载，《六韬》《说苑》（见张守节《史记》正义引）都记有关于姜尚神异之迹的传说，《武王伐纣平话》更有大量的神怪成分，这是《封神演义》把历史神怪化的重要条件。郑和下西洋，事迹出奇，为神话幻想提供了条件，民间便有传说产生，而况《瀛涯胜览》等书也有"尸致鱼"妇人夜间飞头食小儿粪便的幻异记载。至于王则起义，本借迷信之说，"旗帜号令，率以'佛'为称"①，因而更便于神怪化。

史怪小说不同于讽喻的奇幻之作，其价值的高低主要在于：（一）现实世情的描写造成的生活气息和人物形象；（二）幻异结构的新奇特异和情趣、意味。

（三）讽喻型

讽世或喻理是奇幻小说最自觉的表意形态，使神怪幻象最后失去迷信色彩，成为纯粹的表意手段。从这方面说，是奇幻小说高度发展的产物。有趣的是，这种类型的第一部白活小说竟是宣示佛门情幻观念的《西游补》，以失去迷信色彩的纯寓意的奇幻意象表现一种宗教的思想观念。

《西游补》，明末董说著，说字若雨，生于明光宗泰昌元年（1602），

① 《宋史》卷二九二《明镐传》。

卒于清康熙二十五年（1686）。他自幼好佛，诵圆觉经，十岁能文，十三入泮，因明末世乱，并绝功名，明亡后，削发灵岩，云游四方，唯友渔樵，著述甚富，多佚，有《丰草庵杂著》十二卷（十种）、诗文集若干卷①，二十一岁时就写出了《西游补》。

此书形态与《西游记》不同，也与其他神怪小说不同，是一部地道的象征之作。它于《西游记》第六十一回三调芭蕉扇之后，横空接出十六回书，写孙悟空为鲭鱼精所迷，梦入他所幻化的万镜楼中，经历过去、未来（审秦桧，师岳王），化作美人、阎罗，后得虚空主人唤醒，方离梦境。而所谓鲭鱼精，乃是"行者情"的象征。全文离离奇奇，似难理解，实际紧紧围绕作意。"总见世界情缘，多是浮云梦幻"，希图以佛门观念讽喻世情，唤醒世人。作品的价值并不在这种唯心的观念本身，而在其独到的艺术表现。作为货真价实的象征小说，《西游补》在我们大量的白话小说中是个独特的存在。它的象征不是局部的，而是总体性的。它巧妙地以"万镜楼"幻中之幻的情境象征大千世界的现实人生的种种追求和爱欲，曲折而含蓄地表现其思想主题，较难读解，又颇耐寻味。这正是象征的艺术品格。作者又以"鲭鱼精""小月王""杀青大将军"等谐音、拆字的手段加以点拨和提示，加上开头的议论，读者也就能够理解真实含义。至于曾被一些人误认作反清的民族思想表现，实在是由于不了解创作年代（以为作于清初），在"杀青"一类字眼上附会所致。这种谐音、拆字之法，在古小说中是常用的，但上述总体的象征意象却是极其罕见的，在古代白话小说中可以说是绝无仅有。其它神话表意之作，包括《西游记》在内，主要是用隐喻法，因而较比《西游补》易于解读。《西游补》是严格意义上的象征小说，因而在我国小说史上有其独特的价值和地位。

此书在某些局部描写中讽喻明季世风，大至"风流皇帝""乱臣贼

---

①　参见刘复：《西游补作者董若雨传》，载《西游补》附录，上海古籍出版社1963年版。

子",小至误人庸医、落第秀才,随笔而讽,以至写悟空做半日阎罗,判秦桧一案,并使之师于岳王,大倡"有君尽忠,为臣报国,个个天王,人人成佛"(第九回),直使情幻主旨黯然失色,儒家思想大放光明。

鲁迅谓此书"造事遣词,则丰赡多姿,恍忽善幻,奇突之处,时足惊人,间以俳谐,亦常俊绝,殊非同时作手所敢望也。"[1]

《斩鬼传》和《平鬼传》

神怪小说向讽喻演化,产生了讽刺小说,其中鬼神完全脱离本来的意义和迷信色彩,成为单纯的讽世手段,只是形式上借助民俗或宗教观念。这种作品,首见于刘璋的《斩鬼传》。

据孙楷第书目,明代即有《钟馗全传》四卷刊本,存日本内阁文库,未见。刘璋(别号烟霞散人)《斩鬼传》四卷十回,有康熙刊本,叙钟馗于唐德宗时赴考高中,因貌丑被辱,遂自刎,被德宗封为"驱魔大神"。阎王命他率咸渊(衔冤)富曲(负屈)二将并三百阴兵到阳间斩鬼,被斩之鬼形形色色,名目甚夥,搗大、龌龊、诞脸、诓骗、仔细、不通,以至色中饿鬼,不一而足,无一而非世态观念的化身。钟馗捉鬼故事由来已久,广为流传。《斩鬼传》显然是利用这一传说,嘲讽世情。自与神怪小说不同,因而被列入讽刺之部。这从一方面说是对神怪小说的某种发展,把表意强调到极度;但也正因为这样,便失去一般神怪小说表意的自然性、含蓄性,过于浅露,近于嫚骂。但其构思、描写,也不是全无趣味。如第三回"富先锋箭射诞脸鬼",其脸箭射不入,剑砍不红,"真从古未有之脸"。又如第七回"献美酒五鬼闹钟馗",成了有名的节目。更有意味的是其结尾:钟馗功成受封,德宗召柳公权匾其庙,解开黄绫包,悬于殿上,竟是这样五个大金字:"那有这样事!"这一结尾,在古小说中实是别开生面,独具一格,显出一种全新的创作意识,也是这部小说纯讽喻形态的直言不讳。

---

[1] 《中国小说史略》,第138页。

《平鬼传》（全名《唐钟馗平鬼传》）八卷十六回，实比《斩鬼传》短，题"东山云中道人编，有乾隆间刊本。它也写钟馗除鬼事，也是地道的讽世之作，内容却与《斩鬼传》不同，翻出新的花样。它选了个具体地点，长安西北的万人县，不似《斩鬼传》那样漫无目标，让钟馗一伙四处搜寻。更重要的是，对诸鬼的描写、处理大有分别，尤其值得注意的是用许多笔墨写穷鬼与讨债鬼的对立。这万人县诸鬼为首的是无二鬼，集合滑鬼、讨债鬼、混帐鬼等一批鬼物与钟馗对抗，而穷鬼不听讨债鬼的劝诱，不肯入伙为伍，并立志要"帮助"钟馗将他们"斩尽杀绝"，后来果投钟帅帐下，作了先锋，"头戴一顶愁帽，身披一领破蓑衣，手里拿着一块麻糁"，冲锋陷阵，立下战功，还得穷神以"法网"相助，最后与累鬼一起受阎罗之赏。作品又写讨债鬼与混账鬼是兄弟，踞子母山"阎王寨"，皆被穷鬼擒获，献给钟馗斩首。这种设计和处理清楚表明作者的爱憎，对受穷受累的被压迫者不仅有同情心，而且是在鼓励他们同"仗着歪赖刁鳄（讹）"等手段讨阎王债的混账债主们作斗争，虽然取了戏谑的形式，思想还是可取的。

与《斩鬼传》格调相仿，讽喻过于浅露。从这方面说，两者都是概念化的产物。

《何典》

这是另一部讽喻之作。作者张南庄，署"过路人"，上海籍，"乾嘉时"人。"著作等身，而身后不名一文，无力付手民"，毁于兵火，独《何典》幸存①。《何典》十回，写阴山背后鬼谷中三家村鬼事，"在鬼世界中展示人间相"②。

这书与《斩鬼传》《平鬼传》不同，它的一些鬼人物不是某种观念的化身，而是颇有人情味，名为鬼，实为人。前五回写财主活鬼、雌鬼、活

---

① 参见海上餐霞客《何典·跋》，载《何典》附录，北京：人民文学出版社 1881 年版，第 114 页。

② 赵景深《何典·跋》，载同上书，第 128 页。

死人一家的不幸遭际，由于造庙做戏引得酒鬼打架，出了人命，被贪财如命的土地弄得家破人亡——活鬼死后，雌鬼嫁人不良；雌鬼死后，儿子活死人成了孤儿，被舅舅形容鬼领去，受舅母醋八姐的虐待，最后出走乞讨。其中处处写出现世的许多人情世态。当然，不是严格的写实，而是用一种夸诞、诙谐、戏谑乃至玩世的笔调写的，但它是写意的，不像上列二书那样，每个鬼都是一种观念的代表。其中夫妇之情、母子之情、以及姊与弟、妇与后夫、舅与甥，以及贪官污吏、酒鬼、无赖，都是近乎现实的。后半差些，出现了神仙鬼谷先生之类，但也写了色鬼那样"仗官托势"的花花公子以及帮他的"牵头"尼姑之类，他老婆，识宝太师的女儿，更是个霸道角色，打死被色鬼看中的豆腐西施。而第八回写"贪城隍激反大头鬼"，大有"官逼民反"之意，种种情事分明也是人间的变形或缩影。正因为这样，一些评家对它评价较高。刘复说："统观全书，无一句不是荒荒唐唐乱说鬼，却又无一句不是痛痛切切说人情世故。"① 鲁迅说："作者"在死的鬼画符和鬼打墙中展示了活的人间相，或者也可以说是将活的人间相，都看做了死的鬼画符和鬼打墙。便是信口开河的地方，也常能令人仿佛有会于心，禁不住不很为难的苦笑。"②

《何典》这样的成就与它采用的语言形式是分不开的，它与一般小说作品的语言不同，不只用了生动、流畅的白话口语，而且大用方言、俗语和成语，不仅一般的、正常地用那些方言、俗语，某些地方还故意以一种戏谑的态度活用俗语和成语，造成诙谐、幽默的效果。这与全书的"乱说鬼"的内容和谐一致，从而增加了讽刺性和艺术趣味，令人看了会心和开心。如："只得拿了一把班门弄斧"（六回，活死人受气，去砍柴）之类。

《何典》每回之末有缠夹二先生（即陈得仁，字小舫）评，其评语也

① 《重印＜何典＞序》，载同上书，第 126 页。
② 《题记》，载同上书，第 116 页。

活用方言、成语，与正文一样诙谐、幽默，在小说评点中别具一格。

考察了以上各类奇幻表意小说之后，我们不能不考虑一个问题，在这些小说中，为何《西游记》最受欢迎？其成就与价值也最高？当然，原因很复杂，非止一端。但通过比较可知，它不仅不是那种简单、粗糙的宣教之作，低劣的迷信宣传品；也不同于史怪之作的真不真，假不假，不伦不类。史怪形式，虽不无可取，史事与幻事却互相钳制，难于协调，各自的长处都难充分发挥，甚至有互相抵消的副作用。至于讽喻之作，往往把幻想意象作为单纯的表意手段，因而流于浅露。《西游记》的长处是既不受史的制约，也不过分地注重直接表意与讽世，而是自由自在地发挥艺术幻想的才能，注重创造有艺术美感的神奇幻象，把关乎现实的思想、意蕴消融在自然的幻象之中，没有为意造象的斧凿痕迹。其幻异的形象结构仿佛天造地设，自然浑成，各种幻事都从那些幻想的人物生发而出，在奇趣横生的故事中创造出那些奇妙的人物形象和艺术世界，从而造成幻想意象的"无名状态"，其味无穷。这是在更高层次上处理造象与表意的艺术关系，孙悟空这个形象就是这种奇幻艺术的最高成就。

讽刺小说杰作《儒林外史》

　　明、清两代是我国古典小说的全盛期。以长篇而论，继《三国演义》《水浒传》《西游记》《金瓶梅》明代四大奇书之后，又于清代乾隆年间产生两部面目一新的伟大作品，把小说艺术推向更加成熟的阶段和新的高峰，此即吴敬梓的《儒林外史》和曹雪芹的《红楼梦》。这里介绍前一部。

　　《儒林外史》成书于十八世纪四十年代，手稿已佚。今见之最早版本是嘉庆八年（1803）刊行的卧闲草堂本，五十六回。其后多种刻本皆由此本复制或衍生而出，也多是五十六回。第一回写元末明初的王冕隐居不仕，志行高洁，作为"楔子"，"隐括全文"；最末一回写明后期"神宗帝下诏旌贤"，因与全书思想、格调不合而被不少研究者视为后人续貂，有的版本将它删去。此外正文五十四回，以明中叶一百几十年为时间背景，以对功名富贵的态度为思想重心，描写一大批儒林人物的生活世相和精神状态，真实地展示出在封建科举制度腐蚀、钳制之下知识分子的形形色色，并能达到"烛微索隐，物无遁形"①，从而有力地抨击了那种制度，也揭露了社会的黑暗、官场的腐败、世风的丑恶，成为一部思想、艺术价值前所未有的讽刺小说杰作。

---

　　①　鲁迅：《中国小说史略》，第178页。

一

　　吴敬梓何以写出这样一部小说名著？这与他的身世、经历和思想密切相关。吴敬梓，字敏轩，号粒民，又号文木老人，生于清康熙四十年，卒于乾隆十九年（1701—1754），安徽全椒人。他出身于科甲相继的官绅世家。曾祖吴国对是顺治时的探花，官至翰林院侍读，在家修了探花第。祖辈也多为官。他是吴雯延之子，过继给长门从伯父吴霖起为嗣。吴霖起是拔贡生，曾任江苏赣榆县教谕，因为人方正，不趋炎附势，丢了官职，不久去世。吴敬梓幼年聪慧好学，后随嗣父宦游，往来大江南北。吴霖起死时，他才二十三岁。族人欺他是个嗣子，争夺其家产，演出一场"兄弟参商，宗族诟誶"的丑剧①。这事给他很大的刺激和影响，使他看到封建家族所谓伦理道德的虚伪性，认识到一些官绅、儒士见利忘义的丑恶本质。他本来就不善治生，不务藏积，广泛交游，慷慨好施，此后更由愤世转趋玩世，酣醉欢歌，一掷千金，不上十年就将数万家财挥霍殆尽，成为官绅世家的败子和叛逆，为乡里"传为子弟戒"。

　　吴敬梓早年也曾致力于科第举业，并考取秀才，但到三十岁还未中举，功名心也就日趋淡漠。由于不为世俗所容，他在三十三岁时毅然离开家乡全椒，迁往南京，卜居秦淮水亭，以诗酒会友，为"四方文酒之士走金陵者"推为"盟主"②。乾隆元年，他三十六岁，朝廷开博学鸿词科，安徽巡抚赵国麟荐他应试，他"以病辞"。此后就完全弃绝仕途科举，安于读书卖文的清贫生活。穷困使他由繁华的水亭移住大中桥，"环堵萧然"，有时"闭门种菜，偕佣保杂作"③；冬日苦寒，他就邀友人绕城行

---

①　吴敬梓：《移家赋》，《文木山房集》卷一，上海 古典文学出版社1957年版。
②　（清）金和：《儒林外史》跋，清同治八年（1869）群玉斋印本。
③　（清）顾云：《盋山志》卷四，清光绪九年（1883）金陵盋山精舍刊本。

走，"歌吟啸呼"，谓之"暖足"，穷极甚至"以书易米"①。但他始终不向穷困低头，不随世俗浮沉，既不曳裾豪门，也不希图幸进。乾隆南巡，网罗人才，文士竟相迎拜、献赋，他却"企足高卧向枵床"②，表现了对最高统治者和功名利禄的轻蔑态度。他写诗作文，钻研经学，除《儒林外史》，还著《诗说》七卷，惜已不存；刻《文木山房集》，今存四卷。五十四岁客死于扬州。

上述身世、经历使吴敬梓得以广泛结识儒林人物，熟悉他们的生活、癖性，了解他们的情感、心态，对科场、官场、世俗社会都有切实、深刻的体验。这是成就《儒林外史》的重要前提和生活基础。

吴敬梓的思想有个发展、转变过程。由热心科举到遂意经学和小说创作，就是发展、转变的突出表现。这种发展、转变自然是平生遭际和体验的结果，同时也与各种进步思想的影响不无关系，特别是受当时广为传播的颜元、李塨的反对理学空谈、主张"经世致用"的唯物主义思想影响尤为显著。李塨的学生程廷祚是其至友，常一起探讨学问，对他的影响可想而知。他后期越来越强烈地反对无用的时文八股，崇尚经学与实学，甚至"嫉时文之士如仇"，并大胆提出"如何父师训，专储制举才"③的批判性质疑。这正是创造《儒林外史》的思想基础。

吴敬梓幼读诗书，长攻经史，其主导思想是儒家传统的仁义道德。由于社会黑暗，官场腐败，儒林、仕途乌烟瘴气，他也受到道家崇尚自然思想和魏晋名士派纵情任性风度的影响，轻财好士，狂放不羁，鄙薄世俗，啸傲王侯，具有无视名教，发展个性，反封建理学的思想倾向。这也是成就《儒林外史》的一个重要思想因素。

---

① （清）程晋芳：《文木先生传》，《勉行堂文集》卷六，清嘉庆二十五年（1820）程瀚刊本。

② （清）金兆燕：《寄吴文木先生》，《棕亭诗钞》卷三，清嘉庆十二年（1807）全椒金氏赠云轩刊本。

③ （清）王又曾《丁辛老屋集》卷十二《书吴征君敏轩先生〈文木山房诗集〉后》注引吴敬梓诗佚句。

二

科举制始于隋唐。以考试选拔官吏，较比以往的选举制是一大进步。但到明代，将"代圣贤立言"的八股文作为考试的主要科目，科举也就日趋没落。八股文又称时文、时艺、制艺，因以四书为题，又称四书文，思想僵化，内容空疏，形式刻板，千篇一律。以此取士，势必束缚思想，扼杀人才。至明后期，其弊已显，受到有识之士的批判。清入关后，为"牢笼志士"，巩固统治，仍旧沿袭这种制度，使举业成为读书人博取功名富贵的终南捷径。业儒不必高其志行，也无须真才实学，只要熟诵教条，八股中式，入试官之眼，就能登科及第，飞黄腾达。结果自然是"制艺之外，百不经意，但为矫饰，云希圣贤"①。这就是吴敬梓生活的时代，也是《儒林外史》反映的时代。尽管作者为避文祸将时间背景移至明代，作品展示的情节、画面、人物形象还是他所经历的时代的活生生的现实，其笔锋所向是清中叶的恶劣士风和腐朽的八股取士制度。

作品正文一开始就写两个热衷举业的老童生：周进和范进。周进六十多岁还没进学，教书糊口，受尽欺凌，后又失了学馆，只得去给商客记账；偶入贡院，触景伤情，竟一头撞在号板上，昏死过去，醒来号啕大哭，"满地打滚"，而听到商客要出钱为他捐个监生，就趴在地上给人磕头，说"若得如此，便是重生父母""变牛变马也要报答"。范进考了二十多次，连个秀才也没考取，穷困已极，被丈人胡屠户多次辱骂；后侥幸中举，竟欢喜疯了，满街乱跑，连叫"我中了！"被胡屠户打个嘴巴才清醒过来。这两个人物的遭际和表现充分显出儒林士子可悲而又可笑的精神状态，深刻揭出科举制度对知识分子心灵的腐蚀和毒害。他们被引入一条狂热追求功名富贵的歧路，神魂颠倒，不能自拔，以至失去做人的尊严。

---

① 鲁迅《中国小说史略》，第 178 页。

还有一位鲁编修，因为没有儿子，就教女儿作八股文。鲁小姐不但记诵三千多篇，在晓妆台畔、刺绣床前摆满"文章"，还在新婚之际以制艺难其新郎。新郎不乐此道，她就愁眉不展，说是误其终身。原来他所期望的新郎"不日就是举人、进士"。一个天资聪慧的少女，被崇尚举业的父亲调教成如此俗气的怪异"才女"，不仅是对才能的扼杀，也是对人性的扭曲和戕害。

值得注意的是，周进与范进成进士后都做了学道，作品用不少篇幅写其主持童试的情景。这是作者的匠心安排，是其抨击科举的重要关目。周进一心"拔真才"，而由于同情与自己遭际相似的范进，就把他的卷子看了三遍。第一遍印象很坏："都说的是些什么话！怪不得不进学！"第二遍"觉得有些意思"。看过三遍，竟以为"是天地间之至文""一字一珠"，取为头名。这说明试官评阅八股文并无凭准，其主观倾向起很大作用。在此同时，又插写他严厉斥逐魏好古，把诗词歌赋贬为"杂学"，进一步揭示学官的昏庸、科举的荒谬。他选拔的"真才"范进连苏轼为谁都不知道。再让这样的范进做学道，主持考试，结果也就可想而知。作品不写他如何阅卷选才，而着重写他苦苦搜寻周进要他照顾的荀玫的试卷，以报师恩。妙在荀玫已被录取，不须照顾，而学官范进的卑琐行径和徇私心理却昭然若揭。

在第一回"楔子"末尾，王冕说八股取士制度"定的不好"："读书人既有这一条荣身之路，把那文行出处都看得轻了。"这实际是作者吴敬梓对现实的认识和感慨。《儒林外史》中许多衣冠楚楚的秀才、贡生、举人、进士无德无行，寡廉鲜耻，就是这种认识的体现和现实的写照。严监生想在妻子王氏病危之际把偏房赵氏扶正，试探两位妻兄王德、王仁的口风。这两位秀才先是沉着脸"不则一声"，待见到妹夫送的二百两银子，立刻义形于色地表示赞同，还说"我们读书人全在纲常上做工夫"。如果说王氏兄弟还只是见利忘"义"、装腔作势的假道学，那么，贡生严大位就是十足的恶棍、劣绅。他卖出的猪又走进他家，他就关起来不还人家；

有人向他借债，立契而未取银，他就向人要半年的利息；舵夫吃了他剩的两片云片糕，他硬说那是值几十两银子的贵药，以此讹诈，不付船费。更可恶的是，其胞弟严监生死后，他赶出寡妇、孤儿，霸其产业。但就是这个恶棍、劣绅，早被学道周进举了"优行"，拔为贡生。这真是对科名"优贡"的莫大讽刺。作品还写一个在功名途中由好变坏的匡超人。他进学以前是个朴实、勤劳的后生，对父亲的孝行也出于至情；而在考取秀才之后，逐渐热衷名利：结识斗方名士，充当时文选家，胡乱作诗，信口吹牛，随恶吏潘三贪赃枉法，做代考枪手，以至背妻另娶，"攀高结贵"。这个人物的一步步演变，清楚表明：以功名富贵诱人的仕途科举正是使人丧心败德的渊薮，也是士风日趋恶俗的根源。

三

作为知识分子的"士"，是封建社会的中间阶层，上连官宦绅衿，下通市井细民，幸进则荣华富贵，落魄则无业无家，富于思想，了解文化，与社会思潮、时代风尚息息相关。作者吴敬梓利用作品主人公这种特殊的地位和条件，展开较为广阔的生活描写，对走向没落的封建社会作了广泛、多面的剖解和批判，从而丰富了作品的思想，也深化了主题。

官场是社会的重要窗口，也是其时封建社会没落、黑暗的显示屏。《儒林外史》在针砭士林、抨击科举的同时，也把笔伸向各级官府，揭露官场的腐败和丑恶。高要知县汤奉为邀名滥施刑罚，在枷上大堆牛肉，枷死回民老师傅，引起回民聚众罢市。按察司不处罚汤奉，反把为头的"问成奸民挟制官府"，让汤奉发落。南昌府太守王惠又贪又酷，一到任就打听弄钱的门路，用大戥盘剥，大板拷比，打得全城百姓无人不知他的厉害，"睡梦里也是怕的"，而他就因此被上司推为江西第一能员，升了道台。还有在浙江布政司充吏的潘自业，私刻官印，短截公文，把持官府，包揽词讼，贪赃枉法之事无所不为。作品还把矛头指向最高统治机构以皇帝为首的封建朝廷：对百姓能养能教的千总萧云仙被工部核查，"奉旨"罚款；在边关打了胜仗的总兵汤奏被妄加罪名，贬官三级；而假冒中书的秀才万里，由于有人为他进京打点，很快就来了授职知照，成了真的中书。凡此种种，都从侧面揭示了朝廷的昏昧与官场的黑暗。

假名士风是《儒林外史》讽刺的另一群人。其中多为科场失意之辈，"假托无意功名富贵，自以为高"①；也有些人本不业儒，却要拼命挤进士林，他们吟诗作赋，附庸风雅，互相吹嘘，抬高身价，不过为了骗名骗利。这群人中不但有贵家公子、落魄文人，还有医生赵雪斋、道士陈和甫、头巾店老板景兰江、文墨不通而胡吹胡骗的"混帐"权勿用，甚至还有用猪头"虚设人头会"骗走五百两银子的"侠客"张铁臂，以及窃得牛布衣诗稿而假冒其名到处招摇撞骗的"小子"牛浦郎。倒是小小年纪的牛浦郎从那部诗稿题目上看出了这班斗方名士的根底和门道："这相国、督学、太史、通政以及太守、司马、明府，都是而今现任老爷们的称呼，可见只要会做两句诗，并不要进学、中举，就可以同这些老爷们往来，何等荣耀！"这个少年误入歧途，正是假名士风恶性发展的生动写照。假名士归根到底是社会腐朽、世风鄙俗的产物。他们"自己不能富贵而慕人之富贵，自己绝无功名而羡人之功名，大则为鸡鸣狗吠之徒，小则受残杯冷炙之苦"②，也是一群可笑而又可悲的角色。

忠孝、仁义是封建社会上升时期建立起来的道德观念和人格理想，而在它与个人的实际利益发生冲突时，总有一些人弃置不顾，不忠不孝、不仁不义之辈代不乏人。待到封建社会后期，功名富贵的世俗观念日益兴时，纲常、名教的传统道德成了越来越多读书人装饰门面的高头讲章，并不实行，从而演出了一幕又一幕极富讽刺意味的生活喜剧。王惠与荀玫同在工部为官，荀玫死了母亲，本该立报"丁忧"，王惠却教他"将这事瞒

---

① 闲斋老人：《儒林外史序》。
② 卧闲草堂本《儒林外史》第十七回评语。

下，候考选过了再处"，并找来吏部掌案金东崖商议办法。荀玫不但感激王惠"相爱之意"，还私下去求周进、范进两位老师保举他"夺情"留任，而这两位都做过学子楷模学道的朝廷大员居然也说"可酌量而行"。这幕丑剧把五个大小儒官卷入其中，充分显出他们平时高谈"孝思""孝道"的虚伪面目。另有一幕是在"利欲熏心"的五河县上演的。新来的暴发户方盐商财大势大，阖县官绅争相趋赴；而往昔科甲相继的虞、余两家已然没落，但绅衿尚有百多人。后逢节孝入祠，这些绅衿进士、举人、贡生、监生、秀才都不肯参加本族祖母、叔祖母的入祠仪式，理由是"方家老太太入祠，他们都要去陪祭、候送"，帮助方盐商演出一幕"大闹节孝祠"的丑剧。"诗礼人家"的官绅、儒士如此趋炎附势，违教背礼，不仅见出士林之俗、世风之恶，而且让人感到这个社会的封建秩序正在崩溃，离倒塌已经不远了。

但这只是当时社会的一个方面。另一方面，传统的封建伦理观念以及阐扬、发挥这种观念的宋明理学还是广有影响的统治思想，受其毒害而走极端的也大有人在，甚至还有烈妇殉夫的惨剧发生。《儒林外史》中王玉辉之女就是封建伦理道德的牺牲品，而热心撰修"礼书"的老秀才王玉辉不但不阻止女儿的愚昧行事，还大笑大叫："死的好！死的好！"妻子大哭不止，他却说她是呆子，还说："三女儿而今已是成仙去了。""只怕我将来不能像他这一个好题目死哩！"在这个理学愚儒身上已经失去常人那种对儿女生命极端珍视与爱护的人性本能，迂腐和愚昧使他近于残忍。作品通过对王氏父女的生动描绘有力地控诉了害人、吃人的理学和礼教。

四

《儒林外史》并非单纯讽刺之作，作者的政治理想和人格理想都有表现。吴敬梓的政治理想还是孔孟之道，是儒家的忠孝观念和仁政思想。书中借高老先生之口说杜少卿父亲"是个呆子"："做官的时候全不知道敬重上司，只是一味图百姓说好，又逐日讲那些'敦孝弟，劝农桑'的呆话……把个官丢了。"其实，这个丢了官的"呆子"正是作者心目中的理想之官。作品后面写郭孝子历险寻父，克尽孝道，萧云仙筑城开渠，劝农兴学，都是其理想的具体写照；而让虞育德率领群儒以古礼古乐大祭泰伯祠，则是其理想的象征性体现。不过，作者也认识到他的政治理想只是无法实现的幻想，所以又写萧云仙终被朝廷罚款，降调，到广武山赏雪，"潸然泪下"；让盖宽去看那泰伯祠的破败景象，叹息不止。不但如此，临近结尾的第五十五回开头还有这样一段文字：

> 话说万历二十五年，那南京的名士都已渐渐消磨尽了。此时虞博士那一辈人，也有老了的，也有死了的，也有四散去了的，也有闭门不问世事的。花坛酒社，都没有那些才俊之人；礼乐文章，也不见那些贤人讲究。论出处，不过得手的就是才能，失意的就是愚拙；论豪侠，不过有余的就是奢华，不足的就是萧索。凭你有李、杜的文章，颜、曾的品行，却是也没有一个人来问你。所以那些大户人家冠、昏、丧、祭，乡绅堂里坐着几个席头，无非讲的是些升迁调降的官场；就是那贫贱儒生，又不过做的是些揣合逢迎的考校。

这不只是小说文法的收煞之笔，也是其时世风日下的概括之笔；不仅昭示作者的理想归于幻灭，也预示儒林、官场的没落前景。

吴敬梓的人格理想也是儒者的传统观念："穷则独善其身，达则兼济天下。"既然官场腐败，仕途混沌，政治理想无法实现，便在《儒林外史》中创造一批讲究"文行出处"、鄙薄功名富贵的真儒、高士，与那些追名逐利、趋炎附势之辈形成鲜明的对照。闲斋老人在为此书写的序中有如下的话："其书以功名富贵为一篇之骨。有心艳功名富贵而媚人下人者；有倚仗功名富贵而骄人傲人者；有假托无意功名富贵，自以为高，被人看破耻笑者；终乃以辞却功名富贵，品地最上一层，为中流砥柱。"这倘不是作者的夫子自道，便是评家对书中人物的确当分类和评判。"楔子"的主人公王冕就是"品地最上"的人物。他既有"大学问"，又有绘画才能，却不求闻达，避官逃官，奉养老母，隐居以终。作品用第一回书纵笔特写，即为全书人物树一标的，也是作者理想人格的艺术体现。正文中的杜少卿是以作者本人为原型的。他散尽家财，无意功名，巡抚荐他应朝廷征辟，他装作重病，坚辞不赴，"乐得逍遥自在，做自己的事。"此举与吴敬梓因真病而辞征辟并不完全相符，是作者事后认识提高的产物，从而把人物写得更有思想光彩。杜少卿与作者一样，也撰写《诗说》一书，在同友人谈及《女曰鸡鸣》时说："你看这一对夫妻，绝无一点想到功名富贵上去，弹琴饮酒，知命乐天。这便是三代以上修身齐家之君子。"他这番话实际就是作者在当时社会条件下人格理想的一种自白。书中还写他携娘子的手大笑游山，令观者"目眩神摇，不敢仰视"；对被盐商骗娶作妾而敢于窃物逃婚的沈琼枝大加赞赏，赠送程仪。这又显出人物和作者的另外一面：对世俗、礼教和社会恶势力具有某种反抗精神。作品中其他正面人物，如虞育德、庄绍光、迟衡山、武正字等，也都是品行端方、淡泊名利、有真才实学的士君子，但与杜少卿相比，较少生活血肉，形象也就不够鲜明。倒是处于五河县势利小人包围中的虞华轩颇有个性，在嘲弄、惩治姚五爷等一班俗物时挥洒自如，谈笑风生，形象生动而鲜明。

《儒林外史》还写了一批自食其力的下层市民。牛老爹、卜老爹、倪老爹和鲍文卿都是穷苦人，淳朴、和善，乐于助人，与恶俗的士林、腐败的官场形成另一种对比。作者还通过太守向鼎称赞"戏子"鲍文卿特地道出这种对比："这些中进士、做翰林的……事君交友的所在全然看不得。不如我这鲍朋友，他虽生意是贱业，倒颇多君子之行。"这在出于世族、身处士林的吴敬梓也是难能可贵的。结末又于"儒林"之外添写"四客"：写字的、卖火纸筒子的、开茶馆的和做裁缝的。他们也都靠个人劳作维持生计，不羡功名，不慕财势，所以"不伺候人的颜色"，有自己的独立人格。这几位除能自食其力，还各有文士的雅兴、才艺：或擅长书法，或善下围棋，开茶馆的能诗能画，裁缝荆元弹得好琴，都不是一般的市井细民，而兼琴、棋、书、画的代表。由此可见，这一组人物不是写实，而是写意；不但是世俗的反衬，也是作者的向往。以荆元"弹一曲高山流水"作结束，寓有引为知音的深意。当然，这在当时也只是一种不能实现的愿望而已。

五

《儒林外史》是讽刺小说，又是生活化的小说。它既不像《西游记》《封神演义》那样写神写魔，天马行空；也不像《水浒传》《三国演义》那样写英雄豪杰，出奇特异；更不像许多才子佳人小说那样编造故事，远离实际。它写的是现实社会一大群知识分子的日常生活：应考望报，谢师酬宾，见官会友，作诗论文，选批八股，游山赏雪，以及婚嫁、丧葬、饮食起居，凡此种种，不一而足。"事则家常习见，语则应对常谈"[1]，既不过分修饰、渲染，更不使生活漫画化，而如鲁迅所说，"乃秉持公心，指摘时弊"，以白描之笔平实写出，"凡官师，儒者，名士，山人，间亦有市井细民，皆现身纸上，声态并作，使彼世相，如在目前"[2]，从而大大发展了春秋笔法，比以往大量故事小说和《斩鬼传》之类夸诞的讽刺小说更贴近现实与人生，成为一部文学史上罕见的生活小说，更是讽刺文学中前无古人的现实主义小说杰作。

真正的现实主义艺术源于现实的社会生活。在我国小说史上，除去以史书为蓝本的历史演义之外，被时人和后人指出书中人物之生活原型最多

---

[1] （清）黄小田：《儒林外史序》，载李汉秋辑校《儒林外史》卷首，黄山书社1986年版。
[2] 鲁迅：《中国小说史略》，第178页。

的当推《儒林外史》。有的研究者经过考察，列表排出三十多人，也许不免有所附会，但至少也有十多个重要人物的原型可以确指。如杜少卿之为作者自况，马纯上之为冯粹中，牛布衣之为朱草衣，等等。其实，正如有些文章所指出的，小说中的人物与原型不能等同，有时还相去甚远；知某原型为谁也无关紧要。这里只是说明一点：《儒林外史》所写的人物、事体，不像许多古小说那样出于作者的向壁虚构，而大多来自生活实际，来自作者的切实感受，因而写来合情入理，栩栩如生，且"于人情世故，纤微曲折，无不周到"①，甚至使人读后"觉日用酬酢之间无往而非《儒林外史》"②。此乃现实主义讽刺小说独有的艺术力量。

由于源于现实的真人，形象也就有一定程度的多面性和复杂性，不是某种单一性格素质的载体。余特本是耿直、诚笃的正人君子，却到无为州去打秋风，收受贿赂，一失足而成终生之玷。蘧来旬是不务举业、讨厌时文的风流公子，却热心做斗方名士，还想在马纯上选批的八股文集上署其名字，因而带上几分俗气。王玉辉信守封建理学，为女儿殉夫叫好；待到知县等人祭这位烈妇，摆席请他，他倒"转觉心伤，辞了不肯来"，显出父性人情和心理矛盾。更有些人物瑕瑜互见，褒贬参半，只是写出一种存在，难分正面、反面，肯定还是否定。马纯上、娄家两公子无不如此。补廪二十四年尚未中举的马二先生最为醉心举业，认为那是人生头等大事，八股取士"是最好的制度"，甚至说"就是夫子在而今也要念文章，做举业，断不讲那'言寡尤，行寡悔'的话"，不然"那个给他官做"？但就是这样一位举业迷，却很讲究"文行出处"，不仅选批文章极其认真，还用仅有的一点稿酬"仗义疏财"，为朋友蘧来旬消解狱讼横祸；热心资助一个有孝心、爱读书而流落他乡的青年匡超人回乡孝亲，应考上进，甚至诚令人感动。正如鲁迅所评：从其议论可以"洞见所谓儒者之心肝，至

---

① 《儒林外史》金和跋后天目山樵识语，同治八年（1869）群玉斋印本。

② 见卧闲草堂本《儒林外史》第三回评语。

于性行，乃亦君子"①。此种形象既复杂多面，又和谐一致，是矛盾的统一体，比往昔的故事小说人物更像生活中实在的人，因而具有更高的真实美、更强的感染力，把我国古典小说人物的审美层次提到一个新的高度。这也是对现实主义小说艺术的重要发展和贡献。

不过，这部作品也有一些远离现实敷衍故事的败笔。郭孝子遇虎，甘露僧逢仇，以及青枫城、野羊塘两起战事，都是吴敬梓不熟悉的，将一点书面资料或时事传闻铺展成传奇故事，不但明显失真，也与全书的格调、气派不能和谐，甚而至于大相径庭。

《儒林外史》结构上也有特色。它没有贯穿首尾的主要人物和中心事件，"仅驱各种人物，行列而来，事与其来俱起，亦与其去俱讫，虽云长篇，颇同短制"②，即似若干短篇的连缀。这种结构也是由作品内容决定的。作者要在一部书中写出其大半生对数以百计儒林人物的切实感受，而且要取生活本身的拟实形态，就不便将他们纳入同一个中心事件，更不便以二、三人物作贯穿全书的主人公。换句话说，这种短篇蝉联的长篇结构，与作品所要展示的生活时空、人物活动之自然形态若合符契，给予作者舒展笔墨的极大便利和自由，从而实现了创作意图，完成了思想主题，达到了内容的生活化和真实美。其艺术的成功与结构的自然、和谐是分不开的。

这样一部开创性的讽刺小说杰作对后世产生了深远的影响。特别是晚清指斥时弊和世风的小说，如《海上花列传》《官场现形记》《二十年目睹之怪现状》及《孽海花》等，从写实笔法到结构形式多取法于《儒林外史》。近半个世纪，它更被译为英、法、德、俄、日、越多种文字，成为世界文学的瑰宝。

原载《中华文明之光》第三辑，北京大学出版社1999年版。

---

① 鲁迅《中国小说史略》，第179页。
② 鲁迅《中国小说史略》，第178页。

吴敬梓与《儒林外史》

一、吴敬梓的家世和生平

十八世纪中叶，中国文学史上产生一部独步千古的讽刺小说杰作《儒林外史》，作者吴敬梓被胡适誉为"安徽的第一个大文豪"。

吴敬梓，字敏轩，号粒民，又号秦淮寓客，晚号文木老人，安徽全椒县人，生于清康熙四十年（1701），卒于乾隆十九年（1754）。他在所作《移家赋》中说自己是"宗周贵裔"，伯雍后代。其远祖吴聪原籍浙江，因随明成祖朱棣"靖难"有功，被封在江苏六合县，官骁骑尉。数世后失袭，徙家全椒，先业农，后行医，至高祖吴沛转致举业。吴沛功名虽只廪生，却颇有治家教子本领，五个儿子除次子"遵父命任家政"外，其余四子均于明末清初的十数年间登进士第，使全椒吴氏成为远近闻名的世宦望族。吴敬梓的曾祖吴国对更是当时的八股大家，兼擅古文、诗赋，于顺治十五年高中一甲第三名探花，在进士四兄弟中后来居上，官由翰林院编修晋至侍读，先后出任福建主考和顺天学政，并曾获皇帝福临"赐书"的荣耀。吴家造起探花第，有赐书楼、遗园等，盛极一时。至康熙三十年，又有族祖吴晟得中榜眼，遂使"五十年中家门鼎盛"①。不过，吴敬

---

① 吴敬梓《移家赋》，《文木山房集》卷一。

梓祖辈三人即吴国对之子，功名远不及父，只有三子吴昇中举，长子吴旦、次子吴勖都止于秀才，父辈亦无显著功名。至吴敬梓，吴氏虽还是缙绅之家，但已大不如前。

吴敬梓原系吴勖之孙，吴雯延之子，被过继给吴旦独子吴霖起为嗣，从而成为长房长孙。嗣父吴霖起拔贡出身，父亡侍母，垂暮之年才出任江苏赣榆县教谕。吴敬梓十三岁丧母，十四岁离乡随父宦游。赣榆地处苏北海滨，穷乡僻壤，父子于此"鲑菜萧然"。可吴霖起做事认真，还捐赀修缮学宫，同时教子读书上进。但他为人正直，拙于逢迎，康熙末年被罢职回乡，第二年就病故了。吴敬梓时年二十三岁。此前他与陶氏成婚，并生子吴烺；又曾于十八岁时到南京侍生父病，时逢童试，生父吴雯延命他赴考，他不敢违，结果考取秀才，归时生父已逝。这使他非常痛心。嗣父死后，族中人欺他是嗣子，群起争产，甚而至于"兄弟参商"，结果不只夺去一部分应该由他继承的产业，也使他看到平日道貌岸然、大谈"孝友"伦理的族人见利忘义的真面目，给他造成很大的精神创伤。吴敬梓本不善理财，乐善好施，又狂放不羁，"酷嗜"风流，此后更由愤世转趋玩世，"饮酒歌呼穷日夜"①，不上十年就将数万家财挥霍殆尽，从而成为官绅世家的败子和叛逆。在此期间，妻陶氏病故，他多年未续娶，后逢业医的叶姓老人，愿将爱女"适狂生"，他才再婚。他与世俗的家族、乡里矛盾日深，交往日恶，白眼相向，倍受冷落，便在三十三岁时愤而离乡，移家南京。

吴敬梓虽然狂放，却未轻弃举业，进学后多次应考，且一度领科试冠军，颇感自负，视取一第如拾芥。到南京后，卜居于繁华的秦淮水亭，以诗酒会友，结交一批文士，还有科学家和思想家，开阔了视野。乾隆元年（1736），他三十六岁，朝廷开博学宏词科，他由县、省学官举荐，参加

---

① 程晋芳：《文木先生传》，《勉行堂文集》卷六，清嘉庆二十五年（1820）上宁邓氏刊本。

了学、抚两院的预试，受到安徽巡抚赵国麟的赏识，但在两江总督主持的督院考试中因病未能终试，从而失去被荐赴京应考的机会。此后他就弃绝举业，再不应试，安于写作，甘于寂寞。生活日益贫困，他却与友人一起捐资倡修南京先贤祠，并为此卖掉全椒老屋。后家贫益甚，靠卖文和求友维持生计，断炊乃至"以书易米"。虽然贫苦，却很达观，不随俗浮沉。乾隆十六年南巡，文士争相迎拜，以图幸进，吴敬梓却"企足高卧"，如东汉狂士向栩，毫不动心。五十四岁客死于扬州，由戚友金兆燕扶榇归葬南京。

吴敬梓晚年还钻研经学，著《诗说》七卷，惜已不存。他生前得友人方嶟之助，辑四十岁前诗、词、赋作刻为《文木山房集》，今存四卷。另有发现的佚诗佚文三十余篇。

二、《儒林外史》的成因

世宦子弟吴敬梓何以要写被人称之为"稗说"的《儒林外史》？这只能从其阅历和思想中寻找答案。闲斋老人《儒林外史序》云："其书以功名富贵为一篇之骨"，这是切合实际的。书中着力刻画的都是士林人物追求功名富贵的众生相。吴敬梓从少年时代就博览诗文，研读经史，既有儒学根底，又广涉"绮语""秘函"，尤精《文选》，"诗赋援笔立成"，爱慕六朝文士纵情任性的名士风度。与此同时，他也受到求取功名以继家声的精神压力，不能不遵从父师之训致力举业，研习八股，其间的思想矛盾可以想见。随着年龄的增长，压力越来越大，矛盾也越来越尖锐。二十九岁时到滁州应科试，由于对他有"文章大好人大怪"的舆论，竟然"匍匐乞收"而遭上官的凶暴斥辱。这在其心灵深处必然留下极大的伤痛。同年又应举落第，更觉无颜出见乡里，只好到南京漫游。他本不适应也不情愿走八股科举仕进的路，却又不能不走这条士子人人必走的路；他学识兼备，才华横溢，却难于博取多少庸才、劣绅都能博取的举人、进士。这究竟是为什么？他在长达十数年的矛盾、痛苦中思索，终于在移家南京前后即着手创作《儒林外史》之前达到对当时科举制的否定认识。没有这样的认识，就不可能写作《儒林外史》。作品第一回借王冕之口明白指出明代用八股文取士的办法"定的不好"，就是作者这种认识的记录和明证。

科举是以开科考试选拔人才的制度，隋始采用，至唐大兴，按照需要设进士、明经、明法、明字、明算、三史等许多科目，取消了魏晋以来选举制中的士族特权，是历史的一大进步。但到明代，让考生统作以四书五经为题"体用排偶"的八股文①，"代圣贤立言"，并以此为录取人才、选拔官吏的主要依据。这就使科举脱离实际应用，成为读书人博取功名富贵的捷径和敲门砖。清代照搬这种制度，在很大程度上是为控制人的思想和笼络知识份子。清初倡导"经世致用"的颜元（习斋）、李塨（恕谷）学派就对这种取士制度作了批判："八股行而天下无学术"②；"所学非所用，所用非所学""以致天下无办事之官，庙堂无经济之臣"③；主张"学从六艺人"，包括数学、水学、天文、地理。至清中叶，颜李学说已成思潮，李塨还一度到南京讲学，其门生程廷祚是吴敬梓的"至契"，吴常与程探讨学问，自然受到这一思潮的影响。这对他深入认识科举弊害、儒林状况，丰富《外史》内涵，深化作品主题，都是重要的思想因素。

《儒林外史》不同于《三国演义》，可凭史书生发、敷衍；也不同于《西游记》，可依幻想肆意发挥。它是展示人生的拟实之作，虽将时间背景移至明代，所写的人和事，除作为"楔子"的王冕事迹而外，大都是以作者的见闻为原型和本事的。迄今被发现的人物原型多达三十左右，在写现实的古代小说中首屈一指。这充分说明《外史》是感受生活的产物。

---

① 参见《明史》卷七十《选举二》。
② （清）颜元：《颜习斋先生言行录》，载《颜李丛书》，民国十二年（1923）北京四存学会印本。
③ （清）李塨：《平书订》卷六，载《颜李丛书》。

由于作者，身处士林，广泛交游，又由全椒迁到大都会南京，由贵公子沦为穷文人，这样的人生经历使他饱览世情，倍尝冷暖，对科场、官场、家族、世俗社会都有切实、深刻的感受，对种种儒士绅衿尤其熟悉，并深怀爱恶，非写不快。友人说他"嫉时文士如仇，其尤工者则尤嫉之"①，正是上述感受与爱恶之一侧面。此种感受与爱恶，既是《外史》的创作动因，也是成就这部大作的前提条件和生活基础。

三、《儒林外史》的内容

《外史》不同于其它小说，既无贯通首尾之事，也无统驭全书之人。全书五十五回，首为"楔子"，末作尾声，各自独立。中间五十三回正文，人物行列而来，事迹蝉联而下，如鲁迅在《中国小说史略》中所说："虽云长篇，颇同短制"。

"楔子"写元末明初的王冕，既有学问，又有才能，不求闻达，避官逃名，只放牛，画画，奉母隐居，与第二回内容时隔一百多年，情节全无干连，以高洁之士反照正文刻画的儒林群像，"隐括全文"的思想主题。

正文内容主要有以下几方面：

（一）直写科举弊害　山东汶上县老童生周进，六十多岁还未进学，以教书糊口，倍受秀才、举人的嘲弄，后到贡院看到号板，撞头大哭。几个客商可怜他，愿出钱为他"纳监进场"，他立刻趴下给人磕头，说"若得如此，便是重生父母"，自己"变驴变马，也要报效"。从而中举，又中进士，出任广东学道，见了那里的老童生范进，非常同情，三阅其文，拔为案首。范进十分穷困，受尽丈人胡屠夫的侮辱，一旦中举，竟欢喜疯了，被胡屠夫打个巴掌才清醒过来。他后来也得中进士，做了学道，主持童试，而连苏轼是谁也不知道，闹出笑话。又有迷于科举的马二先生和鲁

---

① 程晋芳：《文木先生传》，《勉行堂文集》卷六。

编修，前者是时文选家，对人大讲八股的好处、举业的重要；后者无子，就教女儿做八股文，鲁小姐谨遵父诲，日习夜诵，"晓妆台畔、刺绣床前"摆满八股，不仅自己老于此道，还在新婚之际以制艺难其新郎，后见新郎不务举业，就大失所望，说是误她终身。

（二）针砭儒冠败德　学道周进将生员严大位举了"优行"，拔为贡生。这严贡生其实是个劣绅，仗势欺人，因赖人牲畜被告外逃。其弟严大育是个监生，妻王氏病危，想把妾赵氏扶正，与妻兄王德、王仁商量，这两位秀才先是不悦，待妹夫奉送二百两银子，即表赞同，还说"我们读书人全在纲常上做工夫"。不久，严监生病死，严贡生回来，以为弟立嗣为名，欺压弟妇赵氏，霸其产业，被赵氏告官才未得逞。还有个后生匡超人，进学前勤劳、朴实，是个孝子；考取秀才以后就开始追逐名利，说谎吹牛，胡作非为，为"攀高结贵"竟背妻另娶。作品后半有几回书写"利欲熏心"的五河县，这里的士人争相趋奉新暴发的彭翰林和方盐商。适逢节孝入祠，诗礼传家的虞、余两族有功名的"绅衿"不参加本族祖母、叔祖母的入祠仪式，而去为方老太太入祠"陪祭候送"。余大先生慨叹："我们县里，礼仪廉耻一总都灭绝了！"

（三）展示官场黑暗　官是得志出仕之儒，儒风日下，官风更恶。高要县知县滥用刑罚，枷死回民，激起民变。无为州知州贪赃卖法，草菅人命，银铛入狱。南昌知府王惠用大戥盘剥，大板考比，打得全城百姓"睡梦里也是怕的"。因此被推为江西第一能员，升南赣道，后被反叛的宁王俘获，即刻叩头"降顺"；宁王失败被擒，他又"换了青衣小帽"，四处逃亡。书中也写了正直能干关心民瘼的千总萧云仙，但他不仅未能晋升，反被核查罚款，倾家荡产；而冒充中书的秀才万里，经人进京打点，很快就被授职，成了真的中书。

（四）揭露"名士"假面　被鲁编修选作佳婿的是遽驶夫，他从王惠丢下的旧书中发现一本"天下没有第二本"的《高青邱集诗话》，便添上自己名字，刊刻行世，遍送亲朋，因而成了少年名士。遽的表叔即湖州娄中堂的三公子和四公子,最爱花钱结交名士。先后被二娄招致的不仅有附庸风雅的幕客牛布衣、道士陈和甫,呆子杨执中,还有文墨不通的"混帐"权勿用和大骗子"侠客"张铁臂。张把猪头装在革囊里,谎说是他仇家的人头,骗取二娄五百两银子,逃之夭夭,两个呆公子还在家傻等他回来做人头会。后来有个少年牛浦郎,从已故"名士"牛布衣的诗集里发现作诗可与贵官们交往,就冒牛布衣之名,到处招摇撞骗,以致被牛布衣妻子寻来,告到官府。

(五)抨击封建礼教 老秀才王玉辉崇尚理学,穷治礼经,自然虔奉礼教。他的大女儿"守节在家里"。三女儿又死了丈夫,要以死殉夫,他不但不劝阻,还加以鼓励,说"这是青史留名的事","你竟是这样做罢",回家坐等女儿死讯。女儿绝食死后,他不悲不泣,反说"死得好!死得好!"

(六)张扬儒林正气 从第三十一回至四十三回,虽也多有讥讽,却以儒林正面人物行事为主。杜少卿、虞育德、庄绍光、迟衡山、武正字等都是尊经重道、淡泊名利、讲究文行出处的真儒、士君子。杜少卿是天长县世家子弟,为人至诚,重义轻财,被誉为"海内英豪,千秋快士";家财用尽,迁到南京,诗酒会友,无意功名。适逢朝廷征辟大典,巡抚极力举荐,被他装作重病辞去,而与迟衡山等热心捐赏修太伯祠,最后请出虞博士主祭,举行盛大的祭祠仪式,以兴礼乐,复古尊贤。又有郭力,即王惠之子,不辞辛苦,万里寻父,大行孝道;奇女沈琼枝被扬州盐商骗去欲纳为妾,其父告官遭斥,她就逃到南京,卖文为生,其抗恶精神颇得杜少卿赞许。

尾声由"万历二十三年"起笔,距正文之始的"成化末年"已过一百零八年,"那南京的名士都已渐渐销磨尽了",另写"市井中间"新出的四个"奇人":会写字的季遐年,卖火纸筒子的王太,开茶馆的盖宽和裁缝荆元,"四客"都自食其力,不羡功名富贵,又兼擅琴、棋、书、画,各有文士雅兴。最后以荆元"弹一曲高山流水"煞尾,意味深长。

四、《儒林外史》的版本

吴敬梓友人程晋芳在乾隆三十五（1770）写的《文木先生传》有"《儒林外史》五十卷……人争传写之"等语。这是有关此书版本的最早记载。它说明其时尚无刻本，只以抄本流传，可惜抄本均已失传。五十卷当即五十回，是笔误、刊误还是此书原貌，迄今尚无定论。

吴敬梓族孙女之子金和在同治八年（1869）为群玉斋本《外史》写的跋文中说："是书为全椒金棕亭先生官扬州府教授时梓以行世，自后扬州书肆刻本非一。"金棕亭即吴敬梓戚友金兆燕，其官扬州府教授在乾隆三十三至四十四年（1768－1779），此种刻本为学者寻索多年，至今也未能发现。惟光绪间从好斋校本所载徐允临跋文有"假得扬州原刻，覆刊一过"之语，说明金和所言不虚。

今所见《外史》最早版本是嘉庆八年（1803）刊行的卧闲草堂巾箱本，简称"卧本"，半页九行，行十八字，计十六册，五十六回。首有乾隆元年闲斋老人序。北京图书馆和复旦大学图书馆均有收藏，且已有多种影印本。它也是所见《外史》的最早评本。除四十二至四十四、五十三至五十五这六回无评语外，各回回末均有评语。评者无考，世称"卧评"。其评既早，又多中肯綮，向为研究《外史》者所重。此本的重要还在于它实际上是迄今发现的《外史》各种版本的祖本，而嘉庆二十一年的清江浦注礼阁本和艺古堂本就是卧本的覆印本，仅存的一部清抄本——潘氏滂喜斋本也抄自卧本，且连卧评一并过录。

卧本及后出的清代各本均为五十六回。第五十六回回目是："神宗帝下诏旌贤，刘尚书奉旨承祭"，写万历四十三年由皇帝下诏将业已亡故的书中五十五人赐作进士，并授翰林，以为终结。这一妄诞结尾与全书主旨、基调、写实风格大相径庭，在本属尾声的第五十五回之后又加此一回，显系蛇足，作者当不为此。上述金和跋文即已指出："是书原本五十五卷，于述琴棋书画四士既毕，即接《沁园春》一词，何时何人妄增'幽榜'一卷，其诏表皆割先生文集中骈语襞积而成，更陋劣可哂，今宜删之以还其旧。"

卧本之后，清代尚有苏州群玉斋本（简称"苏本"）、齐省堂本（简称"齐本"）、申报馆两次排印本（简称"申一本"、"申二本"）和从好斋辑校本（简称"从本"）。苏本首梓于同治八年，字大醒目，天地甚宽，但校勘不精，讹误较多，附金和跋文；后重印多次，也有不附金跋者，实是一本。齐本有两种：五十六回本和六十回增补本。前者刊于同治十三年（1874），首有惺园退士序和《例言》五则，以卧本为底本，却擅加"删润"，以求"简括"，有损原作，殊不可取；沿印卧评之外，"阙者（六回）补之，简者充之，又加眉批"①，是为齐评。后者刊于光绪十四年（1888），较原本增补四回，即四十三回后半至四十七回前半，写沈琼枝做了宋为富妾及其借种生子事，"事既不伦，语复猥陋"②。首增东武惜红生序，惜红生即居士绅，也是所增四回的作者。此本后被多次翻印，影响颇广。申一本亦刊于同治十三年，以苏本为底本，末附天目山樵（张文虎）前一年所作识语及金和跋节要。申二本刊于光绪七年，首有闲斋老人序和天目山樵于光绪二年写的识语，申一本识语仍附于末。此本最大特点是加入天目山樵的评语（包括夹批和回末总评），故又称天目山樵评本。此后天目山樵对《外史》又有新评，并曾单独刊行。从好斋主人徐允临以苏本为底本，并用扬州原刻"覆勘一过"，将天目山樵的原评与新评以及自己和华约渔的少许评语一并收入刊行，这就是从好斋本。

1920年，上海亚东图书馆出版《外史》标点本，五十五回，将原第五十六回作为附录。这是所见最早的五十五回本。此后多种印本，不一一介绍。八十年代以来，又有李汉秋辑校的会校会评本（上海古籍出版社，

---

① 齐省堂《增订儒林外史》卷首《例言》。
② 鲁迅：《中国小说史略》，第183页。

1984）、清人黄小田评点本（黄山书社，1986）和陈美林《新批儒林外史》（江苏古籍出版社，1989）。

　　《外史》已被译成多种外文，英、俄、德、日、越诸文都有五十五回全译本。

　　　　　　　　　　　　　　　　1998 年 12 月 28 日于北大寓所

　　　　　　　　　　　　原载 1999 年 3 月 13 日台湾《国语日报·书和人》

内涵丰富　引人入胜

——《滕大尹鬼断家私》赏析

　　明代是我国白话小说蓬勃发展的时代，也是小说一跃而踞我国文坛主位的时代，不仅产生了多部传诵不衰的长篇巨著，由说话人创制的短篇话本也日益受到文人的重视。他们模仿话本的形式，写了大量拟话本。这种拟话本逐渐取代话本，成为白话短篇小说的主体。《滕大尹鬼断家私》（以下简称《滕大尹》）就是明代文人创作的一篇拟话本小说。他出自冯梦龙编纂的《古今小说》（又题《喻世明言》），原作者已不可考，编入该书时经过冯梦龙的艺术加工。

　　拟话本虽然模仿话本，但毕竟不是说话的底本，而是文人自觉创作的具有独立性的小说作品，因而具有自己的特点。一般说来，思想性不如话本，艺术上却比话本成熟、细致。但也有少数拟话本，不仅技巧更趋成熟，思想内容也高出多数话本小说，成为古代白话短篇的翘楚之作。《滕大尹》就是其中之一。它写明代的现实生活。说是永乐年间北京附近的香河县有个太守倪守谦（查无此人，应属虚构），赚下一个大家业，独子倪善继眼巴巴等着继承，不料"罢官鳏居"的老子纳一小妾，又给他生个小兄弟，由此展开一场财产继承权的明争暗斗。倪太守为了保住幼子，并使他得到一份家私，生前伏下锦囊妙计，倪善继尽管"又贪又狠"，还是没斗过死去的老子。审断此案的滕大尹见财起意，巧用机关，把倪太守埋藏多年的一坛金子攫为己有。一望而知，作品写的是封建统治阶级的内部矛盾，矛盾焦点集中在财上。用一份家财做镜子，照出官僚、地主阶级一群人的心地面目，透视这个阶级内部人与人之间关系的一个本质方面。这是这篇小说艺术构思的独到之处，也是它比较精辟的重要原因。

短篇为了高度凝练，以少胜多，特别讲求笔墨集中。可单写一个生活断面——时间集中，场面集中；也可写一个生活事件——矛盾集中，问题集中。前者集中于面，后者集中于线。《滕大尹》属于后者。从倪太守老年纳妾直写到幼子长大成人，大尹断案析产，前后历时十四五年。人物有生有死，场景随时变换，但始终围绕着财产之争。这种话本小说的传统写法，有个明显的长处：容量颇大。作者如果生活功底深厚，又长于艺术提炼，往往能在不太长的篇幅里藏纳丰富的思想内容。《滕大尹》一万余字，故事情节单线发展，生活内容却多种多样。每种内容都是全篇故事的一个环节，同时又各具独立的思想意义，使作品不仅有鲜明的主题、完整的情节，而且有丰富的思想内涵。

让我们展开小说篇页，看看具体情况吧。

故事开始，倪太守已经七十九岁，对"收租放债之事"，还"件件关心"。其子倪善继眼望"肥田美宅"，急不可待，直接提出掌家要求，老头子就是不肯放手。寥寥数行，就触及这个官僚地主家庭父子矛盾冲突的实质——各自强烈的财产占有欲。他们都把掌管家财、收租放债作为人生的第一需要和最大快乐。随后写倪太守"亲往庄上收租"，纳贫家少女梅氏为妾。这虽是后文嫡庶争产的一个铺垫，本身也有思想意味。一个七十九岁的老翁，偏讨十七岁少女做妾，说来令人作呕，当时却并不稀罕。这是明代官僚、地主腐朽、堕落的表现，也是社会不平等、阶级压迫深重的表现。这类极端的老夫少妻，几乎总是富翁贫女。财势的悬殊造成年龄的悬殊，使自幼"父母双亡"的梅氏沦为老朽官僚的玩物和殉葬品。值得一提的是，倪太守并非强霸民女的豪横之徒，而是"品行端方"的"正人君子"。这头亲事是他指使管庄的做媒，撺掇梅氏外婆"依允"，合"礼"合法做成的，因而更具代表性和典型性。

官僚地主老年纳妾总是给封建家族的争权夺利火上浇油。特别是梅氏生子以后，倪家的矛盾斗争大大尖锐化、复杂化了。倪善继"一心只怕小孩子长大起来，分了他一股家私"，预先造下谣言，说孩子不是他爹的骨血，"断然不认他做兄弟"。这是此种人惯用的伎俩，可以说是自古而然。宋郑克《折狱龟鉴》卷三记载：汉代陈留有个老人前妻生一女，后妇又生一子，子幼而翁死，"女欲夺其产，乃巫后母所生非我父之子"。倪善继的行径与汉代陈留女子如出一辙，可见来自生活实际，读来倍感真实。作品还用一系列情节、细节揭示倪善继的重利轻义、不孝不悌：平时为争产和老子怄气，老子死后，立刻搜检梅氏住房，百般虐待庶母幼弟，虽是地主阶级内部纷争，也充分显出这个阶级中的某些人欺寡凌弱、无情无义的凶暴嘴脸和丑恶本质。

不过，表现这个家庭人情险恶最有力的情节还是倪太守死前对其家产煞费苦心的一番处置。他看出长子"不是良善之人"，便把明面产业"都把与他"，以安其心，保幼子性命。这不仅写出老翁的精明和无可奈何，也衬出善继的贪婪和歹毒，可谓精彩之笔。这种事也并非子虚乌有，在漫长的封建社会是屡见不鲜的。汉代有个富家翁，女长子幼，怕女争财戕害其子，临终"悉以其财属女"；宋代杭州"有富民病将死，子方三岁"，便将家财"十之三与子，七与婿"（均见《折狱龟鉴》卷八）。这些史料与《滕大尹》上述情节不一定有直接关系，但为后者提供了旁证。它告诉我们，倪太守苦心处理家产的情节是封建大家庭兄弟（姊弟）相仇、父子相猜的真实写照，是历史同类人物、情事、矛盾斗争的艺术概括。倪太守的苦心还远不止此，他早将大批金银埋藏起来，不让全家任何人知道，只是暗地写好遗嘱，裱在画里，交梅氏收藏，要他"直待孩子年长"，再将此画去官府诉理。后来尽管被滕大尹巧取大半，总算为幼子善述保住一份不小的家私，使倪善继无计可施，有口难言。这个情节带有明显的传奇色彩，但它又是可信的和可取的。那是处在矛盾漩涡的倪太守挖空心思想出来的没有办法的办法，是尖锐、复杂的家庭矛盾逼出来的。办法的稀奇古怪恰好说明矛盾的尖锐、复杂。"忍以嫡兄欺庶母，却教死父算生儿"。这两句结尾诗为倪家父子兄弟的明争暗斗、尔虞我诈作了中肯的总结。倪太守是作品的重要人物，处理家财是表现他的重要情节。他不仅与长子矛盾很深，对梅氏也心怀疑虑，怕她改嫁，带走家私，因而不告埋金之事；直到梅氏发誓守节，才将画轴交他收藏，但仍不露埋金底细。仔细玩索这些内容，可以体会这个老翁死前数年的复杂心理和无穷思虑，了解此种人物的精神状态。

作品前半部分全力表现封建家庭的矛盾纷争，后半部分转向官府，归入本题，写"滕大尹鬼断家私"。这部分内容比较单纯，但很重要，是全篇的重心。倪善述听人诉说县里新任大尹滕爷判明一件冤案，很有才干，便同母亲到县衙告状。滕大尹苦思苦想，终于猜出画中哑谜，得知倪家埋藏许多金银，立刻动了"垂涎之意"，用假装见鬼的花招瞒过众人耳目，把千两黄金抬回家里，"落得受用"。滕大尹与一般贪官、昏官的形象不同，他不仅"有才有智"，也肯为民事劳心，有时还能主持公道，做些好事，博得个"贤明大尹"的名声。但就是这位"贤明大尹"，一见大量黄白之物就两眼出火，设计夺取，露出贪婪、掠夺的本相。这就创造了封建官吏的又一种类型，既要银子，又要脸面，诡计多端，名利双收。所谓"三年清知府，十万雪花银"，正是这种官儿的画像。有人以为，滕大尹判明冤狱的插曲"掩盖了他的贪婪，机诈的阶级本性，是对封建官僚的美化"。实际上，那段插曲着力渲染的是这位大尹的才和智，而不是德，与"鬼断家私"的行径并无抵触。前者不能"掩盖"后者。相反，插曲增加了人物的多面性和复杂性，与后面的揭露文字相辅相成。正是这种欲抑先扬的笔法使我们对此种人物的本质特征达到比较深刻、全面的认识。

我国古代白话短篇小说，受"说话"艺术的影响，全是头尾完整的、连贯的故事，通俗、生动、引人入胜，但多闲笔、俗笔、过程文字，显得不够精粹、凝练，见事不见人的次品也为数不少。《滕大尹》既少闲笔、俗笔，也没有烦琐的过程叙述，情节环环相扣，描写繁简得当，注重表现人物的精神、生活的意义，较好地达到了写人与写事的统一，在不太长的篇幅里蕴蓄着上述种种思想内涵。这在大量话本和拟话本中是不多见的。巴尔扎克认为："艺术作品就是用最小的面积惊人地集中了最大量的思想"（《论艺术家》），《滕大尹》较为突出的价值和成就也正在这里。

《古今小说》成书于明末，《滕大尹》的故事与出现在它之前的几部公案小说有着明显的渊源关系。《海刚峰先生居官公案传》（简称《居官公案》）第五十九回《判给家财分庶子》，《皇明诸司廉明奇判公案传》（简称《奇判公案》）下卷"争占"类第三条《滕同府断庶子金》，以及《龙图公案》（原有明刊本）卷八《扯画轴》，内容、情节大同小异，都是这篇小说故事的雏形或分支。其中具体衍变过程有待进一步研究、查考，但有一点是清楚的：《滕大尹》继承并发展了《奇判公案》的思想和艺术，成就远在另外两篇小说之上。那两篇不仅篇幅短（均不足二千字），文字粗糙，也有个显而易见的共同点：轻写争产，重写断案，大力突出海瑞、包公两个形象，把歌颂"极廉且明"的清官作为压倒一切的主题。《滕大尹》不然。第一，作品用一系列情节、细节对倪家父子、兄弟、夫妻的矛盾纠葛、钩心斗角大写特写，占去全篇一多半篇幅，构成作品重要的思想内容。前半近六千字，只有倪太守临终处理家产，交代画轴是那两篇所有的（仅三百余字），其余大小事体，诸多节目都是它们没涉及的。如倪太守纳妾一节，六百多字，在《龙图公案》中只有"临老又纳宠梅先春"一句，而《居官公案》连这一句也没写。至于倪善继与老子多次怄气，虐待梅氏母子，这种公案小说均未着笔。然而，正是这些富于思想情趣的日常琐事，构成这个官僚地主家庭一幅幅真实的生活画面，塑造出一批活生生的小说主人公，不单丰富了思想内容，也提高了艺术感染力。第二，后半写官府断案，不是歌颂清官的廉明功德，而是揭露赃官的鬼蜮伎俩，与《扯画轴》《判家财》两篇的基调根本不同，甚至可以说完全相反。这使它大大高出思想平庸、浅露，格调千篇一律的公案故事，成为一篇富于现实意义的艺术光彩的小说佳作。我们知道，封建官府的大小官员本质上都是维护封建统治的工具，骑在人民头上的老爷，虽有少数清正之官，也不是救苦救难的菩萨。公案小说用幻想和夸张的手法，大肆美化和神化清官，一方面体现着人民的愿望，另一方面也掩盖着封建官府的本质特征。《滕大尹》不弹此调，侧重表现"贤明"大尹的阴暗心理和骗人把戏，对现实官场的反映比上述公案故事不只真实得多，也深刻得多，作品的思想内涵丰富得多。还有，《龙图公案》写到清官断案析产也有假装见鬼之事，而从生活情理上看，并无如此做作的必要，只要依照画中遗嘱秉公而断就解决了。《居官公案》那一篇就是这样处理的。从这方面看，《扯画轴》应是模仿《奇判公案》的清代产物。有的学者以为"《滕大尹鬼断家私》系根据《扯画轴》改写的"，未免欠妥。假装见鬼虽使情节曲折生动，却经不起推敲，而且有损清官方正、庄重的形象。《滕大尹》无此弊病。主人公一进倪家就做出与倪太守鬼魂揖让、交谈的种种丑态，乃是为了名正言顺地夺走那坛金子，使"众人都认道真个倪太守许下酬谢他的"。换句话说，假装见鬼是滕大尹精心想出的夺金之计，是人物发展之必然，因而成为刻画这位大尹不可缺少的得力之笔。

这篇拟话本有个显著的艺术特点：情节富于戏剧性。情节的戏剧性是由人物之间复杂的矛盾关系造成的。如果人物之间的关系不是简单明了，直截了当，而有唯恐拆穿或尚待揭晓的隐秘因素起重要作用，情节就有了戏剧性。这种情节不仅包蕴人物的思想精神，生活的本质意义，而且有充分生动的表现形式，因而特别富于魅力。《滕大尹》的主要情节正是这样。倪太守地下埋金、画里藏谜，为断案情节的戏剧性准备了条件；滕大尹为夺家私，巧施诡计，使这个情节谜上加谜，戏中套戏。特别是假装见鬼一场，戏剧性最强，最引人入胜。只见滕大尹来到倪家，"将欲进门，忽然对着空中连连打恭，口里应对，恰像有主人相迎的一般"；随即"一路揖让"，口叙寒温，做出许多见鬼模样；坐下之后，又对着空空的虎皮交椅大演其戏：忽作倾听之状，忽发逊谢之词，"摇首吐舌"，鬼话连篇，造成一种亘古未有的断案奇观，令人看了忍俊不禁。这一场面把个贪婪、机诈、虚伪、装腔作势的封建官僚和盘托出，活生生置于读者面前。它像一面神奇的宝镜，照彻主人公的心肝五脏，照出"贤明"大尹的原形。黑格尔《美学》一书中写道："生活情况，行动和命运的总和固然是个人的形成因素，但是他的真正的性格，他的思想和能力的真正核心却无待于它们而能借一个情境和动作表现出来，在这个情境和动作的演变中，他就揭露出他究竟是什么样的人。"对滕大尹来说，"鬼断家私"就是这样的情境和动作，是高度典型化的艺术情节。原来，情节的戏剧性与典型性是相通的，典型的情节未必能有戏剧性，戏剧性的情节却往往富有典型性。

　　说故事的话本和拟话本，艺术构思的主要功夫就是提炼、造设故事情节。像"鬼断家私"这样的情节是很难得的。作者对它极其珍视，悉心经营，在公案小说的基础上大力开掘、充实、提高，平添许多精彩节目，尽力增强戏剧性和表现力。看下面一段：

　　　　只见滕大尹立起身来，东看西看问道："倪爷哪里去了？"门子禀道："没见什么倪爷。"滕大尹道："有此怪事！"唤善继问道："方才令尊老先生，亲在门外相迎，与我对坐了讲这半日话，你们谅必都听见的。"善继道："小人不曾听见。"滕大尹道："方才长长的身儿，瘦瘦的脸儿，高颧骨，细眼睛，长眉大耳，朗朗的三牙须，银也似白的，纱帽皂靴，红袍金带，可是倪老先生模样么？"唬得众人一身冷汗，都跪下道："正是他生前模样。"……都信道倪太守真个出现了，人人吐舌，个个惊心。

此种细节对揭露滕大尹的伎俩十分得力。正像书中指出的：那些话"都是滕大尹的巧言，他是看了行乐图，照依小像说来，何曾有半句真话？"经过这样的发展、扩充，匠心运思，滕大尹对那幅画像的利用不遗余力，作者对断案情节的利用也不遗余力。人物穷形尽态，情貌无遗，情节推出高潮，境界层出，充分发挥了艺术潜力。

按照巴尔扎克的见解，构思只是创作小说的初步工作，"在这种初步工作和作品的完成之间存在着无止境的劳动"（《〈古物陈列室〉〈钢巴拉〉初版序言》）。那是指作品的艺术描写。《滕大尹》不仅构思好，描写也好。看来作者很熟悉生活，文字能力也比较强，写来似乎全不费力。那些日常琐事，生活细节，着墨不多，即能逼真，很有生气。看那个老来得子的倪太守，"大喜"之余有多少烦恼，面对长子的"恶话谣言"无可如何，只有忍耐。"看了这点小孩子，好生疼他；又看了梅氏小小年纪，好生怜他。常时想一会，闷一会，恼一会，又懊悔一会。"再看那个倪善继，"见老子病势沉重，料是不起，便呼幺喝六，打童骂仆，预先装出家主公的架子来。"善述不听梅氏告诫，找哥哥要钱做衣服，结果挨了一顿毒打。梅氏一边说"打得你好"，一面"扯着青布衫，替他摩那头上肿处，不觉两泪交流"。诸如此类的情景描写都是从生活深处细心体会出来的，看似平常、简略，实则精到、传神，是很出色的白描之笔。此种笔墨不只三处两处，全篇描写相当整齐、均衡。这也是较为突出的艺术成就。

《龙图公案》中的倪太守交出画轴之前，对梅氏说了这样几句："我正为你年青，未知肯守节否，故不以言语嘱汝，恐你改嫁，则误我儿事。"这是他的心里话，但说得太直、太露，太不"策略"，不太符合人物性格和生活情理。《滕大尹》另是一种写法。倪太守先劝梅氏准备改嫁，而且显得很诚恳；"你年纪正小，趁我未死，将孩子嘱咐善继，待我去世后，多则一年，少则半载，尽你心中拣择个好头脑，自去图下半世受用，莫要在他们身边讨气吃。"这些话听来语重心长，却非出于老翁本意，而是他对梅氏的一种试探。梅氏表示"从一而终"，他仍不放心，反问道："你果然肯守志终身？莫非日后生悔？"直到梅氏发过"大誓"，他才心满意足，交出那幅行乐图。这样的描写极见层次，也很有分寸，合乎人情事理，生活韵味十足，准确传出主人公深于世故的性格特征和复杂微妙的内心世界，与公案小说的描写相比，立见高下。

小说用语言建造人生楼阁，出色的描写都是语言艺术的结晶。《滕大尹》通篇使用白话口语，既简洁、朴素，又生动、明畅，是否经过口头流传，目前还难以断定；作者熟悉口语又重视口语的提炼和运用则是确定无疑的。开头写倪善继要夺掌家之权，倪太守不答应，说出这样几句话："在一日，管一日，替你心，替你力，挣些利钱穿共吃。直到两脚壁立直，那时不关我事得。"这显然是民间流行的顺口溜，作者将它移植过来，增加艺术描写的光彩。全篇光俗谚就嵌入十多个，还用了许多生动的口语和比喻，致使描写有声有色，生气勃勃。尤其是人物对话，大都活脱、灵动，声口宛肖。倪善继夫妻这样议论梅氏："那少妇跟随老汉，分明似出外度荒年一般，等得年时成熟，她便去了。平时偷短偷长，东三西四的寄开……到得树倒鸟飞时节，一包儿收拾去受用。这是木中之蠹，米中之虫，人家有了这般人，最损元气的。"善述要向哥哥讨钱做衣服，梅氏劝他："'小来穿线，大来穿绢'，若小时穿了绢，到大来线也没得穿了。"善述的答话更生动："我又不是随娘晚嫁，拖来的油瓶，怎么我哥哥全不看顾？""哥哥又不是吃人的虎，怕他怎的？"就是不露名的群众角色，偶尔说上一句两句，也开口就响，落笔有神。比如，倪善继凭着老子亲笔分关，要赶梅氏母子出去，请来几个族人作证。其中奉承善继的说："'千金难买亡人笔。'照依分关，再没话了。"可怜善述母子的，也只是说："'男子不吃分时饭，女子不着嫁时衣。'多少白手起家的……'得粥莫嫌薄'，各人自有个命在。"这里的俗谚都用得很活，恰到好处，充分传出说话人的神气和当时的情景。

这篇小说也有缺点。开头一大段"入话"，在"孝弟"二字上大做文章，纯属封建伦理的说教。值得注意的是，作者不只发发议论，还将它作为创作意图，开宗明义地宣布："这个故事是劝人重义轻财，休忘了'孝弟'两字经。"可见作者认识不深，立意不高，从而影响了作品的思想深度。对倪太守很少批判，对梅氏守节赞赏，都表现出封建的道德观念。我们前面所谈的思想内涵，有一部分并非作者的主观意图，而是作品的客观意义。此外，结尾数行，硬使善继家业败落，善述"一枝极盛"以为天报。此种老套画蛇添足，反不如相关公案小说的结尾干净利落。

原载《古代白话短篇小说鉴赏集》，人民文学出版社 1986 年版。

《中国古代小说散论》后记

　　中学时代热心于学写小说，读大学后期，就渐渐喜欢起中国古代小说。当时吴组缃先生给我们开设"中国古代小说论要"课程，细致地讲解、论析几部古典名著。我听得很是来劲。课后坐在文史楼的图书馆里咀嚼《聊斋志异》的批评本。其中一种小巧的巾箱本，仿佛记得是但明伦的朱批套印，非常清晰而精致，读那种线装书简直就是一种享受，给我留下深刻的印象。就是从那时起，在古代小说中我更喜欢蒲松龄的这部文言小说杰作，特别欣赏其艺术之美。当然，逐篇逐字地细读《聊斋》，也会明显地感到夹杂在其中的一些糟粕。1962 年毕业以后，留在北大教写作课，也常读有关《聊斋》和中国古代小说的书与文。

　　当时的中国社会，左风日刮日劲。学界出现一种思潮：在批判与继承的问题上，越是古典名著越需要批判，理由是名著看的人多，其封建糟粕的影响也就较大。我觉得很有道理，就写了一篇侧重批评《聊斋志异》的糟粕之文（约七千字），寄给《光明日报·文学遗产》。不久，编者章老先生就送来小样，并建议我增写其精华部分，说不超过该刊的整个版面（约 12000 字）就行。我自然同意。因为《聊斋》的精华很多，我不但熟悉，也非常欣赏，只是由于学界已多有论评，故省而未论。编者同时还将该文小样送给了《遗产》编委、北大中文系古代文学教授、我的业师季镇淮先生。季先生特地与我约谈一次，讲了他对《聊斋》及古典文学中精华与糟粕的看法，意在批评、纠正我的偏颇和片面，话却说得十分平易

639

而谦和。我当时虽然未能完全领悟与认同，却也感到非常愉快。随后就为那篇初稿增写了五千来字，就是后来发表在《遗产》第 516 期的《试论〈聊斋志异〉的精华与糟粕》。它是我毕业以后发表的第二篇学术性文字。现在看来，不仅幼稚，某些观点也带有明显的时代与个人的偏颇黔记，当属"悔其少作"之列，此集就不收入了。

　　此后经过非常的"文革"时期，进入上世纪七八十年代之交。北大中文系决定不再开设写作课，我由现代汉语教研室的写作组调入当代文学教研室，算是回归所学的文学专业，讲授"小说创作论"课；不久又调配到文艺理论教研室，教"小说艺术理论"。其时，自然要用主要时间和精力致力于"主课"的教学与课题研究，而对古代小说的兴趣依然不减，并渐与教学相结合，先后开过几次有关《聊斋》或文言小说的选修课。有时也就不免写点相关的文章，或谈《穆天子传》，或议唐代传奇，较多的还是关乎蒲松龄和《聊斋》的，偶尔也论及古白话小说。兴之所到，随笔写来，发表后也就丢开。退休以来，时间充裕了，支配也更自由了，可读往日想读而无暇去读之书，可写往日想写而未来得及写之文。其时，对发轫期的中国小说颇感兴趣，便一头扎进先秦那些不太好读的文献里，考辨其中有无小说，有多少小说。费力大大，费时多多，尽兴以至忘老，不计收获多少。然而，你忘老，老却不肯忘你，十年一觉，对镜自觑，华发苍苍，两鬓如霜，去日偌多，来日许长。回顾以往，但见几十年来偶一为之的或长或短有关古代小说之文，各不相干地散在那里，默默无语，却仿佛有待。遂略加整理，裒为此集；名之"散论"，以符其实。

　　承人民日报出版社慨应付梓，责编谢广灼先生大力编校，谨致谢忱！

2015 年 6 月 30 日于北大寓所